Abseits der Zeit

Anna Musewald

„Wüsste ich, woher die Gedichte kommen, ich würde dorthin gehen."
Michael Longley

Übersetzt von: Lisa Herrmann
Lektoriert von: Sara-Duana Meyer
Cover Design: webleon.de

©**2021 Inkpot Verlag** - Alle Rechte vorbehalten
Inkpot UG (Haftungsbeschränkt)

ISBN: 9783945316160

A. Im Spinnennetz

1. EMMA ~ Wie misst sich Zeit?

Eine weitere Dämmerung ist gekommen und nun ist es an der Zeit, dass wir uns in unsere Zimmer zurückziehen. Die Zeiger der großen Küchenuhr zeigen kurz nach 6:00 Uhr, als ich Frau Hofbauer mit einem Blick signalisiere, dass ich vorhabe zu gehen, und sie nickt zustimmend und schenkt mir ein Lächeln.

Ich gehe aus der Küche und steige die Stufen der schmalen Personaltreppe in das obere Stockwerk hinauf, wo sich unsere Zimmer befinden. Obwohl ich durch den Flur eile, bleibe ich einen Moment am Fenster an der Rückseite des Gebäudes stehen, der Versuchung erlegen, einen flüchtigen Blick nach draußen zu erhaschen. Der Himmel im zwielichten Grau ist von eisigen Wolken bedeckt. Ich bleibe noch einen weiteren Moment stehen und schaue aus dem Fenster, obwohl ich weiß, dass die beiden Wächter der letzten Nachtpatrouillenschicht gleich hinter mir erscheinen werden. Ihre rhythmischen Schritte, die wie zur Warnung immer lauter werden, treiben mich weiter.

Ich erreiche mein Zimmer, öffne die Tür und schlüpfe auf Zehenspitzen hinein. Als ich die Tür hinter mir schließe, berührt mich der gefrorene Atem der Dunkelheit. Obwohl alle Räume über Strom verfügen, dürfen wir ihn aus wirtschaftlichen Gründen nicht nutzen, worauf uns Hubert Senker, der für den Energieverbrauch verantwortlich ist, oft genug hinweist. Ich mache ein paar blinde Schritte in

Richtung des kleinen Holztisches an der gegenüberliegenden Wand, bewege mich tastend zwischen den beiden Einzelbetten, um die alte, schwarz verrußte Gaslampe mit dem trüben Glas anzuzünden, die die Hofbauer dort hingestellt hat.

Wegen meiner müden, vom Wasser schrumpelig aufgeweichten Finger erfordert es viel Kraft und mehrere Versuche, bis die Lampe brennt. Als ich es schließlich schaffe, ist das spukhafte, unheimliche Licht schwach, erhellt den Raum jedoch gerade genug, damit ich und Frau Hofbauer nicht über die spärlichen Möbel stolpern.

Ich seufze traurig und lasse mein langes schwarzes Kleid auf den Boden über meine schmerzenden Füße fallen. Erschöpft sitze ich auf der Bettkante meines Bettes. Meine Beine brennen vom nächtelangen Stehen in der Küche. Es herrscht totale Stille. In Gedanken versunken reibe ich mechanisch meine Waden und versuche sie etwas zu entspannen. Die schwach flackernde Flamme wirft grässliche Schatten auf die nackte Wand des Raumes , verhärmte Gestalten, die durch die Bedrohung der Dämmerung genährt werden.

Das verriegelte Fenster und die geschlossenen Fensterläden halten das erste Licht der Morgendämmerung hartnäckig fern und lassen mich allein mit dem muffigen Geruch der Isolation. Für einen Moment kämpft meine Fantasie mit fiebriger Sehnsucht darum, die grauen Steine der Wand zu durchdringen. Nach draußen, wo der Tag anbricht und der Himmel die Dunkelheit von sich abwerfen wird.

Sanft reibe ich meine nackten Knöchel und versuche dem Atem der Stille zu lauschen. Die Wahrheit ist, dass ich mich nie daran gewöhnen konnte, mich jeden Morgen in meinem Zimmer einzusperren, auch wenn alle anderen mit dieser Einschränkung kein Problem zu haben scheinen. Bei jedem Tagesanbruch sehne ich mich danach hinauszugehen, auf das Kommen der Morgendämmerung zu warten und zu spüren, wie die gefrorene Morgenluft mich ins Gesicht beißt.

Unglücklicherweise muss ich mich, wie wir alle, wie unser Gesetzgeber das vorschreibt, zu unser aller Wohl vor Beginn jedes neuen Tages in meinem Zimmer einsperren, gefangen und hilflos, und mit einem Gefühl der absoluten Schwäche dort bleiben, bis die Nacht und die Dunkelheit zurückkehren.

Es gab Momente in der Vergangenheit, in denen ich kurz davor war, dem Gebot des obligatorischen morgendlichen Rückzugs zu widersprechen, um mit der Welt von Franz in Kontakt zu treten. Aber ich habe es nie getan, weil Franz mir immer wieder eindringlich davon abriet.

„Es wird nichts ändern, Emma", beharrte er, „wenn du heimlich das Zimmer verlässt. Ich wünschte, das wäre die Lösung des Problems. Abgesehen davon denke ich, wenn du erwischt wirst, bist du die erste Kandidatin für das nächste Verschwinden. Es ist zu riskant – wir wissen nicht, ob sie euch beobachten, wann sie es tun oder mit welchem System sie euch kontrollieren. Ich bin nicht sicher, ob die Wächter, die nachts mit ihren Gewehren auf den Korridoren patrouillieren, einfach ihre Pflicht erfüllen oder ob *er* sie zu würdigen Instrumenten und euren Gefängnisaufsehern gemacht hat."

Nachdem ich meine Beine ein wenig entlastet habe, lege ich mich auf die harte Matratze, bewegungslos und steif von der Anspannung, bereit wie ein Pfeil aus dem Bett zu springen falls nötig. Ich ersticke und mein Kopf fühlt sich an, als würde er gleich explodieren. Ich weiß, dass ich lange brauchen werde, bis ich einschlafe, es fällt mir nicht leicht, die Augen zu schließen. Ich hatte nicht immer ein Schlafproblem. Früher genügte es, ein paar Seiten eines Buches zu lesen, um sofort einzuschlafen. Aber nach den Bekenntnissen von Franz wurde alles anders.

In der vertrauten Erinnerung an den Mann, der alles in meinem Leben änderte, wälze ich mich unruhig auf der harten Matratze des Holzbettes hin und her. Sein Bild blitzt vor meinen vor Schlaflosigkeit roten Augen auf. Es erscheint erst leicht wie ein Schmetterling, der geschäftig davon flattern will, und dann, als würde er seine Meinung ändern, fällt er auf den halbdunklen Boden wie eine schwarz-weiße Schlange, die sich hinterlistig schlängelnd zu nähern versucht. Es ist lange her, seit ich mit Franz gesprochen habe. Wie lange, kann ich nicht mehr nachvollziehen. Irgendwo zwischen damals und heute habe ich das Zeitgefühl verloren. Es kommt mir vor, als wären es schon Jahre, aber wie lange wirklich? Ich habe nicht die geringste Ahnung. Die Zeitberechnung war schon immer eine meiner Schwächen. Ich habe nie verstanden, warum wir die Zeit berechnen müssen. Für mich gibt es nur das Jetzt. Mein Schöpfer hat mir keine Vergangenheit vor meinem Leben hier gegeben, außerhalb dieser Mauern. Ich habe keine Ahnung, wie es ist, Bilder und Erinnerungen aus Momenten einer Vergangenheit vor dem Schloss zu besitzen, und was die Zukunft angeht, kann ich nicht genau sagen, wann genau sie beginnen wird.

Franz dagegen bestand immer darauf, dass seine eigene Zeit genau wie sein Leben einen Anfang und ein Ende hätte.

„Die Zeit, die uns gegeben wurde, wird gemessen, Emma", erklärte er mir einmal, als ich ihn fragte, warum sein Körper sich verändert hatte. Das war, als er seine erste Jugend hinter sich gelassen hatte, aber sein Gesicht lebhaft und voller Energie war und sein Blick scharf wie ein gut geschliffenes Messer, noch bevor der Tod seiner Tochter seinen Blick für immer verdunkelte.

Ich hatte mich gewundert, während ich ihm zuhörte.

„Da draußen misst man die Zeit? Wieso? Aus welchem Grund?"

„Ich denke, unsere biologische Uhr zwingt uns dazu. Wir messen die Zeit unserer Existenz. Die Veränderungen an unserem Körper, während wir von einem Ende unseres Lebens zum anderen gehen, sind der Beweis dafür, dass die Zeit unaufhörlich vergeht", hatte er damals mit einer ungewöhnlichen Strenge gesagt. „Wir messen die Zeit, die uns zum Ziel führt.".

Seine Stimme klang betrübt, sein Blick war voller Traurigkeit.

„Wie misst man die Zeit?", flüsterte ich, hingerissen von seinen Worten.

Franz versuchte geduldig, mir die Tage und Nächte, die Wochen und die Jahreszeiten zu erklären.

Seine für mich rätselhaften Worte erschreckten mich und ließen mich zittern wie Halme im Sturm. Meine Logik reichte nicht aus, es fiel mir sehr schwer zu verstehen, wann genau das Jetzt aufhört und wann der nächste Moment beginnt. Danach, inspiriert von seinen Worten, habe ich versucht die Zeit zu messen. Ich fing an Kartoffeln in eine Tüte zu legen, um die Tage zu zählen, die vergingen, und Zwiebeln für die nacheinander folgenden Jahreszeiten. Aber ich musste aufgeben, als Frau Hofbauer meine Tüten durch den Gestank des faulenden Gemüses entdeckte und meinen Kalender wegwarf.

Ich habe nie verstehen können, was Zeit für Franz bedeutete, aber es ging mich sowieso nichts an. Trotzdem lernte ich an der Härte seines Gesichts und an der Verkrümmung seines Körpers die brutalen Spuren zu erkennen, welche die Zeit auf seinem Körper hinterließ. Franz wuchs vor meinen Augen heran. Die Spuren seines gesamten Lebens, von seiner frühen Jugend bis später, als sich tiefe Falten in sein Gesicht gruben, prägten mein Leben und meine eigene Seele unauslöschlich.

Aber was mein Leben komplett durcheinanderbringen sollte, war das Geheimnis, das Franz mir offenbarte.

Ich sehe nach oben, versuche in den Schatten an der Wand seine Silhouette zu entdecken, will mich genau an diese Nacht erinnern. Franz hatte sich lange Zeit gelassen, bevor er mir das schreckliche Geheimnis offenbarte. Ein Geheimnis von jener Sorte, die schwer in Worte zu fassen und deren Logik noch schwerer zu verstehen ist.

Wir saßen gemeinsam auf einer Holzbank im hinteren Teil der Küche, abseits von indiskreten Blicken, halb versteckt hinter dem großen Ofen. Mit einer fast krankhaften Blässe im Gesicht vertraute er mir das schreckliche Geheimnis an, das meine Welt bestimmt. Er redete ununterbrochen, und ich hörte ihm entgeistert und sprachlos zu, ohne ein Wort von dem zu verstehen, was er mir erzählte. Seine Hände zitterten, als er versuchte mir das Unerklärliche zu erklären. Ich streckte meine Hand aus, um seine kalten Finger zu fassen, aber Franz zog seine abrupt zurück. Ich fühlte mich, als würde ich in einen dunklen Brunnen fallen. Erst später machte alles, was ich in dieser Nacht hörte, Sinn für mich.

Doch gerade, als es mir gelang, Ordnung in das Unbegreifliche zu bringen, hörte Franz auf mich zu besuchen. Ich erinnere mich an die ersten Male seiner Abwesenheit, als ich leise in meinem Zimmer weinte, um Frau Hofbauer nicht zu wecken, die in ihrem Bett neben meinem, ins Glück ihrer Unwissenheit getaucht, selig schlief. Auf meinem von heißen Tränen durchnässten Kissen versuchte ich einzuschlafen, um von ihm zu träumen. Der Gedanke, dass ich ihn nie wiedersehen würde, ließ meinen Körper erstarren, so als würde mich die Kälte des Winterlandes erreichen. Wütend wegen seiner unbegreiflichen Abwesenheit versuchte ich ihn zu hassen, mich selbst davon zu überzeugen, dass er mich mit seinen Offenbarungen erst in tiefes, dunkles Wasser geworfen und dann gegangen und mich allein und hilflos zurück gelassen hatte. Doch ich schaffte es nicht.

Die unzähligen Tage, die folgten, waren erfüllt von abscheulichen Albträumen. Die einsamen Nächte, gefüllt mit den Gerüchen der Abfälle, die ich jeden Morgen in der Erde begraben musste, zwangen mich die Realität zu akzeptieren. Franz würde nicht zurückkehren.

Doch tief in mir steckte eine Art Glaube, eine verrückte Hoffnung, die mich nicht einschlafen ließ. Deshalb musste ich geduldig im Dunkeln warten, bis die Menschenstimmen und die hastigen Schritte der Besucher vor der geschlossenen Tür des Zimmers zu hören waren. Ich wusste, dass Leute kommen würden. Jeden Tag kommen sie. Ich spitzte die Ohren und hoffte, dass ich in dem Trubel ihrer Gespräche und ihrer schrillen Stimmen die von Franz heraushören würde. Und dann würde alles wieder so werden, wie es einmal war. Mit der Zeit habe ich die Kraft gefunden, mich zu beruhigen. Seine lange Abwesenheit zwang mich zu akzeptieren, dass keine Hilfe mehr von ihm kommen würde. Sein Bild verblasste und verschwand fast aus meinem Kopf. Allerdings versteckte sich die Hoffnung immer noch in einer Ecke meiner Seele.

Ich habe aufgehört ihm die Schuld zu geben, wie in der ersten Zeit. Die Vorstellung, dass Franz nicht zurückkehren wird, hat mich nicht mehr schaudern lassen. Um so lange nicht zu erscheinen, muss ihm etwas Schlimmes passiert sein. Etwas unwiderruflich Hässliches zwang ihn, sich von uns fernzuhalten. Wer weiß? Vielleicht war es Zeit für ihn zu verschwinden. Vielleicht war seine Zeit vorbei.

Ich musste in der Tat akzeptieren, dass die Erwartung seiner Rückkehr aussichtslos und vergebens war. Und vor allem musste ich mich mit dem zunehmenden Verschwinden meiner Mitmenschen befassen. Immer wenn neue Gerüchte wie nervige Augustfliegen um meine Ohren schwirrten, etwa dass einer von uns weggegangen sei, um woanders zu leben, oder jemand an einen fremden Ort gezogen sei, war ich die Einzige, die wusste, dass dies nicht stimmen konnte. Niemand konnte einfach wegziehen, nur auf eine ganz bestimmte Art und Weise.

Mit jedem Verschwundenen wurde mein Herz rauer, kälter. Ich konnte nicht mehr denken. Zu verzweifelt und zu schwach, um zu reagieren, sank ich mit meinem vor Trauer betäubten Körper immer tiefer in graue Einsamkeit. Ich erinnerte mich an die glückliche Phase der Unwissenheit, bevor Franz es mir gesagt hatte, bevor er mit mir über die Gefahr gesprochen hatte. Eine Trägheit, eine vorgetäuschte Ruhe breitete sich in mir aus. Gefährliche Stille lähmte mich und versuchte mich davon zu überzeugen, dass ich mich entspannen und Geduld haben musste, einfach warten, bis diese Etappe der Geschichte von selbst endete. Dass schließlich alles wieder in seinen normalen Rhythmus zurückkehren würde. Obwohl ich davon überzeugt war, dass es so nie kommen würde.

Denn seit Franz mir die Wahrheit offenbart hatte, war mir leider klar, dass ich etwas unternehmen musste. Solange ich es nicht tat, würde sich unsere Situation nur verschlechtern. Sogar Frau Hofbauer wusste, dass es im Leben so ist: dass Trägheit nicht der richtige Weg ist, um Probleme zu lösen. Ich hatte oft gehört, wie sie die Frauen anschrie, die ihr in der Küche halfen: „Nicht aufhören, bewegt eure Hände, meine Damen. Der Haferbrei gerinnt, wenn er nicht gerührt wird!"

Als Franz noch da war, hatte ich keine Angst, weil ich mir seiner Unterstützung sicher war. *An wen soll ich mich jetzt wenden? Wen kann ich um Hilfe bitten?* Das fragte ich mich oft verzweifelt. Ich war zu der Überzeugung gelangt, dass das verdammte Wissen mein eigenes Leben in Stücke zerrissen hatte, während alle anderen um mich herum friedlich und glücklich weiterlebten.

Warum? Ich möchte aus vollem Hals schreien. Ich verzweifle und verstecke mein Gesicht im Kissen, so dass nicht das geringste Geräusch aus meinem Mund kommen kann. Warum nur hat Franz von allen Menschen mich ausgewählt? Ein Stöhnen presst sich aus meinen geschlossenen Lippen. Was kann ich tun? Ich bin so schwach, so verängstigt. Wenn ich das Problem nicht wirklich verstehen kann, wie kann ich dann die Lösung finden? Und ich habe nicht die Kraft, den Täter allein zu konfrontieren. Meine Gedanken kreisen ständig, wie ein Boot, das immerzu um eine Insel fährt und nach einem Hafen zum Anlegen sucht. Aber ich habe es noch nicht geschafft, aus meinem eigenen Kreis herauszufinden.

Ich höre im Flur jemanden mit schnellen Schritten auf das Zimmer zulaufen. Die Tür öffnet sich und Frau Hofbauer kommt vorsichtig auf Zehenspitzen ins Zimmer, um mich nicht zu wecken. Ich drehe meinen Kopf zur Wand, um sie nicht anzusehen. Aber ich kann mir ihr Gesicht vorstellen. Meine liebe Frau Hofbauer, immer mit einem warmen Blick und unstillbarer Lebenslust, betritt den Raum wie immer verspätet für den morgendlichen Schlaf. Ich sage nichts. Ich möchte nicht, dass sie meine geröteten Augen sieht. Es würde doch nichts nützen.

Ich erwarte sowieso keine Hilfe von meinen Leuten. Sie alle wissen nichts von der lauernden Gefahr, die immer näher kommt. Sie alle haben keine Ahnung von dem Feind, der uns vom Angesicht der Erde zu wischen droht. Ein Krieg hat begonnen, aber sie merken davon nichts. Eingenommen vom Leben in der zwielichtigen Realität gleiten sie alle durch die Zeit, unwissend und unfähig, ihren wahren Zustand wahrzunehmen. Und da ich Bescheid weiß, fühle ich mich mehr und mehr in Lüge und Heuchelei verstrickt. Die Tatsache, dass ich, obwohl ich die Wahrheit kenne, die Lüge nachdrücklich und laut unterstützen muss, als wäre sie die einzige Wahrheit, ist ein echtes Martyrium für mich geworden.

Und er, der Feind, spielt Gott. Er ist so böse und schlimm, dass ich fürchte, niemand wird am Ende überleben. Das Unwissen der Opfer seiner katastrophalen Pläne ist die Beute, die seine grausame, bestialische Macht nährt und unkontrolliert wachsen lässt. Es ist zum verzweifeln, dass ich das Geheimnis nicht allen offenbarte, als Franz es mir anvertraute. Wenn ich es ihnen gesagt hätte, hätten sie mir vielleicht geglaubt und ich hätte jetzt ein paar Verbündete. Doch ich habe es nicht getan und jetzt bin ich ganz allein. Wie konnte ich nur glauben, dass ich ohne Hilfe so eine schreckliche Aufgabe lösen könnte? Ich bin so unglaublich naiv!

Franz hatte mir versichert, dass alles sich ändern würde, nachdem das Buch von hier entfernt worden war. Ich fürchte, er hat den Feind damals unterschätzt. Er dachte, dass dieser Schritt ausreichte, um *ihn* aufzuhalten. Die Größe der Bosheit und der Raffiniertheit, die sich in der Seele unseres

Unterdrückers versteckt, war ihm nie bewusst, sonst hätte er die Zeit nicht verstreichen lassen ohne einzugreifen, ohne zu versuchen *ihn* zu beseitigen. Denn Franz wusste, wie er *ihn* aufhalten konnte. Er wusste, wie ich dieses ungerechte Verschwinden meiner Leute verhindern könnte. Ich habe oft gehört wie er drohte, den bösen Plänen des Feindes ein Ende zu setzen, aber er fand nie den Mut, *ihn* zu verletzen. Vielleicht glaubte er in seinem tiefsten Inneren, dass sich die Dinge im Laufe der Zeit ändern würden. Unser Unterdrücker würde wieder zu sich kommen, seine Seele würde heilen. Leider hat sich alles nur zum Schlimmsten verändert und ich habe die Befürchtung, dass mir die schwierige Aufgabe zugefallen ist etwas zu unternehmen.

Ich habe keine Ahnung, ob ich es schaffen kann oder nicht, aber ich werde es versuchen. Das Wissen um das Geheimnis hat mich verändert, ich bin nicht mehr die, die ich einmal war. Das Wissen hat mich gezwungen, die Dinge aus einer anderen Perspektive zu sehen. Als ich merkte, dass ich mich ändern würde müssen, wenn ich gewinnen wollte, änderte sich die Art und Weise, wie ich denke. Ich muss mich für all die Verschwundenen rächen, für alle, die verloren gegangen sind. Dieser Gedanke hat mich zunächst verängstigt. Ich habe Angst, dass dieses Verlangen nach Rache nicht leicht mit unblutigen Opfern zu befriedigen ist. Ich habe den Verdacht, dass der Tag kommen wird, an dem ich den Preis der Leidenschaft bezahlen muss, die mich erobert hat. Aber ich kann nicht untätig bleiben und unbeteiligt einfach nur darauf warten, was das Schicksal uns vorbehalten hat.

Ich schaue vorsichtig zu meiner schlafenden Mitbewohnerin hinüber. Der Körper von Frau Hofbauer ist mir zugewandt. Ihre Augen sind geschlossen, ihr weißes Haar fällt sanft über Wange und Nacken und verbirgt alle ihre Falten. Ihr Atem kommt ruhig und gelassen aus ihrem halb offenen Mund, zusammen mit einer feinen, nassen Speichellinie, die aus ihrem Mundwinkel läuft. Sie schläft tief.

Ich seufze und versuche ein Summen in meinem linken

Ohr zu ignorieren, das wie eine lästige Mücke durch meinen Kopf surrt. Es ist Zeit, die wichtigste Entscheidung meines Lebens zu treffen. Meinen Leuten sind in letzter Zeit so viele Dinge widerfahren, dass ich fürchte, *er* bereitet sich auf seinen letzten Angriff vor. Ehrlich gesagt habe ich keine Angst vor dem Tod. Nachdem ich oft mit Umsicht und Gelassenheit über die Situation nachgedacht habe, wurde mir klar, dass ich nicht zu denen gehöre, die direkt in Gefahr sind. Ich bin in unserer Welt so unbedeutend, nur wenige kennen mich. Noch weniger gibt es, die auch nur einmal mit mir gesprochen haben. Ich bin sicher, unser Verfolger hat keine Ahnung von meiner Existenz. Eigentlich habe ich mehr Angst, wenn ich daran denke, dass ich handeln muss. Aber was soll ich nur tun? Die einzige Waffe, die den Tyrannen vernichten würde, die einzige Waffe, die ihn umbringen würde, ist das Buch, und das ist nicht mehr hier. Franz hatte es mit nach draußen genommen, in dem Glauben, dass dies die Lösung wäre.

Ich drehe mich aufgeregt in meinem Bett um. *Wenn es Hilfe gibt, kann die nur von außen kommen*, denke ich verzweifelt. Abgesehen vom verschwundenen Franz kenne ich jedoch niemanden von denen dort draußen, den ich um Hilfe bitten könnte. Franz war der Einzige, der uns erreicht hatte.

Neulich erinnerte ich mich in meiner Verzweiflung an den Enkelsohn von Franz. Ein dünner, blonder, kleiner Junge, den er einmal mitbrachte. Leider sah mich der kleine Junge nicht, und ich habe mich auch überhaupt nicht um ihn gekümmert. Könnte das Kind uns tatsächlich helfen? Wenn ich ihn nur finden und ihm erklären könnte, wie sehr wir ihn brauchen! Wenn ich ihn nur überzeugen könnte, das Buch zurückzubringen, wie sehr würde sich unser aller Leben ändern!

Ich versuche mich an seinen Namen zu erinnern, aber es ist unmöglich. Selbst wenn ich es einmal wusste, habe ich es vergessen. Es muss Jahre her sein, seit Franz mit mir über ihn gesprochen hat. Wie alt wohl heute der junge Mann ist? Ich habe nicht die geringste Ahnung. Ist er alt genug, um zu verstehen? Hat Franz jemals mit ihm gesprochen oder nicht? So viele Fragen, die für immer unbeantwortet bleiben werden, befürchte ich.

Ich atme stoßweise, während der Schweiß, der mir über das Gesicht läuft, mein Kissen und meine Betttücher befeuchtet. Ich weiß nichts über die Außenwelt. Ich habe keine Ahnung, wo Franz wohnt. Aber selbst wenn ich es wüsste, was würde es nützen? Es ist unmöglich dorthin zu gelangen. Ich komme von hier nicht weg.

Wenn ich meinen Leuten helfen will, bleibt mir nur, den Füllfederhalter zu stehlen.

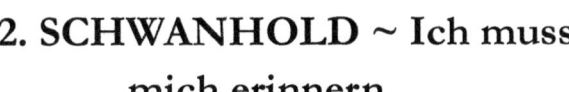

2. SCHWANHOLD ~ Ich muss mich erinnern

Der Schwan, den die Menschen Schwanhold genannt hatten, stand regungslos neben dem großen Fenster und wartete darauf, die neuen, süßen Tagesstunden willkommen zu heißen, eine Gewohnheit, die er seit Jahren pflegte. Vor dem Fenster war alles in Frost und Morgentau gehüllt. Der Geruch der nassen Erde erreichte seine Nase. Er atmete langsam und gleichmäßig, als wollte er bei diesem Ritual die Feuchtigkeit des Bodens einsaugen, wie der durstige Wüstenreisende, der sich vom letzten Tropfen seiner Flasche das Stillen seines Durstes erhofft. Der feuchtkalte Sonnenaufgang begann leise und dunstig seinen schüchternen Auftritt hinter den morgendlichen Märzwolken, wie die meisten Morgendämmerungen in dieser Gegend eingehüllt in den Wasserdampf der Morgenluft, und sandte seine hellen Strahlen auf die Glasscheibe mit den schönen Glasmalereien, als wollte er die Farben des Glases aufwecken. Die Wärme, die großzügig von den grellen Farben des Glases überquoll, als die hellen Strahlen langsam aufwachten und aufstiegen, berührte seinen frierenden Körper. Der Regen hatte längst aufgehört, aber einige vergessene Tropfen, klar wie die Tränen Gottes, flossen langsam die Scheibe hinab und hinterließen winzige, durchsichtige Spuren auf dem bunten Glas.

Er streckte seinen Hals und sein Blick suchte die rosafarbene Linie, die bald am Horizont zu sehen sein würde, ein Zeichen dafür, dass es Zeit war aufzubrechen und sich in die schreiende Stille seiner Isolation zurückziehen. Er drehte seinen schönen, schlanken Hals und blickte seitlich über seinen Rücken. Der Raum mit der hohen Decke war leer. Abgesehen von den heroischen Figuren, die in allen Fresken des Raumes verstreut waren und ihn gleichgültig ansahen, hatten sich die Gäste und das Personal in ihre Zimmer zurückgezogen.

Die Möbel, die vor wenigen Stunden noch den riesigen Raum ausgefüllt hatten, waren an die Ränder des Raumes in die schmalen Seitengalerien gezogen worden, wo sie für den Rest des Tages bleiben würden, mit Ausnahme der vier goldenen Leuchter, die vor den Wänden stehen geblieben waren. Die halb heruntergebrannten Kerzen in den drei Kronleuchtern, die von der hölzernen Decke hingen, wurden durch neue ausgetauscht, so dass der Geruch des verbrannten Wachses diskret den Raum verließ. Der leere Holzboden löste die bekannte Kälte der Leere aus.

Max, der wie jeden Morgen den letzten Kontrollgang machte, eilte von einem Ende des Raums zum anderen, elegant mit seiner exquisiten, großen, schlanken Gestalt, die etwas von der Größe und Arroganz der mythischen Titanen hatte.

Die Stille des Zimmers erinnerte an die Ruhe, der der Sturm folgt. Das tiefe Schweigen schien die Ängste von Schwanhold zu verspotten. Welche Antwort würde Max diesmal auf die Frage geben, die Schwanhold ihm gerade gestellt hatte?

„Entschuldigung", antwortete Max wie nebenbei. „Was hast du mich gefragt?"

Der Schwan sah ihn nicht an, er genoss lieber die Wärme der Glasmalerei.

„Was habe ich Max gefragt? Wieder weicht Max Fragen aus, chhh", antwortete Schwanhold, indem er sich wie gewöhnlich an seinen Gesprächspartner in der dritten Person wandte, als bezog er sich auf jemanden, der nicht an dem Gespräch beteiligt war.

Er reckte charmant den Hals, nachdem er einen apathischen Ausdruck angenommen hatte, um zu zeigen, dass er bereit war, das Spielchen mitzuspielen, das Max erneut mit ihm spielen wollte. Bis zum Umfallen würde er mitspielen. „Ich weiche deiner Frage nicht aus, aber hast du es nicht satt, mir immer dieselbe Frage zu stellen?"

Langsam und majestätisch drehte er seinen Kopf zu Max, öffnete jedoch seinen Schnabel nicht.

„Jedes Mal, wenn wir dieses Gespräch führen, sage ich dir dasselbe", fuhr Max fort und nickte mit einem herablassenden Lächeln auf den Lippen. „Ich sage es dir, aber du vergisst es immer. Karl hat dich hierhergebracht, glaub mir. Ich habe ihn mit meinen eigenen Augen gesehen. Ich war in dieser Nacht hier."

Die Stimme von Max war ruhig, aber er sah Schwanhold nicht in die Augen. Stattdessen drehte der sich um und starrte Max erwartungsvoll an.

„Ich bin mir sicher, Max weiß viel mehr als das, chhh. Wann kann mir Max endlich sagen, wer ich bin und warum ich hierhergebracht wurde? Max weiß alles über jeden hier. Chhh. Warum besteht er darauf, mir nichts zu sagen?"

Max räusperte sich und seine Stimme wurde lauter.

„Ich habe nichts gegen dich persönlich. Du weißt, wie sehr ich dich wertschätze und wie oft ich an deiner Seite stand und dir geholfen habe, seitdem du zu uns gekommen bist. Aber deine Vergangenheit, Schwanhold, ist deine Sache, tut mir leid. Ich weiß wirklich nicht, wo du warst und was du getan hast, bevor Karl dich hierhergebracht hat."

Er machte eine kurze Pause und warf ihm einen ernsten Blick zu. „In deinen Erinnerungen. Dort musst du nach den Antworten suchen, nicht bei mir."

„Das ist das Problem. Was auch immer ich versuche, es ist unmöglich, die Antworten zu finden, chhh. In meinem Kopf ist alles verschwommen und verwirrt. Ich erinnere mich an nichts weiter als die drei schrecklichen Bilder, die ich Max oft beschrieben habe. Sie sind so unzusammenhängend, so unverständlich, wenn ich mich an sie erinnere, bekomme ich Gummibeine vor Angst, chhh, chhh."

„Ja, ich weiß", murmelte Max gleichgültig, mit seinem üblichen herablassenden Ausdruck und seiner aristokratischen Arroganz.

„Perfekt, chhh", sagte der Schwan enttäuscht und schüttelte sein linkes Bein zur Seite. „Alle anderen wissen, außer mir."

„Was ist jetzt schon wieder los, Schwanhold? Warum ziehst du heute wieder so ein Gesicht? Lächle ein wenig. Du siehst aus wie ein aufgescheuchtes Huhn und das steht dir überhaupt nicht."

Es war nicht leicht für ihn zu lächeln. Er warf einen Blick auf die Membranen, die die drei Zehen seiner Füße miteinander verbanden. Jedes Mal, wenn sie dieses Gespräch führten, begann eine Art gewolltes Martyrium für ihn. Denn jedes Mal durchlebte er erneut dieselben drei albtraumhaften Erinnerungen und glaubte doch, dass er auf diese Weise das Böse exorzieren und schließlich die Lücken in der Geschichte seiner Vergangenheit füllen könnte.

Jedes Mal, wenn er versuchte in seine fragmentierte Erinnerung einzutauchen, fiel er buchstäblich in die Tiefe:

Er fällt in einen breiten Fluss tiefschwarzen und unbeweglichen Wassers. Sein müder Körper, schwer wie eine Bleikugel, sinkt in das eisige Dunkel des Flusses, der ihn mit Gewalt tief zum Grund zieht. Seine Augen sind offen aber es fällt ihm schwer, im trüben Wasser etwas zu erkennen. Die Dunkelheit um ihn herum ist so tief und unergründlich wie die schwarze Ewigkeit. Das eisige Wasser, das seinen Körper wie ein Leichentuch fest umhüllt, nimmt ihm den Atem. Von blinder Panik erfasst bittet er um ein Wunder, das nicht kommt, weil er immer weiter sinkt, ohne reagieren zu können, als wäre er noch nie in seinem Leben geschwommen, als sei es sein erstes Mal im Wasser. Und doch sagt ihm etwas, dass er das Wasser liebt und schwimmen kann. Wenn er die Kraft fände, seinen Körper wieder zu kontrollieren, könnte er das Absinken möglicherweise stoppen. Bald wird sein Rücken den Boden berühren, wo der Tod auf ihn wartet. Er hat in seinem Leben noch nie so viel Angst gehabt. Er ist wie gelähmt. *Ich möchte nicht ertrinken*, denkt er verzweifelt.

Und dann, kurz bevor er in der absoluten Dunkelheit das Ende erreicht, ein paar Zentimeter bevor sein Körper den Schlamm des Flussgrundes berührt, blendet ihn ein starkes, helles Licht, wie der blinkende Strahl eines Leuchtturmes. Erstaunt und atemlos, sein Körper ist fast gelähmt, muss er die Augen schließen.

Als er sie wieder öffnet, befindet er sich nicht mehr in tiefen und kalten Gewässern, sondern in einem schrecklichen Gefühl der Gewissheit, dass seine Augen sehr lange geschlossen waren.

Er starrt verwirrt die dicken, dunklen Stämme der Bäume an, die ihn wie die Stäbe eines Käfigs umgeben. Er hat das Gefühl, dass er sich im Herzen eines dunklen und gefährlichen Waldes befindet. Er öffnet und schüttelt seine verwundeten Flügel, um das Wasser loszuwerden, doch es fällt nicht ein Tropfen. Sein Gefieder ist trocken, als ob es seit Jahrhunderten nicht mehr mit dem Wasser in Kontakt gekommen wäre. Ein plötzlicher Schauder läuft durch seinen Körper. So sehr er sich wundert, wie er aus der Tiefe seines nassen Beinahe-Grabes an diesen schrecklichen Ort geraten ist, an dem die dichten Äste der hochragenden Bäume kein Tageslicht zu ihm durchlassen, er bekommt keine Antwort. Er steht reglos da, völlig unfähig seine Füße und die vom Druck des Wassers schmerzenden Flügel zu bewegen. Der Boden ist feucht und rutschig unter seinen Zehen. *Warum bin ich hier? Was hält mich hier? Chhh. Warum öffne ich nicht meine Flügel, um wegzufliegen?*, wundert er sich und beobachtet die schwarzen Tautropfen, die mit jedem Windhauch von den Blättern der Bäume fallen. Eine tiefe Angst hat begonnen, sich in seinem Inneren einzunisten. *Vielleicht verstecke ich mich aus irgendeinem Grund*, denkt er. Aber er wüsste nicht warum. So benebelt und durcheinander, wie er sich jetzt fühlt, kann er nur Annahmen machen. *Wahrscheinlich muss ich noch eine Weile hierbleiben, bis ich mich erholt habe. Mein Körper ist schwach und meine dünnen Beine zittern bei der kleinsten Bewegung der Blätter, chhh. Es ist besser hier zu bleiben, bis ich wieder auf die Beine komme.* Er muss essen, sich stärken, damit er die Kraft und den Mut findet wegzufliegen. Doch wie soll er nach Nahrung suchen, wenn ihn seine Füße nicht tragen und der Hunger wie ein verwundetes Tier aus seinem Bauch schreit? *Es ist nur eine Frage der Zeit, bis ich wieder stark bin,* tröstet er sich. *Ich werde schnell wieder zu Kräften kommen, chhh, ich werde es schaffen. Ich bin ja nicht alt. Wie alt bin ich eigentlich, chhh?* Seine zerknitterten Flügel fühlen sich extrem schwer an und seine Augen füllen sich mit Zweifel und Furcht, als ein schrecklicher Verdacht in seinen Kopf kriecht. *Verstecke ich mich vielleicht immer noch, weil mich diese unbekannte, tödliche Macht verfolgt, die mich in das eisige Wasser des Flusses gezogen hat, chhh?*

Er schafft es nicht einmal, den Gedanken zu Ende zu denken, als er plötzlich den feuchten, kalten Boden unter seinen Füßen verliert. Als ob das alles nicht schon schlimm genug wäre, erwartet ihn jetzt eine neue Bedrohung. Ein Wolf nähert sich ihm lauernd im Dunkeln. Er spürt den übelriechenden Atem des Tieres in seiner Nähe und ein Schauer läuft ihm über den Rücken. Er erstarrt, er kann sich nicht bewegen. Er bleibt wie angewurzelt stehen, um die feuchten, finsteren und gefahrvollen Augen des Wolfes zu beobachten, die im Dunkeln schimmern. Wieder einmal nicht in der Lage zu reagieren, erwartet er das Unvermeidliche. Apathisch, nur in Gesellschaft des Windes, der im Laub der Bäume singt.

Das wilde Tier hat sich in der Dunkelheit heimlich genähert und nur seine rotglühenden Augen und sein nach Tod stinkender Atem haben es verraten. Der Wolf macht einen weiteren Schritt. Schwanhold fürchtet, dass er sich gleich auf ihn stürzen wird, um ihn zu zerreißen.

Angsterfüllt starrt er in die feuchten Augen des Wolfes, und erkennt plötzlich sich selbst im Glanz der Wolfsaugen, sieht sich mühevoll und völlig außer Atem der Silhouette eines großen, stämmigen Mannes hinterherlaufen. Eines Unbekannten, der wie ein Schatten zum Mondlicht wandert.

Sein eigener gefiederter Körper, steif wie ein Brett, folgt ihm mühselig. Seine Flügel, die schwer an seinen Seiten hängen, erschweren ihm den Gang. „Wer bist du? Chhh. Wohin bringst du mich?", fragt er, erwartet aber keine Antwort. Die Schatten sprechen nicht. Sie durchqueren schweigend endlose graue und verlassene Straßen. Das Einzige, was ihren Weg erhellt, ist die brennende Fackel, die der Unbekannte in seiner rechten Hand hält. Schwanhold kann dessen Gesicht nicht sehen, weil sein Gefährte niemals nach hinten schaut. Er ist nicht immer so schnell wie der Schatten des Mannes. Er ist langsam, er ist immer noch schwach, seine Füße gehorchen ihm kaum. Aber er beißt die Zähne zusammen und läuft entschlossen weiter. *Es ist eine Frage des Gleichgewichts,* sagt er zu sich selbst, während er wankt, stolpert, sich vorwärts lehnt und versucht über jede Unebenheit der Straße zu springen.

In Erinnerungen versunken spürte Schwanhold erneut die Erschöpfung. Mühsam hob er seine dünnen Füße vom Boden an. Er schüttelte den Hals, um die Bilder der Vergangenheit vertreiben, die begannen sich wie ein Sandsturm in der Flut aufzulösen.

„Nach den Worten von Max ist dieser Mann Karl, chhh", flüsterte er, und zog sich aus seiner eigenen Erinnerung heraus, während er immer wieder seufzte. „Aber warum hat er mich hierhergebracht? Und warum hält er mich eingesperrt, chhh?"

„Das ist der Befehl, den er hatte", sagte Max kurz und warf ihm einen durchdringenden Blick zu.

„Von wem? Chhh. Wer hat ihm den Befehl gegeben, mich

hierher zu bringen?"

„Du weißt, wer den Befehl gegeben hat. Warum fragst du ihn nicht selbst? Wir alle wissen, dass er eine besondere Schwäche für dich hat", murmelte Max. Am Klang seiner Stimme war Neid zu erkennen.

Der Schwan, den die Menschen Schwanhold nannten, machte einige zögerliche Schritte, ohne sich vom Platz zu rühren, um seinen schweren Körper zu balancieren. „Es ist sehr viel Zeit vergangen, seit ich ihn das letzte Mal gesehen habe. Sieht Max ihn oft?"

Max antwortete ihm nicht. Sie schwiegen beide, verlegen, wie immer am Ende ihres Gesprächs.

„Ich muss mich erinnern. Eines Tages werde ich mich daran erinnern, wer ich bin und woher ich gekommen bin, chhh", murmelte Schwanhold nachdenklich und unterbrach als erster die unbehagliche Stille. Er streckte seinen Hals, als wollte er ein Taubheitsgefühl loswerden, und legte ein Bein auf seinen Rücken. „Ja, ich werde mich definitiv erinnern, chhh, chhh."

Unzählige Morgen haben wir das gleiche Gespräch geführt, das mich nie weitergebracht hat, überlegte Schwanhold als er den Raum verließ und seine schweren Flügel dabei ab und zu anhob.

Max folgte ihm mit langsamen, gleichmäßigen Schritten zum Ausgang.

„Etwas sagt mir, dass der Tag, an dem ich mich erinnern werde, sehr bald kommen wird", flüsterte er mit halb- geschlossenem Schnabel, so dass Max ihn nicht hören konnte.

3. EMMA ~ Ein angehender Dieb

Es war stockdunkel in dieser Nacht, als ich aus meinem Zimmer kam, um in die Küche zu gehen. Im Flur war es warm. Der Atem der Mitarbeiter der Nachmittagsschicht lag noch in der Luft, obwohl sie schon vor einiger Zeit verschwunden waren. Die elektrischen Lichter waren bereits ausgeschaltet, während jetzt Kerzen und Gaslampen brannten.

Stille herrschte im Gebäude. Ich atmete tief ein und genoss das Echo meines Atems, als ich den Korridor durchquerte. Nach einigen einsamen Schritten erreichte ich die Austrittsstufe der Treppe, die zur Küche führte, als ein unangenehmer Geruch in meine Nase stieg. Ich konnte nicht identifizieren, was so schlecht roch. Ich hielt unruhig inne. Woher kam dieser starke Geruch? Die Neugier ließ mich kehrtmachen. Mit langsamen, nervösen Schritten ging ich in die Richtung zurück, aus der ich gekommen war. Das Geräusch meiner eigenen Schritte auf dem Marmorboden hörte sich irritierend eintönig an.

Ich blieb vor der Tür des ersten Zimmers zu meiner Rechten stehen. Es war eines der Schlafzimmer des Schlosses, wo hochrangige Herrschaften lebten, „die der guten Gesellschaft", wie die Frauen der Küche sie nannten, mit einer Grimasse des Ekels im Gesicht. Diese Zimmer waren viel besser ausgestattet als die Angestelltenzimmer, wie das, das ich mir mit Frau Hofbauer teilte. Bessere Betten für mehr Schlafkomfort, mehr Möbel mit teurem Zubehör und Wände, die von kleinen Fresken mit tapferen Helden und bildhübschen Damen geschmückt waren.

Überrascht entdeckte ich, dass die Zimmertür nicht

vollständig geschlossen war. Aus einer schmalen Öffnung glitt ein dünner Strahl stumpfen, gelblichen Lichts, das flackernd auf dem Boden des Korridors reflektierte. Ich nahm an, dass der Bewohner dieses Zimmers unterwegs war und die Kerzen angelassen hatte. Obwohl wir alle wissen, dass die Vorschriften aus Gründen der Wirtschaftlichkeit, aber auch zur Vermeidung von Feuerunfällen das unnötige Anzünden von Kerzen verbieten, schien der Mieter des Zimmers vergessen zu haben seine zu löschen.

Ich näherte mich, schob meinen Körper zum Türspalt und schaute vorsichtig in den Raum, um sicherzustellen, dass sich niemand darin befand, bevor ich eintrat. Ich konnte nichts erkennen. Ich drückte die Tür vorsichtig auf, um besser zu sehen. Die Tür gab mit einem quietschenden Geräusch nach.

Ich trat ein, schaffte aber keinen weiteren Schritt. Meine Füße blieben vor Überraschung wie angeklebt auf der Stelle stehen. Ein Mann beugte sich über einen dunklen Nachttisch, die Knie leicht angewinkelt, der Rücken krumm, und versuchte mit einem Arm, einen Gegenstand aus einer geöffneten Schublade zu ziehen.

Ich stand sprachlos ohne zu atmen, beobachtete ihn und versuchte herauszufinden, was er dort suchte. Ich schluckte trocken und versuchte nachzudenken. Mir wurde schnell klar, dass ich vor einem Dieb stand.

Plötzlich, als hätte er meine Anwesenheit gespürt, drehte er den Kopf und sah mir direkt in die Augen. Ich stand verblüfft da. Er blieb einige Momente, die sich wie ein Jahrhundert anfühlten, so stehen: der Rücken gekrümmt, die Arme hingen vor der Brust und der Mund klaffte offen. Und dann zog er seine Arme zusammen, richtete seinen Körper auf, schloss den Mund und war mit zwei schnellen Schritten bei mir, bevor ich einen zweiten Atemzug machen konnte. Er zog mich heftig in die Mitte des Raumes und schloss die Tür hinter sich.

Während ich mich bemühte seinem Griff zu entkommen,

wurde mir klar, dass ich jetzt besser einen kühlen Kopf bewahren sollte. Der Fremde konnte mir mehr antun als körperliche Schmerzen.

„Lassen Sie mich los. Warum zerren Sie mich so herum?", rief ich und versuchte nicht, den Ärger in meiner Stimme zu verbergen.

Er sah mich mit einem ironischen Blick und einem frechen Lächeln an, als er meinen Arm losließ.

Das gelbliche Licht der brennenden Lampe auf dem Nachtschränkchen, die er anscheinend selbst angezündet hatte, beleuchtete sein Gesicht. Er war groß und schlank und sah aus wie ein armer Mönch. Sein Gesicht war hager, knochig und hart mit blasser Haut, seine grünen Augen sahen aus wie die Augen eines Tieres. Seine Zähne waren spärlich und gelb. Sein langes blondes Haar lag fettig und ungekämmt auf seinen Schultern. Seine Kleidung, die ihm mindestens zwei Nummern zu groß war, hing an ihm wie eine Fahne bei Flaute.

Ich war überrascht. Ich hatte bisher noch nie einen derart schlecht gekleideten und ungepflegten Menschen gesehen. Vor mir stand eine menschliche Ruine. Da ich keine Antwort bekam, fragte ich weiter.

„Was machen Sie hier? Ich bin sicher, dass dies nicht Ihr Zimmer ist."

„Und was interessiert es dich? Sagen wir mal, ich kenne denjenigen sehr gut, der hier lebt", erwiderte der Mann.

Ohne auf meine Antwort zu warten, näherte er sich dem Nachttisch und zog mit seiner linken Hand einen kleinen, silbernen, dreiarmigen Kerzenständer heraus. Seine rechte Hand nahm kaum an dem Vorgang teil. Es war bestimmt schwierig wegen ihres elenden Zustands. Die Haut der Hand war an vielen Stellen rau und gerafft, als ob sie verbrannt wäre; die Finger waren ungewöhnlich gekrümmt und konnten sicher nicht fest greifen.

„Unfall?", fragte ich und fühlte direkt eine Anspannung im Bauch. Ich bedauerte sofort meine indiskrete Frage.

Doch er nickte zustimmend. „Erinnerung an das

Unglück", antwortete er, ohne mich anzusehen, mit einem rätselhaften, bitteren Lächeln auf seinen Lippen.

„Lassen Sie ihn hier", sagte ich und starrte auf den silbernen Kerzenständer in seiner linken Hand. „Vergiss es!", antwortete er. Sein Blick war wütend. „Hör mit den Befehlen auf und hau ab, wenn du nicht wegen Diebstahls verhaftet werden willst", fauchte er. „Es ist die Zeit der ersten Kontrolle. Die Wächter werden bald hier vorbeikommen."

„Mich? Warum sollten sie mich verhaften?"

Ich sah den fremden Mann an, der mir Befehle zu geben schien, als hätte ich den größten Spinner der Welt vor mir. *Was wohl so ein Mann hier zu suchen hat*, dachte ich und betrachtete seine stechenden Augen.

„Hau doch endlich ab, worauf wartest du noch?", wiederholte er seine Aufforderung. „Dir zuliebe. Wenn sie mich erwischen, werden sie mich schnell freilassen. Ich habe dir doch gesagt, ich kenne den Zimmerbewohner. Aber du? Wie willst du deine Anwesenheit rechtfertigen?", fragte er spöttisch.

Der Gestank kommt von seinen Socken und seiner schmutzigen Kleidung, er braucht auf jeden Fall ein gutes Bad, dachte ich, ohne mich in Richtung Tür zu bewegen. Ich hatte es, trotz seiner Drohungen, nicht vor. Meine Neugier auf den fremden Mann wurde mit jedem Moment größer.

„Sie müssen den Kerzenständer an Ort und Stelle lassen", wiederholte ich erneut, verwirrt durch sein unverantwortliches Verhalten.

„Auf keinen Fall. Geht nicht."

„Wieso? Sie brauchen ihn nicht. Ich bin sicher, Sie haben ein Leuchtmittel in Ihrem Zimmer. Nicht wahr?"

„Ich nehme ihn nicht für mich. Ich kann dir versichern, dass ich einer von denen bin, denen die Dunkelheit besser steht als das Kerzenlicht."

Seine Worte verwirrten mich. In seinem Blick war etwas, was mich unruhig werden ließ.

„Aber warum dann?", wisperte ich.

Er zuckte nur verlegen mit den Schultern und versank in Schweigen. Obwohl er mich leicht lächelnd ansah, war mir klar, dass er nicht bereit war mir zu antworten. Sein Schweigen gab mir Zeit, mich zu fassen. Ich warf ihm einen strengen Blick zu und hoffte, dass ich ihm Angst machen und so zwingen würde, den Kerzenständer hier zu lassen.

„Geben Sie mir einen guten Grund, warum Sie es tun, und ich verspreche zu versuchen Ihnen zu glauben", sagte ich zu ihm. „Aber ich hoffe, Sie erzählen mir keinen Mist, denn dann werde ich sofort die Wächter rufen."

Er seufzte, als hätte ihn meine Beharrlichkeit erschöpft.

„Du bist so naiv! Wie willst du deine Anwesenheit neben mir erklären? Oder glaubst du, du kannst sie davon überzeugen, dass du hier bist, um die Beute zu beschützen?"

„Ich werde ihnen die Wahrheit sagen, dass ich vorbeigegangen bin und Sie beim Klauen ertappt habe!"

„Mach dir keine Illusionen. Sie werden dir nicht glauben."

Ich bemerkte, dass sowohl seine Stimme als auch sein Gesicht weicher geworden waren.

„Vielleicht haben Sie recht, Herr...", sagte ich.

„Bastian Schwarz. Und du? Wie ist dein Name?"

„Emma."

„Emma was? Einfach Emma? Ohne Nachname?"

„Einfach Emma", wiederholte ich kurz und beeilte mich das Thema zu wechseln. Ich konnte absolut nicht zugeben, dass ich keinen Nachnamen hatte. Und das vor einem Unbekannten! „Lassen Sie den Ständer hier und lassen Sie uns beide verschwinden."

Bastian Schwarz nahm wieder seinen steifen Ton an und schüttelte verneinend den Kopf.

„Ich fürchte derjenige, der darauf wartet, wird wütend sein, wenn ich ihn ihm nicht rechtzeitig liefere."

Seine Antwort ließ mich ihn mit offenem Mund anstarren.

„Worin sind Sie verwickelt? Wer hat Sie dazu beauftragt, ihn zu stehlen?"

„Sind wir jetzt plötzlich Freunde geworden? Glaubst du, du kannst mich verstehen, wenn du die ganze Geschichte hörst?"

„Ihre Gedanken sind schmutziger als unser Taubenhaus", erwiderte ich wütend.

„Meine Gedanken?", fragte er sarkastisch. „Du meinst wohl meine Kleider. Macht dir mein Aussehen etwa Angst, weil es nicht zu deiner Welt passt?"

„Ich versuche Ihnen zu helfen", sagte ich protestierend.

„Wie?? Mit Schlägen unter die Gürtellinie?", höhnte er, indem er mich abschätzend mit seinen kleinen grünen Augen ansah, in denen ich nur Abwertung und Gleichgültigkeit erkennen konnte.

„Schön, ich hoffe es ist bei Ihnen angekommen, dass ich keine Angst davor habe, mit ähnlichen Schlägen weiterzumachen."

„Ich fühle mich von deinem Interesse geschmeichelt. Ein nettes und hübsches Mädchen wie du. Bist du dir sicher, dass du mit jemandem wie mir zu tun haben willst?"

„Noch nie in meinem Leben war ich mir sicherer. Ich fürchte Sie sind bereit etwas zu tun, was Ihnen überhaupt nicht zugute kommen wird. Was haben Sie zu verlieren?"

„Ich? Nichts. Aber du wirst mindestens deine Zeit verlieren und vielleicht bekommst du auch noch eine Strafe für deine Abwesenheit aus der Küche."

Ich starrte ihn verdutzt an.

„Dein schwarzes Kleid... Es ist schon von Weitem zu erkennen, dass du in der Küche arbeitest."

Die Härte in seinem Gesicht verschwand plötzlich. Ich sah ihn trocken schlucken, als wollte er seine Würde zurückgewinnen. Er runzelte die Stirn.

„Ihr jungen Leute, ihr seid stur wie Maulesel", murmelte er.

Ich versuchte zu lachen, aber mir wurde klar, dass mir

gerade nicht zum Lachen zumute war.

Er dagegen grinste mit einem dunklen, bitteren Ausdruck, der perfekt zu seinen gelblichen, spärlichen Zähnen passte.

„Warum gehst du jetzt nicht und wir setzen dem Ganzen ein Ende. Hast du nichts Besseres zu tun? Ihr Frauen der Küche würdet alles geben für Klatsch, Gerüchte, Gelächter und Kritik von oben herab."

„Hören Sie mit den Beleidigungen auf. Sie werden mich nicht entmutigen. Wenn ich es richtig verstehe, missbrauchen Sie Ihre Bekanntschaft mit dem Herrn, der hier wohnt, um Dinge aus seinem Zimmer zu stehlen, ohne Angst zu haben, gefasst zu werden. Ich bestehe darauf, dass Sie den Kerzenständer stehen lassen und wir sofort gehen", sagte ich verbissen und spürte die Empörung wie einen Knoten in meinem Hals.

„Auf keinen Fall. Den Kerzenständer werde ich mitnehmen", beharrte er und scharrte nervös mit seinem Fuß auf dem Boden.

„Erklären Sie es mir doch endlich. Warum bestehen Sie so sehr darauf?"

„Wer weiß? Vielleicht möchte ich die Kerzen anzünden, damit die ganze Welt niederbrennt, und ich mit ihr. Damit alles verbrennt, bis es nichts anderes als Asche gibt", zischte er mit einem mehrdeutigen Lächeln auf den Lippen und lief zur anderen Seite des Raumes, als wollte er in den Schatten verschwinden. Leider konnten die Schatten ihn nicht verbergen. Meine Welt ist zu klein, um sich darin zu verlieren.

„In diesem Raum wohnt der Architekt Erich Gabelsberger. Er kennt mich sehr gut, weil er mich hierhergebracht hat. Wenn die Wärter mich in seinem Zimmer finden, werden sie mir nichts tun. Ich kann nicht sagen, dass dasselbe für dich gilt. Ich glaube nicht, dass deine prachtvollen blonden Haare, deine strahlend blauen Augen, deine vollen rosaroten Lippen oder dein schlanker Körper dich retten werden. Du weißt, wie die Dinge hier funktionieren. Du wirst in einem der Kerker im Keller landen und wirst dort von allen vergessen verrotten. Lebendig kommst du da nicht raus."

Als ich ihm zuhörte, musste ich schlucken. Seine Worte verursachten mir Gänsehaut am ganzen Körper, aber ich schaffte nicht, etwas zu sagen, bevor er gebeugt und krumm zur offenen Schublade des Nachtschränkchens lief. Er legte den Kerzenhalter hinein und schloss die Tür des Schränkchens sorgfältig.

„Bist du jetzt zufrieden? Hau jetzt ab! Ich hoffe, ich sehe dich nicht wieder, denn beim nächsten Mal werde ich dich von den Wächtern erwischen lassen", sagte er mit einem leichten Zittern in der Stimme.

4. EMMA ~ Mit einer alten Draisine

Als ich Bastian Schwarz das nächste Mal traf, befand er sich in einem noch schlechteren Zustand. Es war Mittwochnachmittag und ich schlief noch. Frau Hofbauer war schon eine ganze Weile vor mir wach, saß auf ihrem Stuhl und studierte die Bibel. Im Schloss herrschte absolute Stille. Zu dieser Zeit blieb es mittwochs für Besucher geschlossen. Die Einzigen, die morgens durch die Korridore liefen, waren die Wachmänner.

Auf einmal weckte mich ein lautes, kräftiges Klopfen an der Tür, beharrlich und unruhig, wie die Wellen, die am Fuße einer steilen Klippe brechen.

Ich öffnete die Augen und spitzte die Ohren, das Klopfen wurde lauter und hartnäckiger. Ich schob die Decke beiseite, stand langsam vom Bett auf und sah dabei verwirrt Frau Hofbauer an, die ihren Kopf von ihrer Bibel gehoben hatte und unsicher zurück blickte. Während ich mich in aller Eile anzog, signalisierte ich ihr, dass sie sitzen bleiben sollte. Als ich fertig war, ging ich zur Tür. Ich versuchte zu hören, was draußen geschah. Absolute Stille, nicht einmal die Schritte der Wachen waren zu vernehmen, die normalerweise den Korridor des Stockwerks inspizierten.

„Wer auch immer es war, er ist gegangen", sagte Frau Hofbauer erleichtert.

Ich war bereit in mein Bett zurückzukehren, als ein neuer Schlag mich erstarren ließ. Ich öffnete die Tür und vor mir stand Bastian Schwarz, der mich abrupt zur Seite stieß und schnell ins Zimmer trat.

Ich machte verblüfft einen Schritt zurück. Er war in

einem sehr schlechten Zustand, als wäre er geschlagen worden, und blutete. Erschöpft sank er auf die Knie. Er trug keine Schuhe, seine nackten Füße waren verletzt und schwarz. Ich half ihm auf den leeren Stuhl neben Frau Hofbauer, die, vom Eindringen des unbekannten Mannes in unser Zimmer fassungslos, verblüfft dasaß, den Blick stetig auf den ungebetenen Gast geheftet. Ich zögerte einen Moment, als ich ihren kritischen Blick sah. Ich erklärte ihr, dass ich den Mann kannte und nannte seinen Namen, aber ich vermied es, ihr mehr Informationen zu geben. Ich richtete meine Aufmerksamkeit auf Bastian, der uns mit einem kalten Blick beobachtete.

Sein schlankes Gesicht war unnatürlich geschwollen. An einigen Stellen schimmerten getrocknete Blutflecken auf seiner bleifarbenen Haut. Auch an seiner guten Hand waren getrocknete Spuren von verschmiertem Blut zu sehen.

Er musste die Unruhe in meinen Augen gelesen haben, denn mit einem Schulterzucken gab er mir zu verstehen, dass ich keinen Grund zur Sorge hatte.

„Bis die Wächter vorbei sind", sagte er zwischen kurzen Atemzügen. „Ich werde es nicht leicht haben, wenn sie mich um diese Uhrzeit und in diesem Zustand im Flur erwischen. Ich habe gerade keine passende und überzeugende Erklärung, um mich zu verteidigen."

„Was ist passiert? Wo sind Ihre Schuhe?"

„Diese Dreckskerle, nachdem sie mich niedergeschlagen haben, haben sie auch meine Stiefel mitgenommen", murmelte er voll Ärger und Verachtung, als er sah, dass ich seine Füße betrachtete.

„Wer? Wer hat Sie geschlagen?"

„Ich bin den ganzen Weg vom Dorf bis hier hoch barfuß gelaufen", sagte er und ließ seinen blutigen Arm zur Seite fallen. Seine Lippen wurden schmal, als ob er Schmerzen hätte.

„Vom Dorf aus hierher? Sie sind im Dorf gewesen?"

„Fang nicht wieder mit deinen Ermahnungen an,

Mädchen", sagte er mit einer Stimme, die in einem Stöhnen erstickte.

„Haben Sie Schmerzen?"

„Es ist nichts, es geht schon", antwortete er abrupt und biss die Zähne zusammen.

Aus dem Augenwinkel sah ich, dass Frau Hofbauer aufstand. Sie schien mit dem, was sich vor ihren Augen abspielte, überhaupt nicht zufrieden zu sein. Sie schüttelte ununterbrochen den Kopf und murmelte unverständliche Worte. Sie sah wütend aus. Ich war mir sicher, dass ich ihr die Anwesenheit von Bastian in unserem Zimmer später erklären würde müssen.

„Ich werde Ihnen sauberes Wasser holen, um die Wunden zu waschen, Frau Hofbauer", sagte ich und warf einen ihr einen hastigen Blick zu. In diesem Moment öffnete meine Mitbewohnerin die Kiste mit ihren berühmten Wundersalben, die schon manches Mal vielen von uns bei kleineren Unfällen in der Küche geholfen hatten. Mir wurde klar, dass sie Bastian trotz ihres Unmuts helfen würde.

„Um Himmels willen, mach doch jetzt bloß nicht die barmherzige Schwester. Es ist alles deine Schuld, dass ich so aussehe", warf mir Bastian zu und lächelte mich dann müde an.

Ich sah ihn zweifelnd an, ich konnte nicht verstehen, was er meinte.

„Ich habe ihnen nicht das gegeben, was sie wollten. Das ist meine Belohnung."

„Der silberne Kerzenständer", sagte ich und versuchte zu verstehen, wie es ihm gelungen war, mit Menschen außerhalb des Schlosses in Kontakt zu treten. Ich fragte mich, wie er die Wachen ausgetrickst hatte, um auszubrechen. Wo war er gewesen? Was hatte er da draußen gemacht?

Bastian nickte, sagte aber keinen Ton, solange Frau Hofbauer ihre Salben auf die Kratzer an seinen Beinen und in seinem Gesicht verteilte. Gelegentlich hob er seinen Blick zu meiner Mitbewohnerin, sah sie mit versöhnlichen Blicken an und lächelte schwach.

„Verzeihen Sie meinen ungebetenen Eintritt in Ihre Kammer, Frau Hofbauer", sagte er und verzog das Gesicht zu einer schmerzhaften Grimasse, die die Lücken zwischen seinen gelblichen Zähne zeigte.

„Es gibt nichts zu verzeihen", antwortete sie seufzend. „Es reicht, wenn Ihre Anwesenheit hier unter uns bleibt und niemand davon erfährt. Nicht so sehr für mich wie für meine Emma."

„Ich gebe Ihnen mein Wort. Ich werde dafür sorgen, dass Sie nicht wieder von mir hören werden."

„Jetzt übertreiben Sie. Wie alle in Ihrem Alter", antwortete Frau Hofbauer mürrisch.

Nachdem sie mit Bastians Pflege fertig war, sammelte sie die Gläschen mit ihren Salben ein und kehrte zu unserer Kommode zurück, um sie dort aufzubewahren. Ich nutzte den Moment, in dem sie uns den Rücken gekehrt hatte, um Bastian zuzuflüstern: „Ich möchte auch hinausgehen. Ich möchte sehen, wie es ist."

Er sah mich mit großen Augen an. In ihnen sah ich Ironie, aber auch Angst.

„Warst du jemals dort draußen?"

Ich schüttelte verneinend den Kopf und fügte noch schnell hinzu, bevor Frau Hofbauer zu ihrem Platz am Tisch zurückkehrte: „Ich habe es aber vor. Ich bin mir sicher, eines Tages werde ich es schaffen."

„Ich würde es dir nicht empfehlen. Die Welt da draußen hat sich verändert, es ist nichts mehr wie früher. Sehr schnell hat sich alles gewandelt. Manchmal denke ich, dass diese Veränderung an einem Tag stattfand, als ob ich nachts in einer Zeit eingeschlafen und in einer komplett anderen aufgewacht wäre."

Ich verstand nicht, was er damit meinte, aber seine Worte ließen meine Wut verfliegen.

„Ich bin nie aus dem Schloss gekommen", seufzte ich und erkannte, dass Frau Hofbauer unserer Diskussion mit besonderem Interesse folgte.

„Wo wurdest du geboren? Wo wohnt deine Familie?", fragte Bastian mit hochgezogenen, fragenden Augenbrauen.

„Ich habe keine Familie", antwortete ich und hoffte, dass meine abrupte Antwort ihn von weiteren Fragen abhalten würde.

„Alle Menschen haben eine Familie. Vielleicht hast du sie nie kennengelernt, aber sie ist irgendwo da draußen."

„Ich habe keine", beharrte ich unwillig.

Meine Mitbewohnerin war indessen zu ihrem Platz zurückgekehrt und war scheinbar entschlossen das Thema unserer Diskussion zu wechseln, offensichtlich hatte sie meine Anspannung gespürt.

„Wo arbeitest du?", fragte sie ihn mit einem minimalen Hauch Interesse.

„Ich war einmal im Dienst des Architekten Erich Gabelsberger. Heute habe ich meine eigenen Aktivitäten entwickelt", sagte er lächelnd.

Frau Hofbauer warf ihm einen strengen Blick zu, der zeigte, dass sie seinen Humor überhaupt nicht schätzte.

„Neulich habe ich gehört, dass Leute für das Kerzengießen gebraucht werden. Jemand, der mit Frau Eva arbeitet, die für die Waren verantwortlich ist, die ins Schloss geliefert werden, zum Beispiel für den Einkauf des Paraffins, für die zu bestellende Menge und so weiter. Oder jemand, der das Material empfängt, wenn sie es in das Schloss bringen, solche Jobs, denke ich. Ich kenne den Aufseher, ich werde mit ihm über Sie sprechen", sagte sie zu ihm.

Der Ton ihrer Stimme war eher befehlend als fragend.

„Hmmm, Kerzen, Feuer, genau das Richtige für meinen Fall", murmelte Bastian. „Seit einem bestimmten Punkt meines Lebens fühle ich mich immer mit dem teuflischen Rot des Feuers verbunden", fuhr er sarkastisch und rätselhaft fort.

Frau Hofbauer hob neugierig die Augenbrauen und ihre Stirn war voller Falten.

„Ein schlechter Kommentar, aber eine interessante

Offenbarung, wenn sie wahr ist", sagte sie zu ihm. „Ich würde sehr gerne wissen, was Sie meinen, Herr Schwarz."

Ich sah Bastian an. Sein Gesicht hatte einen machiavellistischen Ausdruck angenommen.

„Es gibt Dinge, die besser in der Vergangenheit begraben bleiben sollten", flüsterte er.

Ein flüchtiger Schatten von Schmerz flatterte in seinem Blick. Es war Verzweiflung, die ich in ihm spürte, und obwohl ich nicht wusste warum, wollte ich unbedingt wissen, was ihm widerfahren war. Vielleicht, weil ich niemanden kannte, der so war wie er. Vielleicht war die Geschichte seines Lebens genauso besonders, genauso einzigartig wie er selbst.

„Was ist mit Ihnen passiert", beharrte meine Mitbewohnerin.

Bastian zuckte mit den Schultern und nach einem langen Moment des Schweigens hob er den Blick und sah sie resigniert an.

„Es ist das passiert, was mit all denen passiert, deren Träume auf den Felsen zerschellen und die ihre Hoffnung verloren haben. Über mir schwebt seitdem eine schwere, finstere Wolke. Es ist wie ein Geruch von Unglück, der aus den Körpern meiner Geliebten strömt."

„Es ist nicht richtig, so zu sprechen, mein Kind, das ist Blasphemie. Sag ihm doch Emma, erzähl ihm, was in deinen Büchern über Hoffnung und Glauben steht", sagte Frau Hofbauer, die sich nun davor fürchtete, das zu hören, was sie aus Bastian hatte herauslocken wollen.

Er achtete nicht auf ihre Worte und fuhr mit gebrochener Stimme fort:

„Ich erinnere mich, dass ich mit meiner Mutter in einer feuchten, dunklen Hütte lebte, die uns ihr Arbeitgeber aus Mitleid gegeben hatte, als ich noch ein Kind war. Zu dieser Zeit war trotz unserer Armut alles anders, leichter und sorgloser. Mich störte weder die Abwesenheit meines unbekannten Vaters noch die meiner Mutter, die den ganzen Tag arbeiten war und die Kleider der Damen des Hauses wusch.

Mit einer alten Draisine, die ich im Stall des Arbeitgebers meiner Mutter versteckt in einer Ecke entdeckt hatte und deren hölzernes Gestell von Feuchtigkeit und Alter aufgequollen war, raste ich jeden Tag den Hügel hinab, der vor unserer Hütte begann. Ich hatte keine Angst mir weh zu tun; mein Leben zu verlieren war damals kein Schrecken für mich. Ich denke, so sind alle Kinder, furchtlos."

„Armer Junge", sagte Hofbauer leise, um ihn nicht zu unterbrechen.

Bastian schien sie nicht gehört zu haben.

„Umso älter ich wurde, desto mehr Zeit verbrachte ich auf den schlammigen Straßen des Dorfes statt in der stickigen Hütte, und genoss das, was ich damals Freiheit nannte. Eine Freiheit, die mich oft in dunkle und gefährliche Straßen geführt hat. Die Angst habe ich erst später getroffen, als ich Elsa kennenlernte, einen Engel, der sich auf die Erde verirrt hatte. Ein Engel, der seine Hände ausstreckte und mich aus dem Schatten und der Dunkelheit herauszog. Diesen Engel ließ ich nicht gehen. Ich habe Elsa geheiratet. Zum ersten Mal hatte ich einen Job, in einer der neuen Papierfabriken der Umgebung. Ich hatte ein richtiges Zuhause und nach neun Monaten mein eigenes Kind."

Er machte eine kurze Pause. Seine Augen waren geschlossen, seine Hände zitterten.

„Mein Versuch, durch die himmlischen Augen meiner Frau wiedergeboren zu werden, endete in Flammen. Alles, was schlecht laufen konnte, wurde noch schlimmer."

Seine Stimme wurde rau. Frau Hofbauer füllte ein Glas Wasser und stellte es vor ihn auf den Tisch.

„Trink etwas und atme kurz durch", riet sie ihm.

Er trank das Wasser und erzählte dann weiter.

„Als meine Tochter sechs war, in der Nacht vor Heiligabend, hatte ich einen Traum, voller Dunkelheit und Tod. Ich war erschrocken aufgewacht und sah erleichtert meine beiden Lieben, die friedlich mit mir im Raum schliefen.

Die schlechten Gedanken flogen davon wie der schwarze Rauch, der durch die kühle Brise aufgelöst wird. *Es war nur ein schlechter Traum*, dachte ich. Die dunklen Gedanken waren verschwunden, aber das Böse blieb im Haus verborgen und versteckte sich nur für einen weiteren Tag.

In der nächsten Nacht, an Heiligabend, begann es seine verheerende Arbeit. Es war bereits dunkel, als ich mit den Händen voller Geschenke nach Hause lief. Ich ging schnell die schlammige, halbdunkle Straße entlang, um meine Tochter noch zu sehen bevor sie einschlief, als mir auffiel, dass etwas nicht stimmte. Auf halbem Weg begann ein eisiger Nachtwind zu rasen und die Menschen rannten in ihre Häuser, um die Fenster zu schließen und die Türen zu verriegeln.

Ich hob den Kopf und spähte unruhig zum Ende der Straße, wo mein Zuhause war. Die Farbe des Himmels, der einen seltsamen violetten Schimmer hatte, als ob er einen Mantel aus roten Wolken trug, erschütterte meine Seele. Der Staub, den der Wind aufwirbelte, hinderte mich am Sehen und füllte meine Augen mit Tränen.

Als ich zuhause ankam, war es bereits zu spät. Ein Feuer und die Heftigkeit des Windes hatten das halbe Haus in Schutt und Asche gelegt. Glühende Funken stoben aus den Brandresten und flogen zusammen mit grauen Aschestücken durch die nächtliche Luft. Das Zischen der Hölzer, die noch brannten, hörte sich in meinen Ohren an wie schreiende verwundete Tiere. Ohne Zeit zu verlieren, stürzte ich mich in die Hölle des brennenden Hauses und fand die brennenden Körper meiner Liebsten in den verzehrenden Flammen. Ich versuchte sie herauszuziehen aber es war zu spät. Ich wünschte mir aus tiefster Seele, dass Gott mit ihnen barmherzig gewesen war. Ich betete, dass Er ihre Engelseelen schnell vom Martyrium des Feuers erlöst hatte. Dass sie gestorben waren, bevor sie verbrannten. Ich wollte dort bei ihnen bleiben, mit ihnen gehen, aber irgendwann, kurz bevor ich meine Sinne verlor, spürte ich, wie zwei Hände meine Schultern packten und mich wie einen schlaffen Sack über die

Brandreste meines Lebens zerrten.

In dieser Nacht verglühten meine Träume von einem glücklichen Leben in den teuflischen Flammen, die mir die beiden Engel meines Lebens nahmen. Es fühlte sich an, als wäre auch ich in diesem schrecklichen Feuer gestorben, das sich wahrscheinlich vom Holzofen in der Küche ausgebreitet hatte.

Mein Gehirn weigerte sich tagelang zu akzeptieren, was meine Augen beobachtet hatten. Die Verzweiflung fing an meine Seele zu fressen, Stück für Stück, wie der Holzwurm das Holz. Die Erinnerung an diesen Samstag verbrannte meine Haut. Das Bild der verkohlten, sich umarmenden Leichen quälte mich Tag und Nacht. Ich verlor erst meinen Job und später auch meine eigene Würde. Ich wollte die ganze Welt und mich selbst verbrennen, aber damals war ich noch zu jung und zu schwach für so ein großes Übel. Ich musste mich auf das Böse beschränken, das für mich passte."

Bastian hielt eine Weile inne und schluckte trocken.

„Es tut mir so leid, mein Kind", sagte Frau Hofbauer mit Tränen in den Augen, als könnte sie keine tröstenden Worte finden.

Ohne es zu wollen, fiel mein Blick auf seine verbrannte Hand. *In diesem Feuer ist es wohl passiert, bei dem Versuch, seine Frau und seine Tochter zu retten*, dachte ich, aber ich fragte nicht nach.

Bastian sah uns mit einem lauwarmen Lächeln an und fuhr fort, ohne die Worte meiner Zimmergenossin zu kommentieren.

„Ich wanderte ziellos umher und schlief auf öffentlichen Plätzen, ohne mir Gedanken um mein Wohlergehen zu machen. Eines Winternachmittags, und obwohl ich kein Geld mehr hatte, sehnte ich mich verzweifelt nach einem Glas Bier und ging in ein Bierhaus. Der schlecht beleuchtete Raum mit den vielen trägen Leuten, die ihr Bier zwischen Tabakrauch und dem Geruch nach Würstchen genossen, war der beste Ort, um den Schmutz meines Körpers und meiner Seele zu verstecken, ein paar Pfennige zu fischen und ein Glas Bier zu trinken.

Als ich die Türschwelle überschritt, fiel mein Blick auf einen gut gekleideten Mann mit teuren, aber zerknitterten Kleidern, dessen Anwesenheit im Raum absolut unpassend schien. Er wühlte in einem Stapel von Papieren und sah erschöpft aus, als hätte er mehrere Tage nicht geschlafen. Sein Geldbeutel war sicher voll und ohne zu zögern steuerte ich auf meine Beute zu. Ich ging dicht an seinem Holztisch vorbei und sorgte dafür, dass ich „versehentlich" einige seiner Papiere mit mir zog, die sofort auf den Holzboden fielen. Während der Mann versuchte sie aufzusammeln, hatte ich bereits das Geld aus seiner Jackentasche genommen."

Frau Hofbauer schüttelte den Kopf. „Du hast deinen Glauben verloren, mein Kind", murmelte sie und seufzte.

„In dieser Nacht hat sich anscheinend etwas in meinem Leben geändert, aber ich habe es erst viel später realisiert. Vielleicht war es die Traurigkeit seiner müden Augen, als er mich überrascht anblickte, weshalb ich mich bei ihm entschuldigen musste. Er glaubte, ich hätte mich für die Papiere entschuldigt, die ich auf den Boden geworfen hatte, aber ich wusste, ich entschuldigte mich für den Diebstahl seines Geldes."

Frau Hofbauer brachte ihre Hand an die Lippen. „Mutter Gottes, vergib ihm", murmelte sie, als sie für seine sündige Seele betete.

„Der Architekt Erich Gabelsberger lud mich zu einem Bier ein, um mir zu zeigen, dass er meine Reue begrüßte. Nachdem er selbst einige Biere getrunken hatte, öffnete er mir sein Herz und vertraute mir seine eigene schmerzhafte Geschichte an. Er hatte seine Frau und sein Kind durch die Cholera-Epidemie verloren, die vor einigen Monaten in München ausgebrochen war. Es dauerte nicht lange, bis ich den Schrecken und das Elend erkannte, die sich in seiner Seele eingenistet hatten. Ich fragte mich, was das Ganze bedeutete. Hatte mein Schicksal ihn ausgewählt in mein

Leben zu treten, oder seins mich? Als mein Blick in seine schmerzerfüllten Augen sank, schüttelte es mich. Ich hatte es gerade geschafft, meine eigenen Schmerzen und Traurigkeit zu lindern, die drohten mich aufzufressen, und erkannte, dass es nicht lange dauern konnte, bis meine eigenen frischen Wunden wieder bluten würden, wenn ich auch nur ein bisschen mehr Zeit mit ihm verbrächte. Ich hatte solche Angst, dass ich schnell aufbrechen musste, buchstäblich wie ein Dieb.

Das nächste Mal, als wir uns trafen, fand er mich auf seinem nächtlichen Heimweg, wie er mir später erklärte, halb ohnmächtig, zusammengerollt, besiegt von Hunger und Kälte, schlafend auf einer Parkbank in einem Hain. Es war bitterkalt. Wir erlebten einen weiteren harten Winter, der mit seinem weißen Eismantel die Straßen mit Tod und Krankheit leerfegte. Auf der eiskalten Holzbank liegend dachte ich über mein Schicksal nach, an die paar Pfennige, die in meiner Jackentasche übrig geblieben waren und noch nicht einmal für ein Laib Brot reichten. So muss ich wohl eingeschlafen sein und das Näherkommen des Architekten nicht bemerkt haben.

In dieser Nacht hat Erich Gabelsberger mein Leben gerettet und seitdem folgte ich ihm ohne einen weiteren Gedanken wie ein Schatten, wie ein treuer Hund. Selbst als er die Entscheidung traf, ins Schloss zu ziehen, um für Ludwig zu arbeiten, ging ich mit, trug die Papiere mit seinen Plänen, ohne den geringsten Einwand zu erheben. Ich hatte schließlich geschworen, meinen Retter niemals zu verlassen. So war ich im Netz einer Spinne gefangen, der ich freiwillig erlegen war.

Hier drinnen hat der eine im Laufe der Zeit die Existenz des anderen vergessen. Ich kann nicht sagen, wann und wie wir uns entfremdet haben. Vielleicht hat der Alltag uns geholfen, die Existenz des anderen zu vergessen. Die Erinnerungen verblassten, unser Schmerz wurde schwächer und verschwand allmählich. Es ist einige Zeit vergangen, seitdem ich an die Engel gedacht habe. Die Zeit hat ihr Bild aus meinem Gedächtnis gelöscht. Ab und an verfolgt mich eine heiße Erinnerung in meinen Träumen, aber wenn ich aufwache, ist sie verloren. Ich kann mich nicht mehr an ihre Gesichter erinnern; das Einzige, woran ich mich mit einer süßen Nostalgie erinnere, ist, dass ich einmal zwei unschuldige Seelen geliebt habe, die ich nicht retten konnte. Meine Bestrafung besteht darin, in den Spiegel zu schauen und eine menschliche Ruine zu sehen, ähnlich denen, die durch Stehlen, Betteln und Flehen um Mitleid überlebt haben.“

Bastian hörte auf zu sprechen, als hätten ihn die traurigen Erinnerungen, die er aus den schattigsten Winkeln seiner Seele gezogen hatte, müde gemacht. Ich und Frau Hofbauer waren fassungslos. Mir war, als stünden wir vor einem verbrannten Haus, mit halb verkohlten Wänden, unter der eigenen Asche begraben. Nachdem ich seine Geschichte gehört hatte, wunderte ich mich nicht mehr über seine Wut und schroffe Art, die mich vorher in Verwirrung gebracht hatten. Wie viel Unglück kann eine Seele aushalten, ohne zu zerbrechen?

B. Heute

1. PAUL ~ Das Leben ist wie das Drachensteigen

Mein Wecker klingelt laut und dröhnt in der nächtlichen Stille des Hauses. Das sich wiederholende Geräusch, ähnlich wie die Glocke der St. Andreas Kirche auf der Straße weiter unten, zwingt die nächtliche Ruhe, das Zimmer zu verlassen.

Ich erwache vom Klingeln und muss mehrmals meine schweren Augenlider öffnen und wieder schließen. Meine Augen brennen. Mein Mund ist noch trocken vom Schlaf. Mein erster Impuls ist, mich umzudrehen und weiterzuschlafen, aber zum Glück schaltet sich mein Verstand ein. Jetzt kann ich mich auch gleich daran erinnern, warum ich den Wecker auf mitten in der Nacht gestellt habe, an die lästige Angelegenheit, mit der ich mich heute beschäftigen muss. Ich stehe mühsam vom Bett auf und laufe halb im Schlaf ins Bad, mit unsicheren Schritten, die auf dem dicken Teppich nicht zu hören sind. Ich mache das Licht nicht an, ich brauche es nicht, denn das Glas des Fensters lässt das silberne Mondlicht in mein Zimmer gleiten. Ich gehe ins Badezimmer, dusche und bin nun richtig wach.

Ich atme nochmal tief durch und ziehe mich dann an.

Heute werde ich den ersten Schritt meines neuen Lebens machen.

Als ich ein Kind war, hatte ich beschlossen – mit der Einfachheit, die Entscheidungen kennzeichnet, wenn man fünf Jahre alt ist – dass ich ein abenteuerliches Leben führen und Pilot werden würde, um die ganze Welt zu bereisen. In den folgenden Jahren beschloss das Leben, alle meine Pläne zu ändern, während ich hilflos zusehen musste.

Zwölf Jahre sind vergangen, vieles hat sich verändert und ich möchte kein Pilot mehr werden. Ein Plan blieb jedoch bestehen – mein Zuhause zu verlassen. Am Ende dieses Tages, wenn ich das letzte Hindernis aus dem Weg geräumt habe, werde ich endlich frei sein und abhauen. Ich werde ein Haus zurücklassen, das ich nicht mehr als das meine empfinde. Ich werde von dem Mann fortgehen, den ich, wenn ich ihn zufällig in einem der Zimmer des Hauses treffe, Vater nenne.

Ich schaue aus dem Fenster. Es hat gestern Abend wieder geschneit. Die dünnen Schneestreifen, die die nackten Birkenzweige im Garten wie weiße Weihnachtsgirlanden schmücken, reflektieren das Mondlicht auf dem gefrorenen Boden. Ich ziehe mich eilig warm an. Ich überlege, dass ich Geld für Tickets und Essen brauchen werde. Ich rechne nach, nehme den Betrag aus der mittleren Schublade meines Schreibtischs, in die mir mein Vater jeden Montag Geld für die Ausgaben der Woche legt, und stopfe es in die Hosentasche meiner Jeans.

Ich stecke das schwere ledergebundene Buch, das ich am Abend zuvor auf meinem Schreibtisch abgelegt hatte, in meinen Rucksack. Das Buch nimmt fast den ganzen Platz ein und der Rucksack sieht aus wie ein aufgeblasener Ballon. Es bleibt nicht viel Raum für weitere Dinge. In eine der Seitentaschen meines Rucksacks stecke ich mein Handy und in die andere das Taschenmesser, das ich vor zwei Tagen gekauft habe, am Tag nach meinem Albtraum.

Bei der Erinnerung an den düsteren Traum, welcher der Grund für mein frühes Aufstehen heute ist, fühle ich einen Schauer über meinen Rücken laufen. Diese wenigen Sekunden des Albtraums erwiesen sich als entscheidend. Ich erkannte es nicht sofort, aber in den folgenden Tagen wurde mir klar, dass eine Mauer in meinem Bewusstsein entstanden war, die mein Leben in vor und nach dieser Nacht trennt. Da ein Zurück nicht mehr in Frage kommt, muss ich mich vorwärts bewegen.

Ich träumte, dass ich nachts plötzlich schweißgebadet aufwachte, mit einem seltsamen Gefühl von Einsamkeit und Verlust, das mich wie eine zweite Haut eng umarmte. Ich sprang aus meinem Bett, als hätte mich eine unsichtbare Hand gewaltsam an den Schultern herausgezogen.

Ich sah mich besorgt um, ich hatte das Gefühl, dass etwas nicht stimmte und ich vorsichtig sein musste. Ich setzte mich auf die Bettkante und versuchte mich zu beruhigen. Es war nicht einfach, mein Herz schlug immer noch schnell in meiner verschwitzten Brust und meine Hände zitterten. Ich versuchte herauszufinden, was mir passiert war und warum ich so plötzlich aufgewacht war. Zum Glück war der Raum nicht dunkel, ich war wohl bei eingeschaltetem Licht eingeschlafen. Das Licht half mir, mich zu beruhigen. Ich atmete langsamer und seufzte erleichtert, alles um mich herum nahm langsam wieder seinen gewohnten Zustand an. Sogar meine Herzschläge wurden langsamer und ruhiger. *Es war nur ein böser Traum*, entschied ich und erleichtert wie ich war, wollte ich mich wieder in mein Bett legen.

Ich erinnere mich, dass ich an diesem Punkt in meinem Traum kleine dunkle Flecken auf meinem weißen Hemd auf der Höhe meiner Brust bemerkte. Ich fragte mich, warum ich mit einem schmutzigen T-Shirt ins Bett gegangen war. Ich stand wieder auf und wollte mein schmutziges T-Shirt wechseln, als ich merkte, dass die Flecken immer größer wurden.

Ich geriet in Panik. Erschrocken und wie erstarrt beobachtete ich, wie sich mein Zustand verschlechterte, ohne zu verstehen, was passierte, während sich die Flecken ausbreiteten und immer größer wurden. Der Gedanke, dass es mein Blut war, das aus meiner Brust lief, ließ meine Knie weich werden. Ich befürchtete, ich würde in Ohnmacht fallen und nicht wieder aufwachen. In diesem Moment traf mich die Vorstellung, ich könnte meine Balance verlieren, stolpern und auf den harten Boden fallen, wie es meiner Mutter geschehen war, wie ein scharfer Pfeil in den Kopf. Ich hatte Angst, dass ich wie sie auf den Hinterkopf fallen und sofort sterben würde.

Zum Glück wurden meine Ängste in meinem Traum nicht bestätigt. Ich bin nicht gestolpert, ich verlor nicht das Gleichgewicht und ich lag nicht hilflos am Boden, dem Tod ausgeliefert. Meine Sinne, die überraschenderweise weiterhin normal funktionierten, versicherten mir, dass ich nirgendwo Schmerzen hatte, nicht verletzt war und dass es nicht mein Blut war, welches sich auf meiner Brust ausbreitete.

Ich streckte meinen Finger zögerlich aus und drückte ihn kräftig gegen das nasse Oberteil. Ich brachte ihn an meinen Mund und erwartete mein Blut zu schmecken, den Geruch der roten Flüssigkeit in meiner Nase zu spüren. Der Geschmack aber, der meinen Mund von der Zunge bis zum Gaumen überflutete, war nicht der von Blut, sondern der herbe Geschmack von Tinte, als hätte ich den Mund voller Ruß. Der besondere Geschmack verwandelte das Gefühl der Angst in Verwirrung. Der Geschmack der Tinte erinnerte mich an seit langem vergessene Momente. Damals, als meine ungeschickte kindliche Hand die ersten Versuche unternahm, die ersten Buchstaben des Alphabets auf ein weißes Blatt Papier zu zeichnen, das mir meine Mutter gegeben hatte. Oder damals, als ich enttäuscht war, weil ich das O nicht rund genug schreiben konnte und erbittert an meinem Füllfederhalter herumkaute. Meine Zunge färbte sich blau von der Tinte.

Die Feuchtigkeit breitete sich jedoch weiterhin auf meiner Brust aus und reichte bis zu meinem Bauch. Nun klebte das nasse, kalte Oberteil an meiner Haut. Die Kälte half mir, zu mir zu kommen und auch das Bild des Todes aus meinem Kopf zu vertreiben. Wenn auch nur langsam, so konnte ich mich doch ein wenig beruhigen.

Da ich nun wusste, dass mein Oberteil nicht mit Blut, sondern mit Tinte getränkt war, war ich etwas erleichterter und richtete meinen Blick wieder auf meine Brust. Die Tinte spritzte jetzt schwarz und dick und floss unaufhaltsam. Der weiche Stoff konnte sie nicht aufhalten. Ein kleiner Bach bildete sich zwischen den Falten meines T-Shirts, tropfte auf den Boden und bildete zuerst eine kleine Pfütze und dann ein ganzes Tintenmeer, das mich zu ertränken drohte. Meine nackten Füße waren in der zähen Flüssigkeit untergetaucht, die unheimlich schnell anstieg.

Bis ich den Fluss und die Geschwindigkeit der Tinte berechnen konnte, die jetzt aus meiner Brust wie ein dunkler Wasserfall entsprang, hatte die Höhe der Tinte meine Schultern erreicht und drohte mich zu verschlingen.

Ich fühlte mich in der Flüssigkeit gefangen, die immer dicker wurde, je höher sie anstieg. Eine seltsame Kälte, die nichts mit der nassen und kalten Atmosphäre des Raumes zu tun hatte, umarmte mein Herz, während schwere Stille wie ein dunkler Schleier den Raum umhüllte. Alles, was ich hörte, war der Puls in meinen Schläfen.

Die einzige Möglichkeit, mich zu retten, war zu schwimmen. Ich versuchte meine Hände zu heben, aber ich konnte sie nicht bewegen, es war, als ob sie an meinen Seiten festklebten. Enttäuscht sah ich mich Hilfe suchend um, konnte aber nichts finden.

Ich überlegte kurz, ob ich mich mit den Zähnen irgendwo festbeißen könnte, aber selbst die Möbel schienen von der zähflüssigen Tinte, die bald mein nasses Grab werden würde, weggetrieben worden zu sein. Die Wände, die in meinen Augen tödlich blass wirkten, kamen drohend auf mich zu und zitterten unter dem gelben Licht des Raumes.

Besser so, dachte ich und in meinen Mund trat der Geschmack von Übelkeit. *Ich muss mich dem Direktor nicht stellen.*

Und in diesem Moment, wo ich alle Hoffnung verloren hatte vor dem Ertrinken gerettet zu werden, sah ich das Buch. Ein dickes, in Leder gebundenes Buch trieb ungestört auf dem Schaum des trägen Tintenmeeres an mir vorbei. Ich erkannte es sofort, obwohl ich es viele Jahre nicht mehr gesehen hatte. Es war das Buch, aus dem mir mein Großvater in meiner

Kindheit Geschichten vorgelesen hatte.

Das Buch schaukelte sanft auf der Oberfläche der Tinte, ohne sich aus meinem Sichtfeld zu entfernen, als würde es absichtlich weiterhin auf gleicher Höhe mit meinen erstaunten Augen treiben. Das Licht der Lampe, das schräg auf die mit blauem Leder überzogene Hülle fiel, reflektierte Hitze, wie ein Atemzug, der sich aus den Seiten des Buches heraus schlängelte und es lebendig wirken ließ. Der Geruch, der mir in die Nase stieg, von altem Papier vermischt mit dem von altem Staub, war so intensiv, dass ich wieder zu mir kam. Dieser Geruch traf meine Gedanken wie ein Pfeil und weckte ein Versprechen, das ich tief in dem entferntesten und schattigsten Winkel meines Gehirns begraben und vergessen hatte.

Ich hatte meinem Großvater ein paar Augenblicke, bevor er für immer seine Augen schloss, ein Versprechen gegeben. Ich hatte ihm versprochen, das ledergebundene Buch zum Schloss Neuschwanstein zurückzubringen und einem verantwortlichen Angestellten zu übergeben. Ich konnte mich nicht mehr daran erinnern, warum ich meinem sterbenden Großvater dieses Versprechen gegeben hatte. Vielleicht ließen mich die Verzweiflung und die Angst, die ich in seinen Augen sah, als sich die Dunkelheit des Nichtseins näherte, bestätigend auf die Anfrage nicken.

Sechs Monate später hatte ich sowohl das Buch vergessen, als auch das Versprechen, das ich gegeben hatte. Sechs Monate nach seinem Tod habe ich mich nicht einmal gefragt, warum mein Großvater in seinen letzten Momenten dieses Buch erwähnte.

Ich kann mir vorstellen, dass die Erinnerung an das vergessene Versprechen in meinem Traum ausreichte, um mich von den nassen Fesseln der Tinte zu befreien, als ob der Traum, der sich zu einem Albtraum entwickelt hatte, nur erschienen war, um mich an das vergessene Versprechen zu erinnern.

Still und fasziniert beobachtete ich, wie die Tinte in

entgegengesetzter Richtung in meinem Oberteil verschwand, als ob meine eigene Brust die Tinte zurückziehen würde. Als schließlich der letzte Tintenfleck aus meinem Hemd verschwunden war, wachte ich auf, diesmal wirklich erleichtert.

Am nächsten Morgen habe ich mich extrem müde gefühlt. Ich blieb zu Hause und bin nicht zur Schule gegangen. In einigen Tagen würde ich sowieso aufhören. Ich lief im leeren Haus hin und her und versuchte zu entscheiden, ob ich meine geplante Flucht um ein paar Tage verschieben sollte, um den letzten Wunsch meines Großvaters zu erfüllen.

Im Haus war es wie immer ruhig und still. Seit dem Tod meines Großvaters passierte zu Hause nichts mehr. Das Telefon klingelt nie. Kein Nachbar kommt mehr vorbei, um uns einen guten Morgen zu wünschen. Niemand kommt in unser Haus, außer Sofia, die Frau, die putzt. Aber selten öffnet sie den Mund, um ein Wort zu sagen.

Ich ging in die Küche. Durch das offene Fenster kam aus dem Garten der Geruch von Unkraut und Feuchte. Ich spürte, wie die Kälte meinen Atem stocken ließ. Ich schloss das Fenster, trank ein Glas Apfelsaft und ging zurück in mein Zimmer. Ich legte mich ins Bett, schloss die Augen und versuchte mir meinen Großvater vorzustellen. Doch ich schaffte es nicht. Mein Großvater war nicht mehr präsent, nicht einmal in meiner Fantasie.

Ich hatte nicht die geringste Ahnung, was ich tun sollte. Hatte das Buch einen echten Wert oder war es eine emotionale Belastung, die meinen Großvater kurz vor dem Ende bedrückt hatte? Tatsächlich sah ich in meinem Großvater immer einen ernsthaften und vernünftigen Mann. Er hätte mich nicht gebeten das Buch zurückzubringen, wenn es keinen Grund gäbe.

Es war Donnerstag. Schließlich entschied ich, meinen endgültigen Abschied auf den folgenden Montag zu verschieben. Am Sonntag würde ich das Buch ins Schloss bringen. Das schuldete ich meinem Großvater. Er war der

Einzige, der zu mir stand, als ich ihn brauchte. Er stand sogar noch neben mir, als ich ihn nicht brauchte, als ich ihn von mir wegstieß.

Vor elf Jahren, als ich sechs Jahre alt war, starb meine Mutter und mein Leben, das bis dahin wie ein ruhiger See vor sich hingeplätschert war, wurde zu einem reißenden Fluss. Die großen und furchterregenden Wellen, die über mich hinweg stürmten, haben mich fast verschlungen.

Der Tod kam unerwartet, als niemand damit rechnete, und stürzte sich wie ein Monster auf seine Beute, in diesem Fall meine Mutter. Als die ahnungslose Frau ihm gegenüberstand, hatte sie keinerlei Chance, der Tod besiegte sie. Am Ende dieses ungleichen Kampfes, der nur einen Augenblick dauerte, verabschiedete sich der Tod aus der blutigen Arena als triumphierender Sieger und hinterließ nur Leid und Trauer.

Es war nur ein Ausrutscher am Straßenrand und ein gebrochener Absatz, die dem Unglück den Weg bereiteten. Der Verlust des Gleichgewichts hatte den tödlichen Aufschlag des Hinterkopfs auf der harten Bordsteinkante verursacht. Ich war dabei, als unparteiischer Zuschauer in ihrem Kampf, und ich war unfähig ihr zu helfen. Nur ein paar Sekunden, während ich vor Schreck wie versteinert dastand und sie hilflos anstarrte, waren genug für den Tod, um uns zu besiegen und als Trophäe des Sieges das junge und gesunde Leben meiner Mutter mitzunehmen. Nur ein paar Sekunden reichten, um ihre grünen Augen, voller Freude und Lebhaftigkeit, in zwei verschwommene Glasperlen zu verwandeln. Ich sah zu, wie sie am Boden lag und alles, was ich fühlte, war Unverständnis und Schock. Der Schrecken ihres Schweigens hatte mich erstarren lassen und die Muskeln meines Körpers gelähmt.

Ich hasste das Leben für die Schwäche, die es angesichts des Todes zeigte. Das menschliche Leben wurde in meinen Augen entwertet. Es erwies sich als schwach und unfähig sich dem Tod zu widersetzen. Ihr zerbrechliches Leben schaffte es nicht, meine Mutter vor dem bösen Moment zu schützen. Und es gab keine Anzeichen für das, was das Schicksal für diesen Tag geplant hatte.

Mit meinen zehn Jahren war ich bereits voller Wut. Ich hörte auf meine Schulfreunde zu treffen. Zu Hause saß ich stundenlang sprachlos in meinem Zimmer neben dem Fenster und hielt ihr Bild fest. Ich wollte mein Zimmer auch nicht zum Essen verlassen. Mein Großvater brachte mir jeden Tag das Essen, klopfte leise an die Tür und wartete geduldig darauf, dass ich sie öffnete. Meistens öffnete ich nicht und nach einiger Zeit ging er frustriert und traurig wieder und ließ den Teller vor meiner Zimmertür stehen.

Eines Tages, als ich von der Schule zurückkam und mich gerade in mein Zimmer einschließen wollte, erwischte mich mein Großvater auf der Treppe. Er streckte seine starke Hand aus und packte mich, wie ein Frosch die ahnungslose Mücke mit seiner langen Zunge greift.

„Paul, mein Junge, die Leute sterben nicht wirklich, sie ziehen nur um. Sie verlassen diese Welt und gehen in eine andere und leben dort weiter", sagte er hastig, als hätte er Angst, ich würde gehen, bevor er mir alles sagen konnte.

Ich konnte nicht ruhig bleiben. „Warum hat sie mich nicht mitgenommen?", fragte ich wütend. „Ich wäre mit ihr überallhin gegangen."

„Weil die Menschen auf diese Welt alleine kommen und auch alleine wieder gehen", antwortete mein Großvater ernst. „Gib ihr nicht die Schuld, mein Junge. Sie hat dich so sehr geliebt, das weißt du. Stimmt's? Sie ging nicht, weil sie es wollte. Sie hätte dich niemals allein gelassen, wenn es in ihrer Hand gelegen hätte, wenn sie hätte entscheiden können. Aber leider entscheiden nicht wir, wann und wo wir geboren werden, welche Farbe unsere Haut haben wird, welche Sprache wir sprechen und wann wir sterben werden. Niemand weiß, wann Atropos den Lebensfaden mit ihren scharfen Zähnen zerschneidet", sagte der Großvater lächelnd, um die Stimmung aufzuhellen.

Ich sah ihn ausdruckslos an und versuchte die Bedeutung seiner Worte zu verstehen, aber es gelang mir nicht.

Der Großvater machte einen weiteren Versuch, mir seine Fürsorge zu zeigen: „Paul, ich bin mir sicher, dass deine Mutter, wenn sie mit uns reden könnte, mir und deinem Vater sagen würde, wir sollen auf dich aufpassen und dir helfen, bis du allein auf eigenen Füßen stehen kannst."

Ich hatte die Bedeutung seiner Worte noch immer nicht verstanden.

„Opa, was sagst du da? Ich kann doch laufen, ich bin kein Baby!", beschwerte ich mich.

„Oh doch, mein Junge, du bist immer noch unser großes Baby. Du hast noch so viel zu lernen, bis du wirklich bereit bist, allein durch das Leben zu gehen. Ich verspreche dir, dass ich und dein Vater immer neben dir sein werden."

Ich wollte nichts mehr hören, ich zuckte gleichgültig mit den Schultern.

„Sei geduldig Paul, denn wir werden noch lange Strecken in diesem Leben laufen müssen, manche gerade und andere krumm. Wir werden sicherlich viele Treppen auf- und absteigen und auf schwierige Situationen stoßen, schwierig nicht nur für Kinder, sondern auch für Erwachsene. Dafür brauchen wir alle starke Nerven."

Erbittert und genervt wandte ich mich ab und rannte die Treppe zu meinem Zimmer hinauf.

Ich bemühte mich herauszufinden, warum meine Mutter sterben musste. Ich brauchte Zeit, um zu akzeptieren, dass ich für immer alles verloren hatte, was die meisten Kinder meines Alters genossen.

Mit der Zeit habe ich mich an den Verlust und die Traurigkeit gewöhnt und habe eingesehen, dass es nicht die geringste Hoffnung gab, dass sie zu mir zurückzukehren würde, egal wie sehr ich es wollte, egal wie sehr ich jeden Abend dafür betete. Meine Kindheit war für mich nicht mehr sorglos und glücklich, wie die Lehrer in der Schule immer behaupteten. Je öfter ich hörte, wie die Älteren wiederholten: „Genießt die Sorglosigkeit eures Alters", desto klarer wurde mir, dass ich sie verloren hatte.

Großvater Franz hielt sein Wort, so schwach er auch aufgrund seines Alters wurde, und bis auch er von mir gehen musste, vor etwa sechs Monaten, tat er sein Bestes, um die Lücke zu füllen, die meine tote Mutter hinterlassen hatte.

Mein Vater tat es nicht. Er machte nie die geringste Anstrengung, mir zu zeigen, dass er für mich da war. Obwohl wir im selben Haus wohnten, gingen unsere Wege in unterschiedliche Richtungen. In seine Arbeit vertieft und täglich nur vor seinem Computer sitzend, schien Josef Müller meine Existenz völlig vergessen zu haben.

„Dein Vater liebt dich", sagte Großvater oft im Versuch, ihn zu verteidigen, und ich vermied es immer, ihm zu antworten.

Manchmal grübelte ich, was mir wichtiger wäre; dass mein Vater mich liebte oder mich verstünde?

Leider wurde mir mit der Zeit immer klarer, dass er wohl nichts von beidem tat.

Als ich heranwuchs, wurde ich immer unbeholfener, immer stiller. In der Schule war ich verschlossen und fand keine Freunde. Welches Kind möchte auch eine Person wie mich als Freund? Es war mir egal, ob meine Klassenkameraden mich hassten, ob ich abstoßend oder gleichgültig ihnen gegenüber wirkte, weil ich es vorzog, dass sie mich in Ruhe ließen.

Nach dem Tod meines Großvaters, als ich fast allein in dem leeren, zweistöckigen Haus lebte, wurde mir endlich klar, was mein Großvater meinte, als er sagte, ich müsste lernen alleine auf meinen Füßen zu stehen. Er hatte natürlich metaphorisch gesprochen. Ich verstand jetzt, dass das Stehen auf eigenen Füßen bedeutete, dass man ohne fremde Hilfe allein leben konnte. Ich habe aber auch herausgefunden, wie schwierig es ist, die verschiedenen Probleme, die einem täglich begegnen, selbständig zu lösen.

Leider war es gar nicht einfach, meinen Weg zu finden.

Zuerst lief ich langsam und widerwillig herum, wie jemand, der durch unbekannte, dunkle Straßen streift. Ich bin oft gefallen und tat mir weh, weil meine Schritte unsicher und instabil waren, als würde ich mit geschlossenen Augen gehen. Viele der Entscheidungen, die ich für angemessen hielt, erwiesen sich als falsch.

Aber ich bin geduldig und hartnäckig weitergelaufen, wie die Schildkröte, die unbedingt ans Ziel kommen möchte. Im Angesicht großer Schwierigkeiten fiel mir ein, was mein Großvater mir einmal erzählt hatte. Es hatte mich so sehr beeindruckt, dass ich mir schon damals sicher war, dass ich es nie vergessen würde.

„Die Menschen sind wie Lenkdrachen", hatte er gesagt und zur Decke geschaut, als wären seine Worte dort oben geschrieben. „Der eine erhebt sich stolz, zerreißt die Luft und steigt hoch in den Himmel, weil er richtig gebaut wurde und genug Schnur hat. Und andere kämpfen, drehen sich seitlich mal rechts mal links und steigen nur für eine Weile, können aber nicht höher, weil sie nicht genug Schnur haben. Und schließlich stürzten andere ab, weil sie schlecht gebaut sind. Genau das passiert mit den Menschen auch. Die Menschen sollten schon im jungen Alter mit Hilfe der Erwachsenen gut gebaut werden und genug Schnur bekommen, um eines Tages hoch steigen zu können."

In den letzten Monaten lief es nicht so gut für mich. Die Probleme in der Schule nahmen ständig zu. Die täglichen Reibungen mit einem bestimmten Mitschüler wurden immer häufiger und intensiver und alles wies darauf hin, dass es sehr bald krachen würde. Obwohl ich beschlossen hatte, die Konflikte mit ihm zu ignorieren und einfach die Richtung zu wechseln, um ihm aus dem Weg zu gehen, war der Direktor der Schule anderer Meinung und hatte beschlossen einzugreifen. Er verlangte, meinen Vormund zu sehen.

„Paul Müller, ich möchte deinen Vater sehen. Ich möchte mit ihm reden", sagte er eines Nachmittags mit finsterem

Blick.

Wenn die zusammengezogenen Augenbrauen und der ernste Blick des Direktors mich erschrecken sollten, dann haben sie es geschafft.

Ich sagte nichts zu meinem Vater in der Annahme, der Direktor würde es bald vergessen. Wie sich herausstellte, war das Gedächtnis des Direktors jedoch extrem gut und er kehrte sehr bald zum Thema zurück.

„Muss ich vielleicht selbst deinen Vater aufsuchen?", drohte er mir. „Sei dir sicher, Müller, wenn ich muss, werde ich es gerne tun."

Da wurde mir klar, dass der Direktor es ernst meinte. Ich versuchte mit meinem Vater zu reden, ihn zu warnen, schaffte es aber nicht. Ich habe mich wirklich sehr bemüht. Doch vielleicht spielte der Gedanke eine Rolle, der sich wie ein Dorn in meinem Kopf festgesetzt hatte, dass, wenn ich meinen Vater um Hilfe bäte, er denken würde, dass sein behinderter Sohn die simplen Schulprobleme nicht alleine bewältigen konnte.

Mit dem Bedürfnis, guten Willen zu zeigen, schrieb ich Nachrichten, um sie auf den Küchentisch zu legen, wo mein Vater sie finden würde. Aber die Frage, die sich ständig in meinem Kopf drehte, war – wie soll mir derjenige helfen, der nicht einmal an meiner Existenz interessiert ist? Dieser Gedanke führte mich dazu, die Notizzettel jeden Abend zu zerreißen, bevor ich ins Bett ging.

Eines Morgens, es war nach dem letzten Ultimatum des Direktors, traf ich dann zufällig meinen Vater in der Küche.

„Ich muss mit dir reden. Es gibt ein kleines Problem", sagte ich zögernd und versuchte die richtigen Worte zu finden, um das Problem zu erklären.

Mein Vater hob den Kopf und sah mich ausdruckslos an. Es tat weh, die Gleichgültigkeit in seinen Augen zu sehen.

Doch letzten Endes waren keine Worte nötig. Denn alles, was sich aus diesem „Gespräch" ergab, war ein Versprechen, das mein Vater mir eher unwirsch gegeben hatte, nämlich dass wir uns am selben Abend zusammensetzen würden, von Mann zu Mann sprechen und das entstandene Problem lösen würden. Doch auch dieses Versprechen war ein leeres. Am selben Abend kam der schwer beschäftigte Josef Müller sehr spät nach Hause.

Enttäuscht wandte ich mich an Sofia, die Frau, die dreimal in der Woche kam, um das Haus zu reinigen. Vielleicht konnte ja sie sich die Ermahnungen des Direktors im Namen meines Vaters anhören. Ich versuchte sie zu überreden, sich mit der Zustimmung meines Vaters als meine Tante beim Direktor vorzustellen. Sofia hörte mir sehr aufmerksam zu, die Augen voller Mitleid, doch am Ende unseres Gesprächs schüttelte sie entmutigt und enttäuscht den Kopf, weil es nicht richtig sei, wie sie erklärte, sie mit weiteren Aufgaben zu belasten. Sie hätte ihre eigenen Probleme zu lösen, die viel größer und schwieriger seien als meine. Da sie mich aber mochte, wie sie ausdrücklich erklärte, gab sie mir einen freundlichen Rat, und ging offensichtlich davon aus, dass ich damit alle meine Probleme lösen würde.

„Es gibt kein Problem, das keine Lösung hat, Paul. Doch die Lösung findet uns nicht immer von allein. Oft wartet sie hinter einer Ecke versteckt. Wir müssen sie entdecken. Wir müssen sie packen und zwingen ans Licht zu kommen. Doch wenn es dir gelingt sie zu überraschen, dann verspreche ich dir, wird sich dir die Lösung unterwerfen und Schluss ist es mit den Problemen", sagte sie belehrend.

Ich nickte sprachlos und voller Zweifel.

„Sag deinem Direktor, er soll ein wenig Geduld haben", schlug sie schließlich vor. „Der arme Herr Josef erstickt in Arbeit. Er tut mir so leid. Er bleibt immer bis spät in seinem Büro am Flughafen. Seine Funktion ist sehr wichtig und er hat viele Probleme zu lösen in dem Unternehmen, für das er arbeitet. Ich bin mir sicher, dass er die Zeit finden wird, um den Direktor zu besuchen."

Der Direktor zeigte jedoch kein Verständnis für die wichtigen Probleme von Herrn Müller und drohte mich von der Schule zu werfen.

Verzweifelt suchte ich nach Hilfe, konnte sie aber nirgendwo finden. Es gab einfach keine Lösung für dieses Problem. „Ach, Opa, du hättest mir sicher mit deinen klugen Sprüchen helfen können", seufzte ich verzweifelt eines Abends, als ich mich an die Geschichte mit den Drachen erinnerte.

In diesem Moment fiel meine Entscheidung. Wenn der Direktor mich aus der Schule werfen sollte, würde ich mein Zuhause verlassen. Im Haus meines Vaters gab es nichts mehr für mich. Dieses Haus erinnerte mich an alles, was ich vergessen wollte. Das Haus, in dem ich vom Tod besiegt worden war, in dem ich meine Liebe zum Leben verloren hatte, in dem ich vergessen hatte zu lächeln. Ich musste gehen, obwohl ich nicht einmal wusste, wohin ich gehen sollte.

Ich wollte nicht mehr über den Direktor und den Ausschluss aus der Schule nachdenken. Wenn er beschloss mich aus der Schule zu werfen, dann sollte er das ruhig tun. Ich würde stark bleiben; weder der Direktor noch die Strafe meines Vaters, wenn der es herausfinden würde, sollten mir Angst machen, entschied ich und seufzte erleichtert. Die Lösung war so einfach. Ich würde nicht mehr hierbleiben.

Die Entscheidung, mein Zuhause zu verlassen, befreite mich. Es war, als wäre plötzlich ein Gewicht verschwunden, das mich am Boden gehalten hatte. Der Erlösungsschrei, der aus meinem Mund kam, als ich mich zur Flucht entschloss, machte mir selbst Angst. Obwohl ich allein zu Hause war und niemand mich hören konnte, hielt ich schnell die Hand vor den Mund, um den Schrei zu dämpfen. Meine Stimme verstummte sofort und ich versuchte tief durchzuatmen und einen klaren Kopf zu bekommen.

Ich habe meinem Vater nie von meinem Problem erzählt, wir haben uns auch kaum noch gesehen. Tag für Tag wartete ich darauf, vom Direktor über den Schulausschluss informiert zu werden, und machte mich gleichzeitig daran, Pläne zu schmieden, um meine Idee umzusetzen. Es verging kein Tag, an dem ich nicht daran dachte. Ich überlegte, wohin ich gehen würde, mit welchem Geld ich leben würde, welche Jobs ich erledigen könnte, um zu überleben. Ich wusste nicht, ob ich es schaffen würde, die Schule zu beenden. Vielleicht würde ich das ja eines Tages nachholen. Viel wichtiger war jetzt, dass ich erst mal das Haus verließ, das ich hasste.

Während die Tage vergingen, dachte ich nur daran. Ich habe oft meine Pläne geändert, meine Ziele neu definiert, wieder überlegt, aber am Ende wusste ich genau, was ich machen wollte. Als ich vor fünfzehn Tagen entschied, ich sei bereit, konnte ich es kaum erwarten, meine Pläne in die Tat umzusetzen und mein elendes und trauriges Leben zu ändern.

Nur das absolut Notwendige beschließe ich in meinen Rucksack zu stecken, der mit dem dicken, in Leder eingebundenen Buch schon fast voll ist. Ich gehe heute nicht für immer, ich werde am Montag abhauen, um mein neues Leben zu beginnen, so wie ich es geplant habe.

Nur das Nötigste, wiederhole ich, dieses Mal laut, während ich aus der ersten Schublade meines Schreibtischs ein Bild von Stephanie Schneider, meiner Mutter, herausnehme und vorsichtig in die innere Jackentasche stecke.

Ich muss mich beeilen, wenn ich den Zug erreichen möchte, der mich nach Hohenschwangau bringt, drei Stunden von meinem Zuhause entfernt, wo sich das Schloss Neuschwanstein befindet. Wenn ich den Zug verpasse, ist auch der Zeitplan meiner Flucht in Gefahr.

Ich schwinge den Rucksack auf meine Schultern und blicke mich in meinem Zimmer um. Ich atme tief durch, schließe vorsichtig die Tür und renne die Holztreppe zum Erdgeschoss hinunter. Ich schaue noch einmal hinter mich. Alles scheint ruhig zu sein. Ich öffne die Haustür und trete auf die vereiste Straße.

Der Tag ist noch nicht richtig angebrochen. Der Nebel hat alles mit seinen verschwommenen Schleiern eingepackt und das geringste Geräusch wirkt in der Dunkelheit unheimlich. Ich biege hastig um die Straßenecke und laufe in Richtung S-Bahn.

Auf dem Weg begegne ich ein paar Menschen, gut in ihre Winterkleidung eingepackt, die ebenfalls zum Bahnhof laufen. Sie werden auch einen der nächsten Züge nehmen, die dort vorbeifahren. Um so früh am Morgen aufzustehen, müssen sie bestimmt irgendwohin. Wer weiß wohin!

Als ich ankomme, verlässt ein erleichterter Seufzer meine Brust. Ich habe es geschafft. Der Zug ist noch nicht da.

2. ELEKTRA ~ Es wäre schade, ein so schönes Buch nicht zu kaufen

Elektra steht in der Schlange und wartet in der Eiseskälte wie eingefroren darauf, in eine Pferdekutsche einzusteigen. Ihre Hände und Füße sind vor Kälte taub. Obwohl es März ist und schon Nachmittag, will es nicht wärmer werden. Es ist immer noch bitterkalt, die Sonnenstrahlen schneiden an einigen Stellen wie goldene Klingen durch die Wolken, doch es gelingt ihnen nicht, sie aufzulösen. Die eisige Luft bildet Atemwölkchen vor Elektras Mund, obwohl sie versucht ihn fest verschlossen zu halten. Sie hat die Hände tief in die Taschen ihres Wollmantels gesteckt. Den Kragen hat sie bis zu den Ohren aufgestellt und friert trotzdem. Sie steht mit dem Wind im Rücken und versucht ihm standzuhalten.

Sie bleibt geduldig in der dritten Reihe der Schlange stehen, die die letzten Gäste des Schlosses Neuschwanstein gebildet haben. Ihr Blick fällt auf das ältere Paar in der vordersten Reihe. Der Mann mit dem feuerroten Gesicht versucht seiner Frau auf die nicht überdachte Pferdekutsche hinauf zu helfen, indem er mit zitternden Händen den hinteren Teil ihres Körpers stützt. Seinem Gesichtsausdruck ist anzusehen, dass er es nicht leicht hat, doch er gibt nicht auf. Er macht ein paar unbeholfene Schritte und stützt seine Frau an der Taille, bis sie sich am rechten, länglichen Holzsitz der Kutsche festhalten kann.

Hinter dem älteren Mann diskutieren zwei junge Frauen leise miteinander. Eine von ihnen spricht ständig, die andere hört eher zu und lacht manchmal laut.

Wir werden erfrieren, bis wir das Schloss erreichen,
denkt Elektra und beobachtet die Schneereste, die nicht mehr
so strahlend weiß in den kleinen Gräben am Rand der
gepflasterten Straße liegen. Was für eine Idee, heute hierher
zu kommen, ermahnt sie sich und richtet ihren Blick auf die
offene Kutsche. Das gelbliche Licht einiger hartnäckiger
Sonnenstrahlen, die es geschafft haben, die dichten Wolken zu
durchdringen, bildet helle Linien auf ihrem blassen Gesicht.
Sie spürt es nicht, als wäre ihre Haut durch die Kälte taub.

Es wird nicht lange dauern, bis die Kutsche losfährt, und
dieses Mal wird sie mitfahren. Die vorherige Kutsche hat sie
buchstäblich in letzter Minute verpasst. Sie musste lange
warten, bis sie die dritte Reihe der Schlange erreicht hatte, die
mit der Zeit immer kürzer wird.

Der Wagen wackelt leicht, als der ältere Mann mit
angespannten Lippen und leicht erhobenen Armen wie ein
Vogel, der sich auf den Flug vorbereitet, schwungvoll auf die
erste Stufe des Wagens steigt. Seine Frau beobachtet ihn ernst
mit zusammengezogenen Augenbrauen. Sie hat sich noch
nicht auf den Holzsitz gesetzt, sie steht noch an der linken
Seite des Wagens, bereit ihrem Mann dabei zu helfen, in den
Wagen zu klettern.

Elektra wirft einen Blick über ihre Schulter. Die Schlange
ist jetzt nicht mehr so lang. Als sie hier ankam, vor ein bis
zwei Stunden, war sie entsetzt gewesen, als sie die Zahl der
Leute sah, die geduldig warteten, um mit den Kutschen zum
Schloss befördert zu werden. Die bunte Reihe, die von der
Schar der fröhlichen Besucher vor ihr gebildet worden war,
bewegte sich nur langsam, wie eine Schlange, die gerade aus
dem Winterschlaf erwachte. Als sie am Ende der
Menschenschlange stand, konnte sie nicht einmal den Anfang
sehen. Sie hätte nicht gedacht, dass sie an einem so frostigen
Tag hier so viele Menschen sehen würde. Hätte sie es gewusst,
wäre sie möglicherweise nicht gekommen. Stattdessen wäre
sie auch an diesem Sonntag, wie an so vielen anderen, in ihrer
kleinen Erdgeschosswohnung im Zentrum von München

geblieben und hätte wieder das Übliche gemacht. Sie hätte gelesen, eine Weile an ihrem Fenster gestanden, um den Atem der Straße zu riechen und interessiert und neugierig, hinter dem Vorhang verborgen, die Passanten beobachtet, die wie Ruderer auf dem Schiff des Lebens vorbeiziehen. Vielleicht hätte sie sich auch noch etwas gekocht.

Aber nun ist sie hier. Sie geht einen Schritt näher an den Wagen heran. Das ältere Paar ist jetzt eingestiegen. Die beiden Frauen vor ihr, in dicken Jacken, die ihre Bewegungen erschweren, versuchen nun gleichzeitig auf den Wagen zu klettern und suchen nach einem Haltegriff.

Sie ist nervös. Während ihr Blick die Umgebung rundum untersucht, ist sie sich einer Sache bewusst – sie ist es nicht gewohnt, sich an Orten mit vielen Menschen aufzuhalten. Unbewusst streckt sie ihre Zunge heraus, um ihre kalten, trockenen Lippen zu befeuchten. Sie versucht die Irritation zu verbergen, die durch die Nähe der vor ihr stehenden Menschen entsteht. Unbehaglich verschränkt sie die Arme vor der Brust.

Sie hat schon lange akzeptiert, dass sie ein einsamer Mensch ist, ist sich aber nicht wirklich sicher, ob sie die Einsamkeit genießt oder nicht. Auch ist ihr noch nicht klar, ob ihr die in den letzten Jahren gewählte Lebensweise durch die Einsamkeit und Isolation aufgezwungen wurde oder ob es die Wahl ihrer eigenen Bedürfnisse war. Wann immer sie über dieses Thema nachdenkt, fällt es ihr schwer, zu einem Schluss zu kommen. War es vielleicht einfach Gewohnheit geworden, sich von ihren Mitmenschen zu isolieren? Sie könnte dagegenhalten, dass sie keine andere Wahl hatte. Ihr Leben nach Christian hatte sich drastisch gewandelt, ohne die geringste Hoffnung, dass sich daran bald etwas ändern würde.

Jeden Tag ins Büro zu gehen und sich acht Stunden lang mit den zahlreichen Problemen der anderen Mitarbeiter der Firma zu beschäftigen, ohne dass ihr dies auch nur die geringste Freude bereitete, hatte ihr natürlich überhaupt nicht weitergeholfen. Wenigstens half ihr die Einsamkeit, ihre schlechte Laune und Melancholie, die ihr Leben in den letzten Jahren stark geprägt hatten, vor anderen zu verbergen.

Ihr wurde immer bewusster, dass sie sich im Laufe der Zeit zu einem dieser gleichgültigen Lebenspassagiere entwickelt hatte, die auf Reisen die Anwesenheit anderer Menschen nicht wahrnehmen, obwohl sie manchmal fast über sie stolpern. In den letzten Jahren sah ihr Leben aus wie ein leeres, zerknittertes Papier. Sie hatte den Radiergummi genommen und jedes einzelne Wort der Geschichte gelöscht, die das Papier von ihrem alten Leben erzählte, in dem Glauben, dass dies Erlösung von dem Schmerz bringen würde, den ihr die alten Erinnerungen bereiteten. Leider hatte sie die Kraft, neu zu beginnen und eine neue Geschichte auf dem vergilbten und zerknitterten Papier ihres Lebens zu schreiben, bis zu diesem Tage nie gefunden.

Alles, was ihr übriggeblieben war, war glückliche Momente aus den Geschichten derer zu stehlen, die die Kraft fanden, ihre Seiten zu füllen. Die Erinnerung an Christian war ihr einziger Begleiter, jedes Mal, wenn sie in die Welt des Buches eintauchte, das sie gerade las, wenn sie in der Magie der Worte versank und in die Persönlichkeit des Helden oder der Heldin der Geschichte schlüpfte, deren Leben lebte, deren Glück genoss, deren Träume träumte oder deren Schwierigkeiten durchlitt.

Natürlich gibt es Momente, in denen sie versucht etwas zu tun. Wie vor ein paar Tagen, als sie wieder mitten in einer schlechten Phase war. Die Monotonie und Passivität drohten sie in Melancholie zu stürzen. Da hatte sie versucht gegen ihre schlechte Laune anzukämpfen und war dem Rat von Herrn Franz gefolgt, dem alten Mann, den sie neulich im Buchladen des Hauptbahnhofs getroffen hatte. In der Hoffnung, ihre schlechte Laune zu vertreiben, beschloss sie den heutigen Ausflug zu unternehmen.

Sie blickt zur Vorderseite des Wagens. Der Kutscher sitzt auf seinem Sitz, aufrecht, hochmütig, eingehüllt in einen schwarzen Mantel, die Wollmütze herunter gezogen bis zu den

Augenbrauen und die Hände eingehüllt in heruntergekommene Lederhandschuhe. Die zwei großen braunen Pferde mit den starken Beinen warten auf die Anweisung des Kutschers und schnauben geräuschvoll aus den Nüstern, wiehern ungeduldig und schütteln ihre Köpfe. Ihr heißer Atem schimmert vor ihren dunklen Nasen und erwärmt die Luft.

Warum bin ich heute hier?, fragt sie sich, während ihr Blick auf die Köpfe der Pferde gerichtet bleibt. *Ist es wirklich meine eigene Entscheidung oder hat mich etwas anderes hierhergebracht?* Wie ein Blitz schießt ihr das Bild des älteren Mannes durch den Kopf, den sie vor einigen Tagen am Münchner Hauptbahnhof getroffen hatte.

Sie war gegen 17 Uhr nachmittags in den Bahnhof eingetreten. Sie hatte gerade Feierabend und ging zur U-Bahn-Station, um zu ihrer Wohnung zurückzukehren. Kurz bevor sie die Treppe zur U-Bahn hinunterstieg, fiel ihr ein, dass sie am Abend zuvor das letzte Buch zu Ende gelesen hatte. Wie würde sie ihren Abend verbringen? Die Vorstellung, dass sie gezwungen sein würde den Fernseher einzuschalten, ließ sie schaudern. Sie brauchte auf jeden Fall ein neues Buch. Die nächste Buchhandlung war die am Hauptbahnhof. Obwohl sie nicht gerne dorthin ging, weil der Bahnhof immer überfüllt war, befand sie, dass es zu spät war, um in einen anderen Buchladen zu gehen.

Als sie die Bahnhofshalle betrat, war sie plötzlich in ein Meer von Lichtern und Lärm getaucht. Die Stimmen aus den Lautsprechern, die die bevorstehenden Abfahrten der Zügen ankündigten, die beleuchteten Schriftzüge der Läden, die wie Rahmen mit bunten Bildern an den Wänden des riesigen Gebäudes hingen, das laute Gerangel einer Gruppe Jugendlicher, die sich mit Lautstärke versuchten untereinander durchzusetzen, und eine Gruppe verspäteter Passagiere, die in letzter Minute zu den Zügen rannten und dabei ihre schweren Koffer hinter sich herzogen, erzeugten ein buntes Wogen aus Geräuschen und Farben. Das schrille

Pfeifen der Beamten auf den Bahnsteigen, die das Signal zur Abfahrt der Züge gaben, drang unangenehm in ihre Ohren.

Sie lief mit großen, schnellen Schritten durch die Halle und wollte unbemerkt bleiben, wie ein Chamäleon, das sich seiner Umgebung anpasst, um nicht aufzufallen.

Am Ende der Halle bog sie rechts ab und befand sich vor dem Buchladen. Sie ging hinein, ohne am Schaufenster stehen zu bleiben, wie sie es sonst getan hätte. Der Laden war nämlich leer. Sie seufzte erleichtert. Sie konnte ein bisschen länger bleiben und in Ruhe in den überfüllten Regalen nach einem interessanten Buch suchen.

Die Buchhandlung war gut beleuchtet und der Raum recht warm. Die Aufteilung des Raumes musste von einem Fachmann bis ins kleinste Detail durchdacht worden sein, obwohl die Bücher in den Regalen die einzige Dekoration waren. Jedes Buch war perfekt positioniert und an der richtigen Stelle eingeordnet, als schienen die Bücher ihre potenziellen Leser begrüßen zu wollen.

Sie warf einen schnellen Blick durch den Raum und überflog die Kategorien der angebotenen Bücher. Nicht, dass sie sich besonders für eine bestimmte Art von Buch interessierte.

Ihr Blick blieb ohne besonderen Grund an einem alten Mann haften, der vor den historischen Büchern stand. Sie hatte ihn nicht bemerkt, als sie eingetreten war. Sie wusste nicht, warum seine Anwesenheit ihren Blick anzog, wahrscheinlich, weil er der einzige weitere Kunde des Ladens war. Er schien ihren Blick nicht zu spüren, er zeigte nicht die geringste Regung.

Sie sah ihn aufmerksam an, obwohl nichts an ihm ihre Neugier rechtfertigte. Er trug die bayerische Tracht, mit der dunkelbraunen Lederhose, die bis knapp unterhalb der Knie reichte, und weiße Wollsocken, die seine nackten Waden verdeckten, aber selbst das war für ihre Stadt keine großartige Sache. Viele ältere Menschen trugen ohne besonderen Grund Trachtenkleidung.

In seinen knorrigen Händen hielt er ein kleines, dünnes Buch mit einem dunkelblauen Einband und betrachtete es fast bewundernd. Vielleicht war es die Art und Weise, wie er das Buch hielt, die sie so beeindruckt hatte.

Plötzlich hob der Mann den Blick vom Buch und sah auf seine Uhr. Diese plötzliche Bewegung brachte sie wieder zurück in die Realität. Ihre Indiskretion war ihr peinlich und sie richtete ihren Blick hastig auf die Bücher im Regal vor ihr. Verstört zog sie ein Buch aus dem mittleren Regal und ging, ohne es anzusehen, mit großen Schritten zur Kasse, an der in diesem Moment kein Kunde stand. Es gab jedoch keinen Angestellten hinter der Kasse. Sie drehte sich suchend um. Sie ging davon aus, dass alle Angestellten damit beschäftigt waren, neue Bücher in die Regale zu stellen oder andere aufzuräumen, die von Kunden an der falschen Stelle zurückgelassen wurden.

Sehr seltsam, aber außer ihr und dem alten Mann in der bayerischen Tracht schien keine andere Person im Laden zu sein.

Aber wo waren die Mitarbeiter?, fragte sie sich und verzog genervt das Gesicht.

„Vielleicht sind sie im Lager", antwortete eine heisere Stimme hinter ihr.

Erschrocken sah sie auf. Ihre Wangen bekamen eine rosige Farbe, wie ein kleines Mädchen, das mit dem Finger im Marmeladenglas erwischt worden war. Sie musste nicht den Kopf drehen, um herauszufinden, wer mit ihr sprach.

„Im Lager. Ja, Sie haben wohl Recht", murmelte sie.

Der Fremde trat noch näher und stellte sich neben sie. Sie bemerkte, dass er immer noch dasselbe kleine Buch mit dem blauen Umschlag in der Hand hielt. Er hatte sich wohl entschieden es zu kaufen.

„Ich hoffe, Sie haben es nicht eilig", sagte er schließlich und sah sie mit einem unergründlichen Blick an. „Es kann länger dauern. Die heutigen Angestellten tun was sie können, um ersetzt zu werden. Sie wollen immer, dass jemand über sie wacht, obwohl sie meckern und das Gegenteil behaupten. Wenn ihnen Verantwortung überlassen wird, verlieren sie den Überblick und machen nur Unsinn. Zu meiner Zeit war alles anders."

Sein Lächeln vertiefte die Falten an den Rändern seiner Augen. Sein Haar war für sein Alter dicht, aber weiß. Sein Bart, spärlich und ungekämmt auf seinen faltigen Wangen, war ebenfalls weiß. Die Farbe seines Gesichts war grau wie Stein, aber seine Augen leuchteten voller Vitalität. Er war groß, doch seine hängenden Schultern ließen ihn einige Zentimeter kleiner erscheinen.

„Nein, ich habe es nicht eilig", antwortete sie mit sicherer Stimme, nachdem sie sich wieder beruhigt hatte. „Ich werde warten."

„Zum Glück. Es wäre schade, ein so schönes Buch nicht zu kaufen", sagte er und sah auf ihre Hände.

In diesem Moment wurde ihr klar, dass sie das Buch, das sie kaufen wollte, nicht einmal angeschaut hatte. Sie senkte den Kopf irritiert und sah das Buch erstaunt an. In ihren Händen hielt sie ein kleines, dünnes Buch mit einem blauen Umschlag, dasselbe Buch wie ihr Gesprächspartner!

„Was für ein Zufall! Wir werden das gleiche Buch kaufen."

Er sah sie lächelnd an, als würde ihm ihre Verlegenheit Spaß machen.

Sie konnte ihren Blick vom Umschlag des Buches nicht abwenden, auf dem König Ludwig II. von Bayern abgebildet war. „Vergittertes Fenster" war der Titel und der Autor war Klaus Mann.

„Gute Wahl", sagte der Mann neben ihr. „Ich habe es oft gelesen."

Sie sah ihn fragend an.

„Ich wette, Sie fragen sich, warum ich es wieder kaufen will. Die Wahrheit ist, ich habe es nicht mehr. Ich habe es wohl jemandem zum Lesen gegeben und es nie zurückbekommen. Vielleicht habe ich es auch irgendwo liegengelassen. Ich erinnere mich nicht mehr. Mein Gedächtnis täuscht mich manchmal. Das Alter, Sie wissen schon", sagte er. Dann, als würde er sich an etwas erinnern, sagte er laut: „Sie sollten es lesen, es ist ein sehr gutes Buch."

„Ich werde es lesen, Herr…"

„Franz Schneider. Welche Unhöflichkeit meinerseits. Ich habe mich nicht vorgestellt. Aber immer, wenn ich über Ludwig nachdenke, vergesse ich den ganzen Rest."

„Elektra Pavlou."

Nachdem sie ihm auch ihren Namen genannt hatte, schüttelten sie sich gegenseitig lächelnd die Hände. Ihr Lächeln war förmlich, fast kalt, höflich, doch seines war herzlich, warm und freundlich.

„Gehen Sie ihn auch treffen. Gehen Sie am besten, nachdem Sie das Buch gelesen haben, denn dann werden Sie besser verstehen, was Sie dort alles sehen. Sie sollten das Schloss Neuschwanstein besuchen. Dieses Schloss hat er mehr geliebt als alle anderen, die er gebaut hat", sagte er und ließ ihre Hand nach einem langen und kräftigen Händedruck los.

„Sie haben es besucht?", fragte sie ihn ohne großes Interesse.

Eigentlich wollte sie nur, dass der Angestellte des Buchgeschäfts bald zu seinem Platz zurückkehrte, damit sie endlich bezahlen und gehen konnte.

„Oft", antwortete Franz Schneider mit einer Spur von Nostalgie in seiner Stimme. „Nichts würde mich glücklicher machen als ein weiterer Besuch. Aber meine Beine sind zu alt für solch eine lange Reise."

Er holte tief Luft und zog die Augenbrauen zusammen. „Jetzt kann ich nur noch andere dort hinschicken."

Sie drehte schweigend das Buch in ihren Händen um.

„Es bezieht sich auf die letzten Tage seines Lebens, nicht des Königs, sondern des Mannes, der groß und würdig war. Ein Mann, der bewundert, geliebt, gehasst, verspottet und mystifiziert wurde wie niemand anderes zu seiner Zeit", sagte er begeistert und zeigte mit der freien Hand auf das Buch, das sie in der Hand hielt.

Sie sah ihn interessiert an.

„Klaus Mann schreibt über seine letzten Gedanken, über das Drama seines Bewusstseins und seine unerfüllten Wünsche, Träume und seine Erinnerungen, ein paar Augenblicke vor dem Ende."

Er machte eine kurze Pause, als erinnere er sich an etwas sehr Ernstes, und sagte in einem dunklen Ton und ohne Begeisterung: „Ludwig hatte seine Geheimnisse, wie wir alle natürlich."

Er stoppte abrupt, als der Angestellte des Buchgeschäfts, ein kleiner Mann von ungefähr vierzig Jahren mit einer breiten Stirn und einer krummen Habichtsnase, zu seinem Platz zurückkehrte und sich laut räusperte, um auf sich aufmerksam zu machen.

„Ich hätte keine besseren Worte finden können, um für das Buch zu werben", sagte er lächelnd und wandte sich damit an den alten Franz.

Er war zufrieden, weil er an diesem Tag zwei weitere Bücher verkauft hatte, ohne sich besonders anstrengen zu müssen.

Elektra macht einen weiteren Schritt nach vorn und die Erinnerung an ihre Begegnung mit Franz Schneider verblasst. Ein Schritt nur noch und sie kann in die Kutsche steigen.

Früher hätte sie mit den Menschen neben sich gesprochen. Sie hätte einen Kommentar über das unbeständige Wetter im März oder einen Witz gemacht, vielleicht ein kluges Zitat aus einem Buch eingeworfen, das sie kürzlich gelesen hatte. Vielleicht hätte sie ein paar verstohlene Blicke auf einen Mann geworfen, den sie reizvoll fand, um zu sehen, ob auch er sie beachtete. Aber in den letzten Jahren hatte sie sich verändert. Die Einsamkeit und das viele Schweigen macht einen grimmig, mürrisch und zurückhaltend gegenüber den Menschen. Sie hatte das Flirten, das einen manchmal mit ganz interessanten Menschen in Kontakt bringt, durch gefühllose körperliche Begegnungen ersetzt; eine befriedigende Entscheidung, wenn man beschlossen hat, nicht mehr nach Liebe zu suchen. Wenn man der Meinung ist, dass es besser ist, das Leben von der Galerie aus zu beobachten, weil man als Schauspieler nicht gut genug ist, um die Hauptrolle zu spielen.

Das laute Pfeifen des Kutschers unterbricht plötzlich ihre Gedanken.

„Letzte Fahrt für heute", verkündigt der Fahrer mit einer heiseren, tiefen Stimme, die nur schwer durch die dichten Haare seines riesigen, weißen Schnurrbarts dringt. „Bitte, beeilen Sie sich. In einer halben Stunde müssen wir am Schloss sein. Es gibt Menschen, die dort die Tour beendet haben und auf mich warten, um hier ins Dorf zurückgebracht zu werden."

Elektra ist endlich dran. Sie klettert in den Wagen und schafft es, einen Platz auf den hölzernen Sitzen des Wagens zu finden, viel Platz hat sie aber nicht. Der Ausdruck „wie eine eingelegte Sardine in einer kleinen Blechdose" beschreibt ihren Zustand bestens.

Am Abend zuvor hatte sie ihren Ausflug mit größter Sorgfalt vorbereitet. Sie hatte nichts dem Zufall überlassen wollen.

Sie hatte die Homepage des bayerischen Verkehrsverbundes geöffnet, um sich auf die heutige Route vorzubereiten. Sie wollte keine Verwirrung an Haltestellen und Bahnsteigen riskieren, um womöglich in einen falschen Zug zu steigen. Sie hatte für einige Minuten den riesigen Fahrplan für Zug-, Straßenbahn- und Buslinien in ganz Bayern verwirrt angeschaut, der wie ein Spinnennetz auf ihrem Bildschirm ausgebreitet war. Sie musste einen Bus und eine Straßenbahn nehmen und dann zweimal in Regionalzüge umsteigen, bis sie im Südwesten Bayerns die Stadt Füssen erreichte. Kurz bevor sie schlafen gegangen war, hatte sie sich einen Fahrplan ausgedruckt mit den Zugverbindungen, den genauen Abfahrts- und Ankunftszeiten sowie den

Gleisnummern.

Vielleicht war ihre Angst, sich am nächsten Tag zu verlaufen, der Grund, weshalb sie in dieser Nacht einen seltsamen Traum hatte.

In ihrem Traum fuhr sie nachts mit ihrem Auto auf einer großen, aber leeren Autobahn. Weder folgte ihr irgendein Auto, noch kam ihr eines entgegen. Sie hatte nicht die geringste Ahnung, warum sie mitten in der Nacht reiste oder welches ihr Ziel war. Aber aus irgendeinem seltsamen Grund war es ihr egal, als wäre die Reise der Zweck und nicht das Ziel. Sie starrte nach vorne und alles, was sie sehen konnte, waren die Regentropfen, die auf die Windschutzscheibe ihres Autos klatschten und herunterrannen. Mit dem Gefühl, als hätte sie die Zeit aus den Augen verloren, wie es so oft in Träumen vorkommt, begann sie nach einer Weile zu glauben, dass sie bereits ewig lange fuhr und fragte sich, warum sie ihr Ziel noch nicht erreicht hatte.

Wahrscheinlich habe ich mich verfahren, dachte sie missmutig.

„Mach dir keine Sorgen. Du wirst dich nicht verirren, ich werde dich führen."

Die männliche Stimme neben ihr überraschte sie und sie fuhr in ihrem Sitz zusammen, als hätte sie jemand in den Bauch geschlagen. Ein Stöhnen kam aus ihrem Mund. Sie hatte keine Ahnung, ob die ganze Zeit jemand neben ihr gesessen hatte. Und doch musste während der langen Strecke, die sie bisher zurück gelegt hatte, jemand auf dem Beifahrersitz gesessen haben, stumm und regungslos im dunklen Auto und sie hatte es nicht einmal gemerkt. Sie wollte sich umdrehen, um ihn anzusehen, aber es war unmöglich, sie konnte ihren Hals nicht kontrollieren.

„Wer bist du? Woher weißt du, wohin ich gehen will?"

Sie versuchte verzweifelt ihren Kopf zum Beifahrersitz zu drehen, doch vergebens.

„Was ist los mit mir? Warum kann ich dich nicht sehen?", fragte sie.

Keine Antwort. Es folgte eine tiefe Stille. Es war nicht einmal das Geräusch des Automotors zu hören. Sie begann sich zu fragen, ob wirklich jemand neben ihr saß, ob sie sich die unsichtbare Erscheinung nur vorgestellt hatte oder ob der unerwartete Begleiter keinen Körper oder Gesicht hatte. Die Stimme schien aus den schwarzen Schatten der Nacht zu kommen, die vom Himmel auf den Sitz neben ihr geschlüpft waren.

„Du fährst zum Schloss von Ludwig und hast dich verirrt."

Ihr Passagier bestätigte seine Anwesenheit mit einer Stimme wie aus Stahl. „Du hast nicht nach oben geschaut, deshalb."

„Nach oben geschaut?", wiederholte sie seine Worte verwirrt.

„Zum Himmel", erklärte er. „Die Sterne zeigen den Weg."

„Wie der Weihnachtsstern", murmelte sie verwundert und fragte sich, warum sie nicht gleich daran gedacht hatte.

„So ähnlich. Ja. Wenn du vorsichtiger wärst, würdest du dich nicht verirren."

Sie lächelte unbehaglich. *Es ist, als würde ich träumen. Das ist alles wie im Traum. Alles scheint so absurd, aber gleichzeitig so glaubwürdig*, dachte sie in ihrem Traum.

„Mach dir keine Sorgen. Ich zeige dir den Weg."

Seine Stimme klang jetzt ruhig und gelassen.

„Danke", sagte sie erleichtert. „Gehst du auch zum Schloss?"

„Nein, nur du gehst."

Es herrschte wieder Stille und nur ab und an wies die Stimme ihres Mitreisenden ihr den Weg. Seinen Anweisungen folgend verließ sie die Autobahn, fuhr eine Weile auf engen, verlassenen Landstraßen und sah bald ein riesiges mittelalterliches Schloss in der Ferne, das im Himmel zu schweben schien. Am unteren Rand schwang, wie ein Pendel, ein Schwan.

„Wir sind da. Halt hier an. Ich muss aussteigen", sagte

die Stimme. „Jetzt bist du auf dem richtigen Weg, du kannst dich nicht mehr verirren."

Elektra bremste und blieb mitten auf der Straße stehen. Sie machte einen letzten Versuch, sich in Richtung Beifahrersitz zu drehen, denn sie wollte sich beim Unbekannten dafür bedanken, dass er sie hierhergebracht hatte, aber das wollte ihr wieder nicht gelingen.

„Danke", sagte sie mit Wärme in ihrer Stimme und hoffte, dass dies genug war.

Der Mann neben ihr antwortete nicht. Elektra hörte, wie die Autotür geöffnet wurde und sich der Mann auf dem Autositz bewegte. Der Unbekannte schickte sich wohl an, aus dem Auto auszusteigen. Ein paar Momente später hörte sie die Autotür geräuschvoll schließen und sah dann die Silhouette des Unbekannten, der am Auto vorbeilief. Sie konnte sein Gesicht nicht erkennen, aber seine Körperhaltung und seine flotten Schritte ließen erschließen, dass er jung, groß und ziemlich dünn war. Er trug einen langen schwarzen Mantel, der ihm bis unter die Knie hing.

Plötzlich hörte Elektra den dumpfen Klang von Donner ganz in der Nähe und das Leuchten des Blitzes beleuchtete das Gesicht des Mannes in dem Moment, in dem er sich in ihre Richtung wandte, vielleicht um sich zu verabschieden. Es war ein sehr junger Mann, fast noch ein Kind. Sein blondes, glattes Haar fiel ihm bis zu den Augenbrauen in die Stirn. Die blauen Augen waren groß und durchsichtig wie das klare Wasser der ruhigen See.

Als das Leuchten des Blitzes nachließ, war der junge Mann verschwunden und Elektra erwachte erschrocken.

Es war nur ein Traum.

Was man so alles im Schlaf sieht, dachte sie beruhigt und schlief direkt wieder ein.

Wie auch immer, Ende gut - alles gut, denkt sie, indem sie den Traum der letzten Nacht wegschickt, und ist froh, dass sie es endlich geschafft hat, in die Kutsche zu steigen und das frühe morgendliche Erwachen und die Anstrengung, hierher zu kommen, nicht umsonst war.

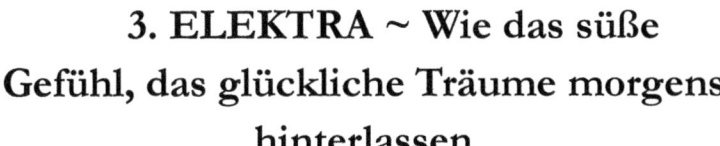

3. ELEKTRA ~ Wie das süße Gefühl, das glückliche Träume morgens hinterlassen

Abrupt laufen die Pferde los und der beladene Wagen wackelt, als ob die Erde beben würde. Elektra macht es sich auf dem kalten Holz gemütlich. Langsam erwärmt sich der Sitz unter ihr und durch die Körperwärme der anderen Passagiere entsteht eine wohlige Entspannung, die ihre Stimmung etwas aufhellt. Die grünen Wolldecken, die der Kutscher verteilt hatte, bevor sie losfuhren, wärmen allmählich ihre kalten Beine, obwohl die eisige Luft unerbittlich ihre Wangen peitscht.

Elektra wirft einige gleichgültige Blicke auf die Passagiere. Eine, zwei, drei... sieben Personen und sie selbst sitzen in der rechten Sitzreihe.

Am anderen Ende des hölzernen Sitzes haben es sich die zwei Frauen gemütlich gemacht, die zusammen in die Kutsche eingestiegen sind. Sie unterhalten sich vergnügt und die Kälte scheint sie nicht zu stören. Gegenüber sitzt ein junges Mädchen mit von der Kälte roten Wangen, nicht älter als zwanzig Jahre, die versucht sich in der warmen Umarmung ihres Begleiters aufzuwärmen. Und das ältere Ehepaar, nicht so überschwänglich wie das junge Paar, sitzt nebeneinander, hält einander bei der Hand und schaut gelassen auf die eisige Winterlandschaft.

Das Gefühl, zu aufdringlich und neugierig zu wirken, lässt sie schnell wieder wegsehen. Bevor sie wie beabsichtigt nach vorne schaut, bleibt ihr Blick an dem jungen Mann neben ihr hängen. Sie ist überrascht ihn zu sehen. Sie würde wetten, dass er genauso aussieht wie der junge Mann aus ihrem Traum gestern Nacht, der sie zum Schloss führte, das aussah, als würde es über den Wolken schweben.

Für einen Moment spürt sie, dass etwas Merkwürdiges passiert, aber ein eiskalter Luftstoß bringt sie schnell wieder in die Realität zurück. Sie holt tief Luft, während sie ihn noch einige Sekunden lang ansieht. Seine dunkle Wollmütze verbirgt sein blondes Haar, obwohl einige widerspenstige Büschel geflüchtet sind und ihre Farbe verraten. Er muss um die siebzehn oder achtzehn sein, er sieht nicht älter aus. Er hat seinen Blick auf das Ende der Straße gerichtet. Sie beobachtet ihn diskret, diesmal ohne Reue. Der junge Mann scheint sich nicht um ihre Anwesenheit zu kümmern. Plötzlich zweifelt sie. Vielleicht irrt sie sich. In ihrem Traum sah sie das Gesicht des jungen Mannes nur einige Sekunden lang im Licht eines Blitzes. Wie kann sie sich so sicher sein? Höchstwahrscheinlich folgt ihr der Traum wie ein Schatten und beeinflusst sie mehr, als sie sich vorstellen kann.

Obwohl es eine sehr eigenartige Ähnlichkeit der beiden Personen, der realen und der fiktiven, zu geben scheint, möchte sie sich nicht weiter mit dem Thema auseinandersetzen und kommt zu dem Schluss, dass es reiner Zufall sein muss. Sie beschließt den jungen Mann nicht weiter anzustarren und woanders hin zu schauen.

Sie lässt ihren Blick über die Landschaft wandern, entschlossen, die halbstündige Reise so gut wie möglich zu genießen.

Für diejenigen, die an diesen Orten geboren und aufgewachsen sind, ist die Landschaft einfach winterlich. Für sie jedoch, die aus einem wärmeren Land stammt, hat die verschneite Landschaft etwas Magisches, Prächtiges. Alle Komponenten der Herrlichkeit und Harmonie sind in der wilden weißen Schönheit sichtbar: der Wald funkelt unter den blassen, schwachen, mittäglichen Sonnenstrahlen; die Zweige hängen, schwer vom Gewicht des Schnees, wie Hände in weißen Handschuhen, die versuchen die Kutsche zu berühren, die unter ihnen vorbeifährt; der schwere Duft des Waldes und der eisige Atem der Bäume streichelt sanft ihre Nase, während die Brise beharrlich versuct, die Bäume zu bewegen; die Tannen, groß und schlank, füllen jeden Zentimeter des Waldes aus. Obwohl ihre Äste mit viel Schnee bedeckt sind, bleiben sie steif stehen, als wären sie stolz auf diesen Erfolg.

Während die Kutsche langsam die Straße hochfährt, wie eine Schlange, die zwischen den Bäumen des Waldes kriecht, blickt Elektra irgendwann zu ihrer Rechten auf die Stelle hinab, von der sie gestartet sind. *Wir sind schon sehr weit oben*, denkt sie. Die Häuser und Geschäfte, die am Ausgangspunkt zurückblieben, werden immer kleiner, je weiter sie aufsteigen. Von oben sehen sie aus wie eine in Nebel gehüllte Miniaturstadt.

Im Gegensatz dazu kommt das Schloss Neuschwanstein, das Schloss, in dem der König von Bayern Ludwig II in den letzten sechs Monaten vor seinem Tod gelebt hatte, immer näher und näher.

Erbaut auf den Ruinen von zwei alten mittelalterlichen Burgen steht es auf dem Gipfel des Berges, stolz, majestätisch und unnahbar, als ob es aus einer Seite eines Märchenbuchs geflüchtet wäre und hier einen Unterschlupf gefunden hätte. Der höchste Turm, dünn und spitz, durchdringt die schweren Wolken, die über das Schloss ziehen, und versucht den Weg ins Unendliche freizumachen, ganz so, als würde er sich bemühen, dem menschlichen Auge zu entfliehen.

Elektra betrachtet das Schloss verzaubert und es fühlt sich an, als ob sich nach langer Zeit ihre Seele mit diesem süßen Gefühl füllen würde, das glückliche Träume am Morgen hinterlassen. Sie spürt die Wärme der Flamme, die den Frost in ihrem Herzen taut, wie eine kühle Brise den schwarzen Rauch auflöst.

Als sie vor einer Woche das „Vergitterte Fenster" von Klaus Mann kaufte, ohne es eigentlich kaufen zu wollen, wusste sie nur, dass Ludwig der geliebte König von Bayern und Neffe von Otto war, dem ersten König Griechenlands nach der Befreiung von der türkischen Besatzung.

Der Einband des Buches mit dem Gesicht von Ludwig hatte sie vom ersten Moment an angezogen. Tatsächlich hätte sie nicht sagen können, was sie am meisten beeindruckte. War es das sanfte Lächeln seiner Lippen, das es trotzdem nicht schaffte, die Traurigkeit und das Geheimnisvolle in seinen träumerischen Augen zu verbergen, oder seine schöne, rätselhafte Erscheinung? Oder hatten sie die Worte des alten Franz beeinflusst, der so herzlich über das Buch und seinen Helden gesprochen hatte?

Am selben Abend hatte sie es in einem Zug gelesen. Das Buch bezog sich auf die letzten Tage des bayerischen Königs, der als Märchenkönig bekannt war. In seinen Seiten, die vor ihren Augen eine nach der anderen leicht flatterten, entdeckte sie, dass der junge König sein eigenes romantisches Bild vom Mittelalter besaß und sich mit dem Bau des Schlosses seine eigene Realität geschaffen hatte, in die er oft entfloh; sicherlich beeinflusst durch seine Bekanntschaft mit dem Komponisten Richard Wagner, als er selbst gerade neunzehn Jahre alt war.

Als sie das Buch zu Ende gelesen hatte, wusste sie, dass sie eines Tages das halbfertige Schloss besuchen würde, das Ludwig als seinen größten Stolz betrachtete: das Schloss Neuschwanstein.

Die Pferde ziehen die überladene Kutsche weiter bergauf in die enge, zerklüftete Schlucht zwischen den schneebedeckten Tannen. Der Wagen ruckelt gelegentlich, weil die Straße hier und da Pfützen und Unebenheiten aufweist. Elektra lächelt bei dem Gedanken, dass sie aus der Ferne sicherlich wie eine wunderbar weihnachtliche Postkarte aussehen, von der Art, bei der man sich beim Betrachten wünscht, das Eintauchen in Bilder wäre möglich.

Plötzlich halten die Pferde mitten auf der Straße an.

„Was ist passiert?", fragt die eine der beiden Frauen unbehaglich am anderen Ende des Sitzes.

„Die armen Tiere haben ihre Bedürfnisse, gnädige Frau",

erklärt der Kutscher gleichmütig mit heiserer Stimme.

„Und wie lange dauert dieses Ritual normalerweise?",
fragt die Frau gelangweilt.

Die Frau neben ihr lacht laut, als ob sie den lustigsten
Witz ihres Lebens gehört hätte.

Der Kutscher schafft es nicht zu antworten, denn mit
einem lauten Ruck laufen die Pferde von allein wieder los,
nachdem sie mit dem notwendigen „Ritual" fertig sind, und
ziehen den Wagen an, ohne auf einen Befehl des Kutschers zu
warten.

Die Schönheit der Natur macht die Fahrt unter dem mit
weißen Wolken verhangenen Himmel angenehm und die
Passagiere vergessen schnell den Ritus der Pferde und den
unangenehmen Geruch, der ihn begleitete. Die meisten
unterhalten sich beiläufig. Nur Elektra und der junge Mann
neben ihr, der nicht einmal in ihre Richtung geschaut hatte,
sind still und bewundern meist nur die Landschaft.

Sie sieht das ältere Ehepaar gegenüber an. Der Mann hat
seinen Arm um die geneigten Schultern seiner Frau gelegt, die
zwar schwach und verletzlich wirkt, aber ständig lächelt. Sie
unterhalten sich laut über einen ihrer „Lieben."

Was für ein Zufall, denkt sie, als sie den Ausdruck hört.
An diesem Morgen, als sie sich ankleidete, zog sie zusammen
mit der Bluse ein altes Schwarzweiß-Foto aus einer Schublade
des Schrankes. Nur Gott allein weiß, warum das Foto dort lag
und warum es sich ihr gerade in diesem Moment präsentierte.
Ihr Großvater hielt seinen neugeborenen Sohn, ihren Vater in
den Armen und posierte stolz und glücklich vor der Kamera.
Zwei meiner Lieben, die es nicht mehr gibt, hatte sie
nostalgisch gedacht, während sie das Foto betrachtete. Was
für ein seltsamer Ausdruck. Meine Lieben. Wer sind unsere
Lieben? Wenn dieser Ausdruck nur Verwandte betrifft, hat sie
niemanden mehr. Nur einige ihrer Fotos, die von Zeit zu Zeit
auftauchen wie heute, und wie ein Heilmittel gegen
Resignation, Verlassenheit und Monotonie wirken.

Bevor sie das Foto wieder in die Schublade legte, warf sie

einen letzten Blick darauf. Es schien ihr, dass die Augen ihres Großvaters voller Licht, Wärme und Hoffnung waren. Schade, dass sie nie herausfinden würde, ob diese Hoffnungen bestätigt wurden.

In Gedanken verloren nimmt sie nicht wahr, was gerade passiert: Der Kutscher hatte dem älteren Mann aufmerksam zugehört, der erzählte, wie viele Jahre er und seine Frau den heutigen Schlossbesuch schon machen wollten, es bis heute aber nicht geschafft hatten, weil sie eine ewig lange Reise dafür machen mussten. Wahrscheinlich war der Kutscher abgelenkt und bemerkte nicht rechtzeitig die Kursänderung der Pferde. Auch die rutschige Pflasterstraße könnte eine Rolle gespielt haben. Was auch immer der Grund gewesen sein mag, plötzlich befinden sich die linken Räder des Wagens im Nichts direkt über der Schlucht, am Rand des steilen Abhanges neben der Straße.

Es herrscht die absolute Stille des Entsetzens, niemand sagt oder unternimmt etwas. Niemand schreit, obwohl alle in die Tiefe blicken, als ob der Grund der Schlucht die Blicke wie ein riesiger Magnet anziehen würde. Alle sind starr vor Schreck, niemand bewegt sich.

Mitten in die Stille dringt ein Geräusch in Elektras Ohren, das eher einem dumpfen Gejammer als einem Schrei ähnelt, und sie erschrickt, als sie der junge Mann neben sich am Arm packt. Sie nimmt an, dass er Angst hat und dreht sich sofort um, um ihn zu beruhigen. Er hat allerdings bereits seine Hand zurückgezogen und den Kopf weggedreht, in Richtung der beiden Frauen auf der anderen Seite des Sitzes. Sie fragt sich, ob sie etwas sagen soll, aber sie tut es nicht. Seltsamerweise spürt sie eine Aufregung im Bauch, die ihrer Meinung nach nur auf die Berührung des jungen Mannes zurückzuführen ist.

Zum Glück reagiert der Kutscher schnell, packt die Zügel kraftvoll und zieht die Pferde zurück auf die Straße. Langsam bekommen die Gesichter wieder ihre gesunde Farbe und ihren normalen Ausdruck, hier und da sind kleine

Erleichterungsschreie zu hören.

Die Passagiere beginnen zu reden und kommentieren das unerwartete Ereignis. Unterschiedliche Gründe werden für den Vorfall genannt. Der Einzige, der außer Elektra schweigt, ist der seltsame junge Mann neben ihr.

Irgendwann spürt sie seinen Blick auf sich. Sie dreht ihren Kopf schweigend in seine Richtung. Sein schlankes Gesicht wirkt ausdruckslos und ruhig. Er wirkt völlig entspannt, fast, als hätte er geschlafen. Abgesehen von seinem leeren Blick, bewegungslos und irgendwie erschöpft, wie jemand, der gerade einen Berg zu Fuß aufgestiegen ist, verrät sonst nichts an ihm, dass er eben noch für einen Moment Todesangst empfunden haben muss. Elektra ist verblüfft über die Ähnlichkeit des jungen Mannes mit dem Beifahrer aus ihrem Traum gestern Nacht. Dasselbe blonde, glatte Haar fällt ihm bis zu den Augenbrauen in die Stirn. Dieselben durchsichtigen blauen Augen starren sie ausdruckslos und gelassen an. Leider kann sie nicht mit ihm sprechen, ihm nicht von ihrem Traum erzählen. Er würde sie für verrückt halten. Das Beste, was sie tun kann, ist den Mund zu halten.

Sie beugt sich vor und sieht scheinbar gleichgültig auf ihre Uhr. Sie sind vor zwanzig Minuten losgefahren. In zehn Minuten müssten sie das Schloss erreichen.

4. ELEKTRA ~ Ein Beinahe-Unfall

Das Lachen und die fröhlichen Gespräche der Besucher, welche im Innenhof des Schlosses umhergehen und darauf warten, den letzten Rundgang des Tages zu beginnen, hören sich in ihren Ohren an wie das Summen der Bienen vor dem Bienenstock und schaffen es dennoch nicht, sie vom Betrachten des Schlosses abzulenken.

Vor der Steintreppe am Eingang des Schlosses, das einer mittelalterlichen Burg ähnelt, steht sie wie erstarrt und bewundert elektrisiert die imposante Größe des Schlosses. Die Burg erhebt sich stolz bis in die dunklen Wolken, die langsam vorbeiziehen und von Zeit zu Zeit das Sonnenlicht durchlassen. Die rauen Steinmauern trotzen der Kälte und bedecken das prächtige Gebäude wie ein Mantel, um es vor den verheerenden Auswirkungen der Naturelemente zu schützen.

Die romantische Kulisse des Märchenschlosses mit den imposanten Türmen und Kuppeln reicht von der höchsten Spitze des Schlosses bis zur dunkelsten Ecke. Stolz, mächtig und traumhaft schön zugleich steht das Schloss inmitten einer wunderschönen Berglandschaft. Der weiße Stein, hart und kompakt, unterstützt und trägt es seit jeher geduldig mit jahrhundertealtem Wissen, voller Hinweise und Anspielungen, so dass er einiges mehr weiß als das, was man in den Schriften der Geschichte lesen kann. Diese Steine haben dem Schloss das Vertrauen in die Macht des Wissens gegeben, so dass es selbst seine eigene Geschichte erzählt. Welcher Reiseführer könnte besser über Kunst sprechen, die Besucher mit der Schönheit verführen, die in seinem Inneren verborgen ist, sie Kultur lehren und in frühere Zeiten versetzen als das Schloss selbst?

Elektra richtet ihren Blick auf den höchsten, weißen Turm des Schlosses mit der blauen Kuppel, der sich zu ihrer rechten Seite gegen den Himmel erhebt, als wollte er mit den schneebedeckten Gipfeln der bayerischen Alpen mithalten. *Mich fasziniert die mittelalterliche Atmosphäre*, denkt sie und hat das Gefühl, dass sie gleich beim Betreten des Schlosses auf Ritter treffen wird, deren polierte, glänzende Rüstung die Pracht des Palastes reflektiert. *Es scheint mir, dass ich zur falschen Zeit geboren wurde*, folgert sie ernst und hebt nachdenklich die Augenbrauen, unfähig, ihren Blick von dem imposanten Gebäude abzuwenden.

Elektra findet an Tagträumen nichts auszusetzen, im Gegenteil, in der Vergangenheit wurden sie oft das himmlische Ausflugsziel ihres jugendlichen Geistes, eine Flucht vor Langeweile und Einsamkeit.

Die aufgeregten Stimmen von zwei kleinen Kindern, die ihren Eltern zum Tor auf der Südseite des Palastes folgen, erinnern sie jedoch daran, dass der heutige Ausflug kein weiterer Traum ist. Sie beeilt sich, den anderen Besuchern zu dem Punkt zu folgen, an dem sie der Reiseleiter erwartet.

Der junge Reiseführer, der sie durch das Schloss begleiten wird, ist ein großer Mann mit langen braunen Haaren in einem Pferdeschwanz am Hinterkopf und er ist für die heutige Kälte etwas zu leicht gekleidet. Er trägt Jeans und ein blaues Langarmhemd, ein Zeichen dafür, dass es im Schloss schön warm und kuschelig sein wird. In seiner linken Hand hält er einen Plastikumschlag, aus dem die Ecken weißer Seiten herausschauen, als wollten sie aus ihrem Plastik-Gefängnis entkommen. Seine erhobene rechte Hand, die einen Stift hält, bewegt sich eher widerstrebend auf und ab, um die Personen vor ihm zu zählen.

Als er fertig ist, lächelt er, eindeutig zufrieden mit dem Ergebnis seiner Zählung, und schiebt mit hastigen Bewegungen die rebellischen Kanten der Papierseiten in die Plastikhülle zurück.

Elektra beobachtet seine Bewegungen gleichmütig und wartet darauf, dass es endlich losgeht.

In dem Moment, in dem der Reiseleiter endlich den Mund öffnet, um sie zu begrüßen und ihnen den Beginn der Tour mitzuteilen, passiert unerwartet fast ein Unfall – wer weiß, von welchem Schicksal geführt, zum unpassendsten Zeitpunkt.

Elektra macht einen Schritt, um dem Rest der Gruppe zu folgen, und tritt mit ihrem rechten Fuß kraftvoll auf die Ferse der Frau, die ein paar Zentimeter vor ihr steht. Der Frau entfährt ein schmerzvolles, dumpfes Stöhnen und Elektra verliert das Gleichgewicht und stolpert, als wäre sie betrunken. Der Schock und die Angst, dass sie im nächsten Moment auf dem Boden zwischen den Beinen der anderen Besucher landen wird, rauben ihr die Worte.

Als ihr Körper plötzlich und unerwartet seinen Abwärtskurs beginnt, ergreift eine kalte Hand ihren linken Arm, der sich bereits in der Luft befindet, zuerst sanft und dann fester, um sie zu halten.

So etwas ist ihr noch nie passiert. Sie lächelt verlegen und wagt es nicht, ihren Kopf zu heben, um die anderen Mitglieder der Gruppe anzusehen, sie weiß, dass ihr Gesicht vor Scham feuerrot ist und dass alle Blicke auf sie gerichtet sind.

Ihr sechster Sinn, ihr inneres Radar, hat jedoch bereits herausgefunden, wem die Hand gehört, die ihre ergriffen hat. Sie hatte schon bemerkt, dass der junge Mann, der neben ihr in der Kutsche gesessen hatte, ihr aus einem unbekannten Grund folgt, als liefe er in den Spuren ihrer Schritte. Anfangs kam es ihr nicht seltsam vor. Fast alle Besucher schlenderten im Innenhof des Palastes herum und warteten auf den Beginn der letzten Tour des Tages. Obwohl sie bezweifelt, dass seine Nähe zu ihr zufällig entstanden ist, ist es dennoch völlig absurd zu akzeptieren, dass dieser junge Mann eine Verbindung zu dem ihres Traumes hat. Zumal er sie nicht zu kennen scheint.

Trotz ihrer Verlegenheit schafft sie es, ihre Hand zu bewegen und sie aus dem Griff des unbekannten jungen Mannes zu ziehen.

„Ein Ausrutscher ist gefährlich. Manchmal kann er auch tödlich sein", hört sie ihn leise sagen, als ob er mit sich selbst spricht.

Der Klang seiner sanften, jugendlichen Stimme zieht Elektra an. Sie wendet sich zu ihm, um ihn anzusehen, wie sich die Sonnenblume zur Sonne dreht.

Er ist nicht besonders groß, schlank wie fast alle Jugendlichen. Seine Gesichtszüge zeigen die Unschuld seines Alters. Die Unschuld, die alle Erwachsenen beneiden, weil sie sie im Laufe der Jahre verloren haben. Seine rosigen Wangen und seine rötliche Nase zeigen an, dass er besonders frieren muss. Ein Wollschal in der gleichen Farbe wie seine Mütze ist um seinen Hals gewickelt, und ein vollgepackter Lederrucksack hängt auf seinem Rücken.

„Danke", sagt sie und meint es ernst.

Er antwortet nicht.

„Du warst in der Kutsche neben mir."

„Ja."

„Du bist kein gesprächiger Typ, was?"

„Nicht so."

Seine Stimme klingt gebrochen.

Sie gibt ihm die Hand, diesmal freiwillig. „Ich bin Elektra. Wie ist dein Name? Damit ich zumindest den Namen des Jungen kenne, der mich vor einem demütigenden Sturz gerettet hat."

Auf seinen Lippen bildet sich zum ersten Mal, seit sie ihn gesehen hat, ein verlegenes Lächeln.

„Paul", antwortet er und drückt kurz ihre Hand.

Sie gehen Seite an Seite weiter und folgen den Besuchern zum Haupteingang. Sie versucht herauszufinden, was sie antreibt weiter mit ihm zu reden, obwohl sie eigentlich ungern mit Fremden plaudert. Normalerweise hätte sie sich nur bedankt.

„Bist du alleine hergekommen? Ohne dein Mädchen?"

Sie staunt selbst über ihre indiskrete Frage.

Paul sieht sie an, antwortet aber nicht.

Sie lächelt entschuldigend, nachdem ihr sein trauriger Blick auffällt. Sie will ihn nicht verletzen. Sie hat bereits begonnen eine aufrichtige Sympathie für ihren jungen Retter zu empfinden.

„Verzeih mir meine doofe Frage bitte, aber es ist eher untypisch, allein zu einem Rundgang durch ein romantisches Schloss zu gehen."

„Du bist auch allein. Warum stellst du dir nicht die gleiche Frage?"

Auf seinen Lippen erscheint ein kleines zufriedenes Lächeln, während er sich gleichzeitig umdreht und voraus geht.

Der junge Paul gab ihr die Antwort, die sie verdient hat. Sie kann immer noch nicht glauben, dass sie so indiskret war. Sie spürt die Röte ihres Gesichtes, schluckt schwer und versucht ihre verlorene Würde wieder zu finden. Sie hat Angst, dass ihr Gesicht aussieht wie eine alte mykenische Maske. Rot und mit weit geöffneten runden Augen.

Der junge Mann hat ja recht. Es ist zwar nicht das Normalste auf der Welt, dass ein Junge allein eine Touristenattraktion besucht. Normalerweise interessieren sich junge Leute nicht sehr für solche Dinge. Aber warum sollten seine Beweggründe sie kümmern? Auch wenn dieser Junge doch etwas anders ist als die frechen und lauten Jugendlichen, denen sie auf dem Weg zum Büro täglich in der U-Bahn begegnet. Allerdings hat sie auch keinerlei Erfahrung mit Kindern, da sie keine eigenen hat.

Sie läuft schneller, um ihn einzuholen. „Da wir beide alleine sind, lass uns das Schloss gemeinsam ansehen, damit wir uns austauschen können", schlägt sie ihm vor, ohne ihn anzusehen, und versucht ihr früheres unangemessenes Verhalten zu korrigieren.

Sie hofft, dass ihr Vorschlag ihn nicht erschreckt,

zumindest nicht so sehr, wie sie selbst erschrocken ist, gleich nachdem sie ihn ausgesprochen hatte.

5. PAUL ~ Wenn du das vergisst, woran du dich unbedingt erinnern willst

Ich bin so erschrocken, als die Kutsche, mit der ich zum Schloss fuhr, beinahe in die Schlucht gestürzt wäre. Instinktiv habe ich den Arm der unbekannten Frau gepackt, die neben mir saß. Das Gefühl, als ich sie berührte, war seltsam, so wie eine alte, vergessene Erinnerung, die einem dann in den Sinn kommt, wenn man es nicht mehr erwartet.

Als sie die Bäume des Waldes betrachtete, an denen der Wagen vorbeifuhr, musste ich mich umdrehen, um sie besser mustern zu können.

Eine schlanke Frau um die fünfunddreißig bis vierzig, ziemlich groß, obwohl ich mir nicht sicher war, weil ich sie noch nicht stehend gesehen hatte. Die kräftigen Züge ihres Gesichts und ihre großen Augen in der Farbe goldbraunen Honigs erinnerten mich an meine Mutter. Braune, lange, glänzende Haare, gerade dunkle Augenbrauen, ihr Körperbau, die Augen, ihre Hände und sogar ihre Stimme, alles war gleich.

Ich habe das Foto meiner Mutter in meiner inneren Jackentasche. Ich bin sicher, wenn ich das Foto jetzt anschaue, werde ich die Frau sehen, die neben mir auf dem Wagen saß. *Das ist der Grund*, denke ich, *warum ich sie von dem Moment an, als wir die Kutsche verließen und zum Schloss gingen, verfolgt habe.* Ich wollte sie noch einmal sehen, um mich von ihrer erstaunlichen Ähnlichkeit mit meiner Mutter zu überzeugen.

Ich frage mich, ob es ein Zufall ist, dass ich die Frau in

dem Moment treffe, als das Bild meiner Mutter langsam beginnt in meinem Kopf zu verblassen. Ich fürchte sehr, dass ich die Wärme vergessen könnte, die ihr Blick, ihre weichen langen Finger und die Linien ihres Gesichts in mir auslöste. Es ist sehr traurig, sich nicht für immer an die verlorenen Gesichter erinnern zu können. Und es tut mir weh, dass ich mich nicht mehr erinnere, ob ich ihr gesagt habe, wie sehr ich sie liebe, als sie noch lebte, oder es für egoistisch überflüssig hielt. Wusste sie trotzdem, wie sehr ich sie liebte oder war sie traurig und voller Zweifel?

Obwohl ich mich nicht vollständig von der paradoxen Ähnlichkeit der unbekannten Frau mit meiner Mutter erholt hatte, beschloss ich, mich von ihr zu entfernen und den Zwischenfall in der Kutsche zu vergessen, bei dem ich mich wie ein Kleinkind benommen hatte, das die Sicherheit seiner Mutter sucht. Als die unbekannte Frau jedoch beinahe gefallen wäre, handelte ich spontan und tat etwas, was ich einige Jahre lang nicht getan hatte. Ich habe zugegriffen und sie gehalten. Als meine Hand den Arm der Frau berührte, fühlte ich, wie mein Blut durch meine Adern floss, wie das Wasser eines rauschenden Flusses. Ich hatte das Gefühl, die Hand meiner Mutter zu halten, wohl wissend, dass dies nicht wahr sein konnte.

Ich hörte, wie sich die Unbekannte bei mir bedankte, konnte aber nicht antworten, weil ich noch dabei war, die schwarzen Gedanken der Vergangenheit wegzuschieben. Für einige Momente fühlte ich mich wie in den Überresten eines alten Schiffwracks, gefangen unter der Wasseroberfläche. Am Ende gelang es mir, mich zu beruhigen.

Jetzt laufen wir Seite an Seite, aber wir reden nicht. Ich drehe mich um und studiere sie. Sie sieht mürrisch aus, als ob sie an etwas denkt, was ihr nicht gefällt. *Wahrscheinlich ist sie in Gedanken noch bei ihrem Beinahe-Unfall,* denke ich und entscheide nichts zu sagen.

Aber sie tut es.

„Bist du alleine hergekommen? Ohne dein Mädchen?",

fragt sie mich.

Ihre Frage überrascht mich. *Ist sie einfach indiskret oder will sie nur reden?*, ist mein erster Gedanke. Ich sehe sie überrascht an. Ich kann nicht glauben, wie leicht die unbekannte Frau eine meiner Schwachstellen berührt, eines der Themen, von denen ich dachte, sie auf die beste Weise arrangiert zu haben. Einsamkeit erwies sich als der beste Begleiter, als meine Welt zusammenzubrechen begann. Außerdem war sie mein bester Freund, als ich mich entschied, von zuhause abzuhauen. Ich weiß nicht, ob ich mich für den Aufbruch entschieden hätte, wenn Hanna noch da gewesen wäre.

„Du bist auch allein. Warum stellst du dir nicht die gleiche Frage?", antworte ich schnippisch.

Mir wird sofort klar, dass meine Reaktion schrecklich ist und ich beeile mich weiterzulaufen, um ihr nicht in die Augen sehen zu müssen.

Obwohl mir bewusst ist, dass es nicht gerade höflich ist, mich einfach so von ihr zu entfernen, beschäftigt mich die Frage der Frau weiterhin und wirft mich zurück in vergangene Tage.

Zögerlich zuerst, danach immer intensiver, formt sich in meinem Kopf das Bild von Hanna.

Hanna war die schönste Ausnahme in meinem sonst einsamen Leben. Das Mädchen, das heute bei mir sein könnte. Leider blieb sie nicht lange.

Ich erinnere mich an das erste Mal, als ich sie traf. Es war ein Samstagmorgen. Ich war gerade aufgewacht und in die Küche gegangen, um mir einen Kaffee zu machen. Da sah ich sie an unserem Küchentisch sitzend. Sie hatte den Kopf auf die Hände gestützt und starrte gelangweilt an die Decke.

„Da bist du ja endlich", sagte sie, als ich den Raum betrat, und ihr Gesicht erstrahlte. „Ich hatte schon keine Lust mehr zu warten."

„Wer bist du? Was machst du hier?", fragte ich verdutzt.

Die Fremde lächelte breit, als würden wir uns jahrelang

kennen.

„Setz dich und lass uns einen Kaffee trinken. Ich habe schon vor Stunden einen gemacht."

Sie stand auf und ging zur Kaffeemaschine an der Küchentheke. Ich folgte ihr mit meinem Blick. Ihre Bewegungen waren süß und leicht wie die eines jungen Rehs. Sie benahm sich locker, als wäre ihr der Küchenbereich vertraut. Sie füllte zwei Tassen mit warmem, duftendem Kaffee.

„Ich bin Hanna, die Tochter von Sofia", erklärte sie und sah mich direkt an, als sie mit den Kaffeetassen in der Hand zum Tisch zurückkehrte.

Jetzt verstand ich, warum das Mädchen in unserer Küche war. *Sie ist die Tochter der Frau, die das Haus putzt*, dachte ich und beobachtete schweigend ihre schlanke Silhouette.

„Ich habe meiner Mutter angeboten, heute beim Hausputzen zu helfen", fuhr sie fort. Und dann fügte sie hinzu: „Ich wollte dich kennenlernen."

Das Lächeln auf ihren Lippen schien mich zu verspotten. Ich fragte mich warum.

Sie ist definitiv älter als ich, dachte ich, während ich sie ansah. Sie muss um die zwanzig sein.

Hanna entsprach nicht dem Ideal weiblicher Schönheit. Ihr Gesicht war ziemlich asymmetrisch, ihre Augen sehr nah an der Nase und ihre Haut voller Sommersprossen. Schwarze lange Locken waren an ihrem Hinterkopf zu einem Pferdeschwanz zusammengefasst und kleine Babylocken sprangen an vielen Stellen heraus und bedeckten ihre Stirn und Ohren. Und doch sieht sie im Großen und Ganzen gut aus, beschloss ich und betrachtete ihre zarte, schmale Taille, ihre schönen Beine, die ihr kurzer Rock unbedeckt ließ, und ihre üppige Brust, die ihr enges T-Shirt noch betonte.

Hanna runzelte entzückend ihre Nase, als sie einen Schluck Kaffee trank. Sie merkte bestimmt, dass ich sie von oben bis unten betrachtete.

„Ich habe von meiner Mutter gehört, dass du immer

allein bist. Du bringst niemanden nach Hause", sagte sie.

Überrascht von ihrer Spontanität schüttelte ich den Kopf, ich konnte mich nicht entscheiden, ob es gut war, ihren Worten zuzustimmen oder nicht.

„Ich finde, du bist ein sehr guter Kerl. Ich mag dich", fuhr sie mit halb geschlossenen Augen fort, ohne auf eine andere Antwort zu warten, abgesehen von meinem vagen Kopfschütteln. „Ich werde ab jetzt oft herkommen, um dir Gesellschaft zu leisten."

Mir hatte es die Sprache verschlagen, weil ich jegliche Art von Intimität mit Mädchen nicht gewöhnt war. Abgesehen von den formellen Beziehungen und Gesprächen mit meinen Klassenkameradinnen in der Schule hatte ich keine Kontakte. Aber das Mädchen, das auf der anderen Seite des Tisches saß, ließ mein Herz wild schlagen und meine Lippen zittern.

In diesem Moment kam ihre Mutter in die Küche und hielt sie davon ab, weiter zu reden, was die Situation ein wenig rettete, da ich befürchtete, mich vor Verlegenheit total zu blamieren. Hanna ließ ihren Kaffee stehen und stand widerwillig von ihrem Stuhl auf.

„Wir werden uns sehr bald wiedersehen", flüsterte sie mir zu, als sie an mir vorbeiging, bedeutungsvoll zwinkerte und ihrer Mutter aus dem Raum folgte.

Ihr sanftes Parfüm und ihre halbvolle Kaffeetasse erinnerten mich an ihre kurze Anwesenheit in der Küche. Und natürlich hatte sie mir an diesem Tag nicht erklärt, was für eine Art von Gesellschaft sie vorhatte mir zu leisten.

Das habe ich erst erfahren, als ich sie das nächste Mal sah. Einen Monat später, wieder an einem Samstagmorgen, öffnete Hanna plötzlich die Tür meines Zimmers. Ich lag im Bett und war noch nicht aufgestanden.

„Was machst du hier?", fragte ich sie, überrascht von dem Überfall.

Sie ließ die Tür hinter sich zufallen und nickte mit dem Kopf.

„Doofe Frage", sagte sie. „Glaubst du nicht, es ist Zeit,

dass wir uns besser kennenlernen?"

„Ich habe dich nicht erwartet", erwiderte ich und versuchte meine Verlegenheit zu verbergen. Ich war nicht an eine weibliche Präsenz in meinem Zimmer gewöhnt.

„Sei nicht so schüchtern", gurrte sie und setzte sich sanft auf die Bettkante neben mich.

Ich fühlte, wie mein Gesicht rot wurde, aber ich konnte nicht dagegen ankämpfen. *Dieses Mädchen ist sehr direkt*, dachte ich.

„Ich dachte, wir würden zuerst einen Kaffee trinken, um wach zu werden", murmelte ich und drehte gleichzeitig meinen Kopf in Richtung Decke.

„Später", antwortete sie ruhig. „Wir haben Zeit."

Ich senkte meinen Blick und unsere Blicke trafen sich. Sie lächelte mich herzlich an. Sie hatte den Weg geebnet, sie hatte mir fast alles wie auf einem silbernen Tablett serviert. Ich wusste, dass ich an der Reihe war auf sie zuzugehen, aber der erste Schritt fiel mir schwer.

Nach einem kurzen Moment des Schweigens schien Hanna sich entschieden zu haben die Initiative zu ergreifen, für die eigentlich ich verantwortlich war.

„Normalerweise bin ich nicht indiskret, aber ich möchte dich etwas Persönliches fragen, darf ich?", bat sie mich und bestätigte somit meine Gedanken.

„Klar, frag mich", erwiderte ich.

„Hattest du schon Sex? Hast du schon mal eine nackte Frau gesehen?"

Wenn eine Bombe in den Raum gefallen wäre, wäre sie auf keinen Fall lauter als Hannas Frage.

„Du bist sehr indiskret. Warum willst du das wissen?", schaffte ich gerade noch zu murmeln, während sich ein heißes Gefühl über meinen ganzen Körper ausbreitete.

„Nun, ich habe es mir schon gedacht", lächelte Hanna zufrieden, ohne auf meinen rot glühenden Kopf zu achten.

„Ich habe auf jeden Fall schon nackte Frauen gesehen", versuchte ich meine verlorene Selbstbeherrschung wiederzugewinnen.

„Und waren sie schöner als ich?", fragte sie, während sie sich von der Bettkante erhob.

Sie stand aufrecht vor mir und starrte mich an.

Ich bewunderte ihre zarte Silhouette. Die kurze, enge Bluse betonte ihre schmale, nackte Taille und die anliegende Jeanshose hob ihre langen Beine hervor.

„Nein", murmelte ich benommen von der Macht, die sie über mich ausübte.

„Das habe ich mir schon gedacht", sagte Hanna.

Dann öffnete sie mit langsamen, sinnlichen Bewegungen die Knöpfe ihrer Bluse, zog sie aus und ließ sie auf den Boden fallen; vor meinen weit aufgerissenen Augen zeigte sich nun ihre weiße Spitzenunterwäsche, die den Großteil ihrer Brüste unbedeckt ließ.

Ich sah sie magnetisiert an. Ich konnte meinen Blick nicht von ihrer schönen, glatten, weichen Haut nehmen. Mein Mund war trocken. Mein Atem wurde schwer und mein Blut begann mit Macht in meinen Unterkörper zu strömen.

Hanna, als wollte sie meine Qual vergrößern, öffnete ihren Hosenknopf.

Als ihre zarten Finger den Reißverschluss berührten und nach unten zogen, fürchtete ich, dass die Erregung zwischen meinen Beinen mich in den Wahnsinn treiben würde.

Mit den gleichen sinnlichen Bewegungen befreite Hanna ihren Unterkörper von der Hose.

„Nun, Paul, was sagst du? Kann ich mithalten mit den Mädchen, die du nackt gesehen hast?", fragte sie schließlich, und befeuchtete mit der Zunge ihre Lippen.

Sie ließ ihre Unterwäsche langsam über ihre Oberschenkel gleiten und als sie zu Boden fiel, kringelte sie sich um ihre Knöchel.

In ihr Gesicht zeichnete sich ein ironisches Lächeln und ihr Blick fixierte die erhobene Stelle meiner Bettdecke, die meine Erektion verriet.

Ich öffnete den Mund, um zu antworten, aber konnte

meine Lippen nur wie ein Fisch bewegen.

Hanna glitt sanft unter die Decke neben mich.

Ich konnte nichts sagen, ich konnte nichts mehr tun. Ich seufzte leicht und ergab mich folgsam Hannas Führung, an diesem Samstag sowie an allen anderen Samstagmorgen, an denen das Mädchen unter dem Vorwand, ihrer Mutter zu helfen, in mein Zimmer kam.

Doch nach ein paar Malen, die an den Fingern einer Hand abgezählt werden konnten, hörte Hanna auf mich zu besuchen.

Ich habe sie unglaublich vermisst, also fragte ich ihre Mutter, warum sie nicht mehr kam.

„Sie arbeitet jetzt samstags, mein Kind. Sie kann mir nicht mehr helfen", antwortete sie, und schien nichts von den Ausflügen ihrer Tochter in mein Zimmer zu wissen.

Ich habe Hanna seitdem nicht mehr gesehen, vermisse sie aber noch immer.

„Nun, was sagst du? Machen wir das so?"

Elektras Stimme neben mir bringt mich in die Realität zurück. Wie hat sie mich erschreckt! Ich hatte ihre Anwesenheit überhaupt nicht bemerkt. Allerdings kann ich mir vorstellen, was sie mich gefragt hat.

Sie hat mich überrascht und mir ein Angebot gemacht.

Vielleicht wollte sich Elektra bei mir dafür bedanken, dass ich sie gehalten habe, als sie in Gefahr war zu fallen, oder sie wollte sich für ihre vorherige indiskrete Frage entschuldigen.

Was auch immer der eigentliche Grund für ihren Vorschlag war, ich sollte schnell antworten, anstatt wie ein Stück Holz da zu stehen und sie mit dem dummen Ausdruck eines Schülers anzusehen, der keine Antwort auf die schwierige Frage seines Lehrers hat. Ich habe sowieso keine Zeit zu verlieren. Die Tour hat bereits begonnen und ich habe schon fast vergessen, warum ich eigentlich hier bin. Ich atme tief ein, denn das Problem, das ich lösen muss, steht noch vor mir.

Wo werde ich das Buch meines Großvaters abgeben? Aus einem unverständlichen Grund bin ich nicht von der Idee begeistert, es dem Reiseleiter oder jemandem vom Sicherheitspersonal zu übergeben. Wenn ich Elektra fragen würde, könnte sie mir einen Rat geben? Ich habe nichts zu verlieren, ich werde es herausfinden.

„Okay", erwidere ich und unterbreche die Stille. „Aber ich muss dich warnen, ich werde wahrscheinlich überhaupt keine angenehme Gesellschaft sein. Ich bin kein gesprächiger Typ."

Ich sehe sie an und stelle fest, dass sie mit meiner Antwort zufrieden zu sein scheint. Sie hat sich nach ihrem Beinahe-Unfall wieder beruhigt und vielleicht habe ich ihr unabsichtlich eine Rolle gegeben: die des fröhlichen Begleiters für die gesamte Dauer der Führung. Sie seufzt erleichtert. Ihre Gesichtszüge werden weicher, während sie mich herzlich anlächelt.

„Siehst du, in einer Sache sind wir uns beide doch ähnlich. Die vielen Worte gefallen mir auch nicht."

Ich atme tief ein und versuche meine Lungen mit Luft zu füllen, bevor ich die Haupthalle des Schlosses betrete. Im Moment scheint alles gut zu laufen.

6. EMMA ~ Andernfalls gibt es keine Erlösung für mich

Ich versuche ihn nicht aus den Augen zu verlieren, aber in der Praxis ist es schwierig, ihm zu folgen, geschweige denn mit ihm zu kommunizieren, wie ich es eigentlich vorhatte.

Der Enkel von Franz läuft, seitdem er das Schloss betreten hat, beiläufig herum und schaut sich gleichgültig um, dem Rest der Gäste folgend. Das Summen der Besucher im Schloss erinnert mich an die Bienenstöcke im Sommer. Dieser Schwarm hier produzierte keinen Honig, sondern Gespräche. Eine große Frau mit dynamischem Auftritt läuft hastig an mir vorbei und stößt mich an, ohne natürlich meine Anwesenheit zu bemerken. Aber es sind nicht nur die ahnungslosen Besucher, die versehentlich zwischen uns geraten und dazu geführt haben, dass ich ihn mehrmals aus den Augen verloren habe, sondern auch das Gefühl, dass mein Körper heute nicht die erforderliche Energie hat. Seit heute Morgen bemühe ich mich die Augen offen zu halten. Heute, an einem so wichtigen Tag, scheint mein Geist zu schlafen, mein Körper ist müde und meine Füße schwer wie Blei. Ich muss mich überwinden und in die Gänge kommen.

Der gestrige Abend war sehr anstrengend für uns alle, die in der Küche arbeiten. Der Oberkoch bestand darauf, viel zu kochen, obwohl nicht viele einen Platz am Tisch reserviert hatten. Die meisten hatten gesagt, dass sie erst heute Abend wieder im großen Saal speisen würden. Trotzdem musste ich für das gestrige Essen die Füße eines riesigen Bergs von Hühnern zusammenbinden, sie an die Haken hinten in der Küche hängen, ihnen den Kopf abschneiden und dann ihre

Bäuche mit der Füllung stopfen, die Frau Hofbauer mir gebracht hatte. Den Rest des Abends stand ich vor einem Küchentresen, still in meine Gedanken versunken, und schälte unzählige Kartoffeln. Ich unterhalte mich kaum noch mit den anderen Küchenhilfen. Nach dem letzten Verschwinden des Architekten Erich Gabelsberger, Bastians Beschützer, mache ich mir ernsthafte Sorgen. Die offizielle Begründung für seine Abwesenheit war wieder eines der üblichen Szenarien. Er hätte ein interessantes berufliches Angebot bekommen, für das er sich letztendlich entschieden hätte, und wäre daher gezwungen, trotz großem Bedauern, uns zu verlassen und nach München zurückzukehren.

Heute Morgen, obwohl ich hundemüde und wie ein Stein ins Bett gefallen war, ließ mich ein seltsamer Traum ein paar Minuten später angsterfüllt aus dem Bett springen. Ich öffnete meine Augen und sah, wie sich Frau Hofbauer in ihrem Bett umdrehte und dabei laut schnaufte, ein Zeichen dafür, dass sie noch nicht tief schlief. In der Dunkelheit des Raumes schaute ich zu der Stelle, wo in meinem Traum ein Mann gestanden hatte, mich angelächelt und zur Zimmertür gedeutet hatte. Doch wie zu erwarten war niemand da.

Mein Herz schlug noch immer wild und ich versuchte es zu beruhigen, um wieder einzuschlafen. In der absoluten Dunkelheit versuchte ich mich vergeblich an das Gesicht des Mannes aus meinem Traum zu erinnern. Aber etwas sagte mir, dass der Mann in meinem Traum Franz war, der mir etwas außerhalb des Raumes zeigen wollte. Dieser Gedanke ließ mich nicht wieder einschlafen.

Ich stand auf und nippte vorsichtig an einem Glas Wasser aus dem Krug, den ich mitgebracht hatte, als ich im Morgengrauen ins Zimmer zurückkehrt war. Die kalte Flüssigkeit half meinen Nerven, sich zu beruhigen. Ich war mir sicher, dass mein Traum das Zeichen war, auf das ich gehofft hatte. Es war die zweite Botschaft von Franz gewesen, dass die Hilfe gekommen war, auf die ich so verzweifelt wartete. Es war das Zeichen, dass heute etwas Gutes passieren würde.

Die erste klare Botschaft war vor ein paar Tagen auf demselben Weg gekommen. Eine Botschaft in einem seltsamen Traum.

An dieser Morgendämmerung träumte ich, dass ich auf einem Balkon stand, vor dem geschlossenen Fenster eines zweistöckigen Hauses, irgendwo da draußen, weit vom Schloss entfernt. Es war Nacht und ich hatte keine Ahnung, wie ich dorthin gekommen war. Was mich beschäftigte, war vor allem, warum ich dort war. Der Balkon war komplett leer, klein und schmal. Zwei oder drei Schritte reichten, um von einem Ende zum anderen zu laufen. Ein Holzgeländer diente als Schutz. Ich beugte mich über das Geländer und sah nach unten. Ich konnte nicht viel erkennen. Einige Schneeflocken, die noch nicht geschmolzen waren, sahen auf dem gefrorenen Gras aus wie Puderzucker. Der kalte Wind, der aus dem Dachgesims wehte, ließ mich erschaudern. Ich trug keinen Mantel, mein schwarzes Wollkleid konnte mich nicht vor der Kälte schützen und ich biss die Zähne zusammen, damit sie nicht vor Kälte klapperten.

Ich näherte mich dem Fenster und lehnte meine Stirn an das eiskalte Glas. Ich versuchte in den Raum zu schauen, aber ich sah nichts als dichte Dunkelheit. Der Mond am Himmel war voll und riesig, aber sein Licht half mir nicht zu erkennen, was sich hinter der Glasscheibe befand.

Plötzlich wurde der Raum durch elektrisches Licht beleuchtet und das Erste, was ich sehen konnte, war die Gestalt eines gealterten und schwachen Mannes mit dichtem weißem Haar.

Es war Franz, der mich hinter der Glasscheibe anlächelte. Ich blinzelte, um sicherzustellen, dass er immer noch da war, und dass sein Bild nicht durch ein Blinzeln verloren gehen würde. Egal wie oft ich meine Augen öffnete, Franz war immer noch da, ich konnte ihn klar erkennen. Er trug die gleiche bayerische Tracht, die er getragen hatte, als er in das Schloss kam. Aber der Zustand war nicht mehr derselbe. Sie war weder neu noch sorgfältig gebügelt. Das Hemd war schmutzig und hing wie ein Sack an seinem abgemagerten Körper. Die braune Lederhose war an vielen Stellen abgenutzt und löchrig und an der dunkelblauen Weste fehlten fast alle Knöpfe. Sein Gesicht war knochiger und abgemagerter als je zuvor. Seine Knochen ragten hervor, als versuchten sie, die Haut zu durchbohren und heraus zu wachsen. Seine eingesunkenen Augen hatten die gleiche Kälte wie das Licht des Mondes. Das Einzige, was das Aussehen von Franz ein wenig milderte, war sein üppiges, sorgfältig gekämmtes Haar, das zwar vollständig weiß geworden war, aber dennoch aussah wie der frische, weiche Schnee auf den Gipfeln der Alpen.

Ich muss mit ihm reden, ihm sagen, wie sehr ich ihn vermisse, wie sehr ich seine Hilfe brauche. Er muss zurückkommen, wir müssen zusammen kämpfen, dachte ich, aber als ich versuchte zu sprechen, konnte ich meine Lippen nicht bewegen. Es kam kein einziger Ton aus meinem Mund. Ich sah ihn weiterhin beharrlich an, frustriert von meiner Unfähigkeit, mit ihm zu kommunizieren, aber er schien mein Problem nicht zu verstehen.

Er ging langsam und stetig vom Fenster weg und näherte sich dem Bett, das sich auf der linken Seite des Raumes befand. Während er mich immer noch lächelnd ansah, hob er seine Hand und sein Finger zeigte auf das Bett.

Erst dann bemerkte ich, dass jemand darin schlief. Ein blonder, jugendlicher Kopf war das Einzige, was aus der Decke herausguckte. Seine unbeweglichen, geschlossenen Augen bestätigten, dass er ruhig und tief schlief. Das Licht der Lampe strahlte auf sein Gesicht, aber es schien ihn nicht zu stören.

Dann tat Franz etwas, das mich schockierte. Ich sah, wie er tief Luft holte und sich dann über den jungen Mann beugte, seine Arme ausstreckte und ihn an den Schultern hochzog. Verblüfft hielt ich sogar den Atem an, um die Szene, die sich vor meinen Augen abspielte, nicht zu beeinflussen.

Der junge Mann öffnete die Augen und sprang entsetzt auf. Seine blauen Augen schienen riesig in seinem dünnen Gesicht. Sein Haar war zottelig und etwas zerzaust vom Schlaf. Er setzte sich für eine Weile schweigend auf die Bettkante und versuchte offensichtlich herauszufinden, warum er aufgewacht war. Ich erwartete, dass er mit Franz schimpfen würde, weil er ihn aufgeweckt hatte, ihn wenigstens nach dem Warum fragen würde. Doch der junge Mann kümmerte sich überhaupt nicht um Franz.

Warum spricht er nicht mit ihm? Was ist los? Sieht er ihn nicht?, fragte ich mich.

Dann bemerkte ich die kleinen dunklen Flecken, die auf dem Hemd des jungen Mannes auf der Höhe seiner Brust auftraten. Es kam mir komisch vor. Ich konnte mir nur vorstellen, dass Franz ihn aus Versehen verletzt hatte, als er ihn so abrupt vom Bett zog. Die Flecken breiteten sich stetig aus. Der junge Mann nahm sie wahr und geriet sofort in Panik. Zusammen mit ihm war auch ich in Panik versetzt. Seine Augen füllten sich mit Schrecken, als er beobachtete, wie sich die Flecken schnell auf seinem T-Shirt ausbreiteten. Das Erstaunen in seinen Augen war ein Zeichen dafür, dass er sich ihre Präsenz nicht erklären konnte, er verstand nicht, was gerade passierte. Aber ich konnte es mir auch nicht erklären.

Die nassen Flecken breiteten sich weiter auf seiner Brust aus und erreichten seinen Bauch. Er tastete zögerlich mit einem Finger über das nasse T-Shirt und steckte ihn dann in den Mund. Als ich ihn beobachtete, hatte ich den Eindruck, dass ich sein Blut schmecken und riechen müsste. Der Geschmack, der meinen Gaumen erreichte, war jedoch nicht der von Blut. Die Flecken auf dem Hemd des Jungen waren aus Tinte.

Mein Blick war auf Franz gerichtet und ich suchte verzweifelt nach einer Erklärung. Mein alter Freund lächelte nicht mehr. Er sah mal mich und mal den jungen Mann ernst an.

Etwas will er mir sagen, dachte ich. *Aber was?* Ich hatte

Mühe, die Bedeutung der Szene zu verstehen, die ich mir wie ein Dieb hinter dem Fenster ansehen musste.

Ich wandte meine Aufmerksamkeit wieder dem jungen Mann zu. Die Tinte sprudelte weiterhin schwarz und dick aus seinem Körper heraus und lief seine Brust hinunter. Der dünne Stoff des T-Shirts konnte nicht mehr aufnehmen. Ein kleiner Strom der dunklen, dicken Flüssigkeit rann zwischen den Falten herab und plätscherte dann auf den Boden. Zuerst bildete sich ein kleiner Teich und dann ein ganzes Meer von Tinte, das drohte ihn zu ertränken. Die Tinte, die aus seiner Brust entsprang wie ein dunkler Wasserfall, stieg unheimlich schnell an, erreichte seine Schultern, und drohte ihn zu verschlingen.

Ich fragte mich, warum Franz nichts unternahm, um ihm zu helfen. Bald würde der unglückliche Junge in der Flüssigkeit gefangen sein. *Die einzige Möglichkeit zu entkommen ist zu schwimmen,* sprach ich angsterfüllt zu mir selbst, als ich sah, dass der junge Mann versuchte sich zu bewegen. Es gelang ihm nicht, seine Bewegungen waren zu langsam und schwach. Er sah sich verzweifelt um und suchte offensichtlich nach einem anderen Weg der Rettung. Ich war mittlerweile davon überzeugt, dass er Franz nicht sehen konnte, der weit weg vom Tintensee stand und ziemlich beunruhigt den Befreiungskampf seines Enkels in dessen dickflüssigem schwarzen Gefängnis beobachtete.

Dann passierte etwas Unerwartetes. Das Buch, das blaue ledergebundene Buch mit dem weißen Kreuz auf dem Titelblatt, das Franz aus dem Schloss mitgenommen hatte, erschien aus dem Nichts vor dem verängstigten jungen Mann und schwamm auf der Oberfläche des Tintenmeeres. Sanft trieb es auf der dickflüssigen Tinte und trotz der kleinen Wellen bewegte es sich keinen Zentimeter vom Gesichtsfeld des jungen Mannes, als würde es sich bemühen, vor seinen erstaunten Augen an derselben Stelle zu bleiben.

Ich konnte meinen eigenen Augen nicht glauben. Das Buch, die Rettung meiner Welt, war nur ein paar Meter von mir entfernt, hinter einem geschlossenen Fenster. Ich sah mich um, aber ich konnte auf dem leeren Balkon nichts sehen, was mir helfen würde die Scheibe einzuschlagen. Ich konnte nur versuchen sie mit meinem Körper zu zerbrechen. Mit meiner ganzen Kraft stürzte ich mich gegen die Scheibe. Ich spürte einen scharfen Schmerz in meiner Hand, aber das Glas brach nicht. Ich fiel auf den Betonboden des Balkons, als hätte die Scheibe mir einen Schlag versetzt.

Ich stand schnell auf, entschlossen es noch einmal zu versuchen, da bemerkte ich, dass Franz mich anlächelte und mir ein Zeichen gab, wieder näher an die Scheibe zu kommen. Ich trat ein paar Schritte auf ihn zu und stellte fest, dass ich nicht mehr auf dem Balkon stand und in das Zimmer des jungen Mannes blickte, sondern in meinem Zimmer. Ich war zurück und Franz war bei mir. Er stand hinter dem Holztisch in der abgenutzten bayerischen Tracht und lächelte voller Zufriedenheit und Stolz, als ob er eine große Leistung vollbracht hatte.

Die Worte, an die ich mich erinnerte, als ich meine Augen öffnete, klangen fröhlich in meinen Ohren: „Jetzt erinnert er sich wieder, er wird das Buch bringen. Alles andere liegt in deiner Hand."

Trotzdem war ich auf mich wütend, weil ich zu schnell aufgewacht war. Ich hätte ihm eine Menge Fragen stellen wollen.

Ich zog mich so leise ich konnte an und lauerte hinter der Tür, bis ich die beiden Wächter hörte, die auf den Gängen des Stockwerks patrouillierten.

Ich wollte ihm noch so viel sagen, dachte ich enttäuscht, als das Geräusch der Schritte, die an der Tür vorbeigingen, mich zurück in die Realität brachte. Ich hörte, wie sie sich entfernten, und schlüpfte leise und schnell wie ein Schatten aus dem Raum. Ich hatte nicht die geringste Ahnung, was ich heute außerhalb des Raumes alles sehen würde, ich wünschte nur, dass ich mit meiner Annahme nicht falsch lag.

Nach einigen Stunden des Wartens und der Besorgnis

stellte sich heraus, dass ich recht hatte. Mein morgendlicher Traum war das Zeichen von Franz, dass er mich nicht verlassen hatte. Sein Enkel, der dünne junge Mann, der fast in einem Meer von Tinte ertrunken wäre, war auf der heutigen letzten Tour im Schloss erschienen.

Als ich ihn im Schloss sah, erkannte ich ihn sofort. Mir wurde klar, dass er das Wunder war, nach dem ich bis heute Morgen gesucht hatte. Mir war, als würde ein starker Wind plötzlich eine Windmühle bewegen, die in der Windstille lauter Spinnennetze angesetzt hatte.

Ich bin glücklich. Es ist das erste Mal, dass ich so viel Freude an der Erscheinung eines Menschen in meinem Leben verspürte. Was ich noch nicht weiß, ist, ob der Enkel von Franz das Buch mitgebracht hat.

Ich bleibe eine Weile hinter der Gruppe der Touristen und versuche einen Weg zu finden, um mit dem Jugendlichen in Kontakt zu treten. Vor mir laufen ein Junge und ein Mädchen, die zärtlich händchenhalten. Ihre Blicke fliegen von Wand zu Wand, fasziniert von den riesigen Fresken, wie junge Schmetterlinge, die gerade aus dem Seidenkokon geschlüpft sind und von Blume zu Blume fliegen, um so viel Nektar aufzusaugen, wie sie nur können. Natürlich haben sie meine Anwesenheit neben sich nicht bemerkt, als ob ich eine Art Geist oder Gespenst wäre, aber ich bin keines von beiden.

Ich habe nichts dagegen, dass sie mich nicht sehen. *Ich bin nicht hier, um Öffentlichkeitsarbeit zu machen*, denke ich trotzig. Aber das ist nicht wahr. Ich wünsche mir eigentlich wehmütig, dass alles anders wäre, ich hätte gerne Kontakt mit ihnen. Aber die Leute außerhalb des Schlosses schreiten voran und folgen der Zeit. *Ich und meine Leute sitzen an einem Ort fest, der von der Zeit vergessen wurde*, denke ich, als ich mein langes, enges schwarzes Kleid mit der bequemen, bunten Kleidung des Paares vor mir vergleiche. Wir leben weiterhin in Vergessenheit in unserer Welt, gefangen in einem Spinnennetz, das am Rande der Zeit gesponnen wurde. Das heißt aber nicht, dass wir nicht genauso real sind wie die, die der Zeit folgen. *Wir haben die gleichen Gefühle wie sie, wir werden krank, wir spüren Schmerz, wir freuen uns, wir lieben, wir weinen, wir verspüren Hunger, wir essen wie sie,* denke ich betrübt, wie so viele Male.

Franz hat das Spinnennetz entdeckt, das uns gefangen hält. Es gelang ihm, mit uns zu kommunizieren, obwohl er nie erklären wollte, wie er dies schaffen konnte. Franz war immer glücklich darüber, wie die Dinge waren und suchte nie nach Ursachen und Gründen, nach dem wie und warum. Ich erinnere mich an diese Eigenschaft von ihm und muss lächeln. Jedes Mal, wenn ich an ihn denke, fühle ich die gleiche Freude, als würde ich einen wunderschönen Garten betreten, voller Farben und Düfte, die meine Seele beruhigen. Ich hoffe, das was Franz zu uns geführt hat, hat jetzt auch seinen Enkel gebracht. Ich wünschte sein Kommen heute ist nicht so zufällig, wie es auf den ersten Blick scheinen mag. Ich kann mir nicht erklären, wie ich dazu gekommen bin, fest daran zu glauben, dass der junge Mann mir helfen wird. Aber die Wahrheit ist, dass dieser Gedanke meinen Kopf nicht mehr verlässt und mich keine Alternative finden lässt. Wer weiß? Vielleicht bekomme ich heute ja meine Antwort. *Andernfalls wird es keine Erlösung für mich geben,* denke ich verzagt. Mein Wunsch vom Spinnennetz befreit zu werden, wird nicht Wirklichkeit, wenn ich unseren Tyrannen nicht loswerden kann.

Ich suche Franz' Enkel. Er läuft neben einer Frau, die älter ist als er. Sie reden leise. Diese beiden passen nicht zusammen, aber ich hebe gleichgültig die Schultern, es geht mich ja nichts an.

Irgendwann scheint mir, ich hätte ihn aus den Augen verloren, aber dann sehe ich ihn wieder. Seine dünne Statur taucht am Ende des Ganges auf, dort, wo die Treppe zu den oberen Stockwerken hinaufführt.

Während die Zeit vergeht und ich keine Möglichkeit finde, mit ihm zu kommunizieren, werde ich immer aufgeregter und spüre, wie mir der Schweiß in dicken Tropfen auf der Stirn steht. Die Tour nähert sich dem Ende und ich habe noch nicht herausgefunden, wie ich seine Aufmerksamkeit erregen und ihn kontaktieren werde.

Plötzlich wird mir klar, dass ich extreme Mittel anwenden muss, wenn ich es schaffen will. Wenn es sein muss sogar den Füllfederhalter. Beim Gedanken an die Feder fühle ich, wie meine Beine zittern, als hätte ich einen Schlag in den Magen bekommen. Sofort bereue ich diesen Gedanken. Den Füllfederhalter gegen jemanden einsetzen? Ich weiß nicht, was in mich gefahren ist! Aber ich vertreibe diesen elenden Gedanken nicht, und das ist das, was mir am meisten Angst macht. *Ist die Rettung mehrerer Menschen eine überzeugende Entschuldigung, um das Leben einer Person zu gefährden?*, frage ich mich. Ist es nicht das, was der Tyrann tut, den ich stoppen muss?

Ich seufze und schaue verzweifelt zur Decke. Ich kann niemanden um Rat fragen, wem soll ich davon erzählen? Ich traf die Entscheidung allein, es für mich zu behalten, und nun muss ich das Ende des Weges, den ich beschlossen habe zu gehen, allein erreichen. Und wenn ich, um das Verschwinden meiner Mitmenschen zu stoppen, einen noch gefährlicheren Weg beschreiten muss, wenn ich mich in ein Monster verwandeln muss, wie unser Herrscher es ist, wenn ich ihn auf die gleiche Weise bekämpfen muss, wie er meine Menschen bekämpft, dann werde ich es tun!

Ich möchte nicht mehr Zeit verschwenden. Ich werfe noch einen letzten Blick auf den Enkel von Franz und hoffe, ihn vor dem Ende der Tour wiederzusehen, dann gehe ich. Ich habe vor zurückzukommen, bevor die Besuchergruppe den Thronsaal verlässt, weil ich nicht weiß, wie es danach weitergehen wird. Ich muss mich beeilen, um Bastian zu finden. Er ist der Einzige, der mir helfen wird, ohne viele Fragen zu stellen, ohne sich Gedanken über die Auswirkungen des Gefallens zu machen, um den ich ihn bitten werde. Meine Hände zittern und ich kann nur schwer atmen. Ich befürchte, dass ich nicht genau weiß, wofür ich mich entschieden habe.

Es ist das erste Mal, dass ich den Füllfederhalter benutzen werde und ich weiß nicht, ob und wie ich ihn kontrollieren kann. Wie auch immer, ich werde nicht zulassen, dass der Füllfederhalter Bastian Schaden zufügt.

Als ich an seinem Zimmer ankomme, stelle ich erfreut fest, dass er nicht schläft. Er sitzt auf dem gemachten Bett und studiert das Deutschbuch, das ich ihm vor ein paar Nächten gegeben habe. Als er mich sieht, schließt er das Buch und lächelt mich an.

„Schlaflosigkeit?", fragt er scherzend und zieht die Augenbrauen hoch.

„Ich brauche Hilfe", sage ich sofort, fast ohne Atem zu holen.

Er sieht mich mit einem stählernen Blick an, der mich mein Selbstvertrauen verlieren lässt. Ich schweige und starre auf das stumpfe gelbliche Licht der Gaslampe auf dem Tisch. Ich weiß, dass ich ihm einige Erklärungen geben muss. Bastian kann eine Menge sein, aber dumm ist er definitiv nicht.

„Du möchtest mir etwas Wichtiges sagen, sonst wärst du nicht mitten am Tag, wo die Wächter herumlaufen, bis zu mir gekommen."

Ich nicke schwach.

„Und das, was du mir sagen willst, ist nicht einfach?"

„Gar nicht", nuschele ich zwischen vor Angst zusammengebissenen Zähnen.

„Dann fang lieber an, bevor ich müde werde, denn dann fällt es dir schwer, mit der Wand zu sprechen."

Das Echo der Gespräche der Besucher, das durch die Tür dringt, hört sich wie ein Flüstern in meinen Ohren an.

„Herr Schwarz, ich brauche Ihre Hilfe."

Er sieht mich ein wenig misstrauisch und gleichzeitig ein bisschen provokant an.

„Welche Art von Hilfe erwartest du von mir, meine Dame? Hast du noch nicht bemerkt, dass auf meine Meinung hier nicht gehört wird? Ich bin für niemanden wichtiger als seine Fußmatte. Ich bin nichts."

Eine Übelkeitswelle versetzt mir einen Stoß in die Rippen. Mein Blick gleitet über die kahlen Wände des Raumes.

„Sagen Sie nicht, dass Sie nichts sind, das stimmt nicht", wispere ich.

„Dann komm, nachdem du dir die Mühe gemacht hast, hierher zu kommen, sag mir, was du von mir willst. Aber lass es bitte etwas Heldenhaftes sein", sagt Bastian sarkastisch. „Traurigkeit und Elend habe ich in meinem Leben genug gehabt. Vielleicht ist es Zeit, etwas Freude zu erleben, das habe ich doch auch verdient."

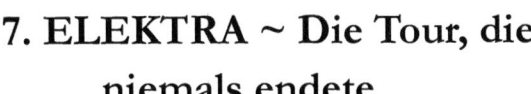

7. ELEKTRA ~ Die Tour, die niemals endete

Elektra eilt den langen Korridor entlang, dem jungen Reiseführer hinterher, der mit seinen weiten Schritten eher rennt als geht. Ihr Blick schweift hin und her im Versuch, gleichzeitig rechts und links zu schauen, um die wunderschönen Tapeten zu bewundern und die riesigen Gemälde der Ritter zu betrachten, die beide Seiten der Wände schmücken. Einige Glückliche schaffen es, stehen zu bleiben und einen genaueren Blick auf die Fresken zu werfen, von denen die meisten von den Opern Wagners inspiriert sind.

Elektra ist begeistert von der warmen Atmosphäre des Raumes. Durch die Vielzahl der Besucher scheinen alle Dinge lebendig zu werden, als ob etwas von ihrer Vitalität und Energie übertragen würde.

Sie gehen an den Räumen der Mitarbeiter des Schlosses vorbei. Elektra ist gespannt; sind die Zimmer so luxuriös, wie sie es erwartet? Ein Blick in das einzige zu besichtigende Zimmer genügt, um eine Idee von dem Luxus zu bekommen. Das Zimmer verfügt über zwei Einzelbetten aus Holz mit bunten, blumigen Baumwolldecken und einen kleinen Tisch mit zwei Stühlen in der Mitte. Ein Schrank mit wunderschönen Schnitzereien steht an der Wand gegenüber der Tür.

Wenn die Zimmer der Leute, die dem König dienten, so sorgfältig und schön eingerichtet sind, dann müssen die Zimmer, in denen der König lebte, ja spektakulär sein, denkt sie beeindruckt.

Mit einem hastigen Blick schaut sie nach hinten und vergewissert sich, dass Paul ihr folgt. Sie ist irritiert von dem angespannten Lächeln, das auf seinen Lippen liegt. Was ist wohl los mit ihm? Sie kann nicht fragen, was ihn beschäftigt, bevor er auf sie zukommt und mit bebender Stimme flüstert:

„Ich kenne das alles. Ich bin sicher, ich habe das schon einmal gesehen."

„Bist du schon mal hier gewesen?"

„Vielleicht, bestimmt, aber ich weiß nicht wann", antwortet er fahrig.

Seine Antwort verwirrt sie, aber jetzt ist nicht gerade der richtige Zeitpunkt, um ihre Neugier zu befriedigen. Die Stimme des Reiseleiters, der sie ruft, lässt wenig Raum dafür.

„Das Schloss wurde im romantischen Stil des frühen 13. Jahrhunderts erbaut", sagt er mit heiserer Stimme. „Ludwig selbst sagt in einem Brief, dass es mit der Kunst und der Leidenschaft der guten alten Zeiten gebaut ist." Er spricht in einem farblosen, gelangweilten Ton weiter, der überhaupt nicht zu dem gemütlichen, warmen, gastfreundlichen Raum passt: „Sie haben einen Einblick in die Zimmer links bekommen, wo diejenigen wohnten, die für den König gearbeitet haben. Wenn wir uns beeilen, schaffen wir es vielleicht auch, die königlichen Wohnräume zu besichtigen."

„Das ist keine Tour. Es ist ein Rennen, und der Preis ist die Aussicht auf die königlichen Wohnräume", klagt eine Dame neben ihr, die ein kleines molliges Mädchen im Arm hält und ganz außer Atem ist.

Das trübe Tageslicht, das durch die Fenster dringt und sich in dunkleren Räumen mit dem elektrischen Licht mischt, kaschiert gekonnt die Abnutzung der Holzmöbel, die an einigen Stellen vom Zahn der Zeit angefressen sind. Die gemaserten Stoffe, die für den Geschmack eines anderen Zeitalters, einer anderen Welt bestimmt waren, sind jetzt dem Blick von Menschen ausgesetzt, die sie mit Bewunderung betrachten, obwohl sicher auch einige Besucher damit nichts anfangen können.

Alle steigen hastig hinter dem Reiseführer sechsundsechzig schmale Stufen hinauf. Paul geht neben

Elektra und murmelt etwas Unverständliches. *Vielleicht zählt der Junge die Stufen*, denkt sie.

Sie erreichen den vierten Stock. Viele der Besucher bleiben für einige Momente stehen, um nach Luft zu schnappen, so auch Elektra, nur Paul läuft ohne anzuhalten weiter. Er schaut sich mit forschendem Blick und Beharrlichkeit beim Gehen um, ohne die anderen auch nur zu beachten.

Ein paar Augenblicke später hört man ihn murmeln: „Seltsam. Diese Treppe sollte aus Zement sein."

Sie sieht abwechselnd Paul und die mit rotem Teppich bedeckte Treppe fragend an.

„Du hast recht. In der Regel ist unter dem Teppich Zement", versucht sie zu scherzen, aber er reagiert überhaupt nicht, antwortet nicht mal. Besorgt wirft sie ihm einen kurzen Blick zu. Er genügt um festzustellen, dass das Thema des Teppichs schon vergessen ist und ihn nicht länger beschäftigt. Seine Gedanken sind wahrscheinlich irgendwo weit weg – während sein Blick auf die leere Wand geheftet ist, scheint er etwas sehr Besorgniserregendes zu sehen.

Sie beschließt ihn in Ruhe zu lassen und sich der Führung zu widmen. Immerhin ist sie heute nicht hierher gekommen, um sich mit dem jungen Paul zu beschäftigen, sondern um das Schloss zu genießen.

Und tatsächlich wird sie mit dem Anblick des Thronsaals belohnt. Sehr schnell ertönen im Raum kleine und große Ausrufe der Überraschung und Bewunderung der Besucher, die sich um den Reiseleiter versammeln und hören wollen, was er über dieses wunderschöne Zimmer zu sagen hat.

„Wir befinden uns im Thronsaal", beginnt der Reiseleiter. „Zwei miteinander verbundene Säle, die einer Kirche ähneln. Wie Sie sehen, ist der Einfluss der byzantinischen Kunst und von einigen Kirchen in München auf die Schlossarchitekten vielerorts spürbar."

Elektra fragt sich, ob Paul Interesse an den Worten des Reiseleiters findet und befürchtet, dass der junge Mann anfängt sich zu langweilen. Aber sie merkt schnell, dass sie sich irrt, als sie sieht, wie sich sein Blick voller Spannung bewegt, als ob er alles aufzeichnet, was er sieht und hört, um es später zu archivieren. Sein Ausdruck ändert sich, als er merkt, dass sie ihn beobachtet.

„Alles gut", sagt er lautlos, indem er nur seine Lippen bewegt.

Elektra zögert einen Moment. Sein schwaches Lächeln und sein maskenhaftes Gesicht beunruhigen sie. Sie hat jetzt doch Angst, dass etwas mit ihm nicht stimmt. Sie merkt, dass sie aufgehört hat, den Worten des Reiseleiters Beachtung zu schenken, und stattdessen beobachtet, wie Paul sich von der Gruppe entfernt. Sie sieht ihm neugierig zu, wie er zögernd die Stufen aufsteigt, die zu einer Empore in der Halle führen, wo der Thron platziert werden sollte. *Aber was zieht ihn da hoch?*, wundert sie sich. Bis auf zwei große goldene Kerzenhalter, die sich links und rechts an der Wand befinden, ist die Empore leer.

„Auf der Südseite der Halle", informiert sie der Reiseleiter weiter, „führt die Marmortreppe dorthin, wo sich der Thron normalerweise befinden sollte. Jedoch erreichte der Thron nie das Schloss, weil er nicht bis zum Tod des Königs fertig wurde und sein Nachfolger, Prinz Luitpold, die Bestellung absagte."

Als sie dorthin zurückblickt, wo Paul steht, sieht sie ihn sein Handy aus der Jackentasche ziehen. Er dreht sich dahin, wo der Thron sein sollte, und macht ein Bild.

Jetzt ist sie sich sicher, dass mit dem jungen Mann etwas nicht stimmt.

„Der Raum ist, wie Sie sehen, mit religiösen Gemälden geschmückt: Christus in aller Herrlichkeit, sechs Könige und zwölf Apostel, der heilige Georg beim Töten des Drachen usw... Schauen Sie sich die blauen Säulen in der Nähe der Wände an, die so platziert sind, um den Raum optisch größer wirken zu lassen. Die Kuppel soll den Sternenhimmel abbilden und ist mit Tausenden von goldenen Sternen geschmückt. Der wunderschöne, riesige Kronleuchter, der von der Decke herabhängt, wurde von Julius Hofmann konzipiert und von Wollenweber gebaut und ist einer byzantinischen Krone nachempfunden, ähnlich wie die, die die Köpfe der byzantinischen Kaiser geschmückt haben."

Der Reiseleiter hört auf zu sprechen und gibt den Besuchern Zeit, die Ansicht zu genießen.

Die Gäste versuchen schweigend in der kurzen Zeit, die ihnen zur Verfügung steht, alles aufzunehmen.

„Der Raum bietet immer noch den gleichen Luxus wie in den ersten Jahren."

Die Stimme des Reiseleiters ist weiterhin zu hören und gibt ihnen Auskunft darüber, was sie um sich herum sehen. Doch trotz seiner Bemühungen hat Elektra das Interesse an dem prachtvollen Raum verloren. Ihre Gedanken drehen sich nur noch um die unverständliche Aktivität von Paul, der seit einigen Minuten unbeweglich an derselben Stelle steht und die Wand zwischen den Kerzenhaltern mit seinem Blick fixiert, während sich Angst in sein Gesicht gezeichnet hat.

„Der Thronsaal ist die einzige Halle des Palastes im byzantinischen Stil", vervollständigt der Reiseleiter seine Beschreibung und erinnert sie daran, dass sie sich beeilen müssen, um in den nächsten Raum zu gelangen.

Elektra überlegt Paul anzusprechen, doch bevor sie zu Ende gedacht hat, dreht er sich um und läuft mit langsamen Schritten wieder in ihre Richtung. Als er näher kommt, zeigt ihr der kalte Schweiß auf seiner Stirn, dass ihm etwas Ernstes widerfahren ist. Sein Körper sieht steif aus, als wäre er aus Holz, und sein Gesicht ist blass. Er sieht erschrocken aus. Was könnte ihn erschreckt haben?

Sie legt ihre Hand auf seine Schulter. „Geht es dir gut? Du siehst aus, als ob du durch einen Sturm gegangen bist", sagt sie im Versuch zu scherzen.

Der Junge nimmt ihre Rede wörtlich. Er fährt sich mit den Fingern durch die Haare, um sie zu ordnen.

Elektra beobachtet, wie seine Hände zittern.

Paul öffnet den Mund, um zu sprechen, schließt ihn aber gleich wieder, ohne ein Wort zu sagen, als würde er es plötzlich bereuen. Er bleibt still neben ihr, in Gedanken versunken.

Sie stupst ihn sanft, um ihn zurück in die Realität zu bringen.

„Wir müssen uns beeilen, um nicht zurückzubleiben", sagt sie zu ihm.

8. PAUL ~ Zeit für ein Rätsel

Wir gehen langsam eine nach der anderen die Stufen der Treppe hinauf, die zum Thronsaal führt, und ich frage mich, wo mein Gefühl herrührt, dass mir der Raum bekannt vorkommt. Ich drehe meinen Kopf und werfe einen Blick über meine Schulter. Elektra befindet sich zwei Stufen weiter unten.

Als ich oben an der Treppe ankomme, sehe ich aus dem Augenwinkel die schwarzen Flecken an der Wand, nur wenige Meter von der Tür entfernt, die zum Thronsaal führt, sehe aber nur kurz hin, vielleicht weil ich nicht sofort verstehe, worum es geht. Ich stelle mir vor, dass es Flecken sind, die die schmutzigen Finger von Besuchern an der Wand hinterlassen haben. *Komisch*, denke ich, *dass niemand dafür gesorgt hat, die Flecken zu entfernen*, und warte darauf, dass Elektra mich einholt.

Und die Sache mit der verschmutzten Wand würde dort enden, wenn ich nicht zur Seite treten müsste, um die Frau mittleren Alters vorbeizulassen, die stöhnend und komplett außer Atem an der letzten Stufe der Treppe ankommt. Ich bewege mich ein paar Zentimeter zur Wand hin und bemerke, dass die Flecken frisch sind. Das muss Tinte sein und immer noch nass, als hätte jemand sie gerade an die Wand getropft.

Die Frau läuft vorbei und Elektra kommt neben mir an, aber ich stehe still und starre die Wand an. Etwas passiert in meinem Kopf und meine Gedanken schlagen plötzlich eine andere Richtung ein.

Die anfängliche Verwirrtheit weicht jetzt der Angst. Ich werde immer unruhiger und fühle, wie mir der Schweiß von der Stirn läuft. Diese Tintenflecken kenne ich. Die frischen Tintenflecken ähneln denen des Albtraums, der mich vor ein paar Nächten aufgeschreckt hatte. Der Albtraum, der mich an das Versprechen erinnerte, das ich meinem toten Großvater gegeben hatte. Die unerwartete Erinnerung an den schrecklichen Traum, der mich gezwungen hatte, heute hierher zu kommen, schwirrt wie ein lästiges Insekt in meinem Kopf herum. Ich fühle mich sehr unwohl bei diesen Gedanken und beeile mich tief durchzuatmen, um sie zu vertreiben.

Ich habe große Mühe, meine Fassung wiederzugewinnen. *Die Wahrheit ist, wenn ich ein paar Nächte zuvor nicht diesen schrecklichen Traum gehabt hätte, bei dem ich befürchtete, in der Tinte zu ertrinken, hätte ich verschmutzten Wänden nicht viel Aufmerksamkeit geschenkt,* denke ich und versuchte den Zufall zu ignorieren. Ich sollte die Flecken vergessen und mich hinter den anderen Besuchern in den Thronsaal begeben. Meine Neugier ist aber stärker und ich blicke zurück zur verschmutzten Wand.

Diesmal scheint es mir, als ob die Formen der Flecken mit Buchstaben des Alphabets vergleichbar sind, obwohl ich es nicht mit Sicherheit sagen kann, da die flüssige Tinte verlaufen ist und den Flecken einige kalligraphische, dünne Enden verleiht, die ich nicht entziffern kann. Ich muss lächeln beim dummen Gedanken, dass vielleicht jemand versucht hat, etwas an die Wand zu schreiben. Ich frage mich, ob meine Neugier dabei ist, mich in die falsche Richtung zu führen. Vielleicht ist es klüger, eine zweite Meinung von Elektra einzuholen, die immer noch an meiner Seite steht.

Ich drehe mich zu ihr.

„Siehst du die Tintenflecken an der Wand? Kannst du erkennen, wonach sie aussehen?"

„Welche Tintenflecken?", antwortet sie mit einer Frage und wirft einen schnellen Blick auf die Stelle, die ich ihr mit meinem Blick zeige.

Der Unmut in ihrer Stimme ist jedoch ein klares Zeichen dafür, dass ich besser nicht auf ihre Hilfe warten sollte. Es ist offensichtlich, dass der Blick, den sie auf die Wand wirft, völlig gleichgültig ist. Ihr Interesse ist bereits dem Thronsaal gewidmet.

„Hier an der Wand. Die Tinte, die an der Wand hinunterläuft."

Ich weiß letztlich nicht, ob Elektra die Flecken sehen konnte, denn in diesem Moment drängt sie ein Mann, der hinter ihr die Treppe hinaufsteigt, sichtlich genervt vorwärts und murmelt dabei etwas Unverständliches.

Ich drehe mich um und starre den gereizten Besucher an, bereit mich mit ihm anzulegen. Das Gesicht des unbekannten Mannes erinnert mich an das Gesicht eines wütenden Wiesels und so entscheide ich mich nichts zu sagen. Auch ich kann nicht lange hier stehen bleiben, weil die Besucher, die an der letzten Stufe ankommen, mich anstupsen, während einer nach dem anderen versucht einzutreten.

Da meine Neugier auf die Tintenflecken an der Wand mittlerweile um ein erhebliches Maß gestiegen ist, nehme ich mein Handy aus der Jackentasche und in der Hoffnung, nicht von den Aufsehern, die den Standort überwachen, gesehen zu werden, mache ich diskret ein paar Fotos. Während ich die seltsamen Flecken fotografiere, bin ich mir sicher, dass diese die Form von Buchstaben haben.

Ich gehe weiter zum Thronsaal, ohne auch nur einen Moment an etwas anderes als an die Flecken zu denken, kann aber keine vernünftige Schlussfolgerung daraus ziehen. Selbst wenn jemand die mysteriösen Buchstaben an die Wand geschrieben hat im Versuch, ein Wort zu bilden, warum hat er sie nicht in der richtigen Reihenfolge gezeichnet?

Ich entscheide mich, für den Moment die Tintenflecken an der Wand zu vergessen und noch mal zurückzukommen, bevor ich das Schloss verlasse. Alles, worüber ich mir von nun an Gedanken machen muss, ist zu entscheiden, an wen von den Leuten, die hier arbeiten, ich das Buch meines Großvaters abgeben kann, um mir die Geschichte mit meinem vergessenen Versprechen vom Hals zu schaffen.

Ich folge Elektra hastig zum Eingang des Thronsaals. Ich

bin der letzte der Gruppe, der den großen Raum betritt, der mit einer seltsamen, fast unheimlichen Helligkeit beleuchtet ist. Das bewundernde Brummen und Murmeln der Besucher erfüllt den Raum.

Ich bin auf der Suche nach Elektra, als ich einen herzzerreißenden Schrei von weiter oben im Raum höre. Die gebrochene Stimme lässt mein Blut in den Adern gefrieren, der Ton durchdringt meinen Körper und zwingt mich still zu stehen. Ich drehe meinen Kopf in die Richtung des Schreies. Der erhöhte Bereich im Raum ist bis auf die beiden Leuchter rechts und links vom Marmorsockel fast leer. Trotz der fehlenden Möblierung wirkt die Empore sehr groß. Eine goldene Tapete ziert die geschwungene Rückwand, während die beiden seitlichen Wände mit Fresken von Heiligen bedeckt sind.

Mein Blick ist auf den Mann gerichtet, der mitten auf der Empore steht und zittert, als ob tobende Winde seinen Körper erbarmungslos schütteln.

9. PAUL ~ Ein funkelnder, schwarzer Füllfederhalter mit goldener Spitze

Er ist groß, dünn, mit einem leicht gekrümmten Körper. Sein Gesicht ist knochig und er hat kleine grüne Augen, die verängstigt aussehen, wie die eines Tieres, das um sein Leben bangt. Seine Zähne sind spärlich und gelb. Sein langes blondes Haar ist ungekämmt und verheddert. Seine bayerische Tracht, mindestens zwei Nummern zu groß, hängt wie ein leerer Sack an ihm.

Er scheint nervös und voller Sorge, als wäre er der einzige Überlebende im Meer. Er macht ständig kleine, unruhige Schritte auf der Stelle. Sein Gesicht ist voller Abscheu, als hätte er gerade eine Haifischflosse in den dunklen Gewässern um ihn herum gesehen. Das Licht der Kerzen in dem Kerzenhalter, der neben ihm steht, tanzt sanft auf seinen blassen Wangen.

Hat er geschrien?, wundere ich mich.

Zaghaft nähere ich mich der weißen Marmortreppe und steige hinauf. Durch meine Bewegung springt der Mann erschrocken auf, als ob er erst in diesem Moment bemerkt hätte, dass jemand sich ihm nähert. Er schaut mich verwirrt an, als müsste er sich anstrengen meine Gegenwart zu begreifen. Es scheint ihm zu gelingen, denn sehr bald beginnt er mit seinen Händen verzweifelte Zeichen der Abwehr in meine Richtung zu machen.

Ich zögere einen Moment. Ich weiß nicht, ob es richtig ist, ihm zu nahe zu kommen. Sein entsetzter Blick bereitet mir ein wenig Sorge und auch eine Art Missfallen. Ich sehe mich um, um sicherzustellen, dass der Fremde mit seiner Gestik auch wirklich mich meint.

Ich stelle fest, dass der Rest der Besucher uns nicht einmal ansieht, als hätten sie den schrillen Schrei des Mannes nicht gehört oder auch nur seine Anwesenheit bemerkt. Sie stehen alle, einschließlich Elektra, rund um den Reiseführer und hängen an dessen Lippen. Ich denke kurz daran, sie zu rufen, aber ich ändere meine Meinung wieder. Vielleicht ist es ja doch nichts Ernstes, vielleicht hat der Mann an dieser Stelle nur etwas Seltsames gefunden und hat geschrien, um jemanden zu rufen, es sich anzusehen.

Vielleicht hat er auch die Tintenflecken an der Wand gesehen, denke ich.

Ich nähere mich dem nun stillhaltenden Mann, der wie eine Wachsfigur zwischen den beiden Leuchtern steht, und bereue sehr schnell, dass ich Elektra nicht gerufen habe. Der Mann scheint ein Problem zu haben. Ein gesundheitliches vermutlich. Aus der Nähe betrachtet ist sein Zustand schlimmer als ich von weiter weg vermutet habe. Sein Gesicht ist ungewöhnlich blass und durchnässt von Schweiß, der aus jeder Pore seiner Haut fließt.

Das Grauen, das sich auf seinem Gesicht ausbreitet, lässt zuerst meine Beine weich wie Pudding werden, doch als ein paar Sekunden vergehen und ich mich an das Bild gewöhnt habe, stört mich etwas daran, aber ich kann nicht herausfinden, was es ist. Vielleicht sind die Bewegungen und der Schrecken, die ich in seinem Gesicht sehe, etwas übertrieben, fast theatralisch. Ich kann mir vorstellen, dass er nur so tut, als ob er erschrocken ist, da ich keine sichtbare Gefahr sehe.

„Ist alles in Ordnung bei Ihnen?", frage ich mit einer Stimme, die mühsam aus meinem Mund kommt.

„Siehst du mich?", antwortet er mit einem Atemzug.

Die Verzweiflung tropft wie dicke, durchsichtige Tränen aus seinen erstaunten Augen.

„Ja, ich sehe Sie", antworte ich etwas verwirrt auf diese komische Frage.

„Wenn du siehst, was gleich passiert, versuche es zu verstehen", murmelt er zitternd und versucht mal auf dem einem und mal auf dem anderen Bein Halt zu finden.

„Es tut mir leid aber ich verstehe nicht, was Sie meinen", sage ich zögernd.

Seine Beine fangen an zu schaukeln, als ob riesige Wellen gegen sie schlagen würden, und es scheint wie ein Wunder, dass diese Beine ihn aufrecht halten. Seine Lippen beben, ohne sich wirklich zu bewegen.

Ich bin mir jetzt sicher, dass etwas mit diesem komischen Mann nicht stimmt.

„Er jagt mich. Er fliegt immer hinter mir her."

Seine verschwommene, verängstigte Stimme und seine bizarren Worte bestätigen meinen Verdacht. Ich weiß nicht, was ich antworten soll. Ich nicke verständnisvoll mit dem Kopf, um ihn zu beruhigen.

Er scheint meine Absicht nicht zu verstehen. Er starrt mit angsterfüllten Augen die Wand mit der goldenen Tapete an.

„Wer? Wer verfolgt Sie? Wer fliegt?", frage ich ihn und fühle mich sehr unwohl durch das Verhalten des Unbekannten.

Er antwortet nicht, hält nur die Hände vor sein Gesicht, als ob er versuchen würde, sich vor einem unsichtbaren Feind zu schützen.

Ich beobachte ihn sprachlos, und versuche dabei zu erraten, ob dieser Mann, der sich so verhält, als würde er über dem Rand des Abgrunds hängen, noch alle Tassen im Schrank hat. Ich sehe auf, um zu kontrollieren, ob etwas Bedrohliches über uns fliegt. Nichts, nicht mal eine Fliege. Ich blicke eine Weile auf das Bild Christi in der Mitte der Gewölbedecke.

„Es ist zu spät. Er hat mich gefunden."

Seine apathische Stimme zwingt mich, meinen Blick zu senken.

„Er hat Sie gefunden", wiederhole ich mechanisch und schüttle meinen Kopf.

Ich schaffe es nicht, etwas anderes zu sagen, denn die Szene, die folgt, verschlägt mir die Sprache.

Ein funkelnder, schwarzer Füllfederhalter mit goldener Spitze, scharf wie eine Klinge, voller kleiner Schnitzereien, die metallische Blitze aussendet, schwebt ein paar Zentimeter vor seiner Brust. Keine Hand hält ihn, kein Kopf treibt ihn, es sieht aus, als würde er mit unsichtbaren Fäden von der Gewölbedecke der Halle hängen.

Seine Bewegung ist so bedrohlich wie die einer Giftschlange, die sich tückisch an ihr Opfer herangeschlichen hat. Er kommt noch näher und berührt die Lederweste des Mannes, die sich abrupt öffnet, als ob jemand an ihr reißen würde. Die silbernen kleinen Knöpfe der Weste fliegen durch die Luft und kullern geräuschvoll die Marmortreppe hinter mir hinunter.

Ich stehe wie eine Statue und beobachte die Bewegungen

des Füllfederhalters, hypnotisiert von dem absurden Anblick, der mich nicht einen Muskel meines Körpers bewegen lässt.

Der Füllfederhalter mit den Schnitzereien setzt unermüdlich seinen Kurs fort und versinkt im Hemd des Mannes mit einer absolut präzisen Bewegung, als würde ihn eine unsichtbare Hand führen. Die goldene Spitze ist zwischen den Falten des Hemdes nicht mehr zu sehen. Und dann, mit einer plötzlichen Bewegung, durchläuft sein schwarz glänzender Körper die Brust des armen Mannes von oben bis unten wie ein scharfes Messer und öffnet sie in zwei Hälften.

Der Mann leidet. Das trockene Geräusch, das von seinen knirschenden Zähnen kommt, klingt gruselig laut. Die Pupillen seiner Augen sind weiß wie Marmor, sein Blick ist leer.

Alle meine Sinne, als wären sie aus einem trägen, langen Schlaf erwacht, sind auf einmal in Alarmbereitschaft. Der Geruch von Blut versetzt mich in Panik und mir wird übel. Ich fühle die scharfe Spitze des Füllfederhalters fast selbst auf meiner Haut und stelle mir den Schmerz des Mannes vor. Ich möchte laut schreien.

Mit angespannten Nerven nähere ich mich dem Mann. Ich strecke instinktiv meine Hand in seine Richtung aus, um den Füllfederhalter zu greifen. Dieser, als hätte er meine Absicht wahrgenommen, zieht sich ein paar Zentimeter von seinem Opfer zurück und meine Hand greift ins Nichts.

Der Füllfederhalter steht nun regungslos in der Luft und direkt vor meinem Gesicht. Aus seiner blutigen Spitze tropfen dicke rote Tropfen auf den weißen Marmorboden. Ich habe das dumme Gefühl, dass die Spitze des Füllfederhalters mich voller Bosheit und Hass anlächelt.

Der Mann neben mir zittert und steht kurz vor dem Zusammenbruch. Ich strecke meine Hände aus, um ihn zu stützen. In den wenigen Sekunden, die vergehen, bis ich ihn greife, verschwindet der Füllfederhalter auf einmal, als hätte sich eine der seitlichen Wände in zwei Hälften geöffnet, um ihn zu aufzunehmen, wie das Maul des Wales Jona verschlungen hatte.

Doch die Auswirkungen des Angriffs sind schrecklich. Das dunkle Blut, das wie aus einem Springbrunnen aus dem Körper des verletzten Opfers strömt, erzeugt einen roten Bach, der wie eine Schlange die weiße Marmortreppe herunterfließt.

Ich sehe wie der Mann vor Schmerzen schreit und möchte auch schreien, doch kein Ton kommt aus meinem Mund. Ich lehne ihn vorsichtig an den goldfarbenen Eisenstab des Kerzenhalters und presse mit meinen Händen die offene Wunde an der Brust, um die Blutung zu stoppen. Meine Hände sind vom Blut rot gefärbt.

Die Augen des verletzten Mannes sind durch den Schmerz verschwommen und verengt und er scheint nur schwer atmen zu können.

Ich fühle mich erneut unfähig jemandem zu helfen, der in Gefahr ist. Ich schließe meine Augen und versuche zu verhindern, dass mich die negativen Gedanken lähmen. Ich kann nicht glauben, dass das, was sich gerade vor mir in einem Raum voller Menschen abgespielt hat, wahr ist. Es kann nicht sein, dass ich vom Leben und vom Schicksal wieder so behandelt werde. Es kann einfach nicht sein, dass ich bei einem zweiten Mal in Gegenwart des Todes wieder nur ein bloßer Zuschauer bin und genauso reagiere wie beim ersten Mal. Ich stehe verwirrt und passiv da, dem Schicksal ausgeliefert, und kann das Böse nicht verhindern. Ich stehe da und sehe ein weiteres Leben vor meinen Augen vergehen.

„Öffne deine Augen", stammelt der verletzte Mann schwach. „Ich brauche dich. Mit geschlossenen Augen kannst du mir nicht helfen."

Sein schwerer Atem und seine verzweifelte Stimme erinnern mich daran, dass der Mann noch lebt. Es ist nicht zu spät, ich muss ihm helfen. Ich öffne meine Augen und schaue mich um. Die Besucher, die ganz konzentriert dem Reiseführer zuhören, haben nicht bemerkt, was nur ein paar Meter weiter gerade passiert ist.

„Hilfe", schreie ich mit all meiner Kraft. „Der Mann hier... braucht Hilfe."

Mit einer Hand zeige ich auf den Verwundeten, während ich mit der anderen versuche ihm zu helfen, seinen blutüberströmten Körper am goldenen Kerzenhalter zu stützen.

Keiner der Anwesenden im Raum reagiert, als würden sie mich nicht hören. Ich bin enttäuscht, aber ich weiß, ich habe keine Zeit zu verlieren. Der halb bewusstlose Mann kann sich nicht mehr lang aufrecht halten und der blutige Körper gleitet langsam in Richtung Boden. Ich versuche ihn zu halten, aber vergebens. Sein Blut fließt über meine Finger und sein schwerer Körper rutscht und bricht geräuschvoll auf dem Boden zusammen, wo er dann zusammengerollt, regungslos und wie tot liegen bleibt. Sein Blut bildet einen Teich zu meinen Füßen. Ich gerate in Panik und weiß nicht, was ich tun soll. Vielleicht ist es besser, Elektra zu bitten mir zu helfen. Ich drehe mich um und will sie gerade rufen, da sehe ich das schönste Wesen, das ich je in meinem Leben gesehen habe.

Das schöne junge Mädchen, das ein paar Meter hinter mir steht, starrt mich an. Ich schaue sie verblüfft an, ich habe nicht bemerkt, dass jemand näher gekommen ist. Das Mädchen ist so leise und plötzlich hinter mir aufgetaucht, wie der mörderische Füllfederhalter vorhin.

Wahrscheinlich ist sie eine der Besucherinnen, die gesehen hat, was passiert ist und hergelaufen ist, um zu helfen, denke ich und atme auf mit einem Hauch von Erleichterung.

Aber meine Erleichterung hält nicht lange an. Als ich sie beobachte, habe ich das Gefühl, dass ihr Blick kritisch ist, heiß wie ein brennendes Eisen, als ob sie mich beschuldigt, dem blutüberströmten Mann nicht geholfen zu haben.

Glaubt sie vielleicht, dass ich gerade dabei war zu gehen und ihn hier zu lassen?, frage ich mich verwirrt und spüre, wie meine Wangen erröten vor Scham bei der Vorstellung, dass das Mädchen mich für einen Feigling hält.

„Es ist unglaublich, was hier passiert ist", stammle ich und kann nicht die richtigen Worte finden, um ihrem feurigen Blick zu begegnen.

Sie kommt näher. Wenn ich meine Hand hebe, kann ich sie berühren. Ich starre sie an. Wir schweigen ein paar Sekunden und schauen uns gegenseitig prüfend an. Ich habe das vage Gefühl, dass sie mir nicht unbekannt ist, es ist nicht das erste Mal, dass ich sie sehe.

„Kann das sein? Was... was geht hier ab? Es kann nicht sein!" Die Worte kommen wirr und zusammenhanglos aus meinem Mund.

„Was ist los?", fragt sie mit echtem Interesse und spricht zum ersten Mal.

„Nichts", antworte ich verwirrt.

Sie zieht die Augenbrauen zusammen.

Ich habe nicht vor, ihr den Grund meiner plötzlichen Nervosität zu offenbaren. Im Moment kämpfe ich noch damit, mich davon zu überzeugen, dass meine Fantasie mit mir durchgeht. Doch es ist schwierig, denn das Mädchen, das mir gegenüber steht, bildschön, in Fleisch und Blut und diesem wachen Blick, ist die feenhafte Gestalt meiner Träume, das Mädchen, das einige Nächte in meine Träume kam.

Ich fühle plötzlich, wie mein Geist in der Dunkelheit versinkt, meine Sinne ruhen, wie sich die Szene vor mir und der verwundete Mann langsam aus der Realität zurückziehen. Ich sehe wieder denselben Traum vor mir, ein lebhaftes Bild, das mich still umkreist wie der Morgennebel. Der Traum war immer derselbe, als würde ich immer wieder denselben Film im Fernsehen sehen.

Die Silhouette der schönen Unbekannten zeichnet sich am Fenster ab. Sie steht immer an der gleichen Stelle auf dem schneebedeckten Balkon und schaut mit dem Rücken zu mir in den Himmel. Immer, wenn ich ihre Anwesenheit spüre, stehe ich vom Bett auf und gehe mit langsamen und zögernden Schritten auf die Fensterscheibe zu, wie hypnotisiert und von ihrer leuchtenden Gegenwart angezogen. Ich öffne nie das Fenster, ich befürchte, dass ich sie erschrecken könnte und sie in der Nacht verschwinden würde. Sie, als würde sie meine Anwesenheit spüren, dreht ihren Kopf zu mir und sieht mich mit ihren leuchtend blauen, traurigen Augen an, mit einem glasklaren aber flehenden Blick, als würde sie mich um etwas bitten. Fasziniert und schweigend betrachte ich die ätherische Erscheinung außerhalb des Fensters mit dem Gefühl, dass unsere fragenden und innigen Blicke, ohne es zu beabsichtigen, eine verschwommene, stille Luftbrücke bilden. Ich kann meinen Blick nicht von ihrem makellosen, hellen Gesicht abwenden. Das Licht der Sterne fällt wie ein glänzender Vorhang auf ihr volles blondes Haar, das locker in einen dicken Zopf geflochten ist, so dass sie durchsichtig wie ein Geist aussieht, wie eine Waldfee. Fast spüre ich einen Hauch des Windes, bilde mir einen Duft ihrer Welt ein, ein süßes Aroma.

Die geheimnisvolle Besucherin trägt immer die gleiche Kleidung, ein langes schwarzes Kleid mit Trägern. Das weiße Hemd unter dem Kleid hat am Kragen und an den Ärmeln wunderschöne Blumenmuster aus bunten Seidenfäden.

Wie die Kleidung, die sie heute trägt, denke ich, während ich in die Realität zurückkehre und den seltsamen Traum wegfliegen lasse, so wie ich es immer tat, wenn ich wach wurde und meine Augen öffnete. Über ihre Anwesenheit in diesem wiederkehrenden Traum hatte ich mir nie ernsthafte Gedanken gemacht, weil das Bild der Fee durch mein Erwachen immer sofort verschwand.

Jetzt steht das Mädchen aber hier vor mir und ich schaue sie fasziniert an. *Lebendig und wunderschön*, denke ich, während ich auf ihre rosigen Wangen schaue. Nur ihr Gesicht und ihre Hände sind unbekleidet. Ihr Körper sieht unter den Falten ihres langen Kleides zerbrechlich aus. Aus ihrem blassen Gesicht leuchten ihre geschlossenen, vollen Lippen hervor.

Unsere Blicke treffen sich für einen Moment, der für beide voller Verlegenheit ist. Ich lese in ihren Augen die gleiche Sorge, die ich erlebe.

Ich habe ein schlechtes Gewissen, weil ich in einem so kritischen Moment im Leben des verwundeten Fremden wie eine Statue dastehe und die bekannte Unbekannte mustere. Aber ich habe nicht die Kraft, meinen Blick von ihr abzuwenden.

Bin ich für sie hergekommen?, frage ich mich und bin selbst schockiert von dem Gedanken, der so unerwartet durch meinen Kopf geht. War es das, was ihr flehender Blick in meinem Traum sagen wollte? Dass ich herkommen soll? Ich starre sie mit weit aufgerissenen Augen an und kann die Bedeutung ihrer Anwesenheit nicht verstehen.

Ich versuche mit ungeschickten Bewegungen, meine Haare ein wenig zu richten, ich sehe bestimmt schrecklich aus.

Aber das Mädchen sieht mich nicht mehr an, sie hat sich über den Verwundeten gebeugt. Ihr Gesicht hat einen unbestimmten Ausdruck angenommen. Sie zieht eine kleine Grimasse und holt tief Luft.

„Danke, dass du geschrien hast", sagt sie mit lauter Stimme, ohne mich anzusehen. „Mach dir keine Sorgen um ihn. Er ist nicht in Gefahr. Es wird ihm bald wieder gut gehen. Unsere Ärzte werden sich um ihn kümmern."

Ihre Stimme ist kristallklar, transparent, zerbrechlich wie Porzellan.

Ich habe den Eindruck, dass das Mädchen nicht zu mir spricht, sondern vielmehr sich selbst beruhigen möchte. Ich beobachte sie mit leicht gerunzelter Stirn.

„Ich muss mich beeilen, um die Blutung zu stoppen", fährt sie fort, während sie dem Verwundeten auf die Füße hilft. Plötzlich schaut sie angewidert ins Nirgendwo, als ob sie von sich selbst angeekelt wäre.

„Hab keine Angst. Er wird nicht sterben. Es wird alles gut", versichert sie mit gesenktem Kopf, weiterhin eher an sich selbst gerichtet.

Nun widmet sie sich ganz dem Verwundeten und versucht ihn aufzurichten, er scheint nun fast ohnmächtig zu sein. Es ist offensichtlich, dass seine Kräfte ihn verlassen haben.

„Warte, lass mich mit anpacken", biete ich an, während ich mich über den Verwundeten beuge.

„Nein, jetzt kannst du nichts machen. Du musst zu deiner Gruppe zurückkehren. Ich treffe dich später, ich erkläre es dir dann", sagt sie leise.

Ihr Kleid schleift über den Marmorboden mit einem sanften Geräusch, das in meinen Ohren wie das ferne Rauschen des Windes klingt. Ich bemerke, wie ihr schlanker Körper bei jeder Bewegung scheinbar voller Energie federt und frage mich, ob sie wohl Sport treibt, da ihr Körper keine Spur von überschüssigem Fett aufweist. Nur ihre Lippen sind vor lauter Anstrengung angespannt und bilden eine gerade Linie. Auch in diesem Moment ist sie umwerfend schön.

„Ich weiß nicht, ob du es schaffst zurückkommen" murmle ich enttäuscht. Ich möchte sie nicht so schnell verlieren. „Die Tour endet. Wir werden in Kürze das Schloss verlassen."

Das Mädchen dreht ihren Kopf und starrt mich an. Die Intensität, die in ihrem Blick liegt, durchdringt mich wie ein feuriger Pfeil.

„Du darfst heute Nacht nicht gehen. Bleib im Schoss. Ich brauche deine Hilfe. Du hast etwas, das ich brauche!"

Der Ausdruck ihres Gesichts hat sich plötzlich geändert. Er ist nicht mehr kalt und ermahnend. Ihr Blick hat jetzt den gleichen flehenden Ausdruck wie die Fee aus meinem Traum. Ich finde es schwierig, die Bedeutung ihrer Worte zu begreifen. Ich habe nicht die geringste Ahnung, wovon sie spricht. Ich gehe ein paar Schritte auf sie zu.

„Aber wie? Ich darf doch nicht hierbleiben. Niemand wird es erlauben", sage ich und spüre ein Taubheitsgefühl in meinen Knien. Ich glaube, dass ich gleich den Boden unter den Füßen verlieren werde.

Sie stützt noch immer den Verwundeten und sieht mich mit ernstem Blick an.

„Finde einen Weg, um zu bleiben. Ich habe jetzt keine Zeit alles zu erklären. Nun ist es wichtig, diesen armen Mann zum Arzt zu bringen", sagt sie, atmet tief ein und aus.

Mir wird klar, dass sie recht hat. Wir haben keine Zeit zu verlieren. Der verwundete Mann scheint nicht mehr zu reagieren.

„Vielleicht ist es besser, den Arzt hierher zu bringen. Ich habe keine medizinischen Kenntnisse, aber er hat viel Blut verloren", sage ich unbehaglich und starrte auf den See vor den Füßen des Verletzten. „Ich glaube nicht, dass er noch laufen kann."

Ihr strenger Blick durchfährt mich wie ein Blitz von Kopf bis Fuß und verschlägt mir die Sprache.

Sie sieht mich nicht mehr an. Sie ist damit beschäftigt, den Verletzten zu transportieren. Sie schleift und zieht ihn an den Schultern bis zur Wand hinter dem Kerzenhalter. Die vom Blut des Verwundeten getränkten Lederstiefel hinterlassen zwei rote Linien.

Ich sehe sie schweigend an und finde, dass ihre Bewegungen nicht so sicher sind wie ihre Worte. Ihre Hände zittern und Schweißtropfen stehen auf ihrer Stirn.

„Er scheint schwer zu sein. Ich werde mitkommen, um dir zu helfen", schlage ich vor.

„Ich hoffe, du bist in der gleichen hilfsbereiten Stimmung, wenn ich dich darum bitte", antwortet sie rätselhaft.

„Sehr mysteriös, was du da sagst."

„Magst du es nicht mysteriös?", antwortet sie mit einer Frage.

Ich nicke ihr bejahend zu.

„Dann solltest du hierbleiben", erwidert sie, während ein schwaches Lächeln auf ihren Lippen erscheint.

Meine Gefühle sind in diesem Moment so

durcheinander, dass ich nicht entscheiden kann, was ich tun oder was ich antworten soll. Um nichts Falsches zu sagen, erwidere ich nichts, obwohl ich weiß, dass ich bald eine Entscheidung treffen muss.

Schweigend und interessiert beobachte ich, wie die zwei sich der Wand rechts nähern und frage mich, warum sie den bewusstlosen Mann zu dieser Stelle schleppt. Sehr schnell erhalte ich die Antwort auf meine Frage. Ich sehe, wie sie sich beugt und mit einer Hand die goldene Tapete der Wand berührt. Plötzlich öffnet sich leise eine kleine Tür, die nicht leicht zu erkennen ist, da die Tapete, die sie bedeckt, identisch mit der der Wand ist. Bevor sie mit dem Verwundeten durch die Tür schlüpft und sie hinter sich zuzieht, dreht sie sich um und sieht mich ein letztes Mal an.

Bewegungslos schaue ich einige Zeit auf die wieder unsichtbare Tür.

„Ach so, von dort also kamen beide in den Raum", schließe ich nachdenklich, nun allein.

Inmitten der Gefühle, die wie Staubwolken um meine Schläfen schweben, ist es gar nicht so leicht, Antworten auf die Fragen zu finden, mit denen mich die geheimnisvolle Unbekannte beladen hat. Braucht sie wirklich meine Hilfe? Was habe ich, das sie so dringend braucht? Was hat meine Ankunft im Schloss wohl ausgelöst?

Die schwere Stille, die die schöne Unbekannte zurückgelassen hat, liegt wie ein Stein auf meiner Brust. Und wo ist eigentlich Elektra die ganze Zeit? Warum sind alle Besucher still und gleichgültig geblieben bei dem, was passiert ist? Ich drehe mich zu ihnen um und erwarte verwirrte, beunruhigte Gesichter zu sehen, stattdessen sehe ich nur Menschen, die mir den Rücken zukehren. Ich bin verblüfft über ihre provokative Gleichgültigkeit, während in meinem Kopf die unbeantworteten Fragen klingeln, die im Laufe der Zeit immer mehr werden.

Haben sie den Angriff des Füllfederhalters nicht wahrgenommen? Haben sie die verzweifelten Schreie des verletzten Mannes nicht gehört? Warum eilte niemand herbei, um dem blutenden Mann zu helfen? Warum drehte Elektra ihren Kopf nicht einmal in die Richtung des tödlichen Vorfalls?

Mein Kopf ist erstickend voll mit unbeantworteten Fragen, wie ein Fluss im Hochwasser, kurz vor der Überflutung. Es fällt mir schwer zu schweigen. Leider bin ich mir sicher, dass ich auf der Suche nach Antworten immer auf Stille stoßen werde. Die beste Lösung wird sein, so zu tun, als sei nichts passiert.

Vielleicht hat mir meine Fantasie einen Streich gespielt, ausgelöst durch die blauen Flecken an der Wand.

Die Ähnlichkeit mit den Geschehnissen meines Albtraums erinnert mich wieder an das Mädchen meiner Träume. Ich drehe mich um und schaue auf den Marmorboden. Mir ist bewusst, dass die blutigen Spuren immer noch auf dem Boden zu sehen sind. Sie sind nicht verschwunden, die Realität hat sie nicht gelöscht. Sie sind bereits ein Teil der Realität geworden.

Mechanisch ziehe ich mein Handy aus der Jackentasche und mache ein Foto von den blutigen Spuren und der warmen Blutlache des Unbekannten am Boden. Alles ist so schnell passiert. Es ist nicht verkehrt, einen Beweis zu haben. In den Tiefen meiner Seele weiß ich, dass ich sehr bald entscheiden muss, ob ich an meine eigenen Augen und Ohren oder an die der anderen Besucher glauben soll. Und ob ich nach dem Ende der Tour im Schloss bleibe oder nicht.

Sicher ist nur, dass mein Hauptproblem nicht mehr die Mission ist, die mich und das Buch meines Großvaters hierhergeführt hat.

10. ELEKTRA ~ Der Schwanenreiter

Nachdem der Thronsaal besichtigt war und in Eile die nächsten beiden Zimmer durchlaufen wurden, die nach Meinung des Reiseführers nicht von besonderem Interesse sind, betreten sie nun das königliche Schlafzimmer.

Elektra schaut begeistert um sich. Die Schönheit und Größe dieses Raumes lassen sie einen Moment nach Luft schnappen. Das königliche Bett mit seinem prachtvollen Schnitzwerk aus Holz, einem deckenhohen Baldachin mit himmelblauen, seidigen Bettbezügen und den dazu passenden Vorhängen, die wie ein blauer Wasserfall an den beiden vorderen Seiten des beeindruckenden Bettes hängen und die zarte bayerische Farbe betonen, die Lieblingsfarbe des Königs, sind atemberaubend. Der einzige Stuhl des Raumes befindet sich an derselben Stelle, an der Ludwig in der tragischen Nacht zum 12. Juni 1886 saß, als er nach seiner Entmachtung festgenommen wurde.

Elektra betrachtet die beiden majestätischen Bilder an den Wänden links und rechts vom Bett. Tristan und Isolde, sich umarmend, durch das Schicksal bis zum Tod verbunden, verleihen den geschnitzten holzverkleideten Wänden etwas vom Licht und Glanz ihrer Zeit.

„Im Gegensatz zu den anderen Räumen des Schlosses ist das Schlafzimmer im gotischen Stil ausgestattet. An dem Baldachin über Ludwigs Bett haben fünfzehn Holzschnitzer vier Jahre lang gearbeitet", sagt der Reiseführer. „Vergessen Sie nicht einen Blick in das angrenzende Oratorium zu werfen und das Ankleidezimmer mit der Decke, die einen Sternenhimmel darstellt."

Elektra nähert sich dem Fenster und schaut hinaus. Die

Panoramasicht auf die Pöllatschlucht und den 45 Meter hinabstürzenden Wasserfall ist atemberaubend.

Sie wendet ihren Blick wieder dem Raum zu und sucht nach Paul. Schließlich sieht sie ihn auf der linken Seite, wie er mit großer Aufmerksamkeit den silbernen Schwan mit der goldenen Nase betrachtet, der anstelle des Wasserhahns im Waschbecken des königlichen Schlafzimmers angebracht ist.

Ein Mann, der an ihm vorbeiläuft, schubst ihn versehentlich und Paul dreht sich um. Komisch, aber sie könnte schwören, dass der Gesichtsausdruck des jungen Mannes wütend ist. Liegt es an dem Schubs oder ist es etwas anderes? Als er ihren Blick bemerkt, schaut er hastig auf den silbernen Schwan zurück, ohne das Lächeln bemerkt zu haben, das Elektra aus Mitgefühl ins Gesicht huschte.

Sie fühlt sich komisch, so zu grinsen, und setzt schnell ihre gewohnte ernste Miene auf. Sie hat nicht viel Erfahrung mit Menschen und deren Verhalten, da sie in den letzten Jahren nur für sich war.

Sie nähert sich ihm schweigend und besorgt zugleich.

„Wusstest du, dass der silberfarbene Messingschwan, der auf dem Waschtisch angebracht ist und aus dem einst fließendes Wasser sprudelte, sowie der Schwan aus Alabaster, der im Vorraum steht, zu Ehren des Schwans des Ritters Lohengrin hergestellt wurde?", fragt Paul, ohne sie anzusehen.

„Ja."

Er dreht sich zu ihr um. Sein Gesicht wirkt angespannt, als wären alle seine Sinne in Alarmbereitschaft. Ein plötzlicher Lichtstrahl vom Deckenleuchter zwingt ihn, seine Augen zu schließen und wieder zu öffnen.

„Aus Wagners Oper?", fragt er mit gebrochener Stimme.

„Aus Kavafis."

Paul sieht sie verwirrt an. Sie, anstelle einer anderen Antwort, rezitiert stattdessen mechanisch einige Verse:

„Noch ein letztes Mal laß den Herold rufen!
Vielleicht wird er erscheinen.

Der Herold ruft wieder.
Und siehe, da schimmert etwas Weißes am Horizont!
Es ist erschienen, erschienen – es ist der Schwan."

„Aus dem Gedicht „Lohengrin" von Kavafis", erklärt sie ihm.

Paul schweigt eine Weile und sucht nach einer Antwort, die zu den Versen des Gedichtes passt.

„Der tapfere Schwan hilft dem Ritter im Kampf gegen das Böse, indem er sein Boot über den Fluss zieht", sagt er.

Elektra bemüht sich, ein Lächeln auf ihren Lippen zu verbergen. Es ist nicht leicht, die Gedichte von Kavafis zu verstehen.

„Obwohl der Ritter Lohengrin nach Hause zurückkehrte, kam der Schwan leider nie zurück. Es blieb für immer im gefrorenen Wasser des Flusses", fährt Paul fort und schaut erneut auf den silbernen Schwan.

„Ich habe kürzlich in einem Buch gelesen, dass König Ludwig sich einst als Ritter des Schwans betrachtete und manchmal glaubte, dass er selbst ein schwarzer Schwan war, der mittels seiner riesigen Flügel über die Menge, über die Intrigen, selbst über die Wissenschaft hinwegfliegen konnte", sagt Elektra und ihre Stimme klingt müde in seinen Ohren.

Paul kommentiert Elektras Worte nicht.

Plötzlich merkt sie, dass schon viel zu viel Zeit vergangen ist. Sie schaut hastig auf die Uhr. Sie müssen sich beeilen. Die meisten Gäste haben das königliche Schlafzimmer bereits verlassen und sind ihrem Reiseführer in die nächsten Räume gefolgt. Sie sieht Paul verwirrt an, der immer noch ganz vertieft den silbernen Schwan anstarrte.

„Komm schon, wir gehen", flüstert sie. „Wir sind die letzten. Wenn wir uns nicht beeilen, werden wir die anderen verlieren."

Der junge Mann hebt die Schultern, dreht sich um und macht einen kleinen Schritt nach vorne.

„Nein", antwortet er dann scharf. „Für mich endet die Tour hier. Geh du ruhig, geh sie suchen."

Seine Stimme klingt hart. Seine Antwort überrascht Elektra. Sie nähert sich verwundert.

„Ist etwas passiert?"

Die aufrechte, angespannte Haltung seines Körpers, als hätte er eine eiserne Brechstange verschluckt, der barsche Ton seiner Stimme, die Intensität seiner Augen, die dunklen Schatten, die über seinen aufgewühlt wirkenden Gesichtsausdruck gleiten, zeigen ihr, dass ihm etwas widerfahren ist, aber Elektra kann sich nicht vorstellen, was passiert sein könnte.

„Was auch immer es ist, ich bin gespannt darauf, es zu hören. Willst du es mir sagen?"

Sie vergisst völlig, dass sie vor einigen Sekunden noch in Eile gewesen war.

Paul zuckt erneut mit den Schultern, vermutlich um ihr zu zeigen, dass es keinen Grund zur Sorge gibt. Sein gerötetes Gesicht sendet jedoch eine andere Botschaft. Unbewusst öffnet und schließt er wieder seinen Mund, wie ein Fisch ohne Wasser. Er sieht sich ängstlich um und scheint zu zögern.

Sie sieht ihn mitfühlend an, weil sie weiß, wie er sich gerade fühlen muss. Es ist nicht einfach, mit einer unbekannten Person über seine Probleme zu sprechen. Sie sieht wie seine Lippen zittern, aber kein Ton kommt aus seinem Mund. Wenn er mit ihr reden würde, ihr vertrauen würde, würde das bedeuten, dass der junge Mann verzweifelt ist.

„Es ist etwas passiert. Es ist so ernst, dass ich im Schloss bleiben muss. Nachts, wenn alle weg sind, muss ich hier sein. Verstehst du?"

Ihre erste Reaktion, als sie seine Worte hört, ist verneinendes Kopfschütteln. „Das ist unmöglich, Paul. Es gibt überall Wachen. Sicherheitskameras bestimmt auch. Sie werden dich finden."

Paul sieht sie mit einem flehenden Blick an. „Ich muss es tun. Es ist schwer, den Grund mit ein paar Worten zu erklären. Es wird alles unwahrscheinlich klingen. Ich wette, du würdest kein Wort von dem glauben, was ich dir sage. Vergiss es besser", sagt er langsam und deutlich, als würde er seine Worte sorgfältig auswählen.

Ihr Herz schlägt schneller, sie steht da wie angewurzelt, wie eine Figur in einem Gemälde. Seine mysteriösen Worte haben Gefühle in ihr hervorzurufen, die sie lange nicht mehr gespürt hat. Sein bettelnder Blick hat Empfindungen in ihr geweckt, so wie die ersten warmen Frühlingstage nach einem kalten Winter die verloren geglaubte Kraft und Energie in unseren Körpern wecken. Ihre Hände und Füße fühlen sich taub an. Es besteht kein Zweifel, dass dieses Gefühl eines entspannten Sonntags, auf das sie sich so intensiv vorbereitet hatte, verloren ist.

Doch langsam, nachdem sie Pauls überraschende Entscheidung, nachts heimlich im Schloss zu bleiben, verdaut hat, sieht sie sich mit einem neuen Gefühl konfrontiert, das sie schon lange als „unnötig" empfunden hat. Die Festung, die sie um sich und um ihre Einsamkeit herum aufgebaut hatte, wird plötzlich durchsichtig. Sie kann dort draußen sehr interessante Dinge beobachten, die ihr sonst komisch und lästig erscheinen würden.

Die Neugier herauszufinden, was sich hinter den geheimnisvollen Worten des jungen Mannes verbirgt, überwältigt sie.

„Stell' mich auf die Probe", antwortet sie und kann nicht glauben, was sie da gerade sagt.

„Ich werde es nur tun, wenn ich sicher sein kann, dass du mir vertraust und bei mir bleibst", antwortet er auf provokante Weise.

Sie schweigen eine Weile. Sie geht davon aus, dass der junge Mann auf ihre Entscheidung wartet, doch sie kämpft mit Schuldgefühlen, die sie bereits beim Gedanken daran empfindet, etwas Illegales zu tun. Zum ersten Mal in ihrem Leben bereitet sie sich darauf vor, etwas gegen ihren eigenen Willen zu tun.

Pauls Stimme bringt sie zurück in die Realität.

„Ich habe Beweise", sagt er mit einem lebhaften Blick, als würde er sich darauf vorbereiten, die Geheimnisse der Ewigkeit zu lüften. „Fotos auf meinem Handy."

Es stimmt, ich habe ihn vor ein paar Minuten fotografieren sehen, denkt sie, sagt es aber nicht. Stattdessen unternimmt sie einen letzten Versuch, seine Meinung zu ändern, um nicht ihre eigene Meinung ändern zu müssen.

„Es ist verrückt", sagt sie und zieht eine Augenbraue hoch. „Wenn sie uns finden, werden wir große Schwierigkeiten bekommen. Wenn ich nur wüsste, was genau los ist", beharrt sie in einem unruhigen Ton und spricht eher zu sich als zu dem jungen Mann.

„Wer weiß, es könnte dir gefallen", erwidert er lächelnd und nickt. „Es könnte sich in ein unerwartetes nächtliches Abenteuer verwandeln."

„Vielleicht gefällt es mir aber auch nicht!", sagt Elektra, immer noch unsicher. „Aber ich verspreche dir, ich werde darüber nachdenken."

„Ich werde warten."

Sie antwortet nicht, sondern durchsucht mit ihrem Blick das fast leere königliche Schlafzimmer. Die meisten Besucher sind bereits gegangen und die letzten verlassen gerade den Raum, ohne ihre Unterhaltung zu bemerken.

Elektra bleibt unentschlossen stehen und sieht zu, wie Paul sich schweigend entfernt. Mit steten Schritten geht der junge Mann zu dem schweren Vorhang, der an der rechten Wand des Schlafzimmers hängt, zwischen den Fenstern und dem kleinen Schreibtisch, an dem der König für die nächtliche Lektüre saß.

Seine Bewegungen überraschen Elektra. *Was zum Teufel macht er da?* Beunruhigt folgt sie ihm.

Was dann geschieht, hätte sie sich nie vorstellen können.

11. PAUL ~ Figuren im Computerspiel

Ich hatte die Idee, als ich den schweren, bläulichen Vorhang an der Wand des königlichen Schlafzimmers sah. Ein zugegebenermaßen kühner Plan, der auf der völligen Überraschung von Elektra basierte. Sonst könnte ich ihn nicht umsetzen. In der Luft lag das böse Omen, dass die Frau immer noch unentschlossen war. Ich befürchtete, wenn ich ihr mehr Zeit zum Nachdenken geben würde, dass sie nicht nur gehen, sondern versuchen würde, mich ebenfalls davon zu überzeugen. Aus einem merkwürdigen Grund gefiel mir dieser Gedanke überhaupt nicht. Nachdem ich zwei Dinge realisiert hatte, erstens, dass ich große Angst davor hatte, nachts in einem einsamen Schloss allein zu sein, und zweitens, dass ich es mein Leben lang bereuen würde, wenn ich nicht blieb, wurde mir klar, dass ich Elektra davon überzeugen musste, ebenfalls zu bleiben.

Ich gehe zur gegenüberliegenden Wand mit dem schweren Seidenvorhang, der wie ein blauer, schaumiger Wasserfall auf den Boden fließt, und ich hoffe, dass sie mir folgt. Ich stehe vor dem Vorhang, still wie der Jäger, der hinter dem Baum darauf lauert, dass seine Beute sich nähert und in die Falle läuft. Elektra, wie ich es erwartet hatte, beunruhigt durch meine Worte, kommt mir hinterher.

Als sie neben mir steht, lächelt sie mich verlegen an und ich erwidere ihr Lächeln und versuche das unsichtbare Zittern, das ich an meinen Lippen verspüre, so gut ich kann zu verbergen.

„Du musst es dir noch einmal überlegen", flüstert sie

langsam, als ob sie ihre Worte zählen würde. „Es wäre nicht klug, in einer ernsten Angelegenheit eine voreilige Entscheidung zu treffen."

Das Zögern in ihren Augen zeigt, dass sie mehr zu sagen hat, aber sie fürchtet meine Reaktion.

„Du beurteilst mich, ohne mir vorher zuzuhören", sage ich etwas abrupt, doch ich versuche, ruhig zu bleiben.

„Na dann hilf mir zu verstehen. Erkläre es mir."

Ich nicke zustimmend. „Ja, ich werde es tun, sobald wir allein sind", verspreche ich ihr.

Sie steht geduldig neben mir, bis der letzte Gast den Raum verlässt. Dann wird mir klar, dass der richtige Zeitpunkt gekommen ist. Mein Herz hüpft wie eine Ziege in meiner Brust, aber ich ignoriere es. Obwohl ich mich aufgrund meiner bevorstehenden Aktivität zunehmend schuldig fühle, zögere ich keine Minute. Mit einer schnellen Bewegung, die wahrscheinlich selbst den erfahrensten Jongleur neidisch machen würde, und bevor die ahnungslose Elektra reagieren und womöglich meine Pläne ruinieren kann, hebe ich mit meiner linken Hand das eine Ende des dicken Stoffes, während gleichzeitig meine rechte Hand Elektra hinter den Vorhang schiebt. Dann schlüpfe ich selbst auch dahinter.

Der Seidenvorhang fällt schwer wie eine dicke Decke auf meinen Rücken. Ich nehme so viele Atemzüge, wie ich brauche, um mich zu beruhigen, und drehe meinen Körper dann ihr zu. Ich sehe ihr Gesicht nicht, sie steht immer noch mit dem Gesicht zur Wand gedreht.

Die feinen Lichtfasern, die das Seidengewebe unseres provisorischen Gefängnisses durchdringen, helfen bei unserer Kommunikation überhaupt nicht. Erst als sich meine Augen an das schwache Licht gewöhnen, kann ich meine Umgebung besser sehen. Trotzdem fühle ich mich schwach, als hätte ich meine ganze Energie verloren und keinen Mut mehr, in ihre Augen zu schauen.

Wo ist der Wille zu kämpfen, um sie auf meine Seite zu ziehen? Die Nacht wird nicht einfach, erst recht nicht, wenn sie wütend ist. Ich möchte keine verärgerte Frau gegen mich haben. Ich muss den Mut finden, mit ihr zu sprechen, muss ihr alles erklären, all meine scheinbar verrückten Schritte rechtfertigen. Muss sie davon überzeugen, dass ich es nur getan habe, weil ich sie an meiner Seite brauche, weil ich nicht den Mut habe, alleine weiter zu gehen. Ich muss die Kraft aufbringen und das, was ich begonnen habe, fortsetzen. Nachdem ich den ersten Schritt gewagt habe, muss ich weitermachen, sonst sind meine bisherigen Aktionen vergebens.

Elektra beschließt endlich sich in meine Richtung zu wenden.

„Warum hast du das getan?"

Ist ihre Stimme tatsächlich so wütend, wie es sich anhört oder übertreibt sie nur, um mich zu erschrecken?, frage ich mich und sehe sie zögernd an. Ich kann ihre honigfarbenen Augen im Schatten kaum erkennen.

„Es ist die einzige Möglichkeit, im Schloss zu bleiben. Wenn wir weiter der Führung folgen, werden wir irgendwann den Ausgang erreichen und dann können wir uns nicht mehr verstecken", erwidere ich mit scheinbar harter Stimme.

„Verstecken." Elektra wiederholt meine Worte mechanisch.

Ich sehe sie ratlos an.

„Ich habe dir nie gesagt, dass ich im Schloss bleiben würde", fährt Elektra mit strenger Stimme fort. „Ich weiß nicht, was du dir dabei gedacht hast, als du mich hinter den Vorhang gezerrt hast, aber ich bin überhaupt nicht einverstanden!"

„Ich werde dir alles erklären", versuche ich meine impulsive Handlung zu rechtfertigen. „Ich bin mir sicher, wenn du erfährst, was kurz zuvor im Thronsaal passiert ist, dann wirst du mich verstehen. Vertraue mir bitte."

Ich spreche flüsternd mit kontrollierter Stimme, obwohl ich sehr aufgeregt bin. Ihre Worte machen mich zur einzigen verantwortlichen Person. Ich kann es nicht abstreiten, weil es die Wahrheit ist. Ich hatte kein Recht zu tun, was ich tat.

„Junger Mann, ich glaube du hast nicht mehr alle Tassen im Schrank", flüstert sie mit der gleichen strengen Stimme. „Weißt du, dass das, was du getan hast, nicht nur ungezogen, sondern auch gefährlich ist? Paul, wir sind hier nicht in einem deiner Computer-Spiele, wo du Figuren bewegst, wie du gerade Lust hast. Wir sind Menschen und unser Handeln hat manchmal gute und manchmal schlechte Konsequenzen für uns und unsere *Mitmenschen*. Hoffentlich ist dir klar, dass wir große Probleme bekommen, wenn sie uns hier erwischen. Weißt du, dass der Wachdienst, der heute Abend die Türen des Schlosses abschließen wird, womöglich seinen Job verliert, wenn sich morgen herausstellt, dass wir in seiner Schicht im Schloss waren?"

Ich weiß nicht, was ich ihr antworten soll. Ihre Worte haben mich zum Schweigen gebracht. Unter anderen Umständen würde ich anders reagieren. Ich hätte mich gewehrt, um meine Tat zu verteidigen, aber dieses Mal tue ich es nicht.

„Und dich", fährt Elektra mit geringerer Intensität in ihrer Stimme fort, „würden sie wegen deiner Jugend noch davonkommen lassen. Aber für mich gibt es absolut keine Entschuldigung."

Ich halte still, sogar ohne zu atmen, hinter dem schweren Vorhang ist die Luft gerade buchstäblich sehr dick.

Es gibt Momente, in denen jemand ohne nachzudenken handelt, beeinflusst von einem augenblicklichen oder unerwarteten Ereignis, denke ich taub. Ich glaube, ich lebe in so einem Moment.

„Entschuldigung", nuschle ich durch meine Zähne.

„Das war an der Zeit", antwortet sie mit einem Stirnrunzeln.

„Ich verspreche dir, dass ich es dir gleich erklären werde, wenn alle gegangen sind."

„Ich hoffe, dass diese Erklärungen bald kommen", antwortet Elektra seufzend. „Ich schaudere nur bei der Idee, dass sie uns morgen früh hier im Schloss finden. Sie werden uns sicher direkt zur Polizeistation bringen. Und zurecht wird man denken, wir wären hergekommen, um etwas zu stehlen", flüstert sie und nähert sich mir.

Ihre Lippen berühren sanft mein Ohr, als ob ein Schmetterling herbei geflattert wäre und sich kurz auf meine Ohrspitze gesetzt hätte.

„Geduld", stottere ich.

Trotz der Schuldgefühle, die ich durch das rücksichtslose Verhalten gegenüber Elektra habe, fühlt es sich immer richtiger an.

„Ich habe einen Vorschlag, vielleicht findest du ihn gut", flüstert Elektra und unterbricht meine Gedanken. „Lass uns jetzt mit der restlichen Gruppe rausgehen. Wir gehen in ein Café und bleiben dort, um über alles zu plaudern. Wir werden einen starken Kaffee trinken und jeden Kuchen verschlingen, auf den wir Lust haben."

Sie versucht mich zu locken.

„Ach, ein Käffchen ist genau das, was ich nach dem Ganzen brauche", fährt sie fort und atmet tief mit geschlossenen Augen ein.

Wenn ich an diesem Morgen nicht so früh von zu Hause weggegangen wäre, hätte ich gefrühstückt und ihre Worte würden mich jetzt nicht daran erinnern, dass ich enormen Hunger habe. Seit letzter Nacht habe ich nichts mehr gegessen. Sehr schnell jedoch vertreibe ich diesen Gedanken, so wie man mit einer leichten Handbewegung eine lästige Fliege vertreibt. Meine einzige Sorge ist im Moment, so schnell wie möglich die Suche nach dem seltsamen Mädchen zu starten, sobald ich mir sicher bin, dass alle das Schloss verlassen haben.

„Nein!", ist meine Antwort auf Elektras Vorschlag. Aber aus Angst, dass der Ausruf, der aus meinem Mund kam, unser Versteck verrät, senke ich sofort meine Stimme. „Ich brauche hier deine Hilfe", versuche ich zu erklären. „Aber wenn du Angst hast, lass mich in Ruhe und geh. Wenn du nicht stark genug bist, dann geh weg, ich brauche dich nicht. Ich werde trotzdem bleiben."

Ich verschränke meine Arme hartnäckig vor meiner Brust und starre sie an. Hinter dem Vorhang ist nicht genügend Platz. Meine Hände berühren ihren Körper.

„Aha, da ist sie, die jugendliche Hartnäckigkeit", sagt sie spöttisch lächelnd. „Mein junger Freund ist plötzlich wütend. Er zeigt mir seine Krallen."

Ganz unrecht hast du nicht, möchte ich sie anschreien, aber lieber zeige ich ihr meine Gedanken noch nicht. Ich habe etwas von meinem verlorenen Selbstbewusstsein wiedergewonnen und bin fest davon überzeugt, dass ich das Richtige tue, indem ich mit Elektra an meiner Seite im Schloss bleibe. Vielleicht sollte ich die Konflikte mit ihr beiseite schieben und mich auf den Rest der Nacht vorbereiten. Ich schließe nicht aus, dass wir uns mit schwierigen Situationen auseinandersetzen müssen.

Ich hebe meinen Blick und sehe sie an. Ihr Gesichtsausdruck ist ernst und lässt leicht ihre große Sorge und eine Spur von Zurückhaltung erkennen.

Ich bin bereit ihre Antwort zu akzeptieren, egal welche das sein wird, obwohl ihre Entscheidung mich überhaupt nicht beeinflussen wird. Ich habe meine getroffen und werde sie um jeden Preis umsetzen.

12. ELEKTRA ~ Leben und Tod

Nach Elektras Berechnungen mussten sie fast eine Stunde hinter dem Vorhang gewartet haben, bevor sie ihr Versteck verlassen konnten. Die erste halbe Stunde war vergangen, während sie die hastigen Schritte der letzten verspäteten Besucher hörten, die den Korridor entlang eilten. Eine Viertelstunde später hörte man die gelangweilten Schritte der Wachen, deren Aufgabe es war, ein letztes Mal zu überprüfen, ob sich ein Dieb in den Zimmern versteckt hatte, bevor sie das leere Schloss schließlich beruhigt verlassen konnten. Wenige Minuten später gingen alle Lichter aus, hinter dem schweren Vorhang konnten die beiden Eindringlinge nun gar nichts mehr sehen. Elektra fühlte sich plötzlich krank, im Wechsel der Gefühle wie Sorge, Hoffnung, Angst und Frustration. Sie bewegte ihre Beine rhythmisch und stand mal auf dem einen, dann auf dem anderen Bein, um die Durchblutung zu fördern. Und wartete. Erst als ein Geräusch zu hören war, das wie das entfernte Schließen schwerer Türen aus der Tiefe klang, fühlte sie sich ein wenig besser, in der Annahme, dass die letzten Wachen gegangen waren.

Die ersten Schritte aus ihrem Versteck erinnern an die von verängstigten kleinen Hasen, die schnell ihr Essen schnappen müssen, weil sie wissen, dass in der Gegend ein Löwe herumläuft. Ihre Bewegungen sind nicht nur vorsichtig, sondern auch langsam und zögernd, weil sie nicht wissen, ob es Nachtwächter gibt, die die Räume inspizieren.

Aber im königlichen Schlafzimmer herrscht Stille. Nichts bewegt sich, nicht einmal die Zeit, als ob die Gäste sie mit sich genommen hätten.

„Ich schaue mich mal um, bin gleich wieder da", sagt

Paul und übernimmt offenbar die Rolle des Führers.

Er ist ein Anführer mit einem einzigen Anhänger, mir, denkt Elektra und lächelt. Sie hat nichts dagegen, zumindest bis er ihr erklärt, was los ist.

„Ich möchte sicherstellen, dass alle verschwunden sind und die Türen des Schlosses verschlossen sind", erklärt er.

„Es ist noch früh. Es ist gefährlich. Wie kannst du dir sicher sein, dass alle Mitarbeiter weg sind?"

Sie sieht mal Paul und mal die blaue Seidenbettwäsche an, auf die zwischen Tulpen und Lilien stolze Löwen und wunderschöne Schwäne gestickt sind. Mit dem gleichen blauen Seidenstoff sind auch die Polster der beiden Sitze links und rechts des königlichen Schreibtisches überzogen. „Wenn sie dich erwischen, wie du im Schloss herumläufst, haben wir ein großes Problem."

„Ich werde vorsichtig sein", antwortet er hastig, ohne sie anzusehen.

„Ich komme mit", bietet sie an, aber Paul antwortet nicht. Er läuft allein los.

Während er davongeht, beobachtet Elektra seine schlanke Silhouette mit dem riesigen Rucksack auf dem Rücken. Sie besteht nicht darauf, ihm zu folgen, denn sie glaubt nicht, dass der junge Mann sich weit entfernen wird.

Sie setzt sich auf das königliche Bett, zwischen die Löwen und Schwäne. Ihre Beine schmerzen vom langen Stehen. Sie streckt sie mit großer Erleichterung aus. *Wer hätte das gedacht,* überlegt sie, *dass sie sich eines Tages auf ein königliches Bett legen würde.* So etwas passiert doch nur in Märchen. Doch es ist wahr, ein junger Mann, so real wie sie selbst, erschien unerwartet und schaffte es, ihr Leben ein wenig zu verändern. Sie kann immer noch nicht verstehen, wie sie das zulassen konnte, weil sie bis dato ein monotones Leben in schwarz und weiß gewählt hatte. Nicht, dass es nicht zeitweise Farbtupfer in ihrem Leben gab. Farbige Akzente, die sie normalerweise aus dem interessanten Leben der Helden in ihren Büchern stiehlt. Ab und an gab es Farbtupfer durch ihre gelegentlichen erotischen Begegnungen. Es waren nicht viele, aber es gab Zeiten, in denen alles schief ging und alles vom Scheitern bedroht schien; dann brachten diese Farbtupfer in Form von männlicher Haut einen Hauch Wärme und ihr Blut in Wallung.

Pauls unerwartete Anwesenheit ist ein ganz anderer Farbtupfer, weil er Emotionen in ihr geweckt hat, von denen sie dachte, sie hätte sie vergessen. Es scheint, dass die Quelle in den letzten Jahren doch nicht ganz ausgetrocknet ist. Jetzt kann sie mit Zuversicht sagen, dass man die schönen Gefühle aus der Vergangenheit nie vergisst. Die Erinnerung daran bleibt immer in einem abgelegenen Winkel versteckt und wartet nur auf den richtigen Anreiz, um wiederbelebt zu werden. Weder tiefes Nachdenken noch Logik führten zu ihrer Entscheidung, im Schloss zu bleiben, sondern der intensive Blick des jungen Paul, der sie an das vergessene Gefühl der Wärme erinnerte, das man empfindet, wenn man die Nähe eines anderen Menschen genießt. Obwohl sie nicht zögert zuzugeben, dass die Entscheidung zugunsten des Aufenthalts im Schloss auch von der Tatsache beeinflusst wurde, dass der junge Mann sie um Hilfe gebeten hat. Wie sehr würde sie Paul helfen, wenn der Wachdienst ihn rauswarf? Sicher würde Paul einen anderen, vielleicht gefährlicheren Weg finden, um ins Schloss zurück zu kehren. Und dann wäre er ganz allein.

Leider weiß sie immer noch nicht, warum er sich entschlossen hat heute Nacht im Schloss zu bleiben, was sie etwas verunsichert. Auf der anderen Seite haben sein merkwürdiges Verhalten, seine Worte und sein Handeln ihre Fantasie angeregt. Für einen Erwachsenen ist es oft schwierig zu verstehen, was ein junger Mensch denkt, da sein Gehirn anders funktioniert als das der Erwachsenen. Junge Köpfe haben meist gute Ideen, sind oft spontan und im Augenblick, sie können allerdings oft Auswirkungen und Konsequenzen nicht vorhersagen.

Sicher wird diese Nacht interessant, hoffentlich nicht gefährlich. Sie hat sogar begonnen, die Idee der Illegalität mehr zu genießen, mehr als sie es sich jemals hätte vorstellen können. Dabei weiß sie noch nicht, was hier wirklich vor sich geht und wie dieser Tag enden wird. Sie zieht jedoch in Erwägung, zumindest für eine Nacht jeden Unsinn zu wagen.

Sie hat nicht viel in ihrem Leben gewagt. Sie war immer vorsichtig und besonnen. Sie wuchs in einem armen, aber sehr strengen familiären Umfeld auf, in dem unsinniges Verhalten nicht erlaubt war. Obwohl sie ein Einzelkind war, wurde sie nie besonders behandelt, wie es sonst in kleinen Familien oft der Fall ist. Ihr Vater arbeitete als Hilfsarbeiter in einer Fabrik in der Stadt, in der er geboren wurde. Sein Einkommen reichte nicht einmal für den kleinsten Luxus. Für ihre Mutter war an allem immer die Armut schuld. „Verfluchte Armut" war ihr Kehrreim, zusammen mit jeder negativen Antwort, die die kleine Elektra erhielt, wenn sie um etwas bat.

Sie hatten keinen Fernseher in ihrem Haus. Das Essen auf dem Mittagstisch war das, was heutzutage jeder als „mediterrane Diät" kennt. Nicht wegen des Trends, sondern wegen des Geldmangels konnten sie nicht jeden Tag Fleisch kaufen. Ein sogenannter Lifestyle war ihr unbekannt. Sie gingen nicht oft aus. Ihre einzige Unterhaltung war ein Film im Kino und das nur selten. Die Kleidung, die sie trug, wurde nicht in Läden gekauft. Ihre Mutter konnte nähen und sie nähte die Kleider ihrer Tochter selbst, natürlich immer nach ihrem eigenen Geschmack. Die kleine Elektra kümmerte sich nicht viel um ihr Aussehen, aber die jugendliche Elektra schämte sich sehr oft wegen ihrer Kleidung, gerade während der späten Schuljahre.

Sie wird die Diskussion, die sie im letzten Schuljahr in einer der Schultoiletten mithören durfte, nie vergessen. Zwei ihrer Klassenkameradinnen, die sie als ihre Freundinnen betrachtete, wussten nichts von ihrer Anwesenheit hinter der verschlossenen Tür und verabredeten sich gerade für den Samstagabend.

„Was meinst du, sollen wir Elektra auch einladen?", fragte die eine vorsichtig.

„Bist du verrückt?", reagierte die andere empört. „Wohin sollen wir mit ihr denn gehen? So wie sie sich kleidet, werden wir nirgendwo reingelassen."

In diesem Moment entschied Elektra, dass Freundschaft im Leben nicht notwendig ist, zumindest nicht, um zu überleben. Auf diesem einsamen Weg war es also fast unmöglich Unsinn zu machen. Obwohl sie laut ihrer Mutter einige Monate später kurz davor war, einen großen Unsinn zu machen. Sie wollte an der Universität von Athen studieren.

Als sie das ihren Eltern mitteilte, reagierten beide ganz unterschiedlich. Eigentlich reagierte zuerst nur ihre Mutter, ihr Vater sagte nichts.

„Elektra, das wäre eine große Dummheit. Es ist keine einfache Sache, wonach du fragst", sagte ihre Mutter direkt. „Wir sind nicht reich. Wir werden eine solche finanzielle Belastung nicht tragen können. Mit einem Studium an der Universität in Athen sind große Ausgaben verbunden."

„Ich werde gehen, Mutter. Ich verspreche zu arbeiten, wenn es sein muss, damit ihr mir kein Geld geben müsst."

„Das ist der größte Unsinn, den ich je gehört habe", kommentierte ihre Mutter kalt. „Wenn du deine Zeit mit Arbeit verschwendest, wann denkst du, dass du die Seminare in der Universität besuchen wirst? Nachts?"

„Ich werde es schaffen, Mutter, du wirst sehen. Macht euch keine Sorgen", sagte Elektra und versuchte dabei zu lächeln.

Aber ihre Mutter war anderer Meinung. „Wenn du arbeiten möchtest, dann musst du nicht nach Athen ziehen. Es gibt auch in unserer Stadt Arbeit. Und weil ich Probleme in der Umsetzung deiner Pläne sehe, ist es vielleicht besser, wenn ich bete, dass du die Aufnahmeprüfungen nicht bestehst. Nur so haben wir keine Probleme zu lösen."

Und das Gespräch endete dort, weil weder Elektra noch ihr Vater den Mut hatten, etwas zu erwidern.

In derselben Nacht, als Elektra und ihr Vater alleine in der Küche waren, sagte er: „Elektra, mein Kind, geh studieren.

Bereite dich auf deine Prüfungen vor und denke nicht an das Geld. Ich werde das Geld auftreiben, und wenn ich meine eigenen Augen verkaufen muss."

In dieser Nacht konnte Elektra nicht schlafen. Zusammengerollt lag sie im Bett und weinte.

Paul kehrt ins Zimmer zurück und setzt sich neben sie aufs Bett. Der Ruck vom Gewicht seines Körpers bringt sie zurück in die Realität und ihr Blick reißt sich von den Motiven des Wandbildes über dem Schreibtisch des Königs los, die Themen sind der Legende von Tristan und Isolde entnommen.

„Es sind alle gegangen. Die zentrale Eingangstür ist verschlossen", verkündet er keuchend.

„Nun, ich höre dir zu", sagt sie in einem strengen und entschlossenen Tonfall. Sie wird ihn diesmal nicht entkommen lassen.

Er nickt zustimmend. Auf seinen Lippen erscheint ein entschuldigendes Lächeln.

„Ich denke, du könntest mir jetzt alles erklären", wiederholt sie und lenkt schnell ihren Blick von diesem gefährlichen Lächeln ab.

Sie findet die Tatsache sehr beunruhigend, dass die Anwesenheit des Jungen ihr Herz erwärmt und sie dazu bringt, ihn beschützen zu wollen; das Schneckenhaus zu werden, in dem sich Paul zurückziehen kann. Sie hat das Gefühl nie gespürt, sie weiß nicht, wie sie es benennen soll oder was es verursacht. Um sich zu schützen, trägt sie diese strenge Maske, die sie oft im Gesicht ihrer Mutter gesehen hat.

„Du siehst meiner Mutter sehr ähnlich. Du bist fast so schön, wie sie es war", sagt der junge Mann unerwartet und sieht sie melancholisch an.

Verlegen spürt Elektra, wie sich ihre Brust zusammenzieht.

„Weißt du, sie ist gestorben, als ich sechs Jahre alt war."

Sie sieht ihn verblüfft an. Er hätte keine passenderen Worte verwenden können, um ihre strenge Maske aufzubrechen. Seine ruhigen und einfachen Worte durchdringen ihre Fassade und durchbohren ihre Seele wie ein scharfes Messer. Die strenge und kalte Maske verschwindet auf magische Weise und an ihrer Stelle erscheint die des Mitleids und Mitgefühls. Aber nicht für lange. Sie hat nicht vor, ihn ihre Schwäche sehen zu lassen.

Und so, während es sinnvoller wäre zu sagen: „Es tut mir leid. Ich wusste nicht, dass deine Mutter tot ist", sagt sie nur: „möchtest du mein Mitleid?"

„Vielleicht", gibt Paul mit einem leichten Zittern in seiner Stimme zu. „Vielleicht möchte ich auch ausweichen. Du wirst das, was ich dir sagen muss, nicht glauben."

„Fang' an, wir werden schon sehen."

Paul sieht nervös aus, er rutscht auf dem Bett herum, vielleicht um es sich gemütlicher zu machen.

„Ich bin heute nicht als Tourist gekommen, sondern um ein Versprechen zu erfüllen, das ich meinem Großvater kurz vor seinem Tod gegeben habe", sagt er ruhig.

Es ist nicht leicht, einen Jungen in nur zwei Sätzen von zwei Todesfällen erzählen zu hören, die ihn definitiv beeinflusst haben müssen, denkt Elektra.

„Es tut mir leid wegen deiner Mutter", sagt sie verspätet und meint es wirklich.

Auf seinen Lippen erscheint ein bitteres Lächeln.

„Ich schulde es ihm. Mein Versprechen zu halten, meine ich. Er war der Einzige, der mir geholfen hat, als meine Mutter gegangen ist."

Elektra hört ihm gespannt zu und nickt mit dem Kopf.

„Es war eine schwierige Zeit für mich", sagt er und seine Worte passen perfekt zu der Bitterkeit seines Lächelns. „Alles war doof. Ich motzte alle an, sogar meinen Großvater, der es wirklich nicht verdient hat. Nun, er war der Einzige, der mir zugehört hat, egal wie schlecht ich drauf war. Meinen Vater habe ich nicht sehr oft gesehen, obwohl wir im selben Haus wohnen."

Pauls Gesicht ist weiß wie ein Bettlaken und er sieht schwach und müde aus. Elektra will ihn jedoch nicht unterbrechen. Es ist erleichternd für jemanden, über Last und Schmerzen zu reden. Sie ist sich sicher, dass sich der junge Mann am Ende besser fühlen wird.

Er spricht weiter, ohne ihre Gedanken zu ahnen.

„Eines Nachts ging ich wütend in mein Zimmer. Ein paar Minuten später öffnete sich die Tür und Opas Kopf erschien. Ich war bereits unter meiner Decke und hatte keine Lust, mich mit ihm zu unterhalten. Ich rief, er solle das Zimmer verlassen. Er tat so, als hätte er mich nicht gehört und kam näher. Er hob die Decke langsam an und streichelte sanft mein Haar. Ich fühlte seinen warmen Atem auf meinen Wangen.

„Paul, ich habe mir überlegt dir eine Geschichte aus einem wirklich einzigartigen Buch vorzulesen", sagte er, noch schnaufend vom Anstieg der steilen Treppe zu meinem Zimmer.

Er setzte sich an den unteren Rand meines Bettes und bevor ich protestieren konnte, öffnete er ein ledergebundenes Buch, legte es auf seine Knie und fing an eine Geschichte vorzulesen, so dass ich besser und ruhiger einschlafen kann, wie er sagte."

Elektra unterbricht ihn nicht und lässt ihn ununterbrochen sprechen, atemlos, als ob er es eilig hätte alles mit einem riesigen Satz zu erzählen, in dem ein Wort dem anderen ohne Komma und Punkt folgt.

„Ich erinnere mich nicht an die Geschichte, die er las, aber ich erinnere mich an seine samtige Stimme, die mich beruhigte und den Raum mit Bildern, Tönen und Farben füllte. Während er mir Wort für Wort vorlas, ließ ich durch die Magie der Geschichte los, bis sich meine Augenlider schwer anfühlten und der Schlaf mich holte. Am nächsten Morgen erzählte mir mein Großvater, dass er die Geschichte nicht zu Ende gelesen hatte, weil ich beim Lesen eingeschlafen sei."

Plötzlich hört Paul auf zu reden. Es ist offenbar aus der Vergangenheit in die Realität zurückgekehrt. Er schüttelt den Kopf, als wolle er das Bild seines Großvaters aus seinen Gedanken verdrängen. Er sieht müde aus von der Intensität, mit der er so lange gesprochen hat.

Elektra schaut auf die Uhr: achtzehn Uhr zehn. Die Dämmerung rückt näher. Er hat immer noch kein Licht ins Dunkel gebracht. Elektra weiß noch immer nicht, warum Paul beschlossen hat, heimlich nachts im Schloss zu bleiben.

„Hat diese Geschichte etwas mit dem Versprechen zu tun, das du erfüllen musst?"

„Ja", nickt er bejahend.

Sie wartet darauf, dass er weitererzählt.

„Er hat mich darum gebeten, das ledergebundene Buch, aus dem er Geschichten las, hier ins Schloss zu bringen und abzugeben."

„Abgeben? An wen?"

Er senkt den Kopf und lässt die Schultern hängen.

„Ich bin leider nicht auf die Idee gekommen, ihn zu fragen", sagt er und lächelt entschuldigend.

„Du hättest den zuständigen Schichtleiter fragen können, als wir angekommen sind. Er hätte es auf jeden Fall entgegengenommen."

Sie sieht ihn misstrauisch an. „Aber das ist nicht der wahre Grund, warum du bleiben wolltest?"

In dem Moment verschwindet sein Lächeln, seine Augen verengen sich.

„Nein", antwortet er schroff.

„Ist die Diskussion unangenehm für dich?"

Elektra befürchtet ihn zu bedrängen.

„Nein, das ist es nicht", antwortet er. „Aber vor einigen..."

Paul kratzt sich verlegen mit den Fingern seiner rechten Hand am Kopf direkt hinter dem Ohr. Es ist offensichtlich, dass das Sprechen für ihn schwierig ist. *Es ist unfair für junge Leute, Albträume zu haben*, denkt sie. Aber dieser junge

Mann hier ist nicht so sorglos, wie junge Leute sein sollten. Er hat zweimal den Tod getroffen. Wer weiß, wie viele Narben der Verlust seiner Mutter bei ihm hinterlassen hat.

„Auf meinem T-Shirt waren plötzlich nasse Tintenflecken."

Er senkt den Kopf und schaut auf seine Brust, um ihr zu zeigen, an welcher Stelle die Flecken erschienen. Er versucht seinen Albtraum so gut wie möglich darzustellen. Die Bewegungen seiner Hände und seines Körpers sind intensiv und dramatisch, als er seine Furcht beschreibt, in dem Tintenmeer ertrinken zu müssen, so dass er den Schrecken und die Angst, die er in dieser Nacht erlebte, glaubhaft vermitteln kann.

„Es war nur ein böser Traum", sagt sie beruhigend und beobachtet besorgt die kleinen roten Adern, die auf seinen Augäpfeln erschienen sind.

„Ich weiß."

„Sehr gut."

Es dauert eine Weile, bis sie ihre Gedanken gesammelt hat. Paul scheint das zu verstehen und wartet geduldig auf sie.

„Es gibt noch etwas", sagt er, als er glaubt, sie sei bereit, während er sein Handy aus der Jackentasche zieht.

Sie ist nicht bereit, aber gespannt darauf, was folgen wird.

Er nähert sich und sein Atem streichelt ihre Wange. Er zeigt ihr den Bildschirm seines Handys. Er fährt mit dem Finger über das beleuchtete Glas und vor ihren Augen sieht sie drei fast identische Bilder. Große, nasse, blaue Flecken in unregelmäßigen Formen an einer gelben Wand. Nach dem Albtraum, den er zuvor beschrieben hat, ist der Anblick der drei Fotos gruselig unangenehm.

„Die gleichen Tintenflecken", bestätigt er mit fester Stimme. „So hat alles im Albtraum angefangen. Nur dass ich damals nicht bemerkt habe, ob die Flecken buchstabenförmig waren oder nicht."

„Wo sind sie?", fragt sie, ohne ihren Blick vom

Bildschirm des Handys abzuwenden. Zum Glück geht es nach ein paar Sekunden von alleine aus.

„An der Wand gegenüber dem Eingang zum Thronsaal. Ich bin vor wenigen Minuten dort wieder vorbeigelaufen. Du kannst sie dir anschauen. Sie sind noch dort."

„Ich glaube dir. Aber nichts beweist, dass die Flecken an der Wand etwas mit denen deines Traumes zu tun haben. Ich bin sicher, es ist nur ein Zufall."

„Ich glaube nicht an Zufälle", antwortet Paul mit einer selbstbewussten Stimme und einem sehr ernsten Tonfall. „Alles im Leben geschieht aus irgendeinem Grund. Vielleicht sind es die Ergebnisse einiger unserer früheren Aktionen."

„Und was hättest du getan haben können, dessen Ergebnis Flecken an der Wand eines Schlosses sind, das du noch nie in deinem Leben besucht hast?"

„Keine Ahnung. Aber ich bin mir nicht ganz sicher, dass ich noch nie hier gewesen bin. Einige der Orte, die wir besucht haben, kamen mir bekannt vor, wie eine verblasste alte Erinnerung", gesteht er, wenn auch nicht mehr mit der gleichen Zuversicht in seiner Stimme.

Er sieht sie mit einem ernsten Gesichtsausdruck an, sein Kopf ist leicht zur Seite geneigt.

„Es gibt noch etwas anderes, das du erfahren musst."

Er stockt, die Worte kommen nur schwer aus seinem Mund. „Im Thronsaal ist etwas passiert." Er zögert, bevor er die nächsten zwei Worte ausspricht: „Ein Attentat."

Sie sieht ihn gelassen an, weil es ihr schwerfällt, ihm zu glauben.

„Es war ein Attentat, das ich gesehen habe", sagt Paul erneut, seine Nerven liegen blank. „Du glaubst mir nicht."

Seine Stimme, die den versuchten Mord eines Mannes durch einen Füllfederhalter beschreibt, ist voller Intensität. Die Erschütterung, die auf seinem Gesicht zu sehen ist, trifft sie wie eine Peitsche. Die letzten Überreste ihrer Logik rebellieren. Das Vertrauen, das sie ihm bisher entgegengebracht hatte, ist ernsthaft erschüttert. Weder die genaue Darstellung, noch seine verängstigten Augen und zitternde Stimme können sie davon überzeugen, dass all das, was er beschreibt, wirklich hinter dem Rücken aller Anwesenden passiert sein soll und niemand von ihnen etwas gesehen oder gehört hat.

„Der Versuch, einen mysteriösen Mann mit einem fliegenden Füllfederhalter zu ermorden und die ex machina Erscheinung eines ebenso mysteriösen jungen Mädchens, das wenige Augenblicke später auftaucht, um den Verwundeten zu heilen, ist keineswegs leicht verdaulich", versucht sie ihre Gefühle so schmerzlos wie möglich zu vermitteln. „Nicht zu vergessen, niemand im Raum hat etwas von der Thrillerszene bemerkt, von der du mir gerade erzählt hast."

Paul hört ihr beunruhigt zu.

„Auch wenn wir das Ereignis als wahr akzeptieren, gibt es viele unbeantwortete Fragen und ich bezweifle, dass wir jemals die Antworten darauf finden werden."

„Welche Fragen?", fragt Paul mit plötzlichem Interesse.

„Wer ist dieses seltsame Mädchen? Was will sie wirklich von dir? Was sind ihre Motive?"

„Ich habe keine Ahnung. Aber sie weiß sicher, wer ich bin. Leider hat sie mir nicht gesagt, woher und wieso. Das Einzige, was sie klar gemacht hat, ist, dass sie mich braucht."

„Was schlägst du also vor?", fragt Elektra und seufzt tief. Ihr Blick fixiert wieder das Bild an der gegenüberliegenden Wand.

Sie glaubt nicht, dass alles, was Paul ihr erzählt hat, eine Lüge ist. Es gibt etwas, das den jungen Mann hierhergebracht hat. Die schlechte Beziehung zu seinem Vater ist bestimmt wahr. Vielleicht hat ihn das veranlasst, heute Nacht im Schloss bleiben zu wollen. Er möchte nicht in sein Zuhause zurückkehren. Vielleicht glaubt er, dass er so seinen Vater verletzen kann. Ein junger Mann, der nicht nach Hause zurückkehren möchte, könnte eine Litanei von Entschuldigungen für seine Tat finden.

Sie beschließt, das Gesprächsthema zu wechseln, aber sie

kommt nicht dazu. Paul kehrt zum selben Thema zurück, wie ein kleiner Junge, der sein Lieblingsspielzeug hartnäckig in der Hand hält, um es nicht zu verlieren.

„Das Mädchen... sie ist keine Unbekannte. Ich habe sie schon mal gesehen. Mehrmals", sagt Paul zaghaft, ohne ihre Gedanken zu erahnen.

„Bist du dir sicher?"

Die Ironie in ihrer Stimme ist wahrscheinlich daran schuld, dass seine Augen anfangen zu funkeln.

„Du glaubst kein Wort von dem, was ich dir erzählt habe", knurrt er wütend. Er springt aus dem königlichen Bett auf und wippt ungeduldig auf den Füßen, als würde er sich auf den Abflug vorbereiten.

„Man kann die Wahrheit nicht verstecken. Sie zeigt sich immer in den Augen desjenigen, der sie sucht, sagte mein Großvater immer. Es liegt an dir, sie herauszufinden."

Elektra sagt nichts, sie nickt nur mit dem Kopf und starrt auf seine Füße.

Paul schüttelt den Kopf und stellt sich wieder fest auf den Boden. „Ich muss sie finden, sie muss mir sagen, was ich haben soll, das sie braucht. Sie muss es mir erklären", fährt er mit durchdringender Stimme fort.

Er holt tief Luft, als würde er sich auf den nächsten Satz vorbereiten, überlegt es sich aber anscheinend schnell anders und sagt nichts.

„Könnte ich dir eine persönliche Frage stellen?", fragt Elektra im Versuch, aus ihm schlau zu werden.

„Klar, kein Problem."

„Die Beziehung zu deinem Vater ist nicht gut, was?"

Er sieht sie an und seine Augen sind voll erschütternder Ehrlichkeit.

„Gar nicht gut. Wenn alles vorbei ist, werde ich sein Haus verlassen. Alles, was mich bisher davon abgehalten hat, ist das Versprechen, das ich meinem Großvater gegeben habe. Ab morgen früh aber bin ich frei."

„Möchtest du dein Zuhause verlassen oder fliehen?"

Sie schauen sich einige Minuten lang schweigend an.

„Ich weiß nicht", flüstert Paul schließlich. „Ich weiß es nicht mehr."

13. PAUL ~ Porzellanscherben

Ich strecke meine Hand aus, um Elektra vom Bett aufzuhelfen.

„Es ist Zeit zu gehen. Je früher desto besser. So können wir vor Sonnenaufgang wieder fort sein, bevor die Aufseher der ersten Schicht ins Schloss kommen", sage ich zu ihr.

Die Dämmerung rückt näher und die ersten Schatten werden bald erscheinen. Wir müssen los. Die Dialektik wird uns hier nicht viel weiter bringen, wir werden die feenhafte Gestalt meiner Träume nur finden, wenn wir das Schloss gründlich durchsuchen.

„Und die Nachtwächter?", fragt Elektra und greift meine Hand.

Rasch erhebt sie sich vom Bett und lässt einen tiefen Seufzer hören.

„Wir werden aufpassen", verspreche ich ihr. „Mach dir keine Sorgen. Alles wird gut."

Sie schaut zur Tür. „Okay, lass uns los", murmelt sie leise.

Mir fällt ein Stein vom Herzen. Die Änderung ihrer Stimmung überrascht mich angenehm.

Seitdem ich sie hinter den Vorhang gezogen habe, vermeide ich es, ihr in die Augen zu sehen, denn je länger ich über meine Handlung nachdenke, desto mehr zieht sich mein Herz zusammen. Ich frage mich, warum sie ihre Meinung wohl geändert hat.

Ich beobachte, wie sie mit den Händen ihre zerknitterte Kleidung zu glätten versucht.

„Das Schloss scheint leer zu sein. Ich habe niemanden

getroffen", sage ich und muss trocken schlucken, als ich die schimmernden Schatten der Bäume vor dem Fenster sehe. Es weht eine frische Abendluft von den Bergen hinab.

Ich würde so gerne wissen, was sie denkt, ob sie mir vergeben hat? Ich will sie gerade fragen, als ein greller Schein, der aussieht wie ein Blitz, wie ein Pfeil vor unseren Augen vorbeizieht. Der laute Knall, der darauf folgt, könnte sehr gut das andauernde Grollen sein, das normalerweise einen Blitz begleitet. Doch es ist wahrscheinlich weder Blitz noch Donner.

„Was ist gerade passiert? Hat es geblitzt und gedonnert?", wundert sich Elektra und zögert kurz.

„Wenn es ein Blitz gewesen ist, dann hätten wir doch das Leuchten aus den zwei Schlafzimmerfenstern gesehen", sage ich wie betäubt und spüre, wie ein kalter Luftzug meinen Nacken streichelt.

„Ja, richtig. Es muss etwas anderes gewesen sein", stimmt Elektra zu.

Ein leises Geräusch, wie ein Pfeifen der Luft, veranlasst mich nach rechts zu sehen, von wo der Blitz und das dröhnende Geräusch gekommen waren.

Ein stolzer, schwarzer und sehr lebendiger Schwan steht in der Türöffnung. Elektra, anscheinend erschrocken über die unerwartete Anwesenheit eines Schwans in solcher Nähe, kreischt durchdringend auf.

Obwohl ich von der Anwesenheit des Vogels überrascht bin, habe ich keine Angst vor ihm. An den Seen, die ich früher mit meinem Großvater besucht habe, haben wir mehrere weiße Schwäne getroffen. Allerdings habe ich noch nie einen schwarzen Schwan gesehen. Ich nähere mich ihm mit langsamen, kleinen Schritten.

„Pass auf", warnt mich Elektra.

Ich ignoriere ihre Warnung und strecke die Hand aus, um den großen Schwan zu streicheln. Wie ist ein Schwan in das leere Schloss gekommen?

„Wo kommst du denn her, mein Freund?", frage ich den Schwan, während ich meine Hand sanft auf seinen Kopf lege.

Doch als der große Schwan plötzlich seine schwarzen Flügel öffnet, als ob er losfliegen wollte, fürchte ich einen Angriff und ziehe meine Hand abrupt von seinem Kopf weg, als hätte ich mich an seinem schwarzen Gefieder verbrannt. Ich bleibe schließlich mit halboffenem Mund wie angewurzelt stehen und schaue das Tier verblüfft an. Obwohl der Vogel seinen schwarzen Kopf stillhält, bemerke ich, dass sich seine Augen mit der Lebhaftigkeit und dem durchdringenden Glanz der Sterne bewegen und seinen rosa Schnabel glänzen lassen, als würde er von selbst leuchten.

Ganz plötzlich macht der Schwan ein paar Schritte rückwärts und verlässt dann den Raum.

Ich folge ihm erstaunt. Wohin geht er jetzt?

Der Schwan geht nicht weit. Langsam und anmutig schaukelnd erreicht sein schwerer, schwarzer Körper einige Meter weiter rechts die Stelle, an dem wir zuvor sein weißes Abbild aus Alabaster gesehen hatten.

Ich stoppe ein paar Meter von ihm entfernt und verliere fast das Gleichgewicht. Mein Körper schaukelt wie ein Pendel vor und zurück.

„Von hier kam also der Lärm."

Wo einst der Alabasterschwan stand, befindet sich jetzt ein Haufen weißer Porzellanscherben, die am Fuß des Tisches einen kleinen Scherbenberg bilden. Ich sehe die Trümmer wie betäubt an.

„Großer Schaden. Wenn wir nicht schnell aufbrechen, bevor der morgendliche Wachdienst uns entdeckt, haben sie noch einen Grund, um uns ins Gefängnis zu schicken: die Zerstörung fremden und wertvollen Eigentums", höre ich die kalte Stimme von Elektra hinter mir, die mittlerweile die Stelle erreicht hat, an der ich stehe.

Ich sehe zu ihr auf, aber ich sage nichts. Was sollte ich auch sagen? Ich weiß, dass sie recht hat.

Der Schwan hebt seinen langen, schwarzen, biegsamen Hals und dreht seinen Kopf zu mir. Ich mache einen zögerlichen Schritt zurück.

Nach ein paar Augenblicken erklingt plötzlich aus seinem halboffenen Schnabel die Stimme des Schwans. Das Seltsame ist, dass ich verstehe, was der große Vogel sagt, als wäre es das Normalste auf der Welt.

„Der junge Herr und die nette Dame brauchen sich keine Sorgen machen, chhh. Der Schaden wird morgen früh behoben sein", sagt er zu unserer Überraschung.

Im nächsten Moment sind wir alle in eine wohltuende Stille versunken, die uns die Zeit gibt zu verarbeiten, was gerade passiert ist. Meine Zehen kribbeln, anscheinend aus Protest gegen das unglaubliche Ereignis. Ich weigere mich zu glauben, was gerade passiert ist. Ich drehe mich zu Elektra, um ihre Reaktion zu sehen. Sie sieht mit weit geöffneten Augen mal mich und mal den Schwan an, als würde auch sie vergeblich versuchen, eine vernünftige Erklärung zu finden.

„Hast du ihn auch gehört? Sag mir bitte, dass du ihn auch gehört hast." Der Ton meiner Stimme ist flehend, ehrfurchtsvoll und ratlos. „Ein sprechender Schwan."

„Sicher gibt es eine gute Begründung, eine logische Erklärung", antwortet sie mit einer solchen Intensität, dass ihr Gesicht rot wie eine reife Tomate aussieht.

Ich werfe einen verstohlenen Blick auf den Schwan. Seine Augen sind verengt, als würde er unser Gespräch mit ernsthaftem Interesse verfolgen. Aber sein Schnabel ist geschlossen.

„Es fällt mir nicht leicht, irrationale Dinge zuzugeben", fährt Elektra fort. „An unbegreifliche Dinge zu denken wird Fantasie genannt, aber diese laut auszusprechen, ist echt verrückt."

Sie seufzt verzweifelt.

Zuerst nicke ich mit dem Kopf, obwohl ich ihr nicht ganz zustimme. Ich könnte sagen, dass ich ein Mensch mit großer Vorstellungskraft bin, aber bis heute hat mich niemand als verrückt betitelt.

„Verrückt? Soll ich mich als verrückt betrachten, weil ich an das glaube, was meine Augen sehen und meine Ohren hören?"

„Ganz normal ist das aber auch nicht, oder?", murmelt Elektra zögernd, als ob sie nicht sicher ist, ob sie etwas sagen soll oder besser nicht.

„Und diejenigen, die einst behaupteten, die Erde würde sich drehen, wurden als verrückt bezeichnet", sage ich und starre auf das schwarze Samtgefieder des Schwans, als würde ich vor mir das Wunder des sich drehenden Universums in Miniatur betrachten. „Heute werden diese Menschen Wissenschaftler genannt."

Ich atme kurz ein, bevor ich sie frage: „Aber was passiert, wenn zwei Leute ein und dieselbe absurde Sache akzeptieren? Sind dann beide verrückt?"

„Es kommt darauf an", erwidert Elektra und schluckt trocken. „Ich nehme an, dass die Art und Weise, wie man das wahrnimmt, was man sieht, auch eine Rolle spielt. Ich kannte einmal jemanden, der argumentieren würde, dass nicht wir verrückt sind, sondern der Schwan, der glaubt, er könne mit Menschen sprechen."

Während ich ihr zuhöre, muss ich beinahe lachen, aber das Bedauern, das ihre Augen völlig unerwartet überschwemmt, hält mich davon ab. Sicherlich hat die Erinnerung an diese Person schlechte Erinnerungen hervorgerufen.

„Es hat aber jemand gesprochen. Das ist das einzig Sichere. Wir haben beide Worte gehört, die uns versicherten, dass bis morgen früh alles in Ordnung sein sollte", gibt Elektra mit einer gedämpften, gerade so hörbaren Stimme zu.

„Was meinst du?"

„Ich könnte eher glauben, dass jemand uns einen Streich spielt. Jemand versteckt sich irgendwo und versucht uns zu erschrecken."

Sie schiebt eine Haarsträhne hinter das Ohr und streckt ihren Körper, um gelassen zu wirken.

Vielleicht befindet sich tatsächlich jemand hinter einer versteckten Tür, denke ich, als ich mich daran erinnere, wie das unbekannte Mädchen einige Stunden zuvor mit dem verwundeten Mann aus dem Thronsaal verschwunden war, aber ich sage nichts und behalte den Gedanken lieber für mich.

„Ja, ich stimme zu, obwohl ich trotzdem nicht weiß, welches von beidem unglaublicher ist. Ein sprechender Schwan oder ein Nachtwächter, der, anstatt uns sofort festzunehmen, fröhlich mit uns spielt", sage ich und versuche meinen Puls zu ignorieren, der in meinen Schläfen pulsiert. Die Anwesenheit des spektakulären schwarzen Schwans im Schloss ist sicherlich ein kleiner Hinweis darauf, was uns später in der Nacht alles erwartet.

Ein plötzliches Geräusch unterbricht meine Gedanken. Der Schwan öffnet vor unseren verwirrten Augen seine riesigen schwarzen Flügel und fliegt zur Treppe.

„Er sucht bestimmt nach Nahrung, der Arme. Möglicherweise ist er ins Schloss gekommen, als die Türen noch geöffnet waren. Die Aufseher haben ihn bestimmt nicht bemerkt und aus Versehen eingesperrt", sagt Elektra nachdenklich.

„Solange er nicht die ganze Nacht durch die Räume fliegt, um einen Ausweg zu finden, darf er bleiben. Oder wir sollten doch die Eingangstür öffnen, um ihn gehen zu lassen", schlage ich vor.

„Das würde ich nicht empfehlen. Ich bin mir sicher, dass es im Schloss einen Alarm gibt. Der kleinste Versuch, die Eingangstür zu öffnen, wird die Polizei alarmieren und wir werden sofort verhaftet."

Von der Treppe ist plötzlich etwas zu hören. Ein neues seltsames Geräusch lässt mich wie eine Feder aufspringen. Das Geräusch von Schritten, die auf uns zukommen, lässt mich erschauern.

„Nachtwächter", flüstere ich ängstlich und verliere fast meine Fassung. Ich kann gerade noch atmen. „Beeil dich, Elektra, wir müssen uns verstecken."

„Ich dachte, du hättest das Schloss bereits überprüft und

sichergestellt, dass alle gegangen sind", flüstert sie mir nervös ins Ohr.

Wir rennen zurück zum königlichen Schlafzimmer und drängen uns noch einmal hinter den schweren Seidenvorhang. Es ist der einzige Ort in der Nähe, an dem wir uns verstecken können. Das Geräusch der Schritte auf den Stufen kommt immer näher, es bliebe keine Zeit, die Treppe hinauf zu rennen. Ich hoffe, dass der schwere Vorhang, der zu unserem bevorzugten Versteck geworden ist, uns vor den Augen der Nachtwächter schützen wird.

Das feindliche, bedrohliche Geräusch von Schritten erreicht unsere Ohren hinter dem Vorhang. Mehrere Personen halten vor dem Schlafzimmer an. Sekunden später betreten sie den Raum.

„Wie viele sind es?", flüstere ich.

Der kalte Atem der Dunkelheit, der uns umgibt, ist gruselig. Das Licht des Schlafzimmers, das die samtige Oberfläche des schweren Vorhangs beleuchtet, kann keine Ritzen finden, um uns zu erreichen.

Elektra hält meinen Mund mit ihrer Handfläche zu. Aber meine Aufregung ist so groß, dass ich nicht ruhig stehen bleiben kann.

Mit Sicherheit sind es die Nachtwächter, die das Schloss kontrollieren, denke ich, mit Elektras Hand über meinem Mund.

Eine raue Frauenstimme erreicht meine Ohren.

„Wieder hat der verrückte Vogel alles durchwühlt", sagt sie. „Immer das Gleiche und das Gleiche. Glücklicherweise ist er heute Abend relativ früh aufgetaucht und Karl wird genügend Zeit haben, das Bett vorzubereiten. Was für eine schlechte Angewohnheit, immer diese Unordnung! Und der arme Karl muss jede Nacht eine neue Alabastergruft bauen. Ich frage mich wieso, er wird sie doch wieder zerstören."

Nach einigen stillen Minuten ist eine männliche Stimme zu hören.

„Hör auf mit dem Gejammer, bitte. Beruhige dich. Karl

wird sich darum kümmern."

Die kräftige Männerstimme spricht hastig und schroff, als wäre der Mann es gewohnt, Befehle zu erteilen. Ich bin mir sicher, der Mann ist der Frau in der Jobhierarchie irgendwie überlegen. Vielleicht ist er der Anführer der heutigen Abendschicht.

Statt einer Antwort kommt ein gelangweiltes Seufzen von der Frau.

„Leider haben wir heute Abend ein größeres Problem als Schwanholds Unsinn", fährt die männliche Stimme fort, die noch härter geworden ist. „Einer der Wachen am Eingang hat mir eine sehr beunruhigende Information gegeben."

Die weibliche Stimme bleibt stumm.

„Nach der letzten Zählung der Wachen haben zwei Personen der letzten Besichtigung, eine Frau und ein junger Mann, das Schloss nicht verlassen. Sie sind immer noch drinnen. Ich frage mich, was es bedeuten würde, wenn die Wachen recht hätten."

Die Frau ist immer noch nicht zu hören.

„Die Frau und der Junge müssen sofort gefunden werden. Wir müssen herausfinden, warum sie nachts im Schloss herumlaufen. Wir müssen sie auf jeden Fall finden und zwar schnell, bevor Karl sie sieht", sagt die männliche Stimme schließlich.

Heiße Schweißtropfen laufen über meine Stirn. Ich versuche vergeblich mich zu beruhigen. Ich hebe vorsichtig meine Hand und wische mit dem Ärmel meine feuchte Stirn ab. Die schlimmsten Befürchtungen gehen mir durch den Kopf. Wer sind diese Leute und auf welche Wachen bezieht sich die männliche Stimme? Ich bin sicher, ich habe keinen einzigen Wächter gesehen, als ich mittags ins Schloss gekommen bin, nur ein paar einfache Mitarbeiter. Wenn die beiden Leute vor dem Vorhang nun Nachtwächter sind, was zum Teufel bedeuten dann ihre unverständlichen Worte? Nein, falsch. Nicht alle Sätze des Mannes sind unverständlich. Dass er sich unserer Anwesenheit im Schloss bewusst ist und nach uns suchen will, ist eindeutig und klar. So klar, dass ich beim Hören seiner Worte spüre, wie meine Beine zittern und mir das Atmen schwerfällt.

Elektra bemerkt das Zittern meiner Füße sehr schnell. Sie ergreift meine Hand und drückt sie fest. Durch den Schmerz komme ich wieder zu mir.

„Ich muss im Vorraum die zerbrochenen Stücke wegräumen", sagt die weibliche Stimme mit einem Seufzer am Ende.

„Richtig. Und ich werde ein paar Leute nach den Eindringlingen suchen lassen. Ich habe auch etwas halb fertig liegen lassen", fügt die raue Männerstimme hinzu, kurz bevor sich ihre Schritte entfernen.

Das Geräusch ihrer Schritte ist bald nicht mehr zu hören, ein Zeichen dafür, dass die Gefahr erst mal vorüber ist. Einige Minuten nachdem die Fremden gegangen sind, stehen wir immer noch still an derselben Stelle. Die Angst, dass sie zurückkehren, lässt uns wie am Boden festgenagelt ausharren. Ich versinke in einem Meer von Zweifeln und Fragezeichen und bin mir gar nicht mehr sicher, ob meine Entscheidung, nachts im Schloss zu bleiben, richtig ist. Vielleicht wäre es besser gewesen, die Mitarbeiter des Schlosses anzusprechen und das Buch abzugeben, wie Elektra mir empfohlen hatte. Mir wird klar, dass ich außer ihrem Namen absolut nichts über sie weiß. Warum laufe ich mit einer unbekannten Frau hier herum? Wer ist sie? Macht die Tatsache, dass sie aussieht wie meine tote Mutter diese Frau harmlos?

Um die Angst zu zerstreuen, bewege ich langsam und zögernd meinen Körper hinter dem schweren Vorhang.

„Warte", flüstert mir Elektra zu. „Sie können immer noch irgendwo hier sein."

Ich kann ihre leisen Worte kaum verstehen, weil gleichzeitig eine zart singende Stimme im Raum erklingt, sanft wie Balsam auf einer offenen Wunde.

„Wo sind unsere Besucher versteckt? Chhh, wollen sie nicht mehr aus ihrem Versteck heraus?", zwitschert die

Stimme.

Es fällt nicht schwer, die Stimme und die einzigartige Art zu sprechen wiederzuerkennen. Ich hebe, ohne nachzudenken, ein Ende des Vorhangs und folge wie bezaubert dem Klang der seltsamen Stimme. Die verführerische Stimme zieht mich magisch an. Die Angst vor den beiden Nachtwächtern, die uns suchen, ist auf einmal vergessen. Ich strecke auch meinen Kopf heraus für eine schnelle Erkundung. Der Raum ist völlig leer. Woher kam die Stimme? Ich schlüpfe nun ganz aus dem vertrauten Versteck und stelle mich mitten in den Raum. Elektra folgt mir sofort.

„Hast du die Stimme auch gehört?", frage ich verwirrt. „Ich habe derzeit kein Vertrauen in meine Vorstellungskraft. Es scheint mir, dass sie wieder ihre seltsamen Spiele begonnen haben."

„Ja, ich habe die Stimme auch gehört. Es ist unwahrscheinlich, dass wir uns das beide vorgestellt haben", versucht mich Elektra zu beruhigen und lächelt verlegen.

„Das Schlafzimmer ist leer. Woher kam die Stimme? Sehr merkwürdig."

„Ich schlage vor, die Fakten genau so zu akzeptieren, wie sie uns präsentiert werden, und die rationalen Erklärungen für später aufzuheben. Ich habe beschlossen, mich nicht mehr beeindrucken zu lassen", grummelt Elektra.

Ich nicke zustimmend mit dem Kopf, als die Stimme des Schwans erneut zu hören ist, dieses Mal lauter.

„Hier, chhh."

Wir schauen zur Tür. Der Schwan steht im Eingang, seine königliche Pracht passt zum Raum.

Ich packe Elektra am Arm.

„Ich sehe ihn", murmelt sie nachdenklich. „Ich habe es doch gesagt, er wird uns die ganze Nacht mit seinem Hin- und Herflattern nerven. Er sucht bestimmt nach einem Ausweg aus dem Schloss."

Mit einem leisen, fast geräuschlosen Flattern fliegt der Schwan an uns vorbei und landet auf dem königlichen Bett.

Ich starre Elektra erstaunt an, die ihn mit einem nervösen Blick und erhobenen Augenbrauen beobachtet.

Ich muss die irrationale Situation gelassen einschätzen, ich habe das Gefühl, ich werde langsam doch verrückt. „Jeder gesunde Mensch hat eine kleine Portion Wahnsinn in sich", hatte mein Großvater einst gesagt. Ich nehme an, jetzt ist der richtige Zeitpunkt und der richtige Fall, um ein bisschen von meinem eigenen Wahnsinn loszuwerden. *Hoffentlich fürchtet sich Elektra nicht*, denke ich und werfe ihr noch einen Blick zu. Dann wende ich mich mit Entschlossenheit bewaffnet dem Schwan zu.

„Du sprichst wirklich", kommentiere ich wie ein ratloser Wissenschaftler, der die irrationalen und unerwarteten Reaktionen seines Versuchstieres beobachtet.

„Natürlich spreche ich, chhh", bestätigt dieser, indem er seinen Schnabel leicht öffnet. Die seidige, sanfte Stimme gleitet aus der schmalen Öffnung, wie das fließende Wasser aus der Felsmulde.

Er schaut auf und mustert mich von oben bis unten. Dann schüttelt er seine schwarzen Flügel und trippelt auf dem Bett.

„Die Menschen sprechen", kommentiere ich nachdenklich und ziehe eine verwirrte Grimasse. „Die Vögel haben ihre eigene Sprache. Sie zwitschern. Wie kann es sein, dass du sprichst, anstatt zu zwitschern, und wir dich verstehen?"

„Ich denke, der junge Herr liegt falsch, chhh. Bin ich nicht der lebende Beweis, dass nicht alle Vögel zwitschern? Wenn ich die Sprache der Vögel sprechen könnte, würde ich es wissen, chhh", antwortet der Vogel langsam. „Die Wahrheit ist, manchmal bin ich etwas in Gedanken versunken, ich bin definitiv vergesslich, aber dumm bin ganz bestimmt nicht, chhh. Es tut mir leid, wenn ich den jungen Herrn enttäusche, aber ich kenne die Sprache nicht, von der er spricht, chhh."

Er macht eine kleine Pause, um die lange Klaue seines linken Fußes von einem Seidenfaden der Bettdecke zu befreien, in den sie sich verhakt hatte.

„Okay. Angenommen du hast die Sprache der Vögel nie gelernt. Wie kommt es aber, dass du die Sprache der Menschen sprichst?"

„Ich verstehe, chhh. Es ärgert den jungen Herrn, dass er mich versteht. Ich denke, er hält es für absurd und unnatürlich, chhh, weil wir anders sind."

„Ja, wir sind anders, ich bin ein Mensch und du bist ein Vogel."

„Der junge Herr hat recht, chhh", sagt er nach einer kleinen Pause, als hätte er einige Zeit gebraucht, um meine Beobachtung abzuwägen.

„Also stimmst du mir zu, es ist seltsam, dass wir uns gegenseitig verstehen."

„Das Problem ist ein anderes, chhh", fährt der Schwan mit langsamer, ruhiger Stimme und ziemlich verwirrt fort. „Wenn der junge Herr recht hat, dass ich auch die Sprache der Vögel sprechen sollte, dann ist mir wahrscheinlich das passiert, was auch mit meinem Namen passiert ist, chhh. Ich befürchte, ich habe sie zusammen mit meinem Namen vergessen."

„Wie kannst du deinen Namen vergessen?"

„Dasselbe frage ich mich auch oft, chhh", murmelt er und schüttelt den Kopf, als wollte er den Gedanken von sich schütteln. „Aber ich erinnere mich an den Namen des jungen Herrn. Das ist wirklich komisch, chhh. Stimmt der junge Herr dem zu?"

Ich versuche meinen Speichel zu schlucken, denn mein Mund füllt sich mit einem bitteren Geschmack, der aus einer Mischung aus Staunen, Verlegenheit und Misstrauen besteht.

„Du erinnerst dich an meinen Namen", wiederhole ich verlegen.

„Der junge Herr heißt Paul, chhh", sagt er triumphierend.

„Wahrscheinlich hast du es Elektra irgendwann sagen gehört", erwidere ich schlagfertig.

Er flattert mit seinen Flügeln, als ob diese eingeschlafen wären, und erzeugt eine leichte Luftströmung.

„Das heißt, der junge Herr erinnert sich nicht mehr an die Zeit, als er hierher kam, chhh?"

„Überhaupt nicht."

„Interessant, chhh", sagt er nachdenklich und verengt die Augen.

„Ich nehme an, du meinst, du siehst mich also nicht zum ersten Mal?"

„Freilich. Chhh. Ich meine, der junge Herr kann frei annehmen, was er will", brummelt er eher verwirrt.

„Du kennst meinen Namen. Wie ist dein Name?", frage ich ihn und betrachte das schwarze Gefieder des Vogels. Das Kerzenlicht des Kronleuchters reflektiert auf den Fensterscheiben und lässt seine Flügel zauberhaft samtig erscheinen.

„Wie ich dem jungen Herrn schon sagte, habe ich meinen Namen vergessen, chhh. Karl hat mir den Namen Schwanhold gegeben. Vorübergehend, bis ich mich an meinen erinnere."

„Bist du dir sicher, dass du einen Namen hattest und ihn vergessen hast? Ich meine, haben alle Vögel einen Namen?"

„Natürlich haben sie einen, chhh. Ich habe den Eindruck, dass ich meinen Namen vergessen habe, weil ich lange nicht mit meinem Namen gerufen worden bin, bevor ich hierher kam. Jetzt muss ich mich an den Namen gewöhnen, den Karl mir gegeben hat."

„Wie bist du hereingekommen? Woher bist du gekommen?"

Er schaut auf die Wände des Raumes, als würde er versuchen seine Antwort zwischen den Wandmalereien zu finden.

„Ich erinnere mich nicht, wo ich war, bevor ich hierher kam, chhh", gibt er traurig zu. Er senkt den Kopf und lässt ihn wie ein Pendel von seinem wunderschönen Hals hängen. „Und um die Wahrheit zu sagen, bin ich mir nicht mehr sicher, ob es mir gefallen wird, wenn ich mich eines Tages doch noch erinnere, chhh. Ich weiß nicht, was ich getan habe, wo und mit wem ich gelebt habe, bevor ich hierher gekommen bin. Wirklich, es fällt mir schwer, mir vorzustellen, was ich tun würde, wenn ich plötzlich unter meinen Eigenen wäre. Wie der junge Herr Paul schon bemerkt hat, habe ich ihre Sprache vergessen, chhh. Ich könnte mich nicht mit ihnen verständigen. Ich befürchte, dass mein Kopf leer ist wie ein Fass Bier, dem jemand den Stopfen gezogen hat, chhh."

Seine Stimme klingt so leicht, als würde er sich selbst auslachen. „Obwohl ich manchmal denke, dass ich die Gesellschaft einer weiblichen Artgenossin schon vermisse, chhh", fährt er fort. „Vielleicht würden wir interessante Dinge besprechen."

Er macht eine kurze Pause, bringt seinen Kopf in seine stolze Haltung zurück und fügt sehr ernst hinzu: „Ich sollte mich aber nicht beschweren, wie Max behauptet, chhh. Karl hat mich aus den Zähnen des Todes befreit und mich im letzten Moment aus seinem Maul gezogen, kurz bevor mich die Dunkelheit des Nichts und der Nichtexistenz verschlungen hätte. Jetzt wohne ich hier, chhh. Das Schloss ist mein Zuhause."

Er redet ununterbrochen und reiht die Wörter ohne Pause aneinander, als ob er schnell mit dem Thema durch sein wollte. Seine Augen glänzen, als wären sie aus Porzellan.

„Ich dachte, Schwäne mögen Wasser", sage ich, nur um die Stille zu brechen, ohne mir sicher zu sein, ob es die klügste Bemerkung ist, die ich machen könnte.

„Das habe ich auch immer gedacht", erwiderte der große Vogel, „aber so sieht es nicht aus, chhh."

Er zeigt mit seinem roten Schnabel zur Tür. „Dort ist mein Bett, chhh."

„Der zerbrochene Alabasterschwan", bemerke ich erstaunt. „Du hast ihn kaputt gemacht? Lebst du in einem Porzellankäfig? Wie atmest du?"

Er senkt seinen dünnen Hals und reckt seinen Kopf zu mir. Ich mache instinktiv einen Schritt in Richtung Elektra, die unserem Austausch schweigend folgt.

„Hat der junge Herr Paul vor mich mit so vielen Fragen zu verwirren? Chhh. Welche wünscht er, dass ich zuerst beantworte?"

Ich lächle ihn verlegen an.

„Das war nicht meine Absicht, tut mir leid. Aber deine Worte sind so mysteriös, dass sie meine Fantasie angeregt haben."

Er sieht mich mitleidig an, als hätte er es mit einer sehr dummen Person zu tun.

„Ich mache es mir nur tagsüber in meinem Alabasterkäfig gemütlich, chhh, und übrigens achtet Karl darauf, einige Öffnungen an der Rückseite meines Bettes zu lassen, damit ich genügend Luft bekomme, chhh", sagt er mit einem verschwörerischen Lächeln, das seine runden Augen leuchten lässt. „In der ersten Zeit hier, chhh, bin ich gern unter die Leute gegangen, weil ich glaubte, dass der Kontakt mit ihnen meine verlorenen Erinnerungen zurückbringen würde, chhh. Leider hat mich niemand gesehen", seine süße Stimme klingt dabei wie ein trauriges Lied. „Nicht einmal der junge Herr Paul hat mich gesehen, als er das letzte Mal hier war, chhh?"

Während ich ihm zuhöre, muss ich mich sehr anstrengen, um meine Gelassenheit zu bewahren.

„Also ist es wahr, ich war schon einmal hier im Schloss", murmle ich und versuche ruhig zu bleiben. „Sag mir die Wahrheit, erinnerst du dich, wann du mich gesehen hast? Mir kommt hier alles so vertraut vor, ich ahne, dass ich schon einmal hier gewesen bin, aber ich kann mich nicht erinnern, wann und mit wem."

Er beugt seinen schweren Körper in meine Richtung.

„Ein seltsamer Mensch, der junge Herr Paul. Erinnert er sich wirklich nicht? Hmmm, sehr interessant, chhh, weil er nicht nur einmal hier war. Ich habe ihn drei oder vier Nächte wie ein Entlein hinter seinem Großvater herrennen sehen", sagt er und streckt seinen Hals nach oben.

Mein Herz springt wie verrückt, so sehr, dass ich meine Hand auf meine Brust drücken muss, um mich zu beruhigen. Ich schaue zu Elektra auf der Suche nach einem rettenden Strohhalm. Sie hebt die Hände und macht eine hilflose Geste.

„Wenn ich bei den ganzen verrückten Geschichten heute Nacht nicht verrückt werde, bin ich mir sicher, dass ich ab jetzt mit dem Schlimmsten fertig werde, was auch immer passiert", sagt sie und sieht mich mit einem verwirrten Blick an.

Die ist auch nicht schlauer geworden, denke ich frustriert und atme tief durch.

In diesem Moment wendet sich Elektra dem Schwan zu, offenbar entschlossen, sich an der Diskussion zu beteiligen.

„Nächte? Aber das Schloss ist doch nachts nicht geöffnet? Natürlich hätte es in der Nacht der Museen geöffnet sein können, obwohl ich dachte, dass diese Nacht nur die Museen der Stadt München betrifft."

Sie spricht ihn genauso an, wie Menschen Vögel ansprechen. So wie jemand mit seinem Kanarienvogel im Käfig redet, von dem er keine Antwort erwartet.

Vielleicht weigert sich der Schwan deshalb, ihr zu antworten.

Die Gleichgültigkeit des Vogels scheint sie nicht zu stören. „Erzähl mal, Schwanhold, waren in den Nächten, in denen du Paul gesehen hast, nur er und sein Großvater unterwegs, oder gab es noch andere Besucher?", fragt sie und klingt jetzt nicht mehr so überheblich.

Der Schwan dreht sich langsam zu ihr um und beobachtet sie interessiert, als würde er sie zum ersten Mal sehen. „Die Türen des Schlosses sind nur tagsüber für Besucher geöffnet, chhh. Man kann nicht nachts kommen", antwortet er mit gleichmütiger Stimme.

„Aber dann...", sage ich, „wie konnten ich und mein Großvater mehrere Nächte hier verbringen?"

Meine Gedanken wirbeln chaotisch durch meinen Kopf. Ob mein Großvater vielleicht auch den Trick mit dem Vorhang benutzt hat?

Der Schwan hebt gleichgültig seine Flügel, so wie ein Mensch seine Schultern heben würde. „Und wie will der junge Herr wissen, dass ich weiß, wie er es geschafft hat, chhh? Ich hatte nicht viel mit dem ehrenwerten Herrn Schneider zu tun. Vielleicht hatte er eine geheime Tür entdeckt, die heimlich zum Schloss führte", erwiderte er leise und gelangweilt, als hätte er plötzlich das Interesse verloren.

Aus Angst, der Schwan würde aufhören zu reden, beeile ich mich, ihn nach dem Thema zu fragen, das mich am meisten interessiert, in der Hoffnung, mehr herauszufinden.

„Kennst du ein blondes, hübsches Mädchen, das im Schloss wohnt? Sie hat mir versprochen, dass wir uns heute Abend treffen. Weißt du, wo ich sie finden kann?"

Doch der Vogel neigt Hals und Kopf vor seine Brust, als hätte er meine Frage nicht gehört. Wie ich befürchtet habe, öffnet er schwungvoll seine schwarzen Flügel und bereitet sich darauf vor, aus dem Raum zu flattern. Diese schwarze, kopflose Gestalt, deren Kopf sich in dem Gefieder seiner schwarzen Brust verbirgt, sieht bedrohlich aus.

Als er jetzt spricht, kommt seine Stimme gedämpft durch sein Federkleid. „Der junge Herr Paul und die nette Dame scheinen anders zu sein, chhh. Sie sehen nicht aus wie die Menschen, die jeden Tag ins Schloss kommen. Ich weiß nicht, wie ich es beschreiben soll, aber ich denke, ihr Körper ist schwerer, ihre Farben lebendiger, intensiver, chhh."

Er schwingt seine Flügel energisch und Wellen aus Luft treffen unsere Gesichter.

„Warte. Was meinst du?", rufe ich ihm zu. „Erkläre mir wenigstens, warum ich dich jetzt sehe, aber dich in den Nächten, in denen ich mit meinem Großvater hier war, nicht gesehen habe."

Der Schwan verschwindet schweigend im dunklen Flur.

Es vergehen ein paar völlig stille Sekunden, bevor ich oder Elektra sprechen können.

Als wir den Mund öffnen, sagen wir beide den gleichen

Satz:

„Und jetzt?"

14. ELEKTRA ~ Die Anzeichen von Gefahr

Schon bei dem Gedanken an die Gefahren, die in den leeren Hallen des Schlosses lauern könnten, spürt Elektra, wie sich ihr Magen zusammenzieht. Was sie bisher gesehen und gehört hat, ist ziemlich beunruhigend. Sie stellt sich vor, was noch passieren könnte und zittert vor Angst.

Während die Fragen in ihren Ohren summen, beobachtet sie Paul schweigend. Er ist blass und nervös und macht ihr Sorgen. Der Junge ist so aufgeregt, als ob er sich der größten Bedrohung seines Lebens zu stellen hätte.

Die dunklen Flecken an der Wand des Schlosses, das unerwartete Erscheinen des Mädchens aus seinem Traum, der mörderische Füllfederhalter und jetzt der seltsame sprechende Schwan faszinieren ihn und ziehen ihn an, wie die Schwerkraft unseren Körper zu Boden zieht. Die uneingeschränkte Vorstellungskraft ist nicht immer ein guter Ratgeber, insbesondere für junge Menschen, denen leider oft der Luxus der Erfahrung fehlt.

Sie wird ihn dennoch nicht aufhalten. Es gibt keinen Grund dafür. Sie teilt seine Ungeduld und Unruhe.

„Ich verstehe dich, du willst hinter ihm herrennen", sagt sie schließlich. „Das Gleiche würde ich wahrscheinlich an deiner Stelle und in deinem Alter auch wollen, aber wir müssen vorsichtig sein..."

„Hast du Angst vor dem Schwan?", antwortet er ironisch, ohne sich umzudrehen oder sie anzusehen.

Sie lächelt heimlich. *Dieses widerspenstige und undisziplinierte Element, das er manchmal hat, stört mich überhaupt nicht,* denkt sie, voll Verständnis für seine Ungeduld. Wenn sie ehrlich ist, muss sie zugeben, dass sie selbst extrem neugierig ist, ob all das, was er ihr über das unbekannte Mädchen und den verwundeten Mann erzählt hat, tatsächlich passiert oder nur ein Produkt der Fantasie eines aufgebrachten jungen Mannes ist.

„Ich habe keine Angst vor dem gutmütigen Vogel", antwortet sie und versucht ihre Gedanken zu verbergen. „Können wir trotzdem vorsichtig sein?"

„Ich gebe mein Bestes", beruhigt sie der junge Mann, der nervös im königlichen Schlafzimmer umherläuft.

Sie sieht ihm dabei zu und versucht einen Weg zu finden, um ihn auf den Boden der Tatsachen zurückzuholen und vor den Gefahren zu warnen, denen sie höchstwahrscheinlich begegnen werden.

Würde es ihm vielleicht helfen, wenn sie ihm aus ihren vergrabenen Erinnerungen eine Geschichte erzählt? Sie lächelt in Erinnerung an die Geschichten, die ihr Vater ihr als Kind erzählte, beeilt sich jedoch, ihr Lächeln zu verbergen. Ihr heutiges Verhalten überrascht sie selbst. Noch gestern hätte sie sich nicht vorstellen können sich um jemanden kümmern zu wollen und so herzlich mit ihm zu sprechen. Ganz zu schweigen davon, ihre alten Erinnerungen für ihn hervorzuholen.

„Ich hoffe, du bist vorsichtiger als Jannis und Antonis", überrascht sie ihn in einem letzten Versuch, ihn zu warnen.

Paul zieht die Augenbrauen hoch und sieht sie fragend an.

Sie schluckt trocken und fängt an zu erzählen. „Als ich ein Kind war, hörte ich von meinem Vater eine alte Legende", fährt sie fort, „Ich erinnere mich nicht genau an diese Geschichte, aber es war in etwa so:

Eines Nachmittags, nach einem anstrengenden Arbeitstag, ging Antonis, ein Bauer aus einem dieser gottverlassenen Dörfer im Norden meines Landes, eines, in dem die wenigen Anwohner im Winter durch den Schnee von der Außenwelt abgeschlossen sind, zu einem traditionellen Café, um einen Kaffee zu trinken und ein kleines Gespräch mit irgendeinem der Stammgäste zu führen. Als er dort ankam, sah er mehrere der Dorfbewohner, die sonst auf den Feldern arbeiteten. Sein Nachbar Jannis war auch da und genoss seinen Kaffee.

„Willkommen, Antonis", sagte Jannis fröhlich, als er ihn die Schwelle überqueren sah. „Komm Nachbar, setz dich zu mir, lass uns plaudern, um die Zeit zu vertreiben."

Nachdem Antonis alle im Raum mit einem Kopfnicken begrüßt hatte, setzte er sich auf den Stuhl neben Jannis. Er nickte dem Sohn des Eigentümers zu, einem schlaksigen, kraushaarigen Burschen, der immer nachmittags nach der Schule seinem Vater im Café half, bestellte bei ihm einen starken, süßen Kaffee und drehte sich eine Zigarette. Er musste erst mal verschnaufen."

Elektra macht eine Pause und schaut Paul an, um seine Reaktion zu sehen. Er beobachtet sie gleichmütig, hört aber aufmerksam zu.

„Jannis beobachtete die Bewegungen von Antonis mit vorgetäuschter Gleichgültigkeit und hatte den Kopf zur Seite gedreht, als wäre es ihm wichtiger, das Gespräch der Gäste am Tisch nebenan zu verfolgen, als mit seinem Nachbarn zu reden. Aber die Spannung in seinem Gesicht verriet, dass ihn etwas beschäftigte. Er schaffte es jedoch, sich zurückzuhalten, bis Antonis seinen Kaffee vor sich hatte.

Als er den ersten heißen Schluck Kaffee nahm, lehnte sich Jannis hinüber und flüsterte ihm zu: „Hast du von den Hauptstädtern gehört, die seit letzter Woche im Gasthaus wohnen? Es wird erzählt, dass sie außerhalb des Dorfes eine Höhle entdeckt haben sollen. Man sagt, dass sie sie im Gebiet des „schlafenden Wolfes" am Fuße des Hügels gefunden haben sollen. Hast du was gehört? Es soll viel Gold und unzählige riesige Diamanten in der Höhle geben."

Während Jannis sprach, hatte sein rastloser Blick etwas von dem Funkeln der Diamanten, von denen er erzählte. „Sie sprechen von einem großen Schatz, der dort aus der Zeit der türkischen Besatzung versteckt liegen soll."

„Nein", antwortete Antonis. „Ich habe nichts davon gehört. Ich war den ganzen Tag alleine im Schlachthof."

„Hör auf! Der ganze Ort weiß Bescheid."

„Normalerweise werden solche Gerüchte zuerst hier im Café und im Restaurant am Dorfplatz verbreitet."

„Unglaublich, ich meine, dass du nichts davon mitbekommen hast."

„Was, glaubst du mir etwa nicht?"

„Das habe ich nicht gesagt", stockte Jannis. „Gehen wir, dann kannst du selbst herausfinden, ob die Gerüchte wahr sind."

Antonis starrte ihn an und wog die Vor- und Nachteile des Vorschlags seines Nachbarn ab. Da ihn jedoch die Neugier gepackt hatte, fiel es Jannis nicht schwer, ihn zu überreden, dem Hügel einen Besuch abzustatten, wo die Höhle angeblich sein sollte.

Also machten sie sich ohne Verzögerung auf den Weg zur Höhle. Ihr Dorf war klein und nach einer halben Stunde unter einem bedrohlich grauen Himmel auf einem schlammigen Feldweg mit vielen großen Pfützen standen sie am Eingang der Höhle. Sie hatten gedacht, dass die Gerüchte, die in einem kleinen Dorf wie ihrem mit Windgeschwindigkeit herumgingen, mehr Menschen zur Schatzhöhle geführt hätten. Wie komisch! Die Einzige, die am Eingang der Höhle auf einem Felsen saß, war eine schwarz gekleidete alte Frau mit schneeweißen Haaren.

Die beiden Nachbarn sahen sie erstaunt an. Die gealterte Haut ihres knochigen Gesichts war voll tiefer Falten. Ihr verschwommener Blick schaute hinüber Richtung Horizont ins Nirgendwo. In ihrer alten, faltigen Hand, die dunkel beschmiert war, als hätte sie sie in Ruß getaucht, hielt sie einen trockenen Zweig und schwenkte ihn hin und her, parallele Striche in den Boden ziehend.

„Was machst du hier, Oma?", scherzte Jannis. „Hast du auch von dem Schatz erfahren und bist hergekommen, um ihn zu sehen, oder hast du vor selbst ein kleines Stück davon zu nehmen?"

Die alte Frau reagierte nicht und zeichnete weiter Striche in den Schlamm. Die beiden Männer schenkten ihr keine Aufmerksamkeit mehr und gingen zum Eingang der Höhle. Doch ein paar Sekunden bevor sie die Höhle betreten konnten, ließ sie die schwache Stimme der seltsamen alten Frau wie angewurzelt stehen bleiben.

„Weißt du, mein Sohn", sagte sie mit einer Stimme, die man gerade so hören konnte. „Ich bin vor ein paar Stunden hergekommen und ich frage mich immer noch, ob ich reingehen soll oder nicht. Schaut euch mal hier den Eingang der Höhle an. Es gibt viele Spuren von denen, die hineingegangen sind, aber keine, die zeigen, dass jemand herausgekommen ist."

Elektra verstummte. „Und hier endet die Geschichte", sagt sie dann mit einem Lächeln.

„Und jetzt bin ich dran?", fragt Paul.

Sie sieht ihn erstaunt an, denn es scheint ihr, als hätte sie ein gedämpftes Lachen von ihm gehört.

„Ist das nicht immer so am Ende jeder Geschichte? Jemand muss über die Moral der Geschichte reden."

Sie sieht ihn erwartungsvoll an.

„Deiner Geschichte zufolge gibt es immer offensichtliche Anzeichen für eine Gefahr, die eventuell folgen wird. Es liegt an uns, ob wir ihnen Aufmerksamkeit schenken oder sie ignorieren möchten", sagt Paul hastig, als ob er es eilig hat, mit dieser Verpflichtung abzuschließen.

Elektra ist mit seiner Antwort zufrieden. Sie hat es geschafft, ihm über diese Geschichte das zu vermitteln, was sie ihm nicht mit anderen Worten sagen kann.

„Leider ist das nicht immer der Fall", fährt Paul verärgert fort. Seine Augen verdunkelten sich plötzlich, als ob das Licht der Hoffnung, das sie erleuchtet hatte, plötzlich verblasst wäre. „Leider gibt es Momente, in denen die Anzeichen einer Gefahr nicht offensichtlich sind. Und dann ist der unerwartete Schlag so plötzlich, dass man nicht einmal reagieren kann."

Sie sieht ihn verblüfft an und sucht nach den richtigen Worten.

„Du hast recht. Niemand weiß, was in der nächsten Sekunde passieren wird", sagt sie benommen und streicht verlegen über ihr Haar. Ihr wird klar, dass Paul sich auf den Tod seiner Mutter bezieht.

„Aber mach dir keine Sorgen. Ich verspreche dir, ich werde vorsichtig sein. Können wir jetzt gehen?"

Sie seufzt erleichtert, weil sie nicht wollte, dass ihre Geschichte ihn an solch ein unangenehmes Ereignis erinnert.

Und gerade als sie überlegt, einen Witz zu machen, um die Atmosphäre ein wenig aufzuhellen, ist Paul schneller.

„Ich bin nicht ungeduldig", sagt er. „Ich bin sehr neugierig. Und die Neugier ist manchmal wie der Wind, der meine feurigen Gedanken entfacht."

Während Elektra zuhört, wird ihr klar, dass sie selbst ähnlich empfindet. Bisher hatte sie es vermieden, der Neugier nachzugeben, da sie sie nur für eine unbefriedigte Leidenschaft hielt. Die heutigen Vorfälle jedoch beeinflussen ihre Gedanken. Sie wird von den wachsenden Flammen der Neugierde angezogen. Sie runzelt die Stirn und wundert sich, wann und wo ihre Abwehr gefallen ist und die Neugier gewonnen hat. Sie hebt seufzend die Schultern. Vielleicht hat sie heute Morgen, als sie sich auf den Weg hierher machte, nicht nur ihr Hab und Gut hinter ihrer Wohnungstür verschlossen, sondern auch die Realität, der sie in den letzten Jahren treu gedient hatte.

Hier begegnet sie einer anderen Realität, die ihrer eigenen überhaupt nicht ähnelt. Sie fragt sich, ob sich die Welt schon lange verändert hat und ob sie es in ihrem Mikrokosmos nicht gemerkt hat. Ist es an der Zeit, sich zu ändern, oder ist es besser, geduldig zu sein, bis sie sich wieder in der Sicherheit ihrer eigenen Realität befindet? Aber wenn sie sich heute Abend nicht ändert, wo der junge Paul ihr die Chance dazu gibt, wird sie nicht irgendwann im Nirgendwo stecken bleiben, in dem es keine Realität gibt? Sie geht davon aus, dass sie die Antwort auf diese Frage heute Abend finden wird, indem sie Paul folgt.

Und sie ist sogar bereit, den ersten Schritt in diese Richtung zu wagen.

„Wir sind immer noch bei Null. Ich bin mir nicht sicher, wo wir am besten anfangen sollen. Sollen wir nach dem Schwan oder dem Mädchen suchen?", sagt sie mit ruhiger Stimme.

„Ernsthaft jetzt?", ruft Paul erstaunt und seine Stimme füllt den Raum. „Nach dem Mädchen natürlich. Ich habe sie mit einem sehr schwer verwundeten Mann gehen sehen. Vielleicht braucht sie Hilfe und wir halten uns hier ohne Grund auf."

Der scharfe Ton in Pauls Stimme zeigt seine Ungeduld. Elektra erkennt, dass sein Gefühl echt und so stark ist, als hätte es jemand mit dunkler Farbe auf sein Gesicht gemalt.

Sie antwortet nicht. Lächelnd folgt sie ihm aus dem königlichen Schlafzimmer.

15. PAUL ~ Nichts ist so einfach, wie es zunächst scheint

Ich habe das Gefühl, dass sich das Schloss plötzlich in einen nebligen Ort verwandelt hat, wo eine nervige, langatmige Stille und eine seltsame Ruhe herrschen. Versunken in der Dunkelheit sieht es nicht mehr so aus, wie es vor einigen Stunden ausgesehen hat, als es durch die Anwesenheit seiner Besucher lebendig und warm wirkte. Die Flure und luxuriösen Räume sind furchtbar leer, still und dunkel, kein Zeichen von Leben. Ich bezweifle, dass die schöne Unbekannte eine echte Person ist. Ich versuche ihr Bild aus meinem Kopf zu bekommen, doch leider bleibt es beharrlich dort, dominiert meine Gedanken und zwingt mich meine Suche fortzusetzen.

Nun kehren wir zum Thronsaal zurück, ohne etwas Neues entdeckt zu haben. *Nichts ist so einfach, wie es zunächst scheint*, denke ich frustriert.

Ich gehe nervös auf dem Mosaikboden in der Mitte der Halle auf und ab, mein Magen hat sich zusammengezogen wie eine geballte, eiserne Faust.

„Wo zum Kuckuck verstecken sie sich?", stöhne ich und höre selbst die bittere Verzweiflung in meiner Stimme, die nur schwer aus meinem trockenen Hals kommt.

„Beruhige dich", sagt Elektra lächelnd zu mir.

Es ist nicht leicht, ihrem Rat zu folgen. Dazu kommt noch der Hunger, der meinen Magen wie ein blutrünstiger Wurm auffrisst und meinen Zustand verschlechtert. Ich bin nervös und verzweifelt. Ich fühle mich hin und her geworfen, wie in einem Boot, das zu einer langen Reise zu fernen Häfen aufgebrochen ist und doch in seinen kleinen Hafen zurückkehrt, weil es den Weg zum Ozean nicht finden kann, vielleicht weil der Kompass verrückt spielt und dem armen Kapitän nicht helfen kann sich zu orientieren.

Ich seufze und senke meinen Kopf, von der Unsicherheit besiegt. Ich kann das Bild und die Worte der Unbekannten, die mich vom Bleiben überzeugt haben, nicht vergessen, obwohl ich verzweifelt versuche mich zum Nachdenken zu zwingen. Mein Blick stolpert über den Mosaikboden der Halle, der die Erde mit ihren Pflanzen und Tieren darstellt. Die kleinen ovalen Steinmosaike, die der Schöpfer für die Blätter der Bäume verwendet hat, erinnern mich an die Tintenflecken an der Wand vor dem Saal.

„Die Flecken an der Wand", murmle ich, ohne es zu wollen.

Die Worte springen mit einer seltsamen Befriedigung aus meinem Mund, ganz und gar unbeabsichtigt, als ob die Worte diejenigen wären, die die Lösung fanden. Natürlich, ja. Vielleicht könnte ich von diesem Punkt aus einen Neuanfang machen. Ich öffne meine müden Augen und hebe meine Augenbrauen. Ich drehe mich um und zeige Elektra den Eingang, wobei ich den Vorschlag meiner Worte komplett annehme: „Die Flecken an der Wand vor dem Thronsaal."

Als ich die fassungslose Elektra ansehe, bin ich bereit die Idee auszuführen. „Wenn wir annehmen, dass sie nicht nur schmutzige Fingerabdrücke sind, dann könnte ihre Anwesenheit an der Wand ein Hinweis, eine Spur sein", fahre ich fort.

„Du machst mir Angst", sagt Elektra scheinbar besorgt.

„Die Zeichen sehen aus wie Buchstaben. Vielleicht will uns jemand etwas sagen", erkläre ich ihr.

„Die Fotos auf deinem Handy", ruft sie.

„Ja. Glaubst du mir?"

„Ich habe einmal geglaubt. Jetzt habe ich nichts mehr, woran ich glauben kann."

Ich sehe sie erstaunt an, aber ich kommentiere ihre Worte nicht. Was soll ich auch dazu sagen? Ich eile zur Tür und bin froh, dass ich Elektra aus dem Augenwinkel folgen sehe.

„Warte", ruft sie. „Ich habe weder dein Alter noch deine Energie. Die tägliche sitzende Arbeit, acht Stunden hinter einem Schreibtisch, hat schlimme Folgen. Warte. Ich möchte die berühmten Flecken auch sehen. Du bist so schnell."

Ich muss grinsen und laufe etwas langsamer.

„Ich denke, du hast recht", bemerkt Elektra, als wir vor der Wand stehen. Sie steht still und beobachtet aufmerksam die bereits eingetrockneten Tintenflecken. „Sie sehen überhaupt nicht aus wie schmutzige Fingerabdrücke."

Ich nicke bejahend.

„Ich habe es dir ja gesagt, ich meine auch, dass sie wie Buchstaben aussehen", kommentiere ich und starre auf die Zeichen, die durch das Zerfließen der feuchten Tinte an der Wand deformiert aussehen. „Vielleicht ergeben sie ja einen Sinn, wenn sie in der richtigen Reihenfolge stehen."

Elektra nickt schweigend und ihr Blick schweift über die Wand.

Ich streiche meine Haare aus dem Gesicht und studiere die Flecken mit großer Sorgfalt.

„Leider sehe ich jedes Mal, wenn ich sie anschaue, unterschiedliche Buchstaben, als würden die Zeichen mit mir spielen und ihre wahre Form verbergen."

Als ich die formlosen Flecken an der Wand betrachte, beginne ich mit Spekulationen. Wenn jede Form tatsächlich einen Buchstaben des Alphabets darstellen soll, was wäre dann das Wort, das sie bilden könnten? Ich muss mich entscheiden, welcher der erste Buchstabe sein soll, dann wird sich das Wort von selbst bilden.

Ich taste die Formen mit meinen Fingerspitzen nach, als ob die Berührung mir die Antwort geben würde. Es fällt mir schwer mich zu entscheiden, als könnte ich nicht lesen.

Elektras Stimme bringt mich in die Realität zurück.

„Was meinst du, wenn du sagst, dass sie mit dir spielen?", fragt sie stirnrunzelnd und hat immer noch ihren Blick auf die Wand fixiert.

„Ich habe den Eindruck, dass sich die Symbole so verhalten, als wären sie aus Sand. Der leichte Atem des Windes, sogar unser Atem, während wir uns unterhalten, hat die Kraft, die Körner zu bewegen, so dass sich ihre Form und Gestalt vor meinen Augen ständig ändert. Manchmal denke ich, dass eine Form dem Buchstaben B ähnelt, und dann bin ich mir doch sicher, dass es die Nummer acht ist."

Elektra lächelt mich schief an.

„Wir sollten nicht darauf warten, dass wir aufhören zu atmen, noch dass der Wind aufhört zu blasen, denn dies wird niemals geschehen. Gehe mit dem Wind, folge seinem Atem und atme, wenn du vorwärtskommen willst", sagt sie und hebt leicht ihre Schultern.

Ich nicke bejahend.

„Als du mich hinter den Vorhang gezogen und mich gebeten hast, dir auf der Suche nach dem jungen, unbekannten Mädchen zu folgen, hast du mich nicht gefragt, ob ich an deinem nächtlichen Abenteuer teilnehmen möchte", fährt Elektra fort und nickt seufzend mit dem Kopf. Sie spricht, als wollte sie mich ermutigen. „Jetzt musst du die Verantwortung für deine Tat übernehmen. Verhalte dich wie ein verantwortungsbewusster Führer. Entscheide, welches der Weg ist, dem wir folgen müssen, und ich werde dir folgen."

„Du hast recht", antworte ich, während ich meinen Blick weiterhin auf die Wand richte.

Ich selbst habe beschlossen heute Nacht hier zu bleiben, und dafür muss ich zahlen. Was auch immer der Preis ist. So schwierig es auch sein mag. Da es meine Wahl war, liegt die Verpflichtung auch ganz bei mir. Gesagt, getan also.

Ich räuspere mich, straffe die Schultern, schiebe die Haare zurück, die meine Augen zur Hälfte bedeckt haben, und widme mich erneut den möglichen Buchstabenkombinationen.

Die Formen sind ziemlich dick. Ihr Schöpfer hat wahrscheinlich weder Feder noch einen anderen Stift oder Marker verwendet. So dick sind sie aber auch nicht, dass sie mit einem Pinsel gemalt wurden. Höchstwahrscheinlich hat ihr Schöpfer seinen Finger direkt in das Tintenfass getaucht und die Formen mit dem Finger gezeichnet.

Ich schaue sie nochmal und nochmal an, bis ich sicher bin, dass sie mir in Erinnerung geblieben sind. Fünf Buchstaben, die ein Hinweis sein könnten. Und plötzlich merke ich, dass das Wort von Anfang an so offensichtlich war, dass ich mich frage, warum es so lange gedauert hat, bis ich es realisiert habe. So überzeugend, fast zwanghaft erscheint mir jetzt der Sinn, fast so, als würde es mich an den Grund erinnern, aus dem ich hier bin.

„LIBRO."

„Buch", höre ich die verdutzte Stimme von Elektra wiederholen.

Das erste, was mir in den Sinn kommt, sobald das Wort „Libro" meinen Mund verlässt, ist, dass sich jemand über mich lustig macht. Ist es möglich, dass die blauen Flecken an der Wand mit dem Buch zusammenhängen, das ich für meinen Großvater hierherbringen sollte? Mit dem Buch, das ich seit heute Morgen in meiner Tasche trage?

Ich nehme hastig meinen Rucksack ab und ziehe das dicke, ledergebundene Buch heraus. Ich öffne es und der gefangene Atem des Buches und ein starker Geruch, eine Mischung aus Schimmel und Leder, durchdringen meine Nase. Ich streichle mit einer Hand sanft die geöffnete Seite, als wäre es das kostbarste Ding der Welt. Das aufgeschlagene Buch rutscht mir trotzdem aus den Händen und fällt mit Macht auf den Holzboden, eine leichte Staubwolke steigt auf. Ich starre es verblüfft an, während ich mich bücke, um es aufzuheben.

„Das Buch, das Versprechen, das ich meinem Großvater

gegeben habe", versuche ich Elektra zu erklären, die mich sprachlos und verwirrt anschaut, während ich noch das bezaubernde Aroma einatme, welches ich durch das Öffnen des alten Buches befreit habe.

Ich blättere darin herum und schaue es mir interessiert an. Ich habe ihm nie viel Aufmerksamkeit geschenkt. Sogar in den Nächten als ich zehn Jahre alt war, als die Geschichten, die mein Großvater vorlas, mir dabei halfen, meinen großen Schmerz für einen Moment zu vergessen, hatte ich es doch nie in meine Hände bekommen. Mein Großvater trug es jedes Mal auf die gleiche Weise unter der Achsel und nahm es beim Gehen wieder mit. Als ich erwachsen war, hatte ich seine Existenz völlig vergessen. Aus irgendeinem seltsamen Grund erwähnte es in den letzten Jahren auch mein Großvater nicht, außer in dieser Nacht, in der er mich bat, es in das Schloss zurückzubringen.

Sorgfältig schaue ich es mir nun an. Als erstes bemerke ich, dass es nicht wie ein Märchenbuch für Kinder aussieht. Ich dachte immer, mein Großvater würde Geschichten für Kinder vorlesen. Seine vollgepackten Seiten voller künstlerischer Buchstaben lassen es nicht wie ein Kinderbuch aussehen. Jeder grazile Buchstabe schleppt einen kleinen Schwanz des nächsten Buchstaben mit und erzeugt dadurch Buchstabenketten, ohne viel Abstand zwischen ihnen. Die klaren Formen der Buchstaben zeigen die ruhige Hand des Autors an. Auch scheint es, als wollte der Autor des Buches seine Themen sehr detailliert beschreiben.

Ich halte das Buch geöffnet im linken Arm und berühre mit der rechten Handfläche vorsichtig die Buchstaben der offenen Seite, um sie aufzuwecken, so dass sie ihre verborgenen Geheimnisse enthüllen mögen.

Die Wörter auf der geöffneten Seite erleuchten mich überhaupt nicht. Ich bin kurz davor, das Buch zu schließen, als die Worte „auf der oberen Etage" meine Aufmerksamkeit erregen. Plötzlich bemerke ich, dass wir die ganze Zeit auf demselben Stockwerk herumlaufen und nur diese Etage erkunden. Aber das Schloss hat weitere Stockwerke.

„Wir werden nach oben gehen", kündige ich Elektra an, als hätte ich die Lösung für das schwierigste Rätsel gefunden, schließe das Buch und stecke es zurück in meinen Rucksack.

Elektra scheint zunächst zu zögern, nickt dann aber bejahend.

„Was erwartest du, dass wir dort finden?", fragt sie ohne eine Spur Spott in der Stimme. „Der Reiseleiter sagte, dass der einzige Raum im Obergeschoss, der für Gäste geöffnet ist, der Fest- und Sängersaal ist. Glaubst du, wir werden dort mehr Glück haben?"

Ich wünschte, ich könnte sie davon überzeugen, aber ich bin mir nicht sicher. Ich habe sogar keinen blassen Schimmer. Es ist alles ein Wirrwarr in meinem Kopf. Die Tintenflecken an der Wand, der Füllfederhalter, der einen Mann fast umbringt, das schöne Mädchen des Schlosses, das genauso aussieht wie eine Fee und das Mädchen, das mich in meinen Träumen besucht hat, die Nachtwächter, die über unseren Aufenthalt im Schloss Bescheid wissen, ein schwarzer Schwan mit einer menschlichen Stimme, so melodisch, als wäre er aus einem Musikchor gesprungen, und jetzt das Buch meines Großvaters. Wenn ich herausfände, wie das alles zusammenpasst, könnte ich vielleicht etwas Ordnung in meine Gedanken bringen.

Wir gehen dreiunddreißig Stufen hinauf, um den vierten Stock zu erreichen, in dem die gleiche Stille, aber auch Dunkelheit herrscht. Meine Augen sind an das Licht gewöhnt, ich finde es schwierig, in der Dunkelheit etwas zu erkennen. Ich schließe meine Augen und lasse meine Augenlider so lange geschlossen, bis ich mich an die absolute Dunkelheit gewöhnt habe, weil ich glaube, dass ich im Halbdunkel besser sehen kann, wenn ich sie wieder öffne. Aber als ich meine Augen wieder öffne, hat sich nicht viel geändert. Der Korridor im vierten Stock ist weiterhin dunkel und still, als ob jemand das Innere eines dunklen Tunnels mit dunklen Farben bemalt hätte. Der schwache Schimmer von den Sicherheitslichtern des Korridors erzeugt seltsame Bilder links und rechts an den Wänden.

„Wir müssen den Sängersaal finden", murmle ich und versuche meine Angst zu unterdrücken. „Wo kann er wohl sein?"

Ich schaue mal nach links, mal nach rechts, aber es fällt mir schwer, mich zu entscheiden.

Plötzlich füllt eine sanfte Melodie den dunklen Korridor und lässt mich innehalten. Der unerwartete Klang, der plötzlich wie eine sorglose Brise durch die Nacht weht, macht mich sprachlos und ich suche nach Elektras Blick. Sie sieht genauso erstaunt aus.

Die angenehme Melodie klingt nach einem klassischen Musikstück, obwohl ich kein Fan dieser Art von Musik bin, nicht wie mein Großvater, der die Oper liebte und über die großen Arien wie ein Kenner sprach, fast als wäre er ein Komponist und hätte einiges selbst komponiert. Der melodische Klang, der wahrscheinlich aus dem Fest- und Sängersaal kommt, scheint uns einzuladen, wie einst die Zauberflöte aus dem Märchen.

Wir folgen dem Klang schweigend und fasziniert zum Sängersaal. Der Raum ist, in starkem Kontrast zum Rest des dunklen Stockwerks, grell beleuchtet, wie ein heller Stern, der im schwarzen Hintergrund des Stockwerks glitzert.

16. ELEKTRA ~ Das Nachtkonzert

Elektra betritt auf Zehenspitzen den großen Raum, als ob sie Angst hätte, dass das Geräusch ihrer Schritte die wundervolle Melodie unterbrechen könnte. Die beleuchtete Halle liegt vor ihr im Luxus und Glanz traditioneller Schlösser, prachtvoll unter den Reflexionen der Kronleuchter, die von der Decke hängen.

Elektra läuft mit langsamen Schritten durch den Saal und lässt ihren Blick über die Wandmalereien schweifen, wahre Meisterwerke mit Themen aus dem Mythos Parzival und der Suche nach dem verlorenen Gral, über die Stühle, wahrhaft elegante Artefakte, die links und rechts im Raum entlang der Wände platziert sind, und die hohen goldenen Kerzenständer, die im Kerzenlicht funkelnd und glänzend wie echter Schmuck in jeder Ecke des Raumes stehen.

Ihr Blick wird wieder von den Wandgemälden angezogen. An der Westseite der Halle bewundert sie die bedrohlich wirkende Kampfszene des Parzival, der mit seinem Knabenspeer den roten Ritter besiegt. Dem gegenüber ist der Sturz Luzifers zu sehen, der einen Edelstein aus seiner Krone verliert, aus dem der Legende nach später der heilige Gral gefertigt wird.

Als ihr Blick die Mitte der Halle erreicht, sieht sie den schwarzen Schwan.

„Hmm, wenn man vom Teufel spricht...", murmelt sie und schaut mal den gefallenen Engel auf der Wandmalerei und mal den schwarzen Schwan an.

Der große Vogel steht regungslos in der Mitte der Halle auf dem glänzenden Boden und beobachtet sie, als sie den

Raum betreten. Obwohl Schwanhold äußerst lebendig ist, leuchtet er im Kerzenlicht und dem Glanz des Saals als wäre er aus Porzellan.

„Endlich sind unsere Ehrengäste angekommen, chhh!"

Seine Stimme, dumpf pulsierend, als käme sie aus den Tiefen des Ozeans, passt perfekt zu den Klängen der Musik, die etwas von wildem Wellenrauschen hat.

Elektra antwortet mit einer fröhlichen und unbekümmerten Stimme:

„Für meinen Führer war es ein wenig schwierig, den Weg zu finden, aber es gelang ihm schließlich", sagt sie und sieht im Wechsel Paul und den Schwan an.

Paul dreht sich um und sieht sie an, offensichtlich erstaunt über die Leichtigkeit in ihrer Stimme.

„Oh nein! Elektra hat dich etwa die Musik beeinflusst?", fragt er sie etwas misstrauisch.

Elektra fällt es schwer, die Bedeutung seiner Frage zu verstehen, aber sie hat auch nicht vor, seine Frage zu analysieren. Tatsächlich interessiert sie sich mehr dafür, was für eine atemberaubende Melodie es ist, die den Raum durchflutet, denn obwohl sie vertraut klingt, kann sie sie nicht erkennen.

„Ob die Musik mich beeinflusst? Ich verstehe nicht, was du meinst", antwortet sie leichthin und etwas zerstreut, während sie sich lächelnd im Raum umsieht und nach der Quelle der Musik sucht, unruhig jetzt, wie ein wild und unaufhaltsam galoppierendes Pferd.

Obwohl sie versucht ihren Blick zu bändigen und auf Paul zu lenken, gelingt es ihr nicht. Ihr ungehorsamer Blick springt hin und her und bleibt am großen Spiegel hängen, der in einem schweren vergoldeten Bilderrahmen an der Wand zu ihrer Linken hängt. Sie sieht ihr Selbstbildnis im Spiegel verblüfft an, als sähe sie eine andere Person, jünger und sorgloser als sie selbst. Die intensiven Falten sind aus ihrem Gesicht verschwunden, ihre Müdigkeit zeigt sich nicht wie sonst in ihren Augen und ihr breites Lächeln lässt sie weich aussehen.

Sie schließt zufrieden die Augen und verliert sich wieder in der Melodie der Blasinstrumente.

„Das hat uns gerade noch gefehlt. Am Ende stehen wir entrückt und begeistert von der Musik einfach nur da, wie die Zikaden in Platons Legende", hört sie Paul murmeln.

Sie lächelt sorgenfrei. Die Zikaden. Ja, sie erinnert sich an die Geschichte der Zikaden aus der Schule. Sie will etwas sagen, aber sie lässt es. Stattdessen genießt sie schweigend die Musik und beobachtet Paul, wie er seinen Kopf leicht hin und her bewegt, wodurch sich eine blonde Strähne aus seinem Haar gelöst hat und über sein linkes Auge fällt.

Dann hört sie die Stimme des Schwans: „Was meint der junge Herr damit, chhh?", fragt er Paul und richtet seinen interessierten Blick auf den jungen Mann.

Was für ein kluger Vogel dieser schwarze Schwan ist, denkt Elektra erstaunt, als hätte der Schwan gerade die Quadratur des Kreises angekündigt. Obwohl sie in einiger Entfernung steht, hört sie Pauls Murmeln.

Paul dreht sich zu dem Schwan um und sieht ihn ebenfalls an. Er schiebt seine Haare mit der Hand nach hinten und legt seine Stirn wieder frei.

„In einem Werk von Platon erzählte der antike griechische Philosoph Sokrates seinem jungen Schüler Phaidros eine Geschichte. Nach diesem Mythos waren die Zikaden einst Menschen, die dem Singen von Musen zuhörten. Sie waren von ihrem Lied derart verzaubert und hingerissen, dass sie tagelang regungslos blieben und die Musik genossen. Während dieser Zeit haben sie sogar das Essen und Trinken vergessen und sind natürlich am Ende gestorben, ohne es wirklich zu merken", erklärt Paul dem Schwan, als würde er zu einem Menschen sprechen.

„Ist es schlimm, sich etwas so Schönem wie der Musik ganz hinzugeben, chhh?", wundert sich der Schwan, als wäre er ein Mensch.

„Vermutlich nicht", schüttelt Paul den Kopf verneinend.

„Deshalb wurden sie von Musen in Zikaden verwandelt mit der Fähigkeit, in ihrem kurzen Leben weder Nahrung noch Wasser zu benötigen. Seitdem haben die Zikaden die Mission, bis zum Ende ihres Lebens zu singen und nach ihrem Tod die Musen zu treffen und ihnen zu berichten, wie sehr die Menschen die Musen verehren."

„Der junge Herr Paul ist sehr gut gebildet, chhh", sagt der Schwan begeistert.

Ich bin sicher, der Schwan hat keine Ahnung was Zikaden sind, denkt Elektra und lächelt, sagt aber nichts.

Paul antwortet dem Schwan schüchtern: „Nicht wirklich, ich musste neulich darüber eine Arbeit in der Schule schreiben und habe diese Geschichte in der Schulbibliothek entdeckt."

Paul nähert sich dem Schwan, er sieht unruhig und gestresst aus. Elektra scheint, dass der junge Mann kein Interesse an den exquisiten Klängen hat, die ihre eigenen Sinne stimulieren, und tut, was er kann, um sie die Musik nicht genießen zu lassen.

„Schwanhold. Ich kann Schwanhold zu dir sagen, oder?", fragt Paul den Schwan, als er neben ihm angekommen ist.

„Natürlich, chhh."

„Du hast uns erwartet. Du wusstest, dass wir kommen würden."

Pauls Worte sind eher eine Feststellung als eine Frage.

„Warum hört der junge Herr Paul nicht auf zu reden, um die Musik zu genießen, chhh? Merkt er nicht, dass die Musik lauter ist als die Worte?", antwortet der Schwan streng und springt von einem zierlichen Bein auf das andere.

Elektra erkennt die Leidenschaft in den Worten des Schwans, schließlich ist seine melodische Stimme ein Beweis an sich, dass Musik ein Teil seiner Existenz ist. Der Eifer, mit dem er Paul überreden möchte die Musik zu genießen, die den Raum überflutet, ist bewundernswert.

„Wenn du mich weiterhin dazu drängst, mich der Musik zuliebe in eine folgsame Zikade zu verwandeln, wirst du es höchstens schaffen, mich in ein ungehorsames Insekt zu verwandeln", sagt Paul genervt.

Schwanhold sieht ihn schweigend an. Elektra ist empört, weil sie die Klänge des wunderbaren Stücks nicht genießen darf.

„Ich muss das blonde Mädchen finden", besteht Paul.

„Ein seltsamer Mensch, der junge Herr, chhh."

„Ich habe sie vor ein paar Stunden getroffen. Sie trägt ein langes schwarzes Kleid und hat ihre Haare in einem Zopf geflochten, wie ein Kranz um ihren Kopf", setzt Paul fort und schaut Schwanhold hartnäckig an. Seine angebliche Seltsamkeit kommentiert er einfach nicht.

Elektra bemerkt, dass der Schwan den strengen Blick erwidert.

„Sie wohnt hier, sagte sie mir. Ich muss sie unbedingt finden. Sie braucht meine Hilfe. Weißt du, wo ich sie finden kann?", fragt Paul unerschrocken.

Der Schwan beobachtet ihn regungslos.

„Der junge Herr soll keine dummen Fragen stellen, chhh", antwortet er gleichgültig. „Es gibt mehrere Mädchen, die im Schloss wohnen. Die Hälfte von ihnen ist blond, chhh. Ich weiß nicht, welches Mädchen der junge Paul meint, er muss etwas genauer werden. Er muss mir einen Namen geben."

„Ich kenne ihren Namen nicht", muss Paul traurig zugeben.

Elektra spürt einen Knoten im Magen, so etwas wie Mitleid mit dem jungen Mann. Zum zweiten Mal heute Abend trifft er den seltsamen Schwan und obwohl er versucht mehr zu erfahren, versagt er kläglich. Sie ist sich jedoch sicher, dass Paul nicht so einfach aufgeben wird. Er wird es nochmal versuchen.

„Die Nachtwächter verbringen schöne Nächte im Schloss, was? Lichter, Musik, wenn sie auch Essen dabeihaben, dann wird die Zeit in der Nachtschicht wie im Flug vergehen", Elektra hört, wie Paul ihre Gedanken ausspricht.

„Wenn der junge Herr Paul mit „Nachtwächter" Max und Eva meint, dann sollte er wissen, dass sie überhaupt keine Zeit haben, die Musik zu genießen, obwohl die Musiker des königlichen Orchesters seit vielen Jahren fast jede Nacht spielen. Max ehrt uns nur dann mit seiner Anwesenheit, wenn unsere Musiker ein neues Musikwerk präsentieren, chhh", antwortet der Vogel, der wieder nur auf einem Bein steht.

Wenn der Vogel Paul noch mehr verwirren wollte, dann hat er es geschafft, denkt Elektra und beobachtet den hilflos wirkenden Blick des jungen Mannes.

„Ich bin natürlich im Stammpublikum ihrer Aufführungen, jede Nacht, die das Orchester all diese Jahre spielt. Wirklich... chhh", spricht der Schwan plötzlich zu sich selbst, als wäre es das erste Mal, dass er über das Thema Zeit nachdenken würde. „Ich habe wirklich keine Ahnung, wie viele Jahre vergangen sind. Ich weiß es nicht, chhh. Ich glaube nicht einmal, dass sich unsere Musiker daran erinnern können, wie viele Jahre sie bereits spielen."

Paul sieht ihn sprachlos an, als könne er die Bedeutung seiner Worte nicht verstehen.

„Welche Musiker, welches königliche Orchester? Hier gibt es nichts davon. Der Raum ist leer", sagt er, als er seine Stimme wiedererlangt.

Während er auf die Antwort des Schwans wartet, scannen seine Augen voller Spannung den Raum, wie das Radar nachts das schwarze Wasser des Hafens abtastet.

Der Schwan sieht ihn weiterhin gleichgültig an. Nichts scheint seinen Frieden stören zu können.

„Sieht der junge Herr unser Orchester nicht?"

Paul schüttelt verneinend den Kopf. „Du meinst, es gibt ein Orchester, das gerade hier vor uns spielt, und obwohl ich die Musik höre, kann ich die Musiker nicht sehen?"

Die Nacht ist voller Überraschungen, denkt Elektra, während sie den rechten Fuß zum Rhythmus der Musik bewegt.

„Genau."

Die Stimme des Schwans ist voller Sympathie, als ob er das Problem des jungen Mannes vollständig verstehen würde. „Da hinten, chhh", fügt er hinzu und zeigt mit dem Kopf zum hinteren Teil des Saals.

Ein weiteres seltsames Zeichen auf unserem Weg, denkt Elektra langsam, als würde sie versuchen, sich von einer Lethargie zu erholen, die die laute Musik verursacht hat. Die Musiker. Wie wird Pauls Gehirn diese Information wohl verarbeiten? Er versucht definitiv zu entscheiden, ob der Schwan die Wahrheit sagt.

„Ich nehme an, da der junge Herr die Musik hört, ist es eine Frage der Zeit, bis er sie sehen kann, chhh", murmelt der Schwan mit Zuversicht.

„Du musst dem Traum einen Namen geben, damit er wahr wird", kommentiert Elektra und schaut Paul und den Schwan mit einem melancholischen Blick an.

„Ein musikalisches Orchester", sagt Paul zögernd.

Elektra bemerkt, dass der junge Mann versucht den Worten des Schwans zu glauben, und bedauert, dass sie ihn dabei nicht unterstützen kann. Doch ist es einfach, an die Existenz unsichtbarer Menschen zu glauben?

„Siehst du die Musiker?", fragt Paul sie verwirrt, während er den Rücken des Schwans streichelt.

Aber Elektra antwortet nicht. Sie hat den Blick an die Decke gerichtet, sieht aber nichts. Nicht nur, weil sie sich nicht für die Anwesenheit von Musikern interessiert, ihr reicht es, dass sie die Melodie genießen kann, sondern weil ihr Verstand nicht mehr da ist, er ist bereits mithilfe der Musik an ferne Orte gereist. Sie wiegt ihren Kopf mit leichten Bewegungen im Rhythmus der Musik. Die magischen Klänge der Geige haben die Kraft, die Geister der Einsamkeit und des Verlustes zu vertreiben, die sie seit Jahren unterdrücken. Befreit blickt sie wieder in eine angenehme und strahlende Zukunft, so wie damals, als sie Christian kennenlernte.

Ihre Gedanken fliegen zwanzig Jahre zurück. Der Tag, an

dem sie Christian in Athen traf.

Es war Anfang Oktober, aber es war immer noch sehr warm. Sie stand inmitten einer Gruppe von Kommilitonen, die munter im Hof der Universität schwatzen, kurz bevor alle nach Hause zurückkehrten. Die zu warme Herbstluft erschwerte ihr das Atmen. Die Feuchtigkeit umarmte ihren Körper wie ein Handschuh. Ihre Füße standen auf den gefallenen gelben Blättern und es fühlte sich an, als ob sie auf einem dicken Teppich stehen würde.

Ein junger Deutscher kam und nahm am Gespräch teil. „Aus München", flüsterte ihre Mitbewohnerin ihr ins Ohr, die neben ihr stand.

Sie stellten ihr Christian vor. Die Gespräche verliefen auf Englisch, da niemand ihrer Freunde seine Sprache sprechen konnte. Aber alle sprachen Englisch.

Als sein Blick ihren traf, spürte sie, wie das plötzliche Herzklopfen ihren unerträglichen Zustand nur noch verschlimmerte, so dass es ihr schwerfiel, auf seine Begrüßung zu reagieren. Als er sie anlächelte, spürte sie ihre Beine zittern. Als er ihr vorschlug einen Kaffee trinken zu gehen, nickte sie bejahend, ohne jegliche Einwände.

„Wo wollen wir Kaffee trinken gehen? Am Meer, in Alimos oder irgendwo weiter nördlich? Vielleicht in Kifissia?"

Sie starrte ihn begeistert an und konnte nicht die richtigen Worte für eine Antwort finden. Sie schämte sich für ihr Englisch. Sie fand ihre Aussprache so schrecklich, dass sie dachte, Christian würde nicht verstehen, was sie sagen wollte.

„Du darfst entscheiden", sagte sie schließlich. „Ich kenne die Stadt noch nicht so gut. Ich bin erst kürzlich nach Athen gezogen."

„Na so was. Und ich dachte, ich wäre der Fremde."

Christian beschloss ans Meer zu fahren. Er konnte nicht genug vom Meer bekommen, erklärte er ihr. Er war ein Deutscher aus Bayern. Eine Gegend mit vielen Bergen und Seen, aber ohne Meer.

Sie nahmen den Bus und setzten sich hinten auf den letzten Platz. Der Bus war bis auf ein paar Personen vorne fast leer. Er zündete sich eine Zigarette an, dann damals war das Rauchen in den Transportmitteln noch erlaubt, und bot ihr auch eine an.

„Ich rauche nicht", sagte sie zögernd, als wäre es peinlich *nicht* zu rauchen.

Ihr Blick fiel auf seine Hand, die die offene Zigarettenschachtel hielt. Die goldene Farbe seiner Haut schien wie aus einer inneren Quelle zu strahlen.

Sie fand die Kraft nicht, ihm ins Gesicht zu sehen. Sie hatte Angst, dass wenn er sie genauer betrachten würde, er die Unvollkommenheiten ihres Gesichts sehen, seinen Vorschlag bereuen, sie im Stich lassen und an der nächsten Bushaltestelle aussteigen würde.

Sie war auch überrascht, dass sie den Mut gefunden hatte, nach nur einer Stunde der Bekanntschaft mit jemandem auf einen Kaffee auszugehen. Trotz ihrer Ängste und Zweifel stellte sie aber fest, dass es das erste Mal war, dass sie sich glücklich fühlte. Bei jedem Stoß des Busses auf den holprigen Straßen berührte sie ihn.

Sie spürte, wie ihr Körper zitterte.

Er spürte es auch.

„Ist dir kalt?", fragte er erstaunt.

„Nein", antwortete sie hastig und drehte den Kopf zum Busfenster, damit Christian ihr gerötetes Gesicht nicht sehen konnte.

Alle gingen zum Strand auf einen Kaffee, um die kühle Meeresbrise zu genießen. Die Tische vor der illegal gebauten Cafeteria am Strand waren überfüllt.

Sie setzten sich an einem kleinen Tisch gegenüber. Es war so voll und laut, dass es schwierig war, ihn zu hören.

Bis Christian seinen Platz eingenommen und es sich gemütlich gemacht hatte, gelang es ihr, einige verstohlene Blicke auf ihn zu werfen.

Er trug ein hellblaues T-Shirt aus Baumwolle und eine

enge Jeans, die seinen schlanken Körper betonte, obwohl er nicht besonders groß war.

Die leichte Meeresbrise wehte leicht durch seine langen, glatten Haare. Ihre hellbraune Farbe leuchtete in den Nachmittagsstrahlen der Sonne. Als er sich zu seinem Kaffee beugte, fielen ihm ein paar Strähnen ins Gesicht und blieben auf den durchsichtigen Schweißtropfen kleben. Er strich sie hastig zur Seite, das Licht fiel nun auf sein schmales, anziehendes Gesicht. Seine Züge waren normal, aber für sie sah er umwerfend aus. Seine hellgrünen Augen, die seine Intelligenz verrieten, hefteten sich glühend auf sie.

„Ich kann nicht lange bleiben", sagte sie verlegen. „Meine Mitbewohnerin wird sich Sorgen machen, wenn ich zu spät zurückkomme. Sie wird glauben, dass ich mich irgendwo verlaufen habe."

Sie holte tief Luft.

Er sah sie erstaunt an. „Aber du bist doch kein kleines Kind mehr."

Ein schwaches Lächeln bildete sich auf seinen Lippen. Sein freundliches Gesicht hatte etwas Beruhigendes.

„Ich bin es nicht gewohnt, in einer großen Stadt zu leben. Der Ort, in dem ich geboren wurde, ist so klein, dass man kein Auto oder Bus benötigt, um von einem Ende zum anderen zu gelangen."

Ihre Stimme klang hoch und angespannt. Das Auf und Ab in ihrer Stimme lag an dem Zittern ihrer Lippen.

„In Ordnung. Wir werden nicht lange bleiben. Lass uns ein bisschen abkühlen und dann wieder nach Athen fahren", stimmte Christian ihr bereitwillig zu. „Ich muss auch noch Sherlock füttern."

Sie war enttäuscht, versuchte es aber nicht zu zeigen.

„Du siehst so jung aus", sagte sie entschuldigend. „Ich hätte nie gedacht, dass du verheiratet bist."

Sie fühlte sich, als würde sie in der für diese Jahreszeit übertrieben hohen Temperatur gleich eingehen.

Er lächelte breit, als ob er für eine Zahnpastawerbung

Modell stehen wollte.

„Bin ich nicht. Wie kommst du auf diese Idee?"

Ich rechne immer mit dem Schlimmsten, dachte Elektra aufgewühlt, sagte aber nichts.

„Sherlock ist ein verletzter junger Falke. Er ist der Grund, weshalb ich in Griechenland geblieben bin. Bis er wieder gesund ist und in die Natur zurückkehrt, bleibe ich hier."

Er trank einen Schluck von seinem Eiskaffee.

„Ein Falke namens Sherlock", sagte Elektra und versuchte sich vorzustellen, warum irgendjemand einem Falken diesen Namen geben würde.

„Du wirst es verstehen, wenn du seinen scharfen Blick siehst. Die Art, wie er alles um sich herum beobachtet", antwortete Christian, als könne er Gedanken lesen. „Wenn du willst, kannst du ihn sehen."

Elektra nickte zustimmend und nahm einen Schluck von ihrem Erfrischungsgetränk.

„Ich bin mit einem griechischen Freund mit dem Schiff von Italien gekommen, um gemeinsam Urlaub in Griechenland zu machen. Wir besuchten mehrere Orte mit dem Auto, bis wir den Peloponnes erreichten und nach Zentralgriechenland fuhren. Auf der Provinzstraße zwischen Antirrio und Nafpaktos waren plötzlich unsere Ferien vorbei, als Sherlock gegen die Windschutzscheibe unseres Autos prallte. Der kleine Teufel hatte Glück im Unglück, weil wir nicht schnell gefahren sind. Sonst ..."

Er beendete den Satz nicht, als ob ihm die Worte ausgegangen wären. Aber als er merkte, dass Elektra nichts sagen würde, erzählte er weiter.

„Auf der Suche nach einem Tierarzt erreichten wir Nafpaktos. Leider sagten dort alle, sie könnten uns den verletzten Falken nicht abnehmen. Ich beschloss dann, dass ich mich selbst um ihn kümmern muss, da mein Freund auch keine besondere Sympathie für den verwundeten Vogel zeigte, wobei ich gestehen muss, dass der Vogel trotz seinem verletzten Flügel noch ziemlich bedrohlich schien. Ich besorgte einen großen Karton, damit Sherlock aufrecht darin stehen konnte, aber ohne zusätzlichen Raum für unnötige Bewegungen, die seinen Zustand verschlechtern würden, und dann fuhren wir mit ihm nach Athen. Zwei Tage später wurde ich über die Existenz eines Vereins für den Schutz, die Pflege und die Wiedereingliederung von Wildtieren in der Natur informiert, der etwas außerhalb von Athen tätig ist, und habe mich direkt als freiwilliges Mitglied bei dem Verein registriert. Nach einer Woche kehrte mein Freund nach Deutschland zurück und ich beschloss, in Griechenland zu bleiben, bis Sherlock bereit ist, nach Afrika zu fliegen."

Sherlock hat es tatsächlich ziemlich schnell geschafft. *Einige Wochen nach ihrem Treffen mit Christian flog er entschlossen davon, um den Flug fortzusetzen, der einige Monate zuvor unterbrochen worden war*, denkt Elektra und lächelt. Christian aber blieb fünf Jahre in Griechenland.

„Elektra, bist du einverstanden?"

Pauls laute, fordernde Stimme bringt sie zurück in die Realität. Sie senkt ihren Blick von der Decke und sieht ihn leicht genervt an.

„Schwanhold, mein Freund hier meint", fährt Paul entschlossen fort und zeigt mit seinem Kopf auf den Schwan, „wir können die Musiker sehen, wenn wir es wirklich wollen."

Sie sieht ihn mit neuem Interesse an.

„Also schlage ich vor, dass wir uns anstrengen. Wer weiß, vielleicht erklärt uns einer von ihnen, was zum Teufel hier los ist. Wenn Schwanhold recht hat, wird es nicht schwer sein. Die Hälfte des Wegs haben wir schon geschafft. Wir hören die Musik, also spielen Leute diese Musik. Meinst du nicht auch?"

Sein flehender Blick hilft ihr, wieder vollständig zu sich zu kommen. Ihr wird bewusst, dass sie nicht im Schloss geblieben ist, um ein Nachtkonzert zu besuchen. Obwohl sie es von ganzem Herzen genossen hat. Es ist also Zeit, die Schöpfer dieser wunderbaren Musik kennenzulernen. Nach den Anweisungen von Paul müssen sie jetzt nur die eingefahrenen Gleise verlassen und neue Wege gehen. Warum sollten sie die Existenz eines unsichtbaren Orchesters bestreiten, wenn sie bereits mit einem Schwan sprechen können? Aber sie, die seit ihrer Kindheit vergessen hatte, solche Wege zu gehen, sollte sich wahrscheinlich besser von Paul führen lassen.

„Dort hinten muss der junge Herr Paul hinschauen, chhh", weist ihn Schwanhold an, als würde er ihnen einen Weg zeigen, der dem menschlichen Auge verborgen ist.

„Dort hinten, Elektra", wiederholte Paul langsam, indem er mit den Fingerspitzen sanft ihre Hand berührte.

Die Berührung des jungen Mannes lässt sie schaudern. Doch der Kontakt mit seiner warmen Haut hilft ihr ihm zu folgen.

Je mehr sie die Existenz der Musiker akzeptiert, desto schneller steigt der luftige Vorhang, der sie versteckt hat. Die Atmosphäre klärt sich plötzlich, als würde der Morgennebel aufsteigen. Die Farben um sie herum werden intensiver, als wäre ein starker Regen gefallen, der den Blick auf das Zimmers von all dem befreit, was ihn getrübt hatte.

Sie sind alle da, gekleidet in schwarze Abendgarderobe, ähnlich der, die die Menschen vor vielen Jahren trugen, als Fotos noch rar und schwarzweiß waren. Alle tragen einen schwarzen Frack mit Schwalbenschwanz-Sakko, der von der Rückseite ihres Sitzes hängt. Ihre glänzenden Satin-Reverse glitzern auf den weißen Hemden und die Schleifen um die weißen Kläppchenkragen sind farblich perfekt abgestimmt auf ihre Frackwesten. Sie spielen mit solcher Leidenschaft und Intensität, als würden sie ihre Musik zum ersten Mal vor einem großen Publikum präsentieren. Das helle Licht der Kerzen, das sich auf den Musikinstrumenten spiegelt, beleuchtet ihre Gesichter und verleiht ihnen einen Glanz, der nur in den Bildern von Heiligen zu finden ist. Elektra kann das Gesicht des Dirigenten nicht sehen, weil er mit dem Rücken zu ihr steht und das musizierende Ensemble leitet.

Aber ihr Blick bleibt am gespaltenen Schwanz seines Fracks hängen, der sich nervös hin- und herbewegt wie eine Schwalbe, die sich auf ihre lange Reise vorbereitet.

Sie fragt sich, ob Paul sie auch sehen kann. Sie dreht den Kopf in seine Richtung und wirft ihm einen hastigen Blick zu. Der reicht, um zu erkennen, dass Paul es genauso geschafft hat. Sein erstaunter Blick ist auf die richtige Stelle gerichtet und seine Lippen, die sich ohne das geringste Geräusch bewegen, offenbaren seine Verwirrung.

„Nun, ich hätte nie gedacht, dass es so junge Musiker im Orchester geben würde", murmelt Paul zwischen den Zähnen.

Er sieht Elektra nicht an, sein Blick ist auf die Musiker gerichtet.

„Schwanhold, du hast uns gesagt, dass sie jede Nacht spielen, so viele Jahre, dass sie sich nicht einmal mehr an die Zahl erinnern können. Nach deiner Aussage hätte ich erwartet, dass alle Musiker älteren Semesters sein würden. Und doch gibt es hier Menschen jeden Alters."

Der Flügel des Schwans berührt Elektras Wade, als der Vogel seine Flügel hebt.

„Unseren Gästen scheint es gelungen zu sein, das Orchester zu sehen, chhh", sagt der Schwan zufrieden.

Elektra fällt es schwer, seine Worte zu verstehen, da sich seine melodische Stimme wie eine Erweiterung des Stücks anhört.

„Warum kann nicht jeder diese großartige Musik genießen?", wundert sie sich und seufzt aus den Tiefen ihrer Seele.

„In der Tat ist es schade, dass es keine Zuhörer gibt. Warum spielen sie nicht tagsüber? So könnten alle Besucher sie hören", stimmt Paul zu, der ihre Worte gehört hat.

„Früher konnten alle sie sehen und hören, chhh", erklärt der Schwan mit ruhiger Stimme. „Der Dirigent hat einmal erzählt, dass das königliche Orchester aus den Musikern entstanden ist, die ins Schloss eingeladen wurden, als der König seine ersten musikalischen Abende organisierte, chhh.

Die Mitglieder des Orchesters haben immer ihr Bestes gegeben, damit der König die wundervollen Darbietungen der Werke, die er liebte, genießen konnte. Seitdem sind sie nicht mehr gegangen, chhh. Dann wurde Ludwig weggebracht, aber alle waren sich sicher, dass der König sehr bald zurückkehren würde. Um ihm zu zeigen, dass sie ihn unterstützen und in seiner schwierigen Zeit hinter ihm stehen und auf ihn warten würden, so lange es auch dauert, chhh, gründeten sie das königliche Orchester, das die Werke spielt, die ihm so gut gefielen, und neue, noch bessere komponiert. Sie begannen morgens unermüdlich zu proben und zu spielen, um ein Orchester zu schaffen, das der Werke würdig ist, die sie aufführen würden, chhh."

Der Schwan macht ein seltsames, scharfes Geräusch und versucht sich zu räuspern. „Am Anfang haben die Leute ihre großartige Musik genossen."

„Wie?", fragt Paul interessiert.

„Es dauerte gar nicht lange, bis sich die Tore des Schlosses für das Publikum öffneten, chhh. Die ersten Besucher schienen die Musik unseres Orchesters zu genießen. Bei ihren Vorstellungen war der Raum erstickend voll, chhh. Die Leute mochten ihre Musik und sie zeigten es mit ihrer Anwesenheit. Unsere Musiker waren entschlossen, den Menschen die Schönheit und den Wert von Ludwigs Lieblingsmusik zu zeigen, chhh. Mit der Zeit kamen jedoch immer weniger Leute zu ihren Vorstellungen. Am Ende waren immer nur dieselben und dieselben wenigen Besucher da und der Raum schien hoffnungslos leer. Ich denke, als sie realisierten, dass sie in Zukunft nur noch in einem leeren Raum spielen würden, beschlossen sie, von nun an nur noch für sich selbst zu spielen. Genau das machen sie jetzt: sie spielen nur für sich."

Elektra hört gespannt der Geschichte des Schwans zu. „Sind das dieselben Leute, die Ludwig damals hierhergebracht hatte?", fragt sie ihn, als er aufhört zu reden. „Wie ist das möglich?"

Der Schwan wirft ihr einen mörderisch scharfen Blick zu, als hätte sie unabsichtlich eine noch blutende Wunde berührt.

„Und woher, denkt Frau Elektra, dass ich wissen soll, wie das möglich ist, chhh?", antwortet er mit einer rauen Stimme, die ihre Melodie verloren hat. „Ich erinnere mich nicht einmal, wie ich hierhergekommen bin. Sie verlangt zu viel von mir, chhh."

Wütend dreht er seinen langen Hals in die entgegengesetzte Richtung.

Paul greift helfend ein. „Hat die Einsamkeit sie nicht all die Jahre ermüdet?", fragt er und wechselt das Thema, das den schwarzen Vogel zu irritieren scheint.

„Der junge Herr sollte wissen, dass Einsamkeit für Künstler einen kreativen Effekt hat, chhh", antwortet Schwanhold mit einem tiefen Seufzer aus seinem halboffenen Schnabel.

Plötzlich öffnet er seine Flügel.

„Hey, wohin gehst du? Gehst du wieder?", Paul klingt eher frustriert als wütend. „Jedes Mal das gleiche. Erzähl mir wenigstens, sehen uns die Musiker?", fragt er schnell und hofft, dass der Schwan antwortet, bevor er geht.

„Keine Ahnung. Warum fragt der junge Herr sie nicht, chhh?"

Und wie gewöhnlich lächelt er rätselhaft und fliegt aus dem Raum.

„Schön, sehr schön", murmelt Paul, „dieser Schwan geht mir langsam auf die Nerven. Er beginnt über etwas zu reden und verschwindet plötzlich, ohne fertig zu erzählen. Sein Verhalten ist unverständlich. Auch dieses Mal wurden wir nicht schlauer. Ich habe immer noch keine konkreten Angaben zur Existenz des mysteriösen Mädchens."

„Ich vermute, er weiß nicht so viel, wie wir denken", sagt Elektra leise.

Paul ist richtig verärgert über das Verschwinden des Schwans. Sie packt ihn an seinen dünnen Schultern und schüttelt ihn leicht, um ihn zu beruhigen.

Während sie auf seine Reaktion wartet, lockert sie ihre Hände.

„Du hast recht", murmelt der junge Mann und starrt ihr in die Augen.

Plötzlich bemerkt Elektra, dass die Musik verstummt ist. Sie lässt Paul los und wendet sich hastig dem Orchester zu. Leider zu spät. Niemand ist mehr da. Die Rückseite des Raumes ist leer. Menschen, Musikinstrumente und sogar die Stühle, auf denen sie saßen, sind so plötzlich verschwunden, wie sie erschienen waren.

„Sie müssen verschwunden sein, als der Schwan den Raum verlassen hat", murmelt Elektra verwirrt. „Meinst du die Anwesenheit des Schwans hat etwas mit dem Auftreten der Musiker zu tun?"

Paul seufzt und verdreht die Augen.

„Es scheint mir, dass wir uns wie Menschen in der Legende von Platon benommen haben, die starben, weil sie vergessen haben zu essen und zu trinken. Fehlt nur noch, dass wir in Zikaden verwandelt werden", grummelt er frustriert.

Er ist so wütend, dass man fast den Rauch aus seinen Nasenlöchern aufsteigen sehen kann, denkt Elektra, als sie ihn beobachtet. Seine Schultern sind schwer und sein Rücken ist vom Gewicht des Versagens gebeugt, frustriert, wie der Läufer, der kurz vor dem Ziel stolpert und zu Boden geht. Er sieht verzweifelt aus.

„Verfluchte Musiker...", sagt er mit gequälter Stimme, beendet aber seinen Satz nur zur Hälfte.

Er dreht sich abrupt zu Elektra um und sie bemerkt, dass seine Augen unruhig flattern. „Elektra, jemand ist gerade an der Tür vorbeigerannt."

Sie schaut beunruhigt zur Tür. Paul eilt zum Flur und sie folgt ihm.

Und tatsächlich, am unteren Ende des Korridors, direkt unter dem Sicherheitslicht, ist eine dunkle, männliche Figur zu sehen. Der Mann stützt sich mit der linken Hand an der Wand ab und im Halbdunkel sieht er aus wie eine Spinne, die still lauernd in ihrem Netz sitzt. Das gelbliche Licht direkt über ihm ermöglicht es ihnen, sein von langen, ungekämmten Haaren umgebenes blasses Gesicht und seine hellen Augen zu beobachten, die wie Glas im Licht schimmern. Seine Brust bewegt sich keuchend auf und ab und es scheint, als ob der Mann innegehalten hat, um Luft zu holen. Sein Lächeln ist gehetzt und verängstigt.

Als Paul seinen Fuß anhebt, um einen Schritt auf ihn zu zu machen, zieht der Fremde seine Hand von der Wand zurück, dreht sich um und rennt davon. Bis Paul in Bewegung kommt, hat sich die seltsame Gestalt in der Stille der Dunkelheit verloren.

„Ich glaube nicht, dass wir irgendetwas gewinnen, wenn wir hinter ihm herrennen. Etwas sagt mir, dass wir ihn nicht fangen werden", sagt Paul und versucht so, seine Untätigkeit zu rechtfertigen.

„Er schien mir sowieso nicht bedrohlich, im Gegenteil. Ich habe den Eindruck, als wäre er vor etwas davongelaufen", antwortet Elektra zustimmend.

Ihr Blick schweift über sein Gesicht, eine Reaktion erwartend.

„Richtig. Es gibt keinen Grund zur Sorge. Er ist definitiv kein Nachtwächter, sonst hätte er uns festgenommen. Im Gegenteil rannte er und verschwand in der Dunkelheit, als wollte er sich verstecken."

Pauls besorgter Blick trifft ihren eigenen.

„Du erzählst mir wieder nicht alles. Etwas hat dich beunruhigt. Was ist es, was dich aussehen lässt, als hättest du einen Geist gesehen?", fragt sie ihn.

„Es hört sich bestimmt unglaublich an, aber ich habe den Eindruck, dass seine Klamotten blutig waren. Aber es ist nicht möglich, so schnell zu sich zu kommen. Ich bin kein Arzt, aber ich glaube nicht, dass Wunden so schnell verheilen. Er konnte nicht gut rennen, aber normalerweise müsste er noch sehr viel schwächer sein. Ich glaube, ich bin immer noch von dem Angriff des Füllfederhalters schockiert und sehe die ganze Zeit das Gesicht des Opfers vor mir", antwortet er ziemlich verwirrt.

„Wir müssen weiter", drängt Elektra und wechselt das Thema. „Hier gibt es nichts Interessantes mehr. Die Musiker sind verschwunden und der verfluchte Schwan ist mal wieder weggeflogen. Vielleicht, und ich hoffe es von ganzem Herzen, werden wir ihn später wieder treffen."

Sie schaut ihm zu, wie er müde zum dunklen Korridor voran läuft.

Und so lassen sie einen weiteren Raum hinter sich auf der Suche nach einem Weg zu dem unbekannten Mädchen, das Paul um den Verstand gebracht hat.

17. ELEKTRA ~ Die Küche

Elektra sitzt auf dem riesigen, bequemen Sofa im Flur des vierten Stocks, um sich kurz auszuruhen. Paul sitzt schweigend neben ihr, sein Gesicht ist gerötet. Nach einer einstündigen Wanderung zwischen dem zweiten und vierten Stock und mehreren Stufen, die sie hinauf und hinunter gestiegen sind, haben sie immer noch nichts Interessantes gefunden. Ihr Streifzug durch alle Räume des Schlosses, viele davon leer und dunkel, erwies sich als zwecklos.

Sie wirft einen beiläufigen Blick auf ihre Uhr, eher aus Gewohnheit, nicht weil die Zeit heute Abend eine besondere Rolle spielt. Es ist fast elf. Paul sieht müde aus. Er ist sicherlich hungrig und durstig. Er hat seinen Kopf auf die Lehne der Couch gelegt und die Augen geschlossen. Aber sie ist sicher, dass er nicht schläft.

„Hast du Hunger?", fragt sie ihn leise, um ihn nicht zu erschrecken.

Er öffnet die Augen.

„Wie ein Wolf", antwortet er so spontan und überzeugend, dass sie seinen Hunger und Durst genauso stark spürt wie ihren eigenen.

„Ich auch", gibt sie zu.

Leider hat sie nichts zu essen oder zu trinken dabei und es tut ihr wirklich leid.

Obwohl sie es nicht aus eigener Erfahrung weiß, vermutet sie, dass sich eine Mutter genauso fühlen würde wie sie in diesem Moment, wenn sie ihrem hungrigen Kind nichts zu essen geben kann. Sie sieht den jungen Mann gespannt an. Vielleicht wäre es besser, wenn sie ihn überreden könnte, ein wenig zu schlafen, aber sie ist sich sicher, dass er ihren

Vorschlag ablehnen würde.

„Hmm, wir sind noch nicht in der Küche des Schlosses gewesen", überlegt Paul.

„Wie bist du auf die Idee gekommen?"

„Ich habe doch gesagt, dass ich hungrig wie ein Wolf bin."

„Dann gibt es zwei Wölfe im Raum", stimmt sie zu, legt ihre Hand auf den Bauch und lächelt zustimmend. Plötzlich verdunkelt sich ihr Gesicht. „Und die Nachtwächter, die nach uns suchen?"

„Wir haben stundenlang niemanden getroffen. Es fällt mir schwer zu glauben, dass sie immer noch nach uns suchen. Sie haben bestimmt damit aufgehört. Wie auch immer, wir müssen natürlich aufpassen, aber trotzdem weiter."

Je länger ihm Elektra zuhört, umso überzeugender klingen seine Worte.

„Wenn ich die Stimme eines Schwans hören kann, wenn ich, wenn auch nur für kurze Zeit, Musiker sehe, die jeden Abend für sich selbst spielen, dann kann es durchaus sein, dass wir Essen in der Küche finden. Ich könnte sogar sagen, dass das die beste Idee ist, die du heute Abend hattest."

Während sie spricht, spannt sein Gesicht sich an, als ob ihre Worte ihm wehtäten. Er springt plötzlich auf, öffnet hastig seinen Rucksack und zieht eine Karte des Schlosses heraus.

„Ich habe sie zusammen mit dem Ticket an der Kasse gekauft", erklärt er ihr, als er ihren abwartenden Blick wahrnimmt.

„Die Tour beinhaltet einen Besuch in der Schlossküche. Wenn wir unserem Führer bis zum Ende gefolgt wären, wüssten wir jetzt, ob es in der Küche etwas zu essen gibt", seufzt Elektra.

Paul beachtet sie nicht. Mit sanften Bewegungen faltet er seine Karte auseinander und legt sie auf die bunte Samtoberfläche des Sofas. Er beugt sich darüber und untersucht die Karte mit der gleichen Sorgfalt, die ein hartnäckiger Anwalt nutzen würde, um ein Schlupfloch in einem Vertrag zugunsten seines Mandanten zu entdecken. Vorsichtig fährt er mit dem Finger die Route entlang, die sie nehmen müssen, um die Küche des Schlosses zu erreichen. Sie bemerkt, dass sein Finger zittert.

„Ist dir kalt?"

Er antwortet nicht, als hätte er ihre Frage nicht gehört.

„Wir müssen drei Stockwerke runter. Eine Innentreppe im hinteren Teil des Korridors mit neunundneunzig Stufen führt uns direkt in das Untergeschoss. Es sieht so aus, als wäre es die Treppe, die die Angestellten der Küche benutzten", sagt er und steht auf.

Elektra hat das Gefühl, dass Pauls Gesicht jedes Mal angespannter wird, wenn er das Wort „Küche" ausspricht. Sie hat langsam Angst, dass es am Ende zu Stein wird, wenn sie sich nicht beeilen.

„Wenn wir Glück haben, finden wir dort vielleicht etwas Essbares, zum Beispiel einen Snackautomaten", stimmt sie ihm zu. „Da es Nachtwächter gibt, wir haben sie schließlich vor ein paar Stunden im Schlafzimmer des Königs gesehen, gibt es vielleicht einen Kühlschrank für ihr Essen. Ich hoffe nur, dass sich unsere Anwesenheit dort nicht mit ihrer Pause überschneidet", sagt sie bange.

Paul nickt zustimmend mit dem Kopf. „Es sei denn, sie sind wie die Musiker verschwunden", brummt er skeptisch.

Er faltet seine Karte sorgfältig zusammen und sie laufen gemeinsam los. Sie gehen langsam und schweigend die Treppe hinunter, nicht, weil sie nichts zu sagen hätten, sondern weil sie genau auf die engen Stufen achten müssen. Die schwache Beleuchtung hilft überhaupt nicht bei der Sicht. Während sie die Wendeltreppe hinab steigen, geht das trübe Sicherheitslicht des Korridors immer wieder aus und sie laufen im Dunkeln, dann flackert es wieder auf und schafft eine unrealistische Umgebung, die ihre Fantasie anregt.

Als sie die letzte Stufe hinter sich lassen, erreicht ein

süßer Geruch von warmem, frisch gebackenem Brot und dampfendem Kaffee ihre Nasen und weckt die Idee einer traumhaften, fast unrealistischen Begrüßung.

„Jesus Christus! Was sind das für wundervolle Gerüche?", wundert sich Elektra überrascht.

Sekunden später wird ihr jedoch bewusst, dass die Düfte von lauten Geräuschen und Gesprächen aus der Küche begleitet werden. Männer- und Frauenstimmen, vermischt mit dem Klappern von Geschirr und Besteck, erreichen ihre Ohren.

Sie spürt, wie ihre Knie weich werden. Sie versteht nicht, was hinter der geschlossenen Tür diskutiert wird, aber an der Intensität und Vielfalt der Stimmen ist leicht zu erkennen, dass sich viele Menschen im Raum befinden müssen. Einige laute Stentorstimmen scheinen Befehle zu erteilen, während andere, schwächere eher leise miteinander sprechen, wie ein ständiges Bienensummen. „Wie viele Leute arbeiten wohl im Schloss in der Nachtschicht?", wundert sie sich beunruhigt.

Elektra versucht ihre Angst in den Griff zu bekommen. *Worin habe ich mich bloß verwickelt?*, fragt sie sich bange. Ein sprechender Schwan mag vielleicht wie ein Witz aussehen, was könnte einem auch ein Vogel antun? Aber die Stimmen aus der Küche sind überhaupt nicht zum Lachen. Sie versucht Ruhe zu bewahren und befürchtet, dass sie Paul kein gutes Beispiel bietet, wenn sie sich ihre Angst ansehen lässt. Vor allem wenn sie anfängt vor Angst mit den Zähnen zu klappern.

„Ich würde wetten, dass da drin gekocht wird", murmelt sie leise und versucht ihre Gefühle hinter den Worten zu verbergen.

„Vielleicht ist sie auch dabei", flüstert Paul und ein Hoffnungsschimmer erscheint auf seinem Gesicht.

„Wir müssen unbedingt in die Küche. Wir müssen endlich herausfinden, ob wir verrückt sind oder nicht!", wispert sie im Versuch zu scherzen, was mit ihrer zittrigen Stimme eher fehlschlägt.

„Aber wir müssen extrem vorsichtig sein. Ich befürchte leider, dass wir das Schlimmste noch nicht gesehen haben. Wir wissen nicht, ob die in der Küche uns sehen können. Wenn da Nachtwächter sind, laufen wir Gefahr, verhaftet zu werden. Vergiss nicht, dass nach uns gesucht wird."

Bereits die Erwähnung des Nachtwächters, der irgendwo im Schloss nach ihnen sucht, lässt sie schaudern. Sie ist wütend auf sich selbst, weil sie die Bedrohung nicht so ernst nimmt, wie sie sollte. *Was tue ich bloß hier?*, fragt sie sich erneut.

Sie atmet mit aller Kraft, die ihre Lungen haben, als wollte sie die vorübergehende Stille des Moments nutzen, um Energie zu tanken. Die Ruhe wird von der singenden Stimme des Schwans unterbrochen.

„Ich wette, das Küchenpersonal kann unsere geschätzten Gäste sehen, chhh", verkündet er ihnen in einem festlichen Ton, als würde er ihnen eine fröhliche Nachricht übermitteln.

Sein plötzlicher Auftritt überrascht sie nicht mal. Scheinbar haben sie sich an sein unerwartetes Kommen und Gehen gewöhnt. Eher wäre es seltsam, wenn er nicht auftauchen würde.

Der mysteriöse Schwan erscheint jedes Mal, bevor unser Zug an einem neuen Bahnhof ankommt, an dem wir Menschen sehen oder treffen werden. Er steht da wie ein Bahnhofsvorsteher, der jeden Zug und seine Fahrgäste am Gleis einer Station begrüßt, denkt Elektra und lächelt.

Das gleiche breite Lächeln breitet sich ebenfalls auf Pauls Gesicht aus, als er die Stimme des Schwans hört.

„Was zum Teufel ist da drin los, Schwanhold? Sind das die Nachtwächter?", fragt er den Schwan eifrig.

„Das Personal bereitet das Abendessen vor, chhh."

Dieser Schwan will uns noch verrückt machen, denkt Elektra. *Er spricht, als wäre es die normalste Sache der Welt.*

„Natürlich, natürlich", sagt Paul so ironisch, dass es schon fast unhöflich klingt.

Elektra versucht ihn zu warnen, während sie ständig zur

Küchentür schaut.

„Sei nicht so laut, sie werden uns hören."

Paul sieht sie fragend an, nickt aber dann bejahend mit dem Kopf.

Zu spät. Sobald sich die Tür öffnet, sehen sie sich einer Gruppe Fremder gegenüber, die wie alles andere als Nachtwächter aussehen. Mit ihren weißen langen Schürzen und Kochmützen lassen sie die Schlossküche wie die Küche eines Luxusrestaurants zur Hauptbetriebszeit aussehen.

Elektra blickt auf die erstarrten, überraschten Arbeiter und spürt, wie die Zeit in der Küche langsamer fließt und fast stehen bleibt. Als ob ihre und Pauls Anwesenheit die Küchenluft erschwert, wie ein unsichtbarer Umhang, der auf das Küchenpersonal gefallen ist und sie an der Bewegung hindert.

Ihr Blick schweift über die seltsame Umgebung, beginnend in der Tiefe des Raumes. Da steht ein Mann mittleren Alters mit breiter Stirn und dicken Augenbrauen, anscheinend der Bäcker, regungslos vor dem offenen Ofen. Vor lauter Überraschung hat er Stielaugen und hält das lange Holz in der Luft, auf dem sich ein warmer Laib Brot befindet, den er gerade aus dem Ofen geholt hat. Sie lächelt ihn entschuldigend an, da sie weiß, dass ihre unerwartete Erscheinung der Grund für die Erstarrung ist, die die Küche überfallen hat, und lässt ihren Blick zur Mitte des Raumes wandern.

Zu ihrer linken, in der Nähe der Wand, begegnet ihr Blick einigen Frauen in langen schwarzen Kleidern, die offenbar gerade vor ihrem Eintritt in die Küche Geschirr und Besteck aus den Regalen nehmen wollten, um es auf den großen Holztresen in der Mitte des Raumes zu legen. Sie stehen nun mit erhobenen Händen und eingefrorenem Lächeln auf dem Gesicht, als ob sie für ein gestelltes Erinnerungsfoto posieren würden.

In der Nähe des Tresens stehen einige Männer mit halb geöffnetem Mund, als hätten sie gerade ein angenehmes

Gesprächsthema gehabt, kurz bevor der unsichtbare Mantel der Starre auf sie gefallen ist.

Ein paar Meter weiter steht ein großer Mann von kräftiger Statur, mit breitem Rücken und bloßen Armen, deren starke Muskeln wie aufgeblasene Ballons wirken; der Metzger, wie seine blutige Schürze andeutet. Die Hand, die ein blutiges Beil in der Luft hält, war offenbar dabei, sich auf das Wildschwein zu senken, das er angefangen hatte zu zerlegen.

Vor dem schwarzen Gusseisenofen in ihrer Nähe stehen zwei Köche mit großen Kupferlöffeln in den Händen und die feuchten Stirnen, auf denen dicke Schweißtropfen glänzen, sind noch halb über die dampfenden Töpfe gebeugt, die auf den feuerroten Flammen kochen. Am Boden vor dem Ofen, zwischen den Beinen der Köche, knien zwei bartlose Jungen, die Arme voller Brennholz, bereit, das Feuer im Ofen zu füttern.

Von dem Moment an, als die Küchenarbeiter ihre Anwesenheit bemerkten, ist die Aufregung auf beiden Seiten der Tür alarmierend. Um ihre Nervosität und Angst zu verbergen, beißt sich Elektra so fest auf die Lippen, dass es weh tut. Paul neben ihr sieht genauso beunruhigt aus, steht mal auf dem einen Fuß und mal auf dem anderen. Sie schauen sich eine Weile schweigend an und finden keine Worte, um ihre Überraschung auszudrücken.

Derjenige, der sich bemüht sie von den Fesseln der Verlegenheit zu befreien, ist Schwanhold. Er schlägt mit den schwarzen Flügeln und rennt mit kleinen schnellen Schritten ein paar Meter, schaukelt dabei anmutig den hinteren Teil seines Körpers und seinen Schwanz. Dann stellt er sich in die Mitte, irgendwo zwischen denen drinnen und den beiden, die vor der offenen Tür stehen, und richtet seinen schlanken schwarzen Hals auf.

Trotz des lauten Fauchens, das mit Intensität aus seinem Schnabel dringt, hat sein Auftritt wenig Wirkung, denn beide Seiten ignorieren ihn und schauen sich weiterhin unbeweglich und still an, als hätten sie Positionen für einen Kampf eingenommen, der unweigerlich folgen muss. Nur die Pupillen ihrer Augen weisen eine leichte Bewegung auf, der Rest ihrer Körper ähnelt Marmorstatuen.

Paul macht den ersten Schritt. Er stupst Elektra leicht mit dem Ellbogen an und neigt den Kopf ein wenig zu ihr.

„Schwanhold hatte recht, sie sehen uns", flüstert er. „Wenn wir Glück haben, wird uns jemand erklären, was heute Abend hier los ist und wer all diese Leute sind, die auftauchen und wieder verschwinden, wann immer sie wollen."

Er wartet kurz auf ihre Antwort, aber sie hat noch nicht die nötige Kraft gefunden, um ihm zu antworten. Paul verschwendet keine Zeit. Es sieht so aus, als würde er keine Antwort von ihr erwarten. Er dreht sich um in Richtung Küche.

„Guten Abend", ruft er so laut wie möglich, damit ihn jeder hören kann.

Seine Stimme hallt wie ein unerwarteter Donner am Sternenhimmel und zerstört die Magie des Augenblicks, die sie alle immobilisiert hat.

Die Mitarbeiter der Küche erwachen plötzlich aus ihrer Lethargie und fangen alle gleichzeitig an zu reden, einige zeigen auf Paul und Elektra, während andere sie mit einer ganzen Reihe von Fragen bombardieren.

Doch niemand wagt sich ihnen zu nähern.

Paul, der vor lauter Aufregung wie ein verwirrtes Huhn aussieht, weiß nicht, wen er zuerst anschauen und wessen Frage er zuerst beantworten soll.

Er bittet den Schwan um Hilfe, merkt aber bald, dass der vor demselben Problem steht. In seinem Versuch zu helfen hat Schwanhold seinen langen Nacken angehoben und dreht den Kopf mal auf die eine und mal auf die andere Seite, während er gleichzeitig genervte Blicke in alle Richtungen wirft.

Elektra hört ein seltsames Geräusch, das stärker wird. Es ist das Schaben eines langen Wollrocks, der über den Boden schleift, als eine der Frauen am Schwan vorbeiläuft, ohne ihn zu beachten, und sich ihnen nähert. Elektra beobachtet sie mit einem hilflosen Ausdruck im Gesicht. Die Frau scheint ungefähr so alt zu sein wie sie selbst, obwohl ihre Gesichtszüge ziemlich hart sind, wie die einer Landwirtin, die den lieben langen Tag auf den Feldern arbeitet. Ihr braunes Haar ist im Nacken zu einem strengen Pferdeschwanz gebunden. Sie hat mehrere Pfunde zu viel unter den Falten ihres langen schwarzen Rocks und der weißen Schürze versteckt. Sie nähert sich, stellt sich zwischen Elektra und Paul und starrt beide abwechselnd an, wie eine Professorin für Geisteswissenschaften. Doch am Ende fällt ihr Blick auf die blaue Jeans und die weite Wollbluse von Elektra und bleibt dann an ihrem Gesicht hängen. Als die Frau die rechte Hand hebt und sanft ihr langes Haar berührt, fühlt sich Elektra plötzlich befangen und wirft Paul einen bittenden Seitenblick zu. Er versteht vermutlich ihr Problem nicht, denn sein Blick wirkt eher gleichgültig. Elektra geht einen Schritt zurück und der Arm der Frau fällt ruckartig zurück an ihre Seite.

Hilfe kommt schließlich von einem imposanten Mann, groß und stark, mit breitem Rücken und einem kräftigen, aufrechten Körper. Er löst sich aus der Masse derer, die ihre Arbeit unterbrochen und sich in dieser großen Gesellschaft versammelt haben, und geht mit stetigen, langsamen Schritten auf sie zu, während er einen strengen Blick auf die Frau wirft, die neben Elektra steht.

Als er sich ihnen nähert, macht er eine Bewegung mit dem Kopf, die aufzeigt, dass Elektra sich zur Seite bewegen soll. Sie senkt den Kopf, nickt respektvoll und tritt, ohne etwas dagegen einzuwenden, auf die Seite.

Der Mann kümmert sich nicht um Elektra, er sieht sie nicht einmal an, seine Augen sind jetzt auf Paul gerichtet, als ob er der einzige Mensch im Raum wäre.

Elektra versucht sein Alter zu erraten, aber es fällt ihr schwer. Wegen seiner grauen Haare schätzt sie, dass er fast sechzig Jahre alt sein muss, sie ist aber verwirrt von seinem stämmigen und geraden, jugendlichen Körper und der Energie in seinen rastlosen Augen, die Paul von oben bis unten zu mustern scheinen. Er trägt die traditionelle bayerische Tracht, die so gut sitzt, als wäre sie auf seinen Körper zugeschnitten. Mit der braunen Lederhose, die bis zu den Knien reicht, den weißen Wollsocken mit dem grünen Ende, die die Beine fast bis zur Höhe der Hose bedecken, so dass nur ein kleiner Teil des Beines zwischen den Socken und der Hose heraus schaut, mit dem bestickten grünen Hemd, dem Ledergürtel, der die Taille festzieht, und der kurzen braunen Trachtenjacke mit dem samtgrünen Blattmuster am Kragen und an den Ärmeln sieht es aus, als sei das gesamte Ensemble auf seine grauen Haare und seinen dicken Schnurrbart abgestimmt. Als sei er einem Werbeplakat für das Oktoberfest entsprungen.

„Ruhe, bitte!", fordert er mit schwerer Stimme von seinen Leuten und schaut streng über seine Schulter in die Runde. „Ich verstehe, dass ihr alle neugierig seid und wissen wollt, wer die Fremden sind und wie sie hierher gekommen sind, aber wenn ihr alle gleichzeitig redet, werden wir nicht schlauer werden. Da unsere Gäste nun mal hier sind, sollten wir sie zunächst einmal begrüßen."

Der Lärm und die Geräusche hörten so abrupt auf, wie sie begonnen hatten.

„Kommt schon, folgt mir in die Küche", sagt er zu den beiden, schaute aber wieder nur Paul an.

18. PAUL ~ Es sind Diebe!

Mich schaudert, als ich seine Stimme höre, wie durch einen starken Strom frostiger Luft. Sie ist genauso hart wie die, die ich mit Elektra hinter dem Vorhang verborgen im königlichen Schlafzimmer gehört habe.

Ich starre ihn verwundert und ängstlich an, als würde ich dem Teufel selbst in die Augen schauen. Sein Gesicht erinnert mich an das eines Raubtieres. Seine Augen haben die Dunkelheit des bewölkten Himmels. Ist er wirklich derselbe Mann, der uns vorher gesucht hat? Ich kann es nicht mit Sicherheit sagen, denn derjenige, der vor dem Vorhang stand, suchte uns nicht gerade mit guten Absichten, während dieser hier gerade das Wort „begrüßen" ausgesprochen hat. Wie dem auch sei, die Ähnlichkeit der Stimmen hat mich so überrascht, dass ich befürchte, jederzeit wie ein leerer Sack umzufallen.

„Kommt, folgt mir in die Küche", sagt er nachdrücklich.

Ich folge ihm mit kleinen, aber schnellen Schritten in die schwere, zurückhaltende Stille der Küche. Viele Augenpaare untersuchen mich gründlich, als ich mich ihnen nähere, als ob sich ihnen ein großes, unbekanntes Tier nähert und sie sich fragen, ob es wohl ein Raubtier ist oder nicht.

Elektra folgt uns vorsichtig mit langsamen und zögerlichen Schritten, als ob sie sich noch nicht entschieden hätte, ob es tatsächlich in Ordnung ist einzutreten. Stattdessen habe ich es eilig. Etwas sagt mir, dass es endlich Zeit ist herauszufinden, was hier los ist. Plötzlich überwältigt mich eine beispiellose Aufregung, die ich mit Elektra teilen möchte, aber als ich sie so zögerlich sehe, entscheide ich ihr vorerst nichts davon zu sagen.

Wir bleiben vor dem großen, gusseisernen Ofen stehen, nur Elektra läuft weiter auf die Arbeiter zu, die leise hinter dem großen Tresen in der Mitte des Raumes palavern, wie Drohnen, die ängstlich um ihren Bienenstock herumschwirren und auf die Königin warten. Ich bin beeindruckt von Elektras Verhalten und versuche nicht, sie zurückzuhalten.

Zwei Frauen, die unser Näherkommen wahrscheinlich noch nicht bemerkt haben, streiten sich.

„Ich sage dir, kein Fremder hat in den letzten zwölf Monaten die Küche betreten", beharrt die eine.

„Unsinn. Du hast keine Ahnung, glaube ich. Denn es war jemand in der Küche."

„Nein, war es nicht. Ich habe sehr wohl eine Ahnung, wovon ich rede. Diese hochnäsige, unausstehliche Frau aus Paris, die zu Gast Seiner Majestät im Schloss war, war die Letzte, die hier unten war. Sie, die sich in den Gängen des Schlosses verirrt hatte und wütend und schreiend hier unten ankam und uns zu bestrafen drohte, da wir ihr begegnet waren und sie angeblich noch mehr verwirrt hatten."

„Und ich sage dir, vor ein paar Tagen habe ich Herrn Max gesehen, der einen unbekannten Mann, groß, dunkel und dünn wie eine ausgetrocknete Zypresse, eskortiert hat. Sie haben leise gesprochen, genau dort hinten in der Küche", betont die zweite Frau.

Der Mann neben mir macht einen Schritt auf sie zu, bleibt aber doch stehen. Er räuspert sich, als wolle er etwas sagen, wird aber unterbrochen von einem buckligen Mann mit spärlichem Haar unter der weißen Kochmütze und einem weißen, gedrehten Schnurrbart, dessen lebhafter Blick wie der eines Kindes wirkt.

„Haltet beide den Mund, sonst werden sie wieder die Wächter bringen. Habt ihr Lust auf Theater?", droht er ihnen.

Als sie ihn schimpfen hören, wenden sie sich um und stellen fest, dass der Mann neben mir ihr Gespräch schweigend und mürrisch verfolgt hat. Sie schauen ihn für einige Momente mit einem erschrockenen Blick an und eilen dann mit gesenkten Köpfen davon.

Ich nutze die Stille des Moments und lenke meine Aufmerksamkeit auf den Küchenbereich.

Der große Raum ist gut beleuchtet, wie es sich für eine königliche Küche gehört; mehr als zehn Leuchter mit brennenden Kerzen hängen an der Decke und helfen mir, alle Bereiche genau zu betrachten. Ich hatte noch nie eine besondere Beziehung zu Küchen und deren Ausstattung, außer dass ich darin schnell etwas zu Essen zubereiten wollte. Ich kenne nicht einmal die Grundlagen. Aber eine königliche Küche, versteht sich von selbst, muss mit der neuesten Technologie der Zeit ausgestattet sein.

„Also, Paul. Geht es dir gut?"

Die Frage des Mannes neben mir überrascht mich.

„Eeeeehm... kennen Sie mich denn?", was ich sage, ist eher ein Gestotter als verständliche Worte.

Der fragende Blick, den mir mein Gesprächspartner zuwirft, verwirrt mich noch mehr.

„Natürlich, junger Mann. Wie könnte ich den Enkel von Franz Schneider vergessen? Obwohl ich dich einige Zeit nicht mehr gesehen habe. Wenn ich mich nicht irre, sind mindestens zehn Jahre vergangen. Du hast dich überhaupt nicht verändert."

Er hebt leicht die Schultern und lächelt verlegen. „Was für eine Unhöflichkeit meinerseits! Ich habe vergessen, mich vorzustellen. Ich bin Max Oltmann, Freund deines Großvaters. Wo ist Franz eigentlich? Warum ist er nicht mitgekommen?", fragt er flüsternd, indem er sich sehr nah an meine Wange beugt und mir den Eindruck gibt, dass die letzte Frage nur für meine Ohren bestimmt war. „Sprich leiser, junger Mann. Nicht jeder muss zuhören. Es geht sie nichts an."

Ich sehe ihn verblüfft an. Das ist also Max, dessen Name von Schwanhold im Sängersaal erwähnt wurde, als ich ihn nach den Nachtwächtern gefragt hatte!

„Sie kannten meinen Großvater?"

„Der junge Herr erinnert sich nicht an seine früheren Besuche im Schloss, Max, chhh", greift Schwanhold ein, der sich näherte, ohne dass ich es bemerkt habe. „Er war damals ein kleines Kind, chhh. Er hat es vergessen."

„Was höre ich, Schwanhold? Hast du Paul heute schon getroffen? Warum hast du mir nichts erzählt, du listiger Vogel?", fragt er und wirft dem großen Vogel ein Lächeln zu.

Plötzlich wird das Gesicht von Max durch das plötzliche Sinken seiner dichten braunen Augenbrauen dunkel. Mit einem Ausdruck der Verwirrung in den Augen schaut er von Schwanhold zu Paul und zurück.

„Aber dann? Wenn er sich nicht erinnert, wenn er nicht weiß, warum ist er dann hier? Wie hat er es geschafft?"

Seine Frage ist sowohl in seinem Gesicht als auch in seinen Worten zu lesen.

Ich verstehe nicht, wovon er redet. Ich befürchte, dass ich plötzlich den Kontakt verloren habe, und kann das Gespräch, das sich vor mir abspielt, nicht mitverfolgen, als hätte jemand den Radiosender gewechselt. Ich fühle mich überwältigt von dem Gefühl, dass etwas nicht stimmt.

„Der junge Herr Paul und Frau Elektra sind mit den heutigen Besuchern gekommen", murmelt der Schwan.

„Und sie blieben drinnen, nachdem das Schloss geschlossen wurde. Das weiß ich schon", sagt Max, der mich misstrauisch ansieht und versucht, ein Lächeln der Befriedigung zu verbergen, das sich auf seinen Lippen abzeichnet.

Und warum sollte er nicht zufrieden sein? Er hat gerade die beiden Eindringlinge entdeckt, nach denen er gesucht hatte, ohne viel Aufwand. Wir beide haben uns freiwillig bei ihm gemeldet.

Plötzlich fällt mir das zischende Geräusch auf, das wie bei einem pfeifendem Wasserkocher immer lauter wird. Das Personal hat seine bisherige aufmerksame Haltung aufgegeben. Alle haben angefangen zu flüstern und zu wispern. Seufzer, verwirrte Fragen und hastige Schritte auf dem Holzboden erreichen meine Ohren.

Ich drehe mich um in Richtung Küche.

„Es sind Diebe", ist eine weibliche Stimme aus der Mitarbeitergruppe zu hören. „Sie sind sicherlich heimlich in das Schloss gekommen, um sich etwas Wertvolles zu schnappen. Lasst uns die Wachen rufen, damit sie sie verhaften."

Die weibliche Stimme kommt mir bekannt vor und ich erkenne sie schnell wieder. Natürlich ist es die Stimme, die Max begleitet und über den Unsinn des Schwans gemurrt hatte. Bei genauerem Hinsehen identifiziere ich die Besitzerin der Stimme. Sie steht nicht weit von Elektra und wirft ihr feindselige Blicke zu. Ihre große, dünne, schwarz gekleidete Silhouette ähnelt einem Raben, der sich darauf vorbereitet, sich auf die ahnungslose Elektra zu stürzen.

„Rede keinen Blödsinn, Eva."

Max spricht laut, um gehört zu werden. „Du weißt sehr gut, dass es im Schloss einen Alarm gibt. Wenn sie etwas berührt hätten, hätten wir es gewusst."

„Lasst uns besser die Wachen rufen, damit sie sie durchsuchen", beharrt Eva, aber ihre Stimme ist deutlich leiser.

Die Wachen?, frage ich mich, weil ich die ganze Zeit von Wachen höre, aber noch immer keine gesehen habe.

Ist es das Eingreifen von Max oder ist es die Erwähnung der Wachen, die die Ruhe zurück in den Raum gebracht hat? Plötzlich scheint niemand mehr bereit die Debatte fortzusetzen oder den Vorschlag der giftigen Eva zu unterstützen. Alle blicken jetzt schuldbewusst zu Boden.

Nach Wiederherstellung der Ordnung wendet sich Max wieder mir zu.

„Also, junger Mann. Wo ist Franz?"

„Mein Großvater ist gestorben", antworte ich langsam mit zitternder Stimme.

„Das tut mir leid, mein Kind. Das wusste ich nicht."

Zu meiner großen Überraschung scheint Max aufgewühlt

zu sein. Als er antwortet, ist seine Stimme nicht ganz stabil. „Wie schade. Franz war ein guter Mensch. Er war meine letzte Verbindung zur Außenwelt. Er brachte mir immer Nachrichten und Neuigkeiten aus der Außenwelt. Jetzt habe ich niemanden mehr."

Eine merkwürdige Glocke läutet in meinem Kopf, während ich zuhöre, wie Max über meinen Großvater spricht, aber ich kann ihre Bedeutung noch nicht erfassen. Ich habe das Gefühl, dass die Nachricht vom Tod meines Großvaters Max nicht so sehr schockiert, wie er es scheinen lassen möchte. Ich beobachte die Veränderungen an ihm mit großem Interesse. Seine graugrünen Augen verdunkeln sich und nehmen die Farbe des stürmischen Meeres an. Seine breiten Schultern kippen nach vorn, als wären sie plötzlich schwer beladen. Sein großer, starker Körper beugt sich wie eine Zypresse, die größer geworden ist, als ihre Wurzeln ertragen können. Sein Verhalten ist sicher nur vorgetäuscht. Die Demonstration seines großen Bedauerns überzeugt mich nicht und bewirkt das Gegenteil des vermutlich beabsichtigten Ergebnisses.

Es kann nicht sein, dass der Tod meines Großvaters ihn so schockiert, denke ich. Aber diese Vorführung ist nicht das einzige, was mich an seiner Ehrlichkeit zweifeln lässt. Es ist auch die Art und Weise, wie er über die Leute außerhalb des Schlosses sprach, die mich erstaunt hat. Fast klingt er wie ein Gefangener, oder bilde ich mir das ein? Warum spricht er von der Außenwelt, als wäre sie etwas Unzugängliches?

Beim Versuch, meine Gedanken in Ordnung zu bringen, sehe ich aus dem Augenwinkel, wie der Schwan, der zwischen mir und Max steht, Max fest in den linken Fuß kneift, so subtil, dass niemand außer mir das Geringste bemerkt. Aber es scheint zu funktionieren, denn Max nimmt sogleich wieder seine aufrechte und gerade Haltung ein.

Das unerwartete Verhalten des Schwans kommt mir merkwürdig vor, aber nach dem Zwick verändert sich Max' Verhalten komplett. Seine Trauer verschwindet vollständig und sein Gesicht wird grau, als ob er fünf Stunden in einem Sarg verbracht hätte.

„Wo habt ihr euch bis jetzt versteckt?", fragt er plötzlich und starrt mich mit strengem Blick an. Er hat seinen großen Kummer über den Verlust seines Freundes völlig vergessen.

„Wir haben uns nicht versteckt", stottere ich und fühle, wie meine Beine weich werden von dem wilden Blick, den er mir zuwirft.

Max schafft es nicht zu antworten, weil ein Mann in Militäruniform an der Tür erschienen ist und seine Aufmerksamkeit auf sich zieht. Er räuspert sich und gibt dem Neuankömmling ein Zeichen, an der Tür stehen zu bleiben. Schweigend beobachte ich, wie er sich dem geduldig wartenden Mann nähert. Dann unterhalten sie sich eine Weile leise.

Ich staune über den Anblick des Soldaten, der wohl zu den oft erwähnten Wachen gehört und aussieht, als sei er einem Bild aus dem Geschichtsbuch entsprungen in seiner dunkelblauen Uniform, einem Lederhelm mit Löwenemblem und dem Schwert am Ledergürtel. Eigentlich ist es ein Wunder, dass ich noch nicht verrückt geworden bin beim Versuch, alles zu verstehen, was heute Nacht um mich herum passiert. Wenn es kein kolossaler Witz ist, der aus einem kranken Verstand geboren wurde, und wenn die Nachtwächter heute Abend keine Faschingsparty organisiert haben, dann sind die Dinge bizarrer, als ich es mir jemals vorgestellt hätte.

Meine Gedanken gehen zu Elektra, die sicherlich von dem Erscheinen des Wächters erschrocken ist. Ich drehe mich um und suche nach ihr. Ich sehe sie in der Nähe der hölzernen Küchentheke, wo sie mit einer großen Frau spricht und das Auftauchen des Wächters wahrscheinlich nicht mal bemerkt hat.

Und dann, inmitten all dieser üblen und kuriosen Wenden des heutigen Abends, sehe ich plötzlich das Mädchen, das ich schon die ganze Nacht suche. „Und es wird hell", murmle ich erstaunt. Sie steht neben Elektra und gibt vor, am Gespräch der Frauen teilzunehmen, aber ihre Augen sind auf mich gerichtet. Unsere Blicke treffen sich. Meine Wangen sind bestimmt rot geworden, ich habe das Gefühl, dass sie brennen.

Als wäre die Zeit eingefroren, als sich unsere Blicke trafen, scheint alles um sie herum regungslos, leblos und farblos zu sein. Ihre leuchtenden Farben haben die anderen überschattet, als ob sie die einzige lebendige Person im Raum wäre. Sie sieht ruhig aus und lächelt. Nichts zeigt, dass sie ein Problem hat und meine Hilfe braucht, wie sie mir nachmittags gesagt hatte, als sie das Opfer des Füllfederhalters mit sich nahm. Auf die plötzliche Freude, die mich überwältigt, war ich nicht vorbereitet. Meine gemischten Gefühle verwirren mich. Einerseits bin ich erleichtert und glücklich, dass ich sie endlich gefunden habe, zumal ich angefangen hatte, an ihrer Existenz zu zweifeln, andererseits verstehe ich, dass ich nicht so egoistisch denken darf. Eine schwer verletzte Person, die gerade nicht im Raum ist, verbindet mich mit ihr. Was ist wohl in den vergangenen Stunden passiert? Hat der Arzt ihn gerettet? Ich muss einen Weg finden, mich ihr zu nähern und mit ihr zu sprechen.

„Um sie geht es also, um Fräulein Emma. Der junge Herr hat die ganze Nacht nach Emma gefragt, chhh!", flüstert der Schwan, der scheinbar keinen der geheimen Blicke verpasst hat, die ich mit dem Mädchen ausgetauscht habe.

„Ja", raune ich und nickte ihm zu, aber ich beeile mich den Blick von ihr abzuwenden, denn aus dem Augenwinkel sehe ich, dass Max zu uns zurückkehrt, um mich erneut in Angst und Schrecken zu versetzen. Ich hoffe, er hat die Worte des Schwans nicht gehört. Etwas sagt mir, dass er nicht von meinem Interesse an dem Küchenmädchen erfahren darf.

„Also, Paul?", fährt Max fort und nähert sich mir mit demselben fragenden Blick, den er trug, bevor der Wachmann ihn unterbrach.

„Wir haben uns nicht versteckt", wiederhole ich meine

letzten Worte und ergreife erneut den Faden unserer Unterhaltung, als wäre Max keine Sekunde weg gewesen.

Ich möchte das Gespräch mit ihm so schnell wie möglich beenden, um zu Elektra und Emma zu gehen. „Wir sind durch die Zimmer gelaufen. Wir wollten das Schloss in Ruhe ansehen."

„Mein Junge, denkst du wirklich, dass du mich so leicht davon überzeugen kannst, dass du und die Dame heimlich im Schloss geblieben seid, nachdem alle anderen Gäste gegangen sind, um es in Ruhe zu genießen?"

„Das ist die Wahrheit", stammle ich.

Als Antwort bekomme ich ein ironisches Lächeln von Max. Es ist offensichtlich, dass meine Antwort ihn überhaupt nicht befriedigt. Plötzlich merke ich, dass ich eine Entscheidung treffen muss und das sehr schnell. Soll ich Max nach meinem Großvater und allem fragen, was mir auf der Seele liegt, und den wahren Grund gestehen, der mich hierhergebracht hat? Plötzlich finde ich die Ausrede, die mir in diesem Moment eingefallen ist, sehr komisch und eher unglaubwürdig. Unter uns, ich selbst würde mir auch nicht glauben. Außerdem haben Lügen kurze Beine, wie mein Großvater immer sagte. Ich sollte wahrscheinlich das Lügen lassen, wenn ich ein gutes Verhältnis zu Max pflegen will. Jemand, der Lügen nicht verträgt, ist direkt zu erkennen; Max ist bestimmt einer von denen.

„Lass uns woanders gehen, um ungestört zu sprechen", schlägt Max vor, als hätte er meine Gedanken gelesen.

Ich nicke bejahend. „Lass mich Elektra rufen", sage ich zu ihm.

„Nein", antwortet er sofort und bestimmend. „Nur wir zwei. Die Frau hat nichts mit unserer Diskussion zu tun."

Ich setze zum Widerspruch an, da ich nicht vorhabe, ohne Elektra irgendwohin zu gehen, aber sein kalter Blick zwingt mich, meine Meinung zu ändern. Ich schaue zurück in die Küche. Elektra scheint im Zentrum des Interesses aller Frauen zu stehen. Sie scheint ihre Diskussion zu genießen. Sie trägt ein Lächeln, das ihr Gesicht zum Leuchten bringt.

„Frau Elektra wird es hier mit den Frauen gut gehen", hilft mir Max, der in die gleiche Richtung schaut, die endgültige Entscheidung zu treffen.

„Kann ich aber mitkommen, chhh?", fragt der Schwan flehend, wie ein Kleinkind.

Es sieht so aus, als ob Max nicht ablehnen kann.

„Hmm, okay. Du kannst kommen", sagt er und zuckt gleichgültig mit den Schultern. Dann wendet er sich mir zu und zwinkert. „Dieser Schwanhold. Ich sage dir, junger Mann, dass er mehr Lärm machen wird, als dass er zu unserer Diskussion beizutragen hat", fügt er ironisch hinzu.

Mir gefällt seine abfällige Art gegenüber dem Schwan nicht. Ich mag den unvorhersehbaren Vogel, obwohl er mich heute Abend einige Momente mit seinem plötzlichen Verschwinden genervt hat.

Schwanhold hebt mit aller Kraft seinen Hals, als würde ihn eine unsichtbare Hand am Schnabel ziehen, und sieht Max zögernd an.

„Vielleicht möchte Max, dass ich zurückbleibe und das Personal beruhige, chhh? Sie sind durch die Anwesenheit der Frau und des jungen Herrn sehr besorgt. Was sie von der Frau hören, die zurückgeblieben ist, wird sie mit Sicherheit noch mehr verwirren."

„Mach dir keine Sorgen, Schwanhold. Das ist Evas Job. Außerdem müssen alle schnell an ihre Arbeit zurückkehren. Sie müssen das Essen für heute Abend zubereiten."

Er dreht sich plötzlich um und wendet sich an die Mitarbeiter:

„Alle zurück zur Arbeit. Wie ihr gesehen habt, haben wir heute Abend zwei weitere Gäste zum Abendessen. Er würde wünschen, dass wir sie so behandeln, wie sie es verdient haben", sagt er, geht zur Tür, und lädt mich und Schwanhold mit einer schwungvollen Handbewegung ein, ihm zu folgen.

19. ELEKTRA ~ Am Tisch Seiner Majestät

Elektra beobachtet besorgt, wie Paul Max folgt, aber sie kann nicht reagieren, weil Emma ihre Hand festhält.

„Lassen Sie ihn ruhig gehen. Haben Sie keine Angst. Es wird alles nur noch schlimmer, wenn er ihm nicht folgt", flüstert Emma in ihr Ohr.

Elektras Blick bleibt auf dem Rücken der drei hängen, als sie die Küche verlassen.

„Ich bin sicher, er wird mit ihm über seinen Großvater sprechen", fährt Emma fort. „Wenn er glaubt, dass dies seinem Zweck dient, wird er ihm vielleicht auch erklären, wie wir alle ins Schloss gekommen sind."

Elektra dreht sich zu dem Mädchen um, das immer noch ihre Hand hält. Ihr Griff hat sich inzwischen gelockert.

„Du bist also die Unbekannte!"

Emma sieht sie verwirrt an, als sie Elektras Hand frei lässt.

„Paul hat mir von dir und dem Füllfederhalter erzählt", erklärt Elektra und verlagert nervös ihr Gewicht.

„Er hat dich den ganzen Abend gesucht."

Emmas Lippen zittern leicht und bilden ein bitteres Lächeln. „Ich bin Emma."

Elektra stellt sich ihrerseits vor.

Für einige Momente schweigen sie und sehen sich an, als würden sie sich gegenseitig inspizieren.

„Es ist schwer, an das zu glauben, was er mir erzählt hat", flüstert Elektra zaghaft.

„Sie haben nicht unrecht. Es war für mich am Anfang, als

ich es herausfand, genauso schwierig", stimmt Emma zu.

Elektra zieht neugierig die Augenbrauen hoch. Sie erkennt Emmas Absicht, ihr zu erklären, was los ist. Leider kommen einige Frauen auf sie zu und das junge Mädchen hört plötzlich auf zu erzählen.

Elektra sieht sie mit einem aufmunternden Lächeln an, um sie zu ermutigen weiterzusprechen, aber der dunkle Blick des Mädchens löscht ihr Lächeln sofort aus. Sie hat das Gefühl, dass die junge Emma sich plötzlich in eine blasse und verängstigte Kreatur verwandelt hat.

„Sie müssen den Jungen überzeugen, Frau Elektra."

„Du meinst Paul, nehme ich an."

„Ja, Paul", wiederholt Emma seinen Namen. „Er muss mir das Buch geben", flüstert sie in Eile. Es ist das Einzige, was sie zu sagen schafft, bevor die Frauen sie erreichen. Sie kommen direkt auf sie zu, bis ihre Körper sie berühren.

Elektra ist überrascht von diesem weiblichen Überfall und macht einen Schritt zurück. Sie weiß nicht, wie sie reagieren soll, und blickt verlegen auf den gut geputzten Boden. Sie prüft ihn sorgfältig, wie ein Gesundheitsinspektor nach einer Beschwerde. Sie entdeckt nichts Tadelnswertes. Der Boden strahlt vor Sauberkeit. Und doch ist sie sich sicher, dass der Boden vor ihren Füßen voller Trümmer ist. Fragmente der Mauer, die sie jahrelang um sich herum errichtet hatte, um sich vor solchen ungewollten Invasionen zu schützen. Nachdem diese Frauen mit ihrer Neugier, sie zu betrachten und zu berühren, diese einst beschützende Mauer durchbrochen haben, überlegt sie, wie sie reagieren soll.

Sie hebt verwirrt den Kopf. Sie blickt in lächelnde, wohlwollende Gesichter und plötzlich kommt ihr unerwartet eine pfeilscharfe Idee in den Sinn. Hat die nun zerbrochene Mauer sie in all den Jahren wirklich beschützt? Oder hat ihre freiwillige Isolation hinter der Mauer sie der Freuden des Lebens beraubt? Ein kleiner frostiger Moment lässt sie zweifeln. Das Gefühl, dass sie in den vergangenen Jahren vielleicht sich selbst inhaftiert hat, erfüllt sie mit Bitterkeit.

„Was bringt Sie an unseren Ort, liebe Dame?"

Eine jugendliche Stimme bringt sie zurück in die Realität. Emma stupst sie heimlich an, wohl um ihr zu zeigen, dass sie die Frage beantworten muss, die ihr gerade gestellt wurde.

„Ich komme zum ersten Mal. Die Wahrheit ist, dass ich es schon lange vorhatte, aber mich nicht dazu aufgerafft habe", erwidert sie mit einem angeblich sorglosen Lächeln.

„Sie haben sich entschieden ins Schloss zu kommen? Ohne eine königliche Einladung? Wie ist das möglich?"

Die junge Frau, die die Frage stellte, sieht sie mit weit aufgerissenen Augen an. Sie ist jünger als Elektra, aber ihre konservative Frisur, sie trägt ihr schwarzes Haar mit einem Mittelscheitel zu einem festen Pferdeschwanz am Hinterkopf, lässt sie älter erscheinen. Und der einzige fröhliche Pinselstrich in ihrer farblosen Bekleidung ist der weiße Blumenkragen um ihren weißen Hals.

„Königliche Einladung? Ich verstehe nicht. Im Jahre 2018 gibt es in Deutschland keine Könige mehr."

Sie würde die Frau, die sie weiterhin erstaunt ansieht, am liebsten auslachen, hält sich aber zurück, um sie nicht zu beleidigen. Sie wundert sich, was sie falsch gemacht haben könnte und wirft Emma einen flehenden Blick zu.

Doch durch den verzweifelten Blick, der auf Emmas blassem Gesicht zu sehen ist, vergeht ihr das Lachen. Ihr wird klar, dass etwas nicht stimmt. Die mitfühlenden Blicke, die die älteren Frauen der Runde ihr zuwerfen, beunruhigen sie am meisten.

„Die Gute, sie ist wahrscheinlich verwirrt durch die Müdigkeit. Es ist auch schon spät. Haben Sie vielleicht Hunger? Möchten Sie eine Kleinigkeit essen, bis das Abendessen fertig ist?"

„Und Kleidung braucht sie auch", schlägt eine pausbäckige Frau vor, deren Wangen rosiger sind als ein Pfirsich. „Wie soll sie am Tisch Seiner Majestät sitzen, gekleidet wie ein Vagabund? Und ihre Haare", fährt sie fort und berührt die Enden von Elektras wildem Haar, das bis zur Mitte ihres Rückens reicht. „Eine von uns sollte sie kämmen."

„Seiner Majestät? Was meint ihr damit?"

„Seine Majestät, der König Ludwig", sagt Emma schnell.

Elektra sieht sie verwirrt an.

„Soll das ein Witz sein? Ludwig ist seit 1886 tot, wenn ich mich nicht irre", stottert sie, aber etwas sagt ihr, dass es Zeit ist, den Mund zu halten. Sie ist so verwirrt, dass es ihr schwer fällt, sich zu konzentrieren. Sie sieht Emma verzweifelt an und bittet stumm um Hilfe.

Emma schafft es nicht, etwas zu sagen.

„Sie irren sich natürlich, werte Frau", erklingt eine strenge männliche Stimme.

„Herr Karl, Sie hier?", fragt eine der Frauen lächelnd.

Karl ist in den Raum gekommen, ohne dass ihn eine der Frauen bemerkt hat, da sie alle mit ihren Plänen für Elektras Erscheinungsbild beschäftigt waren.

Elektra schaut zwischen den Schultern der Frauen hindurch, die sie noch immer dicht umzingeln, und sieht einen länglichen Kopf mit einem schwarzen Hut auf weißem Haar. Seine dicken roten Wangen sehen aus wie angeschwollen, wie Segel eines Segelschiffes, die mit Wind gefüllt sind, und sein schneeweißer Bart reicht bis an seinen Hals.

Sein Name ist ihr nicht unbekannt. Sie ist sicher, dass sie ihn heute Abend irgendwo gehört hat. Es dauert nicht lange, bis sie sich daran erinnert. Als Paul und sie sich hinter dem Vorhang im königlichen Schlafzimmer versteckten, sprach die Männerstimme von Karl, der jeden Tag ein neues Alabasterversteck für den ungezogenen Schwan herstellt.

„Sind meine Porzellanteller fertig, Herr Karl?", ruft eine zweite Frau, als sie seinen Kopf auftauchen sieht.

„Ja, ja, ich habe sie eben in den Ofen gelegt, meine Liebe", antwortet er, ohne sie anzusehen.

Sein Blick ist auf Elektra gerichtet. Er öffnet einen Weg zwischen den Frauen, schiebt sie sanft mit seinen Händen zur

Seite und nähert sich ihr.

„Meine Dame, Sie machen definitiv einen schrecklichen Fehler. Wie können Sie so eine riesige Lüge erzählen? Warum behaupten Sie, dass Seine Majestät vor vielen Jahren gestorben ist?"

Er greift sie buchstäblich an, während ein unergründliches Lächeln auf seinen Lippen hängt.

Elektra hört ihm skeptisch zu und versucht zu verstehen.

„Meine Freunde", fährt Karl fort und dreht sich um, um sicherzustellen, dass alle ihm zuhören. „Seine Majestät lebt, so wie ihr und ich. Ich versichere Ihnen, ich habe ihn neulich gesehen und er war sehr gesund."

Er dreht sich wieder zu Elektra um, die ihn sprachlos ansieht und darauf wartet, dass er seine kurze Rede beendet, die wahrscheinlich noch nicht vorbei ist.

„Sie sehen ziemlich schlau aus. Sie hätten einen besseren Grund für Ihren illegalen Aufenthalt im Schloss finden können. Lassen Sie Seine Majestät in Ruhe", sagt er schließlich.

Er versucht mich davon zu überzeugen, dass ich lüge, denkt Elektra und wundert sich, warum er das tut.

Nur seine Augenbrauen sind schwarz geblieben, stellt sie fest, während sie sein Gesicht betrachtet. Der Schnurrbart, der seine Lippen versteckt, lässt ihn älter aussehen, als er wirklich ist. Die Schürze, die in seinem Nacken geknotet und fest um seine Hüfte gebunden ist, ist schmutzig, ein Zeichen dafür, dass er bis zu diesem Zeitpunkt gearbeitet hat. Sie beobachtet ihn und achtet sehr genau auf seine Worte in der Hoffnung, dass er etwas sagt, das ihr hilft zu verstehen, was hier vor sich geht.

„Zu dem anderen Thema", spricht Karl nun weiter, nachdem er eine große Pause zwischen seinen Sätzen gelassen hat, „ich könnte nie, gnädige Frau, trotz Ihrer seltsamen Kleidung, Ihrer Behauptung glauben, dass wir angeblich im Jahr 2018 sind. Laut meinem Tagebuch und natürlich dem der Burg ist das heutige Datum der 22. Februar 1886. 2018, was für ein Unsinn. Wenn dies wahr wäre, wären wir schon seit vielen Jahren tot", erklärt er und sein Ton ist gutmütig, als würde er Verständnis zeigen für einen Mitmenschen, der ein Problem hat.

Seine Stimme ist locker und leicht theatralisch. Er spricht, als würde er ein satirisches Gedicht rezitieren, und schaut oft die Mitarbeiter an, um sicherzustellen, dass alle zuhören. „Sie stimmen mir doch zu, Kollegen, richtig?", fragt er sie und unterbricht so ihre Gespräche.

Elektra hat noch nicht herausgefunden, ob Karl sich über sie lustig macht oder ob er alles ernst meint. Wie auch immer, sie will sich nicht von ihm aufregen lassen. Nach einigen Augenblicken des Zögerns beschließt sie, ihn über seine falschen Annahmen aufzuklären. Wenn er sie ließe, wenn er aufhören würde zu reden, würde sie ihm alles erklären, aber als sie den Mund öffnet, kann sie nicht sprechen. Ihre Lippen sind schwer und trocken.

Sie bittet um etwas zu trinken. „Kann ich ein Glas Wasser haben?"

Gleich zwei der Frauen flitzen los, um ihren Wunsch zu befriedigen.

Karl beobachtet sie mit einem gleichgültigen Blick. Sie bemerkt jedoch, dass viele der Angestellten ihre Arbeit wieder aufnehmen und ihr ursprüngliches Interesse verlieren. Anscheinend hat Karl es geschafft, sie davon zu überzeugen, dass sie verrückt ist.

„Sie müssen mir glauben, Herr Karl", sagt Elektra, als sie den letzten Tropfen getrunken hat. Zwei große Gläser Apfelsaft haben ihren Durst erst mal gelöscht. Die Wörter fließen jetzt mit Leichtigkeit aus ihrem Mund. „Sie scherzen sicher, wenn Sie sagen, dass wir uns im Jahr 1886 befinden. Obwohl es überhaupt nicht lustig ist zu behaupten, dass Sie in den letzten einhundertdreißig Jahren in diesem Schloss gelebt haben wollen, ohne zu bemerken, dass die Zeit vergangen ist."

Wenn es ihr Ziel war, Karls Widerstandsfähigkeit zu testen, dann ist wohl bewiesen, dass er nicht mehr viel davon hat.

„Sind Sie verrückt, gnädige Frau?", schreit Karl und hat seinen gekünstelt ruhigen Gesichtsausdruck und seine Gelassenheit verloren.

Mit einem Kopfschütteln zeigt er auf die wenigen verbliebenen Beobachter.

„Was sind das für Märchen, die Sie vor diesen Leuten erzählen? Wollen Sie sie verrückt machen? Was Sie sagen, ist völlig irrational", pfeift er durch die Zähne.

Sein wütendes Gesicht macht ihr Angst. Die Falten an den Augenrändern werden tiefer. Sie tritt unbewusst ein paar Schritte zurück. Sein Gesicht ist nicht mehr freundlich und fröhlich. Elektra sucht nach Emma, die, solange sie mit Karl gesprochen hat, kein einziges Wort gesagt hat. Sie findet sie zu ihrer Rechten. Hat Emma auch Angst oder bildet sie es sich nur ein? Ist es vielleicht besser, so schnell wie möglich hier weg zu gehen und nach Paul zu suchen?

Plötzlich kommt Karl ihr sehr nahe. Sie spürt seinen heißen Atem an ihrer Wange. Er packt sie fest am Arm und flüstert, während sein Schnurrbart ihr Ohr berührt:

„Gehen wir irgendwohin, um in Ruhe zu sprechen. Hier ist nicht der richtige Ort."

Erschrocken versucht sie sich zurückzuziehen, aber seine Hand hält sie weiterhin fest. Ohne es zu beabsichtigen, stöhnt sie auf.

„Lass mich. Du tust mir weh."

„Du machst Witze", bringt er sie zum Schweigen. „Es ist offensichtlich, dass du Hilfe brauchst und ich bin bereit dir zu helfen."

Er drückt sie leise Richtung Ausgang. Elektra verliert beinahe das Gleichgewicht, als ob sich der Boden unter ihren Füßen bewegt wie bei einem schweren Erdbeben. Obwohl sie Erdbeben erlebt hat, weil das Land, in dem sie geboren wurde, ein Erdbebengebiet ist, lebt sie lange genug in Deutschland, um sich von dieser Angst freigemacht zu haben. Der Angst, dass sich irgendwann der Boden unter den Füßen auftut, nichts bleibt wo es ist, dass man von der Tiefe und der Dunkelheit verschluckt wird.

20. PAUL ~ Der Weg der Tinte

Eine weitere Treppe. Ich habe aufgehört zu zählen, wie oft ich heute Nacht die Treppen zwischen den Stockwerken des Schlosses hinauf- und hinabgestiegen bin. Ich renne hinter Max her, der mit so großen Schritten die Treppe hinaufgeht, dass er nur jede zweite Stufe betritt. Ich beklage mich dennoch nicht, weil ich glaube, dass die sechsundsechzig Stufen dieser Treppe mich näher an die Erklärungen für einige der vielen komischen Ereignisse dieser Nacht im Schloss bringen werden.

Meinen Blick auf den breiten Rücken von Max fixiert bemühe ich mich, die Distanz zwischen uns nicht größer werden zu lassen. Obwohl er zwei- oder dreimal stehen geblieben ist, ist es nicht einfach, ihn einzuholen. Als ich mich dem Ende der Treppe nähere, bekomme ich kaum noch Luft und mache eine kleine Pause, um meine Lunge zu füllen. Ich hebe den Kopf, um zu sehen, wie viele Stufen noch vor mir liegen. Es sind noch um die zwanzig, schätze ich. Die voluminöse Silhouette von Max nähert sich dem Ende der Treppe. Sein Rücken erinnert mich an den meines Vaters, den einzigen Teil seines Körpers, den ich in den letzten Jahren öfter gesehen habe.

Ein flüchtiger, kühler Wind weht mir behaglich ins Gesicht und verdrängt die unangenehme Erinnerung an meinen Vater. Es ist die Luft, die von den ausgebreiteten Flügeln Schwanholds bewegt wird, als er an mir vorbeifliegt.

„Warum haben wir Menschen keine Flügel? Es wäre einfacher, Treppen aufzusteigen", ächze ich und atme gleichzeitig tief ein.

„Weil die Leute sie eigentlich nicht wollen, chhh. Sie

haben nie die geringste Anstrengung unternommen, welche zu bekommen", kommentierte der Schwan, als er zwei Stufen vor mir innehält. „Die Flügel benötigen Kraft und Geduld, die die Leute nicht haben, chhh. Indem sie Sicherheit suchen, sind sie zu Sklaven der Schwerkraft geworden, die es ihren Körpern nicht erlaubt, sich von der Erde zu erheben."

Meine Augen verengen sich vor Erstaunen, aber Schwanhold sieht mich nicht, er ist bis zur letzten Stufe geflattert und hat sogar Max überholt.

Ich folge ihnen und erreiche einen gut beleuchteten Raum im zweiten Stock. Als ich eintrete, sehe ich mich erst mal um. Der aus Holz geschnitzte Schreibtisch mit einer grünen Oberfläche in der Mitte des Raumes ist in Kerzenlicht getaucht, ein Kronleuchter hängt direkt darüber. Bunte Gemälde schmücken die Wände und der brennende Kamin auf der linken Seite des Raumes hält den Raum warm und freundlich, bereit uns willkommen zu heißen.

Der Schwan, der wie immer als erster angekommen ist, steht bereits auf dem Kirchenstuhl, der sich neben dem Kamin befindet. Als wir hereinkommen, flattert er in unsere Nähe.

„Das Büro Seiner Majestät", informiert mich Max mit völlig flacher Stimme.

Er setzt sich auf den Stuhl links vom Schreibtisch und zeigt auf den Stuhl zur rechten Seite. Der königliche Stuhl bleibt leer.

„Nun, Paul, lass uns keine weitere Zeit verlieren mit unnötigen Worten. Kommen wir gleich zum Hauptthema. Sag mir, warum bist du im Schloss geblieben?", fragt er mich.

Sein Gesicht ist ausdruckslos und seine Lippen so fest zusammengedrückt, dass sie wie zwei gerade Linien aussehen.

Ich zögere keinen Augenblick. Ich habe auf diese Frage gewartet und bereits entschieden, was zu tun ist. Um die gewünschten Antworten von Max zu bekommen, muss ich ihn von meiner Ehrlichkeit überzeugen. Der einzige Weg, ihn von meiner Ehrlichkeit zu überzeugen, ist, ihm etwas zu geben. Zumindest das, was ich am harmlosesten finde: den Grund, warum ich zum Schloss gekommen bin.

„Ich habe meinem Großvater versprochen, ein Buch mit Geschichten aus dem Leben von Ludwig hierher zu bringen und es einer der zuständigen Personen zu übergeben. Ich denke, dass er es dem Schlossmuseum schenken wollte, wenn es so etwas gibt", sage ich und betone langsam jedes Wort, um die Bedeutung meiner Mission hervorzuheben.

Plötzlich habe ich das Gefühl, dass ich gerade einen großen Fehler gemacht habe. Die weit aufgerissenen Augen von Max starren mich an wie der Falke, der auf seine Beute lauert. Die offensichtliche Gier in seinem Blick macht mir Angst.

„Du hast es aber nicht getan, oder?", sagt mehr feststellend als fragend und zwinkert mir kurz zu.

Ich sehe ihn mit einem neugierigen Blick an, aber ich antworte nicht, weil ich nicht sicher bin, ob Max eine Antwort erwartet.

„Warum hast du deine Meinung geändert und es behalten, mein Junge?"

„Keine Ahnung. Ich habe wahrscheinlich noch keinen Angestellten getroffen", sage ich zögernd.

„Richtig, sehr richtig, mein Junge."

Max nickt verständnisvoll mit dem Kopf und ein flüchtiges Leuchten erhellt seinen Blick für eine Weile.

„Das hast du richtig gemacht, denn das Buch gehört mir. Du musst es mir geben", fährt er mit kontrollierter Stimme fort und zieht seine Augenbrauen zusammen.

Ich bemerke eine Veränderung seiner Stimmung.

„Dein Großvater hat es mir gestohlen."

Er streckt die Hand über den königlichen Schreibtisch hinweg aus, als wäre er bereit das Buch entgegenzunehmen.

Plötzlich bin ich nicht mehr bereit es ihm zu überreichen. Die Anschuldigung, die er gegen meinen Großvater erhoben hat, hat mich geärgert. Ich versuche meine Empörung zu unterdrücken. Ich sehe ihn wütend an.

„Er hat es gestohlen?"

Max nickt zustimmend.

„Genau. Vor einigen Jahren", antwortet er schroff.

Er erhebt sich von seinem Sitz, als wäre er mit der Position, die sein Körper eingenommen hat, nicht zufrieden, nimmt aber sofort wieder die gleiche Haltung ein.

„Ich glaube dir nicht. Mein Großvater war kein Dieb", sage ich so gelassen ich kann, aber tatsächlich stört mich gerade alles. Das ledergebundene Buch im Rucksack drückt an meinen Rücken, meine Handflächen schwitzen, und der Geruch der Kerzen, die im Kronleuchter über meinem Kopf brennen, erinnert mich an einen Friedhof.

Max steht langsam von seinem Platz auf und geht auf mich zu. Es kommt so nah, dass seine Beine meine Knie berühren, als wollte er mich auf dem Stuhl festhalten.

Ich hebe meinen Kopf und sehe ihn an. Er steht vor mir, regungslos wie eine Statue mit einem frostig kalten Blick.

„Wie nennst du jemanden, der etwas genommen hat, das ihm nicht gehört?"

„Vielleicht hat er es sich ausgeliehen oder an der Kasse gekauft. Am Eingang werden Bücher verkauft", versuche ich meinen Großvater energisch zu verteidigen.

Max scheint meine Mühe nicht wirklich zu schätzen.

„Gib mir das Buch", sagt er schroff.

Ich bin überrascht. Ich versuche meine Knie zu befreien, indem ich sie mit Gewalt gegen Max drücke, während sich meine Hände unbewusst nach hinten bewegen und den Rucksack packen, der zwischen meinem Rücken und der hölzernen Rückenlehne des Stuhls eingeklemmt ist.

„Ich habe es nicht bei mir", sage ich panisch, obwohl ich mir sicher bin, dass Max mir nicht glauben wird.

„Es ist meins", beharrt er jetzt ruhiger.

Ich muss meine Hände kontrollieren. Jetzt bin ich mir sicher, dass er meinen Griff nach hinten gesehen und verstanden hat. Die Größe meiner Tasche lässt sowieso nicht viel Zweifel aufkommen.

„Dieses Buch, das du in deinem Rucksack hast, gehört

mir", sagt er langsam und bestätigt meine Gedanken.

Ich mache verzweifelte Versuche, vom Stuhl aufzustehen, aber es ist schwierig, da Max weiter mit den Beinen gegen meine Knie presst. Ich versuche den schweren Holzstuhl mit meinem Körper zurück zu drücken, aber ohne Erfolg. Ich blicke verzweifelt zu dem Schwan, der hinter Max steht, obwohl ich im Grunde keine Hilfe von dem Vogel erwarte.

Aber ich irre mich, denn der Schwan schafft es auf die einzige Weise, die ihm zu Verfügung steht, mich zu befreien: er nähert sich Max leise von hinten und kneift ihn mit aller Kraft.

„Max soll den jungen Herrn in Ruhe lassen, chhh. Das Einzige, was Max mit der Anwendung von Gewalt beweist, ist, dass er den jungen Paul nicht von seinem Recht überzeugen kann", krächzt der Schwan laut.

Max springt vor Schmerzen auf. Innerhalb von Sekunden, in denen er sein schmerzendes Bein reibt, springe ich wie eine Feder vom Stuhl auf und renne zum Schwan. Ich schlucke trocken. Meine verschwitzten Handflächen zittern immer noch, als ich meine Hand hebe, um sanft über den schwarz glänzenden Kopf des Schwanes zu streicheln.

„Du bist sehr schlau, Schwanhold. Gut gemacht", raune ich und versuche zu lächeln.

Es ist keine Kleinigkeit, was der Schwan gerade vollbracht hat. In meiner alltäglichen Realität gibt es keine Möglichkeit, von einem Schwan gerettet zu werden. Niemand würde mit einer solchen Rettung rechnen. Aber in der heutigen Nacht ist anscheinend alles möglich.

Währenddessen sieht Max mich mit einem eiskalten Lächeln und einem scharfen, theatralischen Blick an.

„Du brauchst mir nicht erzählen, dass du das Buch nicht bei dir hast. Ich weiß, dass du es in deiner Tasche hast. Ich bin sicher, mein Buch ist wieder da. Ich muss es nicht sehen oder anfassen. Ich spüre seine Gegenwart, ich rieche den Duft des Papiers, ich höre das aufgeregte Rascheln der Worte, die zwischen den geschlossenen Seiten ersticken."

Seine Stimme zittert, als er die Worte ausspricht, und gleichzeitig macht er ein paar Schritte auf der Stelle, wahrscheinlich um den Schmerz in seiner Wade zu lindern.

Trotz meiner Wut kann ich ein spontanes Lächeln nicht zurückhalten. Ich hätte mir niemals vorstellen können, dass ein so ernster Mensch wie Max so einen Haufen Unsinn erzählt, um mich dazu zu bringen, ihm das Buch zu geben, das er scheinbar verzweifelt haben möchte.

„Weißt du, dass das Buch, das du bei dir hast, einzigartig ist?"

Seine Stimme klingt weiterhin bedrohlich. „Es wurde nie für die Öffentlichkeit herausgegeben. Sehr wenige haben es in ihren Händen gehalten, noch kleiner ist die Anzahl der Personen, die es gelesen haben. Es gibt, wie der Autor es wollte, nur diese einzige Ausgabe."

„Die einzige Kopie eines alten Buches..."

Ich beende meinen Satz nicht. Der Wert eines solch seltenen Buches könnte der Hauptgrund sein, warum Max es zurückhaben möchte, wenn es tatsächlich seins ist. *Wie viel Geld ist ein so seltenes altes Lederbuch wert?*, frage ich mich, aber ich werde in meinen Gedanken unterbrochen.

„Weißt du eigentlich, wer der Autor des Buches ist, das du bei dir hast? Hat dein Großvater dir etwas dazu gesagt?"

„Nein", muss ich zugeben.

Dieses Buch hatte mich nie wirklich berührt. Nach dem Tod meines Großvaters habe ich es sogar vermieden, das Buch in die Hand zu nehmen, weil ich dachte, es würde mich eher an meinen Großvater erinnern als an die Geschichten, die es enthält. Ich habe nicht daran gedacht, auf dem Einband des Buches nach dem Namen des Autors zu suchen. Ich mache das selten. Wenn ich ein Buch lese, finde ich lieber heraus, was die Worte des Autors mir zu sagen haben.

„Seine Majestät hat es geschrieben. In den letzten sechs Monaten, in denen er im Schloss gelebt hat, vermied er es, nach München zu reisen. Die Menschenmengen störten ihn. Stattdessen scheint es mir, dass er hier seine Einsamkeit genossen hat", sagt Max grinsend, dreht den Kopf und schaut mit einem dunklen Blick auf den leeren Stuhl hinter Ludwigs Schreibtisch. „Hier auf diesem Stuhl saß er nachts, ließ eifrig den Füllfederhalter über die raue Textur des ockerfarbenen Papiers gleiten und schrieb. Er mochte es sowieso, nachts wach zu sein."

Er hört auf zu sprechen und holt tief Luft. Sein Blick ist immer noch auf dem Stuhl fixiert, als wäre er die Quelle des Wissens um die Vergangenheit.

„Max soll weitererzählen, chhh, warum hat er aufgehört? Was für ein Buch hat Ludwig geschrieben?"

Der Schwan stupst ihn plötzlich mit dem Schnabel an.

Ich bin beeindruckt von Schwanholds Aufregung, die Fortsetzung der Geschichte zu hören.

„Von dem, was er mir erzählt hat, gewann ich den Eindruck, dass er alte Geschichten aufgeschrieben hat, die er nicht vergessen wollte."

Ich sehe ihn verwirrt an. Es dauerte ein paar Sekunden, bis ich die Wichtigkeit seiner Worte erkenne. Ich höre ihn und kann meinen Ohren nicht trauen.

„Ich verstehe nicht", sage ich mit einem irritierten Lächeln, „seit Ludwigs Tod sind über einhundertdreißig Jahre vergangen."

Max nickt bejahend mit dem Kopf.

„Er hat mit dir gesprochen? Wie ist das möglich?", frage ich verwirrt.

„Genau, mein Junge, genau."

Ich spüre, wie mir die Situation wie ein glitschiger Fisch durch die Hände rutscht. Ich frage mich, ob er größenwahnsinnig ist oder mich einfach nur aufziehen will.

„Der junge Herr Paul hat Unrecht, chhh. Seine Majestät ist nicht tot", greift Schwanhold ein mit einer Stimme, die nach Schießpulver riecht.

Die Situation verschlechtert sich zusehends. Ich sehe mich um. Wo zum Teufel befinde ich mich?

„Wenn ihr beide etwas Geduld habt und mich reden

lasst, werdet ihr bald alles verstehen", sagt Max gelangweilt.

Ich richte meinen Blick auf Schwanhold, der genauso beunruhigt aussieht wie ich.

„Setz dich, Paul, bitte. Ich habe dir viel zu erzählen", sagt Max leise.

Wir sehen uns schweigend an, wie der Löwe und sein Dompteur, während der eine auf die Bewegung des anderen wartet, und da ich gespannt bin, wohin diese verrückte Diskussion führen wird, entscheide ich mich seinem Rat zu folgen.

„Ich nehme an, dass Seine Majestät in einer Vergangenheitssehnsucht lebte", fuhr Max mit seiner Geschichte fort, als hätte ich ihn nie unterbrochen, als wäre alles normal. „Seine Traumreisen in die Vergangenheit durch die Geschichten, die er schrieb, wirkte wie ein Widerstand gegen den Fortschritt in eine neue Welt, die moderne Welt, die ihn wahrscheinlich überhaupt nicht interessierte."

Ich höre ihm zu und halte meinen Atem an. Das Echo seiner Worte flackert in der Luft, wie die Flammen der Kerzen.

„Glaubst du an Zufälle, Paul?", fragt er und kratzt sich abwesend die Nase.

Die Nase von Max ist schmal und spitz, ein Zeichen dafür, dass er in kalten Gegenden lebt, denke ich, ohne zu verstehen, warum mir eine solch nutzlose Informationen in den Sinn kommt.

„Nein... ich weiß es nicht", stottere ich verwirrt, anstatt eine passende Antwort zu überlegen.

Mein Mund ist trocken. Die Wahrheit ist, seitdem ich Elektra getroffen habe, habe ich mir ein paar Mal diese Frage gestellt. War ihre Anwesenheit hier zufällig? War unser Treffen zufällig? Ist der Beinahe-Unfall mit den Pferden und ihr Fehltritt vielleicht nur passiert, um uns näher zu bringen? Damit wir miteinander kommunizieren? Vielleicht fand unser Treffen statt, damit ich mich an das Gesicht meiner Mutter erinnere, das ich fast vergessen hatte? Es ist schwer, etwas zu beantworten, das ich nicht verstehe.

„Schwer zu beantworten, was?", spricht Max weiter und schaut interessiert auf die Schweißtropfen, die mir von der Stirn laufen. Ich wische sie mit beiden Händen ab. *Die Hitze von dem Kronleuchter an der Decke ist schuld*, denke ich.

„Mich, mein junger Freund, hat das Leben an das Unmögliche glauben lassen."

„Ein „Zufall" oder unerklärliche Ereignisse", murmle ich nachdenklich.

„Wie auch immer, bei Seiner Majestät kamen viele Zufälle oder eine Vielzahl von unerklärlichen Ereignissen zusammen, als er seine Geschichten schrieb", sagt Max mit einem mysteriösen Lächeln auf den Lippen.

Ich beobachte ihn mit neuem Interesse.

„Was meinst du?"

„Zuerst verstanden weder ich noch jemand anderes, was geschah. Obwohl einige arme Säcke vom Personal gelegentlich von seltsamen Ereignissen im Schloss berichteten. Die Frauen in der Küche meldeten, dass häufig Lebensmittel aus dem Keller des Schlosses fehlten, wo wir die Wintervorräte aufbewahren. Die Zimmermädchen beschwerten sich über Geräusche in den Zimmern, obwohl niemand dort war. Aber ich habe nicht auf ihre Worte geachtet. Ich weiß sehr gut, dass das Personal häufig nach einem Grund sucht, um eine Pause von der Arbeit zu machen und zu plaudern."

Er lacht ironisch und hebt die Schultern an, um seine Gleichgültigkeit gegenüber den Ereignissen dieser Zeit zu zeigen.

„Eines Nachmittags aber..." In seiner Stimme ist plötzlich Anspannung zu erkennen, sein Gesicht wirkt ernst. „Eines Nachmittags gab mir jemand Bescheid, dass Seine Majestät mich in seinem Büro sehen möchte. Ich habe angenommen, er wollte mich wegen des Gemäldes sprechen, das ich damals für ihn malte."

„Du hast gemalt?", frage ich ihn.

„Einst, ja", antwortet Max und schüttelt ausdruckslos

den Kopf. Aber er kommentiert es nicht weiter. „Auf dem Weg in das Büro Seiner Majestät kam ich an der Küche vorbei. Obwohl Stimmen und Lärm in der Küche nicht ungewöhnlich sind, schien mir, dass das Durcheinander an diesem Nachmittag größer war als gewöhnlich. Es dauerte nicht lang, bis ich verstanden hatte warum."

Er hält einen Moment inne, um sicherzugehen, dass ich ihm zuhöre.

„Was ist passiert, chhh?"

Der Schwan zeigt ein ungewöhnliches Interesse daran, was an diesem Nachmittag in der Küche passierte.

„Eine der Frauen weinte laut, und mitten in ihrem Schluchzen hat sie alle angeschrien und beschimpft", fährt Max fort. „Ich fragte nach dem Grund. Die unglückliche Frau, wie mir erklärt wurde, hatte sich plötzlich benommen, als sei etwas in sie gefahren, als wäre sie verrückt. Sie bestand darauf, dass sie einige Momente zuvor den toten Vater Seiner Majestät gesehen hätte. Und sie hat ihn angeblich nicht nur gesehen, er soll sie sogar noch gefragt haben, welche Speisen sie für das Abendessen vorbereiten werde."

Schwanhold schüttelt skeptisch den Kopf, schweigt aber.

„Ich sah sie mir an. Die arme Frau saß allein auf dem Rand einer Bank, starrte irgendwo ins Leere. Ihr Mund bewegte sich ständig und Worte strömten über ihre Lippen. Sie schien Selbstgespräche zu führen, aber als ich mich ihr näherte, bemerkte ich, dass sie ihre Kollegen verfluchte, weil sie ihr nicht glaubten und sie für verrückt hielten. Ich wollte vermeiden mit ihr zu sprechen, aber ich wollte einen der Ärzte des Schlosses bitten, sie am nächsten Tag zu untersuchen. Ich dachte, es lohne sich nicht, mich weiter damit zu beschäftigen und lief schnell hoch ins Büro Seiner Majestät."

„Die Arme, chhh!", murmelt der Schwan und seine Flügel sinken ungewöhnlich tief an beiden Seiten seines gefiederten Körpers herab, als ob er plötzlich die Kraft und Energie verloren hätte, die sie an ihrem Platz hielten.

Max schenkt ihm keine Beachtung und erzählt weiter.

„Als ich im Büro ankam, fand ich Seine Majestät aufgeregt. Ich machte mir Sorgen bei seinem Anblick. Seine Lippen waren angespannt und er hatte das wundervolle hochmütige Lächeln verloren, das auf seinen Lippen erschien, wann immer er sich an das Schlosspersonal wandte. Seine Augen schauten ins Leere. Ich versuchte herauszufinden, warum er mich sehen wollte, aber er konnte sich nicht mehr daran erinnern. So freundlich ich konnte, wollte ich wissen, was mit ihm passiert sei. Er antwortete mir nicht. Ich fragte immer wieder, ob ich ihm bei irgendetwas helfen könne."

Während Max spricht, streckt er seinen Körper und nimmt eine merkwürdige steife Haltung ein, die ihn wie eine gerade Zypresse aussehen lässt.

„Es war nicht leicht, mehr als zwei oder drei Worte aus ihm herauszubekommen", sagt er.

Ich verstehe jetzt, was seine prahlerische Haltung zu bedeuten hat. Er möchte betonen, wie wichtig er für Ludwig war. So verrückt seine Worte sind, er spricht so überzeugend von Ereignissen eines anderen Zeitalters, dass ich fürchte, er wird mich am Ende davon überzeugen können, dass das alles wirklich passiert ist. Dass er seit 1886 hier lebt.

„Du kannst dir meine Überraschung nicht vorstellen, junger Mann", fährt Max fort, „als Seine Majestät dann zu sprechen anfing und mir erklärte, was mit ihm geschah."

„Was ist mit Ludwig passiert, chhh? Wer könnte dem König hier etwas antun?", fragt Schwanhold und schaut Max erstaunt an.

„Beruhige dich, niemand hat versucht ihn zu verletzen. Er war wütend auf sich selbst. Um es klarer zu sagen, aus seinen Worten habe ich verstanden, dass er wütend auf seine eigene Hand war."

„Ich verstehe nicht, was Max meint, chhh."

Der Schwan legt sein Bein verlegen auf seinen Rücken.

„Ich nehme es dir nicht übel, mein unschuldiger Vogel", antwortet Max lächelnd. „Und für mich war es genauso schwer zu verstehen, was Seine Majestät meinte, als er sagte, dass seine Hände zu Werkzeugen seines Bewusstseins geworden waren. Letztendlich verstand ich, dass er gerade eine Geschichte geschrieben hatte, in der sein Vater die Hauptperson war. *Meine Finger veranlassen die Feder, innere Monologe aufs Papier zu bringen, die ich seit Jahren zu vergessen versucht habe,* sagte mir Seine Majestät und sah mich voller Entsetzen an. Ich starrte ihn verblüfft an, obwohl ich glaubte zu verstehen, warum er in Aufruhr war. Wir alle kannten die Geschichten über die schlechte Beziehung zu seinen Eltern und seine traurige Kindheit, die als mündliche Überlieferung von Schlossbewohner zu Schlossbewohner verbreitet wurden. Also nahm ich an, dass Seine Majestät die Geschichte bereute, die er gerade geschrieben hatte. Ich war mir sicher, als ich zusah, wie er wild durch die Seiten blätterte und alle, auf denen seine Familie erwähnt war, in mehrere Stücke zerriss. Der Zufall, über den wir bereits vorher gesprochen haben, liegt in der seltsamen Tatsache, dass an dem Nachmittag, an dem Seine Majestät die Geschichte über seinen Vater geschrieben hatte, zwei Stockwerke weiter unten die Köchin behauptete, sie habe den toten König nicht nur gesehen, sondern er habe sie sogar nach dem Abendmenü gefragt. Natürlich habe ich es vermieden, das Ereignis vor Seiner Majestät zu erwähnen, weil ich es nicht für erwähnenswert hielt, sondern nur für einen seltsamen Zufall."

„Da mache ich dem Max keinen Vorwurf, chhh. Höchstwahrscheinlich hätte Ludwig dem Max sowieso nicht geglaubt, chhh", stimmt der Schwan ihm zu, obwohl er immer noch besorgt aussieht.

Max lächelt und schüttelt langsam den Kopf.

„Aber die Zufälle haben im Laufe der Zeit immer mehr zugenommen, so dass ich mir Sorgen um meinen eigenen Geisteszustand machte", fuhr Max fort, ohne die Worte des Schwans zu kommentieren. „Unter anderem musste ich die Mitarbeiter ständig beruhigen, von denen die Hälfte schon dachte, sie seien verrückt. Und du weißt, wie ansteckend der Wahnsinn in kleinen Gesellschaften ist, mein Junge. Mit der

Zeit sahen sie immer öfter fremde Leute im Schloss herumlaufen, die aus dem Nichts gekommen waren. Einige, die das Schloss vor etlichen Jahren mal besucht hatten, oder Künstler, die vor langer Zeit im Schloss aufgetreten waren – aber alle wussten, dass die das Schloss verlassen hatten, um nach München zurückzukehren, nachdem sie ihre Arbeit beendet hatten. Einige meldeten sogar die Anwesenheit von Menschen unter uns, die sie für tot gehalten hatten."

Ich sehe ihn an, sprachlos wie ein Fisch, aber er meidet meinen Blick.

„Anfangs war es schwierig. Du weißt, wie die Menschen sind. Ich konnte es mit niemandem besprechen. Sie hätten mich auch für verrückt gehalten. Ich wollte keine unnötigen Konflikte auslösen, also ging ich alleine vor. Ich habe versucht, die Wurzel des Bösen zu finden, den Samen des Wahnsinns, um seine Übertragung zu stoppen. Und ich entdeckte bald, dass die Geschichten Seiner Majestät dafür verantwortlich waren."

„Die Geschichten, die mein Großvater mir erzählte", wage ich zu unterbrechen.

Max scheint mir keine Aufmerksamkeit zu schenken.

„In vielen Nächten hörte ich Seine Majestät im Selbstgespräch, sich selbst fragend und anklagend, warum er dieses Buch schrieb. Aber ich hörte nie eine Erklärung, ich kann die Dinge nur erraten.

Vielleicht versuchte er mit der Zukunft zu kommunizieren. Vielleicht wollte er sich auf seine eigene Weise in der zukünftigen Welt positionieren, ohne andere über den Ort entscheiden zu lassen, an dem sie ihn platzieren würden. Wer weiß? Vielleicht hatte er erkannt, dass er vor Prinz Luitpold in Gefahr war, der ganz eindeutig seit längerer Zeit den Thron begehrte und versuchte die Menschen gegen Seine Majestät aufzubringen. Vielleicht hatte er das Gefühl, dass er uns allen Tribut zollen musste, allen, die daran arbeiteten, dass dieses Schloss so würde, wie er es sich erträumt hatte. Vielleicht wollte er zum Volk sprechen, um sich zu verteidigen, denn in den Jahren seiner Herrschaft wurde er für vieles beschuldigt."

Der Schwan neben mir schüttelt verärgert die Flügel. Max setzt die Geschichte fort, ohne sich um den Schwan zu kümmern.

„Ich weiß nicht, welcher vernünftige Mensch all das akzeptieren und erklären könnte, was damals wirklich im Schloss geschah, kurz bevor Seine Majestät festgenommen und fortgebracht wurde. Und doch, ich schwöre, dass es genau so passiert ist. Seine Majestät hat mit jedem Tropfen Tinte, der durch den königlichen Füllfederhalter auf das Papier geflossen ist, eine seltsame und bizarre Welt geschaffen; die Tinte hat die Menschen aus dem Papier und aus der Asche herausgezogen und ins Leben gebracht. Ich habe nie verstanden, wie und warum diese seltsame Kreation stattfand, aber Seine Majestät hat, ohne es zu wissen, seine eigene Welt erschaffen. Doch leider hat er uns sehr früh verlassen und dadurch nie erfahren, was er kreiert hatte."

Die Luft im Raum wird stickig und ich kann kaum noch atmen. Ich brauche Zeit, um alles zu verstehen, was ich höre, aber Max gibt mir diese Zeit nicht.

„Wurden sie wiedergeboren?", hauche ich völlig perplex. „Alle?"

„Nein, ich glaube nicht, dass jemand von den Toten zurückgekommen ist, etwa wie ein Zombie, wenn du das meinst. Eher hat die königliche Feder sie als Kopien von sich selbst wieder erschaffen, unabhängig davon, ob die ursprüngliche Person noch lebte oder tot war. Einige andere, glaube ich, wurden erst durch die Zeichnungen und Skizzen von Ludwig geschaffen, diese Personen hat es vorher nicht gegeben."

Seine Worte sind wie Schläge in meinen Bauch. *Was für Nonsens*, denke ich und versuche mich zu beruhigen. Es kann alles nur Unsinn sein, was er mir erzählt, bestimmt nur, um mir das Buch zu entlocken.

„Es klingt alles so unglaublich", sage ich laut.

Max beachtet mich nicht.

„Trotzdem haben seine Geschichten plötzlich Personen zu uns gebracht, aus dem Nichts. Einige von ihnen waren schon lange tot. Ich kann nicht verstehen, wie diese Wiedergeburt stattgefunden hat. Wer weiß? Vielleicht gab die Leidenschaft ihnen Leben, die er jedes Mal aus seiner Seele goss, wenn er eine Geschichte schrieb. Vielleicht war es seine Überzeugung, diese Menschen künftigen Generationen bekannt zu machen, wenn er sie in seinem Buch erwähnte. Seine Majestät konnte durch seine Worte dem Buch sowie den einzelnen Personen auf seinen Seiten Leben einhauchen."

Sollte er mich überzeugen wollen, fürchte ich sehr, dass er bereits erfolgreich ist.

„Du meinst, dass er die Gegenwart nicht für die Zukunft geschaffen hat, wie es eigentlich sein sollte, sondern Kopien der Vergangenheit angefertigt hat. Es hört sich so unglaublich an", murmle ich vor mich hin.

„Sehr wenige haben erfahren, was damals genau passiert ist. Nicht einmal die Menschen, die der Füllfederhalter des Königs hierhergebracht hat, wussten, wie sie ins Schloss gekommen waren."

„Alle Leute, die ich heute Abend hier getroffen habe, sind des Königs Kreationen?", frage ich schroff, während meine Gedanken bei Emma sind.

„Alle", der entschiedene Ton seiner Stimme lässt mich in Traurigkeit versinken.

„Sie sehen alle so echt aus, so lebendig!"

Dabei interessieren mich gar nicht alle. In meinen Gedanken ist nur Platz für Emma.

„Aber wir leben, wir sind wahr."

Abrupt stoppt Max' Erzählung, überrascht von dem Lärm, den der Schwan mit seinen Flügeln erzeugt, indem er sie pausenlos ganz schnell bewegt und einen lästigen Luftstrom zwischen ihnen schafft.

Ich gehe einen Schritt zurück, fürchte die riesigen schwarzen Flügel, die neben mir bedrohlich hin und her flattern.

„Und ich, chhh?"

Die vorsichtige Stimme des Schwans wird von einem Schluchzer unterbrochen.

„Was ist mit dir?"

Max klingt genervt.

„Bin ich auch auf diesem Weg hierhergekommen?"

Es fällt mir schwer, die Worte von Schwanhold zu verstehen, seine süße und melodische, menschliche Stimme hört sich nun eher wie das Krächzen einer Krähe an.

„Deshalb erinnere ich mich nicht an meine Vergangenheit, chhh? Ich bin nicht echt, chhh? Bin ich eine Kreation der Fantasie und der Feder des Königs?", schreit er verzweifelt und schlägt weiter ständig mit seinen Flügeln. „Warum hat Max mir das nie erzählt, chhh? Ich habe ihn so oft gefragt, und er hat mich immer angelogen, chhh."

Der Schwan schüttelt den Kopf hin und her.

Es tut mir leid, ihn so aufgewühlt zu sehen, aber meine eigene Bestürzung lässt mich kein einziges Wort sagen.

„Ich habe dich nie angelogen", beschwert sich Max leichthin. „Ich habe dir immer gesagt, dass Karl dich hierhergebracht hat. Ich versichere dir, das ist die Wahrheit. Das Einzige, was ich nicht jedes Mal erwähnte, war, dass Seine Majestät die Geschichte deines Erscheinens hier im Schloss geschrieben hat", unternimmt Max den Versuch, sich zu rechtfertigen.

„Warum, chhh?", fragt der Schwan ratlos. „Warum hat er mich hierhergebracht, chhh?"

Max scheint plötzlich müde. Sein Körper ist gebeugt und seine Kleidung scheint nicht mehr wie angegossen zu passen. Es sieht so aus, als würde er das auf ihn zukommende Problem riechen, wie der Wolf das Blut riechen kann. Er beugt sich zum Vogel und raunt in einem vermeintlich vertraulichen Ton:

„Tut mir leid, aber du warst nie wahr. Du warst immer eine Schwarzweiß-Zeichnung und Tinte für ein paar Wörter auf einem Stück Papier. In deinen Adern ist nie echtes Blut geflossen. Es floss nie etwas anderes als schwarze Tinte. Du warst ein unbedeutender Vogel in der Geschichte einer Wagner-Oper, die er sehr liebte. Ein Schwan, der das Boot eines junges Ritter über den Fluss zieht, der eine große Aufgabe zu erledigen hat: den Ort, den er besucht, vom Bösen zu befreien und Recht zu sprechen. Am Ende der Vorstellung verlierst du dich im gefrorenen Wasser des Flusses und niemand kümmert sich mehr um dich."

Max hält an, um sich zu räuspern.

Der Schwan sieht ihn kalt und ausdruckslos an, ohne seine Gefühle zu zeigen. Ich fürchte, der Vogel wird sich in Kürze auf Max stürzen und ihn attackieren. Das stöhnende Geräusch, das bei jedem Atemzug aus seinem halboffenen Schnabel dringt, ist kein gutes Zeichen.

„Der Einzige, der sich um dich gekümmert hat, war Seine Majestät", fährt Max fort, als verstehe er die Wirkung seiner Worte auf den Schwan nicht. „Warum hat er dich gerettet, ohne dass es dich gegeben hat? Warum hat er die Geschichte deiner Rettung geschrieben? Warum hat er dich nicht dort im Wasser des Flusses gelassen? Wer weiß warum. Als du in das Schloss kamst, wurdest du sofort sein Lieblingsvogel. Ich habe keine Ahnung, ob er sich jemals gefragt hat, wer dich ins Schloss gebracht hatte. Da er selbst keine Ahnung von der Tintenwelt hatte, hat er vielleicht gedacht, du wärst ein Geschenk von jemandem. Von Anfang an hat er sich so verhalten, als ob du für ihn etwas Wertvolles wärst. Dir stand frei, dich im Schloss ohne jegliche Einschränkung zu bewegen, wo und wann du wolltest. Eines Tages habe ich ihn gefragt, warum er dich im Schloss behält und dich nicht in einen See freilässt. „Er wird hier nicht überleben", sagte ich. „Es ist, als würde man einen Goldfisch in einen Teich stecken, dessen Wasser längst verdunstet ist." Er hätte keine Angst, antwortete er. „Schwanhold ist stark, er ist das Gute, das nicht vom Bösen besiegt werden kann." Das waren seltsame Ansichten, die Seine Majestät manchmal hatte. Er bestand darauf, dass es seine Pflicht sei, dir beim Überleben zu helfen."

Er hält inne und kehrt langsam zurück zu dem Stuhl, auf dem er gesessen hatte, bevor er versuchte mich zu bedrängen, und setzt sich wieder hin, um auszuruhen. Er lässt seinen Körper schwer auf den Sitz fallen, als hätte die Bosheit seiner Worte seine ganze Energie absorbiert. Er seufzt und zieht mit geschlossenen Augen ein wenig von der Luft des Raumes durch die Nase ein, als würde er den faszinierendsten Duft der Welt genießen. Dann öffnet er seine Augen, hebt langsam seinen Blick und richtet ihn auf den Schwan.

„Du bist eines seiner Lieblingsgeschöpfe", sagt er langsam und sprenkelt auf die Worte viel Bosheit. „Sein Meisterwerk, wie er in dieser Winternacht behauptete, in der er deine Geschichte beendete. Du bist der Charakter, für den er viel Tinte, Papier und Zeit verbraucht hat, bis er das beschrieben hatte, wovon er geträumt hat, was er in seinem Leben wirklich geliebt hat. Er hat dich nicht mit der Liebe geliebt, mit der der Vater das Kind liebt, aber mit der Liebe, mit der ein Mensch seine Mitmenschen liebt. Er hat dich mehrmals auf Papier skizziert und dann wieder gelöscht, bis er die Skizze vollendet hatte, die ihn zufriedenstellte. In deiner Geschichte in dem Buch beschreibt er, wie du vor dem Ertrinken und den wilden Tieren des Waldes gerettet wurdest, wo er dich für einige Zeit versteckte. Zum ersten Mal in der Geschichte wird auch Karl erwähnt, der, wie du verstehst, einer der ersten ist, der von Ludwigs Füllfederhalter geschaffen wurde. Einer von denen, die kein vorheriges Leben hatten, die keine Erinnerungen an die Außenwelt haben."

Max macht eine Handbewegung, als wolle er etwas Unangenehmes aus seinem Blickfeld verjagen. „Vielleicht hätte Seine Majestät in dcincm Fall die unsichtbare Tinte verwenden sollen, die einige Momente später einfach verschwindet", sagt er.

Überrascht von seinen letzten Worten versuche ich zu verstehen, warum Max die Taktik des Elefanten im

Porzellanladen befolgt. Ich finde diese Taktik sehr unpassend. Etwas sagt mir, dass Max auf den Schwan eifersüchtig ist.

Sehr schnell erkennt er seinen Fehler und versucht zu retten, was er kann. „Ich mache Witze, das hast du verstanden, oder?", sagt er und schaut den Schwan mit einem breiten Lächeln an. „Ich hoffe nicht, dass du geglaubt hast, ich meinte es ernst mit der unsichtbaren Tinte!"

Er macht eine kurze Pause, kichert dann und fährt mit gekünstelt leiser Stimme fort: „damit du dich besser fühlst, sage ich dir, dass wir alle so sind wie du. Schöpfungen der Tinte, die einst von einem Füllfederhalter getropft ist."

Der Schwan senkt langsam seine Flügel und bedeckt seinen Körper, ohne ein Geräusch zu machen. Sein trauriges Gesicht stimmt mich Max gegenüber feindlich. Ich finde sein Verhalten gegenüber dem Schwan empörend, es fällt mir immer schwerer, nichts zu sagen. Die harten Worte von Max durchdringen meinen Kopf wie scharfe Glasscherben. Ich habe langsam selbst Angst vor meiner Reaktion. Manchmal, wenn ich wütend werde, verliere ich die Kontrolle über meinen Mund sowie meinen Körper.

„Du lügst! Du hast ihn angelogen", rufe ich wütend und bestätige meine eigenen Befürchtungen. „Du hast vorhin erzählt, dass du im Schloss warst, bevor der König überhaupt anfing, seine Geschichten zu schreiben. Du wusstest, was los war und hast ihm nichts davon gesagt."

„Es stört mich nicht, junger Mann, wenn du mich einen Lügner nennst. Ich weiß sehr gut, wer ich bin und weiß über meine Handlungen Bescheid", antwortet er mit einem ironischen Lächeln. „Als ich noch als normaler Mensch lebte, hatte ich unzählige Mängel. Ich war größenwahnsinnig, eitel, hungrig nach Lob und vor allem ein Lügner. Ein Lügner, der sich immer seiner Aufrichtigkeit rühmte, wie der Feigling für seinen Mut und der Größenwahnsinnige für seine Bescheidenheit. Eine meiner Tanten, die Schwester meines Vaters, nannte mich einen talentierten Betrüger, aber ich war ihr nie böse dafür. Aber, mein junger Freund, dieser Max existiert nicht mehr. Wie könnte er so viele Jahre später noch leben?"

Ich schaue ihn schweigend an.

„Als ich genau verstanden hatte, was geschah, überzeugte ich Seine Majestät, mich in einigen Seiner Geschichten zu erwähnen. Das war alles, was ich wollte. Seit der Erschaffung des Tinten-Max musste sich der echte Max gut im Schloss verstecken, bis ich den richtigen Zeitpunkt gefunden hatte, den sterblichen Max zu ersetzen, bevor seine Abnutzung und sein Alter zu sehen waren. Als die richtige Zeit gekommen war, um mich von meinem irdischen Körper zu verabschieden, war ich bereit es zu tun."

„Du hast dich eingesperrt und dann Selbstmord begangen? Wieso?", frage ich voller Empörung.

„Der Moment des Todes hat mir keine Angst gemacht. Je früher ich meine Rechnungen mit meinem alten Körper bezahlt hätte, desto schneller würde ich mich der Stunde der Unsterblichkeit nähern. Obwohl ich zugeben muss, dass der Tod nicht so einfach kam, wie ich gedacht hatte. Es war schmerzhaft, als der gefrorene Atem des Todes in mein Wesen zu fließen begann. Mein sterblicher Körper hat sich widersetzt, er hat gegen mich gekämpft, aber ich habe ihn dazu gedrängt, still zu bleiben und mit geöffneten Augen auf sein Ende und meinen Anfang zu warten. Ich habe nicht nachgegeben, obwohl ich hörte, wie meine Zähne knirschten und hämmerten und mein Körper im Schweiß der Qual badete. Ich beobachtete mit Interesse, wie sich meine Muskeln aufblähten und anschwollen, meine Eingeweide in Aufruhr waren. Ich blieb in derselben Position, bis das Licht erlosch, die Luft meine Lungen verlassen hatte und das Blut in meinen Adern gefroren war. Das Ende war gekommen, die Ewigkeit hatte gerade erst begonnen. Meine Leiche zu vernichten erwies sich als ein Kinderspiel. Karl und Eva haben mir dabei geholfen, denen musste ich die Wahrheit offenbaren. Alles verlief nach meinen Plänen, bis dein Großvater im Schloss erschien."

Der Schwan beginnt sich wieder nervös neben mir zu bewegen. Max redet unbeeindruckt weiter.

„Außer mir, Karl und Frau Schmidt kennt niemand die Wahrheit. Alle glauben, dass wir in der richtigen Zeit in einer realen Welt leben. Sie wissen nicht, wie viele Jahre seit ihrer Ankunft vergangen sind und haben keine Ahnung, wie sich die Welt außerhalb des Schlosses verändert hat. Deshalb ist es besser, wenn du beim Abendessen niemanden fragst, wie und aus welcher Geschichte er gekommen ist, denn sie werden dich für verrückt halten, so wie vorhin in der Küche."

Ich nicke zustimmend, ohne etwas zu sagen, obwohl ich noch eine brennende Frage habe: warum wollte Max eine Person aus Tinte werden und hat den König überredet, ihn zu erschaffen? Aber ich halte mich zurück und stelle sie nicht.

Der Schwan aber drängt weiter: „Und der König, chhh? Was ist mit ihm passiert? Ist er... chhh."

Es hält abrupt inne und kann das Wort „tot" nicht aussprechen. „Jeder denkt, dass er irgendwann aus München zurückkommt, um dann wieder bei uns zu leben."

21. PAUL ~ Die Illusion ist stärker als die Realität

Ich halte meinen Atem an und warte auf die Antwort von Max. Vielleicht habe ich noch nicht alles verstanden, was er uns erzählt, aber ich fange an zu glauben, dass etwas sehr Ernstes im Palast passiert ist, ein paar Monate vor Ludwigs Tod.

„Unsere Leute glauben das, was sie sollen", antwortet Max mysteriös.

„Soweit ich es verstehen kann, haben die Menschen hier drinnen all die Jahre eine Illusion als Realität gelebt. Warum seid ihr in der Zeit nicht vorangekommen? Warum seid ihr nicht dem Lauf der Zeit gefolgt, wie die Schlossbesucher? Was hält euch zurück?", frage ich mich laut und werfe Max ein paar verstohlene Blicke zu.

„Richtig, junger Mann. Ich habe dafür gesorgt, dass mein Volk sein Leben fortsetzt in der Realität, die sich aus der Unkenntnis seiner Situation ergeben hat. In diesem Fall erweist sich die Illusion mit Hilfe der Unwissenheit als stärker als die Realität. Ihre Fesseln sind aus Eisen, und für die Einwohner des Schlosses ist es nicht leicht, ihre Grenzen zu überschreiten."

„Ich glaube das nicht. Jeden Tag kommen Touristen in das Schloss und tragen die heutige Realität mit sich."

„Unsere Welt kommt nicht mit ihnen in Kontakt, sie haben keine Ahnung, wie sehr sich die Außenwelt verändert hat."

„Wieso?"

„Es ist nicht erlaubt."

„Von wem? Wer erlaubt es ihnen nicht, mit der realen Welt in Kontakt zu treten?“

„Ich. Ich bin derjenige, der diese schwierige Entscheidung treffen musste, und ich gebe zu, dass ich trotz meiner anfänglichen Zweifel mit den Ergebnissen ziemlich zufrieden bin.“

Ich sehe ihn sprachlos an.

„Du bist zu jung, um zu verstehen, wie großartig das Gefühl der Sicherheit und des Schutzes für die Menschen ist. Ich habe alles zu unserem Schutz getan. Ich versichere dir, dass meine Entscheidung, nicht mit deiner Realität Schritt zu halten, nach langem Nachdenken und immer zum Nutzen der Öffentlichkeit getroffen wurde. Seine Majestät schuf eine Gesellschaft und überließ sie ihrem Schicksal. Es lag an mir, das alles zu organisieren, die Kodexe und Regeln aufzustellen, die für unser Überleben notwendig waren. Für die Menschen, aus denen unsere Gesellschaft besteht, ist Seine Majestät verantwortlich, aber über ihre Form und Kontinuität musste ich entscheiden. Ich musste die Regeln des Zusammenlebens festlegen, die notwendig waren, um weiterhin für Besucher und Personen des Staates unsichtbar und unbemerkt zu leben. Ich habe darauf geachtet, jedes kleinste Detail anzupassen und die Aufgabe, die ich mir vorgenommen hatte, war überhaupt nicht einfach. Es gab viele Hindernisse, auf die ich immer wieder gestoßen bin. Jeden Abend muss das Personal putzen, polieren, waschen, bügeln und kochen, und das ohne den geringsten Stromverbrauch, denn dies würde unsere Existenz verraten. Wir bauen alles an, was wir konsumieren, und einmal im Monat fahren Eva und Karl nach München, um Vorräte zu besorgen, die wir nicht selbst herstellen können.“

„Wenn die Leute des Schlosses die Wahrheit wüssten, wären sie sicher nicht mit dir einverstanden.“

Max steht vom Stuhl auf und kommt auf mich zu. Sein Gesicht hat einen wilden Ausdruck, der die blasse Farbe seiner Haut intensiviert.

„Wenn die Menschen der Außenwelt über unsere

Existenz Bescheid wüssten, hätten wir nicht bis heute überlebt."

Ich lächle ironisch.

„Schau mich nicht so an, als würde ich dir leid tun", sagt er. „Ich bin anderer Meinung als du. Wie glaubst du, würde ein Mensch der Außenwelt jemanden ansehen, der niemals älter wird und dem die Zeit keine Spuren auf Gesicht und Körper malt? Ich würde niemals zulassen, dass das Schloss in ein großes wissenschaftliches Labor und die Menschen Seiner Majestät in Versuchstiere verwandelt werden. Meine Leute sind glücklich mit unserer Lebensweise. Ich bin sicher, wenn du heute Abend versuchst mit ihnen über deine Realität zu sprechen, wenn du versuchst sie davon zu überzeugen, dass sie in der falschen Zeit leben, werden sie dir nicht glauben. Es ist sehr schwierig, mein junger Freund, das Inexistente zu töten. Ich versichere dir, sie werden dich für verrückt halten."

Die Grimasse auf seinem blassen Gesicht mit den bewegungslosen Muskeln erinnert an eine Maske der antiken griechischen Tragödie, was perfekt zu seinen folgenden Worten passt: „Hast du schon mal von Platon gehört, junger Mann?"

„Der griechische Philosoph?", frage ich.

„Der junge Herr Paul kennt ihn, chhh", nimmt der Schwan nach längerer Zeit wieder an der Diskussion teil. „Er hat neulich eine Schularbeit über die Zikaden geschrieben und einen Mythos von Platon benutzt, chhh."

Max zeigt nicht das geringste Interesse an der Arbeit mit den Zikaden.

„Platon argumentierte, dass die Welt nicht immer mit dem übereinstimmt, was die meisten für Realität halten. Damit die Menschen seiner Zeit das verstanden, beschrieb er eine Höhle, in der Menschen so angekettet waren, dass sie nur die gegenüberliegende Wand und die Schatten darauf sehen konnten, die vor ihren Augen flackerten. Für diese Höhlenmenschen waren die Schatten mit ihrer Existenz verbunden. Ihre tägliche Präsenz an der gegenüberliegenden

Wand war ihre unbestreitbare Realität. Die Zeit, die verging, hat ihnen beigebracht, mit den Schatten zu leben und nicht nach Licht zu suchen. Niemand hätte sich vorstellen können, dass hinter ihrem Rücken ein Feuer brannte und die Schatten an die Wand warf.

Nach langer Zeit hat sich einer von ihnen von seinen Ketten befreit, ist aufgestanden und hat sich umgesehen. Zuerst waren seine Augen trüb, er konnte nicht verstehen, was er sah. Aber als er eine helle Öffnung erblickte, bemerkte er, dass er sich in einer Höhle befand. Er kam mit Mühe durch die Höhlenöffnung und als er draußen war, sah er zum ersten Mal die Sonne. Dadurch wurde er mit einer völlig anderen Realität konfrontiert und erkannte, dass er die ganze Zeit in einer Illusion gelebt hatte. Aber als er in die Höhle zurückkehrte, um die anderen zu informieren, glaubte niemand an die Existenz einer anderen wundersamen Welt, der Welt außerhalb der Höhle. Du siehst, Paul, die Leute sehen nur, was sich vor ihnen befindet, und interessieren sich nicht für etwas anderes."

„Doch derjenige, der es geschafft hat und aus der Höhle gekommen ist, der hat die Wahrheit gesehen, er hat gelernt", beharre ich.

Plötzlich packt Max meine Hand.

„Warte. Ich habe dir das Ende der Geschichte noch nicht erzählt. Kannst du dir vorstellen, was am Ende passiert ist, als er zurückgekommen ist, um den Anderen die Wahrheit zu erzählen? Hat er es geschafft? Ich bezweifle es. Also hör zu. Das Einzige, was er von den Anderen bekommen hat, war Spott und Hass. Genau das wirst du erhalten, wenn du versuchst mit den Menschen meiner Welt über etwas anderes als ihre eigene Realität zu sprechen."

Aufgeregt mache ich einen Schritt zurück und befreie meinen Arm von seinem Griff.

„Dein Großvater hat es versucht", fährt Max mit gesenktem Kopf fort, als würde er sein schwerstes Verbrechen gestehen.

„Was meinst du?"

Ich hebe meinen Kopf und sehe ihn mit neuem Interesse an.

„Er hat versucht, ein paar Personen aufzuklären, ihre Augen zu öffnen, aber am Ende hat er gemerkt, dass seine Anstrengung vergeblich war."

„Mein Großvater", stammle ich und schaue ihm mutig in seine roten und hasserfüllten Augen. „War er auch..." Mein Herz hat noch nicht aufgehört wie wild zu schlagen. Ich bete insgeheim und besorgt um eine negative Antwort.

„Nein", antwortet Max schroff.

Meine Erleichterung bringt Tränen in meine Augen. Ich wische sie sofort weg.

„Aber wie dann?", wundere ich mich mit einem Stöhnen.

„Mach dir keine Sorgen. Er war oder wurde nie einer von uns. Der Grund, warum er es geschafft hat, hierher zurückzukehren, ist ein anderer. Er war der Einzige, dem es gelang, den Pfad der Tinte zu gehen. Wie dein Großvater offenkundig gezeigt hat, ist die Kraft des Buches enorm, also muss es von jenen Personen ferngehalten werden, die uns verletzen könnten. Das Lesen der Geschichten Seiner Majestät hat die einzigartige Kraft, Mauern einzureißen und die beiden Realitäten zu vereinen."

„Aber natürlich, chhh. Ich verstehe jetzt, wie der junge Herr Paul in den Nächten, in denen ich ihn sah, mit seinem Großvater ins Schloss gekommen ist, chhh", sagt der Schwan, der die ganze Zeit geschwiegen hat. „Versteht der junge Herr?"

„Nein", antworte ich, indem ich ziemlich gereizt den Kopf schüttle.

„Da der junge Herr das Buch nicht selbst gelesen hat, ist er nicht allein auf dem Pfad der Tinte gegangen. Er kam nicht auf eigenen Beinen hierher, sondern saß auf den Schultern seines Großvaters, chhh. Ich nehme an, die Bindung, die sich zwischen ihm und seinem Großvater entwickelt hatte, war so stark, chhh, dass der Großvater den jungen Herrn Paul auf den Pfad der Tinte mitgenommen hatte, ohne dass sie es merkten. Der junge Herr war hier und ich habe ihn gesehen, leider hat er mich nicht gesehen, chhh."

Jedes Mal, wenn ich denke, meine Gedanken in Ordnung gebracht zu haben, präsentiert sich mir etwas Neues, das alles wieder durcheinander bringt. Ich habe das ständige Wechselbad der Gefühle so satt, dass ich glaube, mein Kopf wird irgendwann auseinanderbrechen.

„Sehr richtig, Schwanhold. Alles begann, als Franz Schneider, noch als Kind, den Pfad der Tinte gegangen ist", fährt Max fort.

Ich warte atemlos auf den Rest.

Max, als wollte er mich quälen, macht eine große Pause und sagt dann:

„Das erste Mal, als ich ihn sah, war er jünger als du. Er rannte herum in seiner kleinen, kurzen braunen Lederhose und seinen weißen Wollsocken, die ihm bis zu den Knien gingen, und rief seinen Eltern zu, sie sollten warten, weil er ihnen etwas zeigen wollte."

Ich lächle, als ich der Beschreibung von Max zuhöre. Ich hatte mir Opa nie als kleinen Jungen vorgestellt.

„Ja, natürlich", kommentierte Max als er mein Lächeln aus dem Augenwinkel wahrnimmt. „Das Spektakel wäre zum Lachen, wenn der kleine Junge nicht das Buch mit den Geschichten Seiner Majestät in den Händen gehalten hätte."

Plötzlich verdunkeln sich seine Augen, als würden sie den Sturm vorausahnen, der in seiner Erinnerung folgte.

„Ich habe immer dafür gesorgt, dass das Buch gut versteckt war. Von diesem Buch hängt unsere Existenz ab. Damals konnte ich mir nicht erklären, wie dieser Lümmel es finden konnte. Später erfuhr ich, dass Karl das Buch aus seinen eigenen dummen Gründen gestohlen hatte, eine Tatsache, die er später aufrichtig bereute und ich verzieh ihm. Leider hatte er es nicht an einem sicheren Ort aufbewahrt und dein Großvater hat es gefunden. Ich musste es auf jeden Fall zurücknehmen. Das Buch sollte nicht in falsche Hände geraten. Ich rannte hinter ihm her. Als ich sah, dass seine Eltern mit der Tour beschäftigt waren und sich nicht um den Kleinen kümmerten, war ich optimistisch. Es war noch Zeit. Ich hatte noch Hoffnung. Aber leider nur kurz."

Max atmet schwer und keuchend aus seiner Brust, als würde er gerade rennen.

„Es hört sich vielleicht seltsam an, aber er war nicht einen Moment allein, so dass ich es ihm nicht abnehmen konnte. Ich hatte Angst, dass der Kleine vielleicht schreien und das für Aufregung sorgen würde, wenn ich es ihm einfach aus den Händen risse, da er ständig inmitten von Menschen stand. Aber als ich sah, wie er es in die Umhängetasche seiner Mutter steckte, wurde mir klar, dass das Schloss in Schwierigkeiten war. Ich stand da und sah zu, wie der kleine Junge das Schloss verließ und unser aller Leben mitnahm."

Er hält inne und sieht mich mit seinem üblichen harten Blick an, als würde er mich für die Tat meines Großvaters verantwortlich machen.

„Franz", fährt Max in einem merkwürdig süßen Ton fort, der mich sehr beunruhigt, „kam oft hierher. Er hat das Buch zwar nicht zurückgebracht, aber er wurde eins mit uns allen. Er liebte unsere Welt, liebte unseren König, er verbrachte mit uns schöne und schlechte Zeiten. Hier weinte er ungehindert über den Verlust seiner Tochter und fand Trost und Kraft, um weiterzumachen. Die Frauen, die hier arbeiten, gaben ihm eine ganze Reihe von Tipps, wie man ein Kind richtig aufzieht. Doch muss ich zugeben, am allerwichtigsten für uns war, dass er das Buch sicher versteckt hatte und damit uns alle am Leben hielt."

Ich sehe ihn verwirrt an. Ich könnte schwören, dass ein flüchtiger Schluchzer seine Stimme erschüttert hat. Aber er scheint sich schnell zu fassen und sein Gesicht ist ruhig und gelassen als er sagt:

„In letzter Zeit ist er nicht mehr sehr oft gekommen. Ich habe mir Sorgen gemacht. Ich dachte mir, dass ihm etwas Ernstes widerfahren sein muss. Aber ich konnte mir nie vorstellen, dass er nicht mehr lebt."

Der Schwan flattert, als wollte er auf seine Anwesenheit aufmerksam machen.

Max nähert sich mir leise wie eine Schlange und starrt mich an. Sein Gesicht ist voll wahnsinniger Anspannung und Stolz.

„Jetzt weißt du alles", sagt er und seine Stimme klingt genauso pfeifend wie die der Schlange. „Tue das Beste, was du für die Leute des Schlosses tun kannst. Gib mir das Buch, damit wir in Sicherheit sind."

Ich mache einen Schritt zurück.

„Gib mir das Buch", fährt er in einem autoritären Ton fort, als würde er sich an einen der Mitarbeiter wenden, und hebt drohend die Hand.

„Nein", antworte ich scharf.

Ich weiß nicht, warum ich mich weigere. Vielleicht, weil Max meinem Großvater vorwarf, er habe das Buch gestohlen und dann versuchte, die Sache wieder zu richten, indem er sagte, dass sie Freunde geworden seien. Vielleicht möchte ich auch nur die Bosheit zurückzahlen, die er dem Schwan vor ein paar Minuten gezeigt hat.

„Dummes Kind!", schreit er wütend. „Du verstehst also nicht, dass von diesem Buch das Leben aller hier abhängt? Die geliebte Welt unseres Königs ist in Gefahr. Wenn dieses Buch zerstört wird, werden wir alle so schnell verschwinden, als würde ein Radierer über die Tinte wischen."

Ich trete noch einen Schritt zurück und habe meinen Blick auf seinen Schnurrbart fixiert.

„Pass auf, Paul", fährt er unverfroren fort. „Du musst dich entscheiden, ob du auf meiner Seite oder gegen mich bist. Leider ist das im Leben immer der Fall, egal ob es sich um ein Leben innerhalb oder außerhalb des Schlosses handelt. Ich habe beide Leben gelebt und weiß aus erster Hand, wovon ich rede."

Ich muss mich sehr beherrschen, um ihm nicht meine Meinung über ihn ins Gesicht zu werfen. Es ist schwer, all das zu akzeptieren, was ich seit einigen Minuten aus seinem Mund gehört habe. Ich befürchte, dass Max versucht mir das Buch wegzunehmen, mal mit tückischen Tricks und mal indem er mir Angst macht. Aber wenn ich genauer darüber nachdenke: wenn die Dinge so sind, wie Max behauptet, wenn er also mit meinem Opa befreundet war und der Einzige ist, der das Buch beschützen kann, warum hat dann mein Großvater nicht gesagt, ich soll das Buch zu Max bringen? Sicherlich gab es einen Grund dafür. Außerdem konnte mich Max nicht davon überzeugen, dass er mit dem Buch die Menschen im Schloss beschützen möchte.

„Ob er heute Nacht kommen wird, chhh? Was glaubt Max, chhh?", fragt Schwanhold und schaut Max erwartungsvoll an.

„Wirklich, ich weiß es nicht. Seine Majestät informiert uns nicht über sein Programm. Er umgibt sich gern mit einem geheimnisvollen Schleier. Er kommt immer unangemeldet an. Aber die Angestellten, die ihn wirklich lieben, sind nicht überrascht, sie bereiten jeden Abend den Esstisch vor, als würde er mit ihnen essen. Infolgedessen ist die unerwartete aber mögliche Ankunft der einzige Grund für das offizielle Abendessen jeden Abend."

Er antwortet Schwanhold, aber er hat seine Augen auf mich gerichtet.

„Ich glaube dir kein einziges Wort", sage ich.

Er springt auf, als hätte er einen elektrischen Schlag bekommen.

„Was heißt das?"

„Ich muss noch überzeugt werden. Ich habe mich noch nicht entschieden, ob ich dir das Buch geben möchte oder nicht."

„Hast du von den Leuten gelesen, die daran gearbeitet haben, dieses Schloss zu bauen? Kennst du ihre Namen? Hast du ihre Fotos in deinen Büchern gesehen?"

Ich nicke bejahend.

„Wenn du heute Abend einige von ihnen beim

Abendessen siehst, wirst du mir dann glauben?"

Meine Überraschung ist so groß, dass ich nichts sagen kann. Ich sehe ihn an, unfähig ein Wort zu artikulieren.

„Sehr gut. Aber ich werde den Fehler, den ich einmal gemacht habe, nicht wiederholen", brummt er und räuspert sich mit einem kleinen Husten. „Ich habe nicht die Absicht, das Buch in den Händen eines anderen zu lassen", sagt er trotzig mit klarerer und stärkerer Stimme. „Folge mir in den Sängersaal. Der Tisch wird schon gedeckt sein. Es ist nicht höflich, sie lange warten zu lassen. Wenn wir uns verspäten, wird Karl nicht mehr aufhören zu jammern. Und es ist nicht die richtige Nacht für solche Geschichten. Wir haben andere Probleme zu lösen", sagt er abschließend und starrt auf meinen Rucksack.

Ich greife fest nach den Trägern auf meinen Schultern, um sicherzustellen, dass der Rucksack stramm auf meinem Rücken sitzt, und laufe zum Ausgang des Raumes.

„Und vergiss nicht, keine seltsamen Fragen an unsere Tischgenossen", pfeift Max mich an, als er mich überholt.

22. PAUL ~ Albtraum

Der Sängersaal wirkt jetzt kleiner als beim letzten Mal, als ich mit Elektra hier war. Zuvor war die gewölbte Halle völlig leer. Jetzt befindet sich mittig auf dem glänzenden Parkett ein langer schwarzer Tisch und geschnitzte Holzstühle mit roten Samtkissen auf den Sitzen und hohen Rückenlehnen stehen rundum. Das Geschirr, die Teller, die Servierplatten, das Besteck, kleine und große Gläser, das meiste davon Silber, strahlen auf einer weißen Seidentischdecke. Entlang des Tisches füllen die brennenden weißen und hellblauen Kerzen in den silbernen Kerzenhaltern den Raum mit einem angenehmen Wachsduft.

Als wir den Saal betreten, Max vorne und Schwanhold und ich hinter ihm, fällt mir auf, dass die Anwesenheit von Max nicht unbemerkt bleibt. Die Augen der Anwesenden sehen ihn mit gebührendem Respekt und Bewunderung entgegen, als würde ein Schutzpatron den Raum betreten.

Ich hatte nicht erwartet so viele Menschen in einem Raum zu sehen. Obwohl ich bereits die Musiker des Symphonieorchesters gesehen und die Angestellten in der großen Küche getroffen habe, hätte ich mir doch nie vorstellen können, dass so viele Menschen im Inneren des heutzutage wohl berühmtesten Schlosses der Welt hausen.

In kleine und große Gruppen aufgeteilt unterhalten sie sich ungezwungen. Die Männer, die meisten von ihnen alt mit grauen oder weißen Bärten, tragen einfarbige Hemden mit weißem Kragen und schwarzen Krawatten oder Fliegen am Hals und dazu schwarze oder graue Schoßröcke. Es fehlen auch nicht diejenigen, die stolz in traditioneller bayerischer

Tracht dastehen und auch ein paar Frauen in Krinolinen und schönem Schmuck, der aber seinen Glanz verloren hat. Alle scheinen in guter Stimmung zu sein. Das Lachen der Männer, vermischt mit weiblichem Kichern, hallt heiter von den farbenfrohen Fresken, die die Wände zieren, als wollte man die Gesichter darin erwecken und sie zur fröhlichen Versammlung des heutigen Abends einladen.

„Als wären sie direkt aus den Seiten des Buches gestiegen", sage ich leise zu Schwanhold, hingerissen von diesem irrealen Spektakel. *Das Heute hat das Gestern zu einem offiziellen Abendessen eingeladen*, denke ich und kann nicht mehr wegschauen.

Ich gehe noch ein paar Schritte in die Mitte des Raumes, während ich langsam die Anspannung in meinem Magen spüren kann.

„Wer sind sie alle?", frage ich Max, während mein Blick über den langen Saal schweift und nach Elektra sucht. *Wahrscheinlich ist sie noch nicht da*, denke ich, da ich sie nicht im Raum sehen kann.

„Alle, die von Seiner Majestät durch seine Geschichten ins Schloss gebracht wurden, um hier zu leben", antwortet er gleichmütig mit einiger Verzögerung. Und unerwartet fängt er an mich mit Namen, Titeln und Berufen zu bombardieren. All die Namen kann ich mir nicht merken, aber ich staune, dass sich unter den Versammelten berühmte Musiker und Maler, Dichter und Schriftsteller, Architekten und Designer befinden, aber auch Menschen, die durch ihre Werke in den Schlössern von Ludwig bekannt wurden, wie Bildhauer und Schreiner.

Menschen, die vor Jahren gestorben sind, denke ich, *die immer noch wie menschliche Schatten hinter dem Rücken unserer Welt leben!* Sie sehen so real und voller Vitalität aus, dass ich kaum glauben kann, dass sie alle Kreationen eines Füllfederhalters auf Papier sind.

Wie soll ich mich verhalten, wie soll ich mit ihnen reden, jetzt wo ich das weiß? Es wird der schwierigste Abend werden, den ich je verbracht habe. *Selbst die Konfrontation mit Max war dagegen ein Kinderspiel*, denke ich, während ich mir die Kopien all dieser großartigen Menschen ansehe, die einst in Ludwigs Nähe gelebt haben. Es ist einfacher, mich in eine Ecke des Saales zu setzen, weit weg von allen, wie der alte Kater, der nicht bereit ist, mit dem Rest der Bande nächtliche Abenteuer zu erleben.

Wo zum Himmel ist Elektra geblieben? *Ist das Gespräch mit den Frauen in der Küche so interessant?*, denke ich genervt, da ich sie nirgends sehe.

„Vermisst der junge Herr Frau Elektra, chhh?", fragt der Schwan ironisch.

Ich bin überrascht von der Frage.

„Ähm... Ich weiß nicht, ich denke nicht. Ich werde darüber nachdenken, wenn es soweit ist. Aber ja, ich mache mir Sorgen um sie. Ich fühle mich verantwortlich. Ich habe sie überredet bei mir zu bleiben."

„Natürlich, chhh, natürlich", stimmt Schwanhold unerwartet zu. „Ich nehme an, der junge Herr hat recht. Manchmal kann unsere Untätigkeit jemanden genauso leicht verletzen wie unsere unüberlegten Taten, chhh", schnarrt er und nickt mit dem Kopf.

„Ich muss sie finden", sage ich und drehe mich sogleich zur Tür, um den Saal zu verlassen.

In dem Moment, in dem ich mich umdrehe, fällt mein Blick auf einen dünnen jungen Mann mit einem ovalen Gesicht und vollen schwarzen Haaren, die über seine Ohren wuchern. Er lehnt sich gemächlich an den Türbogen und beobachtet mich mit einem durchdringenden Blick.

„Er ist ein vielversprechender junger Komponist, der in Wien Musik studiert hat, chhh", informiert mich Schwanhold, der meinem Blick folgt. „Er komponiert alle neuen Symphonien für unser Orchester. Alle sagen, unser Dirigent sei ein wahres Musikgenie."

„Der leider von niemandem erkannt wird", ergänze ich und beeile mich, meinen Speichel zu schlucken, was ich völlig vergessen hatte, da ich mit offenem Mund dastand und staunte.

„Und du junger Mann, wer bist du?"

Die heisere Stimme lässt mich erstarren. Ich drehe mich langsam in die Richtung um, aus der die Stimme kam. Der Mann, der mich angesprochen hat, ist groß und kräftig mit einer etwas krummen Nase und hellblauen, fast durchsichtigen Augen. Er steht ein paar Meter entfernt zwischen mir und dem gedeckten Tisch und nickt mir zu. In seiner Nähe stehen einige Leute mit Gläsern in der Hand, trinken langsam kleine Schlucke von ihrem Getränk und beobachten die Szene mit Interesse.

Ich öffne meinen Mund, um zu antworten, aber die Angst, mich vor solch großartigen Leuten lächerlich zu machen, raubt mir die Stimme. Mein Körper will zusammensacken, aber ich richte mich bewusst auf und versuche so, meine Panik zu verbergen.

„Nachdem sie den jungen Herrn eingeladen haben, schlage ich vor, er nähert sich ihnen, chhh", flüstert der Schwan mir mit weicher Stimme zu und stupst mich mit seinem Schnabel sanft an. Das Gesicht des Vogels sieht glücklich aus, als wären die Worte des Mannes die göttliche Gelegenheit, auf die ich mein ganzes Leben gewartet habe.

Ich stehe immer noch reglos da, obwohl ich durch die Berührung des Schwans fast das Gleichgewicht verliere, denn meine Beine geben nach. Mir ist schlecht.

„Der junge Herr muss den Mut haben, den Stier bei den Hörnern zu packen, chhh", fordert mich die samtige Stimme von Schwanhold auf. „Herr Paul braucht keine Angst haben. Die Gesellschaft, die ihn angesprochen hat, scheint fröhlich zu sein. Sie haben bereits einiges getrunken und alles sieht freundlich aus, chhh."

Ich bin unentschlossen.

„Und du, was wirst du tun?"

„Ich werde auf den jungen Herrn aufpassen, chhh. Wir müssen immer kampfbereit sein, chhh", antwortet er beiläufig lächelnd und fügt hinzu: „Ich mache Witze, natürlich, chhh.

Ich kann dem jungen Herrn versichern, dass er nicht mit Flammen aus dem Rachen eines schrecklichen Drachen kämpfen muss, chhh. Ein kleines Schwätzchen, um ihre Neugier zu stillen. Es ist doch so, jeder liebt Klatsch und Tratsch, chhh."

Der Schwan blickt an die Decke, als Zeichen von Verzweiflung und Resignation zugleich.

„Diese jungen Leute öffnen sich nicht so leicht, sie haben nicht viel zu erzählen, chhh, im Gegensatz zu uns Schwänen, die nicht aufhören zu plappern, chhh", murmelt er und drückt mich diskret mit dem Schnabel in die Mitte des Raumes.

Ich gebe nichts auf die Worte des Schwans. Ich höre vor allem den Puls, der an meinen Schläfen pocht.

„Aber komm schon, junger Mann, komm näher", drängt eine donnernde Stimme.

Es ist ein alter Mann mit gebeugten Schultern und langem Bart, wie ein Prophet, der lange Zeit in der Wüste gelebt hat. Sein Blick ist feurig und funkelt.

„Der junge Herr kann sich selbst davon überzeugen, dass Max recht hat, chhh. Diejenigen von uns, die auf Einladung Seiner Majestät im Schloss wohnen, unterscheiden sich übrigens nicht wesentlich von denen, die in München leben, chhh", flüstert Schwanhold in einem lebhaften Tonfall.

Viele Köpfe drehen sich zu mir. Ich spüre das Gewicht ihrer Blicke auf meinem Körper. Sie mustern mich von oben bis unten, Kopf bis Fuß. Die Stille erstreckt sich von einer Seite des Saals zur anderen.

„Guten Abend", sage ich zögernd und finde nichts Klügeres zu sagen für diesen Anlass.

Im Angesicht all dieser wichtigen Menschen wünschte ich mir, die Dinge lägen anders. Ich könnte die Rollen vertauschen. Dann wären sie die Wirklichen und ich der Immaterielle und Transparente, der aus unsichtbarer Tinte, dann könnten sie mich nicht sehen.

Ich versuche herauszufinden, was zum Teufel mit mir los ist. Was auch immer es ist, es passiert mir im ungünstigsten

Moment. Mir wird klar, dass ich reagieren muss, zu mir zu kommen sollte, dass mein Verstand Spiele mit mir spielt, die mir keinen Spaß machen.

Aber ich weiß nicht, wie ich es anstellen soll, um die Angst loszuwerden.

Ich versuche zu den Leuten hinüber zu gehen, aber in Panik merke ich, dass sich meine Beine nicht bewegen wollen. Verzweifelt schaue ich sie an. Die Fußsohlen sind nicht größer als ein Nadelkopf. Ich öffne meinen Mund, um zu sprechen, aber meine schwache Stimme erreicht nicht einmal meine eigenen Ohren.

Passiert mir das wirklich?, frage ich mich. Super, ich hatte Angst vor ihnen, als ich einen normalen Körper und eine starke Stimme hatte. Wie kann ich sie jetzt konfrontieren, wo ich mich fast auflöse? Beim ersten Schritt, den sie auf mich zu machen, werde ich zu Brei zerfließen.

Ich fühle einen kleinen Schmerz in meinem Bein. Es ist der Schwan, der mich pickt.

„Es ist Zeit für den jungen Herrn zu reagieren, chhh. Was denkt er? Wo ist er, chhh?", fährt er mich an.

Ich wische hastig mein verschwitztes Gesicht mit meiner Handfläche ab und atme tief ein.

Tatsächlich bin ich erleichtert – der Albtraum, der gerade zu Ende geht, war eine Folge der plötzlichen Angst, weil ich mit all diesen wichtigen Leuten sprechen soll.

Ich schaue auf, entschlossen mich ihnen zu stellen. Alle sehen mich erstaunt an. Jetzt erst bemerke ich, dass sie drängeln und sich gegenseitig schubsen, um den unbekannten Jungen in den seltsamen Kleidern zu sehen, der wie angewurzelt schweigend im Saal steht. Einige flüstern miteinander und ich versuche ihre Lippen zu lesen, um herauszufinden, was sie über mich sagen.

Ich zögere wieder und sehe Schwanhold unschlüssig an. Er streckt seinen schwarzen Hals und schaut in Richtung der versammelten Menschenmenge.

„Der junge Herr muss schnell sein, wenn er es noch

schaffen will, irgendetwas zu sagen, chhh, denn ich denke, sie werden ihn mit ihren eigenen Fragen bombardieren."

Der Schwan ist sehr lustig, als er versucht mir zu zuzwinkern. Ohne es zu wollen, lache ich herzlich und entspanne mich etwas.

„Ich werde jetzt gehen, chhh", sagt er ernst und schaut zum Ausgang.

Es ist das erste Mal, dass er mich über sein Fortgehen informiert.

„Wo willst du hin?"

„Frau Elektra suchen natürlich, chhh. Ich mache mir auch Sorgen."

Ich sehe ihn lächelnd an, er wird mir immer sympathischer. Ich will ihm gerade sagen, dass ich ihm folgen werde, als mich die donnernde Stimme von Max zum Stehenbleiben zwingt.

„Meine Damen und Herren", verkündet er der Menschenmenge feierlich, während ich zusehe, wie Schwanhold durch die Tür verschwindet und meine Hoffnung, den Raum zu verlassen, mit ihm davonflattert. „Es ist Zeit für das Abendessen. Lasst uns am Tisch Platz nehmen. Die Fragen, die ihr unserem jungen Gast stellen wollt, können noch etwas warten."

Natürlich nutzt Max jede Gelegenheit, um mich an einer Unterhaltung mit ihnen zu hindern, weil er befürchtet, dass ich ihnen alles erzähle, was er mir gestanden hat.

Sie haben keine Einwände. Fröhlich redend gehen sie zum Tisch.

Ich setze mich auf einen Stuhl auf der rechten Seite des Raumes und es scheint, als hätten die Leute meine Anwesenheit bereits vergessen, was mich überhaupt nicht stört.

Die Kellner laufen wie in einer Parade hinter uns auf und servieren verschiedene Vorspeisen, die selbst den gleichgültigsten und appetitlosesten Tischgenossen verführen würden. Der Tisch füllt sich sehr schnell mit riesigen Mengen an Essen. Große Porzellanplatten mit Hühnchen, Pute und Schweinehaxen neben silbernen Schalen voll frischer und karamellisierter Früchte aller Art. Ich sehe mir alles an, aber mein Magen fühlt sich von der Aufregung des Abends wie verknotet und der Anblick all dieses Essens und all der Gerüche, die mich versuchen zu locken, bringen ihn völlig durcheinander. Obwohl ich vor ein paar Stunden hungrig war wie ein Wolf, kann ich keinen einzigen Happen essen.

Meine Tischgenossen scheinen keine solchen Probleme zu haben. Sie beugen sich über ihre Teller und verschlingen das Essen so schnell, dass man glauben könnte, sie hätten monatelang nichts mehr bekommen. Zwischen den Bissen werfen einige mir schnelle, verstohlene Blicke zu, wie es mein Vater normalerweise tut, wenn wir zufällig an einem Sonntag zusammen essen, aber sie richten ihre Aufmerksamkeit rasch wieder auf ihre Teller. Ich frage mich, wieso mir mein Vater in einem solchen Moment in den Sinn kommt. Was er wohl macht? Ob er gemerkt hat, dass ich nicht zuhause bin, oder hat er überhaupt nicht nach mir gesucht und denkt, ich würde in meinem Zimmer schlafen? Ich vermute eher das Zweite.

In der Zwischenzeit habe ich keinen Bissen zu mir genommen, aber der Rest der Gesellschaft scheint satt zu sein, ihre Gesichter sehen weicher und zufriedener aus. Der Schwan und Elektra sind noch immer nicht erschienen. Und während ich mir Sorgen um ihre Abwesenheit mache, wird im Saal noch jemand vermisst.

„Heute ist er auch nicht gekommen!", dröhnt eine laute Stimme vom anderen Ende des Raumes. „Er war doch einige Tage nicht mehr hier. Ich frage mich, warum."

Ich schaue zu dem Mann, er hat gepflegtes graues Haar und ein wohlwollendes Lächeln. Seltsamerweise scheinen diese Menschen mit dem einfachen Glauben kleiner Kinder erfüllt zu sein. Sie warten leise und geduldig auf die Rückkehr Ludwigs und erleben dabei das tägliche Gefühl gesegneter Vorfreude und Erwartung.

Die Worte des Mannes, der die Stille des Raumes

unterbrochen hat, scheinen das Zeichen für die Wiederaufnahme der Gespräche zu sein. Einer nach dem anderen stehen sie auf und kommen in kleinen Gruppen zusammen, genau wie vor dem Essen, und setzen vielleicht die Diskussionen fort, die sie vor dem Hinsetzen begonnen hatten.

Ich bleibe unter den Letzten am Tisch sitzen. Inzwischen hat sich meine Aufregung gelegt und ich schaue neugierig in all die verschiedenen Gesichter. Tatsächlich bin ich ein bisschen enttäuscht, dass sich niemand mehr für meine Anwesenheit interessiert.

Also stehe ich entschlossen auf, um meinerseits einen Anlauf zu wagen, aber bevor ich drei Schritte machen kann, spüre ich den heißen Atem von Max in meinem Nacken. Ich habe ihn nicht näherkommen hören.

„Pass auf...", flüstert er mir ins Ohr. „Rede nicht mit ihnen. Es muss nicht sein, dass du ihr ruhendes Interesse an der Welt weckst. Sie haben andere Beschäftigungen, wobei die wichtigste derzeit der tägliche Versuch ist, gegenseitig den Wert ihrer Arbeit herunterzuspielen. Und vergiss nicht, dass die Zeit für sie anders fließt als für dich und mich."

Ich hebe gleichgültig die Schultern, antworte aber nicht. Ich folge ihm bis zur nächsten Gruppe, die aus fünf Personen besteht. Max läuft vor mir mit der Gelassenheit eines Fisches im Wasser. Als sie uns sehen, unterbrechen sie ihre Unterhaltung und begrüßen uns mit einem Lächeln.

„Kommst du aus München, mein Junge?", fragt der Jüngste der Gruppe, der ungefähr fünfzig Jahre alt sein müsste. Bevor ich antworten kann, wendet Max sich an alle fünf und lächelt in die Runde. „Wir haben lange keinen Besuch mehr aus München gehabt, oder meine Freunde?"

Sie nicken zustimmend.

„Ja, ja, du hast recht", bestätigt sein Nachbar langsam in einem nachdenklichen Ton, so dass die Worte kaum aus seinem Mund kommen. Vielleicht ist die enge Weste schuld, die versucht seinen riesigen Bauch zu halten.

„Im Namen aller, wir freuen uns, dass wir auch mal wieder einen Besucher haben. Wie war die Reise aus München? Ich denke, wie immer anstrengend", setzt der Erste die Begrüßung fort.

Ich betrachte diese Menschen, die, nach den Enthüllungen von Max, in ihrer Ewigkeit mit einer anderen Geschwindigkeit reisen als die in der realen Welt, ganz anders als zuvor. Menschen, die zu Kreaturen der Nacht geworden sind und sich im Licht des Tages versteckten, aus Angst, das Tageslicht würde ihre Existenz und Gegenwart unter uns verraten. Als schattige Geister der Personen, die sie einst waren, wandern sie durch das Schloss und nennen sich gegenseitig „Meister".

„Meister Zimmermann", fährt der erste Mann fort, ohne mich überhaupt anzusehen. „Sollten wir die Angelegenheit mit Seiner Majestät besprechen, wenn er uns das nächste Mal mit seiner Anwesenheit ehrt? Ich meine das Fehlen von Gästen aus München hier im Schloss."

Unerwartet dreht er sich zu mir um und beginnt zu erzählen:

„Weißt du, junger Mann, ich habe an mehreren Plänen für den Bau dieses Schlosses gearbeitet. Seine Majestät gewährte mir als Dank ein dauerhaftes Zuhause im Flügel der Gäste, so wie er es mit all den ehrenwerten Herren und Damen tat, die neben mir wohnen. Es sind immer wieder jüngere Architekten hier gewesen, um meine Arbeit zu bewundern."

Er macht eine Pause und schüttelt den Kopf, als ob er plötzlich verzweifelt wäre.

„Es fällt mir auf, dass wir schon lange keine Besucher mehr haben. Ich befürchte, dass meine Arbeit mit der Zeit als veraltet angesehen wird. Meine jüngeren Kollegen dort draußen in München werden auf jeden Fall versuchen ihre eigenen frischen Ideen zu entwickeln." Er macht eine kurze Pause, um Luft zu holen. „Hin und wieder habe ich das Gefühl, nicht mehr zu existieren. Bei der Vorstellung, dass selbst wenn ich in den nächsten Jahren Meisterwerke schaffe, dies keinen Einfluss auf den Lauf der Welt haben könnte, erschaudere ich."

Nachdenklich kratzt er sich am Kopf, seine Haare sind ganz zerzaust.

„Aber warum machen Sie sich unnötig Sorgen, Meister Bauer? Seine Majestät hat nie aufgehört, Menschen in das Schloss einzuladen, um unsere Arbeit zu bewundern. Sie kommen aus der ganzen Welt. Vielleicht sind Sie zu sehr mit Ihren Plänen zu beschäftigt, um sie zu sehen", sagt Max und legt seine Hand sanft auf den Rücken des Architekten.

Der Rest der Gesellschaft nickt mit den Köpfen, um Zustimmung zu zeigen.

„Aber warum reden wir schon wieder darüber, meine Herren?", sagt der dritte der Gruppe und ist offensichtlich empört. „Warum kehren wir immer wieder zum selben Thema zurück?"

„Hmm, hmm", räusperte sich Meister Bauer leicht genervt, bevor er antwortet. „Nun, liebe Mitbewohner, wir Menschen sind so komplex, jeder auf seine Weise, dass es manchmal schwierig ist, miteinander auszukommen. Jeder mit seinen eigenen Gedanken, Meister Winter."

Alle beobachten den nun aufmerksam und warten auf seine Reaktion.

„Und können wir denn nichts tun?", fragt der vierte der Gruppe, ein schlanker Mann mit spärlichem Haar und Zahnlücken, dessen Namen ich nicht gehört habe.

Sie scheinen nach etwas Neuem zu suchen, das ihr stehendes Wasser aufwühlt. Je entfernter und unwirklicher es ist, desto attraktiver ist es wohl in ihren Augen.

„Ich glaube zu wissen, was los ist", sagt Meister Bauer. „Wir sind erschöpft vom Warten und der Untätigkeit. Wir haben seit Jahren nichts geschaffen, was uns gut tut und beschäftigen würde."

Die anderen stimmen zu und nicken mit den Köpfen.

„Wir sind Künstler, jeder auf seine Art", sagt Meister

Zimmermann seinerseits. „Wir sind kunstsüchtig. Ich weiß nicht, ob ihr mir folgen könnt", fährt er fort und starrt mir in die Augen. „Es ist etwas, das aus uns heraus kommt, aus unserer Seele."

Wenn ich mir ihre Diskussion anhöre, stelle ich fest, dass die Menschen hier mit der Logik ihrer Zeit denken. Sie machen mich neugierig und ich möchte ihnen weiter zuzuhören.

„Hier im Schloss haben wir kein Gebiet mehr, auf dem wir uns ausdrücken können. Deshalb würde ich vorschlagen, nach München zurückzukehren, wo wir neue Tätigkeitsbereiche entdecken können."

„Und Seine Majestät? Sollen wir gehen, ohne dass er Bescheid weiß?", murmelt Meister Winter zögernd. „Würde er es nicht als respektlos gegenüber Seiner Exzellenz betrachten?"

Ich erkenne, dass die Dinge nicht so sind, wie Max annimmt, der sie schweigend beobachtet. Ihre Ansichten zur Frage ihres Aufenthalts im Palast sind sehr unterschiedlich. Die Meister Bauer und Zimmermann äußern offen den Wunsch zu gehen. Nach München zurückzukehren. Es könnte andere geben, die ihnen zustimmen.

„Es tut mir leid, aber Paul und ich müssen gehen", verkündet Max den Mitgliedern der Gruppe in ernstem Ton.

Er dreht sich zu mir um und signalisiert mir mit seinem Blick und einem leisen Knurren, dass nur für meine Ohren bestimmt ist, dass er das Gespräch unterbrechen und das Schlimmste verhindern möchte. „Wir müssen Frau Elektra treffen, die auf uns wartet", sagt er laut, um von allen gehört zu werden.

Ich bin sicher, er lügt. Er will mich aus der Gruppe herausholen, damit ich nicht noch mehr höre. Ich entscheide mich trotzdem ihm zu folgen. Soweit ich verstehe, haben die Leute hier ihre eigenen Probleme zu lösen.

Ihr warmes Lächeln im Moment des Abschieds tut gut, wie eine sanfte Berührung.

„Viel Glück, mein Kind. Wir haben uns sehr gefreut dich kennenzulernen", sagt Herr Zimmermann mit offenem Blick.

Die Realität des Schlosses übersteigt bei weitem meine Vorstellungskraft, die dagegen arm und elendig erscheint, denke ich, während ich den beleuchteten Saal hinter mir lasse.

23. ELEKTRA ~ Der Stieglitz hat nicht gesungen

Die Dunkelheit macht ihr keine Angst. Als sie klein war, rannte sie im Dunkeln wie ein Wirbelwind von einem Raum des Hauses zum anderen. Ein-, zweimal, als ihre Mutter versuchte sie zu bestrafen, indem sie sie in ihrem Zimmer ohne Licht allein ließ, stellte die kleine Elektra fest, dass das Sternenlicht für sie heller schien als das des größten Kronleuchters und sie sich deshalb nicht fürchten musste.

Aber jetzt ist ihre Situation buchstäblich finster und das Sternenlicht zu weit entfernt, um ihr zu helfen. Das Stück Stoff, das ihre Augen verschlossen hält, ist so fest gebunden, dass sie nicht einmal ihre Augenlider bewegen kann. Ihre Arme und Beine sind mit einem dicken Seil zusammengebunden. Der Schmerz an der Stelle, wo das Seil auf ihre Haut drückt, ist unerträglich. Aber das Schlimmste ist das große Stück Stoff, das Karl ihr in den Mund gesteckt hat, damit sie schweigt und nicht um Hilfe rufen kann.

Sie atmet schwer durch die Nase und versucht gelassen zu bleiben. Immer wieder kämpft sie gegen die aufkommende panische Angst an, die ihr die Luft nimmt und ihre Brust zusammendrückt, zumal die spärliche Luft, die in ihre Nasenlöcher dringt, muffigen Zimmergeruch mit sich bringt.

Karl hat ihre Beine an den Knöcheln zusammengebunden, damit sie nicht weglaufen kann. Sie könnte sich wahrscheinlich mit kleinen Sprüngen bewegen. *Sehr einfach, wenn man eine Grille wäre*, denkt sie, weil sie es unglaublich schwer fand, als sie es versuchte. Aber selbst wenn sie laufen könnte, wohin könnte sie gehen?

Sie hat begonnen, ihr Raum- und Zeitgefühl zu verlieren, sobald Karl ihre Augen verband. Zuerst tauchte er sie buchstäblich in Dunkelheit, schob sie dann auf eine weiche Oberfläche – sie schien auf einem Kleiderstapel zu sitzen – und war dann damit beschäftigt, ihre Gliedmaßen zu fesseln. Er hat ihre Handgelenke fest aneinander gebunden und die Beine unten an den Knöcheln.

„Wieso?", murmelte Elektra und fürchtete, dass er noch wütender werden würde.

Noch immer hat sie das abstoßende Bild seines wütenden Gesichts vor Augen, kurz bevor er ihr mit dem Stoff die Sicht nahm. Sie wird lange nicht vergessen können, was geschehen ist, seit sie gezwungen wurde, Karl aus der Küche zu folgen.

Sobald sie durch die Tür waren und niemand sie sehen konnte, packte Karl ihre Hand und zog sie grob mit sich.

Verblüfft versuchte Elektra seinem eisernen Griff zu entkommen, aber es war zwecklos. Ihr fehlte es an Kraft.

Sie protestierte, fing an zu schreien, doch selbst das schien ihn nicht zu stören. Mit großen Schritten eilte er durch den halbdunklen Flur und sie hastete notgedrungen hinter ihm her.

Der schwache Schein des roten Sicherheitslichts im Korridor konnte nicht alle dunklen Stelle beleuchten. Karls Schatten an der gegenüberliegenden Wand sah aus wie ein riesiger dunkler Fels, der sie zu zerdrücken drohte.

„Hör auf dich zu beschweren, mit dem Schreien wirst du nichts erreichen. Und denke nicht, es wäre so einfach zu entkommen, wie du es dir vorstellst", sagte er, ohne sie anzusehen.

Seine Stimme war kalt, ausdruckslos, farblos. Die Kälte und Härte, die er ausstrahlte, nahmen ihr jede Kraft, ihre Abwehr erlahmte und sie trabte hinter ihm her, ihre Schwäche akzeptierend.

Am Ende des Flurs bog Karl rechts ab und blieb dann

abrupt stehen. Elektra prallte fast gegen die Holztür, die sich an dieser Stelle in der Wand befand. Sie erschrak, fing sich gerade noch, sagte aber nichts.

Karl öffnete die Tür mit seiner freien Hand und zog sie hinter sich in die Kammer. Er schob sie in die Mitte des dunklen Abstellraumes, ließ ihre Hand los und stand drohend vor ihr.

„Glaubst du, ich lasse dich zwitschern bei Leuten, die deinen Unsinn nicht hören sollen?", fragte er in einem ironischen Ton. „Nein, meine Liebe. Jetzt wirst du nur für mich singen."

Er fuchtelte drohend mit dem Finger vor ihren Augen. „Und du wirst mir alles erzählen, was ich wissen will."

Elektra sah ihn erschrocken an.

„Seid nur ihr zwei heute Nacht im Schloss geblieben?"

Elektra nickte zustimmend.

„Wer hat euch geschickt? Wer kennt uns noch?"

„Niemand hat uns geschickt", antwortete Elektra sogleich. „Die Wachen des Schlosses haben uns versehentlich eingesperrt. Wir haben uns verlaufen, haben den Rest der Gruppe verloren, sind in den Zimmern herumgelaufen und haben das Zeitgefühl verloren."

Während sie sprach, wurde ihre Stimme immer lauter. Sie hoffte er würde ihr glauben und sie gehen lassen. Sie musste Paul finden. „Als wir den Weg zum Ausgang fanden, war es bereits zu spät. Er war abgeschlossen."

„Weißt du, dass die Wachen euch am Morgen verhaften werden? Weißt du, was euch erwartet?", fragte er sie.

Elektra kannte die Konsequenzen ihres Aufenthalts hier. Sie hatte sich aber dafür entschieden. Wesentlich mehr Angst als die Konsequenzen des folgenden Morgens machte ihr Karls bedrohliche Anwesenheit.

„Wir werden ihnen erklären, dass wir die Nacht nicht absichtlich im Schloss verbracht haben. Sie werden verstehen, dass wir uns verlaufen haben und den Ausgang nicht finden konnten, bevor das Sicherheitspersonal gegangen ist."

„Dass ihr zur falschen Zeit am falschen Ort wart? Wirst du ihnen das sagen?", lachte Karl schallend. Aber sein Lachen war nicht echt.

„So ähnlich", sagte Elektra schüchtern.

„Du bist dumm", griff Karl sie verbal an. „Wie kannst du nur glauben, dass du so leicht hier herauskommen wirst?"

Sie sah ihn erstaunt an.

„Wenn ich bis zum Morgen, wenn das Sicherheitspersonal aufschließen kommt, dafür sorge, dass einige der wertvollen Gegenstände von hier verschwunden sind, dann werden du und dein Freund für lange Zeit ins Gefängnis wandern."

„Warum würdest du das tun?", fragte Elektra und begriff, dass die Situation langsam gefährlich wurde.

„Weil du mich immer noch anlügst. Und ich mag keine Lügen", sagte Karl und starrte sie an, um ihre Reaktion zu sehen.

„Ich lüge nicht", protestierte Elektra. „Ich bin alleine hierhergekommen, um das Schloss zu besuchen. Wir haben uns zufällig getroffen, Paul und ich. Ich habe ihn vorher nicht mal gekannt."

Karl starrte sie an. „Du bist also stur. Also gut, wie du willst, dann gehen wir diesen Weg. Sag mir aber nicht, dass ich dich nicht gewarnt habe", sagte er wütend.

Elektra spürte die Anspannung in ihrer Brust. Sein Blick machte ihr Angst. Karl meinte es ernst. Sein Zorn schimmerte wie vergiftete Tränen in seinen Augenwinkeln.

„Warum hast du mich hierhergebracht? Was wirst du mit mir machen?", fragte sie ihn.

„Hat der junge Mann das Buch bei sich?", fragte er abrupt und ignorierte ihre Frage.

Als sie seine Frage hörte, war sie wie versteinert. Sie wusste nicht, wie sie reagieren sollte. Was sollte sie antworten? Sie verstand sofort, auf welches Buch sich Karl bezog. Paul hatte es vor ein paar Stunden vor ihren Augen geöffnet. Zu diesem Zeitpunkt war ihr das Buch egal. Am meisten hatten sie die Buchstaben mit dem Wort „Buch" an der Wand kurz vor dem Thronsaal beeindruckt, nicht das Buch selbst. Selbst als Emma ein Buch erwähnte, hatten keine Alarmglocken in ihr geläutet. War es Zufall, dass zwei Leute im Nachtleben des Schlosses so großes Interesse an dem Buch zeigten, das Paul in seinem Rucksack trug?

„Hey, ich rede mit dir", rief er neben ihrem Ohr. „Wenn ich mit dir rede, wirst du mir sofort antworten", sagte er und holte sie grob aus ihren Überlegungen.

Sie hob den Kopf und sah ihn direkt an, entschlossen sich nicht von ihm einschüchtern zu lassen.

„Ich weiß nicht, Paul hat mir nichts gesagt", antwortete sie umsichtig und versuchte ihre Stimme ruhig zu halten.

„Ich habe dir gesagt, ich mag keine Lügen, aber ich glaube, du willst mich nicht ernst nehmen."

„Ich lüge nicht. Ich habe keine Ahnung, von welchem Buch du redest."

Es dauerte nicht lange, bis ihr klar wurde, dass ihre Antwort ihn wütend machte.

Er begann mit den Zähnen zu knirschen, starrte sie grimmig an und sein Atem ging immer schneller.

Was hatte ihn so verärgert und verstört, dass er sich in jemanden verwandelte, der dem Zustand des Wahnsinns nahe zu sein schien?

„Antworte mir endlich, jetzt und sofort. Hat der Junge das Buch bei sich oder nicht?"

Elektra fand keine Kraft zu sprechen. Ihr Blick fixierte seine rechte Hand, die plötzlich in der Tasche seiner Lederhose verschwand. Überrascht sah sie, wie er einen dünnen Dolch aus seiner Tasche zog. Er hielt ihn fest und kam ihr so nahe, dass sie seinen heißen Atem auf ihrem Gesicht spürte. Sie blieb regungslos, als wäre sie von seinen Augen hypnotisiert, die voll mörderischem Hass waren. Sie war unfähig zu reagieren, selbst als Karl sie an der rechten Hand packte und sie mit ihrem Rücken an seine Brust drückte.

Die anfängliche Überraschung wurde zu Angst. Als die

kalte Klinge ihren Hals berührte, erstarrte sie in Panik.

„Wer hat euch geschickt? Wo ist das Buch? Wie habt ihr es geschafft, uns zu sehen?"

So wie er sie an seiner Brust hielt, konnte sie sein Gesicht nicht sehen. Aber sie spürte an ihrem Rücken den unregelmäßigen Herzschlag in seiner Brust. Und auch seine Fragen wirkten bedrohlich.

„Ich verstehe nicht, was du sagst", stammelte Elektra, die Angst hatte, sie würde gleich wie ein kleines Mädchen anfangen zu weinen.

Mein Gott, worin haben wir uns verwickelt?, fragte sie sich, als ihr angsterfüllt klar wurde, dass der junge Mann in der gleichen oder in noch größerer Gefahr war. Karls finsterer Blick, seine eiskalten Augen, die im Dunkeln glitzerten, hatten eine größere Wirkung auf sie als die kalte Messerklinge. *Ich darf ihm nichts sagen, was den Jungen gefährden könnte*, beschloss sie. Sie musste sich etwas einfallen lassen, um hier rauszukommen.

Aber Karl ließ ihr keine Ruhe. Er nahm die Klinge von ihrem Hals und zwang sie, sich zu ihm umzudrehen.

„Ich brauche das Buch", sagte er eindringlich.

Elektra starrte ihn verzweifelt an. Seine Augen funkelten bedrohlich, wie die eines hungrigen Wolfs.

Was wollte er von ihr wissen? Und was sollte sie ihm sagen? Es war unmöglich, ihre Gedanken in Ordnung zu bringen. Es war alles so verwirrend. Sie konnte die Anwesenheit all dieser Menschen im Schloss nicht erklären, die scheinbar in der Vergangenheit lebten, mindestens einhundert Jahre zurück, wie Schiffbrüchige, deren Boot langsam in den stillen Gewässern ihrer Gegenwart treibt und die sich weigern, in ihre Zukunft zu segeln, als ob „der Lauf der Zeit" für sie unbekannte Wörter wären, die in ihrem Wortschatz nicht vorhanden waren.

Aber wusste sie denn, welches Schicksal sie selbst hierhergebracht hatte? Sie wusste nicht, welche Bewegungen im Universum stattgefunden hatten, um ihre Entscheidung, heute eine Touristenattraktion zu besuchen, mit dem Versprechen zu koppeln, das Paul einige Monate zuvor seinem sterbenden Großvater gegeben hatte.

Nein, sie würde nicht reden. Sie hatte nichts zu sagen. Aber sie würde ihn glauben lassen, dass sie Antworten auf alle seine Fragen hatte. Nur so würde sie ihr Leben vorerst nicht gefährden. Es war an der Zeit herauszufinden, ob das, was sie in Filmen oft gesehen hatte, wahr war, nämlich dass Kriminelle ihre Opfer solange am Leben erhalten, bis sie ihre Geheimnisse erfahren.

„Wenn du mir nicht sagst, wie ihr hierhergekommen seid, bist du tot." Karls raue Stimme traf sie wie ein Stahlstock.

Elektra erstarrte bis in ihre Fingerspitzen und konnte sich nicht bewegen. Selbst ihre Augen blinzelten nicht mehr.

Karl streckte die linke Hand aus und packte ihre rechte Schulter. Auf einmal schlug er ihr mit der rechten Faust so stark in den Magen, dass sie sich vor Schmerz krümmte. Ihr blieb einen Moment die Luft weg und ein seltsames Geräusch kam aus ihrer Kehle, das laut im halbdunklen Lager zu hören war. Im nächsten Moment bemühte sich Elektra, deren Kopf fast über den Knien hing, wieder zu Atem zu kommen. Ihr angespanntes Gesicht war grau und mit geschlossenen Augen bemühte sie sich, ihren Schmerz zu verschlucken.

Sie sagte nichts. Nur dieses eine verwunderte Wort: „Wieso?"

Aber sie erzählte auch nichts, als er ihr die Augen verband und ihre Hände und Füße fesselte, egal wie viele Schreie und Drohungen er auf sie warf, bis er sie knebelte und zum Schweigen brachte. Sie hatte freiwillig ihre Lippen versiegelt und war entschlossen ihm nichts zu sagen. Und sie änderte ihre Meinung nicht, obwohl ihre Beine vor Angst zitterten, auch nicht, als er ihr drohte:

„Gleich, wenn ich zurückkomme, hast du entweder umgedacht und erzählst mir, wer euch hierhergeschickt hat und wer unsere Existenz kennt, oder du lernst mich von einer anderen Seite kennen. Denn bisher hast du nur meine gute Seite gesehen."

Nachdem Karl seine Drohungen ausgesprochen hatte, ließ er sie allein, blind, gefesselt und zum Schweigen verurteilt.

Sie ist verzweifelt. Die Zeit vergeht und sie hat keine Ahnung, wo Paul ist. Sie betet zu Gott, für den sie sich bisher nicht interessiert hat, dass ihm nichts Schlimmes passiert ist. Sie bleibt in derselben Position bewegungslos, ohne sagen zu können, wie viel Zeit vergeht. Sie kann nicht mal sagen, was um sie herum passiert. Wenn man im Dunkeln wartet, ist es selbstverständlich, dass sich auch die Gedanken in die dunkelsten Winkel schleichen. Im Dunkeln kann man sich gegen Gedanken schlecht wehren. Sie erinnert sich an den dunkelsten Tag ihres Lebens, an den Tag, an dem....

Es war am frühen Abend. Sie war in der Küche der Wohnung, in der sie mit Christian die letzten fünf Jahre gelebt hatte. Fünf unbeschwerte, sorglose Jahre, in denen beide langsam und stetig auf Glück und Erfolg zusteuerten. Christian arbeitete bei einer Niederlassung eines deutschen Unternehmens in der Innenstadt von Athen und sie in der Buchhaltung eines Handwerksbetriebs am westlichen Stadtrand.

Sie war allein in der kleinen Küche und hielt einen halbleeren Becher Joghurt in der Hand. Das Haus war immer so still, wenn Christian nicht da war. Glücklicherweise würde er in drei Tagen zurückkehren und ihr Leben würde sich wieder normalisieren.

Es war eine ganze Woche her, seit Christian nach Deutschland gefahren war. Inzwischen bereute sie, dass sie nicht mitkommen wollte. Er hatte es vorgeschlagen, aber sie hatte sich geweigert, es sei ja nur zehn Tage, sagte sie damals. Er wäre zurück, bevor sie beide es gemerkt hätten.

Plötzlich wurde die Stille in der Küche durch das Geräusch einer Fernsehsendung unterbrochen, die aus dem offenen Fenster der Nachbarwohnung kam. Das ältere Ehepaar, das nebenan wohnte, wartete auf die Nachrichten.

Elektra sah sehr selten Nachrichten. Sie zeigten sowieso immer das Gleiche. Athen bereitete sich fieberhaft auf die Ausrichtung der Olympischen Spiele vor und alle Nachrichten drehten sich um die hektischen Aktivitäten der städtischen Vorbereitungen. Ihre eigenen Gedanken hatten sich auf Christians Tag der Rückkehr konzentriert, der offiziell ihr gemeinsames Leben einläuten würde. Ihre Hochzeit war für den 10. August 2001 geplant.

Die Fensterläden wurden von einem heftigen Windstoß erschüttert und das Küchenfenster öffnete sich, als wollte es den Regen begrüßen, der, wie die Wolken zeigten, jeden Moment beginnen würde. Sie ließ das tröstende Bild von Christian widerwillig los und beeilte sich die Fenster zu schließen.

Der Fernseher in der angrenzenden Wohnung lief in voller Lautstärke. *Einer meiner beiden Nachbarn hört wohl nicht gut*, dachte sie lächelnd. Die Stimme des Nachrichtensprechers erreichte mit dem Wind ihre Ohren. So erfuhr sie mit Hilfe der Naturelemente von dem tödlichen Autounfall, der wenige Stunden zuvor auf einer deutschen Autobahn im Bundesland Baden-Württemberg stattgefunden und viele Menschen das Leben gekostet hatte, während weitere Verletzte in benachbarte Krankenhäuser der Umgebung transportiert wurden.

Die Botschaft, die der Windstoß nicht übermittelte, war, dass Christian zu den Schwerverletzten gehörte. Ihr Christian. Diese schreckliche Nachricht erhielt sie zwei Stunden später von seinen Eltern.

Das nächste graue Bild der Vergangenheit, an das Elektra sich erinnert, zeigt sie frierend, schweigend, verzweifelt, zitternd vor einem Krankenhausbett in Ulm, in dem Christian ein paar Tage in einem kritischen Zustand verbrachte. Christian, der es nicht geschafft hatte. „Er hat hart gekämpft, um am Leben zu bleiben", sagten die Ärzte. Aber sein Kampf erwies sich als vergeblich.

Nach Christians Tod lief sie einen Trauermarathon und war nur noch ein Schatten ihrer selbst. Seine Erinnerung fraß sie auf wie eine Säure. Sie konnte nachts nicht schlafen, fuhr ständig erschrocken auf. Der Schock ihres Lebens machte sie krank, sie hatte die Lust am Leben verloren. Als ihr ein Job in München angeboten wurde, war das Erste, woran sie dachte, dass sie in der Nähe von Christian leben würde. Sie würde sich nicht so allein fühlen, wie wenn sie nach Griechenland zurückkehren müsste. Ihr wurde klar, wie wenig Menschen sie in Griechenland wirklich kannte, wie wenig Freunde sie hatte. Es war kaum noch etwas übrig, was sie mit Athen und der kleinen Wohnung gegenüber der Akropolis verband.

Plötzlich hört sie Worte, eine liebevolle Stimme, die versucht sie zurück in die Realität zu bringen. „Wach auf, es ist nicht die Zeit zum Träumen. Du musst wieder zu dir kommen. Deine Situation ist sehr besorgniserregend."

Elektra ist sicher, dass sie die Stimme kennt, die sie warnt. Sie fühlt, wie seine warme, liebevolle Hand sie hält. Seine warmen, leuchtenden Augen ihre Dunkelheit erhellen. Aber leider dauert der Moment des Glücks nicht an.

In der Dunkelheit des Gefängnisses, in das Karl sie verbannt hat, hört sie, oder vielleicht bildet sie es sich nur ein, das Geräusch von Federn, die über den Boden streichen. *Kakerlaken*, schreckt sie auf und stellt sich Armeen von Insekten vor, die auf sie zurennen. Sie geht davon aus, dass der Gestank aus dem Kleiderberg sie anzieht, auf den Karl sie geworfen hat. *Es wird ein Stapel Küchenwäsche sein,* denkt sie und zuckt zusammen, als hätte sie der Blitz getroffen. Sie versucht aufzustehen und sich von dem dreckigen Haufen zu entfernen, aber das ist nicht so einfach, denn ihre Füße sind ja gefesselt. Sie spürt ein nerviges Kitzeln am Hals und an den Armen, kann sich aber nicht kratzen. *Ich muss mich beruhigen*, denkt sie und sinkt zurück auf das Wäschebündel. Und ihre Gedanken gleiten wieder ab in die Vergangenheit.

Wie ist ihr Leben so einsam geworden? Nach Christians Tod war ihr Leben wie das letzte Blatt an einem Zweig, das gegen den Wind kämpft. Das Blatt litt sehr unter der Heftigkeit der Windstöße, bei jedem weiteren Windhauch drohte es, zu Boden zu fallen. Doch am Ende schaffte es das Blatt und blieb am Zweig hängen, bis der Wind aufhörte. Doch jetzt wird Elektra klar, dass es nicht ausreicht, sich nur am Zweig festzuhalten, weil immer wieder die Gefahr besteht, dass ein neuer Wind weht. Sie fühlt sich so schlecht, dass sie weinen muss. Sie ist allein und kann sich nicht mehr daran erinnern, wie es ist, jemanden zu lieben, das Leben mit jemandem zu teilen, sich lieben zu lassen und einen Mensch um sich zu haben, der einem hilft. Aber warum hat sie ihre Welt eingeschränkt und sich in vier Wände eingesperrt, mal die des Büros und mal die ihrer Wohnung? Wie klein ist ihre Welt geworden? Wie ist sie auf die Idee gekommen, dass Einsamkeit in ihrer Situation helfen würde? Wie ist es dazu gekommen, dass sie zu einem Menschen geworden ist, der an nichts mehr glaubt? Wie ist sie zu der Überzeugung gelangt, dass alles, was sie brauchte, sie selbst ist? Und warum kann sie sich selbst jetzt nicht helfen? Jetzt sieht sie deutlich, dass der Mensch nicht dazu gemacht ist, allein zu sein.

In ihrem Kopf formt sich der Gedanke, dass Paul in Gefahr ist. Sie fühlt sich schlecht und schämt sich fast, dass sie ihn nicht beschützen kann. Sie wollte etwas richtig machen, aber sie hat es vermasselt. Jetzt weiß sie nicht, wo er ist, wie sehr er in Gefahr ist und ob er sich schützen kann. Paul ist auch ganz allein. Er hat schon lange aufgehört an seinen Vater zu glauben. Die Liebe zu seinem Vater ist gestorben, genau wie ihre Liebe für ihre vergessene Mutter.

Sie will etwas tun, um alles wieder gut zu machen. Aber sie fühlt sich so schwach. Ihr Körper zittert vor Angst und Panik. Sie kann kaum auf den Beinen stehen und ihren Körper aufrecht halten. Sie muss durchhalten, weil es in dieser feindlichen Umgebung niemanden gibt, der Paul helfen kann. Leider ist ihr einziger Verbündeter ein Vogel. Welche Hilfe kann man von einem Vogel erwarten? Sie muss hier raus und nach Paul suchen, um ihn vor Karl zu warnen.

Plötzlich hört sie, wie sich die Tür öffnet und hält erschrocken den Atem an. Jemand betritt den Raum.

24. PAUL ~ Wie viel Hässlichkeit kann in der Schönheit verborgen sein?

Ich steige hinter Max die dreiunddreißig Stufen der Treppe hinab, ohne ein Wort zu sagen.

Das Letzte, das ich zu Max gesagt habe, war: „Ich werde dir das Buch geben, wenn wir Elektra gefunden haben", und das war noch im Sängersaal. Seitdem haben wir keine weiteren Gespräche mehr geführt.

Ich bin müde und hungrig. Warum zum Teufel habe ich von all dem leckeren Essen im Speisesaal nichts gegessen?

Max bleibt abrupt vor dem Möbelstück stehen, auf dem der Alabasterschwan vor ein paar Stunden in unzählige kleine Stücke zerbrochen ist.

„Warte hier", sagt er in einem Ton, der keine Einwände erlaubt. „Ich bin gleich wieder da. Ich habe die Nase voll heute. Es wird Zeit, diese Geschichte zu beenden."

Hier sind wir uns endlich einig, denke ich, aber ich behalte diesen Gedanken für mich. Ich nicke zustimmend und als Max am Ende des Flurs verschwindet, setze ich mich auf die Couch an der gegenüberliegenden Wand.

Mir gefällt überhaupt nicht, dass Schwanhold noch nicht zurückgekehrt ist. Das ist kein gutes Zeichen. Ich erschaudere vor Angst. Dann schüttle ich den Kopf, um den bedrückenden Gedanken loszuwerden. Ich werde ein paar Momente warten, bis Max weg ist, und will dann selbst nach Elektra suchen.

Es ist eine gute Gelegenheit, über meine nächsten Schritte nachzudenken und mich zu entscheiden. Ich weiß, dass mir noch einige Teile fehlen, um das heutige Puzzle zu lösen und einen Überblick darüber zu bekommen, was mich noch alles erwartet, aber ich habe keine Ahnung, wonach ich suchen soll.

Es ist alles so durcheinander in meinem Kopf, dass es mir schwerfällt zu entscheiden, ob ich Max das Buch geben soll oder nicht. Ich kann noch immer nicht glauben, wie wichtig dieses Buch ist. Ein Buch voller Geschichten, die nichts mehr mit der heutigen Welt zu tun haben. Seine Helden sind wie Passagiere eines Geisterschiffes, die den Kontakt mit der Außenwelt verloren haben und niemand weiß, wie es ihnen gelingt zu überleben. Ich frage mich nach wie vor, ob Max, wie er behauptet, der rechtmäßige Hüter des Buches ist. Und wenn ja, warum hat mein Großvater ihm das Buch nicht zurückgegeben? Warum hat er mir nicht seinen Namen genannt, als er mich bat, das Buch zum Schloss zu bringen? Was für eine Rolle spielte Max in der Vergangenheit, wenn es außer meinem Großvater auch Karl gelungen ist, sein wertvolles Buch zu stehlen? Stimmt es, dass Opa das Buch selbst mitgenommen hat, oder hat es ihm jemand gegeben, um es vor Max zu schützen? Wie wahr ist die Geschichte, die Max über die Menschen aus Tinte erzählt hat? Alle, die ich heute Abend getroffen habe, scheinen genauso real zu sein wie ich und Elektra. Ich kann mir nicht vorstellen, dass sie aus Worten entstanden sind, die ein Füllfederhalter auf ein weißes Blatt Papier geschrieben hat.

Je mehr Fragen auftauchen, desto schwieriger ist es, sie zu beantworten. *Ach, Opa, warum hast du nie mit mir darüber gesprochen?*, denke ich und schaue zur Decke, als könnte mein Großvater mich hören.

Warum muss ich jetzt in eine so unglaubliche Geschichte verwickelt werden, wo ich gerade dabei bin, einen Neuanfang meines Lebens zu machen? Wird dieses Abenteuer heute Abend blutlos enden? Ich hoffe es sehr, weil ich beschlossen habe, den Kontakt mit meiner Vergangenheit und meinem Vater zu beenden und ich möchte keine unbeantworteten

Fragen und Schatten des heutigen Abends mitnehmen und sie wie Gewichte an meinen Füßen mitziehen, wenn ich neue Wege gehe.

Plötzlich beginnt mein Handy zu summen. Ich spüre die Vibrationen in meiner Jackentasche. Wer ruft mich so spät an? Meine Logik sagt, dass es mein Vater ist, aber ich kann es nicht glauben. Wer auch immer mich anruft, er legt nicht auf. Die Vibration des Gerätes hält lange an. Ich schaue nicht nach, ich möchte gerade mit niemandem sprechen.

Ich lasse meinen Körper zurücksinken, bis mein Kopf auf der Lehne der Couch liegt. Ich befürchte, dass die Müdigkeit mich dieses Mal besiegen wird. Die Erschöpfung lähmt meine Glieder, ich kann sie kaum noch kontrollieren. Meine Beine hängen schwer wie Blei von der Couch. Mein Rücken tut weh und meine Augen brennen. Wenn ich nicht gleich loslaufe, riskiere ich auf dem bequemen, samtigen Sofa einzuschlafen.

Zum Glück rettet eine heisere Frauenstimme die Situation, schwer und summend, als käme sie aus den Tiefen des Meeres.

„... verstehst du, was ich dir sage?"

Elektra ist zurück, denke ich. „Du musst schnell mit mir mitkommen. Wach auf", sagt die gleiche Stimme, diesmal lauter und klarer.

Ich öffne meine Augen. Es ist nicht Elektra, sondern Emma, die mich am Arm zieht.

Wie vom Blitzschlag getroffen springe ich auf.

Noch ist mein Blick verschwommenen, aber ich starre sie verwundert an, als würde ich sie zum ersten Mal in meinem Leben sehen. Emma nimmt ihre Hand von meinem Arm, aber das Gefühl ihrer Berührung bleibt. Eine seltsame Emotion lässt mein Herz vibrieren, das wie verrückt laut und unregelmäßig schlägt.

Wie kann es sein, dass dieses Mädchen aus Tinte ist? Sie ist so schön und so real! Ihr starkes Anpacken hat weh getan und macht sie in meinen Augen noch wirklicher. Der Schmerz vertreibt das Bild des Füllfederhalters, der sie entworfen und auf einem Blatt Papier beschrieben hat, sowie das schreckliche Gefühl, dass das lebhafte Mädchen vor mir nicht auf natürliche Weise aus einem Mutterleib in die Welt gekommen ist, und nichts weiter sein soll als eine Zeichnung. Ihr jugendlicher, schlanker Körper, so begehrenswert wie in meinen Träumen, lässt meinen eigenen Körper brennen, als ob er mit hohem Fieber kämpfen würde. Wie schnell kann das Gefühl der Realität verloren gehen. Ich bin so verwirrt, dass ich es schwierig finde zu sagen, ob das Mädchen wirklich vor der Couch steht oder ob ich träume. Sehr unsanft unterbricht Emma meine Gedanken.

Ihre Handfläche trifft mit so viel Kraft meine rechte Wange, dass es meinen Kopf auf die andere Seite wirft.

„Entschuldigung", flüstert sie sofort und ihr Gesicht wird roter als die Blüten einer Mohnblume, „aber nur so kommst du schnell wieder zu dir."

„Was ist passiert?"

Sie hat recht. Mit dem Schlag komme ich zu mir. Ich sehe sie fragend an.

„Wir haben keine Zeit für Erklärungen. Du musst mir folgen. Beeile dich", sagt sie abrupt und sieht mich verzweifelt an. „Die Frau, die heute Nacht mit dir im Schloss geblieben ist, braucht uns."

„Elektra? Geht es ihr gut?"

Die Sorge lässt mich schnell und unregelmäßig atmen.

„Hast du nicht gehört, was ich dir gesagt habe? Du musst mir folgen." Ihre Stimme bebt vor Aufregung.

Sie dreht mir den Rücken zu und läuft zur Treppe. Ich folge ihr schweigend. Als ich die Treppe hinunterlaufe, wird mir klar, dass ich den Befehl von Max nicht befolge, aber Elektra braucht mich.

Zwei- oder dreimal schaut Emma zurück, um sicherzugehen, dass ich ihr folge. In ihren Augen sehe ich Angst und Besorgnis, ich befürchte, dass etwas Ernstes vor sich geht. Was ist wohl passiert? Hatte Elektra vielleicht einen Unfall? Das Bild des mörderischen Füllfederhalters, der den

Körper des armen Mannes zerschneidet, tritt im ungünstigsten Moment vor meine Augen. Ich beeile mich, den schrecklichen Gedanken wegzuschieben. Nein, das kann nicht sein, Elektra hat nichts mit dem Buch und den Menschen des Schlosses zu tun, ich habe sie gezwungen zu bleiben. Wenn ihr etwas passiert, werde ich es mir niemals vergeben. Die Erinnerung an den unerwarteten, tödlichen Unfall meiner Mutter kriecht aus einem Winkel meines Gedächtnisses und breitet sich wie Frost auf meinem Rücken aus. Der Verdacht, dass ich in einem Kreis gefangen bin, aus dem es keinen Fluchtweg gibt, lässt meine Beine weich werden.

Emma geht mit großen, leisen Schritten die Treppe vor mir hinunter, um die Stille um uns herum nicht zu unterbrechen. Das einzige Geräusch, das meine Ohren wahrnehmen, sind die unregelmäßigen Schläge meines Herzens. Irgendwann einmal bleibt das Mädchen kurz stehen und als ich sie einhole, berühren sich unsere Schultern. Ihre Wange ist neben meiner. Ich spüre, wie die Wärme ihres Körpers auf meinen übergeht, aber nicht einmal dieser Kontakt schafft es, meine Angst zu vertreiben.

Von den letzten Stufen aus sehe ich die Küchentür am Ende des Korridors. Bald werde ich herausfinden, was los ist.

Aber Emmas Ziel ist nicht die Küche. Sie läuft rasch an der Tür vorbei, ohne auch nur den Kopf in ihre Richtung zu drehen. Ich könnte schwören, dass sie es eilig hat, von hier wegzukommen, als ob sie von ihren Mitarbeitern in der Küche nicht gesehen werden möchte.

„Was ist los? Wohin gehen wir? Ich dachte, wir gehen in die Küche", frage ich leise und atme tief ein, um meine Atmung zu beruhigen. Es fällt mir schwer meine Stimme ruhig zu halten.

„Wir sind fast da", flüstert sie, ohne mich anzusehen.

Als wir ein letztes Mal im Korridor abbiegen, holt sie einen Schlüsselbund aus der Tasche ihrer Schürze und schließt gekonnt die erste Holztür auf. Sie schlüpft hastig durch die schmale Tür, packt mich an der Hand und zieht mich hinein.

Das Zimmer sieht aus wie ein kleiner Abstellraum. Die weißen Wände sind alle mit schmalen Holzregalen bedeckt, in denen Tonkrüge aller Art und Farbe aufbewahrt werden. Das ist alles, was ich bemerken kann, bevor ich Elektra bewusstlos auf dem Boden zusammengerollt neben einer kleinen Blutlache liegen sehe.

„Mein Gott, bitte, sei nicht tot", stöhne ich, als ich auf den stillen Körper schaue. „Elektra... was ist passiert? Was habt ihr mit ihr gemacht?"

Ich kann nicht normal sprechen. Die Worte kommen unkontrolliert aus meinem Mund.

Schnell knie ich mich neben sie. Ich kann nichts sehen, weil meine Augen voller Entsetzen sind. Aber ist es so einfach zu sterben? Meine Ohren dröhnen, als hätte jemand meinen Kopf ins Wasser getaucht. Ich kann meine Hände nicht bewegen, um ihren regungslosen Körper zu berühren, die Angst, dass sie tot sein könnte, hat mich erstarren lassen.

Ihr Gesicht ist nicht zu sehen, es ist mit ihren Händen bedeckt, als wollte sie sich vor etwas schützen. Aus ihren Handgelenken tropft Blut, das heiß auf ihre Lippen und ihren Hals läuft. Ich widersetze mich dem Drang sie an den Schultern zu packen, sie zu schütteln, um sicherzustellen, dass sie lebt.

Plötzlich öffnet sich die Tür und der Luftzug, der von hinten kommt, berührt meine Wangen, aber ich schaue nicht hin, habe nur Augen für Elektra. Die große Frau mittleren Alters, die den Raum betritt, sehe ich erst, als sie zwischen mir und Emma steht.

„Frau Hofbauer", sagt Emma zögernd.

Die Frau kniet sich sofort über Elektra und schubst mich beiseite, um Platz zu machen für die große Stofftasche, die sie mitgebracht hat. Ich bin etwas wackelig, schaffe es aber doch aufzustehen.

Frau Hofbauer kümmert sich nicht um mich. Sie schiebt ein paar graue Strähnen ihres Haares nach hinten, die ihr ins

Gesicht gefallen sind, und betrachtet umsichtig die bewusstlose Elektra mit hinter ihrer runden Brille zu Schlitzen verengten Augen.

Schweigend macht sie sich an die Arbeit. Mit einem Blick teilt sie Emma mit, dass sie ihre Hilfe braucht. Ihre Hände, die inzwischen mit Elektras Blut bedeckt sind, arbeiten schnell und ruhig zugleich, während sie Elektras Wunden mit den sauberen, kleinen blauen Handtüchern reinigt, die Emma aus dem Stoffbeutel zieht und ihr eines nach dem anderen reicht.

„Zum Glück hat sie nicht viel Blut verloren", sagt die Frau, als wäre sie eine spezialisierte Ärztin, während sie eine dunkle, dickflüssige Salbe auf die Wunden aufträgt. „Die Wunden sind nicht tief. Wer auch immer sie verletzte, wollte sie nicht töten. Mir scheint, dass jemand sehr wütend auf sie war."

Ihre Augen leuchten hinter ihrer Brille. „Schade, sie ist so nett", sagt sie mit einer mitfühlenden Stimme, während sie die offene Wunde an Elektras rechter Hand mit einem weißen Verband verbindet.

„Wer hat das getan?", frage ich Emma benommen und schaue auf die Flamme der Öllampe, die in den Tiefen des Raumes flackert.

„Du musst sie schnell hier rausbringen, bevor er wieder zurückkommt", flüstert sie statt einer Antwort. „Ich zeige dir, wie du heimlich aus dem Schloss kommst, ohne dass es jemand merkt."

„Wer hat das getan?", frage ich nochmal besorgt.

Sie nickt beschwichtigend mit dem Kopf, während sie mir signalisiert mich zu beruhigen. „Keine Ahnung", flüstert sie und zeigt auf die gebeugte Frau.

Frau Hofbauer beendet die Erste-Hilfe-Maßnahmen, steht mit Mühe vom Boden auf und reibt sich mit den Händen die Knie.

„Helft mir hier mit der armen Frau, meine Süßen, quatschen könnt ihr später. Wir müssen sie aufheben", sagt sie, als wäre sie es gewohnt, Befehle zu erteilen, und zeigt uns mit einer Kopfbewegung einen Tisch mit kleinen, gelblichen Papiertütchen mit allerlei Kräutern am anderen Ende des Raumes. „Komm, Emma, räum' den Tisch leer, dann können wir sie darauf betten, bis sie zu sich kommt. Wir können sie nicht auf dem Boden liegen lassen."

Wir legen Elektra vorsichtig auf den Tisch. Ihre verletzten Hände und Füße sind blutleer und mit sauberen Stoffstreifen verbunden. Ihr Gesicht ist sehr blass. Ihre Haare sind feucht und kleben an ihren Schläfen. Wie ich sie so ansehe, spüre ich einen tiefen Schmerz in meiner Brust, als ob jemand mit demselben Messer zustoßen würde, das Elektra in diesen Zustand gebracht hat. Bei dem Gedanken an ihren Schmerz stöhne ich leise auf. Ich bin verantwortlich für das, was ihr zugestoßen ist. Ich und nur ich, der sie hinter den Vorhang gezogen hat.

„Ich hätte nicht gedacht, dass ihr Leben in Gefahr sein könnte. Wie hätte ich mir vorstellen können, dass in der Schönheit des Schlosses so viel Hässlichkeit steckt?"

„Ihr müsst das Schloss sofort verlassen", betont Emma diesmal lauter und stupst Paul leicht an der Schulter. Ihr wütendes Gesicht sieht genauso blass aus wie das von Elektra.

Dieses Mädchen schlägt mich die ganze Zeit! Als ob mir das schlechte Gewissen, das mich am Boden zerstört, nicht langen würde, nun muss ich mich auch noch wehren.

„Ach, dummes Mädchen", schimpft Frau Hofbauer plötzlich hinter uns. „Was sagst du zu dem Jungen? Siehst du nicht, dass die arme Fremde noch bewusstlos ist? Wie will der Junge die Frau alleine mitten in der Nacht tragen? Es gibt um diese Uhrzeit auch keine Kutsche mehr, die sie runter ins Dorf bringen könnte. Geduld, bald wird es hell. Sie werden mit der ersten Kutsche fahren, die am Morgen ins Dorf geht."

„Seien Sie still, Frau Hofbauer, Sie wissen nichts. Außerdem müssen Sie jetzt gehen. Solange sie hierbleiben, sind sie in Gefahr und wir auch, weil wir geholfen haben."

Emma hört auf zu reden, als hätte sie gemerkt, dass sie

schon zu viel gesagt hat. Ihre roten Wangen und ihr wilder Blick zeigen an, dass sie wütend ist.

Frau Hofbauer schweigt, als würde sie sich bemühen zu verstehen. Sie schiebt ihre heruntergerutschte Brille ein kleines Stück auf ihre Nase hinauf und tut so, als würde sie Emma interessiert ansehen.

„Sie ist nicht schwer", sagt Emma dann doch. „Die verwundete Frau ist leicht wie eine Feder. Ich habe sie alleine hierhergebracht, als Herr Karl sie bewusstlos im Vorratsraum mit der schmutzigen Wäsche des Schlosses zurückließ." Durch ihre Wut kann sich Emma nicht bremsen.

Sie muss sich auf die Lippen beißen, um aufzuhören.

„Was ist das für ein Unsinn, den du da erzählst, Emma? Nimm dich zusammen, wenn du nicht bestraft werden willst."

Frau Hofbauer sieht sie vorwurfsvoll an, wie eine Mutter, die ihr Kind beim Lügen ertappt.

Emma schluckt trocken und versucht ihre Beherrschung wiederzugewinnen. Sie sieht Frau Hofbauer mit einem harten, gelassenen, aber absolut überzeugenden Blick an.

„Ich rede keinen Unsinn", versichert sie ihr mit fester Stimme. „Ich habe gesehen, wie er mit Frau Elektra aus der Küche gegangen ist. Eine halbe Stunde später wollte ich Kartoffeln aus dem Keller holen. Sie haben mich geschickt, wissen Sie noch? Kurz bevor ich am Vorratsraum mit der Wäsche vorbeiging, sah ich Herrn Karl aus der Tür treten und ich fragte mich, was er dort drin gemacht hatte. Dieser Raum ist nicht gerade ein Ort, an dem Karl sich normalerweise aufhält. Er war allein und ich fragte mich, wo Frau Elektra war? Er hatte mich nicht gesehen, denn er eilte in die entgegengesetzte Richtung davon. Ich hielt kurz inne und beschloss dann, einen Blick hinein zu werfen. Ich machte mir Sorgen um die Frau. Zum Glück habe ich es getan. In dem halbdunklen Raum fand ich sie bewusstlos, blutig und wie eine leblose Puppe auf einen Stapel schmutziger Laken geworfen. Ich geriet in Panik, ich hatte Angst um sie. Und dann bin ich sofort losgerannt, um es Ihnen zu sagen."

„Erzähl keinen Unsinn, Emma, du machst mir Angst", stammelt Frau Hofbauer und bekreuzigt sich mehrmals. „Großer Gott", murmelt sie weiter. „Was redest du da? Wir sind zwar keine gebildeten Leute, mein Kind, aber wir sind auch keine Monster."

Die Stimme von Frau Hofbauer hat ihre bisherige Sicherheit verloren. Die Falten um ihre Augen sehen plötzlich tiefer aus. Ihre Nasenflügel beben.

Emma sieht sie schweigend und abwartend an.

„Jungfrau Maria! Sagst du die Wahrheit? Hat er das getan? Aber er ist ein Lamm Gottes, ein gutmütiger Mann. Immer nett und freundlich", murmelt sie überrascht.

„Ich habe ihn immer eher für feige gehalten", fährt sie fort, als könne sie Emma nicht glauben. „Aber er ist so ein netter und bescheidener Mann. Ein gläubiger Mann. Wie kann er etwas so Brutales getan haben! Unglaublich. Wie auch immer, es ist sehr traurig, so schreckliche Dinge über eine Person zu erfahren, die man kennt."

Ich bin mir nicht sicher, ob Emma Karls Namen versehentlich oder absichtlich erwähnt hat, aber ich bin zu schockiert, um darüber nachzudenken. Ich frage mich warum, denn sie ist schließlich eine völlig Unbekannte. Das Einzige, was ich weiß, ist das, was ich mit meinen eigenen Augen gesehen habe, nämlich wie sie mit einem verwundeten, halb ohnmächtigen Mann den Thronsaal verlassen hat. Ist es Zufall, dass sie jedes Mal auftaucht, wenn jemand blutet? Ich kann nicht mal sicher sein, dass sie nicht für Elektras Situation verantwortlich ist und womöglich versucht, jemand anderem die Schuld zu geben. Menschen sind Heuchler. Warum nicht auch Emma? Bisher hat sie sich klug und vorsichtig gezeigt, jedes Mal weicht sie mühelos aus und vor allem wirkt sie sehr real. Aber ist dieses schöne Gesicht ihr wirkliches oder nur eine täuschende Maske, die es schafft, ein hässliches Gesicht zu verbergen? Ich muss mich bald entscheiden, ob sie mein Feind oder Freund ist. Aber meine Gedanken sind in diesem Moment weder klar noch unberührt, um richtig zu urteilen. Bei einer Sache hat Emma allerdings recht. Wir müssen so schnell wie möglich hier raus. Elektras Leben ist nicht verhandelbar. Solange wir hierbleiben, sind wir in Gefahr. Und im Moment bin ich mir nicht sicher, ob ich einen Verbündeten habe, jemanden, dem ich vertrauen kann, außer vielleicht Schwanhold.

„Wisst ihr, wo der Schwan ist? Ich will ihn sehen, bevor wir gehen."

Die beiden Frauen schauen sich verwundert an.

„Hast du den Vogel getroffen? Läuft er heute Abend frei herum? Eva wird bestimmt wieder schimpfen", flüstert Frau Hofbauer Emma mit einem leichten Grinsen zu. „Wir müssen die Handtücher noch waschen", fügt sie hinzu, als sie sich über ihre Stofftasche beugt und die blutigen Tücher vom Boden aufhebt, von dort, wo Elektra eben noch lag. „Ich schicke euch den Vogel."

Sie geht schnell zur Tür, bevor wir etwas sagen können.

„Emma, sperr hinter mir von innen ab. Und bewegt euch nicht vom Fleck, bis ich zurückkomme", ruft sie, als sie die Tür hinter sich schließt.

Emma folgt ihr, um die Tür abzusperren, und ich bete still für Elektra. Ich bete zu einem Gott, an den ich nie glauben wollte. Zu einem Gott, der, nach dem ungerechten Tod meiner Mutter, für mich gar nicht existent sein konnte, nicht so, wie es mein Großvater glaubte.

25. EMMA ~ Der Preis für die Ewigkeit

Ich stehe unbeholfen und schweigend neben Paul. Ich muss ihm so viel sagen, habe so viele Fragen, die ich ihm stellen will, aber ich zögere.

Sein Blick ist auf die blutigen Verbände von Elektra gerichtet. Ihre Wunden bluten trotz der Pflege von Frau Hofbauer weiter und haben den Stoff durchnässt. Er sieht so müde und erschöpft aus, wie ein ungepflegter Busch am Rande des Gartens. Seine Haare sind zerzaust, als hätte er sie seit Ewigkeiten nicht mehr gekämmt. Sein dünner Körper und sein blasses Gesicht lassen ihn krank aussehen. Der Rucksack, der auf seinem Rücken hängt, sieht aus wie eine schwere Last, unter dem sein Körper leicht nach vorne geneigt ist.

Er spürt meinen Blick und hebt die Augen. Unsere Blicke treffen sich. Ein vorsichtiges Lächeln erscheint auf seinen Lippen.

„Geht es dir gut? Du siehst blass aus", sage ich.

Er nickt mir zustimmend zu. Sein Atem streichelt meine Wange.

„Leider könnt ihr nicht länger bleiben. Du musst Frau Elektra hier rausbringen. Ich bin sicher, dass Max die Wachen losschicken wird, um nach euch zu suchen. Es wird nicht lange dauern, bis sie herausfinden, wo wir sind", erkläre ich hastig, als hätte ich Angst, ich könnte meine Meinung ändern und vorschlagen, dass er für immer bei mir bleibt.

„Du hast recht", antwortet er und schüttelt den Kopf von links nach rechts, als wollte er seinen Hals lockern. In seinen

Augen erscheint eine Härte, die nicht zu seinem Gesicht passt.

„Hat Max mit dir über das Buch gesprochen?", frage ich ihn sanft.

„Weißt du Bescheid?"

Er sieht mich erstaunt an. „Max sagte, dass die Leute des Schlosses die Existenz des Buches nicht kennen, außer Karl und Eva. Er hat deinen Namen nicht erwähnt."

„Franz hat vor vielen Jahren mit mir gesprochen, als er meine Hilfe brauchte", seufze ich mit einem Gefühl von Übelkeit. Es war schwer zu verstehen, was er mir damals erzählt hatte, und noch schwerer war es zu glauben.

Als ich den Namen seines Großvaters erwähne, hebt Paul erstaunt den Kopf. Seine Stirn ist gerunzelt.

„Du kanntest ihn?"

„Ich habe Franz geliebt. Für viele Jahre war Franz die Luft des Heiligtums in meinem asketischen Leben", erkläre ich voller Nostalgie und mir wird schwer auf der Brust.

Ich atme tief ein und bewaffne mich mit einem Lächeln, bevor ich weitererzähle: „Mein Schöpfer hat mir keine Erinnerung gegeben. Er hat mir keine Vergangenheit gegeben, keine Eltern. Franz war mehr für mich als Mutter und Vater zusammen. Er verbrachte viele Stunden mit mir, wann immer er in das Schloss kam. Er hatte gemerkt, wie einsam ich mich hier fühlte, und wenn er hier war, versuchte er mich dazu zu bringen, die Einsamkeit zu vergessen. Er hat mit mir über alles gesprochen."

Ich schaue auf die gegenüberliegende Wand, damit Paul mein angespanntes Gesicht nicht sieht. „Ich kann mich an keine schöneren Momente erinnern, als die, wenn er mir Geschichten aus der Außenwelt erzählte. Ich mochte seine Beschreibungen. Ich habe von deiner Welt gehört und mich verzaubert gefühlt. Ich habe nie außerhalb des Schlosses gelebt", gestehe ich verlegen.

Paul beobachtet mich regungslos, fast atemlos.

„Ich hatte und habe wenig Kontakt zu den übrigen Menschen hier, mit Ausnahme von ein oder zwei Personen.

Aber ich freute mich immer sehr ungeduldig auf Franz. Jedes Mal, wenn er kam, brachte er mir ein anderes Buch. Ich habe alle in meinem Zimmer. Er erzählte über Bücher, Musik, seine Pferde, seine Familie, seine Tochter und dich. Wenn du wüsstest, wie sehr ich aus dem Gefängnis wollte, um die Menschen von heute zu treffen, um dich aus nächster Nähe kennenzulernen! Ich habe es ihm einmal gesagt. Und dann versprach er mir gerührt, dass er auf jeden Fall einen Weg finden würde, mich wenigstens einmal mitzunehmen."

Ich fühle, wie meine Stimme schwerer wird. „Leider war das unser letztes Treffen. Ich habe ihn seitdem nicht mehr gesehen."

Paul senkt traurig den Kopf.

„Du kannst dir nicht vorstellen, wie schlecht ich mich fühle und wie wütend ich auf mich selbst bin, jetzt wo ich weiß, warum er nicht zurückgekommen ist. Ich war so dumm, dass ich dachte, er würde sich über mich lustig machen, dass alles, was er mir erzählte, eine Lüge war."

Mein schüchterner Blick kriecht wie ein Wurm über den Boden. Meine Stimme ist kaum zu hören, als ich sage: „Ich bin undankbar."

Ich hebe meinen Blick und blicke Paul an, als würde ich Franz selbst um Vergebung bitten.

„Wie gut kann man einen Menschen kennen?", wundert er sich laut.

Ich sehe ihn verblüfft an, ohne zu verstehen, was seine Worte bedeuten.

„Wie viele Dinge habe ich heute Abend über meinen Großvater gelernt, die noch nie durch meinen Kopf gegangen waren! Er war mir all die Jahre so nah und doch so fern. Der vorbildliche, selbstbeherrschte, seriöse Großvater hat plötzlich die Ausstrahlung und den Charme eines Träumers und Abenteurers erlangt. Er erscheint mir, mal lachend und lebhaft, wie ich mich an ihn erinnere, und auf der anderen Seite sieht er distanziert und grau aus, als wäre er aus Tinte. Obwohl Max mir versichert hat, dass mein Großvater ein normaler Mensch war, fällt es mir sehr schwer zu entscheiden, zu welcher der beiden Welten er wirklich gehört."

Er sieht verlegen aus. Ich verstehe seine Unschlüssigkeit voll und ganz. Er steht vor mir wie der unentschlossene Kater vor einer halb geöffneten Tür, der befürchtet, dass er die bizarre Wirklichkeit akzeptieren muss, die sich hinter der Tür versteckt. Max hat ihn wahrscheinlich nicht ganz überzeugt. Anscheinend liegt es jetzt an mir, das zu tun. Paul wird mir das Buch nicht geben, bevor er geht, es sei denn, er erfährt die Wahrheit.

„Erzähle mir, was Max dir gesagt hat", fordere ich ihn auf.

„Eine Geschichte wie ein Märchen."

„Es gibt eine Menge, die du nicht weißt. Ich bin mir sicher, er hat dir nicht alles erzählt. Ich frage mich, ob es sich lohnt, es dir zu erklären. Es wird nicht leicht für dich sein, es zu glauben", flüstere ich, als ich beobachte, wie sich sein Gesicht zusammenzieht. „Aber es ist wahr. Wir hier sind alle anders, anders als du und Frau Elektra."

„Du musst nicht die Geschichte wiederholen mit der Tinte, die in euren Adern fließt, anstelle von Blut. Max hat mir das erklärt", sagt Paul.

„Hast du Angst, es zu glauben?"

Er hebt die Schultern und seufzt.

„Keine Ahnung. Es ist wirklich schwer, eure Existenz zu verstehen."

„Macht dir unsere Verschiedenheit Angst?"

„Nein. Ganz im Gegenteil, ich sehne mich nach ihr. Ich habe schon lange akzeptiert, dass ich nie wie meine Klassenkameraden in der Schule war und nie wie jemand anders sein möchte. Ich bin sicher, wenn ich sterbe, wird es keinen Paul mehr geben. Die Menschen lieben es, anders zu sein, aber sie haben Angst vor der Reaktion der anderen Menschen und geben es nicht gern zu."

Ich höre ihm überrascht zu. Ich hatte nicht erwartet, dass der Enkel von Franz so reagieren würde. Als ich es erfuhr, habe ich impulsiver reagiert.

„Ich habe sehr spät zugegeben, dass wir anders sind", sage ich wehmütig. „Die Zeit hat mich überzeugt, die Spuren auf Franz hinterließ, aber mich nicht berühren konnte. Ich beobachtete nach und nach Veränderungen an seinem Körper und zählte die Linien, die sich im Laufe der Zeit auf seiner Stirn zeigten. Ich sah sein Haar grau und dünner werden. Seine Augen versteckten sich immer tiefer in den Falten, die seine runzelige Haut mit den Jahren bildete. Sein Körper nahm immer mehr ab und verlor seine aufrechte Form."

Ich halte einen Moment inne, starre ihn an, um mich zu vergewissern, dass er mich nicht für verrückt hält.

„Unsere Unterschiedlichkeit hat weder etwas mit dem Material zu tun, aus dem wir gemacht sind, noch spielt es dabei eine Rolle, wer unser Schöpfer ist, sondern ist eng mit der Zeit verbunden, die er uns geschenkt hat."

„Ihr seid unsterblich. Ihr werdet für immer leben. Das hört sich gut an", versucht Paul die Spannung, die meine Worte erzeugen, etwas aufzulockern.

„Im Gegenteil, ich finde es beängstigend. Franz glaubte, dass unsere Existenz ewig ist, aber untrennbar mit dem Schloss verbunden. Ich weiß nicht, was mit unserer Welt passieren würde, wenn zum Beispiel jemand die Entscheidung träfe, das Schloss abzureißen, oder wie unsere Zukunft aussehen würde, wenn das Schloss im Laufe der Zeit zerfällt."

„Könnt ihr nicht hier raus?"

„Für immer wahrscheinlich nicht. Unsere Isolation hier ist meiner Meinung nach der Preis, den wir für die Ewigkeit zahlen müssen. Dein Großvater hat immer gesagt, dass es ein ungeschriebenes Gesetz gibt, das besagt, dass wir für jedes Geschenk, das wir erhalten, immer auch etwas bezahlen müssen, früher oder später."

Sein Blick gefriert plötzlich. Das Blau in seinen Augen bekommt einen silbernen Farbton und die Härte von Stahl.

„Du hattest Fragen, du hast nach Antworten gefragt", sage ich. „Aber willst du sie wirklich hören? Kannst du die

Wahrheit ertragen? Die Wahrheit ist nicht immer schmerzlos! Manchmal bringt sie Leid und schlechte Gefühle mit sich. Nicht jeder kann sie ertragen. Die meisten Menschen wollen schöne, schmerzlose Lügen hören, die ihnen ein gutes Gefühl geben, und sie haben kein Problem damit, sich selbst davon zu überzeugen, dass sie die Wahrheit hören. Ist es vielleicht besser, mir das Buch zu geben und mit Frau Elektra das Schloss zu verlassen, sobald du dich vom Schwan verabschiedet hast?"

„Ich möchte wissen, ob alles wahr ist, was Max mir erzählt hat, um zu verstehen, welche meine eigene Rolle in der Geschichte ist und was mich heute hierhergeführt hat."

Ich bin erstaunt über seine Worte. Tief im Inneren hoffte ich von ihm zu hören, dass er hergekommen ist, weil er auf der Suche nach mir war. Dass ich eine Rolle bei seiner Entscheidung gespielt hatte.

„Weißt du nicht, warum du hier bist?"

„Genau das versuche ich herauszufinden. Bisher dachte ich, was mich hierher geführt hat, war das Versprechen, das ich meinem Großvater kurz vor seinem Tod gegeben habe", antwortet er und meidet den Blickkontakt.

„Versprechen?"

„Ein paar Momente vor seinem Tod bat er mich, das besagte Buch ins Schloss zu bringen."

„Also hat Franz dich hergeschickt", überlege ich laut. Seine Antwort tröstet mich, obwohl sie nicht das war, was ich erwartet hatte. Franz hat mich nicht vergessen. Er hat uns nie vergessen. „Er hat dich zu mir geschickt, oder?"

„Er hat mir nicht gesagt, an wen ich es übergeben soll. Und falls er es mir erzählt hat, habe ich es vergessen. Ich wusste es einfach nicht. Ich konnte es nicht wissen", schließt er entschuldigend.

Ich seufze schweigend. Schließlich kann ich ihm nicht viel vorwerfen.

„Weißt du, warum Max sich so für das Buch interessiert?"

Die Worte kommen langsam aus seinem Mund und enthüllen seine Verlegenheit, als ob er Probleme hätte, über etwas zu sprechen, das er nicht vollständig verstehen kann.

„Ja", antwortete ich schroff.

Paul versucht zu lächeln, schafft es aber nicht.

Ich beobachte ihn aufmerksam, aber der Gedanke, dass Karl oder die Wachen jeden Moment in den Raum eindringen könnten, macht mich nervös. Dieses Gefühl ist selten für mich, den Druck der Zeit zu spüren fühlt sich wie eine schwere Betonplatte auf meiner Brust an. Plötzlich bedroht eine dunkle Gewissheit meine Seele.

„Hast du ihm es gegeben?", frage ich entmutigt.

Wahrscheinlich erkennt Paul die Panik in meinen Augen und antwortet schnell, um mich zu beruhigen.

„Nein, ich habe es ihm nicht gegeben. Obwohl er versucht hat, es sich mit Gewalt zu nehmen", sagt er mit einer Art Sarkasmus in seiner Stimme.

„Er hat dich gehen lassen, ohne es an sich zu nehmen?"

„Ich versicherte ihm, dass ich es ihm geben würde, sobald ich Elektra gefunden hätte. Ich machte mir Sorgen wegen ihrer Abwesenheit. Ich hatte sie einige Zeit nicht gesehen, und wusste nicht, wo sie war."

Er hält einen Moment inne und sieht Elektra an. Die Frau hat immer noch die Augen geschlossen. Aber sie atmet ruhig. „Aus jetziger Sicht habe ich mir zurecht Sorgen gemacht. Sag mir, hat Karls schreckliches Verhalten etwas mit dem Buch zu tun?"

„Ich würde es gerne verneinen, bin mir aber nicht mehr sicher. Ich befürchte, dass es das hat", muss ich mit gesenktem Kopf zugeben. „Ich kann eigentlich nicht glauben, dass Karl so weit gehen würde. Ich wusste aber auch nicht, wie viel er bei den Plänen von Max mitgemischt hat. Ich hätte auch nicht gedacht, dass mein Plan auf irgendwelche Hindernisse stoßen würde. Obwohl ich keine Zeit hatte, etwas Besseres vorzubereiten, hatte ich gedacht, dass die Buchstaben an der Wand und..."

Ich halte abrupt inne und blicke auf den Boden. Der Schmerz und die Schande, die durch meine Entscheidung verursacht wurden, den Füllfederhalter auf Bastian anzusetzen, sind so groß, dass ich es plötzlich nicht mehr wage, Paul anzusehen.

„Die Buchstaben an der Wand habe ich geschrieben", stottere ich, während ich versuche, das Bild meines verwundeten Opfers aus meinem Kopf zu verdrängen. „Ich wollte dich von der Wichtigkeit des Buches überzeugen. Es darf nicht in die Hände von Max kommen. Das Buch ist der einzige Weg, um seine unmenschlichen Pläne zu verhindern", stammle ich. „Doch jetzt wo ich darüber nachdenke, war diese Idee doch nicht so schlau. Es war schwierig für dich, die Bedeutung des Wortes zu verstehen. Als du hierhergekommen bist, wusstest du nichts über uns und das Buch."

„Nein, im Gegenteil. Ich fand es sehr schlau. Als ich das Wort herausgefunden hatte, öffnete ich sofort das Buch", sagt er nachdenklich, während er sich leise wie eine Katze nähert.

Der Kontakt mit ihm, seine zufällige Berührung, lässt mich erschauern. Die Luft des Zimmers bringt den Duft seiner Haare in meine Nase. Ohne nachzudenken greife ich nach seiner Hand.

„Du musst mir das Buch geben", bitte ich, fast mit flehender Stimme, aber auch voller Panik und Angst. „Nur so kann ich die Schlossbewohner retten. Er ist ein Mörder, Paul."

„Karl...", murmelt Paul und betrachtet die Verbände an Elektras Händen.

„Max", antworte ich mit fester und kraftvoller Stimme.

Paul sagt nichts, aber die Überraschung, die sich auf seinem Gesicht ausbreitet, spricht für sich selbst.

„Du weißt wohl nicht, dass Franz das Buch zweimal aus dem Schloss geholt hat."

Es schüttelt verneinend den Kopf.

„Es ist ewig her, er selbst wusste auch nicht mehr, wann er das Schloss zusammen mit seinen Eltern zum ersten Mal besucht hatte. Das Buch ist wie aus heiterem Himmel vor seine Füße gefallen und er konnte nicht sehen, woher es kam, also hob er es hoch und hielt es in seinen Händen, ohne damals zu wissen, wie hoch sein Wert war. Er sagte mir einmal, dass ihm der blaue Umschlag aus Leder mit dem großen Kreuz in der Mitte und den goldenen Buchstaben in Schönschrift drum herum sehr gefallen hatten. Er ist schnell losgerannt, um es seiner Mutter zu zeigen, weil er wusste, wie sehr sie Bücher liebte. Sie aber wollte kein Wort von den Beschreibungen des Führers verpassen und steckte es in ihre große Umhängetasche, ohne es überhaupt anzusehen, in der Annahme, dass es ihrem Sohn gehörte und er es nicht mehr tragen wollte. Als Franz ihr zu erklären versuchte, dass es ein Fehler sei, hielt sie ihn fest an der Hand und schimpfte mit ihm, weil er so laut war. Er hat das Buch nie stehlen wollen."

Paul lächelt, sein Blick wird zunehmend lebhafter. Zufrieden mit der Aufmerksamkeit, die er mir schenkt, setze ich meine Erzählung fort.

„Und so hat das Buch zum ersten Mal das Schloss in der Tasche deiner Urgroßmutter verlassen. Dein Großvater erinnerte sich erst nach Jahren daran. Er nahm es aus dem Bücherregal, in das seine Mutter es gestellt hatte, und las die erste Geschichte. Am Anfang, sagte er, hatte er Schwierigkeiten. Seine Augen flatterten über die kleinen kalligraphischen Buchstaben und er verstand nicht, was er las. Mit der Zeit entspannte er sich, begann laut vorzulesen. Am Ende gefiel es ihm so gut, dass er nicht mehr aufhören wollte. Er argumentierte, dass die Wörter des Buches die Kraft hätten, seine Augen, seine Wahrnehmung auf die Seiten zu fixieren wie festgeklebt. Je mehr er las, desto wahrer und realistischer erschien ihm die Geschichte. Der Klang der Wörter, der seine Ohren erreichte, war nicht der seiner eigenen Stimme. Es war, als würden die Worte zu ihm sprechen, als wären sie dazu verleitet worden, ihn mit einer unverständlichen Kraft zu bezaubern. Der Klang brachte die Aromen der Blumen aus dem Schlossgarten, die Gerüche der in der Küche zubereiteten Speisen in seine Nase. Er hörte die

Gespräche der Leute, die im Schloss herumliefen, als ob er zwischen ihnen ging."

Ich mache eine Pause, um sicherzustellen, dass er mir folgt. Obwohl sein Blick auf Elektra gerichtet ist, die immer noch mit geschlossenen Augen daliegt, gibt er mir ein Zeichen weiterzureden.

„Seine Eltern ließen ihn nur selten auf die Straße, wie er sagte, und er war immer eifersüchtig auf das „vagabundierende Leben", mit dem seine Klassenkameraden prahlten. Vielleicht genoss er deshalb das Gefühl der Freiheit, das die Worte hinterließen, wenn sie eins nach dem anderen vor seinen Augen vorbeizogen. Sie vermittelten ihm ein Gefühl der Vertrautheit. Die Worte ließen ihn die Geschichte, die er gerade las, so erleben, als wäre er aktiv in sie involviert, als ob er etwas von dem verbotenen Vagabundenleben lebte, das ihm seine Eltern nicht erlaubten", fahre ich fort. „Die Geschichte, die ihn beeindruckt hat wie keine andere, bezog sich auf ein Ensemble, das ein Marionettentheater probte, welches in den kommenden Tagen, in Anwesenheit des Königs und seiner Gäste präsentiert werden sollte. Franz hatte das Gefühl, eines der Mitglieder der Truppe zu sein, als er heimlich versteckt hinter einer der Säulen des Sängersaals die Proben verfolgte. Er war so fasziniert von den wunderbaren Marionetten und der Geschichte, die sie präsentierten, dass er nicht bemerkte, wie jemand ihn beobachtete. Bis ihn plötzlich eine Hand an der Schulter packte."

Paul sieht mich jetzt erstaunt an. Sein Blick ist voller Fragen. Ich versuche es ihm so gut ich kann zu erklären:

„Ja, du hast richtig verstanden. Die Hand, die ihn gepackt hatte, gehörte Max. Franz erschreckte sich. Er versuchte wegzurennen, aber die Hand von Max hielt ihn fest. Er machte sich keine Sorgen, er dachte, er hätte keinen Grund, Angst zu haben. Nichts davon war real. Wenn er das Buch schließen würde, das er gerade las, würde alles enden.

Und dann bemerkte er zum ersten Mal, dass er nicht mehr in seinem Zimmer war und kein Buch in seinen Händen hielt. Sowohl der Mann, der ihn fest an der Schulter packte, als auch diejenigen, die ein paar Meter weiter die Marionetten in den Händen hielten, waren keine Bilder des Buches, sondern so real wie er selbst."

„Also hat mein Großvater ähnliche Abenteuer im Schloss erlebt", sagt Paul, begleitet von einem leichten Lächeln.

„Max wollte ihn zumindest anfangs nicht erschrecken. Er war nett und freundlich zu Franz. Obwohl er gezwungen war, mit ihm über das seltsame Buch sowie den Weg der Tinte zu sprechen, so wie er es mit dir auch gemacht hat, vermute ich. Der junge Franz war fasziniert von dem, was er hörte, und versprach, das Buch festzuhalten, wenn er das nächste Mal eine Geschichte läse, damit er es mitbringen konnte, wenn er ins Schloss zurückkäme, wie Max ihm geraten hatte. Aber er tat es nicht. Für viele Jahre kam er immer ohne das Buch, immer mit einer guten Ausrede für Max."

„Interessant!", kommentiert Paul spontan und wackelt zufrieden mit dem Kopf.

„Aber Max war überhaupt nicht zufrieden mit Franz. Und er hörte nie auf ihn zu bitten, das Buch zurückzubringen. Eines Tages, um ihn zu erschrecken, erklärte er ihm, dass Seine Majestät ihn als Dieb bezeichnet hätte und befohlen habe ihn zu verhaften, wenn er das nächste Mal ohne das Buch käme. Franz war verzweifelt und sehr traurig, denn obwohl er König Ludwig noch nie getroffen hatte, liebte er ihn sehr. Leider glaubte er den Lügen von Max und als er das nächste Mal ins Schloss kam, gab er ihm das Buch."

Die Frustration in Pauls Augen zwingt mich weiterzuerzählen. „Zum Glück hat Max nicht bemerkt, dass Franz eine Seite des Buches zuhause aufbewahrt hatte, weil er vorhatte, auch weiterhin ins Schloss zu kommen."

Die Stimmen und schweren Schritte der Wachen, die an der Tür vorbeilaufen, zwingen mich meine Erzählung zu unterbrechen. Paul möchte etwas sagen, doch ich halte ihm schnell eine Hand vor den Mund. Meine Hand zittert. Zum Glück entfernen sich die Stimmen so schnell, wie sie gekommen sind.

„Alles gut. Sie sind weg", sagt Paul mit einer Stimme, die wie ein Blatt in der Luft zittert. Er hat genauso viel Angst wie ich.

„Aber warum braucht Frau Hofbauer so lange? Ihr müsst hier schnell raus. Du verstehst, dass Max auch mit Gewalt versuchen wird dir das Buch wegzunehmen", sage ich und schaue Elektra an.

„Aber mein Großvater hatte doch die eine Seite des Buches, warum hat er das Buch dann wieder aus dem Schloss entfernt?", fragt er mich. „Ich muss herausfinden, warum er es vor Max versteckt hat. Um zu verstehen, warum ich es ihm nicht zurückgeben sollte."

Ich lehne mich an den Tisch, auf dem Elektra liegt. Das Stehen stört mich nicht. Ich bin es gewohnt, die ganze Nacht im Stehen hinter der Küchentheke zu arbeiten und Kartoffeln und Gemüse aller Art zu putzen, um täglich das Essen für viele Menschen vorzubereiten. Doch die Anspannung und Angst, seit ich die verwundete Frau fand, haben meine Beine zum Zittern gebracht.

„Max tötet die Leute, die im Schloss leben, einen nach dem anderen", sage ich flüsternd und meine Stimme ist kaum zu hören.

Paul muss husten beim Versuch, etwas zu sagen. Ich schlage ihm auf den Rücken, um ihm zu helfen sich vom Husten und von der Überraschung zu erholen.

„Ich hatte den Eindruck, dass ihr unsterblich seid", sagt er schließlich.

„Sarkasmus hilft hier überhaupt nicht", sage ich wütend.

„Max ließ mich glauben, dass der Grund, warum er das Buch haben will, darin besteht, genau das zu verhindern. Er sagte, er sei besorgt um eure Sicherheit."

„Eine sehr gute Ausrede, um das Buch in seine Finger zu bekommen."

Er sieht mich erstaunt an. Ein Schatten des Zweifels erscheint auf seinem Gesicht.

„Ich werde nicht zulassen, dass er weiterhin die im Schloss lebenden Menschen tötet. Wir sind anders, aber wir fühlen und wir sind menschlich. Es spielt keine Rolle, dass wir nicht aus einem menschlichen Mutterleib geboren wurden, unsere Gefühle machen uns zu Menschen. Liebe, Mitgefühl, Glück, Gerechtigkeit, das sind alles Gefühle, die unsere Seele empfindet. Ich glaube nicht, dass das Leben eines Menschen aus Tinte weniger Wert hat, als das eines Menschen, der aus Fleisch und Blut besteht."

Er sieht mich regungslos an, er scheint sogar den Atem anzuhalten.

„Außer Herrn Karl und Frau Schmidt kennt niemand die Wahrheit. Die meisten glauben, dass sie hier geboren wurden. Und alle anderen, dass sie hier sind, weil sie für Seine Majestät arbeiten. Ich hatte auch nicht an der Wahrheit gezweifelt, bevor Franz mir alles erklärte."

Paul kommt auf mich zu und legt seine Hand zwischen meine und Elektras auf den Tisch. Ich beginne wieder zu erzählen, als wäre diese Bewegung das Zeichen dafür.

„Nachdem er Max das Buch gegeben hatte, kam er ins Schloss, indem er jedes Mal die Geschichte aus der gestohlenen Seite vorlas. Er versteckte sich vor Max und verbrachte viele Stunden mit den Freunden, die er über die Jahre gewonnen hatte, mich inklusive. Er hatte nicht vor, das Buch wieder an sich zu nehmen, bis ihm klar wurde, was Max tat."

Ich nähere mich seinem Gesicht und flüstere verschwörerisch:

„Du bist dafür verantwortlich."

Er sieht mich erstaunt an.

„Es war einige Zeit, nachdem deine Mutter gestorben war", beginne ich zu erklären. „Du warst sehr krank. Du hattest sehr hohes Fieber und es waren noch einige Stunden, bis ihr euren Arzt aufsuchen konntet. Franz geriet in Panik. Er wusste nicht, was er sonst hätte tun sollen, als einen unserer Ärzte um Hilfe zu bitten. Als er ankam, rannte er direkt zu Dr.

Loibl, dem besten unserer Ärzte. Er konnte ihn nirgendwo finden. Jemand berichtete ihm von der Entscheidung des Arztes, das Schloss zu verlassen, um in seine Praxis in München zurückzukehren. Max hätte diese Information verbreitet. Natürlich war Franz sofort klar, dass das eine Lüge war. Er wusste, dass niemand hier einfach gehen konnte."

„Max sagte, wenn jemand das Buch zerstört, seid ihr alle verloren", kommentiert Paul widerstrebend. „Also, was hat er getan? Hat er die Seite, wo der Arzt erwähnt wurde, aus dem Buch gerissen?"

Er äußert seine Worte zögernd, als würde er an seiner Logik zweifeln.

„Er hat sie nicht nur aus dem Buch, sondern in tausend Stücke zerrissen. So ist der Arzt verschwunden, so wie es heute bei jedem der Fall ist, der sich der Wahrheit nähert. Wir hatten immer den Verdacht, dass Max Menschen tötete, indem er die Seite zerstört, auf der der Name der Person zum ersten Mal erwähnt wird. Aber solange das Buch in seinem Besitz war, konnten wir nicht hineinsehen und deshalb nicht sicher sein."

„Also will er es deshalb zurück!"

„Ja. Wir mussten uns also vergewissern. Es war nicht leicht herauszufinden, wo Max das Buch versteckte. Ich war vor und nach der Arbeit ständig auf der Suche und ich habe an jedem möglichen und unmöglichen Ort nachgeschaut. Die Nächte verliefen ergebnislos und ich fühlte mich langsam wie eine Dampfmaschine, die ständig arbeitet und nie abkühlen konnte."

Paul sieht mich mit hochgezogenen Augenbrauen an.

„Wirklich", beschwere ich mich und nehme meinen ernstesten Ton an. „Aber eines Nachts hatte ich Glück. Herr Karl war in dem Raum mit dem Backofen, wo er sein Porzellan bäckt, als er nach einem Glas Bier verlangte. Sie haben mich geschickt, um ihm das Bier zu bringen. Als ich vor der Tür stand, hörte ich die wütende Stimme von Max. Ich hielt inne, sah mich nach Wachen um und als ich mir sicher war, dass niemand in der Nähe war, versuchte ich dem zu lauschen, was hinter der geschlossenen Tür gesagt wurde.

Ich habe es in dieser Nacht geschafft. Max warf Karl vor, mit seinen blöden Ideen seine Pläne zunichte gemacht zu haben. Er erwähnte nicht, was Karl getan und was ihn verärgert hatte. Er drohte ihm jedoch, dass er das Glück der anderen haben würde, wenn er seinen Mund wieder öffnete, ohne seine Worte zu kontrollieren. „Nur weil du das Buch in dem Porzellanversteck des Schwans verbirgst, heißt das nicht, dass du der Einzige bist, der das könnte", hörte ich ihn sagen. Ich war überrascht, das Einzige, was ich in diesem Moment wollte, war wegzurennen. Das Glück hatte mir endlich zugelächelt. Jetzt konnte ich Franz helfen, das Buch wieder an sich zu nehmen. Wie glücklich ich war, ihm etwas von der Freude und der Liebe, die er mir all die Jahre geschenkt hatte, in denen er uns im Schloss besuchte, zurückzahlen zu können! Aber ich bin nicht sofort gegangen. Ich klopfte zaghaft an die Tür und brachte das Glas Bier in Karls Zimmer."

„So hat Opa also das Buch zurückbekommen!"

„Ja, genau so ist es passiert. Ein paar Nächte später gelang es ihm, das Buch zwischen den zerbrochenen Porzellanscherben herauszuziehen, einige Minuten bevor Herr Karl auftauchte."

Paul schweigt, seufzt aber deutlich erleichtert.

„Unglücklicherweise, und obwohl Franz das Buch besaß, hörte das Verschwinden der Menschen hier nicht auf."

Ich schaue an die Decke, weil er die Angst in meinen Augen nicht sehen soll. Paul und ich trafen uns unter schlechten Bedingungen. Ich möchte nicht als ängstliches Mädchen in seiner Erinnerung bleiben.

Überhaupt muss ich mich beeilen, denke ich, *und ihm alles erzählen, was ich über Max weiß, bevor Frau Hofbauer zurück ist.*

Paul unterbricht meine Gedanken.

„Du sagtest, dass das Verschwinden nicht aufgehört hat, obwohl das Buch nicht mehr in seinen Händen war", fragt er. „Was hat er getan? Wie hat er sie getötet?"

„Mit dem Füllfederhalter", antworte ich mit zitternder Stimme.

Er sieht mich beunruhigt an, anscheinend weil er sich an den Angriff des Füllfederhalters auf Bastian heute Nachmittag erinnert.

„Was ist jetzt meine Rolle? Warum bin ich hier? Welches Geheimnis steckt hinter dem Angriff eines Füllfederhalters auf einen der Bewohner des Schlosses? Was ist mit der verletzten Person passiert?", fragt er besorgt.

26. EMMA ~ Der Anführer des Füllfederhalters

Ich brauche Kraft und Mut, um mit ihm über den Füllfederhalter zu sprechen. Ich fühle, wie mir ein Schauer über den Rücken läuft. Diese Erinnerung erfüllt mich wieder mit Schuldgefühlen für meine elende Tat.

Ich bin unsicher, wie ich mich am besten ausdrücke, und probiere im Kopf verschiedene Formulierungen.

Paul sieht mich mit einem warmen, ermutigenden Lächeln an und zum ersten Mal habe ich das Gefühl, dass er etwas von der Aura seines Großvaters in sich trägt. Als ich anfange zu sprechen, klingt meine Stimme schwach und defensiv.

„Eines Morgens kam ich müde und erschöpft zurück in mein Zimmer, das ich mit Frau Hofbauer teile. Mein Kopf summte noch vom Geklapper des Bestecks auf den silbernen Tellern. Ich betrat den Raum und vermied es, die Lampe anzuzünden. Ich hoffte, meine Mitbewohnerin schlafend vorzufinden, weil ich keine Lust auf Plaudern hatte.

Ich fand sie jedoch wach und in einem elenden Zustand. Sie saß auf der Bettkante, ihr Kopf war auf die Brust gesunken, und ihr gebeugter Rücken wurde immer wieder von einem grässlichen Husten geschüttelt. Ich vergaß meine Müdigkeit sofort und näherte mich ihr, um zu helfen. Ich packte sie an den Schultern und versuchte sie aufzurichten. Sie hob den Kopf und sah mich leblos an. Ihr Gesicht war noch trauriger. Es war voller rötlicher Flecken, ihre Augen waren rot und ihr lief die Nase.

„Bleib weg, mein Mädchen", sagte sie mit gedämpfter

Stimme und versuchte mich zurückzuschieben. „Ich weiß nicht was ich habe, aber du solltest dich nicht anstecken."

Ich entfernte mich, nicht weil ich Angst hatte, mich anzustecken, sondern um ein sauberes Handtuch aus dem Schrank zu holen. Ich machte es nass und wischte ihr vorsichtig über das Gesicht, das vom Fieber brannte. Ich half ihr, ihren Hut und ihr Kleid auszuziehen. Es war nicht leicht, weil beides schweißnass war. Ihr feuchter Körper zitterte vom Fieber.

„Legen Sie sich hin, Frau Hofbauer. Ich werde einen Arzt holen. Jemand wird noch wach sein", sagte ich, als ich ihr half sich hinzulegen und ihren leidenden Körper mit ihrer blauen Decke zu bedecken.

Ich war sehr aufgewühlt über den schlechten Zustand von Frau Hofbauer, ich wollte nicht, dass ihr etwas Schlimmes passierte. Abgesehen von Franz ist sie die Einzige, die sich all die Jahre für meine Präsenz in unserer Welt interessiert hat. Bis zu dem Tag, an dem ich sie das erste Mal traf, war ich eine Person, die jede Nacht ziellos in unserer Welt wanderte, um mich zu erinnern, wer ich war und wie ich unter diese unbekannten Menschen gekommen war. Aber Frau Hofbauer hat meine leere Vergangenheit gefüllt und mir eine echte Existenz in der Gegenwart verliehen. Sie befreite mich von der Qual meiner Inexistenz und gab mir Arbeit in der Küche. Ich wurde eine weitere Person, die Geschirr spült, Kartoffeln putzt, Hühner rupft, beim Brotbacken hilft und die Suppen in den riesigen Kupfertöpfen umrührt.

Sie und Franz sind die beiden Gesichter, die mir in den Sinn kommen, wenn ich versuche, Erinnerungen aus meiner Vergangenheit zu finden. Sie ist eine von den Menschen, die durch keinerlei charakteristische Merkmale ausgezeichnet werden. Eins von den Gesichtern, das man schnell wieder vergisst. Sie ist Witwe, spricht aber nie über ihren verstorbenen Mann. Ihre Ehe sei sehr kurz gewesen, erzählte sie mir einmal, sie habe keine Kinder gehabt. Nach dem Tod ihres Mannes schickte der Priester des Dorfes, in dem sie geboren und aufgewachsen ist und geheiratet hatte, sie hierher, um für Seine Majestät zu kochen. Seitdem hat sie, wie die Adern an ihren geschwollenen Beinen bezeugen, unzählige Stunden in der Küche des Schlosses gestanden.

Sie ist eine sehr religiöse Frau. Oft, wenn in der Schlosskirche ein Gottesdienst für unsere Ranghöheren stattfindet, geht sie heimlich hin und steht ruhig hinter einer Säule. Sie atmet erst wieder, wenn der Gottesdienst vorbei ist, damit niemand ihre Anwesenheit bemerkt. „Ich bete auch für dich, mein Mädchen", sagt sie manchmal mit gerunzelter Stirn, „damit Gott dich erleuchtet und du verstehst, wie viel Freude und Erfüllung der Glaube deiner rastlosen Seele bringen kann." Sie ist die Einzige, mit der ich noch reden kann, seit Franz aufgehört hat uns zu besuchen. Du verstehst also, Paul, wie wertvoll mir diese Frau ist. Deshalb musste ich an diesem Morgen alles in meiner Macht Stehende tun, um einen Arzt zu holen.

Ich bin wie ein Blitz aus dem Raum gerannt. Der Tag war noch nicht angebrochen. Der Korridor war halb dunkel, nur von den roten Sicherheitslichtern beleuchtet, die die Menschen der Außenwelt angebracht hatten. Aber ich habe keine Angst vor der Dunkelheit, ich weiß, dass Licht genauso gefährlich sein kann. Wo Licht ist, ist auch immer ein Schatten.

Ich hatte es eilig, den Doktor Herrn Max Joseph Schleiß von Löwenfeld zu treffen, die einzige Person, die bereit wäre ihr zu helfen. Obwohl Doktor Schleiß zu dem engen Kreis von Ärzten gehörte, die sich um die Gesundheit Seiner Majestät gekümmert hatten – er behauptete, der König sei seit dem zehnten Lebensjahr in seiner Behandlung gewesen – war er einer der wenigen, die sich wirklich um das Schlosspersonal kümmerten."

„Interessierte er sich?", fragt Paul leise, als wolle er meine Geschichte nicht wirklich unterbrechen.

„Hab ein wenig Geduld, du wirst verstehen."

Paul lächelt, als würde er sich für die Unterbrechung

entschuldigen.

„Leider konnte jemand anderes im Schloss an diesem Morgen meine Sorge um die Gesundheit meiner Mitbewohnerin nicht teilen", erzähle ich immer schneller, denn bald wird Frau Hofbauer zurückkehren.

„Die Flure des Schlosses waren menschenleer, alle waren bereits in ihren Räumen eingesperrt. Die feuchte Brise, die über das Schloss wehte, drang durch die Spalten der Fenster in den Korridor und erreichte mein Gesicht. Ein paar Meter vor dem königlichen Schlafzimmer hörte ich die Stimme eines Mannes, so scharf wie ein Rasiermesser. Ich hielt kurz inne, weil ich die Stimme sofort erkannte, obwohl ich nicht genau verstehen konnte, was der Mann sagte. Max verfluchte jemanden mit einer solchen Intensität und Grausamkeit, dass ich dachte, ich würde niemals in der Position der Person sein wollen, die Max beschimpfte. Der kalte Schauder, der mir über den Rücken lief, entsprang wahrscheinlich meinem Bedürfnis, schnell wegzurennen. Franz hatte mich gewarnt, wie gefährlich Max war. Immer wenn er ihn erwähnte, betonte er, dass ich mich von ihm fernhalten musste. Natürlich hatte er mir versichert, dass er es geschafft hatte, ihn zu schwächen, indem er das Buch vom Schloss fernhielt, aber dennoch sollte ich seine Kraft nicht unterschätzen."

Ich mache eine Pause, um Luft zu holen. Paul beobachtet mich genau.

„Und dann stellte sich heraus, dass ich recht daran tat, Angst vor ihm zu haben", fahre ich mit Mühe fort, als ob die Worte nicht aus meinem Mund kommen wollen, damit sie nicht gezwungen sind, etwas Schreckliches zu beschreiben. „In dem Moment, als ich bereit war wegzurennen, hörte ich ein schreckliches Stöhnen des Todes aus dem Schlafzimmer. Zuerst erstarrte ich zur Salzsäule. Dann aber wurde mir klar, dass jemand in Gefahr war. Ich näherte mich vorsichtig der linken Seite der Tür, wo ich die beiden Personen im Schlafzimmer deutlich sehen konnte.

Der Doktor Max Joseph Schleiß stand mit dem Gesicht

zu mir vor dem Bett. Die Tränen, die vor Angst aus seinen Augen liefen, waren ungewöhnlich für einen Arzt, der es gewohnt war, mit dem Tod zu kämpfen. Immer wenn ich Doktor Schleiß getroffen hatte, trug er ein warmes, gutherziges Lächeln auf den Lippen. Ein sanfter Mann, der mit jeder Bewegung Ruhe und Selbstbewusstsein ausstrahlte. Aber in diesem Moment, als Max ihm gegenüberstand und ihm den Weg aus dem Schlafzimmer versperrte, ähnelte sein Aussehen nicht dem Arzt, den ich kannte."

„Max scheint es gewohnt zu sein, Menschen Hindernisse in den Weg zu legen", sagt Paul.

Vertieft in meine Geschichte beachte ich seine Worte nicht weiter.

„Der große, dürre Körper des Doktors hatte eine unnatürlich schräge Haltung nach hinten eingenommen, als wollte er dem Insekt, das um sein Gesicht flog, aus dem Weg gehen. Sein graues Haar klebte an seiner roten Stirn und seine Augen flatterten erschrocken hin und her, als würden sie dem Flug des Insekts folgen. Aber es war kein Insekt, das Doktor Schleiß erschrocken ansah, sondern ein „fliegender" Füllfederhalter."

„Der mörderische Füllfederhalter", flüstert Paul. „Der Füllfederhalter, der heute Nachmittag im Thronsaal einen Mann angegriffen hat."

Ich sehe ihn mit verengten Augen an.

„Ja."

Ich möchte aufhören zu reden, weglaufen, aber ich weiß, dass ich es nicht kann. Ich bleibe dort neben ihm stehen, als wäre ich angewurzelt.

„Hinter der Schlafzimmertür habe ich zum ersten Mal gesehen, was der Füllfederhalter anrichten konnte und mir wurde klar, dass Max nie aufgehört hatte, seinen abscheulichen Plan umzusetzen, genauso wie Franz es vermutet hatte."

Mit meiner Hand wische ich die dicken Schweißtropfen von meinem Gesicht, aber ich vermeide es, Paul anzusehen.

„Der Füllfederhalter schwebte drohend in der Luft vor den ängstlichen Augen des Arztes, der anscheinend keine Kraft hatte, irgendeinen Teil seines Körpers zu bewegen. Ich fragte mich, warum er nicht nach ihm griff und ihn stattdessen nur angsterfüllt beobachtete. Ich überlegte, ob ich zu ihm rennen sollte, aber die Anwesenheit von Max erlaubte es mir nicht. Ich nahm an, dass dies auch der Grund war, warum der Arzt nicht reagierte.

Plötzlich bewegte sich Max und drehte seinen Kopf zu mir, als hätte er meine Anwesenheit gespürt. Er sah mich nicht, aber ich konnte sein Gesicht sehen und sah den Hass, der in seinen Augen leuchtete. Meine Wut auf ihn war so überwältigend, dass ich hätte platzen können. Ich hatte mich noch nie in meinem Leben so wütend gefühlt. Für einen Moment wünschte ich, meine Hände um seine Kehle zu legen und ihn mit meiner ganzen Kraft zu erwürgen. Ich versuchte meine Wut zu bändigen, als ich Max zum Arzt sagen hörte:

„Ich habe nichts Persönliches gegen Sie, Doktor. Aber mir wurde mitgeteilt, dass Sie Probleme mit Ihrem weiteren Aufenthalt im Palast haben und uns verlassen möchten", sagte er und seufzte theatralisch. „Sie haben sich entschieden, dass Sie keinen Platz in meinen Plänen für die Zukunft einnehmen wollen", erklärte er schadenfroh. „Sie hätten schon verstehen sollen, dass in meinen Plänen nur Platz für Leute ist, die sich mir anschließen. Und Sie, Herr Doktor, sind keine solche Person."

In dem Gesicht des Arztes waren pures Entsetzen und Angst zu lesen, ein Moment, den Max sicherlich sehr genoss.

„Ich glaube, dass mein Aufenthalt hier nicht länger notwendig ist. Seine Majestät ist jetzt schon lange weg. In München wäre ich ihm nützlicher. Schließlich ist es Zeit, zu meiner Familie zurückzukehren", sagte der Arzt mühevoll.

„Lassen Sie mich Ihnen also helfen uns zu verlassen, da Sie sich so sehr danach sehnen."

„Sie sind verrückt", schrie der Arzt verzweifelt mit zitternder Stimme. Er schien vergeblich seine Beine bewegen zu wollen, um zu flüchten, aber der Füllfederhalter kam seinem Gesicht immer näher und schwebte jetzt direkt vor seinen erschrockenen Augen.

„Überhaupt nicht, Liebster. Ich versichere Ihnen, ich bin nicht verrückt. Sie haben Ihre Augen einfach nicht geöffnet, als Sie es hätten tun sollen. Sie sind wohl keine Person, die weit blicken kann. Sie haben nicht gemerkt, was kommen würde, Sie haben nur auf Ihren trügerischen Wohlstand geachtet und die Dunkelheit akzeptiert. Jetzt werden Sie den Preis für Ihre beruhigende Unwissenheit zahlen. Für Sie ist in Zukunft kein Platz mehr."

Der Füllfederhalter senkte sich ein paar Zentimeter und bewegte sich kreisförmig rund um den Hals des Arztes, als wäre er auf einer Erkundungsmission. Mit jedem neuen Kreis, den er beschrieb, näherte er sich der blassen, faltigen Haut. Max beobachtete ihn in einem zutiefst unergründlichen Gesichtsausdruck.

„Nehmen Sie dieses komische Ding weg", bat Doktor Schleiß, der nicht einmal wagte zu blinzeln.

„Komisches Ding!", wiederholte Max theatralisch mit einem gelangweilten Lächeln auf seinem Gesicht. „Dieser Füllfederhalter ist ein wertvolles Werkzeug. Einst in den Händen Ihres Schöpfers gab er Ihnen das ewige Leben. Jetzt in meinen Händen nimmt er es zurück."

„Ich verstehe nicht, was Sie sagen. Unsinn. Was erzählen Sie da für zusammenhangloses Zeug?"

„Falsch, Doktor. Was Ihnen unglaublich vorkommt, bedeutet noch lange nicht, dass es Unsinn ist. Sie machen den gleichen Fehler wie die anderen da draußen. Sie versuchen alles auszuschließen, was unglaublich scheint. Sie kämpfen, um es auszutreiben, so wie einst in der Inquisition vorgegangen wurde, als Andersdenkende behauptet haben, die Erde sei rund."

„Was wollen Sie von mir? Geld? Ich gebe Ihnen alles, was ich habe", bellte der Arzt verzweifelt. Max' unverständliche Worte hatten den Arzt wütend gemacht.

„Haben Sie keine Angst Doktor, es wird bald vorbei sein“, sagte Max langsam, betonte dabei jedes Wort und starrte ihn an.

„Bitte, lassen Sie mich gehen. Ich habe Ihnen doch nichts getan. Wie könnte ich überhaupt. Ich kenne Sie fast nicht. Wenn ich mich nicht irre, haben wir uns manchmal im Speisesaal getroffen, aber wir hatten nie Kontakt.“

„Sie haben mich nicht verstanden, Doktor. Es geht hier nicht um Bekanntschaften oder Freundschaften. Ich habe es Ihnen gesagt, aber Sie haben es noch immer nicht verstanden. Für Menschen wie Sie gibt es in Zukunft keinen Platz mehr.“

Die folgende abscheuliche Szene spielte sich sehr schnell vor meinen Augen ab und ich konnte nichts dagegen tun. Ich weiß nicht, ob der Arzt genau verstanden hat, was passierte. Ich hoffe, er hat keine Schmerzen verspürt, als die scharfe Spitze des Füllfederhalters heftig in seinen Hals eindrang und seine Kehle wie ein feines Messer von einem Ende zum anderen aufschnitt. Aus dem Mund des Arztes kam ein gruseliger Schrei, der mein Blut in den Adern gefrieren ließ. Unmittelbar danach verlor er das Bewusstsein, als sein Blut heiß wie ein roter Bach auf seine Brust floss, und er fiel zu Boden wie ein enthauptetes Tier im Schlachthaus.

Der Blutgeruch, der sich im Raum und im Flur ausbreitete, erreichte meine Nase schnell. Ich konnte meine Beine nicht mehr spüren. Ich hatte Angst zusammenzubrechen und wie der leblose Körper des Arztes auf dem Boden zu landen, vor den Füßen des gelassenen Max. Der Hass, den ich auf Max empfand, half mir den Anblick zu ertragen.

Als der Füllfederhalter seine mörderische Aufgabe beendet hatte, flog er zurück zu ihm wie ein Bumerang. Max' dünne lange Finger, die Insektenbeinen ähnelten, packten ihn in der Luft. Die goldene Spitze, ein wunderschönes Kunstwerk mit winzigen Schnitzereien, leuchtete hell wie ein Stern im Licht des Kronleuchters. Ein würdiges königliches Werkzeug für die Erschaffung einer großartigen geheimen Welt, das Max leider zum Werkzeug des Todes gemacht hatte. Sehr ruhig, ich würde sogar schwören, dass ich ihn leise singen hörte, steckte er ihn nun in eine lederne, längliche Hülle. Dann setzte er sich zufrieden auf das königliche Bett und seufzte tief, müde von den Mühen, den Feind zu töten.

Ich beobachtete ihn heimlich und zitterte vor Wut. Was ich das Verschwinden von Menschen genannt hatte, waren grausame und abscheuliche Morde an Unschuldigen. Ich konnte nur noch daran denken, diesen Füllfederhalter zu stehlen. Ich verstand nicht, was dieser Füllfederhalter war und wie er funktionierte, wahrscheinlich würde ich es selbst dann nicht verstehen, wenn jemand versuchte es mir in einfachen Worten zu erklären. Mich interessierte nur noch, den Füllfederhalter zu stoppen. Wenn Max ihn nicht besäße, könnte er niemanden mehr umbringen. Franz hatte ihm das Buch weggenommen, ich würde ihm den Füllfederhalter wegnehmen. Obwohl ich nicht sicher war, ob sein kranker Verstand keinen anderen Weg finden würde, uns alle umzubringen.

Irgendwann stand Max vom Bett auf, machte ein paar Schritte auf der Stelle, als wollte er sich die Beine vertreten, und versteckte dann die lederne, längliche Hülle in der holzgeschnitzten Decke des Bettes. Es sollte nicht schwierig sein, den Füllfederhalter zu stehlen. Am nächsten Morgen, als alle im Bett waren, schickte ich Bastian, um es für mich zu tun.

Ich befürchte, dass die Szene des Mordes mich zynisch gemacht hat. Mir wurde klar, dass ich genauso böse wie Max werden musste, um eine Chance gegen ihn zu haben. Nur herauszufinden, wie er uns nach und nach umbrachte, führte zu keiner Lösung. Die einzige Lösung war sein eigenes „Verschwinden". Ich bin mir nicht sicher, ob mir bewusst war, wie wahnwitzig es war, allein gegen ihn zu vorzugehen. Mit der Anzahl der Ermordeten stieg jedoch auch mein Wunsch, dem entgegenzuwirken. Die Idee, jemanden zu töten, gefiel mir nicht. Aber es scheint, als hätte Max aus einem unbekannten Grund seinen eigenen geheimen Krieg gegen uns begonnen. *Max kämpft gegen uns und wir, also ich, muss gegen ihn kämpfen,* dachte ich ständig. Ein Satz von Frau Hofbauer ein paar Nächte später, als es ihr besser ging, sie aufstehen konnte und in die Küche kam, half mir meine Entscheidung zu treffen. Die Frauen in der Küche diskutierten über den Krieg von 1866 mit Preußen: „Im Krieg darf man Menschen töten", sagte Frau Hofbauer.

Es wäre einfacher gewesen, wenn ich das Buch in meinen Händen gehabt hätte. Die Seite zu zerreißen, die Max erwähnte, hätte gereicht, aber Franz hatte es genommen. Die einzige Waffe, die ich in der Hand hatte, war der Füllfederhalter."

„Seit wann hast du den Füllfederhalter?", fragt Paul schroff, als wäre er plötzlich aus seiner Lethargie erwacht.

„Ja, das heute, ich habe es getan", antworte ich, ohne ihn anzusehen. „Es war keine leichte Entscheidung. Ich wusste nicht, was ich tun sollte. Soll ich den Füllfederhalter auf Bastian ansetzen oder nicht? Ein Teil von mir sagte, dass ich keine Unschuldigen verletzen durfte, nicht einmal für einen guten Zweck. Doch der andere Teil versuchte mich davon zu überzeugen, dass du für unser aller Rettung mit eigenen Augen die Zerstörung sehen musstest, die Max anrichtet, damit du dich selbst überzeugen und mir das Buch geben kannst. Der Kampf der beiden entgegengesetzten Seiten in meinem Kopf machte mich verrückt. Ich fühlte meine Seele schwer und niedergeschlagen, als würden dunkle Schatten über meinem Bewusstsein kreisen. Ich war mir nicht einmal sicher, ob du die Szene des Angriffs auf den armen Bastian überhaupt sehen würdest. Franz hatte es geschafft, uns zu sehen! Aber würdest du es schaffen, den Füllfederhalter zu sehen? Ich konnte mich nicht entscheiden, was richtig und was falsch war, und beschloss das Risiko einzugehen, weil ich dachte, dass du nicht im Schloss bleiben würdest, wenn du diese schockierende Szene nicht gesehen hättest."

Ich mache eine Pause, um ihm Zeit zu geben, seine

Gedanken zu ordnen.

„Zum ersten Mal habe ich mich dazu entschlossen, etwas zu tun, was ich mit meinem Gewissen nicht vereinbaren konnte, etwas, was gegen meinen Willen war."

„Du wolltest ihn nicht töten, aber du hast es riskiert."

„Tust du immer nur das, was du willst?"

Paul antwortet nicht. Wir schweigen beide einige Minuten.

„Ich hatte die nötigen Vorkehrungen getroffen", sage ich dann um die Stille zu brechen. Ich versuche meine Stimme ruhig zu halten. Meine Hände sind zu Fäusten geballt.

„Was meinst du?"

„Als ich dich mittags in das Schloss kommen sah, wusste ich, dass ich dich auf jede nur erdenkliche Weise überreden musste mir das Buch zu geben. Ich bin sofort zu Bastian gerannt, um ihn um Hilfe zu bitten, und dann meldete er sich freiwillig."

„Er hat sich freiwillig angeboten? Wie ist das möglich?"

„Ich habe jetzt keine Zeit, alles zu erklären. Du hast mein Wort, dass es so war."

Mein Herz schlägt laut, ich fürchte, Paul wird es klopfen hören.

„Leider war es das Einzige, was mir eingefallen ist", sage ich mit gesenktem Kopf. Doktor Mayer behandelte ihn so gut er konnte, seine Wunden sind nicht sehr tief. Er versprach mir, dass es Bastian bald wieder gut gehen wird. Glücklicherweise hat der Füllfederhalter ihm nicht viel Schaden zugefügt, weil ich ihn sehr schnell gestoppt habe."

„Woher wusstest du, dass ich heute kommen würde?", fragt er mich fordernd.

„Ich denke, Franz hat dich angekündigt", antworte ich in einem träumerischen Ton.

„Mein Großvater? Wann?"

Meine unverständliche Antwort vergrößert sein Dilemma.

„Heute Morgen hatte ich einen Traum", erkläre ich ihm

und spüre, wie ein Schauer über meinen Rücken läuft. Ich beschreibe kurz meinen Traum.

„Ich habe den gleichen Traum gehabt. Die Flecken... das Buch... ", sagt er mühevoll und starrt mich an. In seinen blauen Augen spiegelt sich mein verlegenes Gesicht. Ich sehe ihn nachdenklich an.

„Franz hat sich um alles gekümmert. Er hat nichts dem Zufall überlassen."

Paul nickt zustimmend.

„Ich glaube auch, dass mein Großvater für diese Träume zuständig ist. Aber warum ist er nicht in meinem Traum aufgetaucht?"

„Da ist noch etwas, was mich nicht in Ruhe lässt", sage ich leise.

„Wenn Franz sich um dein Kommen gekümmert haben soll, wer hat veranlasst, dass Frau Elektra hier ist?"

Ich atme tief durch und überlege, wie Frau Elektra mit dem Ganzen zusammenhängt. Diese Frage plagt mich schon lange.

„Leider ich."

„Schluss. Du hast dir für so ziemlich alles die Schuld gegeben, nicht noch mehr Selbstmitleid bitte."

„Es war meine Entscheidung, heute hierher zu kommen und nachts mit Paul im Schloss zu bleiben."

Die Stimme von Elektra, obwohl sie schwach und heiser ist, erreicht meine Ohren dennoch so laut wie der Ton einer Glocke.

„Endlich, du bist zu dir gekommen!", springt Paul auf und greift vorsichtig nach ihrer verletzten Hand. „Du weißt nicht, wie glücklich ich bin." Ein Schluchzer bestätigt seine Worte.

„Ich auch", antwortet sie mit einer tiefen, beruhigenden Stimme.

„Warum hat Karl dir das angetan?"

Seine Stimme ist jetzt stabiler.

„Hilf mir aufzustehen", sagt sie. Ihr Gesicht ist

wachsartig, geschwollen, blass. Ihr Haar klebt an den Schläfen und ihre Augen sehen trüb aus, als ob sie blind wäre.

„Zum Glück geht es dir gut", sagt Elektra zu Paul und bewegt dabei mühsam ihre Lippen. „Ich wurde vor Angst fast verrückt. Ich hatte Angst, sie würden dir dasselbe antun." Sie zeigt mit ihrem Blick auf ihre Bandagen. „Gott sei Dank, dir geht es gut."

Wir helfen ihr vom Tisch und sie versucht ein paar Schritte zu gehen. Ihre Beine knicken mehrmals ein, wie die unbeholfenen Glieder einer Marionette, aber am Ende halten sie sie aufrecht. Ihr Gesichtsausdruck bestätigt, dass ihre offenen Wunden sehr schmerzen. Aber sie sagt kein Wort.

Ich bringe ihr einen schmalen Holzstuhl, den ich zwischen einem Schrank und der Wand gefunden habe.

„Setzen Sie sich, Frau Elektra", sage ich freundlich. „Sie fühlen sich bestimmt immer noch sehr schwach. Sie werden bald Ihre ganze Kraft brauchen, um das Dorf zu erreichen. Leider müssen Sie den ganzen Weg nach unten laufen. Es gibt keine Kutsche, die um diese Zeit fährt."

Elektra setzt sich sehr schwer auf den Stuhl.

„Ich habe das meiste von dem gehört, was du ihm erzählt hast", sagt sie zu mir. „Aber ich kann nicht verstehen, was passiert. Es ist alles so durcheinander in meinem Kopf, dass ich einige Zeit brauchen werde, um meine Gedanken in Ordnung zu bringen."

Sie schaut zu Paul. „Ist das Buch deines Großvaters das, was Max will?"

Paul nickt zustimmend und zeigt auf den Rucksack, der schon die ganze Nacht an seinem Rücken hängt.

„Er fragte mich immer wieder, wie ich die Leute in der Küche sehen könne", antwortet sie spät auf die Frage, die Paul zuvor gestellt hatte. „Aber als ich ihm sagte, wie ich es gemacht hatte, hat er mir nicht geglaubt. Er dachte, ich wollte ihn verarschen, als ich sagte, ich sei nur in dieselbe Kutsche gestiegen, mit der du heute Mittag gekommen bist."

Trotz ihrer Schmerzen schafft sie es zu lächeln.

„Ihr müsst gehen", sage ich langsam und zögernd. „Leider kehrt Frau Hofbauer nicht zurück und die Zeit läuft uns davon."

Ich sehe Paul besorgt an. „Wenn er uns findet, wird er dir das Buch wegnehmen."

Ich spüre, wie ich in Panik gerate, wie ein Tier, das vor einer Katastrophe davonläuft.

„Kommen Sie, Frau Elektra, ich helfe Ihnen beim Laufen", sage ich ungeduldig. „Ich zeige Ihnen den Weg."

„Aber ich muss mich wenigstens vom Schwan verabschieden", höre ich Paul murmeln, als ich die Tür öffne.

Zu spät, denke ich, aber ich sage nichts.

27. PAUL ~ Eine fruchtlose Anstrengung

Ich atme tief ein und stütze Elektra, damit sie Emma zur Tür folgen kann. Ich verlasse als letzter den Raum. Der schwache Schein der Sicherheitslichter im Flur hilft uns nicht sehr, es ist schwierig, in der Dunkelheit vor uns etwas zu sehen. Der Korridor sieht aus wie ein schwarzer Tunnel, bereit uns aufzusaugen.

„Pass auf, ich möchte dir nicht auf die Füße treten", murmelt Elektra neben mir.

„Ich passe auf."

Der abgestandene Geruch in der Luft macht mich schwindelig. Ich versuche mich zu konzentrieren, aber es ist schwierig. Meine Augen brennen vor Schlaflosigkeit. Mein Rucksack ist schwer auf meinem Rücken.

„Wir werden die kleine Tür nehmen, die die Waschfrauen benutzen, um ins Schloss zu kommen", erklärt Emma leise. „Ich bin früher oft mit ihnen ausgegangen, deshalb weiß ich, wo sie den Türschlüssel aufhängen."

Wir folgen ihr und erreichen eine hölzerne Außentür. Emma steckt, ohne Zeit zu verlieren, ihre rechte Hand hinter den Rücken eines Holzschranks, der in der Nähe des Türrahmens steht, und sucht, indem sie blind mit ihren Fingern die Schrankwand abtastet. Sie findet die Schlüssel und bückt sich, um die Tür aufzuschließen. Wir beobachten sie schweigend. Ihre Finger zittern, als würden sie im Rhythmus ihres wilden Herzschlags tanzen. Der Schlüssel rutscht ein-, zweimal zwischen ihren verschwitzten Finger, aber am Ende schafft Emma es, ihn ins Schloss zu stecken. Nach zwei Umdrehungen des Schlüssels gleitet die Tür nach außen auf und quietscht dabei in einem gedämpften Ton, der sich anhört wie ein rostiges Stöhnen.

Ein Hauch kalter Luft strömt pfeifend durch die halboffene Tür. Ich helfe Elektra über die Türschwelle. Draußen brauche ich ein paar Momente, um mich an die Temperaturveränderung zu gewöhnen. Es ist noch ziemlich dunkel, es dämmert langsam. Das Kopfsteinpflaster außerhalb des Schlosses ist nass. In dem noch dunklen, sternklaren Himmel, an dem keine Wolke mehr zu sehen ist, was eigentlich sehr merkwürdig ist für die Jahreszeit, funkeln eisige Tropfen im schwachen Sternenlicht, gefroren auf halbem Weg zur Erde.

Elektra läuft mühsam neben mir. Bei jedem Schritt bringt die Luft ihren schweren Atem an meine Ohren. Der Schmerz ist ganz klar auf ihrem Gesicht zu sehen, sie leidet. Ihre Haut ist blass, sie humpelt stark und ihre Bewegungen erinnern an eine zerbrochene Porzellanpuppe.

„Hast du schlimme Schmerzen?", frage ich mit einem vor Reue gesenkten Blick. Ich hatte nicht das Recht, sie so rücksichtslos in eine Geschichte zu verwickeln, die sie nichts anging. Das alles sollte eigentlich nicht ihr Problem sein. Ich bin wütend auf mich, weil ich sie nicht aus Bosheit, sondern aus Dummheit darin verwickelt habe. Ohne nachzudenken, ließ ich mich von meinem Instinkt leiten und die Logik beiseite.

Sie schüttelt verneinend den Kopf.

„Hab keine Angst. Ich kann die Schmerzen ertragen", murmelt sie mühsam. „Aber die Idee, vom Personal des Schlosses entdeckt zu werden, macht mir Angst."

„Warte kurz", murmle ich, während ich immer noch versuche, die Wut über meine schlechten Entscheidungen zu unterdrücken, die zu dieser miserablen Situation geführt haben. „Ich schaue eben nach dem kürzesten Weg."

Ich laufe langsam ein paar Schritte zum Anfang der

kurvigen Straße, die bis zum Dorf hinunterführt. Das nasse Pflaster breitet sich vor mir aus wie eine grau glänzende Schlange, die durch die Bäume kriecht und ins Dorf hinabgleitet. Ich entferne mich ein paar Schritte von der Straße zum Rand des steilen Abhangs. *Wie lange müssen wir wohl zum Dorf laufen?*, frage ich mich, aber ich kann es nicht berechnen. Meine Augen können nicht weit sehen, die Sicht ist zu sehr eingeschränkt.

Ich blicke mit Ehrfurcht auf die Schlucht zu meinen Füßen. *Als wären wir auf dem Dach der Welt*, denke ich, während ich meinen Blick zum Himmel hebe. Zum Glück ist er voller Sterne. Sicherlich werden wir das Licht all dieser kleinen hellen Augen brauchen, wenn wir den Berg hinunter laufen. Ich überlege, dass wir so nah wie möglich an den Bäumen laufen sollten, die an den Rändern der kurvenreichen Straße wachsen. Die Bäume werden uns verstecken, während wir den steilen, dunklen Hang hinuntersteigen. Wird Elektra es bis zum Dorf schaffen, ohne dass sich ihre Wunden öffnen?

Ich gehe zu den beiden Frauen zurück, die auf dem Kopfsteinpflasterweg des Schlosses auf mich warten.

Mein Blick fällt auf Emmas Gestalt. In der Dunkelheit des noch nicht angebrochenen Tages sieht das Mädchen aus wie von Licht umhüllt. Als ich mich ihr nähere, weiß ich, dass ich zurückkommen muss, wenn ich Elektra in das nächste Krankenhaus gebracht habe. Ich möchte sie wirklich wiedersehen. Ich versuche mir die Linien ihres Körpers unter ihrem dicken, langen Kleid vorzustellen. Wie wäre es, wenn ich ihre nackte Haut berühren würde? Wenn ich mit meinen Händen die Schläge ihres Herzens fühlen könnte?

Ich stehe nun neben ihr, starre sie schweigend an und versuche meine Gefühle zu verbergen. Es ist nicht einfach. Meine Lippen zittern vor Verlangen, ihre Lippen und die Wärme ihrer Haut zu berühren. Aber ich senke lediglich meinen Blick auf den Boden, aus Angst, dass das Mädchen die Gedanken in meinen Augen lesen könnte.

„Ich denke, hier trennen sich unsere Wege", sagt Emma

heiser und neigt ihren Kopf zur Seite. „Die Wörter des Buches, das du trägst, sind die Gitter meines Gefängnisses. Ich fürchte sehr, dass ich eine Gefangene des Schlosses sein werde, solange Worte auf diesen Seiten stehen."

Ihre Worte erschrecken mich. Mir läuft ein Schauer über den Rücken, der nichts mit der morgendlichen Kälte zu tun hat. *Die Unglückliche*, denke ich stirnrunzelnd. *Sie ist in ihrer ewigen Jugend gefangen, wie die Puppen in Kinderzimmern.*

Ein Teil von mir möchte bei ihr im Schloss bleiben, um ihr zu helfen den Tyrannen loszuwerden. Leider erinnert mich der andere Teil daran, dass ich Elektra so schnell wie möglich von hier wegbringen muss.

„Es ist gefährlich, hier draußen zu verweilen. Macht schnell", drängt Emma, während sie ängstlich hinter sich schaut.

„Warum kommst du nicht mit uns? Wenn Frau Hofbauer Max und Karl verrät, dass du uns geholfen hast, bist du in Gefahr."

Die Worte kommen über meine Lippen, ohne dass ich nachgedacht hätte. Ich bekomme Angst, als ich merke, was ich ihr vorschlage. Zum Glück ist es noch dunkel und keine der beiden Frauen kann meine feuerroten Wangen sehen.

Emma atmet tief, als wolle sie den Atem der Dunkelheit einatmen, die sich langsam zurückzieht. Ihr Gesicht ist blass und ihre Augen sehen mich traurig an. Sie nähert sich, Ihre Lippen berühren meine. Ihr Atem streichelt meine kalte Wange.

„Leider muss ich noch etwas erledigen."

Ihre Augen sehen müde aus, ihre Haare sind offen und fallen ungekämmt auf ihre Schultern, ihr Gesicht sieht ungepflegt aus im Vergleich dazu, wie junge Mädchen heutzutage geschminkt sind, aber sie ist trotzdem umwerfend schön.

„Ich werde zurückkommen, um dir zu helfen. Um das zu beenden, was mein Großvater angefangen hat."

Sie spricht nicht, als würde sie keine Worte mehr finden.

Vielleicht hat sie mich auch nicht gehört. Sie senkt den Kopf – eine Bewegung, die mich in Aufruhr versetzt – und sagt: „Ich werde mein Bestes geben, um es zu schaffen."

„Denk dran, noch ist es nicht vorbei. Du bist in Gefahr."

„Nein", antwortet sie mit einer leichten Grimasse. „Solange du das Buch hast und ich den Füllfederhalter gut versteckt halte, kann uns niemand etwas antun."

Ich nicke zustimmend. Ich möchte ihr versichern, dass ich zurückkommen werde, nicht nur um ihr zu helfen, sondern um sie hier rauszuholen, aber ich komme nicht dazu. Ihr verzweifelter Schrei, als wir Max mit seinem Gefolge hinter uns wahrnehmen, zeitgleich und doch zu spät, hallt in meinen Ohren und prägt sich mir tief ins Gedächtnis.

Ich war so in ihr bezauberndes Wesen vertieft, eingehüllt in den Schleier ihres warmen Atems, dass ich nicht merkte, wie Max und Karl, begleitet von zwei Wachen mit auf uns gerichteten Gewehren, leise auf uns zukamen. Aus dem Augenwinkel sehe ich die vier geisterhaften Silhouetten, die aus den Schatten auftauchen, um sich wie hinterhältige Reptilien auf uns zu werfen und uns in Stücke zu reißen.

Die beiden Wachen stehen jetzt hinter uns und richten ihre Waffen auf uns. Sie stehen so nah, dass ich ihren Atem in meinem Nacken spüre. Karl, mit einem ekeligen Lächeln, das wie Galletropfen an seinen Lippen hängt, hält die beiden Frauen fest und Max packt meine Hand mit einer blitzschnellen Bewegung und hasserfülltem Blick.

Ich seufze und senke meinen Blick zu Boden, besiegt von meinem Feind. Max hat mich geschnappt. Ich versuche verzweifelt die Wut, die in meinen Augen brennt, zurückzuhalten.

Aus dem Augenwinkel sehe ich, wie er mich beobachtet, mit dem Blick des Arztes, kurz bevor er das Messer in sein Versuchstier steckt. Als würde er mir eine Minute des Waffenstillstandes geben, bevor er wieder angreift.

Ich nutze diese Minute und sehe Elektra und Emma an. Ihre Gesichter sind kreidebleich. Ihr Blick ist genauso panisch wie meiner.

„Idioten", höre ich Max sagen.

Der minutenlange Waffenstillstand scheint gerade zu Ende gegangen zu sein.

„Ihr streift heimlich herum wie Diebe und steckt Dinge ein, die euch nicht gehören. Nun, zu eurer Information, eure Bestrafung wird in einem angemessenen Verhältnis zu euren Handlungen stehen."

„Das Buch gehört nicht dir", antworte ich mit der Stimme eines Schauspielers, der zum ersten Mal auf einer Theaterbühne steht.

Ich frage mich, warum Max mich trotz seines Sieges stirnrunzelnd ansieht. Offensichtlich kann er seinen Sieg nicht genießen. Vielleicht gehört er zu denjenigen, denen immer etwas fehlt, die immer mehr wollen als sie haben.

„Lasst uns gehen, ich werde so laut schreien, dass sie mich unten im Dorf hören", versuche ich ihn mit dem bisschen Mut zu bedrohen, den ich noch habe.

„Jetzt habe ich aber große Angst", antwortet er ironisch. „Schau, ich habe mir sogar in die Hosen gemacht."

Seine Antwort macht mir klar, dass Max zu allem entschlossen ist und nichts von mir befürchtet. Ich schlucke und versuche mich zu beruhigen.

Während Max hinter meinem Rücken versucht, das dicke Buch aus meinem Rucksack herauszuziehen, quetschen die beiden Wächter meine Arme mit solcher Kraft, dass ich schwören könnte, ihre Hände sind aus Eisen. Sie halten mich fest, ich kann weder reagieren noch mich bewegen. Schließlich zieht Max den ganzen Rucksack mit Gewalt von meinen Schultern. Einer der Wärter entspannt seinen Griff ein wenig, damit die Gurte meines Rucksacks von meinen Armen gezogen werden können und ich unternehme einen verzweifelten Versuch, mich zu befreien. Aber die Reaktion des Wächters ist augenblicklich.

„Benimm dich", sagt er zu mir und festigt seinen Griff. „Du hast Glück, denn heute habe ich einen guten Tag. Ich habe nicht die Absicht, dir einen Arm zu brechen."

Ich drehe mich zu ihm um und will etwas erwidern, aber der frostige, trübe Blick des jungen Wächters mit dem dünnen blonden Schnurrbart, der im Dunkeln kaum zu sehen ist, vermindert meine Lust auf Gespräche. Ich versuche meinen Gedanken zu klären. Ich kann doch nicht untätig bleiben. Ich muss einen Weg finden, etwas zu tun, aber mit der Waffe eines Wächters an meinem Kopf ist das ziemlich schwierig.

Plötzlich nimmt Max die Waffe des Wachmanns und platziert sie mit dem Lauf zwischen meinen Augenbrauen.

„Sie kann ich mit diesem Gewehr nicht töten," sagt er auf Emma deutend, „aber dir und deiner Freundin kann ich eine Kugel in den Kopf jagen. Und glaube keinen Moment, dass ich zögern würde, deinen Kopf wie eine Wassermelone zu öffnen."

Er sieht mich an, als würde er bei mir Maß nehmen für einen Sarg.

Der Gedanke an Widerstand jeglicher Art vergeht mir endgültig. Es ist nicht die Angst, die mich zur Vernunft bringt. Die Angst ist nur in unseren Köpfen, sagte mein Großvater immer. Sie entsteht durch unsere Vorstellung von der unbekannten Zukunft. In meinem Fall gibt es jedoch keine unbekannte Zukunft, das ist mir jetzt klar geworden. Wenn ich das Buch nicht zurückbekomme, haben weder ich noch Elektra oder Emma eine Zukunft vor uns.

Ich spüre einen scharfen Schmerz am Rücken. Es ist der Schlag des Wächters, um mir zu zeigen, dass ich Max folgen soll, der sich inzwischen umgedreht hat und auf den Haupteingang des Schlosses zugeht, langsam und stolz wie der Hahn, der zum Stall zurückkehrt. Ich gehorche, weil ich in der Nähe von Max bleiben muss, wenn ich eine Chance haben will, das Buch zurückzubekommen.

Als wir uns von den beiden Frauen entfernen, blicke ich hinter mich. Emma und Elektra, die von Karl mit der Waffe des zweiten Wächters ruhiggestellt wurden, starren mir hinterher und bleiben als zwei kleine, dunkle Punkte in dem trübe aufdämmernden, grauen Morgen zurück.

Beim Betreten von Ludwigs Büro weist mich Max erneut an, mich auf den Stuhl neben dem großen königlichen Schreibtisch zu setzen, als wäre dieser Stuhl nur für seine Gäste reserviert.

Dann zieht er das Buch aus meinem Rucksack, legt es sanft auf die grüne Oberfläche des königlichen Schreibtisches und wirft den Rucksack gleichgültig vor meine Füße.

„Du hast bekommen, was du so sehr wolltest", murre ich und versuche mich zu konzentrieren.

Max macht einen Schritt auf mich zu und zieht die Augenbrauen hoch.

„Hattest du gedacht, das Ganze würde anders enden?"

„Warum lässt du uns nicht gehen? Warum hast du mich hierhergebracht? Wo bleiben Elektra und Emma?"

Meine Gefühle zu verbergen ist etwas, woran ich mich in den letzten Jahren gewöhnt habe. Aber jetzt fällt es mir sehr schwer, den Hass, den ich für meinen Feind und den Feind meines Großvaters empfinde, nicht zu zeigen.

Er, der meine Gedanken und Gefühle ignoriert, macht eine versöhnliche Geste. „Ich muss sicherstellen, dass es das richtige Buch ist", antwortet er, ohne sich die Mühe zu machen, das zufriedene Lächeln auf seinem Gesicht zu verbergen.

„Ich verstehe", erwidere ich gequält.

„Nein, du verstehst nicht, junger Mann. Gleich wirst du verstehen", antwortet Max rätselhaft, ohne mich anzusehen.

„Was meinst du?"

„Jetzt, wo ich das Buch wieder in meinen Händen habe, werde ich keine Zeit mehr verlieren."

Sein scharfer Blick durchdringt mich mit enormer Intensität. Ich bin erstaunt über seine schnelle Transformation, jetzt, wo er wieder im Besitz des Buches ist.

„Ich habe nicht vor, den gleichen Fehler zu wiederholen, den ich mit deinem Großvater gemacht habe. Heute wird alles vorbei sein", sagt er und schaut geradeaus, auf eine gruselige

Weise, die mich erschaudern lässt.

Mir ist klar, dass Max uns den Mund verschließen wird.

„Das kannst du nicht." Meine Stimme zittert.

„Du bist sehr schlau. Ich denke, du hast mich richtig verstanden. Ich frage mich, wer mit dir gesprochen hat. Franz oder die kleine Schlange? Obwohl es eigentlich keine Rolle mehr spielt. Der eine ist tot und die andere wird es bald auch nicht mehr geben", sagt er schulterzuckend.

Ich spüre einen Schauer im Nacken. Mein Instinkt sagt mir, dass ich von hier wegrennen muss, aber meine Beine wollen aus Angst offensichtlich nicht folgen. Doch die Wut, die wieder in mir hochkommt, ist stärker.

„Soll ich dir mal was sagen? Du bist alt. Du gehörst zur Geschichte. Du bist von allen vergessen. Du hast nicht das Recht, die Gegenwart anderer Leute zu verändern", schreie ich wütend.

Vor Zorn bekomme ich kaum mit, wie Karl leise den Raum betritt. Max nickt sofort mit dem Kopf und zeigt auf mich.

„Pack ihn zu den anderen", sagt er gleichgültig, während er das Buch in die Hand nimmt.

Das kann nicht passieren, ich darf den Raum nicht verlassen und das Buch in Max' mörderischen Händen lassen. Aber was für eine Chance habe ich gegen zwei große und starke Männer? *Keine gute*, denke ich verzweifelt. Doch schon bindet Karl mir die Hände an meine Hüften.

Die Flammen der brennenden Kerzen des Kronleuchters zittern im kalten Atem der Luft. Karl untersucht noch einmal die Knoten um sicherzustellen, dass er meine Hände gut festgebunden hat. Als er damit fertig ist, tritt er plötzlich mit seiner Stiefelspitze gegen mein Bein. Verstehen tue ich es nicht, aber überrascht bin ich auch nicht, seit er um mich ist, ist er grob und bedrohlich. Schmerzhaft verziehe ich mein Gesicht.

„Warum hast du mich getreten?", frage ich ihn.

Meine Proteste stoßen auf taube Ohren. Karl packt mich

an der Jacke und schiebt mich zum Ausgang. Als ich über die Schwelle gehe, sehe ich aus dem Augenwinkel, wie Max das Buch fast verehrend streichelt.

28. PAUL ~ Der Schlag des Schattens

Kurz bevor mein Fuß die erste Stufe der Personaltreppe erreicht, die ins Erdgeschoss und in die Küche führt, verspüre ich einen heftigen Schlag gegen den Nacken, der mich vor Schmerzen fast blind macht. Das letzte, was ich sehe, bevor ich das Bewusstsein verliere, ist ein dünnes, blasses Gesicht, das sich halb hinter langen, blonden, ungekämmten Haaren versteckt und mich angewidert anstarrt. Meine Knie taumelten eine Weile, als wäre ich betrunken, und dann kollabierte ich.

Dieselbe Person sieht mich immer noch an, als ich aus der Bewusstlosigkeit zu mir komme und meine Augen öffne. Ich habe das vage Gefühl, dass mir dieses knochige Gesicht vertraut ist, aber mein Blick ist noch trüb und das hilft mir nicht gerade beim Erinnern. Ich versuche aufzustehen, aber ein stechender Schmerz lässt mich zurück auf den Boden sinken.

„Endlich. Ich hatte angefangen zu glauben, dass du noch einige Stunden schlafen würdest", knurrt der Fremde, als er sich daran macht, meine Hände loszubinden und mir beim Aufstehen zu helfen.

„Hast du mich geschlagen?"

„Ja, aber ich hätte nicht erwartet, dass du in Ohnmacht fallen würdest. Ich wollte dich eigentlich nur ruhigstellen, bis ich mit Karl fertig bin", sagt er und schaut sich vorsichtig um. Es dauert ein paar Sekunden, bis er mich wieder ansieht.

„Wir haben nicht viel Zeit. Fräulein Emma ist in Schwierigkeiten und wir beide sind die Einzigen, die ihr helfen können", sagt er mit ernster Stimme.

„Wer bist du? Was willst du von mir?"

Ich stelle die Frage, obwohl ich keine Hoffnung auf eine Antwort habe.

„Du bist Paul, wenn ich mich richtig an deinen Namen erinnere, Schneiders Enkel, wie Emma mir erklärte, als sie mich um Hilfe bat. Ich kannte deinen Großvater nicht. Ich glaube nicht, dass ich ihn jemals getroffen habe – nicht, dass ich mich an ihn erinnert hätte, wenn ich ihn gesehen hätte. Mein Name ist Bastian Schwarz", stellt er sich in einem eher freundlichen Ton vor, als wäre sein Angriff nicht vorausgegangen.

Ich erinnere mich, dass Emma seinen Namen erwähnt hat. Ich hebe meinen Kopf und sehe ihn an. In dem Moment, in dem sich unsere Blicke treffen, erkenne ich ihn.

„Du? Der Füllfederhalter hat dich gestern Nachmittag angegriffen. Ich habe gesehen, wie Emma dich blutüberströmt und halb ohnmächtig weggetragen hat. Was ist los? Wo sind deine Wunden?"

„Ruhig, mein Freund. Dies ist nicht der richtige Zeitpunkt für all dies. Wir müssen uns beeilen, um die beiden Frauen zu holen, bevor Karl zu sich kommt."

„Wo sind sie? Wo werden sie festgehalten?"

„Im Untergeschoss."

Er sieht mich interessiert an und lächelt schwach. „Hast du dich erholt? Wie fühlst du dich?"

Ich möchte ihm sagen, wie schlecht ich mich fühle und wie meine Kopfschmerzen die Dinge verschlimmern, aber da ich mich an seine blutige Brust erinnere, halte ich mich zurück. Ich nehme an, ihm ging es nach dem Angriff des Füllfederhalters gestern Nachmittag auch schon mal besser. Ich frage mich, ob an diesem Ort jemals etwas Vernünftiges passiert.

„Ich könnte dich das Gleiche fragen, aber ich vermute, dass es bei deiner schnellen Genesung um..." Ich höre abrupt auf, weil ich nicht weiß, wie viel er von dem weiß, was Emma mir erzählt hat.

Als ich mich anschicke ihm zu folgen, fällt mir zum ersten Mal ein paar Meter weiter auf der gegenüberliegenden Seite des Korridors eine dunkle Masse auf dem Boden auf, die wie ein menschlicher Körper aussieht.

„Karl", sagt Bastian teilnahmslos und gelassen, als er meinem Blick folgt.

Ich starre Karls bewusstlosen, zusammengerollten Körper weiter an.

„Ist er tot?", frage ich.

„Obwohl mir das lieber wäre, aber nein, er ist nicht tot. Ich hoffe jedoch, dass die Kräuter von Frau Hofbauer, die ich ihm in die Schnauze gerieben habe, ihn solange schlafend halten, bis wir Fräulein Emma und deine Dame gerettet haben."

Gleichzeitig sind schwere Schritte am anderen Ende des Ganges zu hören. Bastian bückt sich und hebt Karls bewusstlosen Körper ohne Verzögerung an, obwohl nur einer seiner Arme vollständig zu funktionieren scheint. Er lädt ihn auf seine Schultern.

„Beeil dich", ruft er. „Folge mir, wir müssen uns verstecken, bis die Wächter vorbeigelaufen sind."

Wir steigen die Treppe zum nächsten Stock hinunter. Wir biegen links ab, nach ein paar Metern hält Bastian vor einer geschlossenen Tür.

„Öffne sie, schnell. Sie ist nicht abgeschlossen. Ich bin sicher, die Wachen haben uns gehört und sind hinter uns her", sagt er, während er um Atem ringt.

Das Gewicht strengt seinen schwachen Körper offenbar an, aber es scheint ihn nicht zu kümmern. Als er meinen verwirrten Blick sieht, erklärt er schnell: „Es ist mein Zimmer. Es ist leer. Keiner von ihnen kann mit mir im selben Zimmer schlafen."

Obwohl ich die Bitterkeit in seiner Stimme wahrnehme, weiß ich, dass dies nicht der richtige Zeitpunkt für Diskussionen ist, also halte ich den Mund und tue, was er mir sagt. Ich drehe den Türgriff, der wie die Miniatur eines

Schwans geformt ist, und die Tür öffnet sich. Wir betreten einen dunklen, eisigen Raum, der muffig riecht. Ich halte leise den Atem an. Bastian schließt leise die Tür hinter sich und lässt mit einem Seufzer den bewusstlosen Karl auf den Boden fallen, vor die beiden Einzelbetten. Ich betrachte Bastian in dem kargen Licht, das durch den Spalt unter der Tür in den Raum gelangt. Sein Gesicht sieht müde aus, aber seine Augen leuchten in der Dunkelheit wie zwei Scherben eines zerbrochenen Spiegels.

Schweigend schiebt er Karls Körper mit zitternden Händen unter ein Bett. Mit seinem Blick zeigt er auf das Bett neben mir. Ich verstehe schnell, was er damit meint. Schnell krieche ich so tief ich kann unter das Bett und lasse Raum für Bastian, der mir folgt.

Er gibt mir ein Zeichen, still zu sein. Wir bleiben stumm und lauschen unserem Atem, bis das Geräusch der Wachen unsere Ohren laut und klar erreicht. Ich halte meinen Atem an, als sich die Zimmertür öffnet. Schwere Schritte nähern sich uns und leichte Schatten gleiten mit ihnen in den Raum. Bastian neben mir atmet schwer und unregelmäßig wie ein Gefängnisflüchtling, der vor seinen Verfolgern davonläuft.

Die Schritte kommen näher. Jemand steht zwischen den beiden Betten. Ein Paar schwarz glänzender Stiefel bleibt vor unseren Augen stehen und geht dann langsam zurück zur Tür. Als der Wachmann den Raum verlässt und die Tür hinter sich schließt, kommt ein erleichterter Seufzer über meine trockenen Lippen.

Wir schlüpfen aus unserem Versteck und warten einige Sekunden, bis das Geräusch der Schritte nicht mehr zu hören ist. Ich sehe Bastian an und mir fällt auf, dass er noch nicht normal atmet. Es sieht erschöpft aus. Seine Brust bewegt sich unter seinem weiten Hemd schnell auf und ab.

„Geht es dir gut?", frage ich ihn.

Er antwortet nicht und öffnet stattdessen das Hemd. Eine frische, rötliche Wundnaht läuft senkrecht von seinem Hals bis zum Bauchnabel. Die Fäden glitzern schauderhaft auf seiner kalten Haut. Seine Stimme klingt hart als er spricht, und in seinen Augen glüht ein kalter Glanz.

„Nimm Emma mit dir, wenn du gehst", sagt er. „Sie muss gehen, bevor sie ihre Seele verliert."

Seine Worte brennen wie griechisches Feuer, das alles auf seinem Weg zerstört.

Ein paar Minuten später schultert Bastian wieder den bewusstlosen Karl und wir verlassen den Raum.

Die Wachen sind nirgends zu sehen.

Wieder überqueren wir den Flur bis zur Personaltreppe. Vor mir trägt Bastian geduldig seine Last auf den Schultern, ich laufe hinter ihm und schaue mich ständig ängstlich um.

Wir gehen in den Keller des Palastes hinunter, wo wir von Frost und Dunkelheit begrüßt werden. Ich kann nicht viel jenseits meiner Nase sehen. Die Sicherheitslichter leuchten schwach und ihre sanften Strahlen fallen nur an bestimmte Stellen. Die Dunkelheit machte es Bastian wahrscheinlich leichter, Karl und den Wachmännern unbemerkt zu folgen, als sie Elektra und Emma herunterbrachten.

„Hier", flüstert Bastian und bleibt ein paar Meter nach der letzten Stufe abrupt vor mir stehen. „Ich war hier im Dunkeln versteckt, als sie sie brachten", erklärt er mit schmerzverzerrter Miene.

Vor Erschöpfung und wegen der Dunkelheit stolpere ich und stoße unsanft an Bastian. Der verliert für eine Sekunde das Gleichgewicht, fängt sich aber und fällt zum Glück nicht um.

Jetzt sehe ich auch, dass sich direkt vor uns eine Tür befindet.

Ich versuche sie zu öffnen, schaffe es aber nicht, weil sie abgesperrt ist. Bastian lässt Karl heruntergleiten und platziert ihn sitzend mit dem Rücken zur Wand. Das dumpfe Geräusch, das wir direkt danach hören, sagt uns, dass der schlafende Karl zur Seite gefallen ist.

Bastian zieht mit seiner guten Hand eine kleine, eiserne Klinge aus der Tasche seiner Lederhose und bricht gekonnt das Türschloss auf.

Er zieht Karl an den Schultern hinein und gibt mir ein Zeichen, ihm zu folgen. Das schwache Licht, das sich bemüht den Raum zu erhellen, kommt von den zwei Kerzen, die in kleinen Kerzenständern auf einer Holzbank auf der linken Seite des Raums brennen. Die Schatten von mehreren Kleiderstapeln, die wie kleine Hügel in verschiedenen Ecken des Raumes verstreut sind, stehen wie riesige Berge an den Seitenwänden, bereit uns zu zerdrücken. *Seltsam, so wenig Licht und doch hat es die Kraft, so große Schatten zu erzeugen*, denke ich. Aber bevor ich mich richtig umgesehen habe, versinkt der Raum in Dunkelheit. Der Luftzug, erzeugt durch die hinter uns schließende Tür, löscht das schwache Licht der Kerzen.

Die Dunkelheit, die uns umgibt, kommt nicht allein. Auf einmal hören wir unheimliches, verzweifeltes Stöhnen, Knirschen, Knarren und Schleifen auf dem Boden; Geräusche, die mich lähmen und unfähig machen, logisch zu denken. Ich habe große Angst, dass ich weiß, woher sie kommen, aber ich möchte es nicht glauben. In der Dunkelheit macht mich die Angst verrückt.

In diesem dunklen Lagerraum, in dem sich ein muffiger, abgestandener Geruch ausbreitet, von dem mir ganz schlecht wird, droht unser Versuch zu scheitern, mit Emmas Hilfe aus dem Schloss zu fliehen und das Buch mitzunehmen.

Glücklicherweise zündet Bastian schnell die Kerzen wieder an. Es dauert ein paar Sekunden, bis sich meine Augen an das Licht gewöhnt haben. Währenddessen höre ich Bastians Bemühungen, Karl zu wecken.

„Steh auf", schreit er schroff und tritt ihm ans Bein.

Karl protestiert nur schwach. Bastian zieht ihn an der Weste, um ihn zum Stehen zu zwingen.

Karl hat keine Kraft zu widersprechen. Er versucht mit Knien und Ellbogen aufzustehen, aber Bastian zieht ihn hoch und lässt ihm keine Zeit, seine Balance zu finden.

„Steh aufrecht", schreit er und versucht ihn mit ein paar

Stoffstreifen, die er vom Boden genommen hat, an eines der Eisenregale an der Wand zu binden. „Komm zu dir! Ich habe eine Aufgabe für dich. Dein verschlafender Blick wird dir dabei nicht helfen."

Ich blicke umher und suche nach den zwei Frauen. Und tatsächlich, am anderen Ende des Raumes sitzen Elektra und Emma sehr nahe beieinander, geknebelt und an Händen und Beinen gefesselt, und starren mich erschrocken an. Vollkommen überrascht bin ich jedoch von der Anwesenheit des Schwans.

Der arme Schwanhold, der in der Nähe der beiden Frauen mit einer dicken Silberkette um den Hals an ein Tischbein angebunden ist, steht auf einem Fuß, während der andere hinter seinem Rücken versteckt ist. Sein roter Schnabel ist fest mit einem großen Stück Stoff zugebunden und seine aufgerissenen Augen betrachten mich erwartungsvoll.

Ich nähere mich ihnen mit Mühe. Meine Knie zittern vor Wut und meine Beine halten mich kaum.

Aus Emmas geknebeltem Mund kommt ein Stöhnen, das mich noch wütender macht. Ihr trauriger Blick fällt auf meinen Rücken, dahin, wo mein Rucksack stundenlang hing. Jetzt fehlt er. Ihr blasses Gesicht wird noch weißer als das Handtuch, das Karl in ihren Mund gesteckt hat, als ihr dämmert, was passiert sein muss.

„Du hattest recht", stottere ich, ohne den Mut zu finden, ihr in die Augen zu schauen. „Ich hätte dir das Buch geben sollen, als du danach gefragt hast. Jetzt hat es Max."

29. MAX ~ Die verlorene Seite

„Verfluchte kleine Schlange", schreit Max wütend. „Woher weiß sie Bescheid? Wer hat mit ihr gesprochen?"

Minutenlang schreit er hysterisch, sein Gesicht ist feuerrot und er brabbelt unverständliche Worte, als wäre er plötzlich vom furchterregendsten und schrecklichsten Dämon der Hölle besessen.

Er hält das Buch in den Händen, kann aber seinen Sieg nicht genießen. *Diese kleine Schlange, von der nur Gott weiß, aus welcher Geschichte sie gekommen ist, hätte das Buch fast aus dem Schloss gebracht und meine Pläne zerstört. Ich muss ihre verdammte Seite finden*, denkt er wie ein hungriger Wolf, der das Schaf wittert, aber es nicht sehen kann, *um sie in tausend Stücke zu zerreißen.*

Er dreht das Buch in seinen Händen und betrachtet es so nachdenklich wie ein unentschlossener Leser, der sich nicht entscheiden kann, ob der Inhalt des Buches seinen Erwartungen gerecht wird oder nicht. Und doch kennt er den Inhalt. In den ersten Jahren hat er es unzählige Male gelesen und erinnert sich noch heute an die meisten der Geschichten, die seine vergilbten Seiten beherbergen.

Er öffnet es und blättert eilig, um die Geschichte zu finden, in der der Name der kleinen Schlampe erwähnt wird, aber es ist nicht einfach, sie zu finden. Es ist keine Überraschung, dass dieses Mädchen ihm völlig unbekannt ist. Wahrscheinlich ist sie eine völlig unwichtige Person, fast nicht existent, irgendeine verwaiste Bastardin, die zufällig zu ihnen gekommen ist, wie ein kleines Stück Dreck, das sich in den Spinnweben in irgendeiner dunklen Ecke eines Raumes verfangen hat. Die Erwähnung eines einzigen Wortes in einer Geschichte hat sie zum Leben erweckt.

Er resigniert nicht, er hat noch Zeit, diese Seite zu entdecken. Dringender ist mit ihr zu reden, um herauszufinden, ob diese Schlampe schon mit anderen gesprochen hat.

Er holt tief Luft, versucht sich zu beruhigen und seine Gedanken zu ordnen. Er darf keine Zeit verlieren. Er hat nicht vor, sein Leben von zwei Kindern und einer Frau in einen rastlosen Traum verwandeln zu lassen. Einer von jenen Träumen, die einen dazu bringen, sich nachts stundenlang wie eine verdammte Seele zu wälzen, hilflos und unfähig, seine Probleme zu lösen.

Er ist dabei, das Buch zu schließen, als er bemerkt, dass die erste Seite fehlt. Das autobiografische Vorwort desjenigen, der das Buch geschrieben und ihre Welt erschaffen hat. Seiner Majestät, ihres verrückten Königs. *Der König, an den sich noch immer alle mit Liebe und Nostalgie erinnern*, denkt er zitternd, als der Biss der Eifersucht seine Haut durchdringt. Die Seite fehlt, auf der normalerweise der Name des Autors steht.

„Verfluchter Franz", grollt er wütend. Seine Worte kommen mit einem solchen Hass und einer solchen Bosheit aus seinem Mund, dass sie Franz Schneider hätten töten können, wenn der nicht bereits gestorben wäre. „Wie zum Teufel hast du es herausgefunden? Wer hat dir das gesagt? Wie ist es möglich, dass du das wusstest? Hast du mit der kleinen Schlange gesprochen?"

Er glaubte immer, dass ihre geheime Welt sein eigenes Geheimnis sei, das sein Herz stärkte und ihm die Kraft gab, das Unmögliche zu erreichen. Als er die Macht der Schöpfung erkannte, die aus Ludwigs Geschichten hervorging, dauerte es nicht lange, bis er erkannte, dass er das unverständliche Ereignis zu seinem Vorteil nutzen konnte. Er musste nur nach seinem Tod im Schloss sein.

Der Geruch allein, der von der Idee der Unsterblichkeit

kam, zog ihn sofort an, wie die Blüten der wohlriechendsten Blume die Biene anzieht. Er war immer gierig; die Unsterblichkeit, die ihm nur durch das Erwähnen seines Namens als einer der charismatischsten Maler zuteil werden würde, reichte ihm nicht aus. Sein Herz war mit dem verführerischen Aroma der ewigen Existenz getränkt und von diesem Moment an begann sein Verstand, ohne die geringste Reue dunkle und beängstigende Gedanken zu erzeugen.

Und dann dachte er sich eine der cleversten und bösesten Ideen zugleich aus, die sein Gehirn je vollbracht hatte. Er musste viel Arbeit und Geduld in diese Idee stecken, aber das Ende versprach eine würdige Belohnung.

Er verlor keine Zeit. Sofort setzte er die erste Phase seines Plans um, in der er Ludwig auf die Idee bringen musste, ihn in einer seiner Geschichten zu erwähnen. Immer in den frühen Morgenstunden, wenn der König sich ins Schlafzimmer zurückzog, glitt er wie ein Schatten in das Büro Seiner Majestät, um dessen Manuskripte zu lesen.

Irgendwann passierte das Wunder, nach dem er sich so sehr gesehnt hatte. Er hielt in seiner zitternden Hand die Seite, auf der sein Name stand. In aller Stille ließ er die heißen Freudentränen der Erleichterung einfach laufen. Ohne zu wissen, was genau er tat, begann er die Seite wie verrückt zu hüten, die sich auf eine Wandmalerei, eine Gruppenarbeit bezog, die sich zu dieser Zeit mit der Komposition „Episoden aus dem Leben der mittelalterlichen Reisigen" am Eingang des Schlosses befasste. Seine Majestät war von der Wandmalerei so begeistert, dass er die Namen ihrer Schöpfer erwähnte. Als Ludwig ihn in seinem Buch nannte, schenkte er ihm automatisch mit einer einzigen Seite die Ewigkeit, nach der er sich so sehr sehnte. Er würde für immer auf der Erde bleiben, nicht nur sein Name, sondern auch er selbst, nachdem sein Körper gestorben war.

Die zweite Phase seines Plans begann kurz nachdem Ludwig von der Burg entfernt worden war. Ein paar Tage zuvor hatte der Verlag, der das einzige Exemplar herausgegeben hatte, das Buch für Seine Majestät in das Schloss geschickt und der König hatte es seit diesem Tag nicht aus den Händen gelassen. Wie sehr er Ludwig in diesen wenigen Tagen hasste, weil er seinen kostbaren Schatz für sich behielt, überraschte sogar ihn selbst.

An dem Tag, an dem Ludwig aus dem Schloss geholt wurde, fand er inmitten der allgemeinen Unruhe schließlich die Gelegenheit, das Buch aus dem Schlafzimmer des Königs zu entwenden, bevor es irgendjemand anderes tun und im Hass zerstören könnte, so wie in den nächsten Tagen die meisten persönlichen Gegenstände des toten Königs zerstört worden waren.

Zu diesem Zeitpunkt, gerade als er angefangen hatte, sich Gedanken darüber zu machen, wie er die Eindringlinge aus der Burg vertreiben sollte, also diejenigen, die nicht von Ludwigs Füllfederhalter erschaffen waren, kam die Lösung von der neu gebildeten Regierung des Staates. Wenige Tage später traf aus München eine Namensliste aller Arbeiter im Schloss ein, die aufgefordert wurden, dieses zu verlassen und in einer zuständigen Münchner Dienststelle zu erscheinen, wo sie für ihre Arbeit entschädigt werden sollten. Neuschwanstein würde schließen und ihre Dienste wurden nicht mehr benötigt.

Max war mit Geduld bewaffnet und wartete darauf, dass der letzte Mann das Schloss verließ. Und als das erledigt war, sammelte er alle übrig gebliebenen, die der Füllfederhalter geschaffen hatte, und sorgte dafür, dass sein Einfluss unter ihnen zunahm. Es war nicht schwer. Es gibt immer Opfer, die irregeführt werden wollen.

„Ich arbeite für euch. Ich kämpfe für euer Bestes", sagte er und sah die Silhouetten aus Tinte an, die sich gegenseitig anstarrten. „Ihr habt nichts zu befürchten, solange ich hier bin."

Er versicherte ihnen, dass seine harte Arbeit ihre Arbeitsplätze gesichert hatte. Solange er da war, hatten sie nichts zu befürchten. Er habe die nötigen Zusicherungen der neuen Regierung erhalten, dass Seine Majestät bald zurückkehren würde. Sie ernannten ihn sogar zum Verantwortlichen für das reibungslose Funktionieren des Schlosses, bis ihr König endlich wieder gesund wurde. Die Musiker sollten weiter komponieren und spielen, die Maler und Architekten weiter schaffen und das Schlosspersonal dafür sorgen, dass das Schloss bis zu seiner Rückkehr in gutem Zustand blieb.

„Diejenigen, die gehen sollten, sind bereits gegangen. Die Künstler und Schöpfer unter uns, die beschlossen nach München zurückzukehren, taten dies. Kehrt ohne Angst und Sorge zurück zu euren Aufgaben und beweist mir, dass sich das Katzbuckeln vor den neuen Regierungsbeamten gelohnt hat und ihr weiterhin hier arbeiten dürft."

Zufrieden mit der Sicherheit, die er ihnen versprach, hatte niemand etwas zu sagen, niemand erhob den geringsten Einwand. Sie waren zu Arbeitern geworden, die er mit Sicherheit und Hoffnung bezahlte.

Es änderte sich also nichts im Leben der Schlossbewohner, die im Glauben lebten, dass Ludwig irgendwann zurückkehren würde.

Seine Eitelkeit wuchs von Tag zu Tag, als sein Plan, die Schöpfungen des Füllfederhalters und ihre Welt auszulöschen, bevor die Menschen außerhalb des Schlosses ihre Existenz entdeckten, unfehlbar aufzugehen schien. Er war völlig davon überzeugt, dass er als einziger Überlebender ihrer Welt nicht Gefahr laufen würde, sein Geheimnis zu lüften, und dass er in Zukunft die Früchte seiner gegenwärtigen Bemühungen ernten würde.

Er fing an fieberhaft eine Liste der Kreationen des Füllfederhalters zu erstellen, aufgeführt in der Reihenfolge der Notwendigkeit ihres Daseins.

Leider tauchten die Hindernisse dort auf, wo er sie nicht erwartet hatte.

Sechs Wochen nach Ludwigs Tod, bevor er seinen ersten geplanten Schritt ausführen konnte, wurde das Schloss für die

Öffentlichkeit geöffnet. Aufgrund der finanziellen Probleme der neuen Regierung konnte jeder mit einem Ticket für zwei Mark ungehindert und unkontrolliert im Schloss herumlaufen. Sein Plan erhielt einen schweren Schlag. Die Leute im Schloss durften nicht mit den Besuchern von außen in Kontakt kommen. Genauso durften die von außerhalb nichts über die Existenz der Menschen im Schloss erfahren. Niemand durfte von ihnen wissen, denn dann würde er seinen Plan nicht ausführen können.

Sehr bald kam er auf die Lösung, nämlich die Schlosswelt von der Außenwelt zu isolieren. Bevor die ersten Transportunternehmer aus München auftauchten, um viele Möbelstücke des Schlosses zu holen und die öffentlichen Räume zu leeren, hatte er den Befehl erteilt, der das Leben der Schlossbewohner auf den Kopf stellte: Tagsüber schlafen und nachts leben.

Mit teuflischen Mitteln, leeren Versprechungen und Erpressungen, wo er es für nötig hielt, zog er die Wächter des Schlosses auf seine Seite, um ihm bei der Umsetzung dieses unerhörten Gebotes zu helfen. Letztendlich hat er es geschafft, das Leben der Schlossbewohner ohne ernsthafte Einwände zu ändern.

Seine Ideen formten ihre neue Realität. Die Bewohner des Schlosses wurden zu einem Leben überredet, das aus der Nacht ihren Tag machte, getrieben von der Hoffnung, ihr Heldenkönig würde als Sieger zurückkehren und sie aus der Dunkelheit zurück ans Tageslicht bringen.

Er erkannte schnell, dass die Menschen der Außenwelt, die das Schloss besuchten, sie aus irgendeinem Grund nicht sehen konnten, aber er war sich sicher, dass die verantwortlichen Beamten den übermäßigen Verbrauch von Strom und Wasser in einem verlassenen Schloss, sowie die Müllberge, die sich jeden Morgen türmten, bemerken würden. Er musste ihre unsichtbare Anwesenheit verbergen, bevor die Schlossbeamten sie auch nur zu ahnen begannen.

Auf seiner Suche fand er neben den ahnungslosen

Schlosswächtern, die bereits in seinen Dienst gestellt worden waren, zwei weitere willige Gefährten. Karl und Eva. Er offenbarte ihnen nur einen Hauch Wahrheit und versprach ihnen, sie in die reale Welt mitzunehmen, um das wirkliche Leben kennenzulernen.

„Wir müssen sie beobachten, um jederzeit zu wissen, was sie tun und was sie denken", sagte er in ernstem Ton, um die Bedeutung der Aufgabe zu betonen, die er ihnen zugewiesen hatte.

„Sollen wir sie beobachten?", fragte Eva. „Ist das richtig?"

„Eva, meine Liebe", unterbrach er sie und sah sie mit einem undurchdringlich dunklen Blick an. „Wir werden es für einen guten Zweck tun. Ich versichere dir, dass dies seit Beginn der Erschaffung unserer Welt immer der Fall war. Es gibt immer jemanden, der die Menschen zu ihrem eigenen Wohl beobachtet. Wir werden ständig von jemandem beobachtet. Einige nennen es übergeordnete Macht, andere Gott, andere Allah oder Buddha. Niemand bleibt im Leben unbemerkt."

„So gesehen klingt es überhaupt nicht beängstigend", murmelte Karl.

Max wartete viele Jahrzehnte, um die vom König geschaffene Welt zu zerstören, und lebte im Schloss ein Leben, das langweilig war wie eine fade Krautsuppe. In den frühen Jahren war er in ein bedeutungsloses Alltagsleben versunken, umgeben von den Problemen seiner Welt, die ihm nur leichte Freude bereitete. Diese Welt war nicht wie die reale Welt. Er hatte sie einmal gekannt und jetzt vermisste er sie immens.

In der Zwischenzeit änderte sich in der Außenwelt ständig etwas. Das Königreich existierte seit 1918 nicht mehr.

Die Welt außerhalb des Schlosses nannte sich jetzt Deutschland und Bayern war nur ein Teil dieses Landes. Und Franz Schneider erschien in seinem Leben, der mysteriöse Typ, der von seinem ersten Besuch im Schloss an zu seinem großen, ungelösten Problem geworden war, eine Plage, die er nie zu beseitigen schaffte.

Franz war noch ein Kind gewesen, als das Buch in seine Hände geraten war, und all die Pläne bedrohte, die Max sich ausgedacht hatte. Als er das dünne, lächelnde Kind mit dem Buch in den Händen sah, war er kurz vorm Durchdrehen. Und als das unbekannte Kind mit seiner Familie das Schloss verließ und das Buch mitnahm, versank er in Verzweiflung. Sein benebelter Verstand bemühte sich, einen Weg zu finden, das Buch von dem verflixten Jungen zurückzubekommen, der seine Welt auf den Kopf gestellt hatte. Er schwor ihn zu suchen und zu finden, sich zu rächen, ihm den Schädel einzuschlagen und ihn einen Kopf kürzer zu machen. Er verbrachte schlaflose Nächte und ließ seinen Hass gegen den jungen Unbekannten wachsen, so wie er es einst schon mal mit einem anderen verhassten Menschen getan hatte, dessen Erinnerung immer wieder Ekelgefühle in ihm auslöste.

Glücklicherweise hielt seine Verzweiflung nicht ewig an, denn der junge Franz fing nach zwei oder drei Jahren an, ziemlich oft im Schloss zu erscheinen und gelassen zwischen ihnen herumzuspazieren. Er fragte sich nie, wie es seinem jungen Feind gelungen war, das Schloss nachts zu besuchen, weil er vermutete, dass vor allem das Buch dabei geholfen hatte. Dieser Fakt ermutigte ihn und ein paar schwache Strahlen der Hoffnung durchbohrten die grauen Wolken, die seine Seele erstickt hatten. Wie ein hungriges Raubtier lauerte er auf den nächsten Besuch von Franz in der Hoffnung, dass der junge Mann das Buch mitbringen würde. Und das Wunder geschah.

Beim ersten Mal gelang es ihm, es zurück zu bekommen. Doch beim zweiten Mal war es unmöglich gewesen. Mit der Zeit wurde Franz erwachsen und er selbst musste verängstigt zusehen, wie er sich in einen gefährlichen Mann verwandelte, mit dem Körper eines starken Kämpfers und breiten Schultern. Sein Blick war mal hart und bedrohlich, mal verachtend und gleichgültig. Franz kam immer wieder ins

Schloss zurück, doch das Buch brachte er nicht wieder mit. Und Max verfolgte ihn weiter und stellte fest, dass sein Gegner schlau und listig war. Er hatte oft mit Entsetzen festgestellt, dass Franz einen teuflischen Polizeiinstinkt hatte, der ihn immer zum richtigen Ort führte, wie in der Nacht, als er ihn in der Asche des großen Kamins wühlend ertappt hatte. Und während er ihn anstarrte und sich fragte, was er dort suchte, drehte Franz sich einfach um und verließ den Raum.

In dieser Nacht wurde ihm klar, dass Franz zum ernsten Gegner geworden war, zum Feind, der drohte seine Pläne zu ruinieren. Er war der einzige Mensch, der sie entdeckt hatte. Es erforderte viel Kraft und Schlauheit, um ihn zu besiegen.

Er beschloss seine Taktik zu ändern. Er hörte auf ihn zu belauern und entschied sich ihn direkt zu konfrontieren. Er trat aus den Schatten und zeigte dem Gegner sein Gesicht im hell leuchtenden Kerzenlicht. Er machte unzählige Versuche, sich mit Franz anzufreunden, aber dieser lächerliche Typ entkam ihm immer wie ein Aal. Frustriert begann er Gerüchte über Franz zu verbreiten, aber vergebens. Erschrocken stellte er fest, dass Franz sich wie ein Narr benahm, den nichts verletzte. Wann immer er im Schloss auftauchte, er sorgte dafür, dass sie sich nicht trafen. Wie eine Maus versteckte er sich und lief von einem Raum zum anderen und wenn sie sich doch mal begegneten, waren sie nie allein.

Doch irgendwann lächelte sein Glück. Und zwar, als er aus Versehen entdeckte, dass er seine Pläne mit Hilfe des Füllfederhalters weiter umsetzen konnte. Von da an waren ihm Franz und das gestohlene Buch völlig gleichgültig. Ludwigs Füllfederhalter wurde sein wertvoller Assistent bei der Ausführung des endgültigen Plans, obwohl dieser Weg mehr Zeit in Anspruch nahm. Aber das war sowieso egal, die Zeit war für ihn und die Bewohner des Schlosses nie ein Problem. Zeit war im Gegenteil eher sein Freund, denn sie wurde großzügig und unbegrenzt gegeben.

Max kommt zu sich und sieht sich aufgeregt um, als ob

die Erinnerung an die Ereignisse der Vergangenheit den Raum plötzlich mit Geistern gefüllt hätte. Ihm stockt der Atem und er versucht mit schnellen Zügen Luft zu holen. Die Geister, die ihn erschrecken, sind die der Abwesenheit und des Verlustes, und sie sind heimlich und still vor ihm erschienen, ohne dass er es bemerkt hatte, so wie der Schimmelund die Feuchtigkeit sich tückisch an der Wand verbreiten.

30. MAX ~ Vergessene Geister

Der Geist von Katharina, der nach so langer Zeit unerwünscht und plötzlich erscheint, durchwühlt seine Eingeweide und bereitet ihm Übelkeit. Sein Magen brennt, als hätte er ein Stück heißes Eisen verschluckt. Die Schweißtropfen, die ihm den Rücken hinunterlaufen, fühlen sich eisig kalt an. Was auch immer ihm gerade widerfährt, er hat es nicht verursacht. Es passiert einfach von allein und es macht ihm furchtbare Angst. Sein Körper kämpft, um Widerstand zu leisten, aber sein Verstand beginnt ängstlich zwischen seinen vergessenen Erinnerungen hin und her zu springen, als suche er nach dem verborgensten Geheimnis der Welt. Er ringt mit Wut und Manie, hin- und hergerissen zwischen seinem Zweifel und dem Wunsch, zumindest kurz im Geist in diese Zeit zurückzukehren und sie noch einmal zu erleben.

Aber als er sich dazu entscheidet, wird ihm klar, dass es gar nicht leicht ist, sich zu erinnern. Die Jahre, die vergangen sind, ohne dass er diese Erinnerungen jemals aufgerufen hatte, haben eine undurchdringliche Mauer um sie gelegt. In all dieser Zeit hatte er sich selbst davon überzeugt, dass diese Welt, die in den dunkelsten Winkeln seines Geistes verborgen ist, verschwunden war. Es gibt sie weder für diejenigen, die im Schloss leben, noch für diejenigen außerhalb. Die verstreuten Erinnerungen, die sich dort befinden, sind nichts als Überreste, Leichen, Relikte eines verschwundenen Zeitalters.

Die Tatsache, dass er die Welt zum ersten Mal an einem sehr wichtigen Tag gesehen hat, spielt keine Rolle mehr. Er hat fast vergessen, dass er zum ersten Mal seine Augen in Nürnberg geöffnet hat, an einem kalten und regnerischen

Morgen des 8. Dezembers im Jahre 1835. An diesem Tag wurde die erste Eisenbahnlinie in Bayern eröffnet, die sechs Kilometer von Nürnberg nach Fürth führte. Es war der Tag, an dem die „Adler", die erste Lokomotive der Firma Stephenson and Company aus Newcastle England, ihre erste kleine Jungfernfahrt machte.

Er war das fünfte Kind einer ländlichen Familie. Eine Familie, die für ihn nie zu existieren schien. Er kannte weder seine Eltern noch seine vier älteren Geschwister wirklich. Er lebte nicht lange bei ihnen und während er dort war, waren seine Gedanken sowieso ganz woanders.

Im Alter von dreizehn Jahren verkündete er eines Tages seiner Familie, dass er Maler werden würde. Er dachte, er würde sie damit überraschen, aber tatsächlich verwunderte es niemanden. Seine Eltern, als wären sie schon lange auf diese Ankündigung vorbereitet gewesen, hatten keine Einwände geäußert. Sie wussten, dass Max früher oder später gehen würde. Sie wussten, dass sie ihn irgendwann verlieren würden. Sie hatten es erwartet, seit sein Lehrer ihnen mitgeteilt hatte, dass ihr Sohn für große Dinge bestimmt war. „Der Kleine ist im Zeichnen außerordentlich talentiert", hatte der Lehrer gesagt. „Ich sehe es oft im Unterricht. Anstatt zu lernen, verbringt er unzählige Stunden damit, mit einem Bleistift auf dicken Blättern zu zeichnen."

Sein Vater hatte eine Schwester, die seit vielen Jahren verwitwet war und allein in München lebte. Er schickte seinen Sohn zu ihr. So zog Max 1850 nach München, in das Stadtviertel Schwabing. Tante Elisa hatte keine eigenen Kinder, aber reichlich Geld geerbt von ihrem Ehemann, Theodor Bauer, einem der größten Kaffeeimporteure Bayerns, der sich stets bemüht hatte, ein gutes Bündel Geld für seine Rente zu sichern. Leider hatte der Onkel es nicht geschafft, seine Rente zu genießen. Stattdessen genoss Tante Elisa von ganzem Herzen und mit ihrem Löwen-Temperament seine Rente und lebte in einem luxuriösen, neugotischen Herrenhaus in Schwabing, dem berühmtesten Stadtteil, der sich in jenen Jahren ins Montmartre Münchens zu verwandeln versuchte. Die Tante hatte alles richtig gemacht, da sie sich leicht in die gute Gesellschaft Münchens eingelebt hatte. Max blieb bei ihr und sah seine Eltern und Geschwister nie wieder.

Obwohl Tante Elisa versuchte, ihn in das Münchner Gesellschaftsleben zu integrieren, zeigte er kein Interesse daran und konzentrierte sich stattdessen auf sein Ziel. Der einzige Wunsch seiner Tante, gegen den er nichts einzuwenden hatte, war, dass er das Maximiliansgymnasium in Schwabing besuchte, das erst ein Jahr zuvor, im Mai 1849, seinen Lehrbetrieb aufgenommen und bereits einen guten Ruf erlangt hatte.

In seinen ersten Jahren in München besuchte er das Gymnasium, blieb für sich und wollte mit niemandem Kontakt haben. Er war kein einfacher Mensch, er hatte keine Freunde.

Nach dem Abitur setzte er sein Studium an der Akademie der Bildenden Künste in München fort. Dort traf er bedeutende Künstler. Seine ersten Lehrer waren die berühmten Maler Hermann Anschütz und Alexander Wagner. Er erwies sich, wie jeder seiner Lehrer sagte, als ein Genie, das immer etwas mehr wollte. Im Jahre 1868, im Alter von einunddreißig Jahren, wurde er in die Werkstatt des berühmten Karl von Piloty aufgenommen und dort ausgebildet.

Dort traf er auch Anton Anchenwald, einen großen, dünnen, dunkelhaarigen jungen Mann mit vollem Haar, einem dicken Schnurrbart, der seine Oberlippe bedeckte, und einem spitzen Bart, der bis zur Kehle reichte. Das erste, was ihm auffiel, als er ihn zum ersten Mal sah, war das blasse Gesicht von Anton, das ihn wie einen Mann aussehen ließ, der gerade vom Krankenbett aufgestanden war.

Anfangs war er sehr skeptisch gegenüber Anton, der genauso eigenbrötlerisch und wenig gesprächig war wie Max. Immer wenn Anton versuchte, sich ihm zu nähern, reagierte er mit Argwohn und vielleicht einer Spur von Eifersucht auf das unbestreitbare Talent seines jungen Kollegen. Eines Nachmittags verließen sie gemeinsam die Werkstatt und obwohl sie zu dieser Zeit bereits mehr miteinander zu tun hatten, sagte Max sehr deutlich, um Missverständnisse zu vermeiden:

„Ich brauche keine Freunde."

„Wir alle brauchen einen Freund", erwiderte Anton lächelnd.

Max schien das Lächeln schön und ehrlich, so rein wie das eines kleinen Kindes. Und schließlich wurden sie Freunde. Er lud ihn sogar zu sich nach Hause ein und stellte ihn Tante Elisa vor, die von diesem einzigartigen Ereignis begeistert war. Prompt bat sie die beiden jungen Männer zu ihrer nächsten Soiree am darauffolgenden Samstag in der Hoffnung, dass ihr Neffe sie diesmal mit seiner Anwesenheit beehren würde. Max nahm die Einladung an und seine Tante freute sich sehr.

Allwöchentlich wurde das Wohnzimmer ihres Hauses für diesen Anlass mit Glanz und Glamour von geschultem Personal hergerichtet, eigens von der Tante aufgrund von Fähigkeit und Erfahrung ausgewählt, um die eitlen und extravaganten Gäste willkommen zu heißen, die alle ausnahmslos der guten Gesellschaft Münchens angehörten.

Max, der sich in seinem brandneuen grauen Sakko, dem Geschenk seiner Tante für die Fete, hoffnungslos unwohl fühlte, wartete am Eingang des Wohnzimmers auf Anton. Der kam pünktlich an und war nach dem letzten Schrei der Mode gekleidet, er trug einen schwarzen Schoßrock mit einer Weste in derselben Farbe seiner Hose, die selbst für die damals dominierenden Münchner Modesalons fast schon zu modern war.

Sie betraten den Raum, der im Schein zahlloser Kerzen leuchtete, und schlenderten ins Wohnzimmers. Der Geruch der Aristokratie, der seine Lungen erfüllte, ließ ihn seufzen.

In diesem Moment fiel sein Blick auf ein traumhaft

schönes Mädchen, eine Erscheinung in einem hellblauen Krinolinenkleid aus Seide, und plötzlich schien alles anders. Die Umgebung störte ihn nicht mehr. Die junge Schönheit, die seinen Blick eingefangen hatte, unterhielt mit seiner Tante in der Mitte des Raumes. Seine Schritte führten ihn auf die beiden Frauen zu. Als er auf sie zuging, sah er aus dem Augenwinkel, wie Anton, ebenso fasziniert von der unbekannten Schönheit, ihm mit Blick auf das Mädchen gerichtet folgte.

Sie kamen fast gleichzeitig bei den Frauen an. Die Tante schenkte beiden ein breites Lächeln und stellte ihnen Fräulein Katharina Lehmann vor.

„Die liebe Katharina", erklärte sie, „ist die geliebte einzige Tochter meiner Freundin Hertha und von Herrn Lehmann. Ihr habt bestimmt schon von Katharinas Vater gehört, dem berühmten Münchner Gynäkologen. Leider sind ihre Eltern heute Abend nicht hier. Aber Katharina ist an ihrer Stelle da und ihre Gouvernante begleitet sie."

Tante Elisa hielt inne und zeigte mit einer Kopfbewegung auf die lächelnde, schwarzgekleidete ältere Frau mit einem strengen Pferdeschwanz, die diskret hinter Katharina stand.

Max schenkte der Gouvernante, die ihn forschend ansah, nicht die geringste Beachtung. Er betrachtete das Mädchen vor ihm und konnte kein Wort sagen, aus Angst, dass er, wenn er seinen Mund öffnete, um zu sprechen, die Magie des Augenblicks zerstören und die Schönheit vor seinen Augen verschwinden würde.

„Kommt, bleibt heute Abend bei mir", sagte Katharina in einem spielerischen Ton, als die Tante weiterging. „Leistet mir Gesellschaft, hier am Kamin. Ich möchte heute eine wunderbare Nacht erleben. Stellt euch vor, als meine Mutter ankündigte, dass ich herkommen sollte, hatte ich Angst, dass mir heute todlangweilig sein würde."

Max hörte ihr begeistert zu und fragte sich, wie es wohl wäre, sie zu küssen.

Seit dieser schicksalhaften Nacht ihrer Bekanntschaft

trafen sich die drei immer dann, wenn es Katharina gelang, der Aufsicht ihrer Eltern und ihrer Gouvernante zu entkommen.

Einige Monate später, an einem Montagmittag, als er an der Münchner Musikschule in der Bayerstraße vorbeilief, sah er Katharina die Stufen der Schule hinabsteigen. Ein Blick und eine Geste genügten und wenige Augenblicke später gingen sie nebeneinander weiter.

Von diesem Montag an wartete sie, ohne dass sie darüber gesprochen hätten, ohne es geplant zu haben, auf den Stufen der Musikschule auf ihn und er war immer pünktlich da, um sie abzuholen. Bald wurde es zu seiner Lieblingsgewohnheit, sie jeden Montag um die Mittagszeit abzuholen und bis zu ihrem Haus zu begleiten; sie wohnte etwa zwei Blocks von seiner Tante entfernt. Obwohl sie jedes Mal an seinem eigenen Zuhause vorbeikamen, war seine Aufmerksamkeit so sehr den Worten des Mädchens gewidmet, dass er nie den Blick von ihrem Engelsgesicht abwandte.

Bis auf den Tag, als sie an den Marmortreppen seines Hauses vorbei liefen und ein lautes Geräusch ertönte, als würde etwas gegen Glas schlagen. Er drehte den Kopf und sah, wie Anton ihn aus einem Fenster im ersten Stock überrascht und wütend anstarrte. Er spürte, wie sich seine Beine unter dem Gewicht des Blicks seines Freundes beugten, sagte aber nichts zu Katharina und plauderte weiter mit ihr, bis er sie zu ihrer Haustür gebracht hatte.

Als er nach Hause zurückkehrte, war Anton weg. Er sah ihn weder am nächsten Tag in der Werkstatt noch am darauffolgenden Tag. Dann erfuhr er, dass sein Freund krank sei und zur Genesung nach Füssen zurückgekehrt war, wo er geboren wurde und gelebt hatte. Der verärgerte Ausdruck auf Antons Gesicht als er ihn das letzte Mal gesehen hatte und den er nicht vergessen konnte, ließ ihn glauben, dass dem Kranken ein Besuch eher nicht gefallen würde. Also beschloss er, auf seine Rückkehr zu warten und ihn nicht zu besuchen, bis sein Gesundheitszustand besser war.

Doch die Ereignisse der folgenden Woche sollten sein Leben für immer verändern. Als Katharina am folgenden Montag nicht zur gewohnten Zeit auf den Stufen der Musikschule erschien, war er anfangs nicht besonders besorgt. Er wartete lange auf sie, gab aber enttäuscht auf, als er sah, dass der Schulwärter die Tür verschloss und fortging.

Einige Tage später informierte ihn seine Tante über ein Gerücht, das in den Häusern der guten Gesellschaft Schwabings kursierte. Katharinas Familie schien ein Problem zu haben. Sie hätten wohl alle Einladungen ihrer Freunde abgelehnt, als wollten sie sich von ihrer kleinen Gesellschaft abgrenzen. Der Grund für diese Isolation wurde von einer Frau aus dem Personal der Familie Lehmann aufgedeckt, die schockiert der Köchin seiner Tante Einzelheiten über die Neuigkeiten aus dem Haus ihrer Arbeitgeber erzählte. Seine Tante übermittelte ihm in derselben Nacht die Worte des Dienstmädchens der Lehmann-Familie:

„Vorgestern in der Nacht hörte man meinen Herrn im Zimmer seiner Tochter schreien, als ob ein Streit eskalierte. Wir waren alle überrascht, denn so etwas ist unüblich für meinen Herrn, er ist ein sehr ruhiger und gelassener Mann. Wir wussten nicht, was passiert war, wir hatten keine Ahnung. Wir suchten nach der Dame des Hauses, aber sie war nicht zu finden. Uns wurde klar, dass sie auch im Zimmer sein musste. Alle Angestellten hatten sich vor der geschlossenen Tür versammelt und wir bekreuzigten uns, damit nicht noch Schlimmeres passiert. Wenig später öffnete sich die Tür und mein Herr kam heraus, feuerrot im Gesicht, zornig wie ein Stier. Er schubste uns, um sich den Weg frei zu machen, schwankend und zitternd vor Wut, und befahl uns, an unsere Arbeit zurückzukehren. Was an diesem Abend geschah, erfuhren wir am nächsten Morgen, als alle im Haus in Trauer versunken waren, als es zu spät war. Unsere Katharina, unser geliebtes Kind, unser unschuldiges Lamm, hatte sich aus Scham das Leben genommen, weil sie schwanger war."

Als Max seiner Tante zuhörte, spürte er, wie schreckliche

Messerstiche seine Brust zerfetzten. Es war, als ob ihre Worte die Pforten der Hölle geöffnet hätten, aus der schreckliche Schatten mit ausgestreckten Händen herauskamen, um ihn in die Flammen zu ziehen.

Das Einzige, was in den kommenden Tagen seinen großen Schmerz wegen des Verlustes der einzigen Frau, die er je geliebt hatte, verdrängen konnte, war das Hassgefühl auf den Schuldigen, seinen Freund Anton. Es dauerte nicht lange, bis ihm klar wurde, dass Anton der Vater des Kindes sein musste. Schmerzlich musste er sich eingestehen, dass Katharina und Anton ein Paar gewesen waren. Er ließ nicht einmal den vagen Verdacht zu, dass jemand anderes der Vater gewesen sein könnte. Katharina war keines dieser Mädchen gewesen, die sich auf viele Männer einlassen.

Seine Seele war in Hass versunken auf den gewissenlosen, niederträchtigen Mann, den er einst als Freund betrachtete und der eine unschuldige Seele zum Tod geführt hatte. Der Frost, der sich um seinen Körper gewickelt hatte, erreichte sein Knochenmark. Er erkannte in seinem Elend, dass das trübe Licht, das seinen Weg von nun an erhellen würde, das Licht des Hasses und der Wut sein würde, bis er sich an seinem einstigen Freund rächen konnte, für all das, was er ihm geraubt hatte.

Langsam veränderte er sich, ohne es zu merken, während er versuchte, die schmerzende Vergangenheit aus seinen Gedanken zu vertreiben. Er sprach mit niemandem über den Frost der Einsamkeit, der seine Seele erstarren ließ und ihn kalt und hartherzig machte. Niemand konnte sein Herz jemals wieder aufwärmen und zum Tanzen bringen, so wie damals, als er Katharina traf.

Seine Tante, jetzt im fortgeschrittenen Alter, ermutigte ihn zu heiraten, eine Familie zu gründen.

„Ich will dich nicht drängen, mein Kind", sagte sie oft. „Ich meine, es ist dein Leben, du musst tun, was du für richtig hältst, vergeude es nur nicht."

Nach einiger Zeit im Jahr 1878, im Alter von

einundvierzig Jahren, immer noch unverheiratet und frustriert von dem Verrat seines Freundes, ging er nach Paris.

„Mach dir keine Sorgen, Tante Elisa", versuchte er sie zu beruhigen, als er sie mit Tränen in den Augen am Bahnhof verabschiedete. „Paris ist eine ziemlich große Stadt, und wie ich gehört habe, hat sie einen großen Brautmarkt. Ich werde dort auf jeden Fall meine zukünftige Frau finden."

Er wusste, dass dieses Versprechen ein leeres war, aber er wollte die Frau, die ihn aufgenommen hatte, als er verzweifelt war, nicht noch trauriger machen als sie bereits war.

Diesmal ließ er sich im wahren Montmartre nieder. Er versuchte den Verrat seines Freundes zu vergessen, tauchte in das berühmte, zwielichtige Leben der Bohème in Paris ein und besuchte Kurse an der Pariser Hochschule der Schönen Künste. Dort traf er den berühmten Guméry und sie hatten ein recht gutes Verhältnis. Aber sie wurden nie Freunde.

Vier Jahre später kehrte er auf Einladung Ludwigs nach Deutschland zurück, um in Neuschwanstein Großes zu vollbringen. Bevor er sich im Schloss niederließ, besuchte er einige Tage seine Tante, die ihm mitteilte, dass sein alter Freund Anton einige Monate nach seiner Abreise nach Paris Selbstmord begangen hatte. Als er die Nachricht hörte, fühlte sich sein Mund bitter an, als hätte er Gift geschluckt.

„Der Tod ist kein Heilmittel für irgendetwas", murmelte er grimmig. Anton hatte ihm sogar die Befriedigung der Rache genommen.

Eine Woche später kam er im Schloss an. Er arbeitete hart, um zu vergessen. Er machte eine Reihe von Aquarellen und nahm an der Schaffung aller Fresken im Thronsaal teil. Er fiel von einem Gerüst und holte sich eine gebrochene Rippe und eine schwere Gehirnerschütterung. Er wurde schnell zu Ludwigs Liebling und verfolgte Schritt für Schritt die Erschaffung einer anderen Welt.

Und während der Fluss der Ereignisse in der Außenwelt in seinem eigenen Tempo verlief, verharrte er abwartend und in die Zukunft blickend, wie hinter staubigem Glas, Jahr um Jahr.

Seine Freude, sein Wahnsinn, seine Beruhigung in all den Jahren war weiterhin die Hoffnung, das Buch wieder in seine Hände zu bekommen. Er war sich sicher, dass das Buch eines Tages zu ihm zurückkehren würde. Es war eine Frage des Glaubens.

Obwohl er mit Hilfe des Füllfederhalters zum wahren Herrscher der Schlosswelt geworden war, jeden beherrschte und ausbeutete, alle wie Schafe seiner Herde behandelte, war ihm das nicht genug. Er war entschlossen, weit weg vom Schloss weiterzuleben, und er würde es auf jeden Fall schaffen.

Als ihm vor ein paar Stunden klar wurde, dass der junge Paul das Buch zurückgebracht hatte, begann er sich fieberhaft auf die letzte Phase seiner Pläne vorzubereiten. Sein Hauptziel war es, seine eigene Seite sicher zu verwahren und alles andere zu zerstören. Sofort würde sich die geheime Welt des Schlosses wie von Zauberhand auflösen. Papier und Tinte. Tinte und Papier.

„Verdammter alter Mann, auch nach deinem Tod kämpfst du weiter gegen mich", murmelt er bitter.

Er ist sicher, dass Franz vor seinem Tod dafür gesorgt hatte, die einzige Seite des Buches zu verbergen, die er, Max, unbedingt zerstören wollte, um die Welt zu eliminieren, die ihn im Schloss gefangen hielt, die Seite, auf der der Name Ludwig zum ersten Mal erschien.

Er versucht sich auf das Problem zu konzentrieren, was ihm jedoch nicht gelingt. Seine Gedanken rennen hemmungslos durcheinander wie unaufhaltsame Pferde, wo immer sie hinwollen, ohne Zweck oder Plan.

Er läuft ungeduldig im Büro auf und ab und reibt sich mit den Händen das Gesicht. Er muss so schnell wie möglich mit den dreien fertig werden, denn die Wände des Schlosses haben begonnen ihn wie Gefängnismauern zu ersticken. Seine

Nasenlöcher füllen sich langsam mit einem schimmeligen, muffigen Geruch. Seine Gedanken haben eine solche Intensität, dass er die sich nähernden Schritte nicht hört.

Als Karl das königliche Büro auf Zehenspitzen betritt, um ihn nicht zu erschrecken, sieht er Max vor dem Schreibtisch sitzen, den Kopf zwischen den Händen. Sobald Max merkt, dass er nicht mehr allein im Raum ist, schüttelt er sich und nimmt seine erhabene Haltung wieder ein, sicher, dass sein gebeugter Körper Karl die falschen Botschaften senden würde.

„Was ist los, Max? Ich habe deine Stimme gehört und war besorgt. Ist alles in Ordnung mit dem Buch?"

Er ist von Karls plötzlicher Anwesenheit überrascht. Er hatte nicht erwartet, dass er zurückkehren würde. Sie hatten besprochen, dass er bei den Gefangenen bleiben würde. Aber ist das nicht immer so mit Karl? Er ist immer unberechenbar.

Er dreht sich um und sieht ihn starr an. Er fragt sich, was an Karl am ekelhaftesten ist. Die Liebe, die er für Ludwig empfindet, und die er bei jeder Gelegenheit und auf jede Weise vor den Leuten des Schlosses demonstriert? Oder sein unstillbarer Wunsch, das Schloss zu verlassen und die Außenwelt kennenzulernen?

„Ja, alles gut", antwortet er und versucht zu lächeln. Im Moment braucht er Karl. Es wäre keine gute Idee, ihre Beziehung zu gefährden. „Ich bin nur müde", sagt er und fährt mit den Fingern durch seine Haare. „Aber du siehst auch nicht so gut aus."

„Es ist nichts. Müdigkeit, wie du sagst. Es ist sehr interessant heute Abend", versucht Karl zu scherzen und streicht verlegen über seinen weißen Bart.

Max hebt gleichgültig die Schultern. Sie hatten einmal eine gute Beziehung. Zumindest die erste Zeit, als Karl im Schloss auftauchte. Er erinnert sich an den unbekannten Karl, der zum ersten Mal die Schwelle des Schlosses überquerte, als er den Schwan brachte. Er stellte sich als Hüter des Schwans vor. Max brauchte nicht lange, um Karls Geschichte in dem Buch zu entdecken. Genau aus diesem Grund wurde er geschaffen, und genau das hat er seitdem mit absoluter Zuverlässigkeit getan. Er schätzte Karls Hingabe und Liebe zu seinem Schöpfer und wie treu er zu seiner Pflicht stand, den Schwan zu bewachen. Eine so treue Person war genau das, was er brauchte. Obwohl Karl aufgrund seiner offenen Natur bald anfing Freundschaften mit den Leuten des Schlosses zu schließen, hatte er mit niemandem besonders engen Kontakt. Max verstand sein Verhalten, war er doch aus Tinte und konnte keine Erinnerungen mit ihnen teilen. Max beobachtete ihn noch einige Zeit, bevor er ihn ansprach und die ersten Worte mit ihm wechselte.

Sie begannen sich häufiger zu treffen. Sie diskutierten über die alltäglichen Probleme des Schlosses und tranken am Ende des Tages ihr Bier – als sie noch ein normales Leben führten. Sie waren am Tag wach und gingen nachts ins Bett. Manchmal betranken sie sich zusammen. Irgendwann erzählte er ihm von den Geschichten in dem Buch. Zuerst widerstrebend, aber als er merkte, dass Karl kein Problem damit hatte, welche Art von Flüssigkeit in seinen Adern zirkulierte, sprach er mit ihm über fast alles. Was ihm von Anfang an in Karls Augen auffiel, war sein Wunsch, in die Welt hinauszugehen, und er nutzte diesen Wunsch für seine Zwecke aus.

Aber diese Freundschaft hatte ein Ablaufdatum. Sie endete an dem Tag, als Karl das Buch stahl, und der junge Franz es mitnahm.

„Sag mir, Max, alles in Ordnung mit dem Buch?", beharrt Karl hartnäckig, als ob er gemerkt hätte, dass etwas nicht stimmt.

„Mach dir keine Sorgen. Alles ist in Ordnung", versucht er ihn zu beruhigen. Jetzt fehlt ihm nur noch Karls Hysterie.

„Deshalb gibt es Freunde. Damit sie sich Sorgen machen", antwortet Karl nachdenklich. Er hält inne und fügt hinzu: „Ich mag es nicht, dass wir nicht mehr so wie früher miteinander sind."

Max gefällt die Richtung, in die das Gespräch geht,

überhaupt nicht. Er hat weder die Zeit noch den Kopf für solche Gespräche, sieht aber ein, dass er geduldig sein muss, weil er Karl noch braucht.

„Du hast recht, aber ich habe heute Abend keine Zeit, ich habe viel um die Ohren."

„Erinnerst du dich", erzählt Karl trotzdem weiter, „an die Nächte, in denen wir zusammen getrunken haben?"

„Ich erinnere mich sehr gut", erwidert er und hält sich zurück, um ihn nicht an den Diebstahl des Buches zu erinnern. Zumindest nicht jetzt.

„Es war schon schön, damals, oder? Die Pläne, die wir gemacht haben..."

„Mach dir keine Sorgen. Ich habe sie nicht vergessen. Um diese Pläne in die Tat umzusetzen, müssen wir noch ein wenig arbeiten."

Karl sieht ihn verwirrt an. „Hat es mit der Frau zu tun? Ich habe getan, was ich konnte. Aber sie spricht nicht. Ich vermute sie weiß nichts, was sie mir sagen könnte", sagt er schließlich und blickt zu Boden.

Karl scheint frustriert zu sein, bereit, seine Waffen niederzulegen, etwas, das er überhaupt nicht mag. Max erkennt, dass es Zeit ist, Ludwigs Karte zu spielen.

„Auch wenn sie zufällig hier sind ist es gefährlich, sie einfach gehen zu lassen. Sie haben viel gesehen, jetzt kennen sie unsere Existenz. Denkst du, wenn sie hier rausgehen, werden sie nicht reden? Ist es möglich, eine solche Entdeckung geheim zu halten?"

Er sieht, wie Karls Augen größer werden.

„Sie werden Seiner Majestät Schaden zufügen, Karl", fährt er fort. „Wenn die Außenstehenden verstehen, was passiert, glaubst du, dass sie Seine Majestät ein zweites Mal entkommen lassen werden? Erinnerst du dich, wie viele ihn beim ersten Mal betrogen haben? Sie sagten nicht wenig über ihn."

Karl nickt traurig.

Natürlich ahnt er nicht, dass Max die Schlosswelt

komplett zerstören will. Die Liebe zu seinem König ist dennoch unbestreitbar. Für Ludwig bäckt er fast jeden Abend ein neues Porzellanbett für den Schwan. Er weiß, wie sehr Seine Majestät den Schwan liebt. Karl würde Max aber niemals helfen, wenn er wüsste, was seine wirklichen Pläne sind, wenn er wüsste, dass Ludwig niemals in sein geliebtes Schloss zurückkehren wird.

„Lass uns gehen. Wir müssen alle drei so schnell wie möglich loswerden."

Karl hat nicht den Mut, ihm zu sagen, was er dort vorfinden wird.

31. SCHWANHOLD ~ Ein neuer Ritter

Als Schwanhold erkennt, dass es Bastian ist, der die Kammer betritt und den bewusstlosen Karl mitschleift, und sogleich auch Paul dazukommt, beginnt er vor Aufregung und Ungeduld das hölzerne Tischbein zu umrunden, an dem die Kette befestigt ist, die ihn gefangen hält.

Die Kette verkürzt sich natürlich, so dass er nicht mehr weiterlaufen kann, ohne an die scharfen Kanten des Tischbeins zu stoßen.

Andererseits kommt bei all dem Lärm etwas Gutes heraus. Während Paul sich daran macht, Emma und Elektra zu befreien, und Bastian versucht, Karl wieder aufzuwecken, reibt er seinen Schnabel mit Kraft mehrmals über das Holzbein des Tisches und schafft es, den Stoffstreifen zu entfernen, mit dem Karl ihn geknebelt hatte. Als der Stoffstreifen auf den Boden fällt, bleibt er einige Sekunden lang mit geöffnetem Schnabel stehen. Er kommt aber schnell zu sich und nimmt mehrere tiefe Atemzüge, um seine Lunge mit Luft zu füllen.

„Dummer Karl, chhh", schreit er mit zitternder Stimme. „Wenn er aufwacht, chhh, werde ich ihn ganz oft zwicken."

Er sieht Karl an, der sich erholt hat, und fragt sich, ob die Kälte in seinem Bauch aus Trauer oder aus Wut besteht. Seine seltsamen Gedanken über Karls ungerechtfertigtes Verhalten beginnen sich wie ein Gewitter zu sammeln und machen ihm Angst. Er schüttelt den Kopf hin und her und versucht sie loszuwerden. Karl, der den verblüfften Ausdruck wahrnimmt, senkt seinen Kopf schweigend.

Er sieht, wie Bastian intensiv mit Karl spricht, aber er kann nicht verstehen, was er zu ihm sagt, und ist überrascht, als Bastian Karl gewaltsam aus der Tür stößt. Während er die Szene unbehaglich beobachtet, kommt ein Geräusch aus seinem Schnabel, das nichts mit menschlicher Sprache zu tun hat.

Bastian hört ihn, dreht sich zu ihm um und lächelt ihn besorgt an. Dann nähert er sich ihm und versucht ihn aus der verdrehten Kette zu befreien.

Schwanhold spürt, wie die kalten Finger von Bastians guter Hand über seinen Nacken kriechen. Bastians Gesicht ist seinem sehr nahe. Der Atem des Mannes bewegt sanft die Federn seines Halses.

„Vorsicht, Bastian muss vorsichtig sein, chhh, ich werde ersticken. Mir wird übel", schnauft er keuchend. „Meine Kette wurde gefährlich kurz, chhh."

Er seufzt, wackelt mit dem Hals hin und her und sieht Paul an, der in der Nähe der beiden Frauen steht.

„Warum hat der junge Paul so rote Augen? Chhh. Was hat der Max ihm angetan?", fragt er Bastian.

Paul hört die Frage und schenkt ihm ein warmes Lächeln. Der Schwan schüttelt seine Flügel zufrieden und streift dabei über Bastians Gesicht.

„Sehr nett, dein Benehmen", grummelt der und zieht seinen Kopf zurück. „Ich kämpfe die ganze Zeit, um dich zu befreien, du undankbarer Vogel."

Noch bevor Schwanhold seine Flügel wieder senken kann, öffnet sich die Lagerraumtür plötzlich. Zuerst ist der Schatten von Max zu sehen, der verzerrt an die gegenüberliegende Wand projiziert wird, und dann erscheint seine große Gestalt, die schnell wie ein Wirbelwind das Lager betritt, gefolgt von Karl.

Karl ist sehr schnell zurück, denkt Schwanhold.

„Ich habe dich unterschätzt, junger Mann", knurrt Max grimmig Paul an, während er die Tür abschließt. Er räuspert sich und steckt den schweren Eisenschlüssel in die

Außentasche seiner Lederhose. „Ihr seid nicht nur befreit, sondern ihr habt es auch schön hell", fährt er fort und starrt Karl wütend an. Sein kalter Blick strotzt vor Hass und Wut.

Schwanhold beobachtet Karl, dessen ängstlicher Blick von Bastian zu Max wandert, als ob er sich nicht sicher wäre, welcher der beiden der Feind ist, vor wem er sich schützen sollte. Er möchte ihn warnen, dass Max weitaus gefährlicher ist als Bastian, aber er fürchtet, dass Max ihn hören wird, und öffnet seinen Schnabel doch nicht. Er schüttelt seinen Hals und seine Flügel und läuft mit kleinen Schritten zu den Frauen. Paul steht ein paar Schritte weiter in das bernsteinfarbene Licht der Kerze gehüllt, die neben ihm auf dem Tisch brennt. Der Blick des jungen Mannes ist auf das Buch gerichtet, das Max in seiner linken Hand hält.

„Weißt du eigentlich, dass dem Buch, das dein Großvater beschützen wollte, eine Seite fehlt?", fragt Max mit einem kalten Lächeln auf den Lippen.

Er hat das frostige Lächeln der Herrschaften, wenn sie mit ihren Dienern reden, denkt Schwanhold, kommentiert es aber nicht. Das einzige Geräusch, das aus seinem Schnabel kommt, ist ein wütendes „chhh", das niemand zu bemerken scheint. Alle warten auf die Antwort von Paul, der aber nichts sagt.

„Die wichtigste von allen", fährt Max fort. „Die Seite Seiner Majestät", sagt er in geschwollenem Ton im Versuch, den jungen Mann einzuschüchtern.

Aber derjenige, der Angst bekommt, ist Karl.

„Nein, mein Gott, nicht Seine Majestät!", schreit er schockiert. „Wie gefährlich ist das für Seine Majestät, Max?", fragt er aufgeregt. Sein Gesicht sieht vollkommen erschüttert aus und seine Augen sind ganz groß. „Glaubst du, dass dies der Grund ist, warum er so lange nicht erschienen ist?"

„Karl, du bist total dumm", sagt Max. „Warst du es? Hast du sie losgebunden?" Er starrt ihn an. „Glaubst du, wenn du ihnen folgst, wirst du für alles büßen, was du getan hast? Für deine Sünden? Du hast überhaupt nichts verstanden. Du spielst immer noch die Rolle, die Ludwig für dich geschrieben hat."

Karl hört mit gesenktem Kopf stoisch zu, aber als er Ludwigs Namen hört, hebt er ihn plötzlich an.

„Nimm Seine Majestät nicht in deinen verfluchten Mund. Ich..."

„Du irrst dich gewaltig Karl, wenn du denkst, du kannst mich schikanieren. Das Einzige, das du kannst, ist brav deine Rolle spielen. So wurde dein Charakter in dem verfluchten Buch beschrieben und das ist alles, was du kannst. Nicht mal wenn du müsstest, könntest du selbst Entscheidungen treffen. Das Buch hält dich in der Vergangenheit fest und du schaust immer in die falsche Richtung. Du kannst und darfst kein Teil der Zukunft sein."

Schwanhold sieht Karl zittern, als hätte er einen elektrischen Schlag erhalten. Max stattdessen beobachtet ihn gelassen.

„Was sagst du da?", stammelt Karl und stürzt sich mit ausgestreckten Händen auf Max, als wollte er ihn nach hinten schubsen. „DU hältst unsere ganze Welt in der Vergangenheit fest und nicht das Buch!"

Max ist schneller. Er schlägt Karl mit seiner geballten Faust ins Gesicht. Der rutscht aus und fällt mit dem Rücken auf den Boden. Schwanhold flattert auf ihn zu, schafft aber nicht mehr einzugreifen. Max beugt sich vor, packt Karl an den Schultern und stellt ihn wieder auf die Beine, anscheinend in der Absicht, ihn erneut zu schlagen.

„Du hast mich verraten", schreit er angewidert.

Karl, mit einem von Schrecken verzerrten Gesicht, dreht sich um und versucht dem Griff von Max zu entkommen, aber alles, was er damit gewinnt, ist ein neuer Schlag ins Gesicht.

Bastian beschließt einzugreifen, obwohl ihm Karls Leiden nicht besonders wichtig ist. Er nähert sich von hinten und gibt Max einen starken Schubs in den Rücken. Max verliert fast das Gleichgewicht, stolpert nach vorne, fällt aber nicht.

„Lass ihn in Ruhe. Warum schlägst du ihn? Du weißt, dass er dir nicht wehtun kann", schreit Bastian.

Voller Wut schaut Max über seine Schulter und sieht Bastian an, als würde er ihn zum ersten Mal sehen.

„Machst du dir um deinen Kumpel Sorgen?", brüllt er ihn an.

„Er ist mir egal. Er ist nicht mein Freund", antwortet Bastian gleichgültig. „Mein Problem sind so Typen wie du."

Aus dem Schnabel von Schwanhold kommt das bekannte Pfeifen, „chhh", aber Bastian scheint das egal zu sein.

„Ich habe in meinem Leben viele Männer wie dich getroffen", fährt Bastian fort. „Und es schüttelt mich jedes Mal vor Ekel. Du tust so, als wärst du unser Retter, aber in Wirklichkeit sind wir dir egal, weil du genau weißt, dass wir dir nichts antun können. Schließlich ist es kein Geheimnis, wir alle hier wissen, dass du vor niemandem Angst hast, nicht einmal vor dem Tod. Was soll also das ganze Theater?"

„Du hast recht", antwortet Max. „Ich habe keine Angst vor dir oder vor dem Tod. Ich war mehrmals sein Ziel, einige seiner Kugeln haben meine Seele getroffen, aber am Ende habe ich es geschafft, mich zu rächen. Vor einiger Zeit stellte ich mich ihm und besiegte ihn. Jetzt können mir seine Schläge nichts mehr anhaben."

Schwanhold bemerkt, dass Max, obwohl er Bastian geantwortet hat, seine Aufmerksamkeit bereits auf Paul richtet. Er sieht ihn mit einem scharfen und durchdringenden Blick an, als würde er versuchen, den Schädel des jungen Mannes zu durchbohren und sich in seinen Kopf zu versetzen.

„Wer hat die Seite ausgerissen, junger Mann? Franz oder du?", kommt er auf das Thema zurück, das für ihn das wichtigste ist.

Paul scheint beunruhigt zu sein, als hätte er diese Frage nicht erwartet.

„Hast du noch mehr Seiten ausgerissen? Oh nein, ich glaube nicht, dass du so einen Unsinn gemacht hast. Ich habe dir bereits erklärt, wie gefährlich es für unser Leben ist, wenn das Buch beschädigt wird."

„Ich habe das Buch nicht angerührt. Du hast all das getan, was du meinem Großvater und mir vorwirfst. Versuche nicht, uns die Verantwortung für deine mörderischen Handlungen zuzuschieben!"

Schwanhold seufzt zufrieden und sieht Paul mit Bewunderung an.

„Ich weiß, warum du die Seiten aus dem Buch gerissen hast und warum du das Buch so sehr willst", fährt Paul fort. „Wir alle wissen es", fügt er hinzu und zeigt mit seinem Kopf auf Elektra, Emma und den Schwan.

Schwanhold ist sehr gespannt darauf zu sehen, wie Max reagieren wird. Sein Herz schlägt so laut, dass er glaubt, Max wird die unruhigen Schläge hören. Er bewundert Paul, der angreift, ohne viel nachzudenken. Allerdings befürchtet er, dass der junge Mann ins Meer gesprungen ist, ohne zu wissen, dass das gegenüberliegende Ufer weiter weg ist, als er ursprünglich berechnet hatte. Er mag den spontanen jungen Paul sehr. Er hofft, dass die Wut von Max keine zu großen Wellen aufwirbelt, die den jungen Mann augenblicklich verschlucken könnten.

Und schon packt Max die blinde Wut, er wirft das Buch achtlos neben sich, stürzt sich auf Paul und schüttelt ihn blindwütig an den Schultern. Schwanhold flattert ängstlich mit den Flügeln. Was, wenn der junge Mann Schaden nimmt? Er denkt dabei an die Porzellanhülle, die er immer aufs Neue sprengt, weil er lieber im Schloss herumspaziert als still auszuharren, und sieht die überall verstreuten Scherben vor sich.

„Du Teufelsbraten", brüllt Max vor Wut. Sein Mund ist sehr nah am Gesicht des Jungen, der seinen Kopf nach hinten neigt, als ob er Angst hätte, Max würde ihn beißen. „Glaubst du, du kannst mich aufhalten? Du und die beiden Frauen? Niemand kann mich mehr aufhalten. Heute Nacht geht alles zu Ende. Gib mir die Seite zurück, die dein Großvater gestohlen hat, um seinen geliebten verrückten König zu retten.“

Schwanhold kann seinen Blick nicht vom Buch abwenden, das Max neben sich auf die Eisenbank abgelegt hat.

Seltsamerweise scheint das außer Schwanhold niemand zu bemerken.

Alle Augen sind auf Paul gerichtet, der von Max gerüttelt, geschüttelt und angeschrien wird. Er schüttelt ihn beständig, als ob er erwartet, dass die verlorene Seite irgendwo herausfallen würde. Und je mehr er schreit, desto mehr nimmt sein Gesicht die Farbe der Tinte an, die der König benutzte, um seine Beschreibung zu Papier zu bringen.

„Wenn du mir die gestohlene Seite nicht sofort gibst, habe ich eine andere Möglichkeit, meinen Plan auszuführen. Ich werde das Buch, dich und deine Freundin verbrennen.“

Mit einer Kopfbewegung zeigt er zu den blau-gelben Flammen der drei flackernden Kerzen auf der Bank. „Bei so viel Stoff wird es nicht lange dauern, bis das Feuer so richtig auflodert.“

Schwanhold bemerkt, dass Bastians Gesicht sich bei der Drohung grimmig verzieht und sein guter Arm eine Faust bildet. Diese Bewegungen von Bastian wecken ihn aus der Starre, in die er gefallen war, und er macht ein paar zögernde Schritte auf Max zu.

Max, der durch den Hass geblendet ist, dessen Gesicht so verzerrt ist, dass es faltig, tobsüchtig und böse aussieht, bemerkt ihn nicht. Er schreit mit einer Stimme, die den Raum erfüllt und wie Geheul klingt.

Schwanhold nähert sich mit einem leichten Flattern Max und dem Buch.

„Ich bitte Max, sich zu beruhigen. Seine hohlen Drohungen machen keinem von uns Angst“, sagt er. Er zieht mit seinem Schnabel an dessen Hosenbein und zwickt ihn ein paar Mal kräftig.

„Hier liegst du aber falsch. Meine Worte sind keine leeren Drohungen. Für mich seid ihr alle nichts wert, so wie

Anton, den ich am Ende töten werde. Ich habe ihn bis jetzt viele Male getötet und heute werde ich es wiederholen", sagt er, als er seine Hände von Pauls Schultern nimmt, als ob Schwanholds Gezwicke ihn zurück in die Realität gebracht hätte.

„Anton?", murmelt Elektra und sieht Emma fragend an. „Wer ist Anton? Was hat dieser Anton ihm getan?"

„Er hat mich getötet. Er und der Tod haben meine Seele erobert. Du kannst es nicht verstehen. Niemand kann es", antwortete Max, der ihre Worte gehört hat.

„Ich kann", seufzt Elektra.

Max betrachtet sie kühl, doch dann wandert sein kalter und scharfer Blick zu Emma, die die ganze Zeit still und unbeteiligt zugesehen hat.

„Du. Du wusstest und bist geblieben. Du hättest einfach die Tür öffnen und gehen können, aber du bist geblieben. Wieso? Ich nehme an, um gegen mich zu kämpfen", sagt er ironisch.

Sie beobachtet ihn kalt, als wollte sie entscheiden, welches der beste Weg ist, mit ihm umzugehen. Sie schließt die Augen für eine Sekunde und holt tief Luft.

„Du hast entschieden, ohne uns zu fragen, du hast einfach für uns alle entschieden. Du hast uns nie die Möglichkeit gegeben, selbst zu bestimmen. Und dann hast du dich hier versteckt und das Elend unserer Inhaftierung genossen", antwortet sie mit lauter und fester Stimme.

Max lächelt kalt und seufzt leise, wobei er einen ruhigeren Ausdruck annimmt.

„Ich habe es zu eurem Besten getan."

„Ein wahrer Beschützer, tatsächlich!"

„Du verstehst nicht. Ihr seid gewohnt, hier zu leben, in der heutigen Außenwelt würden ihr es keine Stunde aushalten. Die Außenwelt ist sehr hart geworden."

Emma hebt tapfer ihren Blick und schaut ihn an.

„Wir sind freie Menschen, wir sind keine Sklaven."

„Falsch, Mädchen. Niemand ist frei, wir sind alle Sklaven

des verdammten Buches."

„Wir mögen Sklaven des Buches sein, wie du argumentierst, aber jeder von uns ist der Herr seiner eigenen Seite. Wir haben das Recht, unsere Stärke zu testen."

„Wie gut kennst du die Außenwelt, Kleine? Hast du irgendwelche Erinnerungen an alte Zeiten?"

Emma schüttelt verneinend den Kopf.

„Nein, keine", muss sie zugeben.

„Dann hast du keine Ahnung, wie das Leben heute dort draußen ist. Nun, ich weiß nicht, was für Geschichten Franz dir erzählt hat, aber es ist alles nicht so rosig, wie du es dir vorstellst. Die Menschen der Außenwelt würden ohne mit der Wimper zu zucken jeden verdammten einzelnen von uns töten, um unseren Platz einzunehmen und für immer zu leben. Wenn unsere geheime Welt enthüllt wird, haben wir keine Hoffnung mehr zu überleben. Sie sind diejenigen, die an unserer Stelle sein wollen, nicht wir an ihrer."

„Hör nicht zu, Emma. Glaube ihm nicht", flüstert Paul ihr zu.

„Die Ewigkeit lockt alle Menschen an. Wir haben gelernt, nach ihr zu suchen", sagt Max kopfschüttelnd. „Das ist doch die Grundlage unserer Religion, nicht wahr? Der heilige Kelch? Was, außer der Ewigkeit, verkündet die Auferstehung?"

„Max, sag so etwas nicht, Gott wird dich bestrafen", sagt Karl zögernd.

„Die Ewigkeit ist dein oberstes Ziel, nicht unseres. Und für deinen Erfolg zögerst du nicht uns alle zu opfern, um das Geheimnis vor den Menschen der Außenwelt zu bewahren. Du willst uns alle loswerden, weil du befürchtest, wir werden sie früher oder später kontaktieren", sagt Emma wütend.

„Du hast recht, Klugscheißer. Ich habe dich bisher unterschätzt. Ich kann sogar sagen, dass du Anerkennung verdient hast, da du keine Angst hast, die Dinge beim Namen zu nennen", antwortet Max.

Emma antwortet nicht. *Aber dass sie unruhig ihr*

Gewicht von Fuß zu Fuß verlagert, ist bestimmt kein Zeichen für eingeschlafene Füße, denkt Schwanhold. Es sieht so aus, als bereite sie sich vor auf das, was kommen wird...

„Du bist klug genug, um zu verstehen, dass keiner von euch abhauen darf", droht Max.

Diese Drohung genügt Schwanhold. Er hat lange genug gewartet. Er muss etwas tun. Die Situation ist angespannt und das hasserfüllte Gesicht von Max lässt nichts Gutes ahnen. Er öffnet den Schnabel, um etwas zu sagen, lässt es dann aber. Stattdessen schlüpft er leise hinter Max' Rücken und greift das Buch mit seinem Schnabel von der Bank. Das Buch ist sehr schwer, er spürt, wie sein Schnabel zittert, er hat große Angst, dass er es fallen lassen muss. Er flattert zu Karl, der ihm am nächsten ist, und legt das Buch zu seinen Füßen ab.

„Chhh", schnarrt er. „Karl soll das tun, was Seine Majestät tun würde, wenn er hier wäre, um uns zu beschützen, chhh."

Karl schnappt sich das Buch und versucht etwas zu sagen. Er stottert Unverständliches, es ist offensichtlich, dass die Angst ihn nicht klar sprechen lässt. Max bemerkt die Unruhe und dreht sich um, um herauszufinden, was gerade passiert ist.

Schwanhold breitet seine Flügel aus und benutzt seinen Körper wie ein Schild zwischen Karl und Max.

„Das Buch hat Max eine Kraft verliehen, die ihm nicht gehört. Er glaubt, er könne es benutzen, um die Schuld für all das Böse abzugeben, das er getan hat. Er hat beschlossen, all diese Jahre in der Illusion der Allmacht zu leben, die durch die Zerstörung einer Seite des Buches entstanden ist, chhh. Zusammen mit dem Buch und als Förderer seiner Gier und seines Hungers nach einer Welt, der er seit Jahren nicht mehr angehört hat, hat er die Bewohner des Schlosses ausgetrickst, Menschen wie Karl ausgebeutet und versucht, Ludwig aus der Erinnerung des Volkes zu löschen, chhh. Einen König, der seinem Volk so viel überlassen wollte und dafür so wenig bekam. Einen Mann, der sein ganzes Leben lang so sehr gelitten hat, dass er den Abgrund des Schmerzes erreicht hat. Und von dort tief unten schrieb er das Buch, das Max jetzt für sein eigenes hält, chhh."

Karl sieht ihn gerührt an und hält das Buch fest in seinen Armen. Schwanhold hat ihm aus der Seele gesprochen, nicht einmal Ludwig hätte es besser sagen können. Er glaubte einst, Max sei aufrichtig, arglos und liebe Seine Majestät, wie jeder hier, der ihm seit so vielen Jahren treu ist. Das Buch wurde zum Mittel, um Max zu korrumpieren. Die Kraft des Buches wurde der Grund, der das Licht der Gerechtigkeit in der Seele von Max auslöschte und ihn in den Schatten des Verbrechens und der Gesetzlosigkeit treten ließ, als er erkannte, dass er die Macht hatte, all jene zu ermorden, die seinen Plänen im Wege standen.

Max schüttelt sich, tritt mit einem Fuß nach Schwanhold, als wäre er ein Müllhaufen, und eilt wie ein Wirbelwind, um das Buch aus Karls Armen zu schnappen. Bastian ist schnell dazu getreten und packt ihn mit starker Hand am Arm, um ihn zurück zu ziehen.

Seine Wut gibt Max jedoch immense Kraft. Innerhalb von Sekunden, ohne die Hände vom Buch zu nehmen, senkt er seinen Kopf bis zu Bastians Faust und beißt hinein. Bastian stößt einen Schmerzensschrei aus und zieht seine Hand zurück. Max hebt den Kopf und sieht Karl wütend an. Seine Lippen sind mit Bastians Blut bedeckt.

Schwanhold hört Emma voller Intensität hinter sich schreien: „Seite zweiundachtzig, Paul!"

Er versteht nicht sofort, was ihre Worte bedeuten, erkennt jedoch instinktiv, dass er jetzt die Aufmerksamkeit von Max auf sich ziehen muss. Er beobachtet sie alle für einen Moment abschätzend und versucht den besten Weg zu finden, Max zu konfrontieren. Ihm fällt nichts Besseres ein, als sich einfach auf ihn zu stürzen.

„Seite zweiundachtzig?", hört er Paul fragen.

Schwanhold sieht weder Emma, die bejahend mit dem Kopf nickt, noch die Augen von Paul, die auf einmal leuchten, als er die Bedeutung ihrer Worte erkennt, denn er hat sich bereits mit den Flügeln schlagend und mit voller Wucht auf Max gestürzt.

Ein paar Sekunden reichen aus, um ihn zu Boden zu werfen. Bastian und Emma helfen, ihn am Boden zu halten, während Paul sich das Buch aus der Hand des überraschten Karl greift. Er hat Schwierigkeiten, es zu halten, als ob es ihm die Finger verbrennen würde. Er sieht auf zu Emma, die Max in den Händen von Bastian zurückgelassen hat und sich ihm nähert, gefolgt von Schwanhold.

Ihr Blick ist dunkel und ihr Gesicht blass. Paul wird klar, dass sie entschlossen ist bis zum Ende zu gehen. Sie braucht nicht zu sagen, dass sie die Seite zweiundachtzig des Buches zerreißen will, er sieht es in ihren Augen. Ohne zu bemerken, was er tut, öffnet er das Buch und blättert bis zur besagten Seite. Er senkt den Blick, weil er nicht will, dass das Mädchen in seinem Gesicht seine Unentschlossenheit sieht. Seine Hände zittern und seine Knie sind weich geworden. Er sieht Max an, der auf dem Boden liegt, von Karl und Bastian festgehalten. Er weiß, was passieren wird, und scheint es akzeptiert zu haben.

„Ich habe es doch nicht geschafft. Ich habe den Tod doch nicht besiegen können. Es war nur ein Gedanke. Er steht dort drüben und sieht zu, ich sehe ihn, wie er mich schadenfroh anblickt und seinen Sieg feiert. Es kann ihn doch niemand besiegen", stammelt er seine letzten Worte.

„Es ist Zeit, Herrn Max von seinem Elend zu befreien, chhh", flüstert Schwanhold Paul zu.

Er senkt den Blick und sieht ihn nachdenklich an.

„Der junge Paul muss seine Aufgabe zu Ende bringen, chhh."

„Meine Aufgabe?"

„Der junge Herr ist nur aus diesem Grund hier, chhh. Ich denke, ich habe ihn heute Nacht hergeführt."

„Ich verstehe nicht."

„Ich weiß noch, wie ich einmal einen Ritter geführt habe,

um ein Land vom Bösen zu befreien, chhh. Dieser Ritter hat es geschafft, aber ich nicht. Ich bin auf den Grund des Sees gesunken, chhh", fährt der Schwan fast traumwandlerisch fort. „Aber Ludwig gab mir eine zweite Chance. Ich bin mir sicher, dass Herr Paul es diesmal viel besser schaffen wird als dieser Ritter damals, chhh. Der junge Herr Paul hat das Böse besiegt, es liegt dort unten auf dem Boden und wir sind alle gesund und munter. Ich freue mich, dass es dir gelungen ist, mein Ritter, chhh", sagt er und verbeugt sich mit seinem langen Hals so sehr er kann, als Paul die Seite zweiundachtzig aus dem Buch reißt.

Dann packt Schwanhold die Seite mit seinem Schnabel, zerfetzt sie mit seinen scharfen Zähnen und schluckt die Papierschnitzel herunter.

Es dauert nur ein paar Sekunden, bis Max das Bewusstsein verliert. Sein Körper, der jetzt einem Sack Knochen ähnelt, zuckt einige Male auf dem Boden, seine Augenlider flackern eine Weile, schließen sich aber nicht. Schwanhold beugt sich über den toten Max. Sein stilles Gesicht hat die Farbe von Pergament, blass und grau, ohne eine Spur von Leben. Seine Augen sind immer noch offen, weiß wie aus Eis. Schwanhold hebt den Kopf, streckt seinen Hals und Körper und sieht Karl an, der neben ihm steht.

„Wird Seine Majestät mir vergeben?", flüstert Karl, als er den leblosen Körper ansieht. „Ich wusste nicht, was er vorhatte. Ich dachte, er wollte wie ich das Schloss verlassen."

Er wischt sich mit der Handfläche über die nasse Stirn. „Ich wollte nur die Welt sehen. Gott ist mein Zeuge, ich wollte niemanden töten. Nicht einmal Max, obwohl er mir all die Jahre mit der Seite gedroht hat, die sich auf mich bezog."

Schwanhold nickt zustimmend.

„Da bin ich sicher, chhh."

Die Verlegenheit, die sich in dem kleinen Raum ausbreitet, hält sehr kurz an. Es gibt niemanden dort, der den Verlust von Max bedauert.

Karl wendet sich an Elektra, die ihn noch nicht einmal

angesehen hat. Er weiß, dass er sich entschuldigen muss. Kalter Schweiß läuft ihm über den Rücken, als er sich ihr nähert.

„Können Sie mir vergeben?", stammelt er und sieht ihr dabei tief in die Augen. „Ich weiß nicht, was in mich gefahren ist. Ich kann nicht verstehen, warum ich Ihnen so etwas angetan habe. Ich muss meinen Verstand verloren haben."

Elektra antwortet nicht. Sie dreht ihren Blick hastig zur Seite. Dieser Mann hat ihr so viel Schmerz bereitet. Vor ein paar Stunden hasste sie ihn. Aber jetzt kann sie seinen traurigen Blick nicht aushalten.

„Ihr Schweigen ist genug für mich", sagt Karl gerührt und spricht an alle gewandt weiter:

„Seid großmütig mit mir. Zeigt mir eure Großzügigkeit und lasst mich gehen. Ich verspreche euch, dass ihr mich nie wieder in eurem Leben sehen werdet."

„Karl soll keinen Unsinn reden, chhh", antwortet Schwanhold. „Karl kann jetzt nicht gehen und uns hier allein lassen, chhh. Wir haben viele Probleme zu lösen. Wir brauchen ihn, chhh."

Karl hebt nur gleichmütig die Schultern. „Ich denke, du hast recht. Ich werde helfen, wo ihr mich braucht."

Schwanhold duckt sich und zieht den Eisenschlüssel mit dem Schnabel aus der Hosentasche des toten Max. Er lässt den Schlüssel vor Karls Füße fallen und spricht dann zu Bastian.

„Wir müssen den Körper hier wegbringen", sagt er.

Bastian nickt zustimmend.

„Wirst du im Schloss bleiben?", flüstert Paul ihm zu, bevor Bastian geht.

„Ja", antwortet der im selben leisen Tonfall. „Ich werde bleiben, um herauszufinden, wer ich wirklich bin. Jetzt, wo ich die Essenz dieser Welt kenne, kann ich vielleicht eine Rolle für mich selbst darin finden", und indem er noch leiser spricht, fügt er hinzu:

„Bring Emma von hier weg, Paul. Lass sie nicht hier,

gefangen in diesem Spinnennetz. Pass auf sie auf, besser als auf dein eigenes Leben. Ich würde es tun, wenn sie mir folgen wollte."

Paul nickt zustimmend, ihm wird in diesem Moment klar, wie sehr Bastian Emma liebt.

32. PAUL ~ Der Schäfflertanz

„Ich lief hinter meinem Großvater durch die Münchner
Innenstadt und durch die Fußgängerzone, die den Karlsplatz
mit dem Marienplatz verbindet.

Es war warm aber feucht und der fehlende Wind und das
Laufen brachten mich zum Schwitzen. Mir war unwohl. Die
Wärme und die Windstille schienen meinen Großvater nicht
zu beeinträchtigen, der sich schnell und leicht bewegte, für
sein Alter eher unpassend. Manchmal drehte er sich um, um
sicherzustellen, dass ich ihm folgte, und als sich unsere Blicke
trafen, lächelte er mich herzlich an. Ich folgte ihm ohne zu
jammern und jedes Mal erwiderte ich sein Lächeln.

Ich hatte keine Ahnung, wohin wir gehen würden, unser
Endziel war undefiniert, aber ich denke, es war mir egal, da
ich meinen Großvater nicht ein einziges Mal nach dem Wohin
gefragt habe. Die Tatsache, dass mein Großvater mich
begleitete, fand ich nicht seltsam, obwohl mein Großvater
nicht mehr lebte. Was mich beschäftigte, war die Frage, was
wir zu dieser Uhrzeit im Stadtzentrum machten. Sollte ich
jetzt nicht in der Schule sein? Ich schaute auf meine Uhr. Es
war elf Uhr. Ja, ich müsste definitiv in der Schule sein. Ich
hob gleichgültig die Schultern. Der Gedanke, dass ich blau
machte, störte mich auch nicht.

Bald ließen wir die Fußgängerzone hinter uns und
überquerten den zentralen Platz. Das imposante Gebäude im
gotischen Stil, in dem sich das Rathaus befindet, thronte über
dem Platz, der für die Uhrzeit ungewöhnlich überfüllt war. Ich
sah zum Turm des Gebäudes auf. Seine Spitze war in den
Wolken verloren. Menschen spazierten beiläufig auf dem Platz

herum, die meisten mit einem Glas Bier in der Hand, und kicherten vor sich hin, als ob sie auf etwas warteten. *Vielleicht ist es ein offizieller Feiertag und die Leute sind ausgegangen, um Spaß zu haben, oder sie warten nur darauf, die dreiundvierzig Turmglocken läuten zu hören und beginnen dann den Schäfflertanz, den die Figuren des Glockenspiels tanzen, wenn die Glocken zu hören sind,* dachte ich und lächelte. Als ich klein war, hatte mir mein Großvater erzählt, dass die Münchner sich nach einer schweren Pestepidemie im Jahr 1517 nicht mehr auf die Straße trauten und sich das öffentliche Leben der Stadt nicht erholen konnte. Die Fassbauer in der Gegend waren die Ersten, die es riskierten, und singend und tanzend auf die Straße zurückkehrten, um das Böse auszutreiben. In Gedenken an das Ende der Epidemie führen die Schäffler nach all den Jahren immer wieder auf den Straßen Münchens ihren Tanz auf.

Trotz der allgemeinen Euphorie und des fröhlichen Getümmels auf dem Platz hatte ich das Gefühl, dass etwas nicht stimmte. Die Strahlen der Morgensonne drangen leicht durch die weichen Wolkenschleier. Die fröhlichen Stimmen der Menschen dröhnten laut in meinen Ohren. Mir kam es vor, als lächelten sich die Leute ziemlich komisch an.

Dann sah ich einen kleinen, älteren Mann mit dünnem, weißem Haar aus der zentralen Tür des Rathauses schlüpfen, wie ein Geist, der durch den Nebel tritt. Sein Gesicht war grau wie Stein, er schien angespannt zu sein. Sein dünnes Haar war nach hinten gestrichen, als würde er im Wind stehen. Er trug einen schwarzen Mantel, so lang, dass er auf dem Boden schleifte. Unter seinem Arm hielt er ein dickes, ledergebundenes Buch. Es musste schwer sein, weil seine Schulter nach unten gezogen wurde. Seine Schritte waren schnell, als wollte er sich rasch vom Gebäude entfernen. Er drehte den Kopf mal nach links und mal nach rechts, als suche er etwas. Ich war neugierig stehen geblieben, weil seine Bewegungen so seltsam wirkten.

Mein Großvater merkte, dass ich ihm nicht mehr folgte,

und kam erstaunt ein paar Schritte zurück zu mir. „Was ist los, Paul?", rief er. „Warum bist du stehen geblieben?"

Seine Stimme erreichte meine Ohren nur ganz leise. Ich antwortete nicht, sondern zeigte mit meinem Blick auf den Mann mit dem riesigen Buch, der zwischen den Menschen in Richtung Platzmitte lief.

Mein Großvater folgte meinem Blick, aber er schien von seiner Anwesenheit nicht beeindruckt, sein Gesichtsausdruck blieb derselbe.

Der kleine Mann erreichte die Mitte des Platzes und ließ das schwere Buch mit einer plötzlichen Bewegung fallen.

Als es den Boden erreichte, schlug es kraftvoll auf und öffnete sich scheinbar zufällig in der Mitte, wie eine reife Frucht, die sich vom Baum löst. Das Geräusch, mit dem das Buch zu Boden fiel, war extrem laut. Der dicke braune Lederbezug klatschte auf den kalten Boden und seine gelblichen Seiten flatterten sanft, befreit aus ihrem Gefängnis. Sie berührten sich leicht, als wären sie froh, in der Luft frei atmen zu können.

Die Menge zog sich zurück und bildete einen Kreis um den schwarzgekleideten Mann und das aufgeschlagene Buch.

„Kommen Sie", rief der Mann wie ein alter Redner. Seine Stimme war so laut, als würde sie aus der Lunge eines Riesen kommen. „Kommen Sie und hören Sie Geschichten, die Sie an verträumte Orte führen, Geschichten, die Sie unterhalten, bewegen und erschrecken werden." Er sprach in einem träumerischen Stil, als würde er sich an schöne Momente erinnern, die nur er erlebt hatte.

Ich beobachtete verblüfft das Gesicht des Mannes, das sich plötzlich verändert hatte. Es strahlte vital, rotbäckig, gesund, als ob die Seiten des aufgeschlagenen Buches ihm Leben und Energie gegeben hätten.

Ich bemerkte, dass der Großvater den Mann ernst ansah, als hätte ihn dessen seltsames Verhalten zum Nachdenken gebracht. Aber ich schaffte es nicht, ihn nach seinen Gedanken zu fragen, denn plötzlich brach Unruhe aus. Alle fingen an gleichzeitig zu reden.

„Unglaublich! Wer hat heutzutage Spaß an solch alten Büchern?", fragte ein junger Mann neben mir, der ein leeres Bierglas in der Hand hielt.

„Was gibt es dort zu lesen?", fragte ein anderer mit halbvollem Glas. „Wussten die Leute in diesen Jahren, was wahrer Spaß bedeutet? Ich glaube nicht. Die hatten doch nur Elend. Wollen wir uns ihr Elend anhören?"

Er trank einen Schluck Bier und war mit seinen Worten zufrieden.

„In den alten Büchern kann man nur über Kriege lesen", fügte ein Dritter gleichgültig hinzu und ging.

Der Mann, der das Buch auf den Boden geworfen hatte, stand fassungslos in der Mitte des Kreises, als erlebe er eine solche Reaktion zum ersten Mal.

„Da haben Sie aber unrecht, meine Herren. Wer kann sagen, ob das Leben damals besser war als heute oder schlechter?", versuchte er zu argumentieren, aber niemand hörte zu. In dem wachsenden Tumult war er auf einmal hilflos.

Der Großvater streckte die Hand aus, um mich in die entgegengesetzte Richtung des Platzes zu ziehen, aber ich war neugierig auf das, was folgen würde, entwand mich aus der Hand des Großvaters und näherte mich dem Kreis.

„Bleib weg, mein Junge, sie sind alle betrunken. Und die Betrunkenen machen dumme Sachen", rief er, als ich in die Menschenmenge schlüpfte und versuchte so nah wie möglich an das Zentrum der Versammlung heranzukommen. „Es ist nicht gut, so nah zu sein. Du bist noch jung, zu jung", rief mein Großvater, aber seine Worte wurden immer schwächer und leiser, je weiter ich mich von ihm entfernte.

„Lasst mich eine der Geschichten vorlesen", flehte der alte Mann fast, als ich näherkam.

„Nein!", antworteten viele Stimmen zusammen.

„Nimm dein Buch, das uns nur aufregen kann, und verschwinde hier", rief jemand von hinten. „Niemand kümmert sich mehr um alte Geschichten."

Einige lachten laut. Und dann fingen sie nacheinander an, grundlos das Buch zu beschimpfen. *Vielleicht, weil die nebenan auch fluchten oder weil sie zu betrunken waren, um zu verstehen, dass sie fluchten*, dachte ich und betrachtete das Buch traurig.

In diesem Moment leerte jemand verärgert und wütend sein Bier auf die vergilbten Blätter des Buches.

Es schien mir, dass das Buch wie ein verängstigtes Tier aufgesprungen war. Seine Seiten zitterten erschrocken. Der kleine Mann begann zu schreien.

„Lasst mein Buch in Ruhe, ihr Schufte. Geht und lasst mich in Ruhe", rief er und bückte sich, um es aufzuheben.

Aber leider war es für ihn zu spät. Seine Schreie hatten die Menge noch mehr verärgert, die anfing verschiedene Gegenstände mal auf das Buch und mal auf ihn zu werfen. Gläser, Flaschen, Früchte, sogar halb gegessene belegte Brote mit bunten Saucen, die auf die offenen Seiten des Buches liefen und es verschmutzten, während viele von den Gegenständen auf dem Kopf und auf dem Rücken seines Besitzers landeten.

Im Versuch, sich zu schützen, stolperte er auf jemanden.

„Siehst du nicht, wo du läufst?", schrie der ihn an und trat ihn ans Bein.

Der kleine Mann krümmte sich vor Schmerzen. „Ich nehme es dir nicht übel, du bist ja stockbesoffen", sagte er, als er wieder atmen konnte.

„Was willst du? Dir juckt es wohl in den Fingern. Geh einfach. Du hast hier mit dem Buch nichts mehr zu suchen. Du wolltest es nicht und hast es weggeworfen. Du hast es uns gegeben, es gehört jetzt uns", schrie der andere ihn an, legte seine Hand auf die Brust des überraschten kleinen Mannes und gab ihm einen Stoß, der ihn fast zu Boden geworfen hätte. Er stolperte, verlor für eine Weile das Gleichgewicht, aber er fiel nicht.

Ich war vor Überraschung wie eine Statue stehen

geblieben. Ein Angstschauer überlief mich, als ich einige große Männer sah, die mit offensichtlich schlechten Absichten auf den Alten zusteuerten. Der machte einige Schritte rückwärts. In seinem Gesicht waren Schmerz und Demütigung zu lesen. Obwohl ich es nicht erwartet hatte, lief der erschrockene Mann davon und ließ das Buch liegen.

Wo gehst du hin?, wollte ich rufen. *Warum lässt du es liegen? Du hast es hergebracht. Du bist verantwortlich für das, was jetzt passiert.* Aber kein Ton kam aus meinem Mund. Nur heiße Tränen flossen aus meinen Augen, befeuchteten mein Gesicht und trübten meinen Blick.

Ich blickte das Buch an. Auf den gelben Seiten waren nicht mehr viele schwarze Buchstaben zu sehen. Die feuchte Tinte hatte schwarze Rillen in die aufgequollenen Seiten graviert, einer nach dem anderen verschwanden die Buchstaben.

Ich muss es retten, dachte ich, aber meine Füße blieben im Boden stecken und meine Hände wollten sich nicht bewegen lassen. Als ich sah, wie jemand mit Macht viele Male mit der Klinge eines Taschenmessers auf die Seiten einstach, fühlte es sich an, als wären meine Beine aus Butter. Ein lauter Schrei kam kraftvoll aus meiner Brust.

Und dann öffne ich meine Augen und schaue mich erschrocken um. Ich atme schwer, mein Körper ist schweißgebadet.

„Mein Gott, was für ein Albtraum!", grummle ich, als ich zu mir komme und den Ort erkenne, an dem ich bin.

Schnell springe ich auf, als ob eine der Federn des Sessels, in dem ich eingeschlafen war, mich kraftvoll hochgeschleudert hätte. Ich schaue mich suchend nach Ludwigs Buch um. Ich erinnere mich, dass ich es zurück in meinen Rucksack gesteckt hatte. Ich muss sicherstellen, dass es immer noch da ist. Ich habe noch nicht vergessen, wie sehr die Schlosswelt in Gefahr war, weil ich es mitgebracht hatte und es fast in die falschen Hände geraten wäre.

Mein Rucksack lehnt am Sesselbein. Hastig taste ich den Rucksack ab, um sicherzugehen, dass das Buch da ist. Und erst als meine Finger die harte Oberfläche des Einbands berühren, atme ich tief durch, um mich zu beruhigen.

Ich schaue mich um. Ich sehe immer noch verschwommen und bin noch ganz durcheinander.

Elektra schläft in einem Sessel neben mir. Ich kann ihr Gesicht nicht sehen. Die Hälfte ist zwischen ihren Armen versteckt und die andere Hälfte von ihren schwarzen langen Haaren bedeckt. Emma ist nirgendwo zu sehen.

Was ist passiert? Warum bin ich eingeschlafen? Eigentlich sollten wir nicht schlafen, sondern so schnell wie möglich hier raus. Ich mache mir Gedanken darüber, was ich tun soll. Der Traum hat mich beeinflusst, doch ich habe Bedenken. Die Sorge wegen der großen Verantwortung, die ich tragen werde, wenn ich mit dem Buch aus dem Schloss laufe, ist ständig in meinen Gedanken. Bin ich die richtige Person, um die Verantwortung für eine ganze Welt zu übernehmen? *Nein*, denke ich, und meine Beine werden weich, als ich mich daran erinnere, was dem Buch in meinem Traum passiert ist, weil sein Besitzer es nicht beschützen konnte. *Nein. Ich kann es nicht. Es ist besser, wenn ich es Karl und Emma überlasse*, entscheide ich. Ich bin überzeugt davon, dass dies die richtige Entscheidung ist. Denn ohne Max gibt es keine andere Gefahr des Aussterbens dieser Welt, außer durch die Zerstörung des Buches selbst.

Plötzlich geht ein schrecklicher Verdacht wie ein Blitz durch meinen Kopf. Und wenn alles nur ein Traum war? Mit meinen Fingern richte ich meine Haare, die vom Schlaf ganz durcheinander sind. Ich schüttle meinen Kopf, um die grausamen Gedanken loszuwerden, als wären sie nur Staub, der auf der Kleidung sitzt und beim ersten Klopfen abfällt. Nein, nein, es war kein Traum. Alle Ereignisse sind so intensiv in meinem Kopf, so lebendig und präsent, dass ich sicher bin, dass ich sie gelebt habe. Der schreckliche und anhaltende Verdacht lässt meine Hände jedoch schwitzen.

Besorgt gehe ich auf Elektra zu. Die Bandagen an ihren Händen und Füßen lassen mich erleichtert aufatmen, da sie beweisen, dass nichts ein Traum war. Tatsächlich, wir haben wirklich all das erlebt, egal wie gut, schlecht oder schmerzhaft sie auch waren. Ich schüttle sie leicht und als sie die Augen öffnet, lasse ich ihr keine Zeit, richtig wach zu werden.

„Ich muss Emma und Bastian finden", sage ich hastig. „Bastian hat versprochen, uns runter ins Dorf zu helfen."

Elektra steht langsam vom Sessel auf und nähert sich dann dem Fenster. Sie schaut auf die leichten Frühlingsschneeflocken, die im ersten Licht der Morgendämmerung unablässig tanzen, getrieben vom Atem der kalten Luft. In weniger als drei Stunden, um acht Uhr, werden die Wachen der Morgenschicht eintreffen und wir müssen weg sein.

„Es hat heute Nacht geschneit", murmelt Elektra mechanisch, ohne den Blick vom Fenster abzuwenden.

„Du musst zu einem Arzt, sobald wir im Dorf sind", sage ich mit entschlossener Stimme, die keinen Widerspruch erlaubt.

„Das ist nicht nötig, Paul. Mir geht es besser, viel besser. Die Salben von Frau Hofbauer sind wunderbar."

Ihre Worte beruhigen mich, denn der einzige Gedanke, der mich derzeit quält, ist meine Entscheidung, das Buch Emma zu übergeben. Ich zittere bei der Vorstellung, welch große Verantwortung ich übernehmen müsste, wenn ich es mitnehmen würde. Allein bei dem Gedanken spüre ich, wie sich mein Magen zusammenzieht. *Warum musste ich auch einschlafen*, denke ich.

Ich verlasse den Raum und renne zum königlichen Schlafzimmer. Ich riskiere dabei zwar, in den Korridoren auf die Wachen zu treffen, habe es aber eilig, aus der Verantwortung zu kommen. Wahrscheinlich ist das Sicherheitspersonal, das morgens kommt und aufschließt, sowieso die größere Gefahr für uns.

Einige Meter vor dem Schlafzimmer bleibe ich abrupt und wie angewurzelt stehen. Der Alabasterschwan steht an seiner Stelle, ganz neu und glänzend. Das ist wirklich eine Überraschung, wie schnell das passiert ist. Damit hatte ich nicht gerechnet.

„Oh nein", murmle ich enttäuscht. „Ich habe es nicht geschafft, mich von Schwanhold zu verabschieden."

Ich bin auf mich selbst wütend, dass ich wieder einmal so verantwortungslos gewesen bin. Jetzt verstehe ich, warum mein Großvater mir nie von den Leuten aus dem Buch erzählt hat. Er hatte mich nicht als würdig erachtet, so ein großes Geheimnis mit mir zu teilen. Er hatte recht, muss ich jetzt zugeben.

Ich senke frustriert den Kopf und versuche den verstörenden Gedanken loszuwerden, dass er Emma das Geheimnis nicht nur anvertraut, sondern auch um ihre Hilfe bat. *Aber vielleicht hatte mein Großvater recht*, denke ich, und versuche das eifersüchtige Denken zu lassen. Vielleicht sollte ich es genauso machen und statt Karl ihr das Buch geben.

Ich sehe mir den Alabasterschwan noch ein letztes Mal an.

„Was meinst du, Schwanhold? So ist es doch besser, oder? Ich weiß zwar nicht, ob ich dich wiedersehen werde, denn ohne das Buch kann ich nicht mehr auf dem Weg der Tinte gehen. Aber das ist weniger schlimm. Das Wichtigste ist, dass es euch allen gut geht. Wer weiß... Ich hoffe, mein Besuch hier hat ein wenig geholfen."

Die ersten Sonnenstrahlen, die mit den hellen Farben des Buntglasfensters in den Raum gleiten, lassen die Porzellanaugen des Schwans leuchten.

„Du Armer! Du kannst mir nicht antworten."

Was für eine Schande, dass ich mich nicht von ihm verabschieden durfte, denke ich und empfinde Schuldgefühle.

„Ich bin froh, dass ich dich getroffen habe", sage ich mit einem warmen Lächeln und zwinkere ihm zu. Ich bin sicher, dass Schwanhold mich hört.

Dann kann ich nur noch daran denken, Emma ein letztes Mal zu sehen, ihr das Buch zu geben und mich zu verabschieden. *Vielleicht ist sie in der Küche*, überlege ich und gehe schnell die Personaltreppe hinunter. Vielmehr, ich renne wie verrückt die Treppe zum Erdgeschoss hinunter. Als ich an der letzten Stufe ankomme, nehme ich die tiefe Stille wahr, die im Flur liegt, und bleibe abrupt stehen, als ob Gewichte an meinen Beinen hängen würden. Ich wende mich zur offenen Küchentür und betrete den Raum.

Die Küche strahlt vor Sauberkeit. Geschirr und Besteck, Tassen und Schalen, alles ist sauber an seinem Platz. Die Kupferutensilien, einige in Regalen und andere an der Wand hängend, scheinen seit Jahren nicht mehr verwendet worden zu sein.

Ich sehe mich hilflos um, wütend auf mich selbst. Mit gesenktem Kopf und voller Verzweiflung will ich den Raum wieder verlassen. Was wird wohl Emma von mir halten, dass ich es nicht geschafft habe, wach zu bleiben und mich zu verabschieden? Sicherlich wird das Mädchen mich nach meinem beschämenden Benehmen nicht wiedersehen wollen. Sie hatte mir die ganze Nacht geholfen, Elektra befreit und alles getan, um das Buch zu retten. Und ich bin wie ein dummer, undankbarer Junge einfach eingeschlafen und habe mich nicht einmal bei ihr bedankt.

Ich hebe den Kopf und sehe Elektra an der Küchentür stehen, die mich schweigend beobachtet.

„Komm schon, wisch dir die Augen.“

Sie spricht sanft und langsam und ich kann Wärme und Mitleid in ihrem Blick erkennen.

„Wir wissen nicht genau, wann sich die Türen des Schlosses für das Publikum öffnen werden. Sie sollten dich nicht in diesem Zustand sehen. Du bist kein schöner Anblick mit solch roten und geschwollenen Augen.“

Schweigend folge ich ihr zum Obergeschoss wie ein braver und gehorsamer Hund. Ich fühle mich müde und bin frustriert.

Wir landen wieder im königlichen Schlafzimmer, als ob der Ausgangspunkt unserer gemeinsamen Reise auch der Endpunkt wäre.

„Hast du Pläne, wie wir aus dem Schloss kommen sollen?", fragt sie mich.

„Ja", antworte ich gleichgültig. „Wir verstecken uns hinter dem Vorhang und laufen gemeinsam mit der ersten Gruppe nach der Führung aus dem Schloss."

„Unsinn."

Mein Herz hüpft so heftig, dass ich denke, es wird aus meiner Brust springen. Die Stimme, die vom Schlafzimmereingang kommt, ist nicht Elektras.

Die Stimme von Elektra ist einige Sekunden später zu hören.

„Emma!", ruft sie herzlich, als wären sie alte Freundinnen, die sich seit Jahren nicht mehr gesehen hatten. „Ich bin so froh, dass du nicht wie alle anderen verschwunden bist!"

Ich drehe langsam den Kopf und blicke kurz auf, aber senke sofort meinen Kopf vor Scham. Kalter Schweiß durchnässt mein Hemd am Rücken.

Emma steht mit in Brusthöhe verschränkten Armen an der Tür und sieht mich mit ihrem bezauberndsten Blick an. Ihr Gesicht wirkt entspannt, ihre Augen leuchten und ihre Haut strahlt Wärme und Gesundheit aus.

„Wenn wir deinem Plan folgen, werden wir nicht einfach so hier rauskommen. Das Sicherheitspersonal des Schlosses, das zuerst die Räume inspiziert, wird euch sofort entdecken und festnehmen. Es gibt Morgen, an denen ich nicht schlafen kann, und ich verbringe meine Zeit damit, sie zu beobachten. Lange bevor sie den Besuchern den Zutritt erlauben, kontrollieren sie mit speziellen Geräten die Räume von einem Ende des Schlosses zum anderen", erklärt sie.

Mein Herz will nicht aufhören, wie verrückt zu schlagen. Eine laute, fast unerträgliche Freude droht mich wie ein stürmisches Meer zu ertränken und sendet unaufhörlich Wellen in meine Kehle. Ich überspringe ihre letzten Worte und frage mich, ob ich ihre ersten Worte richtig verstanden habe. Habe ich gut gehört? Habe ich richtig verstanden? Hat sie vor uns zu folgen, mit uns zu kommen?

Elektra scheint die gleiche Frage zu haben.

„Emma, meine Liebe, habe ich das richtig verstanden? Kommst du mit uns?", fragt sie fröhlich.

Doch bevor Emma antwortet, verdunkelt sich Elektras Blick, als würde sie sich an etwas Unangenehmes erinnern. Das Zögern in ihren Augen zeigt, dass sie etwas sagen will, aber Angst hat, es auszusprechen. Aber am Ende scheint sie doch in der Lage zu sein:

„Kannst du? Ich meine, kannst du das Schloss verlassen?"

Ich starre auf Emmas Gesicht und warte gespannt auf die Antwort, als hätte ich die Frage selbst gestellt.

Emma antwortet nicht sofort, als ob sie meine Qual absichtlich verlängern möchte. Sie geht langsam durch den Raum und setzt sich auf das königliche Bett.

„Einst hat mich diese Frage gequält. Nicht, weil es mir wichtig war, die Ewigkeit zu behalten. Im Gegensatz zu Franz hatte ich keine Angst davor, durch das Verlassen des Schlosses zu riskieren, eine leere Seite im Buch zu werden. Aber jetzt ist alles anders", sagt sie langsam.

„Was ist anders?"

Ich finde endlich den Mut zu fragen.

„Bastian hat es geschafft. Er ist viele Male gegangen und immer wieder zurückkehrt."

„Also kannst du es auch", stammle ich angespannt.

Sie macht eine dramatische Pause, die mir unendlich lange vorkommt. Sie seufzt langsam, als ob sie etwas Zeit braucht, um zu entscheiden, ob sie weiterreden will oder nicht.

„Ich dachte einst, meine Seele sei eine Gefangene des Schlosses, weil ich eine von ihnen bin, ihr wisst schon, die...", sie macht eine kurze Pause. „Ich kam nicht normal auf die Welt, sondern durch eine Tintenspur auf einem dicken, vergilbten Blatt Papier. Die meisten wurden draußen geboren und haben Erinnerungen an gute oder schlechte Zeiten, Erinnerungen, die sie bis in alle Ewigkeit begleiten werden. Ich weiß nicht, wie es ist, sich an etwas aus der Vergangenheit außerhalb dieser Welt zu erinnern, weil ich eine von denen bin, die so eine Vergangenheit nicht haben. Ich weiß nicht und kann mir auch nicht vorstellen, wie die Außenwelt ist."

Ich beobachte sie, während sie spricht. Sie zieht ihre Augenbrauen hoch und runzelt die Stirn.

„Vor ungefähr einer halben Stunde ging ich an dem Raum vorbei, in dem ich euch gelassen hatte. Ihr habt so friedlich geschlafen, dass es mir leidtat, euch zu wecken. Eine halbe Stunde Schlaf würde euch nicht schaden. Ich kehrte zu meinem Zimmer zurück und hatte vor, euch rechtzeitig aufzuwecken. Ich setzte mich auf die Bettkante und versuchte, eine plausible Geschichte für die Ereignisse der vergangenen Nacht zu finden, damit ich sie am folgenden Nachmittag Frau Hofbauer erzählen konnte.

Aber der Gedanke, dass ihr bald geht und ich die Gelegenheit verpassen würde, die reale Welt kennenzulernen, machte mich verrückt. Ich war nicht bereit, einen Traum aufzugeben, ohne die geringste Anstrengung zu unternehmen, ihn zu verwirklichen. Tausend Gründe kamen mir in den Kopf, warum ich nicht gehen sollte, aber ich fand keine gute Ausrede, die mich überzeugte zu bleiben.

Je mehr ich darüber nachdachte, dass du, Paul, beschlossen hast, dein Zuhause zu verlassen, um dein Leben zu verändern, ohne dir Sorgen darüber zu machen was kommen mag, desto mehr hasste ich mich selbst, dass ich mich nicht entschließen konnte, dasselbe zu machen. Ich weinte untröstlich über meine Schwäche, als ich plötzlich Schritte vor der Tür hörte. Ich erschrak fürchterlich. Wir hatten in den letzten Stunden vieles erlebt und ich war auf alles gefasst."

Sie hebt ihren Blick und sieht mal mich und mal Elektra an. Mir fällt auf, dass sie nicht mehr traurig ist.

„Obwohl ich über das Geräusch der Schritte erschrocken bin, öffnete ich, als es an der Tür klopfte", fuhr sie fort. *Es kann nichts Schlimmes sein, dachte ich.* Wenn mich jemand verletzen wollte, würde er weder an der Tür klopfen noch geduldig darauf warten, dass ich sie öffne. Er würde ins Zimmer stürmen. Ich schaute zu Frau Hofbauer, die ruhig in ihrem Bett schlief. Sie hatte das Klopfen nicht gehört.

Als ich also die Tür öffnete, verlor ich den Boden unter meinen Füßen. Vor mir stand Seine Majestät in seiner blau-weißen königlichen Pracht und seiner schönsten Krone."

Bei dieser unglaublichen Neuigkeit weiß ich wirklich nicht, wie ich reagieren soll. Zum Glück bin ich sprachlos und riskiere nicht, später etwas locker Dahingesagtes zu bereuen.

„Das Erstaunen und die Angst, die ich vor der unerwarteten königlichen Erscheinung verspürte, haben mich aus der Fassung gebracht. Ich habe mich vor ihm verbeugt, wie es mir Frau Hofbauer so oft gezeigt hatte. Es war das erste Mal, dass ich ihn traf, und meine Verlegenheit war bestimmt nicht zu übersehen. *Er hat bestimmt etwas Ernstes zu besprechen, sonst wäre er nicht hierhergekommen,* dachte ich und ließ ihn ins Zimmer.

Er ging langsam mit schweren Schritten zum Tisch und gab mir ein Zeichen, mich zu nähern. Ich warf ihm einen Blick zu, bevor ich ehrfürchtig meinen Kopf senkte und dem nachkam. Sein volles Gesicht war jugendlich und lebhaft, sein wirkliches Alter sah man ihm überhaupt nicht an. Sein scharfer Blick war direkt auf mich gerichtet. Sein gekämmtes, welliges Haar saß tadellos, als hätte er gerade die Hände seines Friseurs verlassen. Sein künstlerisch gestutzter Bart endete in einem kleinen Dreieck an der Spitze seines Kinns."

Emma hält für einen Moment inne, um sicherzustellen, dass wir zuhören, und fährt dann ohne weitere Verzögerung fort.

„Ich wollte meinen Ohren nicht trauen, als er zu

sprechen begann. Zuerst bedankte er sich mit seiner sanften und höflichen Stimme bei mir für das, was wir an diesem Abend für sein Volk getan hatten, und bat mich, euch seinen Dank auszurichten. Er hatte Mitleid mit dem, was die freundliche Dame erlitten hatte und wünschte, dass Sie sich schnell erholen, Frau Elektra", sagt Emma und sieht Elektra mit einem Lächeln an. Und dann redet sie weiter mit einer hochgezogenen Augenbraue.

„Das Glück hat es so gewollt, sagte Seine Majestät, dass das Buch in deine Hände gekommen ist, Paul, das Buch, das aus seinem brennenden Wunsch geboren wurde, aus und über seine Seele hinaus zu schauen. Seine Verzweiflung, erklärte er, hat etwas von seiner eigenen Energie in seine Geschichten fließen lassen. Er wurde ein Schöpfer zu einer Zeit, als er dachte, er sei ein Opfer. Aus der Traurigkeit seiner Seele wurde Freude geboren, aus dem schmerzhaften Leiden, das ihn verzehrte, strömte das berauschende Aroma der Unsterblichkeit. Er schrieb seine Geschichten, nicht um Menschen unsterblich zu machen, sondern seine Werke. Leider, wie er traurig gestand, hatte er bis dato kläglich versagt. Er war sehr enttäuscht, weil manche Leute die Vergangenheit sehr schnell vergessen. Vielleicht, weil ihnen nichts anderes wichtiger ist, als zu leben. Es ist ihnen egal, wie sie leben. Er spekulierte, dass sie sich dafür entscheiden würden, in ewiger Einsamkeit, in ewigem Elend oder in ewiger Dunkelheit zu leben. Sie würden das elendste Leben wählen, Hauptsache leben, einfach nur leben.

Ich stand vor ihm staunend, sprachlos und verblüfft und ich wusste nicht, was ich sagen sollte. „Sie und Ihr junger Freund haben mir meine verlorenen Hoffnungen zurückgegeben", sagte er so laut, dass ich dachte, seine Stimme würde Frau Hofbauer wecken. „Ich mag es, mich mit jungen Leuten zu unterhalten", fuhr er fort und senkte wieder seine Stimme. „Man lernt viel von ihnen. Sie müssen mir versprechen, dass Sie mich unbedingt besuchen kommen, wenn Sie mit dem jungen Mann in das Schloss zurückkehren.

Ich möchte wirklich wissen, was heute in der realen Welt passiert. Der ehrenwerte Herr Schneider hat mir die letzten Neuigkeiten gebracht, seitdem habe ich nichts mehr erfahren."

„Mein Großvater hat mit Ludwig gesprochen? Unglaublich", sage ich, obwohl ich nicht vorhatte sie zu unterbrechen.

Emma schenkt mir keine Beachtung, sie möchte schnell ihre Geschichte zu Ende erzählen.

„Er setzte an zu gehen, ich aber konnte noch immer mein Glück nicht fassen. Ich wischte mir hastig über die Augen und rannte hinter ihm zur Tür. Bevor er den Raum verließ, sagte er zu mir: „Versprechen Sie mir, dass Sie sich um die Welt des Buches kümmern werden. Sie müssen darüber nachdenken, wie Sie helfen können. Sie wissen ja, es geht ums Überleben. Ich denke, ich kann mich auf Ihre Vertraulichkeit verlassen. Ich bin sicher, dass Sie und der junge Mann mit der nötigen Diskretion einen Weg finden werden, das Buch zu schützen. Wer weiß, vielleicht wird es eines Tages für die Menschen nützlich sein."

Ich sah ihm nach, wie er langsam und stetig davonging, bis er am Ende des Ganges verschwunden war."

Emma seufzt tief und sieht mich melancholisch an.

„Paul, ich fürchte sehr, dass Seine Majestät möchte, dass das Leben im Schloss so weitergeht."

Ich nicke zustimmend und möchte ihr zeigen, dass ich damit einverstanden bin. Merkwürdig, aber das Auftreten von Ludwig, obwohl ich es nicht selbst erlebt habe, hat mir eine seltsame Gelassenheit geschenkt.

Erleichtert ziehe ich meine Jacke an.

„Es ist Zeit loszulegen."

Ich nehme meinen schweren Rucksack in die Hände. „Ich denke, wir nehmen es mit", sage ich zu Emma und meine natürlich das Buch.

„Klar."

Ihre Stimme ist ruhig mit einem Hauch von Vergnügen.

Ich ziehe den einen Riemen des Rucksacks auf meine Schulter, ohne zu bemerken, dass der Reißverschluss offen war. Sofort rutscht das Buch aus dem Rucksack, fällt auf den Boden und liegt dann halb offen da, was mich an den unangenehmen Traum von vorhin erinnert.

Emma bückt sich schnell und nimmt es auf. Sie ist so darauf konzentriert, es richtig zu schließen, und dabei die zerknitterten Seiten vorsichtig zu glätten, dass sie gar nicht auf die losen Blätter achtet, die gefaltet neben dem Buch auf dem Boden liegen.

„Was ist das schon wieder?"

Dabei spreche ich eher mit mir selbst, als eine Antwort zu erwarten.

Emma hebt den Blick von dem Buch und sieht mich erstaunt an. Elektra kommt näher.

Ich öffne vorsichtig die weißen Blätter, die sich anscheinend zwischen den dicken Seiten des Buches versteckten, niemand von uns hatte es bemerkt. Ich erkenne die Handschrift und gerate aus der Fassung, aber ich bemühe mich, es nicht zu zeigen.

„Ich habe den Eindruck, dass mein Großvater das geschrieben hat", sage ich so gleichgültig ich kann.

„Worauf wartest du dann noch? Lies es", sagt Elektra hastig und schaut kurz auf ihre Uhr.

Ich nicke mit dem Kopf und ziehe die Augenbrauen zusammen. Ich zögere ein wenig, habe ein bisschen Angst vor dem, was dort stehen könnte, und beginne dann, den Brief zu lesen.

Als ich anfange, den handgeschriebenen Brief zu lesen, zittern meine verschwitzten Hände so sehr, dass ich befürchte, dass die Blätter mir aus den Fingern rutschen werden.

33. FRANZ ~ Meine Fantasie, dieser Verräter

Mein lieber Paul,

in den letzten Tagen regnet es ununterbrochen. Der Himmel ist hinter dunklen Wolken verschwunden; Tropfen für Tropfen rieselt Kälte und graue Farbe in meine Seele. Meine einzige Abwechslung sind die dicken Regentropfen, die an der Fensterscheibe wie transparente Wasservorhänge hinunterlaufen und Muster bilden.

Neulich sagte dein Vater, dass dies der dunkelste September der letzten Jahre sein soll. Ich kann ihm nur zustimmen.

Ich verbringe meine Tage im alten Samtsessel am Fenster, dem Lieblingsplatz deiner Großmutter. Ich schaue nach draußen, obwohl ich nicht mehr so weit sehen kann wie früher.

Dein Vater möchte, dass wir den alten Sessel wegwerfen und einen neuen besorgen, aber ich will ihn behalten. Es ist der einzige Platz, an dem ich ohne Schmerzen sitzen kann. Ich sitze stundenlang in diesem Sessel, verloren in meinen Erinnerungen, und unterhalte mich mit all den Seelen meiner Lieben, die vor mir gegangen sind. Die Gespräche mit ihnen halten mich am Leben und sind mir so wichtig wie die Luft zum Atmen, jetzt, wo ich nicht einmal die Kraft habe, mein Zimmer zu verlassen.

Die Vögel des Todes nähern sich, mein Junge, nachts höre ich ihre Flügel flattern. Ich weiß nicht, wie viel Zeit ich noch habe. Nicht viel, denke ich. Also habe ich beschlossen das zu tun, was ich schon vor Jahren hätte tun sollen, solange ich noch bei Verstand bin. Ich muss dir von diesem Geheimnis erzählen, das ich ein ganzes

Leben in meiner Seele versteckte. Bis heute habe ich das Gespräch mit dir verschoben, mit der Entschuldigung, dass du zu jung dafür warst und es nicht verstehen würdest. Aber jetzt, wo du älter geworden bist, kannst du die Kraft der Vergebung aus dir schöpfen, die ich durch diesen Brief dringend von dir verlange.

Ich beschloss aus Feigheit dir zu schreiben, anstatt persönlich mit dir zu reden. Manchmal ist es einfacher, Worte aufs Papier zu bringen, die man nur schwer aussprechen kann. Ich schreibe nicht nur dir, sondern auch mir. Ich möchte etwas gestehen, das mich belastet, und mich ein letztes Mal mit dir an den Mittelpunkt meiner Welt erinnern, an den konstanten Punkt, um den sich mein ganzes Leben drehte.

Ich bedauere nichts von dem, was ich getan habe, mein Junge. Meine Erinnerungen sind nicht aus blutigen Wunden entstanden, weil ich niemanden absichtlich verletzt habe. Aber mit der gleichen Heftigkeit und der gleichen Manie kommen nachts die Schuldgefühle in meine Träume, für all das, was ich nicht getan habe. Ich hoffte einst, dass die schlechten Erinnerungen mit der Zeit nachlassen würden. Doch es stellte sich heraus, dass ich mich geirrt habe.

In meinem Sessel zu sitzen und darüber nachzudenken, was ich getan habe und was ich hätte besser machen können, tröstet mich nicht mehr. Ich schreibe dir in der Hoffnung, dass du, wenn du es herausfindest, vielleicht das tun kannst, wozu ich nicht den Mut hatte. Nämlich einigen ganz besonderen Menschen zu helfen. Den Menschen einer unsichtbaren Welt, der verborgenen Welt von Neuschwanstein, einer Welt, die so stabil ist wie die Sonne. Obwohl wir uns alle um diese Welt drehen, ist es unmöglich, ihre Existenz zu erkennen. Anscheinend war ich der Einzige, der das Glück hatte, diese Welt zu entdecken. Ich denke, als ich ein Kind war, geschah ein Wunder. Und ich akzeptierte es und nahm es mit der gleichen Leichtigkeit an, wie wir alle akzeptieren, dass eins und eins zwei ist.

Bis zu diesem Zeitpunkt verlief mein Leben so, wie es meine Eltern für mich geplant hatten. Wie du weißt wurde ich in eine ländliche Familie hineingeboren, die einst einer reichen Bourgeoisie angehörte, die aber im Laufe der Jahre untergegangen und verkommen ist. Die Familie Schneider war groß und wohlhabend, sie hatte eigene Plätze auf der Ehrentribüne im Theater, einen eigenen Kirchenstuhl in der Kirche, ein eigenes Auto im Jahr 1912, als Autos noch eine Rarität waren. Mit der Zeit verlor sie jedoch alles, die Adelstitel wurden für ein paar Mark verkauft, ihre Häuser wurden vom Staat wegen Schulden gepfändet, und das Einzige, was die Familienmitglieder noch hatten, waren zwei oder drei halb ruinierte Ställe, die einst einzigartige und teure Pferde beherbergt hatten.

Mein Großvater Heinz Schneider, ein Liebhaber aller Arten von Vergnügungen, war der letzte einer Reihe verschwenderischer und vergeuderischer Nachkommen, deren ungesetzliche Liebesbeziehungen und Schwäche gegenüber jeder Frau, die sie nur anlächelte, die größte Schuld trugen an der Familienkatastrophe.

Mein Vater war nicht wie sie. Er hat deren Lebensstil nie verstehen können. Mit sechzehn Jahren entschloss er sich zu reagieren. Verzweifelt und frustriert kündigte er eines Morgens seinem ausschweifenden Vater an, dass er das Haus verlassen und seine Mutter, meine Großmutter Eva, mitnehmen würde; ihr Gesundheitszustand hatte sich in den letzten Jahren aufgrund der miesen Behandlung ihres Mannes enorm verschlechtert. Großvater Heinz, der in den Tiefen seines Herzens seine Frau und seinen Sohn lieb hatte, aber zu schwach war, um seine Leidenschaften zu überwinden, akzeptierte die Entscheidung meines Vaters ohne Einwände und gab ihm einen der beiden in der Familie verbliebenen Ställe in Ismaning, wenige Kilometer außerhalb von München. Nur ein paar Tage später wurden auch die letzten Überreste des Familienbesitzes zum Eigentum der Banken. Seitdem ist Heinz Schneider verschwunden und keiner von uns hat jemals wieder von ihm gehört.

In den nächsten Jahren fand die Umwandlung meiner Familie in eine Bauernfamilie statt. Mein Vater hat mit der Hilfe seiner Mutter hart gearbeitet, um alle durchzubringen. Er richtete einen kleinen Bauernhof ein. Er riss mit seinen eigenen Händen den alten Stall ab und baute an seiner Stelle ein kleines Bauernhaus, heiratete und gründete seine eigene Familie. Dort bin ich geboren, dort in diesem ärmlichen Haus ist auch Steffi, deine Mutter, auf die Welt gekommen. Wir haben dort gelebt, bis meine Eltern starben und wir 1970 nach München gezogen sind. Ich weiß nicht, warum ich das alles schreibe, du hast diese Geschichte so oft gehört, dass du es wahrscheinlich satt hast, sie zu hören. Wer weiß? Vielleicht möchte ich mich ein letztes Mal an sie erinnern.

Wie auch immer. Um noch einmal auf unser Thema zurückzukommen: Als ich ein Kind war und wir noch in Ismaning lebten, besuchten wir ein einziges Mal das Schloss Neuschwanstein. Mein Vater hatte es mit vielen Entbehrungen geschafft, Geld zu sparen, um den Wunsch seiner alten Mutter zu erfüllen.

Auf dem Rückweg haben wir ein Buch mitgebracht. Ich habe nie verstanden, warum ich ein Buch, das vor meinen Füßen gelandet war, in die Tasche meiner Mutter gesteckt und mitgenommen habe und vor allem, woher dieses Buch gekommen war.

Es erschien so unerwartet in meinem Leben wie ein Blitz, wie ein Sturm mitten im Sommer, und genau so plötzlich verschwand es fast am selben Tag aus meinem Gedächtnis. Bis wir nach Hause kamen, hatte ich seine Existenz vergessen und natürlich habe ich auch gar nicht danach gesucht.

Ich habe es nach einigen Jahren wiedergefunden, als ich etwa vierzehn oder fünfzehn Jahre alt war, wenn mich mein Gedächtnis nicht täuscht, zusammengedrängt zwischen einigen alten Büchern, in einem Regal in unserer Küche, das meine Mutter scherzend Bibliothek nannte. An diesem Tag stellte ich schockiert fest, dass ich vor langer Zeit im Schloss einen Diebstahl begangen hatte und dies, ohne mit der Wimper zu zucken.

Aus irgendeinem unbekannten Grund schaffte das gestohlene Buch, mein Herz zu berühren sobald ich es in die Hände nahm. Es hatte mich gepackt, das Lesen wurde für mich zum Bedürfnis. Viele Jahre lang habe ich jeden Abend bis in die Nacht hinein darin gelesen, einige Geschichten wieder und wieder. Mein Blick wanderte unermüdlich über das gelbe, dicke Papier und die schwarzen, künstlerisch geschwungenen Buchstaben jeder einzelnen Seite. Das berauschende Gefühl der Schönheit strömte aus seinen

Seiten beruhigend in mein Sein und befreite auf wundersame Weise meine schmerzenden Hände von den Wunden der Schaufel, mit der ich den ganzen Tag den Mist unserer Nutztiere schaufelte. Versunken in die Geschichten des Buches vergaß ich meine Müdigkeit, den Gestank der Tiere und den Schimmel des Lagers, in dem ich den größten Teil des Tages verbrachte.

Langsam, ohne es zu merken, mitten im Chaos meiner jugendlichen Seele, wurde eine einzigartige Welt geboren, eine verborgene Welt, die sich vor mir so charmant und bezaubernd ausbreitete wie die geheime Verbindung eines jeden von uns mit seinem Gott. Eine zerbrechliche Welt, von der ich befürchtete, sie würde sich wie Rauch auflösen, wenn ich meinen Mund aufmachte, um von ihr zu erzählen. Ohne es zu merken, baute ich mit meiner Begeisterung eine Brücke, die mich auf die andere Seite führte, während ich die Geschichten las. Damals war ich wohl zu jung, um mich zu fragen, ob das, was ich tat, gut oder schlecht war. Die Konstruktion der Brücke hatte mich völlig in Anspruch genommen.

Das Buch wurde mein Gott. Ein Gott, dessen Existenz ich nicht leugnen konnte, weil er eine Schöpfung von mir selbst war. Viele Jahre später wurde mir klar, wie schwer dieses Los letztendlich war.

Die Bewohner des Schlosses, nicht so sehr seine bekannten und berühmten Schöpfer, sondern eher die unscheinbaren Leute des Personals, schafften es, eins mit mir zu werden und mich den Rest meines Lebens zu begleiten. Im Laufe der Jahre habe ich den Eindruck bekommen, Teil einer Welt geworden zu sein, wo Zeit keine Rolle spielte, eine stehengebliebene Welt, in der sich aber alles bewegte. Ich beobachtete die Schlosswelt aus der Ferne, fühlte mich aber immer so nah, dass ich oft den Atem und den Herzschlag der Menschen des Schlosses spürte. Die Welt des Schlosses lebte in der Stille der Zeit, eingehüllt in einen leuchtenden Nebel, in der Größe seiner Form und Gestalt, seiner Seele und seines Intellekts. Viele Jahre lang konnte ich nicht entscheiden, ob seine Existenz wahr oder eine Erfindung meiner Vorstellungskraft war und begann langsam zu glauben, dass ich verrückt wurde. Und gerade deshalb habe ich seine Existenz geheim gehalten. Ich habe nie mit jemandem darüber gesprochen. Vielleicht, weil ich Angst hatte, die Leute könnten mich auslachen. Sie würden mich für verrückt halten. Ich hatte Angst, dass dieser Wahnsinn mich ruinieren würde. Ich hatte beschlossen, mein Kind, an die Wahrheit des Absurden zu glauben, um ein für alle Mal die Zweifel zu entwirren, die meinen Verstand zu schmelzen drohten. So behielt ich „die geheime Welt von Franz", wie ich sie nannte, ganz für mich allein und ohne es zu merken, wurde ich ein Gefangener einer Macht, die über mir stand.

Das Buch, das im Laufe der Jahre eins mit mir geworden war, hatte meine Seele gestohlen. Stück für Stück hatte das Buch den Helden des Schlosses Teile meiner Seele gegeben. Es wollte ihnen Leben und Substanz geben, so wie es sein Autor geschrieben und wie ich es als Leser erträumt hatte.

Die Welt des Buches glich einem Garten, in dem blühende Blumen wie Emma, aber auch Brennnesseln und Unkraut wie Max wuchsen, der freiwillig die Rolle des Gärtners übernommen hatte, der, anstatt seinen Garten zu pflegen, zum größten Feind geworden war. Und ich habe nichts getan, um das Böse zu verhindern.

Paul, ich glaube ich habe erlaubt, dass ein Monster erschaffen wurde, das unschuldige Menschen zu seinem eigenen Vorteil unterdrückt. Es dauerte lange, bis mir klar wurde, dass Max, bewaffnet mit der Geduld der Unsterblichen, den Weg der Falschheit und Bosheit eingeschlagen hatte, geleitet von Arroganz, Neid und Gier. Zeichen meiner eigenen Zeit, dachte ich, als ich erkannte, dass das Wasser in meiner geheimen Welt unruhig floss, und die Gerechten begannen, die Sünden der Ungerechten zu bezahlen, so wie es heute ist.

Ich wollte Max aufhalten, Gott ist mein Zeuge, ich habe mich sehr bemüht einen Weg zu finden, aber etwas hielt mich immer auf. Meine Hoffnung war, dass er eines Tages verstehen und sein Verhalten ändern würde. Ich schäme mich zuzugeben, dass es Zeiten gab, in denen ich von seiner heiligen Hingabe an sein Ziel fasziniert war, er hat nie den ausgewählten Pfad verlassen, er ist nie durch flüchtige Zweifel davon abgewichen. Ich nahm an, Max würde für immer eine gequälte Seele sein, gezwungen in der Ewigkeit umherzuirren und den Gestank seiner eigenen Fäulnis mit sich zu tragen. War eine solche Bestrafung nicht genug?

Er wiederum hielt mich für feige, weil ich schwieg. „Du bist nicht so dumm, um von dieser Welt zu erzählen. Du weißt genau, dass niemand dir glauben wird. Stattdessen bist du klug genug, um nur zuzuhören und zu schweigen", sagte er einmal zu mir, um mir zu zeigen, dass er keine Angst vor mir hatte.

Und während ich versuchte meinen Verstand zu beruhigen und mich davon zu überzeugen, dass es keine Retter gab und dass, wenn die Leute des Schlosses gerettet werden wollten, sie es selbst tun müssten, hatten Max und seine Gesellschaft begonnen, einen Kampf nach dem anderen zu gewinnen.

In meiner Verzweiflung sprach ich mit einem jungen Küchenmädchen, Emma. Ich fand sie halb versteckt in einer Beschreibung der Küche, zwischen Töpfen und Kesseln, eine verschwommene Gestalt hinter den Duftwolken und Aromen, getränkt vom Geruch des gebratenen Fleisches. Ich habe mich mehrmals gefragt, was Emma anders gemacht hat. Vielleicht war es die Tatsache, dass ihr Verstand anders zu funktionieren schien als der ihrer Mitmenschen. Sie sah Dinge mit anderen Augen, unberührt von Bildern der Vergangenheit, die ihren Blick trüben könnten. Als ich mit ihr über Max sprach, hatte ich das Gefühl, dass sie im Grunde genommen schon alles wusste, als hätte sie es vermutet, und bereit war zu reagieren. Das Beste war, wenn sie mir helfen würde, würde es niemand ahnen. Emma war wie ein Chamäleon, das den größten Teil seines Lebens unbemerkt verbringt.

In meinem Kampf gegen Max brauchte ich die Kraft einer unschuldigen Seele, frei von den Schwächen des Bewusstseins, ich brauchte Emmas Unschuld. Aber ich fürchte, dass ich auch dort einen drastischen Fehler begangen habe. Ich bin derjenige, der ihre Seele verdorben hat, der sie dazu gedrängt hat, plötzlich erwachsen zu werden, und das Kind in ihr gedemütigt hat.

Besiegt und erschöpft von der Last meiner Fehler und der Unfähigkeit, den rücksichtslosen Akt von Max zu beenden, beschloss ich vor ein paar Jahren, die geheime Welt in Ruhe zu lassen, um ihr kein größeres Unglück durch meine Fehler zu bescheren. Ich schloss das Buch und öffnete es nicht erneut, obwohl ich tief im Innern wusste, dass ich damit die Theorie von Max bezüglich meiner Feigheit bestätigte.

Aber in letzter Zeit hat etwas in mir begonnen zu revoltieren. Ich kann die Trägheit und Zurückhaltung nicht mehr ertragen. Die Angst um die Zerstörung meiner Welt lässt mich nachts nicht schlafen.

Ich denke ständig an dich, Paul, aber ich kann nicht mit dir reden. Ich kann nachts nicht schlafen, weil ich finde, ich sollte dir das nicht antun. Andererseits, mein Kind, haben diese Menschen eine zweite Chance verdient, haben das Recht, das ich ihnen nie zugestanden habe, für sich selbst zu entscheiden. Ich bin die einzige Brücke, die sie mit unserer Welt verbindet. Bis gestern habe ich niemanden diese Brücke überqueren lassen. Aber jetzt denke ich, es ist Zeit für dich, über die Brücke zu gehen und sie zu treffen.

Ich fürchte, mein Kind, wenn du diesen Brief jemals liest, wirst du denken, du liest die Worte eines alten Wahnsinnigen. Es wird schwer für dich sein, an die Absurdität eines verrückten alten Mannes zu glauben, der seit Jahren von der Gesellschaft abgeschnitten lebte. Vielleicht hast du sogar recht. Wahrscheinlich ist dieser Brief der letzte Versuch, mich selbst davon zu überzeugen, dass ich nicht verrückt bin. Ich schreibe diese Worte und entlasse sie aus meinem Kopf, wie sich die Haut durch die Schweißtropfen entgiftet, die aus ihren Poren fließen.

Paul, ich bin mir nicht sicher, ob du verstehst, was ich dir schreibe, aber ich hoffe es. Bald werde ich dich bitten, das Buch dorthin zurück zu bringen, wo es hingehört, und es Emma zu geben. Ich bin sicher, dass sie weiß, was zu tun ist, und die Kraft und den Willen haben wird, der mir gefehlt hat.

Ich werde heute Nacht nicht mehr lange wach bleiben. Bald werde ich mich hinlegen und schlafen, in der Hoffnung, dass mein Schlaf nach langer Zeit tief und ruhig sein wird."

Als ich mit dem Lesen fertig bin, blicke ich erschüttert und sprachlos zum Fenster. Schwere graue Wolken tauchen am Himmel auf und verraten die Farbe des Tages, der gerade beginnt. Die Wipfel der Bäume wiegen sich in der Luft, die von den Bergen kommt, und obwohl die Fenster geschlossen sind, erreicht das Gefühl der Feuchtigkeit meine Nase. So muss auch mein Großvater in die Wolken geschaut und nachgedacht haben, als er sich entschied mir zu schreiben. Sich entschied seine Geschichte aufzuschreiben, die Geschichte der geheimen Welt, die auch meine Geschichte ist.

Ich mache ein paar wackelige Schritte hin und her, wie hypnotisiert. Die Kerzen sind seit einiger Zeit gelöscht, aber der Raum riecht immer noch nach verbrannten Dochten. Plötzlich habe ich starke Bauchschmerzen, als ob ich an einem chronischen Geschwür leiden würde. Trotz meiner Aufregung bemühe ich mich, meine Gedanken in Ordnung zu bringen. Jetzt hat alles begonnen Sinn zu machen.

Ich sehe die beiden Frauen an. Elektra, die am Rand des königlichen Bettes sitzt, ist in Stille versunken und hat einen unbestimmten Ausdruck. Emma, die neben mir steht, schaut mich mit einem bitteren Lächeln an.

„Ich denke, Franz war vor dem Ende etwas verwirrt. Er konnte sich nicht mehr daran erinnern, wie oft er ins Schloss gekommen war."

„War er wirklich hier?", frage ich mich laut, ohne darüber nachzudenken.

Und wenn mein Großvater tatsächlich die Wahrheit schreibt? Und ich? Bin ich wirklich in Fleisch und Blut hier oder passiert mir das, was ihm passiert ist? Ich beschließe die Zweifel, die der Brief meines Großvaters entfacht hat, erst mal nicht preiszugeben.

„Unsinn. Du hast gerade gelesen, dass er mit dir über uns sprechen wollte", widerspricht Emma, ohne meine Gedanken zu ahnen. „Er wollte dich hierherschicken, um mir zu helfen. Er wollte sein Geheimnis mit dir teilen. Aber er hat es nicht mehr geschafft."

„Er hat es nicht mehr geschafft", wiederhole ich.

„Ich habe mich immer gefragt, ob du von uns weißt. Ich habe erwartet, dass du eines Tages kommen würdest."

„Wusstest du, dass ich komme?"

„Ich war immer überzeugt, dass Franz mich nicht vergessen hat. Dass er einen geheimen Plan hatte und mir nur nie davon erzählt hatte."

Ich schlucke. *Interessant*, denke ich. Als ich den Brief meines Großvaters las, empfand ich ihn eher als Versuch einer Art Reinigung oder Wiedergutmachung, denn als die Umsetzung eines geheimen Plans. Ich schaue auf und starre sie an.

„Wie auch immer, wir haben es geschafft."

„Ja, das haben wir."

Sie lächelt mich zuversichtlich und überzeugt an, und zum ersten Mal in meinen siebzehn Jahren verspüre ich ein intensives Lebensgefühl.

34. PAUL ~ Zurück zur Realität

„Ihr zwei da hinten. Stehen geblieben!"

Als ich die donnernde Männerstimme höre, rutscht mir mein Herz in die Hose. Obwohl natürlich immer die Gefahr bestand, erwischt zu werden, hoffte ich doch, dass wir mit Emmas Hilfe, die uns versicherte, dass sie selbst vom Sicherheitspersonal nicht gesehen werden kann, einfach entkommen würden. Leider kommt es immer anders, als man denkt.

„Oh nein, der Wachdienst", stöhnt Elektra, als hätte ihr jemand in den Bauch getreten. Ihr Gesicht wird plötzlich blass wie eine unbeschriebene Buchseite.

„Wir wurden erwischt", ächze ich. „Wer auch immer es ist, sieht glücklicherweise Emma nicht", füge ich hinzu und versuche der hoffnungslosen Situation, in der wir uns befinden, einen Hauch Optimismus zu verleihen. Ich sehe sie aufmunternd an und drehe mich langsam um.

Ein dunkelhaariger Mann von ungefähr vierzig Jahren schaut uns mit den Händen in den Hüften an, als ob er die Macht hätte, uns allein mit seinem triumphierenden Blick zu verhaften. Seine blaue Uniform mit dem Emblem des Schlosses auf der Jackentasche lässt keinen Zweifel daran, wer er ist. Und das Schlimmste ist, dass er uns erwischt hat, als wir bereits an der Tür angekommen waren, tatsächlich dieselbe wie heute Morgen, so kurz davor zu entkommen. Und es ist jetzt klar, dass wir es auch diesmal nicht schaffen werden, das Schloss zu verlassen.

Der Wachmann zieht uns zurück in den Flur und legt uns Handschellen an.

„Diese Tür ist die reine Katastrophe", stottere ich und

sehe in Emmas Richtung, die schweigend zwischen mir und Elektra läuft.

„Ich wusste nicht, dass du abergläubisch bist", wispert sie in mein Ohr.

Der Wachmann führt uns in einen Raum, der wohl der Raum des Sicherheitspersonals ist. Sobald wir die Schwelle überschreiten, wird uns klar, dass wir tatsächlich in die Realität zurückgekehrt sind. Der Raum ist anders als alle anderen Räume des Schlosses, die wir gesehen haben. Ich habe zwar keine Ahnung, wie der Raum vorher aussah, aber jetzt hat er sich in einen Ort verwandelt, der von den meisten Angestellten zum Essen und Ausruhen genutzt wird und mit einer Reihe moderner Elektrogeräte und Zubehör ausgestattet ist.

Viele der Elektrogeräte im Raum wie den Mikrowellenofen, die Computerbildschirme, den Drucker sieht die verblüffte Emma zum ersten Mal.

„Ich wusste nicht, dass es so ein Zimmer im Schloss gibt", flüsterte sie mir ins Ohr.

Sie sitzt nicht gehorsam wie Elektra und ich auf der Holzbank am länglichen Holztisch, die einen großen Teil des Zimmers einnehmen, sondern sie erkundet wie eine Biene den Raum, um herauszufinden, wofür all diese unbekannten Geräte verwendet werden.

Aber am meisten bestaunt sie den Bildschirm und die Tastatur, wo der Sicherheitsmann die persönlichen Daten von Elektra und mir überprüft. Er arbeitet schweigend, ohne sich dessen bewusst zu sein, dass Emma direkt über ihm steht. Bis jetzt hat er kein einziges Wort gesagt, außer nach unseren Namen zu fragen.

Er hat nicht das geringste Interesse gezeigt, mehr über uns zu erfahren.

Eine halbe Stunde später erscheinen zwei junge Polizisten an der Türöffnung. Sie grüßen freundlich.

„Wenn Sie so nett wären uns zu folgen", sagt der eine.

„Wohin gehen wir?", fragt Elektra, als wüsste sie nicht,

was passieren wird.

„Auf die Polizeistation", antwortet der zweite Polizist gelangweilt.

„Sind wir verhaftet?"

„Ich befürchte ja."

Ich beobachte die Szene, als würde mich das alles nichts angehen. Als Elektra unter dem prüfenden Blick der beiden Polizisten zum Ausgang geht, folge ich ihr ohne Widersprüche. Natürlich sieht keiner von ihnen Emma hinter uns.

35. JOSEF MÜLLER ~ Auf der Polizeistation

In der Polizeidienststelle von Unterschleißheim, in einem kleinen, aber hellen Raum mit Blick auf die Hauptstraße, gibt es drei Schreibtische. Zwei davon sind nicht besetzt. Der Polizist mittleren Alters mit lebhaftem Blick und grotesk abstehenden Ohren, die komischerweise perfekt zu ihm passen, sitzt an dem größten in der Mitte des Zimmers. Die Leuchtstoffröhren an der Decke sind an, doch sie geben dem Raum nicht wirklich mehr Licht, das Tageslicht, das vom Fenster hereinkommt, würde völlig ausreichen.

Als der große, gut gekleidete Mann mit der schwarzen Aktentasche aus Leder den Raum betritt, begrüßt ihn der Polizist mit einem verständnisvollen Lächeln, was sehr selten vorkommt, da er normalerweise diejenigen, die durch seine Tür treten, mit einem ernsten und strengen Blick begrüßt, wie es der Ort und seine Rolle verlangen. Herr Müller verdient jedoch eine etwas vorsichtigere Behandlung. Der Polizist hat selbst Kinder und kann die Angst des Vaters verstehen, dessen Sohn seit zwei Tagen verschwunden ist.

„Ich denke, Sie haben Neuigkeiten für mich, Herr…", Pauls Vater sucht das Namensschild des Polizeibeamten auf seinem Schreibtisch, um seinen Satz zu vollenden.

„Hoffmann", informiert ihn der Polizist hastig, als er auf den leeren Stuhl vor seinem Schreibtisch zeigt.

Herr Müller, mit den braunen Haaren, dem ovalen, regungslosen Gesicht, den glatten weißen Zähnen und den vor Eitelkeit leuchtenden Augen, setzt sich schweigend und wartet.

Er sieht schon merkwürdig lässig aus, denkt der Polizist und betrachtet den gut gekleideten Mann unauffällig. Zu dem schwarzen Anzug, der bestimmt maßgeschneidert ist, trägt er ein blaues Hemd ohne Krawatte. Er sitzt aufrecht und gelassen in seinem Stuhl, als würde er in einem Warteraum auf einen Geschäftstermin warten. Seine schwarze Lederaktentasche hat er neben sich auf dem Boden an das Stuhlbein gelehnt. Der Polizist bemerkt, dass die schwarzen Lederschuhe staubig sind, als wäre der Mann durch die Felder hierhergelaufen.

Er geht im Geist das Wenige durch, das er über Josef Müller weiß. Er gehört zu den Top-Managern eines der größten Autovermietungsunternehmen der Welt. Ein wohlhabender Mann, der, so spöttelt man, wie König Midas alles zu Gold macht, was er berührt, doch überhaupt nicht freundlich. Nach dem Tod seiner Frau hatte er sich von den sozialen Angelegenheiten der Stadt zurückgezogen. Er tritt nicht oft in der Öffentlichkeit auf, und es ist nicht bekannt, ob er gerade eine Frau in seinem Leben hat.

Als er telefonisch, eineinhalb Tage nachdem Verschwinden seines Sohnes, die Vermisstenanzeige aufgegeben hatte, gab er sich besorgt. Jetzt scheint er diese Angst sehr gut zu verbergen. Der Polizist sucht nach einem Zeichen von Angst oder wenigstens Besorgnis, aber vergebens. Es scheint ihm, dass Josef Müllers Gesicht frei ist von jeglichem Gefühl, was ihn verwirrt. *Wenn ich an seiner Stelle wäre, wüsste ich nicht wohin mit mir,* vervollständigt der Beamte seine Gedanken zu dem Thema und zuckt dann beiläufig die Schultern. Er hat in diesem Raum so viel gesehen und gehört, dass es schwer ist, ihn noch zu beeindrucken. Das Problem, das er lösen möchte, ist die Übernachtung von Elektra Pavlou im Schloss.

Müllers kalter Blick bringt den Polizisten in Verlegenheit. Er hat keine Ahnung, wo er anfangen soll. Also taucht er lieber direkt in die Tiefe.

„Kennen Sie Frau Pavlou, Herr Müller?", fragt er ihn.

Der sieht ihn ernst und abfällig an, aber er schweigt.

„Es würde unser Gespräch erleichtern, wissen Sie, wenn Sie mir antworten würden, Herr Müller", fährt der Polizist fort.

„Ich kenne sie nicht", muss Pauls Vater zugeben und sieht ihn jetzt etwas irritiert an. „Ich hatte den Eindruck, dass Sie mich eingeladen haben, um mir von meinem Sohn zu erzählen."

„Das ist genau der Punkt. Frau Elektra Pavlou hat die Nacht mit Ihrem Sohn verbracht."

Josef Müller reagiert nicht. Seine Lippen bilden eine gerade, horizontale Linie und sein Gesichtsausdruck ist überhaupt nicht vorhanden. Das Einzige, was anzeigt, dass er lebendig ist, ist der Atem, der rhythmisch seine Brust bewegt. Pauls Vater lässt sich nicht anmerken, dass er große Anstrengungen unternimmt, um seine Verwunderung und seinen Ärger nicht zu zeigen. Er geht davon aus, dass der Polizist, bevor er ihm sagt, ob es Paul gut geht oder nicht, versuchen wird, so viele Informationen wie möglich über diese Frau Pavlou zu bekommen. Leider kann er ihm nicht helfen. Er hat keine Ahnung, wer sie ist.

Er beobachtet den Polizisten diskret, als er sich von seinem Stuhl erhebt, im Büro umhergeht und sich dem Fenster nähert. Die Strahlen der Mittagssonne schneiden wie feurige Klingen in den Raum, eine Seltenheit für diese Jahreszeit. Plötzlich beginnt die Fensterscheibe zu vibrieren.

„Die Straßenbahn", sagt Hoffmann. „So viele Jahre arbeite ich auf dieser Polizeistation und habe mich immer noch nicht an das Vibrieren gewöhnt, alle zwanzig Minuten, wenn die Züge vorbeifahren."

Pauls Vater beobachtet die Bewegungen des Polizeibeamten gelassen. Aufgrund seines Berufs hat er gelernt, nach den Absichten hinter den Worten zu suchen. „Aha gut, Sie haben ihn also gefunden. Ich würde es begrüßen, Herr Hoffmann, wenn Sie mir sagen würden, wo er seine

Nacht verbracht hat. Ich war besorgt, wissen Sie", sagt er in demselben gelassenen Stil.

„Aber ich habe es Ihnen schon gesagt. Mit Frau Elektra Pavlou."

„War das ein Date?", fragt Müller. „Hm! Warum nicht? Paul ist jetzt ein Mann. Obwohl er mich mit einer SMS hätte benachrichtigen können, dann hätte ich Sie nicht unnötig belästigen müssen", sagt er und schaut auf das Handy, das er in der Hand hält, seit er den Raum betreten hat. Zum ersten Mal erscheint die Spur eines Lächelns auf seinen Lippen.

„Ich bin nicht sicher, ob es sich um ein Date handelt", sagt der Beamte und schaut weiter aus dem Fenster.

Müller hebt den Blick vom Bildschirm seines Handys. „Muss ich noch etwas wissen?", fragt er und seufzt ungeduldig.

„Der Ort, an dem sie übernachtet haben, ist für Dates nicht gerade üblich."

„Was meinen Sie damit?"

„Eine Übernachtung im Schloss Neuschwanstein ist nicht erlaubt", sagt der Polizist lächelnd, als hätte er gerade einen gelungenen Witz erzählt.

Josef Müller findet das jedoch überhaupt nicht witzig und als er den Polizisten ansieht, sehen seine dunklen, olivfarbenen Augen wütend aus.

„Sie sagen mir also, dass mein Sohn die Nacht mit diesem Mädchen im Schloss verbracht hat? Ich wusste nicht, dass das Schloss nachts geöffnet ist."

Der Polizist lächelt. „Genau hier liegt das Problem."

Pauls Vater sagt nichts. Offensichtlich wartet er darauf, dass der Polizist ihm alles erklärt.

„Frau Elektra Pavlou ist kein Mädchen im Alter Ihres Sohnes, wie Sie es sich vermutlich vorstellen. Aus einer kleinen polizeilichen Untersuchung ging hervor, dass Frau Pavlou am 10. Dezember 1979 in Griechenland geboren wurde. Diese Dame ist fast neununddreißig Jahre alt."

Er macht eine Pause, um seinem Gesprächspartner Zeit

zu geben, die Informationen zu verarbeiten. „Und das Schloss ist nachts nicht für die Öffentlichkeit zugänglich", sagt er anschließend.

Müller holt tief Luft, sitzt aber weiterhin ruhig und gelassen auf seinem Stuhl, während sein Blick zum Fenster gerichtet ist. Sein Gesichtsausdruck ist immer noch unverändert locker, so dass sich der Polizist, der ihn heimlich beobachtet, fragt, ob er eine unsichtbare Maske trägt, die ihn daran hindert, sein Gesicht zu bewegen. Herr Müller atmet ruhig und hält das Handy fest zwischen den Händen, die auf seinen Knien liegen.

„Ich kann mir nicht vorstellen, warum Paul dort mit einer unbekannten Frau gewesen sein sollte, die seine Mutter sein könnte", sagt er, während das Bild seiner toten Frau ihm flüchtig durch den Kopf geht. „Wissen Sie, wer diese Frau ist?"

„Sie kennen sie wirklich nicht", antwortet der Polizist skeptisch und ignoriert die Frage.

„Nein. Ich höre zum ersten Mal ihren Namen", erklärt er und zuckt leicht mit den Schultern.

Der Polizist dreht seinen Kopf von Seite zu Seite und sieht unzufrieden aus. Als er über den Vorfall auf dem Schloss informiert wurde, ließ er ein paar seiner Leute Erkundigungen über Elektra Pavlou einholen. Leider sind die Informationen, die ihm mitgeteilt wurden, in keiner Weise aufschlussreich. Er hatte die Hoffnung auf den Vater des jungen Mannes gesetzt und hätte sich gewünscht, er wüsste mehr über diese Frau.

„Leider gibt es nicht viele Informationen zu ihrer Person", gibt er zu. „Das meiste haben wir von ihren Kollegen erfahren", sagt er und kratzt sich am Kopf.

Josef Müller weiß genau, worauf der Polizist hinauswill, kommentiert es aber nicht.

„Sie lebt seit einigen Jahren in München. Sie hat nie Probleme verursacht, im System konnte ich nichts über sie finden. Sie ist nicht verheiratet, lebt allein, sie arbeitet in einem bekannten Unternehmen, hat keine Freunde außer den formellen Beziehungen zu ihren Kollegen. Ein Polizist aus unserer Dienststelle ist heute morgen bei der Firma gewesen, bei der sie als Personalreferentin arbeitet und hat so viele Informationen wie möglich über sie gesammelt. Ihre Kollegen haben sie als eine ruhige Person beschrieben, die von ihren Fähigkeiten überzeugt ist. Aber sie konnten uns nicht die geringste Auskunft über ihre Privatangelegenheiten geben. Merkwürdig, wie wenig ihre Kollegen über diese Frau wissen, obwohl sie seit vielen Jahren in der Firma arbeitet. Niemand weiß, woher genau sie kam und warum sie beschlossen hat, in Deutschland zu bleiben. Sie haben keine Ahnung, wo sie lebt und was sie tut, nachdem sie das Büro verlässt."

Während der Polizeibeamte berichtet, was er über Frau Pavlou herausfinden konnte, fragt er sich, warum eine Frau, die ein ruhiges Leben führt, plötzlich etwas so Extremes unternimmt. Was hat sie dazu gebracht?

Pauls Vater hört aufmerksam zu, ohne seinen Gesprächspartner zu unterbrechen. Die Arbeit hat ihn ausgelaugt. Dass er nur langsam Informationen aus dem Polizeibeamten Hoffmann herausbekommt, hat seine Stimmung noch verschlechtert. Aber er hat nicht vor, auf der Polizeiwache zusammenzubrechen. Es kennt diesen Luxus nicht. Den hat er noch nie gehabt. Er musste sich immer beherrschen. Genau wie er es damals getan hat, als er mit dem Tod seiner Frau Stefanie den größten Schlag seines Lebens erlitt.

Die Erinnerung an Stefanie erschüttert ihn, er beginnt schneller zu atmen. Die Farbe verschwindet aus seinem Gesicht, das nun grau und kalt wie Stein aussieht. Tiefe Falten werden plötzlich auf seiner Stirn sichtbar.

Die Wahrheit ist, dass der Gedanke an sie zum ersten Mal so aufwühlend ist. Bisher hatte er darauf geachtet, ihre Gestalt lebendig, lächelnd und voller Leben in seinem Kopf zu behalten, wie damals, als er sie zum ersten Mal sah, als sie Studentin an der Hochschule der Bildenden Künste in München war, wo sie ihren Abschluss in der Restaurierung von Denkmälern erlangen wollte. Damals, als er von ihrer

Schönheit geblendet wurde und sich sofort in das fröhliche Mädchen verliebte, das voller Leben und Liebe für alle Menschen war. Das sorglose Wesen, das er einige Monate später heiratete, obwohl seine Finanzen damals nicht gut waren. Zu dieser Zeit war er ein einfacher Angestellter bei einem Autovermietungsunternehmen, bei dem er heute einer der Finanzmanager ist.

Als Paul geboren wurde, hatte sich seine finanzielle Situation noch nicht verbessert, aber sein Familienleben war voller Glück. Stefanie war begeistert von ihrem Baby und ermutigte ihn oft, sich mehr mit dem Kleinen zu beschäftigen. Er wollte es, aber er musste auch an seinen Job denken. Er hatte beschlossen, so hart wie nötig zu arbeiten, um die Unternehmenshierarchie zu erklimmen und ihre Finanzen zu verbessern. Schließlich wollte er den kleinen Paul nie unter Druck setzen, weil er immer glaubte, dass Kinder die Predigten ihrer Eltern hassen. Außerdem stimmte er voll und ganz dem Wunsch seiner Frau zu, dass ihr Sohn eine angemessene Ausbildung erhalten, glücklich aufwachsen und das tun sollte, wofür sein Herz schlägt. Und er war entschlossen, ihren Wunsch zu verwirklichen, auch wenn er von morgens bis abends wie ein Hund dafür arbeiten müsste, um es zu erreichen.

Nach ihrem Tod hatte er mit Händen und Füßen gekämpft, um sie in seiner Erinnerung am Leben zu erhalten. Deshalb scheute er davor zurück, ihre Sachen wegzuwerfen. Ihre Kleider hingen in ihrem Schrank, ihre Unterwäsche war in Schubladen aufbewahrt. Ihre Schuhe, ihre Kosmetikartikel und ihr Schmuck waren über das ganze Schlafzimmer verteilt. Ihre Zahnbürste, ihr Fön waren im Badezimmer. Er wollte nichts davon wegwerfen, bis ihr Vater, Franz, es für ihn tat. Eines Nachts, als er aus dem Büro zurückkehrte, fand er das Haus leer von ihrer Anwesenheit. Das Einzige, was von Stefanie noch übrigblieb, war Paul und ihre lebhafte Gestalt in seinem Kopf. Er hielt ihr Bild in seinen Gedanken, so wie sie am ersten Tag ausgesehen hat, an dem sie sich getroffen hatten. Ein schönes Mädchen, lächelnd und voller Leben und Liebe für alle.

Aber heute kommt Stefanie traurig und farblos in seinen Sinn, die Zeichen des Todes sichtbar auf ihrem Körper. Ihre wunderschönen, faszinierenden Augen, die ihn einst verehrten, sind jetzt trüb. Hilflos und unglücklich steht sie in seinem Geiste vor ihm und wartet darauf, dass er sein Verhalten gegenüber seinem Sohn rechtfertigt. *Paul hat offensichtlich gerade eine ganze Reihe von Problemen*, denkt er.

Ein ungeduldiges Räuspern des Polizisten hilft ihm dabei, das Bild seiner verstorbenen Frau zu verscheuchen und wieder zu sich zu kommen.

Hoffmanns geschultes Auge fängt Müllers vorübergehende Unruhe auf. Ohne jedoch die wahre Ursache zu kennen, die diese Aufregung verursacht hat, vermutet er, dass sich die Sorge des Vaters um seinen Sohn langsam zeigt.

Müllers Worte bestätigen seine Vermutung: „Diese Dame interessiert mich nicht. Geht es meinem Sohn gut?"

„Natürlich. Ihrem Sohn geht es gut", antwortete der Beamte und hebt die linke Augenbraue. „Zurzeit haben Ihr Sohn und Frau Pavlou ganz andere Probleme."

„Was für Probleme?"

„Mit dem Gesetz. Beide werden wegen mehr als einer Straftat angeklagt. Ich wage zu sagen, dass sie sich im Moment in einer sehr heiklen Situation befinden. Hat Ihr Sohn das schon mal getan? Nachts nicht nach Hause zu kommen, meine ich."

Müller antwortet nicht sofort, als ob er Zeit braucht, um die Vor- und Nachteile der Antwort abzuwägen, die er geben muss.

„Das geht mich natürlich nichts an", fährt der Polizist fort, als er merkt, dass sein Gesprächspartner Schwierigkeiten hat zu antworten. „Ich nehme an, es würde Ihrem Sohn helfen, wenn es das erste Mal wäre und nicht nachgewiesen wird, dass er oft nicht zuhause schläft."

„Ich glaube nicht, dass es schon mal passiert ist", murmelt Müller. „Ich habe nichts bemerkt."

„Sie glauben nicht? Sie haben nichts bemerkt?"

Der Polizist kehrt mit schweren Schritten zu seinem Schreibtisch zurück und setzt sich auf den Stuhl, ohne Herrn Müller auch nur einen Moment aus den Augen zu lassen.

„Ich komme spät nachts aus meinem Büro nach Hause. An den meisten Tagen schläft Paul schon", antwortet er.

„Je mehr jemand arbeitet, desto weniger weiß derjenige über das Leben Bescheid."

Trotz des hochtrabenden Tons ist die Stimme des Polizeibeamten nicht lauter geworden. „Und dieses verflixte Leben ist so kurz, nicht wahr?", fragt er und schaut seinen Gesprächspartner mit einem zweideutigen Lächeln an. „Und in der Schule? Wie macht sich Ihr Sohn in der Schule?"

Herr Müller sieht ihn mit Augen an, die wie zwei Eisstücke glänzen, er trägt erneut die Maske der Gelassenheit.

„Ich verstehe nicht, was Sie meinen, Herr Hoffmann", sagt er langsam und spricht jedes Wort so aus, als würde er sich an jemanden wenden, den ihn sowieso nicht verstehen wird.

„Der Direktor der Schule informierte uns, dass sich das Verhalten Ihres Sohnes in letzter Zeit geändert haben soll. Er interessiert sich nicht mehr für den Unterricht, er nimmt an keiner Teamarbeit teil, er hat sich von allen entfernt und bereitet ständig Probleme. Sie sollen bereits dreimal über Ihren Sohn eine Einladung des Direktors bekommen haben, in seinem Büro zu einem Gespräch zu erscheinen. Aber bis jetzt sind Sie wohl nicht aufgetaucht."

Herr Müller zieht die Lippen zu einer geraden Linie, während er zwischen seinen verschwitzten Fingern mit dem Handy spielt.

„Vielen Dank, Herr Hoffmann, für diese Information. Ich werde nächste Woche Zeit freischaufeln, um den Direktor zu besuchen", sagt er und spricht schnell und scharf. „Sagen Sie mir bitte jetzt, wann ich meinen Sohn sehen kann?"

Trotz der widersprüchlichen Gefühle, die der Polizist für seinen Gesprächspartner empfindet, kann er ihn am Ende nur mitfühlend ansehen. „Wenn man einmal in solche Geschichten verwickelt ist", sagt er besorgt, „kommt man so schnell nicht wieder raus."

C. Epilog

Einige Stunden später, nachdem sie zuerst die Hauptverwaltung der Polizei passiert hatten, wurden Paul und Elektra zur Polizeistation nach Unterschleißheim gefahren.

Der mürrische, dünne junge Polizist, der sie am Eingang des Gebäudes empfing, führte sie direkt zum Büro des Polizisten Hoffmann. Als sie im Büro ankamen, hob der Beamte den Kopf von seinen Unterlagen, in denen er gelesen hatte, und signalisierte ihnen, sich auf die beiden Stühle vor seinem Schreibtisch zu setzen.

Es war kurz vor Mittag. Die Atmosphäre im Raum war schwer. Der Duft, der aus dem Blumentopf mit der blühenden Gardenie auf der Fensterbank kam, machte einen schwachen Versuch, die Atmosphäre etwas zu erhellen, aber vergebens. Der Lärm von vorbeifahrenden Autos auf der Straße und ein trockenes, sich wiederholendes Geräusch, das sich wie weibliche Absätze auf dem Bürgersteig anhörte, erreichten durch das geöffnete Fenster Elektras Ohren und zerrten stark an ihren Nerven.

Sie warf einen Blick auf den Polizeibeamten Hoffmann, der sehr müde und erschöpft aussah. Er starrte sie an und trommelte nervös mit den Fingern seiner rechten Hand auf den Schreibtisch. Sie versuchte so diskret wie möglich, die Ärmel ihres Mantels bis an die Fingerspitzen herunter zu ziehen, damit der Polizist die Verbände über ihren Wunden nicht sah. Sie hatte seit heute Morgen ihren Mantel nicht mehr ausgezogen und gehofft, die Verbände würden unbemerkt bleiben. An ihrem finsteren Blick konnte man unschwer erkennen, wie unangenehm ihr das Ganze war. Zum Glück schien der Polizist Paul mehr Aufmerksamkeit zu schenken als ihr.

Herr Hoffmann öffnete nach langem Schweigen halb den Mund und seufzte. Elektra wurde klar, dass er gleich eine neue Runde von Fragen starten würde. Sie versuchte die neue Situation abzuwägen. Natürlich würden sie, wie sie mit Paul vereinbart hatte, dem Polizisten nicht die Wahrheit sagen. Sie hatten es nicht getan, selbst als der Druck in den anderen Polizeistellen immer größer geworden war, denn sie waren sich sicher, dass die Wahrheit in den Augen der Polizisten nach einem ungeschickten und dummen Versuch aussehen würde, etwas Ernstes zu verbergen.

Sie betrachtete Paul neben sich und stellte fest, dass er genauso nachdenklich und besorgt aussah. Sein Blick folgte der rastlosen Emma, die von dem Moment an, als sie den Raum betreten hatten, nicht aufgehört hatte sich wie ein Wirbelwind mal hierhin und mal dorthin zu drehen und beeindruckt alles berührte, was sie zum ersten Mal in ihrem Leben sah.

„Dein Vater, junger Mann, ist besorgt. Als er auf der Polizeistation dein Verschwinden gemeldet hat, hat er uns mitgeteilt, dass du seit gestern Morgen verschwunden bist. Weißt du, dass wir dich seit letzter Nacht suchen?", wendete sich der Polizist schroff und mit einem aufgesetzt strengen Blick an Paul.

Paul war überrascht. Das war das Letzte, was er zu hören erwartet hatte. *Seltsam*, dachte er und lächelte ironisch.

„Seltsam", wiederholte er laut. „Hat er es also bemerkt?", fuhr er fort, ohne für einen Moment sein ironisches Lächeln zu verlieren, was der Aufmerksamkeit des Polizeibeamten nicht entging.

Der Polizeibeamte Hoffmann hatte nicht oft so junge Männer als Verdächtige auf seiner Station. Er wusste nicht, wie er damit umgehen sollte. Er sah Paul mit Sympathie an. Er erinnerte ihn an seinen Sohn, als der ungefähr in diesem Alter war.

„Also, wer von euch beiden wird mir die Geschichte erzählen?", fragte er interessiert.

„Ich", sagte Paul hastig und wollte schneller als Elektra sein.

„Alles klar. Nun, junger Mann, ich höre zu."

Herr Hoffmann lehnte sich auf dem Stuhl zurück. Paul tat dasselbe. Sein Rucksack berührte die Holzlehne des Stuhls. Der harte Einband des Buches drückte in seinem Rücken und ließ ihn schaudern. Er würde dem Polizisten nicht die Wahrheit sagen. Er würde weder über das Buch noch über das Abenteuer der vergangenen Nacht reden. Er hatte keine andere Wahl, als ihm dieselbe lächerliche Geschichte zu erzählen, die sie seit heute Morgen dreimal wiederholt hatten, obwohl er sicher war, dass der Polizist ihm nicht glauben würde. Er fühlte sich wie der Spieler, der sich an einen Spieltisch setzt und tief im Inneren weiß, dass er als Verlierer wieder aufstehen wird. Aber wie dem auch sei, hinter dem Verlust verbergen sich manchmal mehr Gefühle.

„Ich habe keine großartige Geschichte zu erzählen", begann er zögernd. Während er sprach, wurde seine Stimme allmählich stärker. „Wir waren in der letzten Besuchergruppe, die gestern Nachmittag durch das Schloss geführt worden ist. Unser Reiseführer, wohl müde von den vorherigen Touren, beeilte sich, um schneller mit der letzten Tour fertig zu werden. Mit großer Geschwindigkeit führte er uns durch die Gänge des Schlosses. Wir rannten fast von Raum zu Raum. Dann hat uns etwas aufgehalten, wir haben den Rest der Gruppe verloren und irrten im Schloss herum. Wir haben es nicht geschafft, raus zu kommen und wurden leider eingesperrt."

Während er die Ereignisse erzählte, achtete er darauf, entschuldigende Blicke um sich zu werfen.

„Es ist mein Fehler, dass Elektra mit mir im Schloss war", fuhr er fort und bemühte sich, seine Stimme ruhig zu halten. „Vor einem Porzellanschwan im Flur vor dem königlichen Schlafzimmer bin ich stehengeblieben und bewunderte den Schwan. Elektra war so freundlich zurück zu kommen und mir mitzuteilen, ich solle mich beeilen, um den

Rest der Gruppe nicht zu verlieren. Ich fragte sie, ob sie noch etwas mehr über den Schwan wisse, außer den paar Dingen, die der Reiseleiter erwähnt hatte, und sie sprach mit mir über Wagners berühmte Lohengrin-Oper. Dabei haben wir komplett das Zeitgefühl verloren."

Paul bemerkte, dass der Polizist ihn überrascht ansah. Er fuhr mit leiser Stimme fort.

„Wir haben die Nacht damit verbracht, einen Weg aus unserem Gefängnis zu finden. Irgendwann müssen wir, so kaputt wie wir waren, eingeschlafen sein. Heute Morgen ist es uns gelungen, die unverschlossene Hintertür zu entdecken. Sie kennen den Rest."

Paul wollte noch etwas hinzufügen, aber als er den Polizisten ansah und feststellte, dass der ihn anstarrte, sagte er nichts mehr.

Niemand sonst konnte etwas sagen, denn ein Geräusch an der Tür zwang sie, dorthin zu schauen. Der große, dunkelhaarige Mann mit den hängenden Schultern und dem besorgten, blassen Gesicht, der rasch den Raum betrat, war Pauls Vater.

Als Paul ihn eintreten sah, überkam ihn von Kopf bis Fuß ein Gefühl des Schreckens. Würde er ihn anschreien und ihn vor Elektra und Emma beschämen?

Er sprang panisch von seinem Stuhl auf, machte einen Schritt zurück und versuchte seinem Vater auszuweichen. Doch dann wurde ihm etwas klar. Er brauchte keine Angst mehr vor ihm zu haben. Er hatte in der Nacht zuvor viel schlimmere Situationen erlebt.

Sein Vater war inzwischen so nahe gekommen, dass er ihn hätte berühren können, wenn er seine Hände ausstreckte. Paul sah entschlossen auf, um sich dem Mann zu stellen, der sich nie wie ein Vater benommen hatte. Er hätte lieber einen Vater gehabt, der seinem Kind kleine, süße Lügen erzählte, Geschichten vom Weihnachtsmann oder der Zahnfee, anstatt eines wahrheitsliebenden, aber uninteressierten und distanzierten Vaters.

Doch als Paul zu ihm aufsah, bemerkte er, dass Besorgnis und Traurigkeit sein normalerweise ausdrucksloses Gesicht alt und müde aussehen ließen. Paul war sprachlos. Seit heute Morgen, als sie erwischt wurden, wusste er, dass er sich bei seinem Vater für seine Taten entschuldigen würde, aber er hatte sich die Szene anders vorgestellt. Er war sich sicher, dass er den Mann mit dem kalten und wütenden Gesicht konfrontieren würde müssen, der ihn inakzeptablen Verhaltens, Rücksichtslosigkeit und Unmoral bezichtigen würde.

Sein Vater jedoch streckte die Hand nach ihm aus und er fühlte sich gezwungen, ihm seine eigene zu geben. Die Hand seines Vaters war eiskalt, aber sein Händedruck war kräftig.

Paul war verlegen. Er hatte das Gefühl, einen Unbekannten zu begrüßen.

„Es tut mir leid, dass du in Schwierigkeiten geraten bist", sagte er kalt.

„Ich hatte Angst, Paul, dass ich dich verlieren würde, bevor ich mich entschuldigen könnte."

Paul stand eine Minute oder vielleicht eine Ewigkeit unsicher still und versuchte einen Schluchzer zu unterdrücken, der ihn in Verlegenheit gebracht hätte.

„Schon okay, alles gut", antwortete er etwas zögernd, immer noch überrascht von der Freude, die er empfunden hatte, als er die Worte seines Vaters hörte.

Abrupt strich er mit einer nervösen Bewegung die Strähnen zurück, die seine verschwitzte Stirn bedeckt hatten.

„Was ist im Schloss passiert?", fragte Josef Müller und beobachtete einen flüchtigen, dunklen Schatten im Blick seines Sohnes. „Ist dir etwas Schlimmes passiert?"

„Schlimmes? Nein. Es ist überhaupt nichts passiert. Ich war eingeschlafen."

„Du siehst so aus, als ob du erwachsener geworden bist... innerhalb von zwei Tagen", wunderte sich sein Vater.

„Ich bin schon lange erwachsen."

„Leider kenne ich dich überhaupt nicht und der Fehler

ist ganz meiner", stammelte sein Vater. „Wir verbrachten die letzten Jahre, als wären wir zwei Fremde, und begrüßten uns nur kurz, wenn wir uns in der Küche trafen", sagte er und ein Anflug eines Lächelns erschien auf seinem Gesicht. „Als ob wir eine geheime Vereinbarung getroffen hätten, uns immer im selben Raum des Hauses zu treffen."

Er hörte auf zu reden und hob zögernd die Arme, um Paul zu umarmen. Und Paul umarmte seinen Vater. Einen Vater, den er zum ersten Mal sah. Er hatte sich nicht vorstellen können, wie warm seine Umarmung sein konnte.

Plötzlich war es, als ob die schwierige Vergangenheit, die ungelösten Probleme, die ihn beschäftigten, wie eine Sandburg mit seinen alten Gefühlen vor seinen Füßen zusammenfielen. Er sah Emma an. Er sah sie lächelnd und fröhlich hinter dem Stuhl des Polizisten stehen. Zum Glück war in ihrem Lächeln keine Spur von Ironie.

Elektra beobachtete schweigend und mit feuchten Augen die Reaktion von Paul. Sie sah auch die Verlegenheit, die sich auf seinem Gesicht ausgebreitet hatte, aber das erschien ihr natürlich. Sie warf einen erneuten Blick auf den Vater des Jungen. Er schien wirklich gerührt zu sein. *Wer weiß?,* überlegte sie. *Vielleicht hilft die ganze Geschichte Vater und Sohn, sich besser kennenzulernen.*

Es dauerte einige Minuten, bis jemand etwas sagte.

„Das ist Elektra", sagte Paul, als er bemerkte, dass die Frau ihn genau beobachtete.

„Vielen Dank", schaffte Josef Müller zu sagen und sah ihr direkt in die Augen.

Er war immer noch aufgeregt und konnte dem Ritual einer ersten Bekanntschaft nicht genau folgen.

„Danke, dass Sie sich um ihn gekümmert haben", fuhr er dann fort und seufzte leicht. „Es ist die einzige geliebte Person, die ich auf dieser Welt noch habe."

Gewöhnlich wäre es schwierig für den wortkargen Mann, die Worte auszusprechen, die jetzt von seinen Lippen strömten. „Ich konnte nicht realisieren, wie sehr ich ihn liebe.

Der gestrige Tag hat mir die Augen geöffnet. Ich wäre verrückt geworden, wenn ihm etwas zugestoßen wäre."

Der Polizist, der die Szene schweigend beobachtet hatte, hasste es, die Magie des Augenblicks unterbrechen zu müssen.

„Herr Müller, es tut mir leid, aber ich muss Sie unterbrechen. Es gibt ein Standardverfahren, das befolgt werden muss. Einige kleine Formalitäten. Keine Sorgen, nichts Ernstes. Folgen Sie mir bitte", sagte er und deutete auf den Ausgang.

„Hier endet unser unglaubliches Abenteuer, mein Freund", sagte Elektra, als sich die Tür hinter den beiden Männern schloss. „Aber eins ist sicher. Dies war nicht das letzte Mal, dass ich das Schloss besuchte. Ich werde auf jeden Fall wieder dorthin müssen."

Paul sprach nicht sofort. Er starrte sie einen Moment lang an, als wollte er entscheiden, was er sagen sollte.

„Weißt du was ich denke?", fragte er schließlich und versuchte seine verkrampften Muskeln zu entspannen.

„Ich würde es gerne wissen."

„Es ist zu spät, um einen Rückzieher zu machen. Wir sind Freunde geworden und diese Art von Freundschaft ist schwer zu vergessen. Wir können nichts machen. Wir müssen Freunde bleiben."

„Ja. Du hast recht", antwortete Elektra einfach. „Ich denke, dass du und Emma es heute Nacht geschafft habt, mein Leben zu verändern. Bis jetzt hatte ich ein freudloses, langweiliges, fast routinemäßiges Leben. Es war farblos und geschmacklos, wie das der meisten Menschen. Und du bist gekommen und hast meinem Leben Farbe und Geschmack gegeben. Ich bin mir sicher, dass die Erinnerungen an die letzte Nacht für immer in mir bleiben und niemals verblassen werden, bis ich sterbe. Ich habe auch etwas aus dieser Geschichte gewonnen. Vergessene Emotionen, vergessene kleine Momente der Freude wurden wieder aus ihrem Gefängnis befreit. Aus diesem sehr wichtigen Grund werde ich immer deine Freundin sein", sagte sie in einem ernsten Ton, der diesem Moment angemessen war.

„Und ich, Frau Elektra?", fragte Emma jammernd, während sie sich näherte. „Sie werden mich nicht mit Paul alleine lassen", sagte sie und lächelte, als sie den schmollenden Gesichtsausdruck des jungen Mannes bemerkte.

„Ich bin sicher, wir werden beste Freundinnen", sagte Elektra. „Ich werde nie vergessen, dass ich dir mein Leben verdanke."

Sie hörte auf zu reden, als sich die Tür plötzlich öffnete. Der Polizist und Pauls Vater kamen in den Raum zurück.

„Ich habe gute Neuigkeiten für euch beide", sagte der Polizist laut und hob die Augenbrauen. „Vor ein paar Minuten hat der Sicherheitsbeauftragte des Schlosses angerufen. Er berichtete, dass absolut nichts fehlt und dass nichts gegen euch unternommen wird. Aber man wäre sehr dankbar, wenn niemand herausfinden würde, dass ihr die ganze Nacht im Schloss geblieben seid", sagte er und lächelte stolz, als hätte er den Freispruch verursacht. „Also sehe ich keinen Grund mehr für euch, hier zu bleiben."

Er ging zu seinem Schreibtisch, blieb aber auf halber Strecke stehen, als hätte er sich an etwas erinnert. „Junger Mann", sagte er mit leuchtenden Augen. „Da du so ein großer Fan von Ludwig bist, dass du Neuschwanstein allein besuchst, solltest du wissen, dass in München ein Musical über König Ludwigs Leben gezeigt wird. Geh und sieh es dir an."

Josef Müller trat indessen zu Elektra und reichte ihr seine Karte.

„Paul und ich", sagte er und zwinkerte seinem Sohn zu, „würden Sie gern nächsten Sonntag zu uns nach Hause zum Essen einladen. Paul und ich werden zusammen kochen."

Emma packte begeistert Elektras Hand. „Ach, Frau Elektra, sagen Sie ja, bitte. Ich werde Sie bis Sonntag so sehr vermissen!"

„Ich werde auf jeden Fall kommen", sagte Elektra und ihr wurde klar, dass es Zeit war, sich zu verabschieden.

Aber statt sich zu verabschieden, sagte Elektra lieber mit gerührter Stimme:

„Vergiss mich nicht, Paul."

Sie sprach zu Paul, aber meinte damit auch Emma.

„Auf keinen Fall", sagten beide gleichzeitig.

Der Polizeibeamte Hoffmann und Pauls Vater lächelten, als sie Pauls Antwort hörten.

Keiner der beiden konnte Emma antworten hören:

„Wir werden alle bald wieder zusammen im Schloss sein, Frau Elektra. Es geht nicht anders. Jetzt gehören Sie und Paul zu meiner Welt. Sie sind ein wesentlicher Bestandteil der geheimen Welt von Franz. Schließlich haben wir bei unserer Rückkehr ein Geschenk abzugeben. Die Wahl."

Elektra sah sie fragend an.

„Indem jeder seine eigene Seite erhält, kann er selbst entscheiden, wie seine Geschichte in Zukunft fortgesetzt werden soll. Wir werden die Tür offenlassen und sie werden jeder für sich entscheiden, ob sie sie durchschreiten wollen oder nicht."

Ein paar Minuten später eskortierte der Polizist Elektra zum Polizeiauto, das sie nach Hause bringen sollte, als kleine Entschädigung für ihre unbeabsichtigte nächtliche Inhaftierung im Schloss und die Hilfe, die sie dem jungen Paul Müller geleistet hatte.

Die ganze Fahrt über blieb sie schweigsam und schaute aus dem Fenster des Autos.

Und dann sah sie das Plakat an einer großen Wand. Unter dem Motto „Schönheit kehrt zurück in die Welt" wurde die in den folgenden Tagen in München stattfindende Gemäldeausstellung beworben.

Sie sagte nichts zu dem Polizisten neben sich. Er würde es sowieso nicht verstehen. Sie lächelte nur bei dem Gedanken an das neue Leben, das sich vor ihr offenbarte.